甘肃古代文学
与陇东文化研究

◎徐治堂 马悦宁 主编

南京大学出版社

图书在版编目(CIP)数据

甘肃古代文学与陇东文化研究 / 徐治堂,马悦宁主编.
— 南京:南京大学出版社,2017.12
ISBN 978 - 7 - 305 - 19711 - 6

Ⅰ.①甘… Ⅱ.①徐… ②马… Ⅲ.①古典文学研究—
甘肃—古代②文化史—研究—甘肃 Ⅳ.①I206.2②K294.2

中国版本图书馆 CIP 数据核字(2017)第 314135 号

出版发行　南京大学出版社
社　　址　南京市汉口路 22 号　　　　邮　编　210093
出 版 人　金鑫荣
书　　名　甘肃古代文学与陇东文化研究
主　　编　徐治堂　马悦宁
责任编辑　沈宗宇　李　亭　　　　编辑热线　025 - 83593947
照　　排　南京南琳图文制作有限公司
印　　刷　南京大众新科技印刷有限公司
开　　本　635×965　1/16　印张 25.25　字数 376 千
版　　次　2017 年 12 月第 1 版　2017 年 12 月第 1 次印刷
ISBN 978 - 7 - 305 - 19711 - 6
定　　价　60.00 元

网址:http://www.njupco.com
官方微博:http://weibo.com/njupco
官方微信号:njupress
销售咨询热线:(025)83594756

甘肃省古代文学学会
陇东学院学术著作基金
农耕文化与陇东民俗文化产业开发研究中心
国家社科基金项目：泾河与渭河流域语言民俗特征比较研究
国家语委基金项目：泾河流域语言民俗历史流变研究

资助出版

序 言

赵逵夫

甘肃省古代文学学会第四届年会于 2016 年 9 月 23 日至 25 日在陇东学院召开。学会理事会在 2010 年 5 月成立时决定，以后的年会在兰州开一次，兰州之外的市区开一次，交替举行。第一次、第三次分别由西北师范大学和西北民族大学承办，第二次、第四次分别由天水师范学院和陇东学院承办。我们这样做增加了省内各高校、各学术研究单位之间的了解，使在省会的高校和有关科研单位的同人有机会到兰外各高校走一走，借以做一些学术考察，更深地了解省情；也使在地市的高校和有关的单位去外地参加学会活动有困难的同志有机会参加古代文学学会的学术讨论，相互交流；通过学会成员研究成果的发布，带动全省古代文学的研究，也带动地方学者对本地有成就的古代作家作品及同本地有关的作家创作活动的研究。我们成立甘肃省古代文学会就是为了通过相互交流、讨论，整体上提高全省从事中国古代文学研究与教学的水平；为本省从事中国古代文学研究与教学的同志造成一个交流、切磋、沟通、联系的平台，有利于形成合作的团队。同时能使我们的学术活动接地气，同地方文化建设连接起来。

这次年会上提供的论文主题上自先秦时代的《诗经》、神话与有关典籍，下至近代，或侧重于理论与文化研究，或侧重于作家作品分析，内容丰富，涉及面很宽。而其中有一半是关于甘肃古代作家研究的，这当中大部分又是关于陇东古代作家的。在文学研究的方面取得了很大的成绩；从弘扬甘肃古代作家创作的方面说，也达到了预期的目的。

中国从上古直至近代是一个农业国家。虽然部分地区有畜牧和渔猎经济较长时间的存在，但总体上一直以农业经济为主。而三千多年前兴起于陇东马莲河流域的周人，是当时华夏大地上农业最发达的民族。周人以农业起家，农耕文化中的重天时、重地利、安土重迁、重视家庭伦理和亲属关系、重礼义的传统，在周代商之后数百年中成了整个中原与周边一些地区人们的共同观念，又由于以孔子为代表的儒家学派一直尊崇周公以来的礼治传统，根植于农耕文化的"仁""义""礼""智""信"等成了整个中华民族的道德传统。仁，就是要关爱他人，形成社会上人与人之间的互相关爱。义，就是要承担包括社会的、国家的责任在内的各种责任，要有自己的担当。礼，就是要遵守社会运行长时间中形成的各种规程，包括社会礼俗、法制在内，法律规定是行为的下限。智，指处理好各种事情的能力与智慧，从生产到生活的各方面；也包括对过去人们经验、教训的了解和积累，所以包含着读书和生活实践中的思考这两层含义在内。信，就是诚信，就是对自己所说的话、所做的事负责，言行一致。这是作为一名社会的人能与社会各方面正常交往的必备条件，是为人的根本。没有诚信，以上几条都说不上。以上这些在今天仍然是有意义的。我们研究古代文学的目的就是要继承和弘扬伟大的民族精神，增强民族自信心，为实现中国梦而努力奋斗。

这次参会的一些人去拜谒了周祖陵，一些人参观了庆城区博物馆。大家对哺育了周人、周文化的马莲河流域的地理状况有了具体真切的了解。因为所有从事中国古代文学研究的人在上大学本科时就读过《诗经·大雅·公刘》中说的"陟则在巘，复降在原"、《大雅·绵》中说的"陶复陶穴"，和《生民》《绵》中所写的生产、生活的地理环境，这些虽已经过了三千多年，但在这里还可以看到。这次会议实质上也是我省古代文学界同人一次中国古代文化的考察与学习会。就从这一点来说，大家的收获也是很大的。

参加这次会议的，有省内十多所高校的43位从事中国古代文学教学与研究的同志，西北师大几位中国古代文学专业的博士生也参加了会议。大家对陇东学院的校园建设赞不绝口，对其教学、科研的良好条件也十分赞叹。陇东学院的发展是我省高等教育发展的写照。大家都说，甘肃地处西北，受经济大潮的冲击较小，这三十多年中科研的条件不断提升，但仍保持着坐下来认真读书的良好学风，我们的研究工作一定能扎扎实实稳步前进。

和前三次会议一样，会风也特别好。上午的会议时间本来是八点半到十二点，但大家讨论热烈，有一个组快到下午一点四十才结束。会上每个发言人讲完后，都会有人提出问题，形成互动。我认为，只有这样,才能开拓我们的思路,提高我们的研究水平;使论文的论证更严密,更合于学术规范。这样,就不只是听者受益,讲者也受益。一次学术会能给大家留下深刻的印象,能使参会者受益,这个会就是成功的。

这次会上还有两点值得特别提出来说一说:第一,开幕式上安排了给陇东学院图书馆赠书的环节。其实在天水师院、西北民大召开第二次、第三次年会时也有参会人员向该校图书馆赠书的事,但都是在会下赠,未能安排为开幕式上的一个环节,所以未能引起广大会员的重视。这次会上不少人给该校图书馆赠书,今后各次年会都应这样做,形成一个传统。我们本省学者的论著,在本省各高校的图书馆都没有,很多学生、老师看不到,甚至很多同行学者都不知道,这是十分遗憾的事。我们学会成员的研究成果应在本省各高校图书馆都有收藏,使它在以后的很长时间中都起到促进学术交流、推动发展的作用。第二,城市学院几位从事中国古代文学研究的同志因事未能参加,但寄来了贺信,还寄来 60 册《中国古代小说戏剧研究》给与会专家。前三次会上都有给会员赠书的环节。一是与会者相互赠书,只是在个别相熟的学者间进行,面不够宽。二是主办方将本单位同志的书陈列在会议室门口,由入会者选取,参与的人和单位还不够多。这次城市学院中国古代小说戏剧研究所的做法很值得提倡。我们希望以后的年会也能如此,使与会者有多方面的收获。

第四次年会是成功的。在这里,我要感谢陇东学院领导对这次学术会议的重视。陇东学院院长郭维俊教授在开幕式上致词,对与会代表提出希望,并参加了座谈;陇东学院副院长马悦宁教授作为学会副会长同文学院负责同志一起在几个月前就着手准备,很早就发出了会议邀请函,说明了讨论的中心议题。这些都是这次会议成功的基本条件。

会后,陇东学院文学院编好论文集,喜其成事之速,写以上看法以为前言。

赵逵夫

2017. 4. 20.

目录

理论与文化研究

作家及作品研究

理论与文化研究

《陇东历代诗文选注》序

赵逵夫

（西北师范大学）

　　3 月 25 日我刚从庆阳的宁县参加一个地方文化建设的会议回来。第二天陇东学院中文系齐社祥同志来到我家,拿出他刚完成的《陇东历代诗文选注》请我作序。我一看这书名,便十分高兴。甘肃虽靠近汉唐古都长安,处于丝绸之路中段、古代茶马古道北端,是贸易中心地带,但因五代以后国家重心东移、南迁,逐渐变为偏僻之地,加之甘肃大河高山,交通不便,与东南一带都市繁华、才俊云集的情形差别很大。古代的陇东士人,游宦于外地者多有诗文或学术著作存世,也往往受到学界高才与诗坛名家的称许,而终老当地者虽甚有才华,勤于研读,也多一生默默无闻。宋代以后全国各地各种诗文选本如雨后春笋,数不胜数,而陇东作者见收者寥寥无几。因古代陇东与中原及东南一带交通阻隔,文人间来往不多,本地的印刷业与书籍流通又不够发达,有的人即使有诗文存世,过几代也湮没无闻。我小时常听先父言及甘肃一些诗文名家,惜其有才而不名于世;及长,读各种诗文选集,深以为然。所以我 1980 年曾作《陇上诗选注》在报上连载,1984 年又应省电视台之约作《甘肃历代作家作品选讲》十余篇,连续播出,并收入省电视台铅印本中,又写关于清初甘肃诗人张晋的生平与作品之论文,整理《张康侯诗草》于 1989 年出版,还动员他人编胡缵宗、吴镇的诗选。以后由于系上学科建设等方面的原因,关于地方作家的东西写得少,但心里总是念念不忘,任文学院院长兼古籍整理研究所所长之时,曾多次同一些老师讨论古代甘肃作家诗文集的整理、编选、研究之事。

　　去年听兰州文理学院中文系马晖教授言,他们将在《中华诵·经典甘肃·历代咏颂甘肃诗词选》(中国言实出版社 2013 年版)的基础上,编一部篇幅更大的甘肃古代诗词选集,以地区(市)为单位,各为一册,工作已在进行中。这是一个令人十分高兴的消息。这并不影响各市、县整理地方作家作品集及编选他们的作品，又给各市县编更为完善的选本奠定了一个更好的基础。地方院校、地方人士在此基础上可进一步搜集、挖掘一些一般人见不到的文献，把一些突出的作家、优秀的作品推出来。人们的鉴赏角度、审美观念也不完全相同，在互相切磋、互相讨论中才能使这个工作质量不断提高、完善，使一些杰出作家、优秀作品为更多的人所关注。2009年我的硕士生张世民去陇南师专工作，我特别叮嘱他，收集陇南各县有一定影响的作家的作品，编一部《陇南历代诗词选》、一部《陇南历代文选》，专选陇南籍作家的作品；再选一部《历代诗人咏陇南》，不论作者的籍贯，但题材只限于写陇南的山水、人物、历史名胜，等等。这几年看到有的市县编出地方作家与有关地方风物的作品选集，如朱瑜章的《历代咏河西诗选》（中国文史出版社2007年版）等，还有的如《历代河西诗选》《陇中历代诗选》为内部印行。《陇东诗文选注》为即将正式出版的又一部作品选注本。

陇东包括庆阳、平凉两市。庆阳为周人发祥之地，土壤肥沃，自然条件优越，先周文化、农耕文化底蕴深厚。平凉在庆阳、天水之间，北连宁夏，南靠陕西，交通便利，亦属我省文化最发达的地区之一，历史上人才辈出。汉代王符的《潜夫论》，为古代子书中的名著。我校彭铎先生在"文化大革命"中完成了《〈潜夫论〉笺校正》，被中华书局列入《新编诸子集成》出版。胡大浚、李仲立、李德奇完成的《〈潜夫论〉注译》，甘肃人民出版社1991年出版。就整个陇东而言，我校张兵教授与冉耀斌博士的《李梦阳诗选》，由人民文学出版社于2009年出版，李梦阳文集也早有人整理，即将问世。杜志强博士完成的《赵时春文集校笺》《赵时春诗词校注》（上、下册），2012年分别由天津古籍出版社、巴蜀书社出版。李梦阳为庆阳人，赵时春为平凉人，均为明代诗坛大家。由此也可以看出陇东文气之盛。

齐社祥同志在陇东学院教古汉语，近年为地方文化建设做了很多工作。此前已出版过《庆阳历史文化丛书·诗文荟萃》《庆阳民俗文化研究》，又主编过《范仲淹与庆阳》，参编《庆阳史话》，今又完成《陇东历代诗文选注》，实可喜可贺。

我大体翻看此书，觉得有以下长处：

第一，过去关于地方古代文学作品的选本，多只选诗词，关于文则很少关注。此书选了汉魏六朝皇甫规、王符、傅燮、皇甫谧、傅玄、傅咸、傅亮、傅隆、傅绰等的赋、论、疏、表、书、序等,直至清代韩观琦的《重修公刘庙记》,这对读者了解陇东文学、文化、学术有很大好处。即如上面所列傅氏几代人的文章,至少对我们了解东汉至南北朝时期北地泥阳傅氏家族的状况有很大好处。家族教育是传统文化承传的重要方面,对今天的社会教育活动、精神文明建设、国民素质提高,有很大的借鉴作用。文章比诗歌在表现思想方面更为直接、明了、全面,在承传传统文化方面,作用更大,读之使人如闻其声、如见其人,有更突出的教育作用。

第二,收录了不少此前的几种有关甘肃古代近代文学的史论或选本未涉及的作者。就近代而言,路杰霄先生编《陇右近代诗钞》为收录甘肃近代诗作范围最广、包括作者最多的一部,但近代庆城四大家钟旭东、杨立程、张精义、胡廷奎和静宁名家王曜南等,均未收入,此书则收录之。

第三,体例比较完善,且适合于普及的目的。全书有作者介绍,有题解,有注释。题解之中也有简评,多能做到画龙点睛,有利读者理解。

第四,也收录了一些外地诗人作家、学者有关陇东山水人情之作或纪行作品,狄仁杰、范仲淹等人曾仕于陇东,留下了一些让作者和后代读者都难以忘却的文字,还有些是因事至陇东,也有吟唱之作。如王昌龄的《山行入泾州》,李商隐的《安定城楼》《瑶池》《回中牡丹为雨所败》,安维峻的《游崆峒题》,谭嗣同的《崆峒》《自平凉柳湖至泾州道中》《陇山道中》,康有为的《投山寺》等,都为地方增色。

无论如何,这是介绍陇东近代以前诗文作品的第一本篇幅较大的书。它的出版,不仅对弘扬陇东文化,也对弘扬整个甘肃文化、整理甘肃古代文学的文献,是有意义的。

当然,陇东从古至今可以选录的作品很多,选录的标准仁者见仁,智者见智,还可以讨论,社祥同志也可以在此基础上做进一步的工作,但本书已开了一个很好的头,自不待言。

2016 年 3 月 28 日于西北师范大学文学院

论《诗经·秦风》与早期秦文化及甘肃的关系

杨 玲

（兰州大学）

研究文化与地域之间的关系通常从三个角度切入：一是传世文献，二是考古发现，三是民俗遗存。秦早期文化与甘肃的密切关系随着陇南礼县大堡子山秦文化遗址以及周边相关遗址的发掘已得到证明。至于从民俗方面看二者的关系，也有学人曾经予以探讨。但是从传世文献，特别是秦国流传下来的屈指可数，因而显得弥足珍贵的文学作品入手考察秦文化与甘肃的关系，还有一定研究空间。现存最有代表性的秦国文学是《诗经·秦风》。《诗经·秦风》收录诗歌凡十篇，是秦人、秦地的土风乐歌，是早期秦人社会生活的生动写照，因此也是研究秦人历史、地理、礼制、文学、思想极其宝贵的经典传世文献。《秦风》各篇大致产生于秦襄公八年（公元前 770 年）至秦康公十二年（公元前 609 年），其间历襄公、文公、宁公、出公、武公、德公、宣公、成公、穆公、康公等朝，共计 161 年，时间跨度在十五国风中最长。对《秦风》进行深入研究可以发现，作为进入周王朝视域的秦地文学，它生动鲜明地表现了甘肃南部西汉水流域的地理特征，以及秦文化产生于斯成长于斯的历史必然性。从中可以看出，没有甘肃陇南西汉水流域这片神奇土地的孕育，就不可能有后来学者们津津乐道的秦文化。

一、秦人善养马与其早期生活地域的关系

据司马迁《史记·秦本纪》记载，秦人的发展历史与马关系密切。秦人的祖先因驾御或养马而发迹。秦人的先祖之一费昌曾为商汤驾车，助汤打败了夏桀，因此立功。另一先祖中衍因御技高超，被太戊帝请来驾车，嬴姓子孙由此显贵。中衍的后裔造父又因善驾立功，得到周

穆王的宠幸，封于赵城，造父族人从此姓赵。中衍后裔的另一支非子居犬丘，擅长养马。周孝王让他在汧、渭之间管理马匹。马匹在非子精心管理下大量繁殖，周孝王因此赐给非子秦地作为封邑，让他接管赢氏的祭祀，号称秦赢。① 可见，早期秦民族发展过程中的几次关键转折都离不开马。因此，《诗经·秦风》对马与秦人的密切关系有间接表现。

马在先秦人的生活中既是重要的交通工具，又在战争中扮演着不能缺少的角色，所以《诗经》中多有关于马的描写。如《小雅·采薇》有"戎车既驾，四牡业业""驾彼四牡，四牡骙骙。君子所依，小人所腓。四牡翼翼，象弭鱼服。岂不日戒？猃狁孔棘"等诗句。"业业""骙骙""翼翼"都是形容马匹的雄壮威武之词，是人对马的主观感觉的描写。《大雅》中的《桑柔》《崧高》《烝民》《韩奕》同样有类似描写，却无一涉及马匹具体外形。《秦风》则不同。《车邻》说："有车邻邻，有马白颠。"朱熹《诗集传》解释："白颠，额有白毛，今谓之的颡。"这就是非常具体的关于马的形体的描写。通常要对马有仔细观察，了然于心，方能为之。《秦风·小戎》是《诗经》中写车的名篇，写车必然涉及驾车之马，其中对马的描写也非常细致。第一章有"文茵畅毂，驾我骐馵"。朱熹释曰："骐，骐文也。马左足白曰馵。""文"通"纹"。骐文指马的皮毛呈青黑色，有如棋盘格子花纹。诗人不仅注意到马之皮毛的纹路，还能关注到马的左脚颜色。假如不是近距离的细致观察，假如不熟悉马匹，断然做不到如此细微的描写。第二章中有"骐骝是中，騧骊是骖"。骝指赤身黑鬣的马，即枣骝马。騧特指毛皮为黄色、嘴是黑色的马。骊指黑马。如此具体地刻画马的外形皮毛的诗句在《诗经》中实为少见。能与《秦风》相媲美的只有《鲁颂·駉》。《駉》言"僖公牧马之盛"②，即歌颂鲁国牧业兴旺发达。故其中写到各种毛色不同、形态迥异的马匹："有骍有皇，有骊有黄……有骓有駓，有骍有骐……有驒有骆，有骝有雒……有骃有騢，有驔有鱼。"这说明重视牧业、擅长养马、经常与马匹打交道的地区的人在写马时更能抓住细节，因为他们对马已经熟悉到仿佛庖丁对牛、文与可对竹一样，胸中有马。由此可知，《秦风》之所以多有关于马的描写，且

---

① [汉]司马迁：《史记》，中华书局1982年版，第336页。
② [宋]朱熹：《诗集传》，中华书局2011年版，第318页。

对马的描写能够做到细致入微,反映的正是秦人对畜牧的重视和他们与牧马的密切关系。而秦人之所以擅长驾御和养马,又与他们的发祥地陇南不无关系。

早期西汉水流域是少数民族聚集地,不但有与秦人长期对立的西戎,还有氐人。《逸周书·王会解》说:"正西昆仑,狗国,雕题。""狗国"即西戎,"雕题"即氐族。[①] 这两个民族都善于畜牧。《史记·货殖列传》记载:"天水、陇西、北地、上郡与关中同俗,然西有羌中之利,北有戎翟之畜,畜牧为天下饶。"受周边少数民族影响,秦人也逐渐发展起养马之业。而陇南一带丰茂的牧草,富含盐分的水源为其提供了得天独厚的自然条件。

《水经注·漾水注》说仇池山上"有平田百顷,煮土成盐,因以百顷为号。山上丰水泉,所谓清泉涌沸,润气上流者也"[②]。又说:"西汉水又西南,迳宕备戍南,左则宕备水自东南,西北注之。右则盐官水南入焉。水北有盐官,在嶓冢西五十许里,相承煮盐不辍,味与海盐同。故《地理志》云:西县有盐官是也。"[③]仇池山、盐官镇均位于陇南市西和县境内,自古盐业发达。经盐水滋润的牧草对马匹的成长非常有益,故而这一带富产良骏。《秦风·车邻》所言"白颠"之马就是俗称的戴星马,著名的良马之一的卢。《史记·秦本纪》记载造父因善御得到周穆王的赏赐:骥、温骊、骅骝、騄耳之驷。《括地志》也说:"陇右成州、武州,皆白马氐。"白马氐是氐人的一支,因奉白马为图腾而得名。其中反映的均是早期秦人生活的陇南一带多骏马的特点。20 世纪 70 年代,陇南礼县出土了两件家马鼎,其上铭文曰:"天水家马鼎,容三升,并重十九斤。""天水家马鼎,容三升,并重十斤。"家马是秦官,其职责是给天子提供私用的马匹。班固《汉书》有:"太仆,秦官,有两丞,属官有大厩、未央、家马三令。"颜师古云:"家马者,主供天子私用,非大祀、戎事、军国

---

① 关于"雕题"与氐族的关系,详见赵逵夫:《古代神话与民族史研究》,《西北民族研究》,2002 年第 1 期。

② 〔北魏〕郦道元著,陈桥驿、叶光庭、叶扬译注:《水经注全译》,贵州人民出版社 1996 年版,第 698 页。

③ 〔北魏〕郦道元著,陈桥驿、叶光庭、叶扬译注:《水经注全译》,贵州人民出版社 1996 年版,第 697 页。

所需,故谓之家马。"恰说明秦人生活的西汉水流域一带养马业非常发达,否则国家不会在此设养马官。畜牧业的发达还带动了这里的骡马交易,所以在陇南礼县盐官镇形成了西北最大的骡马交易市场。

二、从《蒹葭》看秦人早期生活环境

《诗经·秦风》中最引人注目、最令读者不解的是《蒹葭》一诗。人们不明白在彪悍好武的秦地何以会产生《蒹葭》这样柔媚深情,被王国维先生称之为最得"风人之旨"的言情诗篇。方玉润说:"此诗在《秦风》中气味绝不相类。以好战乐斗之邦,忽遇高超远举之作,可谓鹤立鸡群,翛然自异者矣。"(《诗经原始》,李先耕点校,中华书局 1986 年版,第273 页)而陈继揆和陈子展两位先生不仅注意到《蒹葭》一诗风格与《秦风》其他诗的不同,还指出了此诗呈现的地域特点。陈继揆《读风臆补》说:"意境空旷,寄托元淡。秦川咫尺,宛然有三山云气,竹影仙风。"《蒹葭》使读者想象到的情景是迷离缥缈的蓬莱仙境,是绿竹茵茵的江南水乡。陈子展在《诗三百解题》中说:"不错,我们不能确指其人其事。但觉《秦风》善言车马田猎,粗犷质直。忽有此神韵缥缈不可捉摸之作,好像带有象征的神秘的意味,不免使人惊异,耐人遐思。在《三百篇》中只有《汉广》和这首诗相仿佛。"①陈先生不仅注意到《蒹葭》与《秦风》中其他诗歌的不同,而且还注意它与产生于汉水流域的《周南·汉广》的相似。这种相似从表面看是诗歌风格的相似,深层却是二诗产生的地域在气候、地貌等自然条件上的接近。《蒹葭》所描写的自然环境与人们通常对甘肃的理解和认识有很大差距。一说到西北,一说到甘肃,人们立刻想到的是干旱少雨、植被稀疏、漫漫黄沙。自然环境对文学作品的创作有巨大影响。即使同一个诗人,作于西北的诗歌与作于江南的诗歌也常常是两种不同的风格。如唐代大诗人王维笔下既有"大漠孤烟直,长河落日圆"的豪迈粗犷,也有"竹喧归浣女,莲动下渔舟"的清新灵动。之所以有这种区别,主要在于诗人所处的自然环境。那么,《蒹葭》为什么表现出浓郁的水乡泽国气象? 假如我们对早期秦人活动的甘肃

---

① 转引自赵逵夫注:《诗经》,凤凰出版传媒集团 2011 年版,第 146 页。

南部西汉水流域的地理和气候特征有所了解，答案就瞬间明了了。

《诗序》说："蒹葭，刺襄公也。"言下之意，此诗作于秦襄公（公元前777—前766）时。彼时秦人尚未东迁，生活区域就在现今陇南一带。所以《蒹葭》表现的凄美迷离的秋晨美景就是西汉水流域水边秋色的写照。陇南地处秦巴山区，古属梁州，是甘肃境内唯一的长江流域地区，也是甘肃四大地理区域中唯一的南方地区。陇南气候属亚热带向暖温带过渡。境内高山、河谷、丘陵、盆地交错，气候垂直分布，地域差异明显，既具南国之灵秀，又具北国之雄奇。作为早期秦人发祥地的西和、礼县、天水等地在气候与地貌上更是得天独厚，颇具江南风情。著名秦史研究专家祝中熹先生说："以西邑为中心的西汉水上游这一地带，又是一片肥沃的河谷盆地，即今日西起大堡子山、东至祁山的永兴川。西和河（古建安水）由南而北与西汉水汇合，山川交错，河流纵横，地势开阔平坦，气候温润，物产丰饶，人烟稠密。"[1]了解了陇南的气候和地理特点，再来读《蒹葭》就不会诧异了。一方水土育一方人，陇南秀丽的山水孕育出的秦民族虽然好战，但那是为了生存不得已而为之。和平时期，秦地儿女面对青山绿水、奇峰幽峡也会自然而然流露出情深意长的一面，发为"所谓伊人，在水一方"的绝妙好辞。假如没有此般充满诗情画意的自然美景，诗人单凭想象，即使手握生花妙笔，也很难写出这么空灵优美的诗篇。

《蒹葭》之外，从《秦风·车邻》所述"阪有漆，隰有栗""阪有桑，隰有杨"及《晨风》所描写"山有苞栎，隰有六駮"[2]"山有苞棣，隰有树檖"也可以看出秦人早期生活环境的特点。阪指山坡，隰指湿地。漆指漆树，落叶乔木，大体生长在北纬 25°～42°，东经 95°～125°之间的山区。秦巴山地和云贵高原为漆树分布集中的地区。栗即栗树，桑指桑树，虽然我国南北广泛栽培，但以长江流域为多。苞栎即栎树，分布在北半球温

---

① 祝中熹：《秦史求知录》，上海古籍出版社 2012 年版，第 42 页。
② 《毛传》："駮如马。"《疏》陆机云："駮马，梓榆也。其树皮青白驳荦，遥视似駮马，故谓之駮马。下章云：山有苞棣，隰有树檖。皆山隰之木相配，不宜云鸟。"宋沈括《梦溪补笔谈·辩证》："梓榆，南人谓之朴，齐鲁间人谓之驳马。驳马，即梓榆也。"（按，驳、駮同）今人潘富俊认为"駮"是鹿皮斑木姜子，常绿乔木，分布于河南、华中、华南及西南各省低海拔阔叶林中。见《诗经植物图鉴》，世纪出版集团 2003 年版，第 181 页。

和地区。在中国,陕西、四川是其产地。槠,落叶乔木,高可达 10 米,分布于长江流域各省及山东、河南等低海拔地区。从这些树木也可判断出早期秦人生活的西汉水流域气候接近陕南和西南地区。另,《小戎》有:"在其板屋,乱我心曲。"板屋指用木板做的屋。朱熹特别指出以板制屋是西戎的习俗。这样的习俗须有一个前提就是当地盛产各种树木。《汉书·地理志》说:"天水、陇西,山多林木,民以板为室屋。"恰说明了这一点。屈原《九歌·国殇》有"带长剑兮挟长弓"。洪兴祖注《汉书·地理志》云:"秦地迫近戎狄,以射猎为先,又秦有南山檀柘,可为弓干。"都说明早期秦人的居住地植被丰富,林木众多。据统计,现今陇南有各类树种 1 100 多种,有不少被列为国家级、省级保护的珍稀树种,如银杏、红豆杉、香樟、法国梧桐、油松、华山松、冷杉、桦柏等优质乔木。一些温带和亚热带植物如生漆、板栗、茶树、楠木、棕榈等也在这里生长。可见《秦风》相关诗篇的描写完全是对先秦时期这一地域自然条件的真实反映。

三、秦人好战与其早期生存环境的关系

今人一说到秦文化,首先想到的是好战。公允地说,好战非秦人本性,而是因其早期所处地域邻近西戎等少数民族,为了生存不得已而战,由此形成了好战之风。

从《史记·秦本纪》记载可以看出,秦人和西戎关系错综复杂,时好时坏。为了使强悍的西戎臣服,秦人曾与其通婚。但是借周室内乱,西戎反王室,灭了秦人的一支犬丘大骆之族。大骆是非子的父亲。周宣王即位后,授命非子的后代秦仲为大夫,诛讨西戎,却被西戎杀害。[1]其后,周宣王召见秦仲的五个儿子,交给他们七千兵卒,于是秦人与西戎展开了又一场激战,将其打败。秦人立国前后在长达一个多世纪的时间里,始终处于与周边少数民族的战争中。2004 年,甘肃礼县考古发现与西北少数民族密切相关的寺洼文化遗址 22 处,它们与同一地区发现的周秦文化遗址既有各自的分布范围,又有彼此对峙、交错的地段,考

---

① [汉]司马迁:《史记·秦本纪》,中华书局 1982 年版,第 336 页。

古学界认为此即文献中与秦人敌对的戎人的遗存①，由此证实《史记》所言秦与戎或毗邻或部分混居之言不虚。张天恩先生形象地描写这一情景：

> 试想使用着两类不同考古学文化的人群，同时居住在一条河谷的南北，将会出现一种什么样的生活场景呢？当然不难想象这是一种对峙状的分布，或彼此进退，杀伐之声盈耳；或鸡犬之声相闻，而互不来往；或和平相处，互通有无。既然以赵坪、大堡子山等周代遗址基本已经肯定属于秦文化，那么，同时居住于西汉水上游地区的寺洼文化，应该就是与秦发生过许多纠葛的西戎族的考古文化无疑。周秦与西戎的种种矛盾纠纷，从考古学方面观察，实际就是存在于周秦文化与寺洼文化之间。②

这种特殊的居住状况决定了秦人必须为生存而战，由此培育了秦文化鲜明的军事性和好战的特点。秦之好战从《诗经·秦风》可一睹其风貌。

《无衣》和《小戎》是《诗经·秦风》中描写征战的名篇。《小戎》中的女子对在前方与敌作战的丈夫思念心切，为此心烦意乱，辗转反侧。但她同时想到的又是丈夫出征时秦军威武雄壮的场面：战车列阵，兵强马壮，武器精良，置身于其中的丈夫英姿勃发。其中表现出的豪迈之情远远多于思念的忧伤。联系此诗写作背景，我们就明白为什么女主人公虽然承受着剧烈的思念痛苦，却没有怨言、不憎恨战争的原因。《诗序》说得很清楚："《《小戎》》美襄公也，备其兵甲以对西戎，西戎方强，而征伐不休，国人则矜其车甲。夫人能闵其君子焉。"朱熹《诗集传》说："西戎者，秦之臣子所与不共戴天之仇也。襄公上承天子之命，率其国人往而征之，故其从役者之家人，先夸车甲之盛如此，而后及其私情。盖以

---

① 王辉：《寻找秦人之前的秦人——以甘肃礼县大堡子山为中心的考古调查发掘记》，《中国文化遗产》，2008 年第 2 期。

② 张天恩：《甘肃礼县秦文化调查的一些认识》，《考古与文物》，2004 年第 2 期。

义兴师,则虽妇人亦知勇于赴敌,而无所怨矣。"①因为是对西戎的战争,因为关系到秦人的生死存亡,所以诗中的妇人虽然饱受思念之苦,却无丝毫埋怨之情。

说到《秦风》中的战争诗,最典型、影响最大的还数《无衣》。班固《汉书·赵充国辛庆忌传》中有:"山西天水、陇西、安定、北地处势迫近羌胡,民俗修习战备,高上勇力,鞍马骑射。故《秦诗》曰:'王于兴师,修我甲兵,与子偕行。'""山西"即陇山之西。秦汉时期有"山东出相,山西出将"②之说。天水、陇西、安定、北地加上上郡、西河,合称"六郡",或是秦人生活居住的区域,或邻近秦人生活居住区,也就是秦文化的发祥地。"王于兴师,修我甲兵,与子偕行"即出自《秦风·无衣》。《毛传》说:"《无衣》,刺用兵也,秦人刺其君好攻战,而不与民同欲焉。"但是在解释第一章时却又说:"上与百姓同欲,则百姓乐致其死。"前后矛盾显而易见。拿毛氏对《小戎》主题的阐发做对比,这一矛盾就更加明显了。于是,宋代朱熹《诗集传》对《无衣》进行了全新解读:"秦俗强悍,乐于战斗。故其人平居而相谓曰:岂以子之无衣,而与子同袍乎?盖以王于兴师,则将修我戈矛,而与子同仇也。其欢爱之心,足以相死如此。"把《无衣》的主题由"刺"——讽刺国君好战,转而为"美"——称赞士卒同仇敌忾,保家卫国。结合同为表现战争的《小戎》,我们可以断定朱熹说更切合诗意。《无衣》巧妙选取"共衣"这样一个角度表现士卒们齐心协力、保卫家园的决心,使全诗洋溢着昂扬的斗志。一般来说,如不是为了保卫家园,士卒很难有如此高涨的士气。

《无衣》和《小戎》之外,我们还应该注意到《秦风》中的《车邻》和《晨风》对秦土多战争的含蓄反映。

《车邻》主旨,众说纷纭。诸种描述中,认为《车邻》是对享乐生活的歌咏这一观点虽然后出,却平实且贴近诗歌本意。如高亨《诗经今注》说"这(《车邻》)是贵族妇人所作的诗,咏唱他们夫妻的享乐生活"。把《车邻》主旨从前人所说的写君或君臣转到夫妻家庭生活方面。但是高亨先生说得过于简略、笼统,没有交代首章妇人"未见君子"的原因何

---

① [宋]朱熹:《诗集传》,中华书局1958年版,第96页。
② [汉]班固:《汉书》,中华书局1983年版,第492页。

在。蓝菊荪《诗经国风今译》的解释弥补了这一欠缺:"妇人喜见其征夫回还时欢乐之词。"此说甚得诗歌要意。班固在《汉书·地理志》中把《车邻》《驷驖》《小戎》和《无衣》归为一类:"皆言车马田狩之事。"那么"车马田狩之事"具体指什么?"田狩"即狩猎,是古代练兵的一种方式,因此从宏观角度说田狩诗可以归入战争诗。姚际恒《诗经通论》有言:"此篇(《驷驖》)言平时讲武完备整暇,见在我为习练之师。惟其豫习平时,故临敌勇往,是《驷驖》正《小戎》之张本也。"此说道出田狩诗与战争诗的关系。"车马"在《诗经》时代有两种用途,一种是充当交通工具,另一种是作战车战马。班固既然提到了《无衣》《小戎》这两首著名的战争诗,那么这里的车马一定指战车战马。由此可知他所说的"车马田狩之事"就指战事。《车邻》全诗找不出一点儿田狩的迹象,显然与《驷驖》不类,因此,依班固所言,它应该与《无衣》《小戎》相同,属战争诗。

通过分析《车邻》的诗句,我们也可以看出它是一首反映秦土多战争的诗歌。朱熹《诗集传》解释"邻邻":"众车之声。""邻邻"通"辚辚"。假如是一两辆,两三辆车是难以用"邻邻"形容的。所以认为说此诗描写朋友到访,表达了友人相聚之乐显然说不通。那么,什么情况下才有众多车马集聚到一起?在《诗经》时代一般来说只有两个场合,一是出征,二是凯旋。而从《车邻》表现的喜悦之情判断,应该是写将士凯旋。"有马白颠"句通过马匹的与众不同突出女子思念的男子独出于众。"寺人"即侍从。马瑞辰《毛诗传笺通释》说:"寺人者,即侍人之省,非谓《周礼》寺人之官也。"高亨《诗经今注》释"寺人"为官名:"寺读为侍,侍候王侯贵族的人。"所以"未见君子,寺人之令"是说女子急切地希望见到胜利归来的丈夫,但是一时见不到,只能等待丈夫身边近侍的通报。此句再次强调女子的丈夫不是一般士卒,而是秦军将领。二、三章写女子终于与夫君相见,喜悦之情难以按捺,夫妻二人"并坐鼓瑟""并坐鼓簧"。打仗必有伤亡。女子的丈夫能够平安归来,夫妻相见感慨万分,因此发出"今者不乐,逝者其耋""今者不乐,逝者其亡"的慨叹。那种经历了生死离别后再次相聚产生的巨大喜悦溢于言表。战争的残酷也使他们认识到相聚不易、欢乐难得,因此要抓住眼前机会尽情享受。所以蓝菊荪先生《诗经国风今译》认为《车邻》主旨是"妇人喜见其征夫回还"①，非常正确。牛运震《诗志》评《车邻》说："莽莽草草，写出古风霸气。读其诗，可以知其俗。读此篇，简易之风、悲壮之气俱见。"②牛运震作为清代评点《诗经》的著名学者，在人生经历上与其他评点者不同的是曾长期为官秦地(在现今的甘肃天水和徽县做过县令)，对秦地风土人情有着深切体察，这是他理解品评《秦风》得天独厚的条件。这一特点体现在《车邻》一诗上就是他对此诗主旨的把握贴切而精准。"莽莽草草，写出古风霸气"指诗的第一章短短数句就写出了秦军凯旋的盛大场面、昂扬的士气，展现了战车涌动、战马嘶鸣、战将意气风发的景象。"读其诗，可知其俗"意即通过读《车邻》可了解秦人为了生存不得不战以及秦土多战争的特点。"简易之风、悲壮之气"显然指《车邻》第二、三章表现出的秦人坦率开朗的性情和那种经过战争洗礼后对生死的豁达认识。重逢、美酒、音乐本是欢乐的元素，但是面对无常的生命，欢乐背后是难掩的悲伤。悲至极致，又化而为及时行乐的潇洒。

《晨风》的主旨亦多种。朱熹的"妇女念其君子"之说影响较大。他在《诗集传》中言："妇人以夫不在，而言鴥彼晨风，则归于郁然之北林矣；故我未见君子，而忧心钦钦也。彼君子者，如之何而忘我之多乎！此与《扊扅之歌》同意，盖秦俗也。"朱熹明言女子是因为丈夫不在，故而看到归林的晨风鸟而起忧思之情。又因忧思而生埋怨，"如何如何，忘我实多"。女子的丈夫为什么不在，朱熹没有解释。从诗歌表现出的浓郁思念之情来看，应该是夫妻暂时离别。傅斯年《诗经讲义稿》也说："(《晨风》)丈夫在外，其妻思之。"我们再继续追寻下去：夫妻为什么离别？ 在《诗经》时代，要么是男子出差役，要么去打仗。结合秦地多战争的特点和《晨风》内容，此诗所述夫妻离别的原因应是女子的丈夫上了战场。《晨风》诗凡三章，采用重章叠唱的方法表达忧思之深："未见君子，忧心钦钦。""未见君子，忧心靡乐。""未见君子，忧心如醉。"谢枋得《诗传注疏》说："始曰钦钦，中曰靡乐，终曰如醉，一节深一节。""未见君子"之后紧跟忧愁的描写，这种句式在《诗经》中出现十次，除《晨风》三

---

① 蓝菊荪：《诗经国风今译》，四川人民出版社 1982 年版，第 352 页。

② 聂石樵、李山：《诗经新注》，齐鲁书社 2000 年版，第 236 页。

次外，其他七次下文均有"既见君子"之乐。另外，《诗经》中还有十六次写到"既见君子"之乐，而无"未见君子"之忧的诗篇。只写"未见君子"之忧而无"既见君子"之乐的仅《晨风》一篇。这种写作上的独特情形，加之对忧伤一层深过一层的描写，说明诗中女子面对的不是出差役这种寻常的分别，她的丈夫是出征打仗。此去生死未卜，所以她无尽思念，深深担忧，思念、担忧至极时不免淡淡埋怨。朱熹特别强调"彼君子者，如之何而忘我之多乎"一句"与《炊扊扅之歌》同意，盖秦俗也"。《炊扊扅之歌》写秦相百里奚在虞灭亡后，流离失所，后被识才的秦穆公拜为相。百里奚发达后，一日在府中举办宴席，千里寻夫的百里奚之妻扮作洗衣女佣为众宾客操琴抚弦而奏，唱道："百里奚，五羊皮。忆别时，烹伏雌，炊扊扅。今富贵，忘我为！"百里奚听后大为惊讶，仔细询问，方知是失散的妻子，于是夫妻团圆。导致百里奚与其妻分离的原因是战争。虞君不听百里奚之言，贪图晋国之宝，致使虞君和百里奚被俘，虞国灭，百里奚被迫逃亡，因而与妻离散。朱熹认为《炊扊扅之歌》中百里奚妻对丈夫的思念和埋怨与《晨风》中女子相同，而且说这是秦俗。这是非常值得玩味的一句话。为什么《晨风》与《炊扊扅之歌》所述妻子对丈夫的思念和埋怨被朱熹视为秦俗？把《晨风》中女子的忧思与秦地频繁爆发的与周边西戎族的战争联系起来，这一问题就迎刃而解。早期秦人在与西戎战争中付出了惨重代价。秦仲被杀，世父被俘，于此可以想见普通将领和士卒在战争中的境况只会更危险。男子在疆场上拼杀，他们的妻子在家既担心他们的安全，又因思念而生忧伤，所谓"忧心钦钦""忧心靡乐""忧心如醉"即是。时间久了，难免因思念之痛、担心之重而产生些微埋怨，认为丈夫"忘我实多"！战争频仍，被思念与担忧裹胁的女子就多，以至成为秦地一种普遍现象。所以诗中的女子只有"未见君子"之忧，无"既见君子"之乐。

有学者认为，"甘肃东部周秦遗址的出现是伴随着军事征服与人口迁徙而实现的，秦人进入西汉水上游地区具有军事殖民性质。考古发现和文献记载都表明，先周文化晚期和西周早期，周、秦文化已经先后进入甘肃东部的牛头河流域和西汉水流域。而这种进入，是随着周人势力的扩张,在对戎人征伐的过程中实现的"①,这就决定了秦人在其发展中必须重视军事,好战是早期秦人迫不得已的选择,因为它关系到生存。周人在其中起到巨大的推动作用。只是他们没想到,由他们一手培养出的好战的秦人,最终埋葬了周王朝。秦人后来虽然东移至今陕西,但他们在甘肃西汉水流域形成的早期文化特点一直伴随着他们。因为那是秦文化的根柢。于此可见甘肃对秦文化的影响。

其后,这种军事性与商鞅变法的奖励军功不谋而和,因而造就了战国时期秦兵闻战而喜的好战风格,使得在农耕文明、礼乐文化熏陶下的六国面对秦的大力进攻,只有招架之功,无还手之力,最终土崩瓦解,被秦国统一。

---

　① 王志友:《考古材料所见早期秦文化的军事性》,《兰州学刊》,2014 年第 5 期。

十六国时期的慕容鲜卑散文

高人雄

（西北民族大学）

东汉三国以来，鲜卑逐渐强大。居于蒙古草原、东北等地的鲜卑族部落一批批向南内徙，东起辽东，西至新疆，南到淮河、长江，到处都有他们活动的踪迹。按其发源地和后来迁徙分布的状况大致可分为东部鲜卑、北部鲜卑和西部鲜卑。东部鲜卑经檀石槐、轲比能等部落联盟时期，发展为慕容氏、段氏、宇文氏。北部鲜卑主要是拓跋氏。西部鲜卑主要由河西秃发氏、陇右乞伏氏以及青海甘肃等地的吐谷浑组成。其中慕容氏、乞伏氏、秃发氏，在十六国南北朝时期分别建立前燕、后燕、西燕、南燕、西秦、南凉；拓跋氏建立代国，后又建立北魏，并统一北方；宇文氏建立北周；吐谷浑在今甘南、四川及青海等地区建立统治政权，一直延续到隋唐之后。慕容氏，亦称慕容部，是鲜卑诸部中汉化最早的一支，在十六国时期先后在北方建立前燕、后燕、西燕、南燕等政权。曹魏时期慕容部活动于太原、高柳（治今山西阳高西北）以东的代郡、上谷边塞内外各地，辽西、右北平、渔阳塞外等地区，与汉文化交流频繁。至前燕建国，统有燕、赵、齐、鲁、幽、并、辽西之地，据有了汉文化传承的腹心之地。内徙慕容氏，尤其是他们的部落大人，受地域人文的影响，重视子弟的文化教育，崇尚儒学。

考察十六国时期的慕容鲜卑文学，鲜卑慕容歌多是流于口头的通俗文学，而鲜卑慕容散文则是出于文人之手。也就是说，前者多是民歌和无名氏作品，后者则是出于有一定汉文字语言素养的文化人之手。因而可窥见鲜卑慕容散文由简入繁的发展过程，亦即鲜卑慕容深刻接受中原传统文化的进程。这些散文，社会内容充实，真实反映了鲜卑慕容在十六国时期群雄纷争的战乱中谋求生存，贵族集团争霸天下的种种心理与历史事件。同时也反映出十六国时期北方多民族融合期的文学发展现象。慕容氏是鲜卑诸部中最早接受汉族文化，最早建立政权的鲜卑部族,他们对北魏拓跋鲜卑的汉化与文化的进步也起到了先导作用。

一、慕容廆与前燕的散文创作

文献记载最早的慕容鲜卑歌是慕容廆思念庶长兄吐谷浑所作的《阿干歌》。慕容廆有较好的汉文化修养,《晋书·慕容廆载记》:"时二京倾覆,幽、冀沦陷,廆刑政修明,虚怀引纳,流亡士庶多襁负归之。……于是推举贤才,委以庶政,以河东裴嶷、代郡鲁昌、北平阳耽为谋主,北海逢羡、广平游邃、北平西方虔、渤海封抽、西河宋奭、河东裴开为股肱,渤海封弈、平原宋该、安定皇甫岌、兰陵缪恺以文章才俊任居枢要,会稽朱左车、太山胡毋翼、鲁国孔纂以旧德清重引为宾友。平原刘赞儒学该通,引为东庠祭酒,其世子皝率国胄束修受业焉。廆览政之暇,亲临听之,于是路有颂声,礼让兴矣。"[1]廆推广儒家文化,注重任用汉族文士,将汉文化教育作为立国之本。慕容廆《与陶侃笺》[2]反映了与侃同盟的决心,陶亦有答书。全文如下:

> 明公使君毂下:振德耀威,抚宁方夏,劳心文武,士马无恙。钦高仰止,注情弥久。王途险远,隔以燕越,每瞻江湄,延首遐外。
>
> 天降艰难,祸害屡臻,旧都不守,奄为房庭,使皇舆迁幸,假势吴楚。大晋启基,祚流万世,天命未改,玄象著明。是以义烈之士,深怀愤踊。廆以功薄,受国殊宠,上不能扫除群羯,下不能身赴国难,仍纵贼臣,屡逼京辇。王敦倡祸于前,苏峻肆毒于后,凶暴过于董卓,恶逆甚于權汜,普天率土,谁不同愤!深怪文武之士,过荷朝荣,不能灭中原之寇,刷天下之耻。
>
> 君侯植根江阳,发曜荆衡,杖叶公之权,有包胥之志,而令

---

① 〔唐〕房玄龄等:《晋书》,中华书局1974年版,第2806页。

② 〔清〕严可均校辑:《全上古三代秦汉三国六朝文》卷一百四十九,中华书局1958年版,第2318页。

白公、伍员，殆得极其暴，窃为丘明耻之。区区楚国子重之徒，犹耻君弱臣强。臣不及先大夫，厉己戒众，以服陈郑；越之种蠡，尚能弼佐句践，取威黄池。况今吴土，英贤比肩，而不闻辅翼圣主，陵江北伐。以义声之直，讨逆暴之羯，檄命旧都之士，招怀存本之人，岂不若因风振落，顿坂走输哉！且孙氏之初，以长沙之众，摧破董卓，志匡汉室。虽中罹寇害，雅志不遂，原其诚心，乃忽身命。及权据扬越，外仗周张，内凭顾陆，拒魏赤壁，克取襄阳。自兹以降，世主相袭，咸能侵逼徐豫，令魏朝盱食。不知今之江表，为贤俊匮智，藏其勇略邪？将吕蒙、凌统，高踪旷世哉？况今凶羯虐暴，中州人士，逼迫势促，颠沛之危，甚于累卵。假号之强，众心所去，敌有衅矣，易可震荡。王郎、袁术，虽自诈伪，皆基浅根微，祸不旋踵，此皆君侯之所见闻者矣。

　　王司徒清虚寡欲，善于全己，昔曹参亦崇此道，著画一之称也。庾公居元舅之尊，处申伯之任，超然高蹈，明智之权。于寇难之际，受大晋累世之恩，自恨绝域，无益圣朝，徒系心万里，望风怀愤。今海内之望，足为楚汉轻重者，惟在君侯。若戮力尽心，悉五州之众，据兖豫之郊，使向义之士，倒戈释甲，则羯寇必灭，国耻必除。魔在一方，敢不竭命。孤军轻进，不足使勒，畏首畏尾，则怀旧之士，欲为内应，无由自发故也，故远陈写，言不尽宣。①

《与陶侃笺》洋洋数百言，俨然以匡扶天下为己任，文义婉转而语气铿锵。通篇文辞华美，已带有骈俪气息。该文或许有他属下文士参与，共同商榷撰写而成，但仍足以说明慕容廆汉化较深，且有一定的文学素养。

《晋书·慕容皝载记》云："皝雅好文籍，勤于讲授，学徒甚盛，至千余人。亲造《太上章》以代《急就》，又著《典诫》十五篇，以教胄子。"所以《上晋帝表》《与庾冰书》出自其亲笔是可能的。晋成帝咸康七年（341

---

① ［唐］房玄龄等：《晋书》，中华书局 1974 年版，第 2811～2813 页。

年），前燕使刘翔至建康，求封慕容皝为燕王，晋朝许之。事见《晋书·慕容皝载记》。《晋书》载有《上晋帝表》《与庾冰书》原文，皆有文采。

慕容皝善著文，且勤于讲解，文化程度之高，与其早年所受教育密切相关。现录皝之公文《上晋成帝表》如下：

> 臣究观前代昏明之主，若能亲贤并建，则政致升平；若亲党后族，必有倾辱之祸。是以周之申伯，号称贤舅，以其身藩于外，不握朝权。降及秦昭，足为令主，委信二舅，几至乱国。逮于汉武，推重田蚡，万机之要，无不决之。及蚡死后，切齿追恨。成帝暗弱，不能自立，内惑艳妻，外恣五舅，卒令王莽，坐取帝位。每览斯事，孰不痛惋！设使舅氏贤若穰侯、王凤，则但闻有二臣，不闻有二主。若其不才，则有窦宪、梁冀之祸，凡此成败，亦既然矣。敬能易轨，可无覆坠。①

文章谈及用人之道，情辞恳切，颇有文采。又如《下令赐封裕》强调农业为国家的根本："君以黎元为国，黎元以谷为命。然则农者国之本也。"为了增强农业生产力，"苑囿悉可罢之，以给百姓无田业者"，"乐取官牛垦官田者，并依晋魏旧法"，"沟洫溉灌，有益官私，主者量造，务尽水陆之势"，"百工商贾，数四佐与列将，速定大员，馀者还农"。慕容皝还鼓励直言纳谏，如令中说："诗不云乎：'无言不酬。'其赐钱五万！宣明内外，有欲陈孤过者，不拘贵贱，勿有所讳。"②

慕容皝于咸康四年（338 年）称燕王，南摧石赵，东灭高句丽，北并宇文部，西平段部，开地三千里，益民十万户，成为东北唯一的强国。慕容皝听取昌黎人封裕的建议，把官有的猎围牧苑辟为耕地，借官牛给无牛的流民从事农耕。并制定了一系列劝课农桑、减低赋税、兴修水利的政策。从这些文字可看出他的治国举措。

皝第二子慕容俊善于讲论，《晋书·载记》曰："俊雅好文籍，自初即位至末年，讲论不倦，览政之暇，唯与侍臣错综义理，凡所著述四十余

---

① ［清］严可均校辑：《全上古三代秦汉三国六朝文》，中华书局 1958 年版，第 2319 页。
② ［清］严可均校辑：《全上古三代秦汉三国六朝文》，中华书局 1958 年版，第 2319 页。

篇。"在严可均辑《全上古三代秦汉三国六朝文》中仅存有《手令敕常炜》《下令追崇祖考》《下书定冠冕制》等三篇。

如《下书定冠冕制》:"《周礼》:冠冕体制,君臣略同,中世以来,亦无常体。今特制燕平上冠,悉赐廷尉以下,使瞻冠思事,刑断详乎。诸公冠悉颜裹屈竹,锦缠作公字,以代梁处施之金。令仆尚书填而已,中秘监令别施珠。庶能敬慎威仪,示民轨则。"反映了前燕慕容氏对儒家冠冕礼制的重视,这一制度的主要标准是:"今特制燕平上冠,悉赐廷尉以下,使瞻冠思事,刑断详乎。诸公冠悉颜裹屈竹,锦缠作公字,以代梁处施之金。令仆尚书填而已,中秘监令别施珠。"主要目的是"庶能敬慎威仪,示民轨则"(同前)。此外,慕容俊还仿效汉制,追崇祖考,如《下令追崇祖考》:"追崇祖考,古人之令典也。其追尊武宣王廆为高祖武宣皇帝,文明王皝为太祖文明皇帝。"①

慕容俊汉化更深,文章著述也较父辈为多,语言表述得心应手,文辞流畅。

俊第三子慕容暐在《答慕容恪、慕容评》中申述了二人在朝廷中的至关重要的地位:"朕以不天,早倾乾覆,先帝所托,惟在二公。二公懿亲硕德,勋高鲁卫,翼赞王室,辅导朕躬,宣兹惠和,坐而待旦,虔诚夕惕,美亦至矣。故能外扫群凶,内清九土,四海晏如,政和时洽。虽宗庙社稷之灵,抑亦二公之力也。"令中还表达了他括清天下的愿望:"关右有未宾之氐,江吴有遗烬之虏,方赖谋猷,混宁六合,岂宜虚己谦冲,以违委任之重!王其割二疏独善之小,以成公旦补衮之大。"②表达对此二人的殷切期望:"且古之王者不以天下为荣,忧四海若荷担,然后仁让之风行,则比屋而可封。今道化未纯,鲸鲵未殄,宗庙之重,非惟朕身,二公所忧也。当思所以宁济兆庶,靖难敦风,垂美将来,侔踪周汉,不宜崇饰常节,以违至公。"③慕容暐即帝位,在位十一年,为秦苻坚所擒,前燕倾覆。文章真实地反映了一位亡国之君的悲沉情态,全然没有了帝王权势者的口吻,唯有痛定思痛,系一线希望于国勋旧臣。文章语词自

① [清]严可均校辑:《全上古三代秦汉三国六朝文》,中华书局1958年版,第2320页。
② [唐]房玄龄等:《晋书》,中华书局1974年版,第2850页。
③ [唐]房玄龄等:《晋书》,中华书局1974年版,第2850页。

然流畅,情感真实。又如《下书祈雨》是在"亢阳三时,光阴错绪,农植之辰,而零雨莫降"的背景下写就的,反映了农业是国家的根本,所以"其令有司彻乐,大官以菜食常供祭奠"①,也堪称言辞得体的公文。

纵观前燕主君臣的散文,不难看出,其汉文学素养逐代提高。

二、后燕慕容垂等的散文创作

后燕慕容垂为慕容皝第五子,前燕时封吴王,后为苻坚部将。苻坚淝水之战失败,慕容垂趁机起兵称帝,是为后燕。慕容垂现存公文多篇,有《上苻坚表》《上书请伐》《济河下令》《报丁零及西人令》《遗令》《与僧朗书》等,其中不乏可读之作。

《上苻坚表》可谓代表之作,录全文如下:

> 臣才非古人,致祸起萧墙,身婴时难,归命圣朝。陛下恩深周汉,猥叨微顾之遇,位为列将,爵忝通侯,誓在戮力输诚,常恐不及。去夏桓冲送死,一拟云消,回讨郾城,俘馘万计,斯诚陛下神算之奇,颇亦愚臣忘死之效。方将饮马桂洲,愚雄闽会,不图天助乱德,大驾班师。陛下单马奔臣,臣奉卫匪贰,岂惟陛下圣明,鉴臣单心,皇天后土,实亦知之。臣奉诏北巡,受制长乐。然丕外失众心,内多猜忌,令臣野次外庭,不听谒庙。丁零逆竖,寇逼豫州,丕迫臣单赴,限以师程,惟给弊卒二千,尽无兵杖,复令飞龙潜为刺客。及至洛阳,平原公晖复不信纳。臣窃惟进无淮阴功高之虑,退无李广失利之愆,惧有青蝇,交乱黑白。丁零夷夏,以臣忠而见疑,乃推臣为盟主。臣受托善始,不遂令终,泣望西京,挥涕即迈。军次石门,所在云赴,虽复周武之会于孟津,汉祖之集于垓下,不期之会,实有甚焉。欲令长乐公尽众赴难,以礼发遣,而丕固守匹夫之志,不达变通之理。臣息农收集故营,以备不虞,而石越倾邺城之众,轻相掩袭,兵陈未交,越已陨首。臣既单车悬轸,归者如

---

① [清]严可均校辑:《全上古三代秦汉三国六朝文》,中华书局1958年版,第2320页。

云,斯实天符,非臣之力。且邺者臣国旧都,应即惠及,然后西面受制,永守东藩,上成陛下遇臣之意,下全愚臣感报之诚。今进师围邺,并喻丕以天时人事。而丕不察机运,杜门自守,时出挑战,锋戈屡交,恒恐飞矢误中,以伤陛下天性之念。臣之此诚,未简神听,辄遏兵止锐,不敢穷攻。夫运有推移,去来常事,惟陛下察之。(《晋书·载纪·慕容垂传》)

该文是这些公文中文学水平较高的一篇,曹道衡指出:"慕容垂率领丁零、乌丸之众以攻符坚子丕于邺,慕容垂曾上表,符坚亦有报书,俱有文采。"①首先垂突出了在圣朝之德,符坚之才,认为自己的功劳是符坚皇恩浩荡,指挥得当的结果:"臣才非古人,致祸起萧墙,身婴时难,归命圣朝。陛下恩深周汉,猥叨微顾之遇,位为列将,爵忝通侯,誓在戮力输诚,常恐不及。去夏桓冲送死,一拟云消,回讨郧城,俘馘万计,斯诚陛下神算之奇,颇亦愚臣忘死之效。方将饮马桂洲,悬旌闽会,不图天助乱德,大驾班师。陛下单马奔臣,臣奉卫匪贰,岂惟陛下圣明,鉴臣单心,皇天后土,实亦知之。"慕容垂还说明了自己与丕之交战实属无奈,并且表达了自己的忏悔之情:"今进师围邺,并喻丕以天时人事。而丕不察机运,杜门自守,时出挑战,锋戈屡交,恒恐飞矢误中,以伤陛下天性之念。臣之此诚,未简神听,辄遏兵止锐,不敢穷攻。夫运有推移,去来常事,惟陛下察之。"②

另外,后燕慕容垂三子慕容农(辽西王),在《在龙城上表》中表达了自己不遗余力为国效力的志愿:"臣顷因征即镇,所统将士,安逸积年,青徐荆雍,遗寇尚繁,愿时代还,展竭微效,生无馀力,没无馀恨,臣之志也。"至于末代后燕君主慕容盛,《晋书·载记》③称:"盛听诗歌及周公之事,顾谓群臣曰:'周公之辅成王,不能以至诚感上下,诛兄弟以杜流言,犹擅美于经传,歌德于管弦。'至如我之太宰桓王,承百王之季,主在可夺之年,二寇窥觎,难过往日,临朝辅政,群情缉穆,经略外敷,辟境千

---

① 曹道衡:《南北朝文学编年史》,人民文学出版社 2000 年版,第 37 页。
② [唐]房玄龄等:《晋书》,中华书局 1974 年版,第 3084 页。
③ [唐]房玄龄:《晋书》,中华书局 1974 年版,第 3100 页。

里,以礼让……"知后燕在丧乱之际,仍然不废文学。盛是慕容垂孙,封长乐公,后即帝位,写有《告成太庙令》《下令公侯赎罪不得以金帛》等公文,也是堪读之文。

三、南燕慕容德等的散文

南燕统治者建都齐鲁,普遍而言,文字素养较高。南燕主慕容德《上慕容暐疏请图关右》①也是公文中的佳作。此录全文下:

> 先帝应天顺时,受命革代,方以文德怀远,以一六合。神功未就,奄忽升遐。昔周文既没,武王嗣兴,伏惟陛下则天比德,揆圣齐功,方阐崇乾基,纂成先志。逆氏僭据关陇,号同王者,恶积祸盈,自相疑戮,衅起萧墙,势分四国,投诚请援,旬日相寻,岂非凶运将终,数归有道。兼弱攻昧,取乱侮亡,机之上也。今秦土四分,可谓弱矣。时来运集,天赞我也。天与不取,反受其殃。吴越之鉴,我之师也。宜应天人之会,建牧野之旗。命皇甫真引并冀之众,径趣蒲孤;臣垂引许洛之兵,驰解谯围;太傅总京都武旅,为二军后继。飞檄三辅,仁声先路,获城即侯,微功必赏,此则郁概待时之雄,抱志未申之杰,必岳峙灞上,雪屯陇下。天罗既张,内外势合,区区僭竖,不走则降。大同之举,今其时也。愿陛下独断圣虑,无访仁人。

慕容德为前燕慕容皝少子,暐为皝孙,即前燕帝位时为苻坚所擒,封新兴侯,趁前秦内外交困之际,欲僭号称帝,故上书慕容暐,请图关右之地。文章首先体现了"先帝"尊崇天命、以文怀德的思想:"先帝应天顺时,受命革代,方以文德怀远,以一六合。"但可惜的是先帝未能完成大业:"神功未就,奄忽升遐。"而且认为,子继父业乃天经地义之事:"昔周文既没,武王嗣兴,伏惟陛下则天比德,揆圣齐功,方阐崇乾基,纂成先志。"表中还数落了敌方的罪状及个人欲图关右的意愿:"逆氏僭据关

---

① [清]严可均校辑:《全上古三代秦汉三国六朝文》,中华书局 1958 年版,第 2327 页。

陇，号同王者，恶积祸盈，自相疑戮，衅起萧墙，势分四国，投诚请援，旬日相寻，岂非凶运将终，数归有道。兼弱攻昧，取乱侮亡，机之上也。今秦土四分，可谓弱矣。时来运集，天赞我也。天与不取，反受其殃。吴越之鉴，我之师也。宜应天人之会，建牧野之旗。……"先彰显自己的身份，继而引用周武嗣兴之史，说明苻氏无道，天佐他起兵得胜，以拥有天下。申之以理，诉之以情。但最后以"愿陛下独断圣虑，无访仁人"句结尾，说明自己势在必行，极具威慑力！

疏文虽不骈俪，但文辞流畅，语气铿锵。其文还有《下诏增名为备德》《与僧朗书》等，文辞简要，事理明畅。

其他南燕君臣所作文，如慕容超《下书议复肉刑》①、慕容钟《传檄青州诸郡讨辟闾浑》等应用文字也不失为公文中的佳作。

慕容超尤其看重刑法在乱世和国家基业草创时的功用，其《下书议复肉刑》云："阳九数缠，永康多难。自北都倾陷，典章渝灭，律令法宪，靡有存者。网理天下，此焉为本，既不能导之以德，必须齐之以刑。且虞舜大圣，犹命咎繇作士，刑之不可以已也如是！先帝季兴，大业草创，兵革尚繁，未遑修制。朕猥以不德……"而且认为"肉刑者，乃先圣之经，不刊之典，汉文易之，轻重乖度。今犯罪弥多，死者稍众。肉刑之于化也，济育既广，惩惨尤深，光寿、建熙中，二祖已议复之，未及而晏驾。其令博士已上，参考旧事，依《吕刑》及汉、魏、晋律令，消息增损，议成燕律"。值得注意的是，慕容超还极其重视儒家文化中的孝道，认为不孝就是最大的罪过："五刑之属三千，而罪莫大于不孝。孔子曰：'非圣人者无法，非孝者无亲。'此大乱之道也。"书中还指出了刑法之重要："王者之有刑纠，犹人之有左右手焉。故孔子曰：'刑罚不中，则民无所措手足。'是以萧何定法令而受封，叔孙通以制仪受奉常。立功立事，古之所重，其明议损益，以成一代准式。周汉有贡士之条，魏立九品之选，二者孰愈，亦可详闻。"由此可知，一向主张"仁"的学说的孔子，也没有废弃刑法，法令之重要可见一斑。文章引经据典，气势贯通，让人无法反驳。

---

① ［清］严可均校辑：《全上古三代秦汉三国六朝文》，中华书局 1958 年版，第 2327 页。

四、西燕慕容泓、慕容冲等人的散文

西燕慕容泓《与苻坚书》①、慕容冲《命詹事答苻坚》等也是现存的较好的应用文字。慕容泓,前燕慕容俊弟,封济北王,燕亡入秦,为北地长史。苻坚败,慕容泓闻慕容垂已起兵,则从关内出奔关东,时慕容冲为平阳太守也起兵河东,率众二万,与慕容泓相和,集众十多万。时泓之谋士高盖以冲之德望高于泓,且泓持法苛峻,乃杀泓,拥冲为皇太子。385年慕容冲即皇帝位,是为西燕。

慕容泓《与苻坚书》是一封战书,语气比慕容垂《上苻坚表》强硬得多。这与泓的性格是一致的。试看其文:

> 秦为无道,灭我社稷,今天诱其衷,使秦师倾败,将欲兴复大燕,吴王已定关东,可速资备大驾,奉送家兄皇帝,并宗室功臣之家。泓当率关中燕人,翼卫乘舆,返还邺都,与秦以虎牢为界,分王天下,永为邻好,不复为秦之患也。钜鹿公轻慧锐进,为乱兵所害,非泓之意。(《晋书·载纪·苻坚传》下,又见《魏书·慕容泓传》,又《十六国春秋》三十八)

慕容冲,泓弟,小字凤皇,封中山王,年十二而燕亡,苻坚纳其姊清河公主,姊弟专宠,后为平阳太守。坚败起兵,及泓被杀,嗣立为皇太弟,据阿房,以晋太元十年僭即皇帝位,改元更始,都长安,为其部下段木延等所杀。慕容冲《命詹事答苻坚》②:

> 皇太弟有令:孤今心在天下,岂顾一袍小惠? 苟能知命,便可君臣束手,早送皇帝,自当宽待苻氏,以酬囊好。终不使既往之施,独美于前。(《晋书·载纪·苻坚传》下:"坚遣使送锦袍一领遗冲,称诏云云,冲命詹事答之,亦称云云。")

---

① [清]严可均校辑:《全上古三代秦汉三国六朝文》,中华书局1958年版,第2325页。
② [清]严可均校辑:《全上古三代秦汉三国六朝文》,中华书局1958年版,第2325页。

语气虽委婉，但欲自立于天下之心是一致的，只是两书表现出的个性文风不同而已。与南燕始主慕容德《上慕容暐疏请图关右》中所表现的欲摆脱氐秦自立称王一样，西燕慕容泓《与苻坚书》也表达了"兴复大燕"和与苻坚"分王天下"的愿望。慕容冲云："孤今心在天下，岂顾一袍小惠？"较前者貌似少点霸气，细品之则其语意更为刚毅。

这些公文涉及燕国统治者与前秦苻坚的往来关系，也是资以考察当时错综复杂的社会政治关系的重要的历史文献。

此外，南凉秃发利鹿孤，河西鲜卑人，乌孤弟，以晋隆安三年袭兄位，僭称大都督、大将军、大单于、西平王，逾年改元建和，其明年僭称河西王，以晋元兴元年死，谥曰康王。（参见严可均《全上古三代秦汉三国六朝文》）他留有《下令封爵》《求极言》《遗令》。

南凉秃发傉檀，是利鹿孤弟。傉檀之子秃发归是河西鲜卑人中较具文学才能的作家。《十六国春秋·南凉录》："归隽爽聪悟，檀甚宠之，年始十三，命为《高昌殿赋》，援笔即成，影不移漏，檀览而喜之，拟之曹子建。"虽然归之文学才能不能和曹子建相比，但从他身上也可以看出一个少数民族作家的文学程度之高。河西鲜卑民族文学盛况的出现与河西良好的文学传统是密切相关的，其重要标志就是茂倩（牧犍）上表宋文帝，全用骈文，且文采优于北魏。河西的这种文化传统对北魏文化的影响也很大，促进了北魏儒家文化的复兴。凉州号称多士，其文学之盛，冠绝一时。

余　论

鲜卑慕容氏汉化较早，十六国时期的慕容氏散文多是应用文字，而魏晋以来，文章的骈俪化倾向，首先是在应用文字中发展起来的。三国曹魏以陈琳、阮瑀等人掌书记，文章华美，多用俳句、对句。曹丕说："盖奏议宜雅，书论宜理，铭诔尚实，诗赋欲丽。"（《典论·论文》）曹植《求自试表》就骈俪气息较重，阮籍《为郑冲劝晋王笺》《答伏义书》等公文对句较多，对仗也工整。值晋末宋初之际，骈文兴盛。南朝的文人篇章，骈文占了很大比重。在当时，骈文一般被认为是典雅的正式文章。在慕容鲜卑建立诸燕时，君臣崇仰底蕴深厚的汉文化，努力学习中国传统文化,在应用文字的行文风格上也尽量追随南方文风,所以十六国时期诸燕慕容的一些应用文字,写得比较华美,与东晋一些人的文章相比,差别是不太大。当时,入主中原的少数民族统治者,大抵汉化较深,具有用汉文写文章的能力。如后燕的创立者慕容垂《上苻坚表》宣布背离前秦而自立,文字修养很高。慕容垂自称:"臣窃惟进无淮阴功高之虑,退无李广失利之愆,惧有青蝇,交乱黑白。丁零夷夏,以臣忠而见疑,乃推臣为盟主。臣受托善始,不遂令终,泣望西京,挥涕即迈。军次石门,所在云赴,虽复周武之会于孟津,汉祖之集于垓下,不期之会,实有甚焉。"(《晋书·载纪·慕容垂传》)苻坚答书曰:"方任卿以元相,爵卿以郡侯,庶弘济艰难,敬酬勋烈,何图伯夷忽毁冰操,柳惠倏为淫夫!"又说:"失笼之鸟,非罗所羁;脱网之鲸,岂罟所制!翘陆任怀,何须闻也!"这些句子对仗工整,又多引用历史典故,语言简约而用意良多,和南朝同类文字实不相上下。慕容垂为鲜卑族,苻坚为氐族,他们的文章尚且很骈俪化,说明十六国时期北方的文风和南方的风气是彼此沟通的,差别不是太大。十六国时期尽管各少数民族政权纷争,文章之道并未衰歇。所以《周书·王褒庾信传论》叙述十六国文学状况说:"章奏符檄,则灿然可观;体物缘情,则寂寥于世。"比较客观地评价了当时的文学现象。

如果说南朝人的文章以骈文为多,那么在北朝,骈文的数量和比重都比南朝小。北方自西晋以来长期战乱,如《隋书·经籍志》说:"其中原则兵乱积年,文章道尽。后魏文帝,未能变俗,例皆淳古。齐宅漳滨,辞人闲起,高言累句,纷纭络绎,清词雅致,是所未闻。后周草创,干戈不戢,君臣戮力,专事经营,风流文雅,吾则未暇。其后,南平汉沔,东定河朔,讫于有隋,四海统一,采荆南之杞梓,收会稽之竹箭,辞人才士,总萃京师。"概括了北朝文学的大致状况。但是值得注意的是,北方文风不同于南方的根本原因在于战乱,文人很难有安定的环境进行创作。但在十六国时一些应用文字,却往往写得比较华美,和东晋一些文人的篇章相比,差别不大。因为入居中原的少数民族统治者大抵汉化程度较深,他们不仅利用大量汉族文人的文章表达意愿、治理邦国,同时也自己用汉文写文章。《周书·王褒庾信传论》叙述十六国文学的状况说:"竞(章)奏符檄,则粲然可观;体物缘情,则寂寥于世。""体物缘情"

指诗赋美文。诗赋的衰落，必然也会使应用文字缺乏文采。各种文体之间总是互相影响的。正像在南朝，诗赋属对、声韵等技巧的不断发展，也推动了文章的骈俪化。至北魏初期，南北文章差别反而被拉大。

文学地理学视域下的清代
酉阳土家族文学家族研究

多洛肯　朱明霞

（西北民族大学）

　　文学地理学是一门融合文学与地理学研究，以文学为本位，以文学空间研究为重点的新兴交叉学科和新兴研究方法。梅新林先生曾将文学地理学定位为"融合文学与地理学研究，以文学为本位，以文学空间研究为重心的新兴交叉学科或跨学科研究方法"①。文学地理学以文学"地理空间"为研究的重心，是一种回归到"人类与地理"这一天然关系的学术尝试。

　　"讲中国文学不讲空间，不讲人文地理，不讲民族和家族问题，有时会像没有掌握'芝麻，开门'的暗语一样，石门当道，是说不清楚中国文学的内在奥秘的。"②因此，从文学地理学维度对酉阳土家族文学家族进行研究，对其进行整体观照，整理出文学家族的文人文化活动与著述情况，勾勒这些家族的文化状貌，有助于梳理酉阳的地方文脉，从而对日渐流散的历史文献起保护作用。回顾"改土归流"后酉阳土家族与各民族的相处模式、群体的仕宦变化、民族心态的转变等历史瞬间，亦对当前我国处理民族关系，有着一定的启示借鉴意义。

一、酉阳的地域文化背景

　　人类的文化系统是一个与生态环境相适应的体系，"任何作家的成长都不可能离开特定的自然地理环境，任何作品的创作也只能是在特

---

① 梅新林：《中国古代文学地理形态与演变》，复旦大学出版社 2006 年版，第 1～2 页。
② 杨义：《中国文学地理中的巴蜀因素》，《重庆师范大学学报》（哲学社会科学版），2010 年第 1 期。

定的自然环境中发生的。因此,我们将这种与生俱来的因素,称为'文学发生的地理基因'"①,清代酉阳土家族文学家族与巴人、土家族人的发展相依而生,其生产和生活状况与其所处的生态环境息息相关,文化风俗在相当程度上也受到自然条件的影响和制约。"黄杨扁担闪悠悠,挑挑白米下酉州……"这首脍炙人口的四川民歌中所唱的酉州,便是酉阳。酉阳以居酉水之阳而名。酉阳直隶州,位于今重庆酉阳土家族苗族自治县,地处武陵山脉腹地、渝黔湘鄂四省(市)结合部,置县2200年,建州800年,历600多年土司制,素有"渝东南门户、湘黔咽喉"之称,曾是武陵山区政治、文化和经济中心,具有深厚的文化底蕴和鲜明的民族特色。

董邦达所绘《四川通省山川形势全图》之直隶酉阳州图

酉阳上古为梁、荆二州接壤之域;春秋为巴、楚交界之地;秦属巴郡;两汉为巴郡涪陵、武陵郡迁陵二县地;晋永嘉后没于蛮獠;隋属务川县;唐属思州隶黔中郡(治所今彭水);五代再次没于蛮;北宋复属思州;南宋世为冉氏土官地;元置酉阳州属怀德府(治所在今湖北恩施地区);元仁宗延佑七年(1320年)改酉阳等处为军民宣慰司;明洪武五年(1372年)仍为州,八年升为宣抚司属四川都司,永乐十六年(1418年)

---

① 覃莉:《关于"文学发生的地理基因"的思考》,《世界文学评论》,2011年第1期。

改隶重庆府,天启初升为宣慰司;清雍正十三年(1735 年)"改土归流",酉阳置县,次年升直隶州,以州代县,再辖秀山、黔江、彭水三县,隶四川行省。酉阳虽地处偏远,长期被视以"蛮夷之地",但人文底蕴深厚,地域特色鲜明,随着政治制度的改革、社会经济的发展和地域文化的变迁,酉阳的汉化程度逐步加深,文人数量增加,作品质量提高,文学活动频繁,"改土归流"后的酉阳土家族文学处于成熟阶段。

"千里乌江,百里画廊,美在乌江山峡,奇在龚滩古镇",酉阳地处鄂西南山陵地带,属巴歌楚舞,汉、土家文化交融之地,境内有明澈纯净的酉水河,有山峰连绵的赤壁丹崖,环山绕水,风景殊异,美不胜收,生于斯地、长于斯地的酉阳儿女,浸染家乡灵秀之气,感受人文淳朴之风,抒发思乡之情,英才辈出,我们对土家族文学家族的深入探讨,离不开对酉阳这块秀丽而神奇的土地进行地理环境的解读。

二、酉阳土家族文学家族概况

清代的酉阳土家族文学家族在酉阳这片沃土上发轫,他们以师友声气为基础,和志同道合之士唱酬赠答,以文化活动为媒介,形成庞大的地方文化网络。在这个文化网络中,由于长期的师徒传习和书院讲学活动,涌现出大量的名师、名士和家族文化精英,这些精英人士构成这个文化网络中的基点。这些基点又通过文会活动与文人结社联结成面,将单个文学家族的文化活动融入整体的地域文化行为图式之中,反过来群体性文化活动中产生的精英思想又影响着个别家族的思维模式,营造出酉阳文学家族发展的外部文学环境。

酉阳土家族文学家族足以代表该时期该地域土家族人民的文化水平,当我们提到这些名门望族时,首先感受到的是他们所代表的酉阳地域文化;而当人们"矜其乡贤,美其邦族",提到酉阳的地域文学时,能想到的也正是这些具有代表性的冉氏、陈氏等土家族文学家族。本文试图从文学地理的视角切入,从文人的籍贯地理分布、文学家族的审美延续等方面进行探讨,凸显出以地域为窗口的文学研究所呈现出的学术个性和生命力。为了对酉阳文学家族有一个整体把握,笔者从家族渊源、世系传承、成员概况等基本情况出发,以文献学为基础,翔实考据;

以诗文作品为中心,并结合地方志、家谱、碑刻等史料展开研究;通过家族史研究与地方史研究相结合的方法,对酉阳土家族文学家族做综合考察与评估,以揭示封建社会后期酉阳土家族的发展脉络、各个阶层的相互关系以及独特的民族文化。现据(同治)《增修酉阳直隶州总志》《增订二酉英华》《国朝全蜀诗钞》等文献材料①,列举清晚期酉阳土家族文学家族世系表如下:

家族	家族成员	字号	生卒年	家族谱系	生平	作品存世状况
重庆酉阳冉氏	1. 冉广燆	字炯庵,号栎溪	不详,乾隆嘉年间。	冉裕枭子	乾隆三十七年(1772年)进士,是酉阳"改土归流"后的,也是清代酉阳第一个进士。曾任山西屯留知县,后辞官归里,教授儒学	工诗文,曾作《寓庸堂文稿》《二柳山房杂著》等,惜不传。存文2篇:《重修圣庙记》(碑存酉阳师范学校)、《冉氏族谱序》族谱:《忠孝谱》[乾隆五十四年(1789年)刻本,今藏重庆市彭水苗族土家族自治县润溪乡场上冉正斌、磨寨一碗水冉启富处]
	2. 冉广鲤	字海容,号松亭	1730—1802		乾隆四十年(1775年)岁贡,经史子集、星相医卜皆擅,不乐仕进,以栽花种竹为乐	著有《信口笛吟草》二卷、《黄庭坚句解》《古医方杂论》八卷、《铜人图经考证》二卷,藏于家,后散佚。存诗6首:《官仓霸早行》《凿石得泉承以竹笕细流娟娟入帘下喜而有作》《由甘溪至梅树下凡百余里路皆平衍因成四韵》《经先宣慰官署感而有作》《经经历司旧署》《笔架山》(见同治《增修酉阳直隶州总志》卷二十二)

---

① 资料来源:(1) 王鳞飞、张秉堃编修:《增修酉阳直隶州总志》,同治三年(1864年)刻本,国家图书馆藏;(2) 冯世瀛编修:《增订二酉英华》,光绪元年(1875年)刻本,四川大学图书馆、哥伦比亚大学图书馆藏;(3) 孙桐生辑:《国朝全蜀诗钞》,光绪五年(1879年)刻本,国家图书馆藏等。

家族	家族成员	字号	生卒年	家族谱系	生平	作品存世状况
重庆酉阳冉氏						存文1篇：《信口笛吟草自叙》（见同治《增修酉阳直隶州总志》卷二十）
	3.冉正维	字德隅，号地山	不详，乾嘉年间。	冉广鲤长子	嘉庆六年（1801年）拔贡生，才高德盛，博学多能，尤精于医，以塾师为业，深得龙潭州同黎永清赞赏	著有《老树山房集》六卷、《醒斋诗文稿》四卷、《云亭遗稿》《字音辩讹》四卷、《地理刊谬》二卷、《卜验医验》二卷，多散佚。存诗14首：《老树山房漫兴》《别熊生用和》《犵狫溪》《官山溪》《两合岩》《樊池寺前观靴堆》《隘门关》《洞庭湖》《黄鹤楼》《望卧龙岗怀诸葛武侯》《铜鼓潭与正山兄观先宣慰衙院及海洋遗迹，凄然成句》（见《增订二酉英华》卷二十一）存文1篇：《天龙山重建玉皇阁记》（见同治《增修酉阳直隶州总志》卷六）
	4.冉正岳	字崧维	不详，道光年间。		道光十七年（1837年）拔贡，天姿英迈，出语警快	存诗36首：《古意》《清溪纳凉》《感遇》（1题2首）、《彭水县寄示舍弟正藻》《将届北上留别壶川夫子》《沙市观涨》《昆阳》《废寺》《清溪馆中偶成》《省城偕友人至双流李少府宅》《秋夜宿温江陈副尉家志感》《遣兴》（2首）、《锦城送履雲东归》《九月十一日归舟泊薛涛井》

家族	家族成员	字号	生卒年	家族谱系	生平	作品存世状况
重庆酉阳冉氏						（1题2首）、《世故》《挽京菴师》（8首）、《清溪有怀》《秋夜》《山中散步》《古别离》《题画》（2首）、《长夏山居》《秋兴》《梅》《柳》《题履云墨竹》（4首录3）（见《增订二酉英华》卷二十一）
	5.冉正藻	字枂庵		冉正岳胞弟	岁贡生，诗笔清俊	存诗120首：《舟中与朋辈论文》《泸州对月》《夜泊李渡》《青神舟中望峨眉不见感赋》《大盐滩戏作长歌》《泊石门驿》《江行》等（见《增订二酉英华》卷十）
	6.冉瑞嵩	字祝三	？—1830	冉正维长子	增生，弱冠游庠食廪饩，文名甚噪	诗文集：《大酉山房集》（散佚） 存诗5首：《张营官旧居》《大江里居民有祀大喇土司彭某者椎牛告洁其礼甚丰为五律一首以纪其事》《衣襟坟》《题沛生公涤习辨后》《题骑龙庵壁》（见《增订二酉英华》卷二十一） 存文1篇：《冉氏族谱序》
	7.冉瑞岱	号石云	？—1862	冉正维第三子	道光四年（1824年）拔贡，曾拜师四川学政吴梅梁，深得其赏识，屡应乡试不第，后因家遭丧事，未获应举，遂隐居	诗文集：《二酉山房随笔》二十卷、《二酉山房诗集》十卷、《骈体散体古文》四卷、《轩渠录》四卷、《唾余录》十卷、《偶成草》若干卷、《诗文偶存》二卷、《管窥偶录》（均散佚）

家族	家族成员	字号	生卒年	家族谱系	生平	作品存世状况
重庆酉阳冉氏					授徒为乐,常与名士胡恕堂、朱莆亭、廖仲英等诗歌唱和。咸丰二年(1852年),州牧凌树棠聘为二酉书院山长,并参与筹划屯田事务。四年(1854年)冬屯田政成,瑞岱以功改教职。同治元年(1862年)卒,享年六十五岁	存诗125首:《读高帝本记》《边滩》《凤滩》《夜泛桃源》《磁州道中》《暮投固安》《东朋集夜雨》《天生桥》《春日感赋》《秋夜月下感怀》《樊城道中》《延津道中》《赠诗僧履云》《寒宵即事》等(见《增订二酉英华》卷三) 存文2篇:《冯壶川学博候虫吟草序》《周梦冷北党遗范序》(见同治《增修酉阳直隶州总志》卷二十)
	8.冉崇文	字右之,号蠹夫	1810—1867	冉瑞嵩长子	冉崇文一生悲苦,未及弱冠,父亲便下世,兄弟三人与母亲张氏相依为命,幸赖叔父冉瑞岱支助度日。二十五岁时,妻子白士贞早逝,仅有一个女儿,未再娶。他天赋才华极高,一心求取功名,然多次参加乡试,到死未中。且身经两次鸦片战争和酉阳的两次教案,目睹了清政府的腐败无能和老百姓的辛酸苦痛,有志不得伸,愤懑满怀	著有《二酉山房诗抄》等。存诗220首:《冬晓曲》《白纱帽》《临春阁》《拐子马》《铁笛仙》《赐铁简》《管家婆》《宣瓷印色盒歌》《读钱学史香树先生赠先伯高祖潜修公诗追和志感》《秋夜月下步石云叔韵》等(见《增订二酉英华》卷五、卷六) 存文4篇:《二酉英华序》(见《增订二酉英华》卷首)、《酉阳直隶州总志序》(见《增修酉阳直隶州总志》卷首)、《洋烟赋》《新婚赋》 史志:《增修酉阳直隶州总志》二十四卷[同治二年(1863年)刻本,人大、南大、国图藏]、《彭水县志》十六卷[光绪元年(1875年)刻本] 族谱:《冉氏家谱》

家族	家族成员	字号	生卒年	家族谱系	生平	作品存世状况
重庆酉阳冉氏	9. 冉崇煓	字雨亭		州附学生，保举训导		著有《雨亭诗草》一卷，今不见传 存诗47首:《迎春曲》《龙洞坪远眺》《溪上》《寄远祠》《游春曲》《访梅》《落梅曲》《晚过小河》《吴家店》《旅夜不寐》《贾家坡》等（见《增订二酉英华》卷十二）
	10. 冉崇治	字宓琴		冉崇煓胞弟	州附学生，保举训导	著有《容藤轩诗集》，不见传 存诗51首:《凉风洞》《冬日起早》《秋望》《由龚滩至羊角碛杂咏》（2首）、《晓发渝州》等（见《增订二酉英华》卷十四）
	11. 冉赓尧	字质甫		冉崇文族侄	酉阳著名塾师、乡贤	存诗1首:《大酉洞和诗》
重庆酉阳白鹿山庄陈氏	1. 陈序礼	字立山，号鹿泉	不详，嘉庆、道光年间。		附生，颇有声誉，老不得志，肆情山酒间	存诗14首:《晚泊石隈》《汉口感遇题柯家店主人壁》（10首录3）、《耳鸣》《闲居杂咏》（1题4首）、《戊戌仲夏将北征漫题》《柯家店戏作平头诗一首排闷》《燕台怀古》《归途口占》《襄阳舟中》（见《增订二酉英华》卷二十一）
	2. 陈序乐	号鲁亭	不详，嘉庆、道光年间。	陈序礼堂弟	少有文名，嘉庆十五年（1810年）中举人，且与其二子皆中举人，时人称为"父子孝廉"，官直隶保定府定兴县知县，后主讲二酉书院，曾著诗文集两卷，惜散佚	存诗1首:《过吴山垭》 存文1篇:《重修学宫碑序》（见同治《增修酉阳直隶州志》卷七）

家族	家族成员	字号	生卒年	家族谱系	生平	作品存世状况
重庆酉阳白鹿山庄陈氏	3.陈光煦	字斗垣		陈序礼子	附生	存诗15首:《山行》《隘门关》《登凌云山》(4首录2)、《久雨初晴林外少步》《秋日郊望》《白鹿庄山居》《感怀》《哭冯石渔》《庚午下弟》《偶成》《驷马桥》《购汉书喜而有作》《桓侯不语滩》《嘉定拜母舅张公耀墓地》(1题4首)、《秋凉》(见《增订二酉英华》卷二十二)
重庆酉阳陈氏	1.陈汝燮	字广汉、达泉,号答猿	道光、光绪年间人		出身清苦,为遗腹子,事母至孝,曾应聘雅州知州幕僚和教席,回西总理过保甲事务。	诗文集:《答猿诗草》八卷(由《梗泛铜江集》《揽秀集》等组成,民国22年铅印本,今藏重庆酉阳中学教师陈林昭处)
	2.陈景星	原名其楠,字小山,别号笑山,自号武陵山樵	1839—?	陈汝燮宗弟	自幼聪慧,为著名塾师冯世瀛高足。因不屑摧眉折腰,时受讥诮,屡试不第。后家遭厄运,愤然迁黔省之石阡落籍。改从函楼师课读。终于光绪二十年(1894年)得赐进士出身,是清末最后一科进士。与蜀中李仙根、江国霖、骆成骧诸人齐名。入仕后,先赴齐鲁放赈,继宰山东文登、兰山(今临沂)、日照。暮年流寓沪上,因爱子离世,怏怏而终。	诗文集:《叠岫楼诗草》(不分卷,1册,宣统二年刻本,诗集分为《磨盾集》《环游集》《乘桴集》《南归集》《鹏搏集》《雪印集》《壮游集》《磨铁集》《田居集》《尘劳集》《拾余集》《感旧集》《亳游集》《沪滨集》14集,共900余首诗,今藏重庆市民族博物馆;民国二年铅印本,4册,多《沪滨集》,共15集,诗约千首,今藏重庆市黔江区政协文史学习委员会张玉林处)

甘肃古代文学与陇东文化研究

酉阳土家族文学家族留下来众多文化著作,其所建构的地理空间以及所呈现的地域特色,繁荣了酉阳的地方文化,促进了汉文化在武陵山区的传播,深刻改变了土家族的整体文化面貌,成为社会政治、民族传承、文化学术的重要支柱,成为具有典型意义的民族文化代表。

总之,作为文学大家庭的一分子,酉阳土家族文学家族对酉阳地方文化的书写,既是土家族民族文学保持根性和个性的方式,又是土家文人获取认同、谋求发展、融入主流文化圈的一种策略。对清代酉阳土家族文学家族进行文学地理学的解读,可以窥见当时酉阳的生活图景、土家族文化精神和民族心理,特别是对揭示地域文化表层经验和深层底蕴大有裨益,这对切入土家族的民族文学研究,是一项很有启发意义的工作。

三、文学家族与地方文缘的双向互动

从文学地理学维度切入对少数民族文学的研究,将有力改变现有以时间为唯一维度的片面化文学场景,还原少数民族文学时空交融的立体化文学生态景观,从地理空间的角度去观照酉阳的土家族文学家族,以期呈现地理与文学的双向互动,进而揭示酉阳土家族文学家族背后的深层文化语境,从而最大程度地贴近少数民族文学的本然面目,更好地把握文学发展的一般规律,进而帮助建构起一种具有基础性、前沿性与探索性的少数民族文学研究新范式。

清代酉阳土家族文学家族在其发展过程中与地方文缘关系密切,地方文缘为家族文学发展创造了良好的外部环境,是家族文人的灵魂安顿之所,文学家族正因为从地方文缘中不断汲取新的养料,故而根深叶茂,长盛不衰;文学家族纵情讴歌自己的乡土故园,丰富了其文化内涵,地名因之彰显,从而升华为一种艺术符号,引起文人的情感共鸣。

(一) 文学家族发展的地理基因

书院讲学、设馆授徒是文学家族与地方文缘融合的基点,为酉阳土家族文学家族子弟发展创造了良好的外部文学环境,推动了酉阳地区学风和文风的形成。文学家族的形成得益于当时的大背景,清政府积

极在酉阳地区倡导儒学,其兴学措施,极大地调动了土家子弟的入学积极性,书院设置情况如下表:

名称	等级	始建时间	所属府县	设置情况
二酉书院(原名钟岭书院)	书院	乾隆二十二年(1757年)	酉阳直隶州	州牧李广爽始建,同年在继任州牧张兑和治下落成。院址在州治以北,因面临钟灵山而得名。嘉庆十四年(1809年),州牧姚钟英、州判丁必荣捐俸重修。嘉庆二十四年(1819年),州牧段逢藻改建于州治之南,以其面对二酉洞,故改名为二酉书院。咸丰五年(1855年)州牧凌树棠续修。
龙翔书院	书院	乾隆二十七年(1710年)	酉阳直隶州	乾隆二十七年(1710年),当时州同刘复仁首倡捐养廉银,绅民张祖谋、李联柏、熊永乔、任维志、黄显等复捐银,备材鸠工,数月而成。嘉庆二十二年(1817年)秋,州同黎永清复捐银,绅民黄永清、田广新、田毓异、王明典等各捐银钱、田土扩建增修。道光十八年(1838年),州同钟叶簏倡导重建。
龙潭经院	书院	光绪初年	酉阳直隶州	光绪初年,龙潭王森泰自置地基修建房屋于龙潭镇的北外灯笼铺(即今龙潭中学内的教工宿舍一带)。
酉西书院	书院	光绪初年	酉阳直隶州	光绪初年,龚滩镇巡检司郑子从和地方绅士,在龚滩镇创办,院址在其镇中街四方井下边。
酉阳考棚	考棚	道光元年(1821年)	酉阳直隶州	道光元年(1821年)七月初三清廷恩准酉阳设立考棚,道光三年(1823年)初行院试。

在汉文化传播和科举考试的引导下,酉阳土家族家族子弟有了更多的机会接触先贤时辈,能不断学习、锻炼,提高文艺造诣,从而成为酉阳文学的生力军。土家族的冉氏、陈氏、白鹿山庄陈氏三大文学家族以经学大师冯世瀛为中心,广泛参与师生同门的传习活动和朋俦友侣的唱和行为,用家族的精英思想和诗艺成就构筑了酉阳地方文缘的基础,形成了广泛的地方文化网络,他们通过师徒、同门、朋友、血缘、姻娅等

社会关系,将酉阳的三个庶族文学家族紧密联系在一起,交往还影响到了子孙与再传弟子:

在这个群体内部,师友间声气相通,追求相似,他们在一起指点江山,激扬文字,汉族、苗族、白族、土家族等各族文化交汇碰撞,世外僧侣与槛内文人酬唱赠答,带动了酉阳大半个文化圈,从而形成地方文化网络,并对实现与酉阳之外的文化交流互动,也产生了积极的社会效应。由于师徒同学之间的渊源关系,三大家族相互学习交流、唱酬赠答,使文学与学术在横向与纵向上都得以融合与会通。馆学与家学的结合,拓展了家族获取教育资源的渠道,开阔了家族文人视野,这对地域社会秩序的构建、文化心理的建设都产生了深远的影响,也在实现与地域之外的文化交流互动方面,产生了积极的社会意义。

(二)家族文人故乡情结的地理因子

中国地域广阔,各地气候、地理条件相差甚远,自然条件的不同导致各地居民生活习俗有相应差异,生活在特定地理环境中的人们,受其地理环境的长期影响,会产生一定的认知方式,由此形成不同的文化。不同的地理环境产生了不同的地域文化,它作用于生活于其中的个体,文学和地域文化密切相关，文学自然而然地就会打上地域烙印。酉阳作为家族文人的生长之地，对其成长、做派、性格、文风等都起到了至关重要的作用。酉阳地处边陲僻壤，虽经济相对落后，但风景奇异优美、适意静好。与汉族作家相比，民族文人或许有某种劣势与些许自卑，但他们拥有天然的地域自豪感与精神优势，故乡情结作为人生记忆的符号，影响到家族文人对酉阳的书写。

巴蜀之地，山川环绕，江水盈盈，为家族成员提供了物质生活环境与审美观照对象。地域的偏远闭塞、文化形态的驳杂与保守，使绵延百里的酉阳土家族文化形态保留了更多地域特色和民族风情。家族文学成员生活于共同的文化背景之下和生活空间之中，对家乡的自然风景和社会生活都有相似的见闻和体验，反映于作品中，便形成表现对象和意旨上的相似性。家族文人将家乡的山水名胜及民风民俗作为表现对象，作为一种民族身份持守与本土资源传承的显在表现方式，作品表达的意旨几乎都是对这些山水风物的热爱和赞美。他们忠实摹写故乡的山水风情，如冉瑞岱《猪头箐》所描绘的："汉葭之山千万重，奇形怪状各不同。就中一山独挺出，状若猪头昂半空。膨亨腰腹绵亘数十里，其尾下秃其头童。……口中石笋大者如牙小如齿，森森刀剑新磨砻。"几乎句句写实，没有很多意蕴附加，只是单纯描摹，为写文而写文，较为自由散漫；酉阳土家族文学家族与巴人、土家族人的发展相依而生，随着民族认同感的逐渐增强，家族文人将对家族和族群的历史兴亡感纳入写作视野，将土家族的生活情况和风俗面貌作为重要的写作内容，他们高度关注本民族历史，用动情的笔触为我们描绘土家族独特的风俗和传统。是本民族所特有的艺术形式——竹枝词，尤其备受家族文人钟爱，在该时期被大量创作出来。竹枝词清新明快，声律和谐，内容丰富，读起来别有一番野趣，如陈汝燮所作《渝州竹枝词四首》：

妾牵江北小江舟，郎住渝城大江楼。妾梦宵宵江水上，与郎相会似江流。

铁桅峰顶云气阴，铜锣峡口水深深。江水回头峰顶见，妾将江水比郎心。

巴船呜咽唱巴歌，妾听歌声唤奈何。送郎直过大佛寺，祝郎前去少风波。

记郎去时妾初笄，整整十年音信稽。妾貌如今已憔悴，看花羞渡海棠溪。

酉阳的文化景观给予家族文人独特的创作灵感与素材，对家族文人的人生记忆、言行举止、审美倾向等都产生了或隐或显的影响。土家族民族文化是家族文人的思想精髓和灵魂指引，是他们的精神归宿，它不断地激发家族文人的生机与活力。尽管家族成员的文化性格、环境感知和审美心理结构不完全相同，但他们的诗词创作却无一不带有时代和民族印记。作家在审美创作活动中总会将外在的"地理空间"内化为自己创作的心灵空间。

"文学一旦产生出来，就会在内外各种不同因素的影响之下，超越各自原生的地理环境，发生深刻的变化，并反作用于地理环境。"①面对自然地理，人类并非仅仅停留在欣赏和受其影响的阶段，还会对自然地理产生巨大的作用，通过改造自然地理以及塑造人文地理的方式，来赋予自然地理更多的文化内涵。家族文人作品里的酉阳地理空间的建构，体现了地域群体的审美倾向与审美个性，以及他们的创作理想与创作目标，播散出强烈的地理符号信息、象征气味。无数家族文人踏临桃花源，游览龚滩古镇，留下大量的人文古迹，也留下了众多华美诗篇，这些文本与古迹随着历史的流逝，逐渐与酉阳融为一体，成为酉阳文化的重要组成部分。因此，家族文人对酉阳的书写，使得酉阳的形象更丰满，内涵更丰富。

对于酉阳而言，它所承载的不单单是地域空间定位，也是延展历史文化、蕴蓄时代风情的载体，更是孕育土家族文学家族的摇篮。城市的吉光片羽在家族文人的笔下熠熠生辉，景以名显，名以文传；文学家族的绵绵瓜瓞在酉阳不断壮大。酉阳以其独特的地域风貌、群英荟萃的人文环境以及特殊的历史机遇以及家族文人所赋予它的丰厚内涵，成为中国文学版图上的浓墨重彩的景观之一。

---

① 李树德、李玉江、董宪军：《创世纪：人与文化论》，山东教育出版社 1993 年版，第 112 页。

总之，酉阳的土家族文学家族是"中华民族多元一体格局"中的一份子，对它的文学研究至关重要，他们不但构筑了酉阳的传统文化地标，也参与了该地区文化环境的构造，其数代的著述、创作，含有丰富的历史文化知识和美学意蕴，是我国宝贵的遗产，有着重要的研究意义和学术价值。从文学地理学的角度切入研究酉阳的土家族文学家族，不仅有益于了解酉阳地方历史文化的全貌，而且对于全面了解土家族的文论和文学创作也颇有益处，有助于我们整理、保存家族文献，构建完整的中华多民族文学史观，展现了四海一家的历史画卷。

本文系国家社科基金项目（14BZW156）"民汉文化交流中的清代少数民族文学家族研究"成果之一。

本文原发表于《兰州文理学院学报》（社会科学版）2017年3月号。

赵时春交游考论
——基于社会地位、地域分布、学术文化的三重考虑

杜志强

（西北师范大学）

赵时春是明代嘉靖年间的著名文人，也是陇右历史上的著名作家，编著有《平凉府志》十三卷、《赵浚谷集》十六卷、《洗心亭诗余》一卷、《稽古绪论》二卷。考察赵时春诗文词集中有关交游的作品，其中唱和、赠别等内容的诗词 550 余首，书、序、跋、铭、状等文 130 余篇，相关人物仅姓名、生平可考者就有近 150 人。① 这些人来自全国各地，社会地位不同，学术文化成就各异，与赵时春交往的时间长短也不同，但他们的交往鲜活地呈现了明代嘉靖政坛、文坛乃至学术文化的一个侧面，对于考察赵时春的交游及文学、学术背景有重要参考价值。为了能较为全面而又有所侧重地分析赵时春与这些人物的交往及其背后的时代文化信息，本文从这些人物的社会地位、地域分布、文化成就三个层面来论述。

一、赵时春交往群体的社会地位

（一）阁臣、部僚

赵时春的交往群体中阁臣有翟銮、徐阶，部僚有霍韬。其中翟銮曾三任首辅，徐阶是嘉靖末期的首辅，霍韬曾以礼部尚书掌詹事府。

嘉靖十九年（1540 年）翟銮巡边，路过平凉，罢官家居的赵时春与翟銮相见并有三首诗相赠，这是他们仅见的交往记录。由此可知，他们

---

① 统计依据杜志强：《赵时春文集校笺》，天津古籍出版社 2012 年版；《赵时春诗词校注》，巴蜀书社 2012 年版。

相交不深。相对于翟銮,徐阶可谓是赵时春的知音,赵时春第三次出仕即因于徐阶的援引。徐阶推荐赵时春任兵部郎中,随后赵升任山东民兵副使;在赵时春受到仇鸾的排挤时,徐阶坚决支持赵时春,并推荐他出任山西巡抚。虽然赵时春在山西的军事失败辜负了徐阶的期望,但对于赵时春的人格,徐阶则始终给予肯定评价,他先后为赵时春母亲及赵时春本人撰写墓志,为《浚谷文集》作序,这些文章一再表达了对赵时春人格的高度肯定,在现存对赵时春的各种评价中,徐阶的是最为深刻的;他们互相唱和、往来的 12 首诗、10 篇文章也印证了二人的一世交情。坎坷的仕途中能有徐阶这样的知遇者,是赵时春一生最大的幸运。

赵时春与霍韬的关系亦颇为密切。赵时春没有留下与霍韬早年交往的记载,但霍韬《题赵景仁卷后》①一文却透露出他们定交很早。该文记载,嘉靖八年霍韬向其同乡方献夫荐引赵时春;其时方献夫正以大礼新贵的身份参与朝政,而赵时春仅任刑部主事,地位低微,可是,在霍韬的荐引下,在方献夫一再传达出会面要求时,赵时春却没有去拜访,这颇耐人寻味。其实,赵时春对方献夫的态度,正是他对大礼新贵的态度,在议礼事件中,他倾向于支持杨廷和等武宗旧臣,所以不去交结方献夫;可是,他毕竟还是与新贵之一的霍韬有很多交往,该如何理解?我们以为,这与李开先、唐顺之等有关。霍韬是嘉靖八年的会试考官,该榜拔唐顺之为会元,李开先、罗洪先等在列,因此,唐、李、罗与霍韬有座主门生之谊;而赵时春与诸人关系密切,在与他们交往、唱和时,也逐渐与霍韬交往并得到赏识。另外,就科举成绩来说,霍韬、赵时春、唐顺之三人为会元,罗洪先是状元,这样的科举出身可能也是他们惺惺相惜的原因之一;至少从霍韬荐引赵时春来看,他们当时关系相当密切。嘉靖十九年,赵时春第二次出仕,任翰林院编修、司经局校书,而霍韬恰好以礼部尚书兼掌詹事府事;霍韬成了赵时春的直接领导。行政隶属之间,他们理应有更多的交往,但因赵、罗、唐上书而同时罢官,仕履匆匆,没有留下与霍韬交往的更多记载。

---

① [明]霍韬:《渭厓文集》卷六,《四库存目丛书》集部第 68 册,齐鲁书社 1997 年版,第 441 页。

（二）督抚、宪使

明代督抚例带督察院御史衔，所以，各地的总督、巡抚都可看成宪使。赵时春与督抚、宪使的交往多有记载，明确可考者有张润、姚镆、陈察、刘天和、唐龙、杨守礼、汪文盛、黄臣、应大猷、王邦瑞、许宗鲁、柯相、张珩、何栋、李宗枢、贾应春、张鳌、詹荣、翁万达、谢兰、苏佑、杨博、胡松、陈棐、王梦弼、郭干、王崇古、杨巍、陈瓒、李世达等（以中进士时间先后排列，举人及科举不详者排后。下同）。这些人中，姚镆、刘天和、唐龙、张珩、贾应春、王梦弼、郭干为三边总督，翁万达、苏佑为宣大总督，何栋为蓟州总督，其他多为山西、陕西、甘肃、宁夏等地的巡抚或巡按御使。他们大多驻守在明朝抵御俺答的防线上，翁万达甚至被誉为"嘉靖中叶第一边臣"，王崇古则是"俺答封贡"的主持者。

赵时春积极主战，钻研军事，关注西北边防，也曾就职于兵部，亲任山西巡抚与俺答作战，这些都成为他与督军边臣交往的契机；再加上他长期偏居平凉，而三边总督驻节固原，距平凉很近，所以他与三边总督交往较多。前列 30 人中与赵时春交往较深的是唐龙、翁万达、王崇古。唐龙与赵时春有门生之谊，嘉靖二年唐龙主持陕西乡试，给赵时春以大力赞誉和提携，为此，赵时春终生感激。嘉靖十年前后，赵时春有多篇诗歌、书信寄赠唐龙，还为唐龙文集作序，这说明他们当时交往颇为密切；不过，唐龙后来与严嵩交好，其子唐汝楫更是严世蕃的狎客，这也许是后来赵时春与唐龙很少来往的原因；唐龙去世后，赵时春作《哭唐渔石冢宰》三首，自称及门弟子，寄托哀思，赞美唐龙的战功，而对于唐龙父子与严嵩的关系则不置一词。他与唐龙交往的前密后疏跟与徐阶的一世交情反差明显，这也正好可以说明他慎重交游，尤其是在重要是非面前态度鲜明。

翁万达与赵时春同年。从赵时春诗文看，翁万达在任陕西巡抚时曾来平凉拜访赵时春而不遇，在任宣大总督时也多有诗文寄赠，且托人带来学者尹耕关于军事组织、训练民兵的著作《塞语》《乡约》，这是他们讨论军事、关注边防的见证。赵时春也给翁万达以高度评价和期待，敢于向他直诉民瘼,甚至劝翁万达"惩一儆百"①,反映出真诚的同年情谊。

赵时春与王崇古交往较晚,但相知甚深。嘉靖四十三年,宁夏巡抚王崇古来平凉拜访赵时春,二人甚相得,赵时春作长诗《寄宁夏抚台王鉴川》以赠。从本诗看,二人对时局看法相同处较多,王崇古也向赵时春表达了援引之意,不过赵予以婉拒。赵时春去世后,王崇古为之请恤典,作《赵浚谷墓表》;《墓表》不仅赞誉赵时春的才华与人格,而且也叹美赵时春与徐阶的交情。可以说,赵时春与徐阶、翁万达、王崇古之间形成了君子之交,其交往的契机在于相互间的惺惺相惜和对国事的共同认知,以及对于严嵩的相同态度。赵时春十分痛恨严嵩,这在其《喑分宜严氏》诗中表露得很清楚,而翁万达之罢兵部尚书就是严嵩所为,徐阶则是参倒严嵩的核心。

另外,陈察与赵时春的交往也值得一提。陈察在嘉靖前期以廉政和直谏闻名。嘉靖九年,二十三岁的赵时春以言事被杖、罢官,带伤离开京城,五十余岁的陈察与杨言、邵天和一起追至临清,陪送数日,赵时春颇为感动,作《临清东邵苑卿天和、陈金宪察、杨同知言俱谪宦,稍迁,闻余重困,追陪数日》诗。可以推理,陈察等之所以追陪数日,主要是赞许赵时春直言敢谏的气节,而陈察、杨言等也都有过相同的经历,所以,他们同病相怜。后来陈察在南赣巡抚任上写信要赵时春为其《奕世清风录》《还政录》《思旧录》作跋。赵文今存,文中自称忘年之交,可见两人交往之深,也能从侧面反映出赵时春嘉靖八年的犯颜直谏赢得了朝臣的尊重。

(三) 地方官员、州县豪族

赵时春交往的地方官员主要是平凉州县官员和中央分驻平凉的太仆寺、苑马寺官员,其中两寺官员有:王崇庆、欧阳席、贾启、辛东山、乔英、胡节、应櫆、陈锭、左杰、胡安、郭学书、李檠、范充浊、成井居等。这些官员任职平凉大多来去匆匆,他们与赵时春的交往也多是官场之外的诗酒应酬,但也不乏深交者如王崇庆、应櫆。应櫆是赵时春同榜进

---

① [明]赵时春:《答巡抚翁都宪仆时在野获睹尺书》,《赵时春诗词校注》,第332页。

士、明代法律学家,官至兵部侍郎总督两广,赵时春今存赠别应槚的 7 首诗以及《应氏家谱序》等 4 篇文章,诗文对应槚的行政干练、经纶时务表达了期许和赞誉。

王崇庆受学于理学名家湛若水,当时较为有名,人称"端溪先生"。在平凉的两年间,他与赵时春交往过从,赵时春今存与之唱和的 45 首诗、4 篇文,总数为赵集中单人寄赠作品之最。从这些诗文来看,两人的交往主要集中在诗文唱和与学术交流上,虽然王崇庆的文学主张今难考知,但两人的学术取向则大致趋同,如王崇庆是方志家、官制家,撰有《开州志》《南户部志》,著《周易议卦》,同时还有子部的《海樵子》等,这与赵时春著方志、喜《周易》及作立言著作《稽古绪论》的学术取向一致。正因此,在短短两年中,王崇庆就成了赵时春一生寄赠作品最多的朋友。俗云:"人之相识,贵在相知;人之相知,贵在知心。"赵、王的交情是否"知心",不能遽断,但他们在学术旨趣上的"相知",则是可以肯定的。

赵时春交往的平凉官绅有,知府边沇、高尚志,县令田西成,韩王府成员静明子、沧江子,地方豪族陶希皋等。赵时春以封疆大吏的身份"回籍听调",在平凉声誉很高,按理说,他可能与平凉州县官员、宗室、豪族有很多交往,但事实并非如此。他是有意减少与地方官员的交往,不干扰地方政务,也不要求特殊待遇,因此,与平凉地方官员交往很少、很淡,但与平凉豪族陶希皋的交往却十分密切。陶家世袭武职,陶希皋曾任宁夏副总兵等职,身为武将却颇喜作诗,这与赵时春相近,再加上他们是儿女姻亲,所以来往密切,唱和很多,赵时春有与之唱和的诗 39 首、各类文 4 篇。揆诸情理,赵、陶二人交往的出发点主要是性格相投和戚属关系,很难说有多少学术交流或知心交情。

二、赵时春交往群体的地域分布

(一)陕西士人群

明代的陕西辖区广大,人才辈出。平凉府属陕西,所以赵时春对陕西士人有特殊的感情。其交往的陕西士人有许赞、许诰、康海、吕经、马理、张治道、胡侍、李宗枢、何栋、许宗鲁、阎溥、吕颛、许论、傅学礼、黄绶、赵康、来聘、吕颙、李瑜、李世达、许词、樊得仁等。

先解释一下赵时春与灵宝许氏的交往。许氏是明中期的官宦世家，一门四尚书。从地理上来说，灵宝属河南，而非陕西，可是考虑到灵宝与陕西接邻，地理上的接近会使许氏兄弟对于陕西有亲近感，我们甚至以为，这应当是许氏兄弟与赵时春交往的契机之一，所以将他们列入陕西。嘉靖十八年，吏部尚书许赞荐举赵时春为宫僚，同时还推荐霍韬、徐阶、邹守益、罗洪先、唐顺之等一起就职于东宫，《明史》评价这些人"皆天下名儒，自明初宋濂诸人后，宫僚莫盛于此"①，显然许赞的荐举是成功的，这也证明赵时春确是侧身于当时学术文化精英的行列中。许论与赵时春同年，官至兵部尚书，在许氏兄弟中与赵时春关系最近。赵时春共有 16 首诗、2 篇文与许氏兄弟唱和、寄赠，还有一文《许氏家谱序》，这些都反映出他与许氏兄弟有较多交往。

赵时春与马理、康海、张治道、胡侍等陕籍文人的交往耐人思考；他们组合在一起是一个颇具实绩的文学群体。这些人中，马理是《陕西通志》的总纂；康海是名扬天下的才子，还曾为赵时春父亲撰写墓志。康海去世后，张治道编康海文集，赵时春为其提供康海《赵玉墓志铭》一文，并为康海文集作序；赵时春还为张治道《少陵志》及胡侍文集作序。其中《〈康太史集〉序》一文在赞誉康海风骨，感慨其人生际遇的同时，发出了知人难、知文更难的感慨；言下之意，因为知文更难，所以他对康海的文学创作未置一评。今天来看，赵时春是为避免物议而不愿置评，因为康海去世后，人们对其文学评价褒贬不同，《四库全书总目》中"明人论海集者是非不一"②之语可为明证，赵时春此文正隐约透露出其中的微妙之处。赵时春还有《〈胡蒙溪集〉序》一文，对胡侍文风过于"富密"而不够天然略有微词。

另外，不得不提的还有李梦阳。李梦阳的家乡庆阳与平凉接邻，可以说，在当时的陕籍作家中他们最为近邻。按常理，对于曾经主盟文坛的乡党李梦阳，赵时春应该有所拜谒或交往，但是，我们却看不到他们

---

① [清]张廷玉：《明史》卷七三《职官二》，中华书局 1974 版，第 1785 页。
② [清]永瑢等：《四库全书总目》卷一七一《对山集提要》，中华书局 1965 年版，第 1499 页。

的任何交往,该如何理解? 我们以为,这一方面是他们年龄相差悬殊所致。二人相差 36 岁,赵时春出仕时,李梦阳已经罢官,定居河南,赵时春没有机缘拜谒、会面。另一方面则是二人的文学旨趣差异明显。赵时春中进士后,与唐顺之等人"诗学初唐","尽洗李、何剽拟之习"①,掀起了嘉靖初年的诗风变革,他们针对的正是李梦阳等"前七子",这应当是他们没有交往的根本原因。由此,再来看赵时春对康海文学的不置可否,以及对胡侍诗歌的委婉批评,都反映出赵时春与以李梦阳为首的"前七子"文学创作的距离,一定程度上也可看作"嘉靖八才子"对"前七子"的微妙态度。

赵时春还与庆阳吕经、吕颙、吕颐、傅学礼等人交往密切,不过,因与他们的交往不及与康海等人的交往典型,故不具论。总体来看,赵时春与陕籍文人的交往,不仅延伸了自己的文学影响,同时也强化了陕西作家群的创作风格。康海诗文之"逸气往来"②,李梦阳之"才思雄骛"③,赵时春之"文章豪肆""秦人而为秦风"④,无不体现出这个群体在创作个性基础上的共性——慷慨任气,谓为"秦风",堪称准确。而且,赵时春是这个群体中"秦风"特色最鲜明的作家,也是唯一一个大力描绘陇东风物的作家,他的文学实绩,使得陇东高原在《豳风》、北朝民歌之后再次深刻地融入时代文学、文化的版图,具有积极的人文意义。

(二) 江南士人群

赵时春交往的江南士人有,今属上海的徐阶、冯恩、包节、冯行可,今属江苏的华钥、华察、皇甫汸、陆粲、唐顺之、谢少南、王立道、薛应旂,今属安徽的胡松,今属浙江的姚镆、唐龙、姚涞、屠应埈、袁衮、田汝成、闻人铨、应槚、胡安、赵锦、袁迁,今属福建的姚文照、龚用卿、王慎中、杨昱,今属江西的邹守益、张鳌、罗洪先,今属湖南的杨守谦等。徐阶曾在

---

① [清]永瑢等:《四库全书总目》卷一七七《闲居集提要》,中华书局 1965 年版,第 1585 页。
② [清]永瑢等:《四库全书总目》卷一七一《对山集提要》,中华书局 1965 年版,第 1499 页。
③ [清]张廷玉:《明史》卷二八六《李梦阳传》,中华书局 1974 年版,第 7348 页。
④ [明]胡松:《浚谷集序》,《赵时春文集校笺》,巴蜀书社 2012 年版,第 1 页。

给赵时春的信中说："至于兵事，恐南人终非本色。"①在徐阶看来，江南士人的本色在文事而不在兵事，从当时士人的总体特点来看，这是准确的。上列 32 人中，除姚镆、唐龙、杨守谦、唐顺之曾督军之外，其他均任文职，也可说明这一现象。不过，他们的文事确实出色，其中有多位著名理学家、文学家、史学家，姚涞、龚用卿、罗洪先分别为嘉靖二至八年的状元，徐阶为探花，唐顺之为会元。他们还研讨理学，砥砺名节，成为士林的风向标。对于他们在文化上的成就及交流，我们将在后文论述，这里仅以陆粲、冯恩、包节、赵锦为例，分析几件能显现江南士人风骨的事件以及赵时春对这些事件的态度。

陆、冯、包、赵四人是嘉靖年间的诤臣，赵时春也以直言敢谏而闻名，所以，他对这样的诤臣总是给予积极的支持。嘉靖八年，陆粲因弹劾大礼新贵张璁、桂萼被贬贵州驿丞；此时赵时春任刑部主事。我们现在看不到当时赵时春给陆粲的支持，但他们对议礼事件态度相同，所以，他们之间相互支持是很有可能的。嘉靖二十九年春，罢官家居的赵时春作长诗《寄同年陆浚明》，慰问陆粲，也回忆当年都因直谏而受谗的经历。"昨者春莺得意鸣，百舌之口何其饿"，明显影射谗言者，对于陆粲，则以"留名青史"相鼓励。

冯恩是著名的"四铁御史"之一。嘉靖十一年，冯恩上书抨击张璁、方献夫，被下狱，免死，归田。嘉靖二十二年，赵时春作长诗《寄答冯子仁御史》，高度赞誉冯恩"壮士直欲扶天柱"的勇气，次年又作《答冯府判》，鼓励冯恩之子冯行可。

嘉靖二十三年，包节因弹劾南京显陵中官而被贬庄浪卫。两年后，家居的赵时春作长诗《寄包蒙泉侍御》，给远贬西陲的包节以深切的同情，批判狐假虎威的宦官，抒发了自己身世浮沉的感叹，该诗也成为赵集最好的篇章之一；包节深受感动，回信称两人之间乃"云天之谊"②。后来，赵时春任山西巡抚，包节又有诗相赠。

嘉靖三十二年正月初一，赵锦上书弹劾严嵩奸权乱政，被杖责、罢

①　[明]徐阶：《与赵浚谷》，《世经堂集》卷二二，《四库存目丛书》集部第 79 册，齐鲁书社 1997 年版，第 349 页。

②　[明]包节：《寄赵太史浚谷》，《包蒙泉集》卷六，《四库存目丛书》集部第 96 册，齐鲁书社 1997 年版，第 602 页。

官,时任山西巡抚的赵时春作《送赵左使谢病归浙》二首以赠。当时严嵩威势显赫,且在杨继盛激烈弹劾严嵩而被杀害后不久,正值舆论的风口浪尖,赵时春又任封疆大吏,所以他委婉地称赵锦归浙是"谢病"。即便是如此隐约其辞,在这敏感时刻写诗寄赠,还是需要勇气的。在诗中,赵时春不谈政治,只谈友谊,诗末"伐木忆徽音"表达了他们间"求其友声"的友谊。

从这些分析可见,赵时春与陆、冯、包、赵四人交往的基点在于惺惺相惜,可称患难之交,也反映出他们共同的政治倾向与对名节的砥砺、追求;进而可以推断,这也是赵时春与江南士人群体交往的基点之一。正因此,赵时春才深入地融入了时代主流,获得积极评价,形成普遍影响。

(三)北方士人群

赵时春与陕西士人的交往已见前,这里只分析他与陕籍之外北方士人的交往。这些人有,今属山东的黄臣、李顺孙、顾铎、胡节、李舜臣、黄祯、李开先、高尚志、杨巍,今属山西的杨守礼、刘一中、张珩、张铎、谢兰、杨博、王与龄、郭鋆、王梦弼、王崇古、王道行,今属河北的翟銮、张翰、贾应春、乔英、刘宗仁、詹荣、尹耕、郭干,今属河南的王崇庆、辛东山、王邦瑞、苏佑、陈棐。其中15人曾任军职(包括13人任总督),这也可见北方士人工于兵事的特点;相对于军事成绩,其文化成绩则远逊江南人,与江南士人形成了鲜明对比;但这也并不意味着他们的交往就无意义可言。我们以为,其交往至少可反映以下两方面的问题:

第一,反映了赵时春与北方士人的淳朴友谊。赵时春云:"余虽尚友于天下,而取诸齐鲁者为多。"[①]可知赵时春多交、也喜交齐鲁之士。他与山东李舜臣、黄祯、李开先的交往较有代表性。李舜臣、黄祯是嘉靖二年进士,据《四库全书总目·北海野人稿提要》记载,他们颇著文名,并称"李黄"。赵时春在刚中进士的一段时间与李、黄有着频繁的唱和,嘉靖九年赵时春罢官后,他们再未聚首,但与黄祯之间寄赠不辍。嘉靖十八年,黄祯以贪贿罢废,作《拟骚》18篇以抒愤;赵时春作多首诗唱和,宽

---

① [明]赵时春:《宋寺丞寿母序》,《赵时春文集校笺》,巴蜀书社1997年版,第146页。

慰友人,表示相信其清白。① 赵时春今存 26 首寄赠黄祯的诗歌。

赵时春与王与龄交情颇深。王与龄字受甫,与赵时春同年。王与龄任吏部文选郎中时,翟銮、严嵩私下请托,王不仅不予理会,还上奏嘉靖皇帝,结果被罢,终老于家。王与龄事件是严嵩与部僚之间制衡关系存在与否的分水岭,此后吏部铨选基本由严嵩操控。赵时春得知后,作《寄王寿夫铨郎》诗相赠,其中有"四海交亲多逐客"之语,表明他们那些正直朝臣已多被放逐,同病相怜之情显然。王与龄去世后,赵时春为作《行状》,历述王与龄生平及其与赵时春、罗洪先、唐顺之等人的交往;由于前此数年唐顺之病故,此时罗洪先、王与龄又先后去世,故交零落,赵时春不禁黯然神伤,也使该文充满沉痛之情,从侧面反映出他们的深厚情谊。

第二,反映了明中期以后有识之士密切关注北防问题的时代信息。赵时春多交边臣,固然是其个人志趣所决定的,但也绝不仅仅是他的一厢情愿或单纯的诗酒唱和,根本原因当在于他们之间交流北防看法的需要。其中与翁万达、王崇古的交往已见前,这里仅分析与尹耕的交往。

尹耕有《两镇三关志》《塞语》《乡约》等著作。赵时春家居时,曾阅读了翁万达捎来的《塞语》《乡约》两书。"庚戌之变"后他赴北京履任,曾寄居尹耕家,为尹耕两书作序,之后便开始了训练民兵、巡抚山西之旅。可以肯定,尹耕的著作对赵时春督军产生了影响。另外,《明史·艺文志》还著录有许论《九边图论》、苏佑《三关纪要》、翁万达《宣大山西诸边图》、杨守谦《花马池考》、詹荣《山海关志》等 21 部北部地理、边防著作,完成时间基本都在嘉靖年间。赵时春还为杨守谦《紫荆考》《大宁考》、杨子统《备边杂议考》作序。这些著作的集中涌现,反映了在明代北部边患空前严峻的情势下,有识之士开始研究北部地理与边防的现实。赵时春交往的北方士人群体就是撰写这类著作的主力军。他们对国防的关注和对危机的思考值得高度肯定。这是他们交往的积极意义的集中体现。

---

① 《明世宗实录》卷二二六记载,黄祯贪贿案由王廷相查证落实。"梁本"第 4697～4698 页。

三、赵时春交往群体的学术文化成就

（一）文学成就

赵时春交往群体中较有文学影响的有康海、张治道、胡侍、樊鹏、皇甫汸、谢少南、王立道、屠应埈、袁裘、田汝成、华察、李舜臣、黄祯以及"嘉靖八才子"中的唐顺之、李开先、王慎中、陈束、熊过、任瀚、吕高。这一群体的文学实绩大体能反映正德、嘉靖年间文学发展、变化的历程。朱彝尊云："明三百年诗凡屡变。洪、永诸家称极盛，微嫌尚沿元习。迨'宣德十才子'一变而为晚唐，成化诸公再变而为宋，弘、正间三变而为盛唐，嘉靖初，'八才子'四变而为初唐，皇甫兄弟五变而为晚唐，至'七才子'已六变矣。"[①]朱氏所列明诗之三、四、五变，正在赵时春交往的这个群体中。其中康海、张治道等诗学盛唐，唐顺之、赵时春等"嘉靖八才子"学初唐，"皇甫四杰"学晚唐。

诗学初唐持续时间并不长，成绩并不显著。嘉靖五年至十四年前后，应当是他们热心学初唐的时间。不过，即使在那时，学中唐、六朝者也大有人在，"八才子"之诗学初唐没有像李梦阳等学盛唐之影响普遍。嘉靖十四年后，"八才子"各奔天涯，王慎中、唐顺之陆续改变了自己的文学主张，诗学初唐逐渐式微，"八才子"的文学思想也发生了明显分化。其中李开先在章丘，钟情于戏曲创作；赵时春在平凉，诗歌继承了"秦风"特色；熊过、任瀚返回西蜀，文学上没有形成影响；只有王慎中、唐顺之在江南又形成了一个影响深远的散文流派——唐宋派。"唐宋派"应当能够代表这一群体的文学成就。皇甫汸、谢少南、王立道、屠应埈、袁裘、田汝成、华察诸人均在苏、杭一带，他们诗风略异，但宗唐则一，与王慎中、唐顺之一起，代表了当时江南文学的最高成就，也代表了嘉靖中期文坛的成就。

上列 21 人中，文学成就最高、与赵时春关系最密切的是唐顺之。唐顺之为有明一代奇才，文学、学术成就突出，理学、军事甚至算学亦有

---

① ［清］朱彝尊：《静志居诗话》，人民文学出版社 1990 版，第 636 页。

成就。赵、唐二人定交于嘉靖八年。当时他们是青年才俊,诗学初唐,频繁唱和。十年后,罢官已久、渐近不惑的赵、唐及罗洪先一起任职于东宫,此时他们以儒学著称,被称"三翰林"。"壬寅宫变"后,嘉靖皇帝深居内宫,久不临朝,三翰林心念天下,遂一起上书要求太子临朝,这激怒了嘉靖皇帝,三人再被罢官。今天来看,三人的直谏虽然没有产生多大的政治效应,却成了他们践行儒学、高扬政治理想的见证,也是他们一生知音的见证。此后,他们再未会面,但诗信不辍。唐顺之殉职后,赵时春极为悲痛,作《祭唐荆川文》《唐荆川墓志铭》两文,历述唐顺之的直谏、抗倭、风骨、功名等,对唐顺之以道与天下自任的抱负和特立独行的气节给予了高度赞誉,对唐顺之的英年早逝表示了深切叹惋。由此可见,赵、唐的交情,不仅在于诗学初唐的文学观念,更在于相互间思想、气节、人格的高度肯定。唐顺之曾评曰:"宋有欧、苏,明有王、赵。"①将王慎中、赵时春比为欧阳修、苏轼,也应当包含了人格、道学的因素。

赵时春还与王慎中、李开先有较多交往。在《答江西王少参书》中,赵时春与王慎中探讨理学问题;该文在赵文中讨论理学最为集中。李开先为《赵浚谷集》作序,序中记载了他设法营救"三翰林"之事。在"三翰林"激怒嘉靖皇帝,处境危急之时,李开先"周旋其间,百计求解",可谓患难真情。不过相对来说,赵时春与王慎中、李开先的交往不及与唐顺之深,与"八才子"其他成员的交往相对更少。

"嘉靖八才子"以及由此进化而来的"唐宋派"在嘉靖文坛上扮演了重要的角色,甚至一度成为文坛主流,尤其是"唐宋派"的散文创作更是成绩突出。如果说这个群体的文学有什么特色,则其特色不仅在于复古宗唐或以古为新,更在于文道思想。他们文道合一的思想十分鲜明。显然,这是嘉靖年间理学思潮下的产物,也是"唐宋派"与前、后"七子"文学观念的重要分野所在。赵时春虽不属于"唐宋派",但他与"唐宋派"有着千丝万缕的联系,因此,可纳入这个圈子来讨论。

---

① ［清］储大文:《雪苑朝宗侯氏集序》,《存研楼文集》卷十一,文渊阁《四库全书》本。

（二）理学成就

按《明儒学案》的学派划分，赵时春交往的理学家有三原学派之马理，江右王学之邹守益、聂豹、罗洪先，浙中王学之钱德洪，南中王学之徐阶、唐顺之、薛应旂，《诸儒学案》中的崔铣、霍韬，以及没有进入《学案》的胡松、孙应鳌等。他们虽然人数不多，但成就很高，影响很大，基本能代表该派的理学成就。如被称为"王学正宗"的江右学派之邹、聂、罗三人，无一不发扬王学，建树不凡，黄宗羲的评语"邹东廓之戒惧，罗念庵之主静，此固真阳明之传也"①，可以说明他们在王学发展中的地位。从思想史的角度来看，江右王学之注重修持等思想，对明清之际实学思潮的兴起有积极的引导意义；南中王学之唐顺之、薛应旂是东林党人思想的源头，唐顺之之子唐鹤征、薛应旂之孙薛敷教、弟子顾宪成更是东林党的核心成员。这足以证明这个理学家群体在明代思想史上的地位和影响。

赵时春与这些人的交往有疏有密。其中与徐阶、唐顺之的交往见前；胡松、孙应鳌分别为赵时春《浚谷文集》《稽古绪论》作序；赵时春与聂豹交往不多，但可以考知，聂豹在任兵部尚书时，曾积极为战败的赵时春开脱，赵时春诗中也流露出了对聂豹的赞誉；钱德洪只在赵时春词中一见；邹守益与赵时春为忘年交，两人交情较深，多有唱和，而且邹守益之子邹继甫师事赵时春，在赵时春去世后编《赵浚谷文萃》，并请理学家胡直作序，书、序今存。赵时春与薛应旂相知不浅，他有《薛仲常文集序》一文，文章因人及文，论述薛应旂之交友访道、修辞立诚以垂名后世，体现出对薛应旂其人其文的深刻理解。今《方山先生文录》之首即冠此文。

罗洪先是赵时春一生最为亲密的知音。赵时春今存与罗洪先寄赠、唱和的诗词46首、文3篇，总数等于他与王崇庆唱和的作品；罗洪先则有9首唱和诗、5篇来往书信是寄给赵时春的。这些作品证明，从嘉靖八年罗洪先中状元始，直至罗去世之前一年，其间虽睽隔三四十

---

① ［清］黄宗羲：《明儒学案》卷十一《浙江相传学案·钱德洪》，中华书局2008年版，第225页。

年，但两人诗信未辍，交情愈益深厚。他们年纪相仿，政治、学术思想相近，性格相投，共负"三翰林"之誉，还曾一起上书、被罢，这些都奠定了他们终生相守的交情。赵时春对罗洪先之天性忠厚、守正不渝、兀兀修持的品性给予高度赞誉，同时借以自勉。不过令人费解的是，同为亲密的知音，唐顺之去世后，赵时春为作祭文、墓志铭，可罗洪先去世后，赵时春却没有诗文祭悼，原因何在？从常情来看，赵时春应该作诗文来祭悼这位最亲密的知交，但他毕竟没有这么做。就在罗洪先去世的次年，赵时春还为王与龄撰《行状》，云："奸逆伏辜，众方属望寿夫、达夫，乃皆先余而逝，呜呼！余之悲叹，岂独伤交亲也哉！"意思是，严嵩倒台后，王与龄、罗洪先等人被重新起用的时机已经到来，可是王、罗却相继离世，难济时运，这引起了赵时春深深的感伤。《王与龄行状》中包含了对罗洪先的伤悼，但毕竟只言片语，似乎难以匹配他们近四十年的交情。

另一个耐人思考的现象是，赵时春与阳明后学交往密切，但对王阳明，他却从未置一辞。对此，试解释如下：赵时春与罗洪先等阳明后学交往，就理学思想而言，他们在修持、心性、良知等问题上达成了一定程度的一致，但分歧也明显存在，集中体现在赵时春对王阳明的不置可否和对薛瑄的高度肯定。薛瑄为明代北方河东学派的创始人，在明代儒学的发展中，影响不及王阳明，而赵时春却认为明儒仅薛瑄为纯①，这正反映出他对阳明之学的态度。赵时春更看重的是身体力行，这不仅包括修持、事功，还包括日常生活中的洒扫应对；对于空谈性命，赵时春兴趣不高，至少评价不高。这些都接近薛瑄的思想，所以他对薛瑄评价很高，对三原学派中的马理和传承薛瑄思想的吕柟也十分钦佩。从这个角度来看，赵时春的思想正是南方阳明之学与北方河东之学、关学交相影响下的产物。

（三）经学、史学成就

在赵时春的交往群体中，学者有王崇庆、马理、崔铣、陆粲、田汝成、李元阳、熊过、唐顺之、尹耕、薛应旗、孙应鳌等。除崔铣、李元阳、孙应鳌之外，其他诸人与赵时春的交往均已见前。崔铣与赵时春的交往主

---

① ［明］赵时春：《诸儒》，《赵时春文集校笺》，巴蜀书社 2012 年版，第 382 页。

要在嘉靖十八年二人任职东宫时，一年后，崔铣因赴任南京礼部侍郎任而离开北京；这一年左右就是他们集中交往的时间。赵时春有《和崔侍郎谢过访不遇》《送崔侍郎之南都》两首诗。李元阳与赵时春同年，同选庶吉士，但李元阳很快因议礼被贬谪，嘉靖二十九年，睽隔二十余年的赵时春作《寄李仁甫》一诗回复李元阳。孙应鳌在任陕西提学副使时与赵时春交游，为赵时春《稽古绪论》作序，序文表达了对赵时春思想和学术的赞许。赵时春有《题孙督学册》一诗。可以看出，赵时春与崔、李、孙三人交往的时间都较短，但从唱和诗文可知，他们有着诗文唱和、书信往来，有着对对方文章、学术的肯定。

就学术成就而言，这 11 人均有不少的学术著作流传或被著录，他们在明代学术史上占有一席之地。其中马理、崔铣、唐顺之、薛应旂、孙应鳌兼理学家、学者于一身，不仅在理学上有影响，而且还在经学、史学上颇有成就。田汝成、李元阳、尹耕等的成就主要在史学上，陆粲、熊过的成就主要在经学上。四库馆臣给崔铣以较高评价，认为其书"颇为严谨"①，"不巧言回护，亦绝无门户之私"②，联系馆臣对明代学者总体的苛评来看，这个评价是相当高的。相对而言，馆臣对唐顺之、薛应旂的评价则颇多贬词，如评唐顺之著作"妄为升降，颠倒乖错"③，有"前明学者之通病"④，评薛应旂著作为"孤陋寡闻""疏漏"⑤。在今天来看，馆臣对唐顺之、薛应旂的评价或多或少地包含了清代考据学家对明代学风的成见。平心而论，唐顺之、薛应旂的学术成就应当是这个群体中最高且影响最大者，可是由于他们著述驳杂、卷帙浩繁，所以难免出现纰漏和不纯之处，但其修撰之勤、著述之丰、规制之宏，在有明学者中当居一流。馆臣的评价对其弊端批评有余，而对其优点褒扬不足，难以服人。

为了呈现赵时春交往群体的学术成就，我们再将考察范围扩展至

---

① ［清］永瑢等：《四库全书总目》卷七三《彰德府志提要》，中华书局 1989 年，第 640 页。
② ［清］永瑢等：《四库全书总目》卷九六《后渠庸书提要》，中华书局 1989 年，第 809 页。
③ ［清］永瑢等：《四库全书总目》卷六五《史纂左编提要》，中华书局 1989 年，第 580 页。
④ ［清］永瑢等：《四库全书总目》卷九〇《两晋解疑提要》，中华书局 1989 年，第 762 页。
⑤ ［清］永瑢等：《四库全书总目》卷四八《宋元资治通鉴提要》，中华书局 1989 年，第 434 页。

赵时春交往的一百余人，分析他们著述的总体情况，以概括这一群体的学术倾向。通过对《明史·艺文志》《千顷堂书目》《四库总目》的检索，我们得出以下结论：

第一，这一群体的主要学术成就在史学尤其是方志学上。我们统计到其史学著作71部，包括正史、杂史38部，方志、准方志33部，被《四库全书》收录、存目29部。其中通史有薛应旂《宋元资治通鉴》157卷，杂史有唐顺之《左编》《右编》《稗编》《武编》《儒编》共314卷，薛应旂《宪章录》47卷等；很少有史论和野史杂传，这也反映出该群体史学思想的保守性。他们的史学成就中最显著的是方志，马理、李元阳、薛应旂分别主编陕西、云南、浙江通志，其他有王崇庆《开州志》、康海《武功县志》、崔铣《彰德府志》、邹守益《广德州志》、赵时春《平凉府志》、傅学礼《庆阳府志》、谢少南《全州志》、李舜臣《乐安县志》、胡松《滁州志》、李元阳《大理府志》等。这些旧志或存或佚，存者多为当地现存最古方志，佚者则内容多被续修方志所取法或借鉴。而且，这些饱学之士修志多以一人之力，体现出自己的考证能力和史学思想，较有个性色彩，如康海之《武功县志》享誉海内，赵时春之《平凉府志》有鲜明的经世倾向等，这与成于众手的集体修志明显不同。

第二，经学研究是这一群体的又一重要学术领域。我们统计得其经学著作32部，包括春秋学11部，易学9部，诗、书、礼学各3部，五经总论3部，被《四库全书》收录、存目11部。从其中少数今存著作及《四库全书总目》来看，这些著作有着明代学术的基本特色，即喜驳斥前人、标立新说，如陆粲之《春秋胡氏传辨疑》、熊过《春秋明志录》、孙应鳌《淮海易谭》等即是。同时，这些著作的另一重意义在于，它们是明代经学由"假经以明传"变为"因传以明经"的重要表征，其中以陆粲《春秋胡氏传辨疑》最具代表性。该书针对胡安国《春秋传》而作。胡安国对《春秋》进行了理学本位的疏解，忽视了《春秋》史的本质，而陆粲辨疑则首次体现了春秋学研究由经学向史学的转变。张德建先生论曰："明代学术风尚由经学向史学的转换是通过春秋学发生的。"①然则陆粲之春秋学成就一定程度上也可看作明代学术转变的表征。联系赵时春交往群

①　张德建：《春秋学与明代学术的历史变迁》，《武汉大学学报》，2008年第3期。

体的学术特色来看，他们史学成就高于经学、子学，当然这可看作明代学术由经学转向史学的表征。进而联系这一群体的文学、理学成就来看，我们可以肯定，他们的文学和学术，深刻体现了明代学术文化发展演变的阶段特征，因而在明代学术文化史上占据重要地位。

四、结　语

（1）赵时春交游对象以嘉靖年间的进士群体为主。他们从阁臣、部僚、宪使到地方官员，身份不等，但一个基本的特点是为官清正、廉洁，有着基本相同的政治倾向，多数有着与新议礼派和严嵩集团斗争的经历。在当时，这是能代表社会进步方向的一个阶层。

（2）从士人之间的地域交往来看，赵时春所在的陕西士人群体具有较为独特的文化品格，他们与江南、山东等地士人群体的交往，既代表了不同地域文化之间的交流，也可看成嘉靖年间不同地域的士人群体之间交往的缩影。赵时春在接受其他地域文化的影响的同时，也传播、加强了"秦风"的影响，尤其是对陇东高原深刻融入时代文学、文化的版图，具有积极的人文意义。

（3）赵时春交往群体有着很高的学术文化成就。他们在文学、理学、史学、经学等方面的成就，反映了他们对学术文化的高度责任感和使命感，也深刻体现了明代学术文化发展演变的阶段特征，因而在明代学术文化史上占据重要地位。

论陇东民俗文化的传承与保护

吴怀仁　徐治堂

（陇东学院）

传统民俗文化包括四大类。物质民俗包括衣食住行、生产劳动方面的生活文化，社会民俗包括婚姻家庭和人生礼仪文化、节日文化、民间传承文化、科技工艺文化，语言民俗包括民间故事传说、笑话谚语、民歌俗讲等，精神民俗包括宗教信仰和巫术文化以及民间艺术等。民俗文化是长期发展形成和遗留下来的有形或无形遗产，是地域文化符号的精髓、象征和代表。民俗文化旅游是对那些可以对旅游者产生吸引力，为旅游业所利用，能产生经济、社会和生态效益的传统民俗文化进行开发来满足消费者需求的产业形式。民俗文化与农村原始生活有着千丝万缕的联系。随着人类社会生产的进一步现代化，人们面对人际的疏离和冷漠、生活本身的程式化、竞争的无情、环境的破坏和传统意义的丧失，渴求反璞归真，希望能通过回乡返古找回生活中失落的朴素、真诚、热情、简单。这种主体需求促进了民俗文化产业的产生。作为民俗文化产业必不可少的传统民俗文化资源，由于它并非主体民俗，因而其文化与其他文化有一定的差异，且这种差异越大，对消费者的文化震撼就越大，它能满足人们"求新、求异、求乐、求知"的心理需求，满足人们对反璞归真的渴求。因此，民俗文化资源的神秘性、真实性和体验性对民俗文化产业的产生起了很大的拉动作用。

陇东民间保存着大量的民俗文化，在甘肃省华夏文明传承创新区建设和丝绸之路经济带建设的大背景下，为大力发展民俗文化的产业，在生产中保护和传承陇东悠久而丰富的民间民俗文化，我们以陇东地区民俗文化为具体研究对象，从文化生态学的角度，通过历史状况与现实情形的比较，整体、动态地考察陇东民俗文化的当代变迁及其影响因素，探讨其中变化发展的某些成就与存在的问题，为进一步探索更为有效的保护与发展道路提供些许借鉴与指导。

一、陇东生态环境与民俗文化类型

陇东地处黄河中上游,为黄土高原腹地,包括今甘肃省东部的大部分区域。地理上处于温带半干旱气候与温带半湿润气候的过渡带,宜耕宜牧宜林,大体经历了以牧为主、农牧并重和以农为主的漫长演变过程,最终形成了以农为主的经济生活方式,积淀了深厚的农耕文明。历史上,这里曾经是华夏始祖轩辕黄帝最早的生息地及周祖的文化发祥地,又是戎、狄、羌、薰育(匈奴)等少数民族聚居繁衍之地,春秋时有义渠戎国,秦建直道、长城,汉代开拓丝绸之路后为丝绸之路北路要道。这里民众多聚族而居,以族为村,讲究家大业大,重视礼节,婚丧嫁娶、满月过寿等都要摆席宴客,对丧葬和清明节、寒衣节、祭祀公刘等祭祖性质的节日和仪式较为重视。如春节要置办年货,烹制珍馐佳肴,缝制新衣鞋帽,蒸面花,贴春联、窗花、门神等;端午节小孩要穿戴"五毒背心"、虎头鞋、虎头帽等,胸前戴着各种香包,避邪求吉,家家户户的媳妇、姑娘要在节前,以五彩绸布、丝线精心制作各种香包;婚俗中还有"摆陪房"的风俗,女方家待客坐席的同时,在庭院中把为新娘做的衣服、鞋袜、枕头、门帘、鞋垫等刺绣工艺品——摆出,让客人观赏,以显示新娘及母亲做针线的手艺。这些在漫长岁月中所形成的祭祀、纪念、祈福、迎送等风俗文化,在世代相传的过程中,逐渐成为了具有深厚意蕴的民俗文化,经过漫长的历史积淀,逐渐完善而成熟,形成鲜明的地域文化特色。陇东民俗文化历史悠久,积淀深厚,形成了富于陇东地域特色的民俗文化。陇东代表性民俗文化景观,一是陇东民居文化:陇东民居文化的地方特征非常鲜明,有只见炊烟不见人家的地坑院,有依塬边山畔而建的崖庄,也有在平地上修建的高大宽敞的瓦房等。二是饮食文化:面食在陇东种类繁多,常见的有刀削面、拉面、刀拨面、擀面、猫耳朵、饸饹、搓搓、搅团等。比较著名的有臊子面、荞剁面、锅盔、麻花、油糕、糖油饼、粘面、焖饭等富有陇东特色的饮食。三是娱乐文化:陇东民间娱乐文化有陇东道情、秦腔、眉户戏、华池弹唱、民歌、锣鼓、社火、徒手秧歌、狮子舞、龙舞、高跷、旱船等。这些民间娱乐文化经常出现在大型庆典活动和民间节庆中,浓郁的地方气息、鲜明的民族风格、强烈的时代风韵,观赏后令人激动万分。四是陇东民间工艺文化:有香包、剪纸、刺绣、面塑、泥塑、纸扎、特色服饰等。五是陇东民间节会:有富有地方特色的庙会、节庆等。六是陇东生产民俗:有富有农耕文化特色的农具和耕作方式。七是陇东民间口头文学:有富于陇东地域特色的民间故事、解释性传说、农谚、歇后语等。这些民俗文化在 20 世纪 50 年代以前,尽管经历过地方经济文化繁荣或衰退的更迭,但由于民俗文化生态环境基本没有变化,一直处于相对稳定的发展状态,主要表现在以下几个方面:第一,陇东是典型的农耕社会,民俗文化是农事生活的补充。第二,聚族而居的陇东民间居住形态决定了民俗文化以家族、村落等形式传承,成为地域文化传承的一种方式,本身也成为地域文化的组成部分。第三,陇东相对封闭的地方文化和交通状况使民俗文化的生存保持了单一的文化环境,地方特色浓郁鲜明。

二、陇东民俗文化的当代变迁

20 世纪 80 年代以来,中国农村发生了巨大的变化,民俗文化受到巨大冲击,失去了赖以生存的生态环境和社会基础。面对冲击,为更好地生存与发展,陇东民众积极进行调整,使传统民俗文化发生了巨大变化。

一是民俗文化的活动和生产方式的变化。传统民俗文化的基本形式是村落、家族活动和手工生产,像民间工艺品无论其工艺流程多么复杂,一件手工艺品的制作从构思、设计到完成,通常都是由一个制作者或者在一家手工作坊中完成。而在现代文化产业化背景下,随着市场的拓展和消费需求的增加,活动的公开化和生产的扩大化成为必然,传统的村落家族活动方式和个体生产方式受到挑战。为拓展民俗活动的参与范围和提高生产效率,民间民俗文化活动的社会展演性和手工艺品的现代集约式生产方式逐渐取代了家族村落活动和家庭作坊式的生产方式。如随着机械化程度的提高,农业生产由集体化的牛拉人背变为机械操作,传统的生产农具和生产已逐渐退出人们的生活。再如陇东香包,随着市场经济的不断发展,形成了一支专门从事设计、构图、购料、制作、运输、销售的香包生产队伍。这种生产模式已经是典型的集研发、设计、生产、收购、销售于一体的现代企业规范化模式,被称为是"公司＋农户"产业模式。这种由公司订单作业,农户加工,批量生产的生产模式,虽则设计与制作分化,工艺生产变成集体行为,提高了生产效率,经济效益不言而喻,但个人、家庭和村舍的技艺伴随着规模的扩大和技艺的模仿而成为标准化的模式,造成了产品式样的趋同、人性化色彩的淡化和文化因子的丧失。

二是生产主体与消费群体的变化。在传统活动和生产环境中,民俗文化的活动和生产主要是以家族村落和家庭作坊为单位传承和发展,自给自足的生产和消费方式占有主导地位。在这种传统的乡土环境中,民俗文化活动者往往是接受者,活动和生产与接受是一体关系,不存在买卖关系,即使有,也仅是简单的交换关系。随着市场经济体制的不断发展,民俗文化活动和生产由单一生产主体和消费主体被集约的社会个体和群体所替代。一方面由于活动的展演化、广场化和生产经营的产业化、市场化,民俗文化的活动和生产以个体、家庭、村落为主和人工耕种的生产格局被打破,民俗文化活动成为一种广场式的展演活动,使民俗文化活动和生产行为成为民众收入的主要经济来源。另一方面,民俗文化活动的传承人和生产者的社会地位不断提高,被社会认可,成为职业的民间艺术家。这种社会地位的改变促使和激励民俗活动传承人不断创新,也吸引着更多的人加入到这个行列中来。与此同时,随着民俗文化的产业化的发展和对外宣传力度的加强,以及外部消费市场的拓展,越来越多的外部消费者了解和认识了民俗活动和生产。借助现代传媒和市场运作机制,在政府和媒体的积极推介下,陇东民俗文化成为陇东地域风土人情的表征物,其接受者更加广泛。这种由本地居民为主体到以外部消费者为主体的民俗文化消费市场的转向,一方面刺激民俗文化产业化的更深发展,另一方面因为消费主体的变化带来审美倾向的变化,使得民间手工艺在风格上逐渐趋向于自由发展,文化符号拼贴现象凸显,地域特色趋于消失。

三是民俗文化形式的变化。陇东地区原生态的民俗文化与陇东民间老百姓的生产生活关系紧密,其活动形式、题材、艺术语言都源自于民间,合乎实用,形式古老而厚重。随着城市文明的渗透,非民间艺术、传媒、商业等带来的信息渗入,使当下陇东民俗文化在活动题材、形式、组织上都发生了明显的变化。如陇东香包的种类已大大突破了历史上以满足本地区生产、生活之需的规模,由过去的12生肖、狮子鞋、虎头枕等几个简单的品种,发展到现在的花鸟虫鱼、人物典故、民间故事等上百个品种,工艺样式从题材、主题到表现形式,体现着"新语境下"人们喜闻乐见的创作理念,非本土传统的图案大量出现,都市性、生活性、时尚性也逐渐增强,不同风格的内容、形式在工艺生产中的拼贴也较为明显。香包是陇东民俗文化的一个种类,同陇东民俗文化一样是以乡土文化、农耕文化为根底,深受古风土俗的浸润,寓意往往古奥含蓄,造型古拙质朴、图案变形夸张,散发浓郁的乡土气息和地域特色。但在产业化过程中,传统的寓意深刻的纹样造型越来越少,而一些异地传播来的和网络上流行的造型和图案,如喜羊羊与灰太狼、奥运福娃等越来越多地出现在手工艺产品中。同时,因为原有的民俗活动逐渐减少甚至消失,与民俗活动密切相关的民俗文化的功能也随之发生转向,民俗活动中原有的祭祀、宗教、祈福、馈赠、定情、娱乐、禁忌传承等民俗功能意义削弱或消失,在对外服务和多元功利的驱动下,市场开发倾向于以经济利益为主,民俗活动的装饰功能、纪念功能和地方形象象征功能,逐渐取代了与传统民众生活紧密相关的物质功利性和精神功利性。

三、陇东民俗文化产业开发策略

传统民俗文化在现代社会的兴衰,总有其社会经济文化背景转化的复杂性。人类社会在不断地发展变化,与此相适应,生产方式、娱乐方式、行为习惯、礼仪风俗和审美情趣等文化形态,往往也呈现相应功利的改变。进入21世纪后,民俗文化的生存土壤迅速改变,在此情境中,陇东民俗文化生态发生变迁是必然的。这种变迁,一方面促进了自身的繁荣与发展,另一方面也导致了诸多问题。由于地域相对封闭,陇东在民国时期受现代文明的影响较少,风俗习惯改变不大,使陇东民俗文化是为适应普通民众生活需要与审美需求而存在。民俗文化作为民众日常生活的一部分,其活动、传承与演变都是与特定地域、特定民众的历史文化传统、经济状况、风俗习惯等文化生态紧密相关的。关于民间民俗的文化生态性,与一个地区的文化生态变迁相伴随,正如民艺学家吕品田所说的那样:"纵观百年历史履迹,原生形态的衰落与蜕变形态的生发,构成中国民间美术随社会文化变革而呈现的两种基本态势。"改革开放以来,中国社会发生了巨大变革,逐步由传统农耕社会向工业社会转变。在此过程中,以传统农耕文明为生存根基的民俗文化艺术,遭受了巨大冲击,出现了传承危机,许多传统民俗逐步从人们的生活中消失。但危机与机遇并存,在此过程中,一些地区或某种民俗文化形式却充分抓住机遇,适应社会发展变迁,促进了自身的生存与发展。如陇东的香包、剪纸、皮影、民间戏曲、民间节会、节庆祭祀等非但没有萎缩,反而在新的社会文化背景下呈现出一片繁荣的景象,引起了许多专家学者的关注。陇东地区的民俗文化始终是和陇东民众的日常生产、劳作、生活紧密结合在一起的。他们在生产、劳作和生活的过程中,对宇宙、自然、社会、人生、心灵长期观照而形成集体经验,以相对稳定的民俗活动、种类、造型、图式和色彩凝聚在具体的民俗事象中。特殊的地理环境和相对封闭的文化交往,使陇东民俗文化中凝聚的地域文化特征保持了相对的稳定性,生活在这片土地上的民众在劳作、祭祀、娱乐的时候,也通过行为、心理不断强化、稳定和传承自己的独特文化,这种状况延续了上千年。然而在当下全球经济文化一体化的趋势之下,由于文化边界的相对模糊,以及现代媒体的冲击,陇东民俗文化的相对稳定的文化意义、文化功能正在逐步消解,呈现出一种明显的"地方性文化疏离"。民俗活动中的注重形式、轻视传统的实用性、民间性和地方性知识的倾向正是"地方性文化疏离"的一种表现。如传统的皮影雕刻工艺非常讲究"皮子"的选用,由于皮影用途的拓展、雕刻制作中使用机器制皮,而不再讲究"皮子"的薄厚,传统的浆皮工艺和处理程序也被简化,手工牛皮也不再是唯一选择,工艺过程与原来有了很大的区别。另一方面,技术层面上,机械加工工艺取代了不少的传统技艺,工业制作痕迹明显,复制的成分提高。工厂化的生产、流水作业的粗制滥造和千篇一律,虽然扩大了生产规模,但其中的文化内涵和意义却被抽离,这种规模化的复制导致了传统民间工艺的标准化、统一化,消解了民俗文化中的个性和地域特色。基于此,本文针对陇东民间民俗文化的当下生存境遇,就其产业化发展之路提出以下几点看法:

（一）培植品牌民俗文化，塑造区域文化形象

在建设华夏文明传承创新区和丝绸之路经济带的大环境下，只有比优势、比特色，才能发掘地方文化产业自身潜力，振奋民间文化精神，改变乡民文化气质，增强开放开发的自信心。陇东地区有独具特色的民俗文化，是中国香包刺绣之乡、徒手秧歌和荷花舞之乡、民间剪纸之乡、黄土窑洞民居之乡、道情皮影之乡，《诗经·豳风》文化在这里诞生，周祖农耕文化在这里发源，华夏公刘第一庙在这里公祭，这里蕴藏着深厚的民间民俗文化资源，要对如此丰富的民间民俗文化进行开发，就要优选富有特色的民族民间文化艺术作为陇东特殊的民俗文化形象标识，搭建全国乃至世界平等交流的民俗文化产业平台，将精神定位、形象定位、民俗文化定位与民俗文化产业定位结合起来，形成富有特色的民俗文化形象，打造"人无我有、人有我好"的民俗文化产业品牌。

（二）创新产业开发模式，形成文化产业市场

民俗文化产业是民众在千百年生产劳动过程中形成的精神文化遗产，是一个民族、一个地域群体的身份标识。在民俗文化产业开发中，既不能丧失其原真品味，又要适应现代文化消费心理的变化，既要接续民俗文化的现场表演性和制作工艺，又要将民俗文化转化为可以形成产业的生产能力。首先要形成适应不同市场需求的经营模式。一种是公司加农户模式。以公司为龙头，集表演、生产、展示、推广于一体，形成专业化、产业化、产销一体化、展示集群化的开发格局。第二种是大师带农户模式。要形成民间民俗文化传承人核定机制，以传承人为核心，形成各具特色的民俗文化村、民俗文化表演团队、民俗工艺传承展示中心，以此带动民俗文化产业发展。第三种是会展团队模式。由政府文化部门牵头，组织参加国内各种艺术博览会，构成团队力量，研究、包装，将不同门类的民俗文化组成系列，发挥各自的展示传承功能。其次是构成产、学、研结合的民俗文化产业基地。产、学、研结合是当今经济社会文化事业发展的一条成功的道路，对于民俗文化产业先要请进来，邀请地方学者和国内知名专家进行考察咨询、研究论证，在此基础上完成项目研究开发，形成产业研究开发基地，然后做出去，进行推广，

在国内形成影响,打开市场。第三是转型文化馆站职能,激发文化干部参与民俗文化调查、保护和产业开发的热情。要充分发挥地方文化馆站的组织功能,确定民间民俗文化的传承人,由地方文化馆站组织,在传承人的带领下组建乡村民俗文化展演中心,在中心的带动下形成民俗文化产业开发规模。

(三)处理好民俗文化保护与产业发展的几个关系,确保民俗文化的延续性

一是处理好经济发展与文化传承之间的关系,采取适度规模的文化产业开发。民俗文化产业的发展应遵循传统文化的运行规律和运作方式,保持规模的适度化,不能追求数量多、规模大和速度快,而要在保守核心技术的前提下强调质量,守住纯正作风和经典程式,实现传统手工艺与现代经济之间的张力性共存。二是处理好民俗文化生态保护与产业开发之间的关系。文化遗产的生存环境是文化传承和发展的重要条件,没有文化生态基础维护的产业化道路,如同釜底抽薪、杀鸡取卵,不能带来持久的经济利益。传统民俗文化往往与当地的风土人情密切相关,其应时循节的活动及制品通常成为民俗文化活动的重要组成部分,更多的要靠民俗机制而非单纯的市场或行政手段为之造就社会需要和生产动机。因此,需要保护的就不仅仅只是民俗文化活动本身,更要注意保护民俗文化所赖以生存的文化生态。如果没有了后者作为依托,民俗文化就永远只能是表层的民间狂欢,成为一种没有心灵、随处飘荡的无根浮萍。三是处理好民俗文化产业开发与资源保护之间的功利关系。在强调产业开发的同时,政府和文化机构还应有较强的资源保护意识,兼顾保护与开发。对原生资源,尤其是对濒危的民俗文化技术和传承人的搜集、整理、保护与研究应在更大规模上展开。尤其是对民俗文化的传承人,不能只满足于拉网式的普查与抢救,更应抱有一种同情与理解的态度对他们进行人文关怀,在保护的同时,还要改善他们的生存境遇,因此必须积极创造条件让他们走上现代社会的前台,直接参与到现代社会的运作与发展过程之中。总之,陇东民俗文化的当下存在状态是一种包容了各种复杂因素的发展现状,是交融过去、现在和未来的一种可能和现实的存在,它既交融着传统文化的变异,交织着焦

虑和失望,同时也孕育着新的希望。在传统与当下的对接中,这些民俗文化继续扮演着维系、传承、强化传统文化、地方性知识的重要角色。在日益开放的文化背景下和市场等多种力量的驱动之下,这些民俗文化还会发生诸多的变异。面向未来,我们还应持续探索积极有效的文化产业发展之路,助其完成适应现代市场环境的调整,从而走上更为健康的发展轨道。

综上所述,当下陇东民俗文化的生存现状体现了传统文化在现代化进程中多种社会、文化力量的多元互动,在被迫改造的同时也在积极适应。陇东民俗文化经过二十多年的恢复和发展实践,不仅带动了地方经济和文化产业的发展,同时也带动了地方传统文化的复兴。在政府积极倡导和各种力量的合力推动之下,这些民俗文化在一定意义上已经成为地方经济发展的一种重要形式,文化旅游的勃兴、手工艺产品的销售、民间节会的兴盛使农民的收入增加,村史民俗文化产业的队伍明显壮大,产业化带来的利益使农民的生产积极性被充分调动起来。这一切尽管还存在一些不尽如人意之处,但还是向我们提示了一条在当代社会条件下的民俗文化发展道路。生活在工业文明时代的我们,已不能也不必直取民间艺术的原生形态来"超越现实"。因为所谓原生态根本就不存在,民俗文化是一直随着社会的变化而变化的。因此,我们也必须破除那种认为最老的、最原始的就是最地道的观点。今日工业文明的强大力量,要求我们在现代工业文明既定的发展模式中探索民俗文化建设的可行之路。

云水趣味 松柏气节
——论陶渊明最大的"政绩"

高　原

（兰州城市学院）

公元 403 年，陶渊明写了《癸卯岁始春怀古田舍二首》，其中有句"即理愧通识，所保讵乃浅"，意谓不能像一些人那样"通达"，随波逐流，贪恋官位。如此，所保全者岂不是微不足道？周振甫先生认为"渊明这时已经看到桓玄在政治上的危机，认为离开他正可以保全自己"①。然此说有偏，因为如果陶渊明仅仅是保全自己，所保的确是浅陋不足论，其诗之格调境界亦无可观，陶渊明"所保"者非仅肉体，还有精神与生命之真。如龚斌先生注"所保"曰："'所保'句，《庄子·列御寇》：'善哉观乎！女处己，人将保女矣。'郭象注：'保者，聚守之谓也。'《淮南子·氾论训》：'循性保真，无变乎己。'孙楚《乐毅论》：'栖迟一丘，以保皓素。'按，陶渊明所保，当是隐居保生、乐道保真之类。"②就是说，不单纯是"隐居保生"，而是"乐道保真"才是陶渊明之为陶渊明的价值。"即理愧通识"二句，是陶渊明以正言若反的方式表达对不能持守"乐道保真"而求变通以至丧失气节、节操者的批判。

类似的志意，还表现在陶渊明《癸卯岁十二月中作与从弟敬远》一诗中："平津苟不由，栖迟讵为拙！"③汉代公孙弘封平津侯，为接引贤者，特意打开东阁门。陶渊明此句意为如果没有机会被当作贤者赏识，那么隐居归田也就不是笨拙无能的选择，表达了自己傲然的志节与对自己隐居归田意义与价值的自信。

陶渊明的勇气与智慧主要表现在能决然、淡然地回到田园，以正当

① 周振甫：《陶渊明和他的诗赋》，江苏教育出版社 2006 年版，第 24 页。
② ［晋］陶渊明撰，龚斌校笺：《陶渊明集校笺》，上海古籍出版社 1996 年版，第 180 页。
③ ［晋］陶渊明撰，龚斌校笺：《陶渊明集校笺》，上海古籍出版社 1996 年版，第 184 页。

的渠道解决自己的吃饭问题而开始独立超越之路。虽然这个"解决"由于种种原因并不是完全"解决",他依然经常处于困窘状态,但他最终不仅并不后悔这种解决之路,反而替中国士人(即读书以求仕者)解决了一个巨大的精神问题。就是说,陶渊明对中国文化的意义与价值在于他所构建的"精神桃花源"或"精神的巢"对后世的士大夫影响巨大深远。对此,当代有两部较有影响的中国文学史评述如下:

> 不依靠束缚他身心自由的官场获取物质生活资料,而完全依靠自己双手的劳作获得精神世界的平和。故后来士大夫在仕途上失意的时候,往往回归到陶渊明,从他身上寻找精神的归宿,包括不为五斗米折腰的骨气、精神自由的淡远,对于后世的士大夫来说,就是精神的桃花源。[1]

> 他的清高耿介、洒脱恬淡、质朴真率、淳厚善良,他对人生所作的哲学思考,连同他的作品一起,为后世的士大夫筑了一个"巢",一个精神的家园。一方面可以掩护他们与虚伪、丑恶划清界限,另一方面也可使他们得以休息和逃避。他们对陶渊明的强烈认同感,使陶渊明成为一个令人永不生厌的话题。[2]

因此,可以说,陶渊明正是从"即理愧通识,所保讵乃浅""平津苟不由,栖迟讵为拙"这种傲然的志节与对自己隐居归田意义与价值的自信,以及由此而构建的"精神桃花源"或"精神的巢"中,开启、创示并引领了一种中国士人经典的风雅情怀与超越精神。陶渊明的意义在于他所构建的"精神桃花源"或"精神的巢",让后世的中国士大夫或知识分子省去了自己探索精神家园的力气,直接有了一个参照与范本。何况后世者往往智慧不足、精神力欠缺,即便自己探索这样的一个真淳朴美的精神

---

① 方铭主编:《中国文学史》(魏晋南北朝隋唐五代卷),长春出版社 2013 年版,第 32 页。

② 袁行霈:《中国文学史》(第二版),高等教育出版社 2015 年版,第 59 页。

桃花源,也未必就能成功。

我们几乎没有印象,陶渊明有过苏东坡的苏堤、白居易的白堤这样物化有形的政绩,从现存关于陶渊明的史料中,也几乎找不到他有其他具体政绩的相关记载。然而,陶渊明的"政绩"是无形的、精神性的,因为他的"政绩"就是为所有的中国士人树立了"保真"的精神旗帜。当士人们身处官场或生活的污泥浊水时,可以将心灵与精神投向这面旗帜,从而得到超拔的智慧与力量。"渊明之诗和而傲,其人然,其诗亦然,真也。"①

陶渊明 29 岁做江州祭酒,41 岁辞去彭泽令。其《连雨独饮》曰:"云鹤有奇翼,八表须臾还。"②此诗喻托自己有特异的远大志向,但是如果所飞之处与自己的志向有违,瞬息之间就飞回,因此十三年来他一直在为官和归田之间徘徊。当然,我们不能否认陶渊明从骨子里、天性上就对为官有抵触,对此,《始作镇军参军经曲阿作》一诗有充分的表现:"弱龄寄事外,委怀在琴书。被褐欣自得,屡空常晏如。时来苟冥会,宛辔憩通衢。投策命晨装,暂与园田疏。眇眇孤舟逝,绵绵归思纡。我行岂不遥,登降千里余。目倦川途异,心念山泽居。望云惭高鸟,临水愧游鱼。真想初在襟,谁谓形迹拘。聊且凭化迁,终返班生庐。"③请看这首诗的"节奏":他弱龄事外,委怀琴书;他被褐自得,屡空晏如;哪怕时来冥会,宛辔通衢,投策命装,暂疏园田,他也是归思绵绵,心念山居,望云惭鸟,临水愧鱼。给人的感觉是,他一路上几乎是把心与目光一直向后投向园田与山泽居,简直就是在无限留恋园田与山泽居中十分勉强地挪向镇军参军这一职位。

当代研究陶渊明接受史的李剑锋先生指出:"从总的接受情况看,读者用得最多的陶典是'桃源''五柳''篱菊'和'饮酒',它们成为一种高雅脱俗、自由旷达的隐居生活或环境的象征。"④诚然,在陶渊明接受史上,所谓"桃源""五柳""篱菊"和"饮酒"等超逸情趣与脱俗格调是读者所用最多的陶典,但影响最大、最现实的"接受"当属陶渊明在人生进

---

① [晋]陶渊明撰,龚斌校笺:《陶渊明集校笺》,上海古籍出版社 1996 年版,第 576 页。

② [晋]陶渊明撰,龚斌校笺:《陶渊明集校笺》,上海古籍出版社 1996 年版,第 111 页。

③ [晋]陶渊明撰,龚斌校笺:《陶渊明集校笺》,上海古籍出版社 1996 年版,第 158 页。

④ 李剑锋:《元前陶渊明接受史》,齐鲁书社 2002 年版,第 32 页。

退出处间的自由姿态。他有自己生命的主宰,故能超然洒然地退隐田园。特别是陶渊明将一种自然的趣味成功地引入了中国的传统官场文化,这或许是他为政之后最大的"政绩"。高雅闲逸的情趣在官场弥散时,有力地起到了引领官场趣味、清洁官场精神的作用,镇贪敦俗之功不可没。当我们的官员传承中国传统官场文化时,常怀"长林丰草"之志时,除会对自身内在精神和外在气质产生根本性的影响外,还会对官场风气起到净化作用。这就是文化的力量,当人被一种文化所化时,其精神状态与行为模式必然会深受其浸润以至被改变。

深受道家及陶渊明自然精神影响的中国官场,自东晋以后便推崇一种在"三槐"与"三径","五侯"与"五柳"之间的平衡。南朝萧绎《全德志论》曰:"物我俱忘,无贬廊庙之器;动寂同遣,何累经纶之才。虽坐三槐,不妨家有三径;但接五侯,不妨门垂五柳。"①在后来,特别是从唐朝开始,陶渊明的高情雅趣、高雅脱俗及回归田园自然、自由独立精神的影响就已有扩大化的倾向,由隐者、处士,到官僚,并向整个士人群体辐射:"唐人推指的具有陶渊明气息的人并不限于隐者、处士,而扩大到官僚,特别是与陶渊明同一级别的县令。从创作主体的目的看,这是借陶渊明推崇一种与建功立业的社会价值相对的高雅脱俗的精神价值,由于这一精神价值与山水田园等自然物象相联,以超越对社会名利的追求为特点,我们不妨称之为自然价值。自然价值在初唐已非仅仅是个人自我标榜的精神价值,而是群体的共识。即高雅脱俗的精神价值同建功立业一样成为社会上具有普遍性的精神价值追求,是大唐时代精神的另一面。从接受者的角度讲,陶渊明开始摆脱六朝时期作为一个单纯的隐者、征士的形象,开始向具有普遍意义的士人形象转变,他既有隐逸的一面,又有做官(而不累于俗物名利)的一面。他的场所开始由隐逸之所(田园山林)向社会(宫廷官场)转移。而他高雅脱俗、融于自然田园山水、独立自由的精神追求却是始终不变的,这一独具个性的不变的精神追求也由个人的范围向士人群体辐射。"②

初唐人开始把陶渊明装扮成"吏隐"的形象。所谓"吏隐"就是为官

<hr/>

① [唐]欧阳询:《艺文类聚》,上海古籍出版社1982年版,第377页。
② 李剑锋:《元前陶渊明接受史》,齐鲁书社2002年版,第130页。

时有超越于官场的高情雅趣，在官而有隐士之怀，这是魏晋风度的遗风，而经陶渊明得到了大大强化与正式播扬。"在初唐人的理想中，这种并不排斥自然山水精神的一面正是初唐人不排斥陶渊明的根本原因。而建功立业、偏于用世的一面又使他们把陶渊明引向官场，于是便出现了一位在官而有山水清思、脱俗雅趣的吏隐的陶渊明形象。"①

初唐时，杨炯有"归我田庐，功成不居"（《唐昭武校尉曹君神道碑》）②的诗句，融陶渊明精神与老子思想为一联。且杨炯在《庭菊赋》中说："凭南轩以长啸，坐东篱而盈把。"③显然，他十分娴熟地使用了陶渊明的典故"南轩寄傲""东篱采菊"。休假中的卢照邻则吟咏道："还思北窗下，高卧偃羲皇。"（《山林休日田家》）④依然是陶渊明的经典典故：北窗高卧。

老庄道家的"功成不居"理念，和受陶渊明影响而形成的"吏隐"文化，共同构造了一个较为清洁的中国自魏晋以来的官场文化的新维度，这个维度有效地缓解了无数为官者的精神焦虑，不仅由此使为官者较易精神健康、心态阳光，而且还能使他们精神超拔、趣味高逸。唐朝吴筠的《高士咏序》指出了君子默处隐居的社会意义："《易》称君子之道，或出、或处、或默、或语。盖出而语者，所以佐时致理。处而默者，所以居静镇躁，故虽无言，亦几于利物，岂独善其身而已哉。"⑤"居静镇躁"的隐士十分像是这个浮躁、浮华世界的镇纸，其社会影响已超出自身的独善。

可以说，陶渊明对中国官场文化有两点"政绩"：一是为官时的高情雅趣、云水趣味，即如王勃《平台秘略论·艺文》所言"身存魏阙之下"时，能"心存江海之上"。⑥ 二是不能为官、不愿为官时可以独立存在、自由存在的勇气与超越精神，拥有松柏气节，即如苏东坡所说："功名一破甑，弃置何用顾。更凭陶靖节，往问征夫路。"（《与周长官、李秀才游径山，二君先以诗见寄，次其韵二首》其一）⑦

---

① 李剑锋：《元前陶渊明接受史》，齐鲁书社 2002 年版，第 134 页。
② ［清］董诰等：《全唐文》，上海古籍出版社 1990 年版，第 865 页。
③ ［清］董诰等：《全唐文》，上海古籍出版社 1990 年版，第 847 页。
④ ［清］董诰等：《全唐诗》，上海古籍出版社 1986 年版，第 135 页。
⑤ ［清］董诰等：《全唐诗》，上海古籍出版社 1986 年版，第 2090 页。
⑥ ［清］董诰等：《全唐文》，上海古籍出版社 1990 年版，第 818 页。
⑦ ［清］董诰等：《苏轼诗集》，中华书局 1982 年版，第 473 页。

甚至可以说，如果没有陶渊明，太多的中国士人们还需要在人生进退的黑暗中摸索，在出处的痛苦中彷徨。陶渊明由此成为中国文化中一道独特的风景线，更成为一种精神的旗帜，在他的麾下聚拢了无数中国为官的士人。由于他超逸自由的精神清洁了这些为官士人的精神，也从而在很大程度上起到了清洁中国古代官场的风气的作用。虽然不能用陶渊明完全取代监察御史、纪委书记，但其所起的作用，却是无法估量的。要知道，在中国古代，诗歌所起的反腐败作用如日月之昭昭。基本上中国古代诗人的主要身份是官员，而以诗赋取士的科举考试传统，更让这些为官者能诗又能赋，如果不是有陶渊明的旗帜在先，讲究高情雅趣的中国官员们的诗赋或许会少很多的逸趣雅兴。笔者曾撰文《用诗歌反腐败》①，力陈中国文学在世界文学史上的一大奇观，即中国文学史上的创作主体由各级官员组成，在中国一二流大诗人中，从未做官者凤毛麟角、屈指可数。既然用诗歌反腐败曾是历史事实，那么现代社会适当用陶渊明这个旗帜"反腐败"也就是可行的。有了陶渊明这个前辈，后来的中国为官者们在面对世间之进退、人世之荣辱时的态度不但会少许多纠结，更能够有一定的自由与超越的表现。比如唐代的白居易虽然在其《新制布裘》诗中云："丈夫贵兼济，岂独善一身？安得万里裘，盖裹四周垠。"②崇尚兼济，轻视独善，然而他终究还是潇洒地说："归来五柳下，还以酒养真。人间荣与利，摆落如泥尘。"(《效陶潜体诗十六首》)③若没有陶渊明这个前辈榜样，很难想象白居易能如此轻松地脱口说出："人间荣与利，摆落如泥尘。"尽管陶渊明之后，许多士人可能实际上并不一定能像陶渊明那样真正做到浮云富贵，但能在嘴巴上过一过"超越荣辱"的瘾也是极有意义的，这至少会让他们面对富贵，身处庙堂时少些龌龊、少些不堪的表现。

后世的士人遭遇人生的各种困境，面对出处进退、荣辱得失等问题时，能够粪土荣名，浮云富贵的陶渊明便成为他们最现实的前辈榜样。在官场上有高怀雅趣、闲情逸趣正是一种"独善"。白居易《与元九书》

---

① 高原：《用诗歌反腐败》，《甘肃高师学报》，2012 年第 3 期。
② ［唐］白居易：《白居易集》，中华书局 1979 年版，第 24 页。
③ ［唐］白居易：《白居易集》，中华书局 1979 年版，第 107 页。

中直陈闲适与独善的关系:"又或退公独处,或移病闲居,知足保和,吟玩情性者一百首,谓之'闲适诗'。……谓之'闲适诗',独善之义也。"①

陶云爱吾庐,吾亦爱吾屋。(《春日闲居三首》)②

吾亦爱吾庐,庐中乐吾道。前松后修竹,偃卧可终老。(《玩松竹二首》之一)③

孟夏爱吾庐,陶潜语不虚。花樽飘落酒,风案展开书。(《寄皇甫七》)④

谁能雠校闲,解带卧吾庐。(《常乐里闲居,偶题十六韵》)⑤

履道西门有弊居,池塘竹树绕吾庐。(《履道西门二首》之一)⑥

出府归吾庐,静然安且逸。(《咏兴五首·出府归吾庐》)⑦

白居易公务之余,没有去 K 歌,没有去私人会所,而是偃卧于十分具有陶氏风味的"吾庐"中享受一种典型的中国式风雅生活意趣。白居易太喜欢陶渊明"吾亦爱吾庐"的风雅闲适意趣了,所以在诗中反复念叨嘀咕"吾庐""吾庐"……而有类于白居易的是宋代激进派改革人士王安石,不停地嘀咕"归去来""归去来":"彭泽陶潜归去来,素风千岁出尘埃。"(《题仪真致政孙学士归来亭》)⑧"野性岂堪比,庐山归去来。"(《代陈景元书于太一宫道院壁》)⑨"功名富贵何足道,且赋渊明《归去来》。"

① 《古文鉴赏辞典》,上海辞书出版社 1997 年版,第 1007 页。
② [清]彭定求等:《全唐诗》,上海古籍出版社 1986 年缩印康熙扬州诗局本,卷 459。
③ [唐]白居易:《白居易集》,中华书局 1979 年版,第 225 页。
④ [唐]白居易:《白居易集》,中华书局 1979 年版,第 527 页。
⑤ [唐]白居易:《白居易集》,中华书局 1979 年版,第 91 页。
⑥ [清]彭定求等:《全唐诗》,上海古籍出版社 1986 年缩印康熙扬州诗局本,卷 459。
⑦ [唐]白居易:《白居易集》,中华书局 1979 年版,第 655 页。
⑧ [明]汤显祖:《临川先生文集》,中华书局 1959 年版,卷 19。
⑨ [明]汤显祖:《临川先生文集》,中华书局 1959 年版,卷 26。

《送吴显道五首》之四)①

许多中国古代官员在官场遭遇的挫败,自然地成为他们接受、认同陶渊明的契机。比如苏轼就是典型之例:"纵观苏轼接受陶渊明的历程,'乌台诗案'的沉重打击和紧随其后的黄州贬谪是苏轼接受陶渊明的转折点,也是最直接的现实动因。"②当代学者余秋雨写过《苏东坡的突围》,如果没有陶渊明这个前辈的鼓励与引领,虽不能说苏东坡就不能完成"突围",超越自己的境遇,但说苏东坡旷达与洒脱的程度会打较大的折扣,应该是个不错的判断吧。

陶渊明笔下的"养真衡茅下",意指独善和养真。后世,"养真衡茅下"的意趣广泛流行于官场,成为千年不衰的时尚,也让中国古代的官员更多地保持了一份为人之真趣与真气,养成一种良好的人格。人们"尚想其德""爱嗜其文"(萧统《陶渊明集序》)③的结果便是,许多人可因此尽力避免自己被官场污浊之气熏染成无情无趣之人,甚至成为残忍狠戾之人。

若不能兼济天下,便选择独善其身,这在陶渊明之前主要是一种源自老庄思想的理论,并且除了老子庄子这些圣贤外,一般的士人中几乎还没有践行成功的现实例子,还没有产生过著名的并且可效仿的榜样。而陶渊明在体制外为士人们实践了那个以前只是在传说中存在的"独善"的生活方式,并且成为历史上"独善"得最成功的典型,他是一位独善英雄。

"贞志不休,安道苦节,不以躬耕为耻,不以无财为病,自非大贤笃志,与道汙隆,孰能如此者乎?"(萧统《陶渊明集序》)④仕途蹭蹬之际,或身心交病之时,陶渊明归田的独善选择,给无数中国士人以现实的榜样,而这榜样的力量更是无穷。面对生死荣辱、得失进退这些人生根本问题,陶渊明的潇洒成为无数士人可以学习的榜样并有现实性的自由途径,这才是陶渊明在中国文化史上真正的意义与价值所在。他对其后几乎所有的中国士人都产生了影响,因为他较为理想也更为现实地

---

① 北京大学古文献研究所编:《全宋诗》,中华书局1992年版,第6753页。
② 李剑锋:《元前陶渊明接受史》,齐鲁书社2002年版,第314页。
③ [晋]陶渊明撰,龚斌校笺:《陶渊明集校笺》,上海古籍出版社1996年版,第470页。
④ [晋]陶渊明撰,龚斌校笺:《陶渊明集校笺》,上海古籍出版社1996年版,第470页。

解决了所有的士人都会遇到的进退出处问题。归隐也好,归田也罢,都只是个表面行为,其深层的意义则是一个士人,特别是一个为官者,在官宦体制外能否独立存在,有尊严地存在甚至自由愉快地存在的问题。当士人个体的人生意义实现及存在方式只有为官一途时,独善几乎就只能是理论上的一种概念性存在,而不会成为可以现实地行走的人生之路。陶渊明这个榜样,应该说,大大降低了此后中国士子们在不能兼济,亦无法独善时作苟且选择的可能性,更抚慰了士子们于进退出处间心灵上的依违痛苦。因为不得志于为官时,还可以另有一种体制外的十分具有现实可操作性的高级追求:乐道。苏轼在《续欧阳子朋党论》中说:"不得志则奉身而退,乐道不仕。"①

所以,后世许多闲人只看到了陶渊明归田表面上的闲适,而不知这种闲适背后的来自儒道两家的超常的智慧与巨大的勇气。正是自由潇洒的道家智慧、道家精神,使陶渊明的闲适自由,十分具有文化的意味以及乐道的精神,成为一种文化的力量。而固穷的儒家精神,又使陶渊明的影响体现在激贪励俗上。南朝萧统的《陶渊明集序》就指出了陶渊明的诗文具有激贪励俗功能:"尝谓有能读渊明之文者,驰竞之情遣,鄙吝之意祛,贪夫可以廉,懦夫可以立,岂止仁义可蹈,亦乃爵禄可辞!不劳复旁游太华,远求柱史,此亦有助于风教尔。"②有"独善"这个维度的健康存在,有助于政治在阳光下良性运行,因为"独善"的超越精神会让士人的心态保持相对的健康。

"这是'明哲保身',也是'高蹈独善'。这种选择如果变成了矢志不移的人生追求,在世时可以使'世罢虚礼,州壤推风',去世后可以使'远识悲悼,近士伤情'。其效果可以激贪励俗,淳化世风,有益于天下,必当垂名后世。这也就是陶潜所谓'养真衡茅下,庶以善自名'(《辛丑岁七月赴假还江陵夜行涂口》)。可见,陶渊明的'明哲保身'不是苟且偷生,而是以对社会、历史的深刻认识和负责为前提的,它立足于自我,又超越了自我。"③

---

① [宋]苏轼撰:《苏东坡全集》,中国书店 1986 年版,第 245 页。
② [晋]陶渊明撰,龚斌校笺:《陶渊明集校笺》,上海古籍出版社 1996 年版,第 470 页。
③ 李剑锋:《元前陶渊明接受史》,齐鲁书社 2002 年版,第 54 页。

陶渊明展现了一种中国士人经典的自由超越、风雅高洁的情怀。直到近世,我们还可以随处发现这种体现深远影响的事例。不说别人,只说吴昌硕、黄宾虹这两个也曾入仕的画家的两件逸事:"五十三岁时,他(吴昌硕)还希望仕途有发展,借钱凑了二千两银捐了知县,由同乡丁兰保举任江苏安东县(现为涟水县)知县。但吴昌硕毕竟不是做官的材料,做了一个月就辞去。所以他的自刻印中有'一月安东令''弃官先彭泽令五十日'等印。"①"黄宾虹二十二岁赴扬州就任两淮盐运使署录事,任录事不到一年,因看不惯官场黑暗,辞职回乡。在他六十左右《述怀》诗中有'扬州小录事,拂袖归去来'句,即指此事。"②

陶渊明给我们的启示是:一个人未来在社会上的官职无论大小,都应清醒地知道,那不可能是我们永恒的位置,我们还应有一个相对独立于官职的社会位置、一个精神位置,一个无论什么风都吹不倒,怎样的雨都打不湿的位置。只有这样,进退才能自如,上下方可自由。人生最不自由的是我们除了为官,啥本事都没有;活着最无趣的是除了为官,啥兴趣爱好都没有;生命最失败的是除了为官,什么精神依靠都没有。一旦无官可为,就只剩下惶惶不可终日、无所措手足的虚无感,生命完全没有寄托。这种狼狈最好不要出现在我们的生活里,特别是我们有一个伟大的榜样陶渊明,仍然有这种狼狈,只能说明我们没有进步。当我们有机会在某个职位上服务社会时,可以尽心倾情地服务,但永远应知道自己是可能随时离开那个位置的。有了这个意识,当我们离开时,才不会感到被剥皮抽筋般的不适应。人在做官之外,必须另外有一个像样的追求,当不做官时,这个像样的追求会保证我们继续活得像样并保持舒心,避免蝇营狗苟的存在状态。

所有为官者,一定要确立一个安身立命与尊严所在的位置。秉承庄子的传统,陶渊明提升了中国士人精神海拔,这份超越姿态,这份自由的精神气度,长久沾溉着中国士人的生命,使他们在人生的"进"之外,确立了一个可以自由地"退"的精神与现实的领地。这份榜样的力量自然是无穷的,当后世的士子志向难以施展,或为官不下去,或为人

---

① 何怀硕:《大师的心灵》,广东人民出版社 2016 年版,第 36 页。
② 何怀硕:《大师的心灵》,广东人民出版社 2016 年版,第 100 页。

的尊严在为官中坚守不住时,他便可以很自然地想到前辈陶渊明的选择。陶渊明的选择给他提供了现实的力量,省去了他独自挣扎彷徨的痛苦过程,只须他抉择是否"归去来"。

总之,陶渊明在中国文化史乃至人类文化史上的伟大意义,或者说他最大的"政绩"在于,他对权力有一个潇洒的态度。他为我们留下的精神遗产主要是,不恋栈,即不贪恋官位这样一种云水趣味,而这正是陶渊明最大的政绩。这种云水趣味能保证我们有本事看见东篱下的菊开菊落,有能力悠然赏观生活中的水逝云飞⋯⋯

该文原发表于《苏州教育学院学报》2017年2月号。

庄子《养生主》新论

梁　枢

（甘肃中医药大学）

引　言

　　著名的文化学者叶舒宪先生在他的《庄子的文化解析》一书中分析《养生主》开篇的"吾生也有涯，而知也无涯，以有涯随无涯，殆已"中的"殆"字的字义时，颇有新意，他说："殆"字不是像以往的学者所解的，危险麻烦的意思，而是死中有生的意思，是死而又有别一种生的意思。牛被庖丁解而死，就是另外一种生，所以这就关合了文后有"牛不知其死也"①句，也关合了本章结束时的"指穷于为薪，火传也，不知其尽也"的文意。这样"吾生也有涯"一段的意思就是：以人的有限的肉体生命时段去追随无限的"知"的无穷境域，这就只能是使生命以死而复生的终始相续的轮回姿态去无穷以赴了。② 叶先生说法的意义在于更加明确地强调和肯定了后来传入中国的印度佛教所主张的灵魂不死与轮回转世的学说在中国道家的庄子这里也同样存在，只不过没有像佛教那样充分地展开地说和有一套精细系统理论地说，就是佛教唯识宗的那一套理论体系。庄子在《养生主》里是用"知"来表示，也用"神"来表示，也用"天"来表示的。那个"有涯"的是肉体生命的有限时段，那个无涯的是"知"所包含的两个方面的内容：（1）"知"的能知功能的无限。（2）"知"所知境域的无限。"知"的能知的功能的无限，正是"牛刀""所好者道也""神欲行""天"，"火传也"之"火"所指代的意义；"知"所知的境域的无限，正是"牛""人""樊中"，"指穷于为薪"的"薪"所指代的

---

① 陈鼓应：《庄子今注今译》，中华书局2007年版，第96页。
② 叶舒宪：《庄子的文化解析》，陕西人民出版社2005年版，第449～461页。

意义。

　　那么,人类的生命之"知"除了有限时段的这个肉身载体通过生死轮回无穷以赴地去追那个无涯的"知"的境域的这一路之外,还有没有别的路子可走? 庄子《养生主》的回答是有,这就是"庖丁解牛"这个故事主体和它附带的内容所要告诉人们的全部内涵和深层意蕴,下文试解之。

一、"庖丁解牛"的三种意蕴

　　(一)"庖丁解牛",它的意蕴之一:我们有限的肉体生命虽然处在这个世界的世俗生活的物象实有当中,但我们的精神知性却应该能够同时"无厚入有间"地入虚入空、合虚合空;能够"缘督以为经"("缘督者,循虚而行",郭庆藩《集释》引)地"进乎技"而达于"道";能够"依乎天理"地至于"以神遇而不以目视"的生存和运转。这就是生命升华性的生存应该把握的要害,这就是生命能够善美高华地存在运动的价值之"主"。

　　(二)"庖丁解牛"的意蕴之二也可以理解为比喻、象征。"牛刀"比喻象征为人的精神意识,就是"知也无涯"的那一"知",即内向的能知源头那个"真知"。牛,在浅近处比喻象征我们的多元的复杂的肉体生命,"牛刀"这一"知"如何在"牛"这个大而蛮莽的物质生命中得自由,就是前面已经讲过的"生命能够善美高华存在、运动、有价值之'主'"的根本意蕴所在。那个"牛刀"所代表的,所比喻象征的这一"知"如果因为悟道,因为"依乎天理""恢恢乎其于游刃必有余地矣"地真正自由了,那这个大而蛮莽的物质生命的"全牛"也同时就自由了,同时也就得归其所了。这个"全牛"因"知"的自由而于死中不死,或者叫作死于不死中,所以文章稍后的"牛不知其死也"之句指的就是这个意思,文章结束时的"指穷于为薪,火传也,不知其尽也"也是此意。因为生命佳美至善的本来面目的那个"知性"就是这样,原本是这样,永恒不灭的。

　　而且,牛,在另一维更宏观的层面上是不是比喻象征我们的生命所存在的这个多元复杂的社会、多元复杂的自然和宇宙? 那这个已得"自由"的"牛刀"和连带的"不知其死"的"牛"合起来形神兼备,就是我们已经觉悟了的整全生命的又一把"牛刀",而"多元复杂的社会、多元复杂的自然和宇宙"又是一具"大而蛮莽的物质生命的'全牛'",我们生命的这把"牛刀"依然可以因为悟道,因为"依乎天理""恢恢乎其于游刃必有余地矣"的实践功夫的锻炼再一次自由,并且自由地运行在宇宙万有之物质性的"全牛"之中,那这个大而蛮莽的多元复杂的社会、自然和宇宙的物质性的"全牛"也会因为主体生命得了大解脱,得了大自由的原因,也同时就是得客体的物质性的"全牛"的大解脱和大自由。这个对象性、物质性的"全牛"因主体性、精神性、根源性生命之"知"的自由而于永恒变化中不死。例此,对象性的、物质性的社会、自然和宇宙对于已得自由的那些主体的根源性知性生命已得自由和解脱时,它们就和主体生命一样得自由和解脱。这就是天、人,心、物融一无二的道理;这就是天、人,心、物成"一体"而"无体"之永恒。

（三）"庖丁解牛"的意蕴之三是有超越前面的比喻、象征的更高、更秘密的意义在。这就是为什么要以宰杀言道。

老子的"天地不仁,以万物为刍狗;圣人不仁,以百姓为刍狗"也可以被认为是这种义理的秘密宣说的初意。所以"道"既然像《庄子》外篇《知北游》中说的,"每下愈况"地"在蝼蚁""在稊稗""在瓦壁""在尿溺",那自然,道也在宰杀与死亡这里。（庄子时代的庖丁解的牛是什么牛,文惠君看宰牛,这首先应肯定是给君主宰牛,给君主宰牛肯定不是或仅仅是老牛和病牛吧? 反正宰牛不管是古代还是现代都是人间必有的职业）以死亡言道,孔子有"朝闻道,夕死可矣""杀生成仁"说,孟子有"舍生取义"说,佛典《大般涅槃经》卷第十四载释迦牟尼佛前身有为求真理的"半偈亡身"说,又《华严经三十五》载菩萨为求真理的"一句投火"说。这些可以理解为,为了听到究竟真理,接受究竟真理,明白究竟真理,是可以接受死亡的,或者说是可以接受必不得已的死亡的,这是因为悟了道,知道了生命的本来面目,恰恰是进入了永恒的不死亡。但这些和"庖丁解牛"的意蕴还是有较大的差别的。因为"杀"与被杀,虽然在佛典中有因果互酬或叫作因果报应的宣说,但以宰杀言道在佛典中好像没有像"庖丁解牛"这样的说法。另外,还有《金刚经·离相寂灭分第十四》中有"如我昔为歌利王割截身体,我于尔时,无我相,无人相,无众生相,无寿者相。何以故? 我于往昔节节支解时,若有我相、人相、众生相、寿者相，应生嗔恨。又念过去于五百世做忍辱仙人，于尔所世，无我相、无人相、无众生相、无寿者相"，这里主要是突出"无相"的"空性"以及在"无相"和"空性"基础上的主体之"忍"，好像和庖丁解牛还是有较大的差别。在儒家那里也没有这样明显的说法，虽然，在孟子那里有"君子远庖厨"的说法，这虽然是默认宰杀，但自己不行宰杀，也不赞成宰杀，也不见宰杀的不得已的矛盾的方便处理办法，这和"庖丁解牛"的意蕴还是有较大的差别。

任何生命产生之后，经过发展变化，趋向死亡，这是任何生命在大自然中的必然的不可遁逃的规律。在造化这把大牛刀面前，任何生命，你解也得解，不解也得解，而且，任何生命从本以来，就一直被这把牛刀在若不经意地，不动声色地秘密隐微地"解"着。它们的出生，是从彼时空，被解而来；它们的死亡，是从此时空，被解而去。"庖丁解牛"或者也有在这种意义上的指陈。

二、"宰杀"也是"道"的密义

"庖丁解牛"好像于"宰杀"成了一篇美妙的颂词，这是少有的。这就是有为法和无为法叠加的秘密宣说，也是公开宣说，即"宰杀"也是"道"、凶险有为也是"道"，这是道家的秘密宣说。

宰杀也是道有二义可说：

（一）宰杀分明是积极的有为之道，从这里也可以见出，后人对老庄无为之道的特殊性的误解之深。连宰杀都是被肯认和赞赏的行业，那还有什么是"无为"？事实上，宇宙自然对生命的成就是积极有为的，这是在宗《薄伽梵歌》的印度教里被称作创造之神的"梵天"和维护之神的"毗湿奴"的职责范围里的事；对生命的毁灭同样是积极有为的，这是在宗《薄伽梵歌》的印度教里被称作毁灭之神的"湿婆"职责范围里的事。这种大有为是宇宙自然的整体运作，从人类文化这个小范围里的指称的造作有为的角度讲，宇宙自然的整体运作恰恰像是无为。但同时这种运作从本以来都是"有为""无为"叠加的同在即时，也可以叫作双行一体。

（二）杀即无杀。特别是达到庖丁宰杀的这样一种有为、无为双行一体的境界时,就成了,如此死,即为生,其实是死和生也是双行一体了。这种双行一体的宰杀是宰杀和被宰杀者也双行一体地得了解脱成就,就是说,宰杀者以实践行为的"杀活"之道成就了、救助了、引领了、超度了或者叫作化转了被宰杀者;被宰杀者在自我开解自由的上升中也同时成全了宰杀者"杀活"的功德。严格说应该是三行一体的成就:(1)庖丁得道。(2)文惠君得养生。(3)"牛不知其死也"地也超越肉身而达真全。(4)凡有缘得此文而阅者,迟早也会悟道,得道,也会被庖丁"杀活"。但总括而言还是双行一体,再总括而言就是"一体",再总括而言就是"一体"之上更超越的"无体",也就是老子说的"天下万物生于有,有生于无"。"双行"就是既在"有为",也在"无为";既在"牛"所象征的"物质",也在"牛刀"象征的"灵明"。"一体"是同在"双行",又混一"双行",又同时超越"双行"而上的"一"而无"一"之"一体"。我们这样讲的时候,就会发现用"宰杀"一词替换"解牛"之"解"是不应该的,也几乎是不对的。庖丁用"解"正是要免除有死无生的宰杀之义,也恰好是要免除刚很对立的强力爆裂的"宰杀"义,是要牛能够死生一如地转换或者叫作得到了"物化"的自由。我们用宰杀只是为了行文的方便和强调而已,当然也含有强调宰杀是道的那一义,因为虽曰"解牛",但毕竟不管是在形式上还是在实际上都是杀牛。此意已知,现在还归到庄子的"解牛"之"解"上为正解。细思之,我们的生命,一切生命在宇宙自然的手中,在造化的手中,从开始到结束,就是造化这把"牛刀"在解着,谁都难以遁逃,像先前所说的,解也得解,不解也得解。造化正是"恢恢乎游刃必有余地"地有形无形地使着它的"牛刀",真是"大刀无痕",天下万有在这把无痕的"大牛刀"之解中"不知其死也"地变化着、运转着、存在着。生生死死,其中都有一种"桑林之舞"的节奏;死死生生,其中都有一种"经首之会"的旋律。

所以说,读者且莫误以为,庖丁解牛,除了说的是个体生命的根源性"神知"这把"牛刀"以"臣所好者,道也"的方式运行意义上的事之外,也说的是"宇宙这把大牛刀"以"道"的本体方式运行意义上的事,或者同时说的就是生命和生命之"知"与"宇宙这把大牛刀"合"道"而行意义上的事。整个生命的生生死死的繁衍演化不正是这样的杀而无杀吗?千万不要误解了,好像庄子只是赞成无辜的杀戮,如果这样就大错特错。

三、所有的行业皆可成"道"

一切行业都不可缺，一切行业都可以使操业者领悟自己生命和究竟真理的关系，一切行业都可以使操业者领悟自己生命的本来面目，一切行业都可以使操业者既成就行业也成就自己生命的大解脱、大自由。一切行业都可以让你领悟"有为"和"无为"的"双行一体"的大秘密之道；领悟你的生命和你生命活动中的一切运作都是"有为"和"无为"的统一；领悟宇宙自然本体既在你的生命之外也在你的生命之中，在你之外，在你之中也都是"有为"和"无为"的双行一体。

在印度教所宗的重要经典《薄伽梵歌》中，开篇就是以俱卢和般度两个亲族的列阵相向大战杀伐在即为其背景的，般度族的主帅阿周那，就是因为与他对面列阵即将要开战的对方是自己的同属一宗的另一支的长辈晚辈的亲族而产生了悲伤怜悯之心，欲罢战休兵而离开战阵。这时他接受了为自己驾车的天人师，也是最高的化身黑天奎师那的教诲和点化，使他从世俗文化的伦理道德的有限范围里超脱出来，领悟了"灵魂不死，杀即非杀"的真理，坚定了为正大公义而战的决心，就毅然决然地以"有为""无为""双行一体"的超越性的精神状态投入了战斗。而且在战斗中始终不忘作为至道象征的"至上之夫""无上补鲁洒"的"至上神我"（也就是大梵天）。

可以做这样的比附，战斗就是"解牛"，阿周那就是庖丁，"牛刀"就是阿周那的"以神遇而不以目视"的神"知"之用。"始臣之解牛之时，所见无非全牛者"，相当于阿周那没有听黑天说道之前的境界，"无非全牛者"，和主体对立的，对象性的物质而已，和自己一样的不忍宰杀的生命而已。"三年之后，未尝见全牛也。方今之时，臣以神遇而不以目视，官知止而神欲行。依乎天理……因其固然"，这又相当于阿周那听闻黑天说道之后的境界，"未尝见全牛""以神遇而不以目视"的"神欲行""依乎天理""因其固然"等，都是在"全牛"而离"全牛"，也就是在物质而超物质、在凡俗而又超凡俗、在道德而又超道德、在宰杀而又超宰杀、在行业而又超行业的双有双无的"双行一体"的境界。这正是《薄伽梵歌》的重要主题。

当然，比附毕竟是比附，"庖丁解牛"毕竟和《薄伽梵歌》有诸多不同处。但细读二作，深自领悟，它们的确也有异曲同工之妙。它们的同工之处就是，《薄伽梵歌》的归宗在于，在我们的任何行业和活动中，包括最凶险的刹帝利的战争行业活动如杀伐及其宰杀的积极有为中，要能够始终记住，即时地投入至上神我，敬爱至上神我这个"至尊梵"而得解脱①。《庄子·庖丁解牛》的归宗也在于，在我们的任何行业活动中也包括残忍的积极有为的行业活动宰杀中，也能够始终即时地"因其自然"地、"依乎天理"地投入至上之"道"，化于至上之"道"的"以神遇"、以神运而得"双行一体"的自由和终养。《薄伽梵歌》的"至上神我""至尊梵"和"无上补鲁洒"与《庄子·庖丁解牛》中的"天理"和"道"称谓不同，指向相近。称谓不同的原因是，印度文化中神本的意味浓厚，而中国文化中已超越了神本，人本的味道浓厚。异曲，只是在人杀人的战争中得解脱，和在解牛中得解脱的不同。但，只是在人杀人的战争中得解脱，敌我双方"双行一体"的解脱意少，单向度的我方特别是"我"（阿周那）的解脱意多。当然，从长远看，大公正义战胜私邪魔道，消灭私邪魔道，对私邪魔道从心念灵觉的角度讲，从能量信息永恒不灭的角度讲，也是一种教育和别样的成全与解脱，但这个对立性强，硬度强，暴力性强。而"庖丁解牛"则是人牛"双行一体"地得解脱，得自由，得终养。这个融合性强，共时性强，柔软度大，难度也更大。所以，"庖丁解牛"是缩减本的秘密简洁的另一种中国式更加高难度的《薄伽梵歌》。另外"庖丁解牛"形为解牛，实则自解。归到"自解"义理上时，那"庖丁解牛"就又转换为仅仅比喻象征了，暴力性的宰杀意就隐而不见了。

四、"知性"不死

前面在文章开头的"引言"中，笔者就讲到叶舒宪先生在他的《庄子的文化解析》中，分析《养生主》开篇的"吾生也有涯，而知也无涯，以有涯随无涯，殆已"中的"殆"字的字义时说过，有限的肉体生命时段是"有

①　圣恩 A. C. 巴克提韦丹塔·斯瓦米·帕布帕德：《〈薄伽梵歌〉原意》，宗教文化出版社 2009 年版，第 25 页。

涯"的,而那个"知"是以"殆已"的方式无穷以赴的"无涯"。"庖丁解牛"的这个以神用的"牛刀"正象征地说明人的"精神知性"的永恒性。"庖丁解牛"故事之后的几则故事继续申说强调了此义。

一是文公轩见右师时对右师之"介"的神貌"独特"的感叹。那个"介",钟泰先生《庄子发微》①训释为"独特"之意,是指右师的肉体生命中显现出一种因"养生主"功夫修炼而洋溢着的那种"天也,非人也"的不受肉体生命所拘限的,得其与死无对的,本体自由无死之永恒的"知性"。

二是紧接着用"泽雉十步一啄,百步一饮,不蕲乎樊笼中"比喻那个养生之主的"主"所代表的神智自由之"知性"是不应该被"有涯"的肉体生命以及肉体生命范限中的见闻之事所蒙蔽禁锢。

三是用秦失吊老聃死的故事说明人的肉体生命的所谓活着的这一"有涯"时段只不过是"遁天倍情,忘其所受,古之所谓遁天之刑",意为从永恒的自由王国的本体天然之性的不死大生命掉出来,到像受刑罚一样陷在这个有限的世俗人间有死有生的小生命当中。"忘其所受",忘了的就是那个"以神遇,而不以目视"的超越肉体感觉器官("官知止")的"依乎天理""因其固然"的那个永恒不死的知性之"天"。知道这个,所以文中接着讲,对于肉体生命的活着或是死亡就应该"安时处顺,哀乐不能入也,古之所谓悬解",又紧接着《养生主》结尾的总结性的话就是"指穷于为薪,火传也,不知其尽也",即像"薪"一样的肉体生命是有"穷"有死的,而像"火"一样的"知性"本体是移型换位变而不变地永恒地存在着。

你只有知道了在我们的有限有死的小生命、有限有死的小知性中有一个无限无死的大生命和无限无死的大"知性"时,而且不是仅仅以哲学思辨的方式猜测到而是以踏实实践的功夫而达成时,你才能真正像庄子那样应世处俗,把积极入世和超然出世做成一个浑然整体而不是打为两截:要么就是所谓的痛苦地在这个世界上折腾以终,要么就是所谓的撒手红尘出家修道。庄子的这种生命境界是也正是佛教中的禅宗所主所宗,大乘佛典《圆觉经》卷下有讲:"受用世界及与身心,相在尘

---

① 钟泰:《庄子发微》,上海古籍出版社 2002 年版,第 71 页。

域,如器中鍠,声出于外,烦恼涅槃不相留碍,便能内发寂灭轻安,妙觉随顺寂灭境界,自他身心所不能及,众生寿命皆为浮想,此方便者,名为禅那。"

只不过佛教在讲到永恒不死的"知性"时,对于"知性"的分析就更加细密详尽了。如"能知""所知"、前六识、第七识、第八识,等等,为唯识宗的庞大体系所涵摄。这些是庄子和中国的固有学术中虽潜涵而没有被详尽地开出来的。

结　语

总之,人类的生命运动、行业工作,都是在向我们人类的神圣大全本体生命的敬爱、敬献和牺牲,不过它在中国的道家那里又不仅仅只是严肃的,而且更是一场一场的大游戏。严肃与活泼,是双行一体的,世俗与超越是双行一体的,行业与成道是双行一体的,死与不死是双行一体的。"庖丁解牛"的深意指向其实是实体之本然之真全,而这个实体本然之真全既是"无为"的,又同时是秘密的别一种"有为";这个实体本然的真全"有为"又同时是秘密有为的别一种"无为",这两者又还是双行一体的二而无二、一而无一。宇宙自然的运行原本就是这样,社会的运行原本也是这样,生命的运行原本也是这样。这是《养生主》及其"庖丁解牛"告诉我们的大秘密。

杜甫与陇山文化

聂大受

（天水师范学院）

一、陇山与唐代的旅陇诗人

陇山，又称陇坂、陇坻、陇关、陇首山、分水岭；也称关山，因其多有关隘而名，是一个古老的区域概念。《地道记》："汉阳有大坂，名曰陇坻。亦曰陇山。"《寰宇记》："汉武帝分陇西，置天水郡……后汉更天水为汉阳郡。"《元和郡县图志·陇右道上·秦州》："小陇山，一名陇坻，又名分水岭……陇山有水，东西分流，因号驿为分水驿。"依现代地理学概念，陇山即六盘山南端的别称。在陕西陇县、宝鸡市西，甘肃天水市东，平凉市南，南北走向，绵亘于陕、甘、宁边境数百里，山势陡峻，主峰秦家石洼梁头海拔 2659 米，是渭河平原与陇西高原的分界。陇山因其山势的广袤、高险、雄伟及位置的重要历来为人所敬畏。《元和郡县图志·陇右道上·秦州》："陇坂九回，不知高几里，每山东人西役，升此瞻望，莫不悲思。"《乐府诗集·陇头歌辞》："陇头流水，鸣声呜咽。遥望秦川，心肝断绝。"历代文人骚客每每以陇山为题材，写下了许多记陇、忆陇、咏陇的壮丽诗篇，留下了许多脍炙人口的华采文章。在这方面，唐代诗人尤为突出。

以边塞诗享誉唐代诗坛的高适、岑参、王昌龄与陇山有着不解之缘，他们赴边出塞，亲临陇上，留下了许多咏陇名作。如岑参《初过陇山途中呈宇文判官》：

> 一驿过一驿，驿骑如星流。平明发咸阳，暮及陇山头。陇水不可听，呜咽令人愁。万里奉王事，一身不无求。也知塞垣苦，岂为妻子谋？山口月欲出，先照关城楼。溪流与松风，静

夜相飕飕。别家赖归梦,山塞多离忧。与子且携手,不愁前
路修。

"万里奉王事"的报国豪情与"陇水不可听"的思乡悲愁交织在一起,真
切动人。而最后则以"不愁前路修"的慷慨之声压倒悲愁之思,气势奔
放,个性鲜明,充满了豪迈、乐观的精神。诚如严羽《沧浪诗话》所说:
"高岑之诗悲壮,读之使人感慨。"

位于陇山东麓的泾、原诸州(今甘肃泾川、平凉一带)为关中通往河
陇的交通要道。王昌龄经此,对这里不同于关中平原的山川景象作了
细致形象的摹写:

倦此山路长,停骖问宾御。林峦信回惑,白日落何处?徒
倚望长风,滔滔引归虑。微雨随云收,濛濛傍山去。西临有边
邑,北走尽亭戍。泾水横白烟,州城隐寒树。所嗟异风俗,已
自少情趣。岂伊怀土多,触目忻所遇。

——《山行入泾州》

诗中记写了作者初入陇上的所见之景和内心感受,展现了陇上独
特的山川和殊异风俗,怀土之情的抒发增加了诗篇的内涵,真切古朴、
自然清新。

晚唐大诗人李商隐于唐文宗开成三年(838 年)到泾州(今甘肃泾
川县),入泾原节度使王茂元幕,不久赴京应试落选,回泾州后写下了著
名的《安定城楼》一诗:

迢递高城百尺楼,绿杨枝外尽汀洲。贾生年少虚垂泪,王
粲春来更远游。永忆江湖归白发,欲回天地入扁舟。不知腐
鼠成滋味,猜意鹓雏竟未休。

这首诗结构谨严,句法灵活,运用典故抒发情怀,恰切圆融,自然含蓄,
写景抒情融合无间,在艺术上很有特色,历来为人称道,是咏陇诗中的
一朵奇葩。

另外,王维、许棠、李嘉祐、朱庆余等经临陇上,也都留下了诗作。与此同时,还有一些诗人如李白、皮日休等虽然未能亲至陇上,但陇上的山川风物、民情风俗深深地吸引着他们,感动着他们。他们也写下了吟咏陇右的深情诗篇,给陇山诗坛留下了一份珍贵的遗产。

这里应该特别指出的是,在众多的旅陇诗人中,诗圣杜甫与陇山的亲缘更为深厚,对陇山的吟咏更为感人,对陇山文化的贡献更为突出。他于公元759年的度陇流寓之举,当是陇山文化中尤为亮丽的一道光彩。

二、杜甫的陇山之行

杜甫是我国唐代伟大的现实主义诗人,被尊称为诗圣,他的诗则被称之为"诗史"。1962年,被世界和平理事会列为世界文化名人,成为世界人民共同敬仰的诗人。就是这样一位名贯古今、享誉中外的大诗人,曾于公元759年在陇右寓居了近半年时间,并留下诗作近一百二十首。陇右时期是他生活的转折期,也是他诗歌创作的转型期,在他的一生中有着不同寻常的意义。

那么,生活在长安的杜甫为什么会离开关中西行呢?他又是如何登上陇坂来到秦州的呢?我们知道,杜甫出生于一个奉儒守官的家庭,从小就立有"致君尧舜上,再使风俗淳"的远大志向,然而命运多舛,仕途蹭蹬,公元757年46岁时,好不容易得到了一个"左拾遗"的官职。在任上,他兢兢业业、恪尽职守、为国效力,但时间不长,就因为疏救房琯之事而激怒了唐肃宗,由此被冷落、疏远。到第二年,也就是乾元元年六月,被贬为华州司功参军。这对杜甫是一个严重的打击,他的仕途受到了重创,他的政治理想的实现也就由此破灭。这件事让他对唐肃宗有了清醒的认识,对皇朝政治的残酷无情也有了深入的了解,于是萌发了弃官而去的念头:"罢官亦由人,何事拘行役。"这是他在《立秋后题》一诗中的明确表白:既然解掉官职是可以由个人来决定的,那么又何必让我的心被形体所拘役!而此时关中大旱、饥荒遍野的情状进一步促进了他弃官离职的决心。

去意已定,可又当往何处呢?当时,"安史之乱"的战火仍在蔓延,向东、向北、向南都不安全。几经考虑,杜甫选择了前往秦州,因为他的侄子杜佐居住在那里,而秦州尚未遭受祸乱的袭扰。唐肃宗乾元二年(759年)七月,他携带家人,离开华州,踏上了西行入秦的漫漫征途。

关陇古道是丝绸之路南大道从长安入陇的必经之路,横亘于陕甘交界的陇县与张家川县之间,长约一百公里,海拔两千公尺。先秦时由西戎辟建,从汉至唐、宋、元,一直是关中通往陇上的交通要道,也是中西贸易、民族往来的重要通道。杜甫当年就是沿着这条官道进入陇右的。关陇古道有北线、中线和南线三条主干道。北线为秦家塬道,由今陕西固关,经陕甘交界处的秦家塬到张家川县的恭门镇(弓门寨)。此道为周秦时开通,现在河峪村山崖上,有东汉桓帝和平元年(150年)的《颂德碑》遗存,记载着修道建关的事迹。中线为陇关道,由今陕西固关经复汉坪进入陕甘交界处张家川县境内的老爷岭(因山顶建有关公庙而得名,现庙内保存清代《关山顶重修塑武圣帝君神像庙宇原叙碑》一通),经马鹿到达恭门。《陇县志》:"从今县城西,经高塄、麻坊塄、麻坊铺、神泉、曹家湾、固关,过关山,通往甘肃天水、陇西。西汉初,于此道上设陇关(大震关),故名陇关道。"从恭门到秦州则有两条路可走:一条由恭门向西北方向经张川镇、龙山镇至秦安陇城,过秦安县到秦州;一条从恭门镇樊河向西南至清水县新城,过清水县到秦州。南线为"咸宜道",由今陕西咸宜关经陕甘交界处张家川县境内的菜子河到长宁驿,再向西南至清水县,此线为明代所修。《陇县志》:"《明史》载,明正统年间(1436—1449年),因关山路阻,致从咸宜凿山开道。此后,咸宜道便成为汧陇道又一条径通秦陇的通道。"显然,杜甫西行入陇时尚无此道。

杜甫在《秦州杂诗》第一首中记述了他度陇入秦的境况:"满目悲生事,因人作远游。迟回度陇怯,浩荡及关愁。水落鱼龙夜,山空鸟鼠秋。西征问烽火,心折此淹留。"诗中的陇即陇山。关,陇关,又名大震关,在今陕西陇县,陇山东麓。鱼龙,即鱼龙川,水名,古称汧水,今作千河。发源于六盘山南麓,上游东南流经陕西陇县、汧阳县(今名千阳),注入渭河。《水经注·渭水上》:"(汧)水有二源,一水出县西山,世谓之小龙山。……其水东北流,历涧,注以成渊,潭涨不测,出五色鱼,俗以为灵,而莫敢采捕,因谓是水为龙水,自下亦通谓之鱼龙川。"鸟鼠,即鸟鼠山,在甘肃渭源县,渭河发源于此。杜甫后来由秦州赴同谷途中所作的《青阳峡》诗中说:"昨忆逾陇坂,高秋视吴岳。"再次述及度陇。清光绪《秦州直隶州新志》卷二云:"由马跑泉北渡渭十里为社棠镇,镇北龟山下有古城遗址……又有草堂寺,祀唐杜甫。"社棠镇在秦州东北五十里,今属麦积区,是清水往秦州的必经之地。

可以看出,杜甫从关中到秦州,是翻越陇山,由关陇大道一路走来的。其具体行踪尚无更多书证可确,结合实地考察和现有资料推测,由关陇古道中线即"陇关道"到今张家川县恭门镇,然后向西南从樊河过新城至清水县,再向西南经今麦积区社棠镇抵达秦州的可能性比较大。

"西征问烽火,心折此淹留。"望着关山上的烽火台,带着一身的疲惫,心情复杂的杜甫,踏入了西行的目的地——秦州。

三、杜甫的陇山之吟

陇右时期,是杜甫一生诗歌创作最为旺盛的一个时期。他在半年时间写下了近一百二十首诗作,题材多样,内容丰富,其中山水诗的创作占了将近一半,那些为人称道的描绘陇右山川风物的诗篇,就是以陇山为起始的。

> 满目悲生事,因人作远游。迟回度陇怯,浩荡及关愁。水落鱼龙夜,山空鸟鼠秋。西征问烽火,心折此淹留。

作为渭河平原与陇西高原分界的陇山,高逾两千米,绵延数百里。长期生活于平原地区的杜甫第一次攀登陇山就为它广袤、高峻、雄伟的气势所震撼,为它多姿多彩的风貌所惊异,也为它的艰险难越而叹伤! 这里有度陇缘由的记写,有度陇感受的独白,有度陇情思的抒发。可以看出,陇山给他的印象是很深的,对他的影响是很大的。以至于他来到秦州以后及南下同谷途中,又多次写到了陇山。如《遣兴五首》其一:"蛰龙三冬卧,老鹤万里心。昔时贤俊人,未遇犹视今。嵇康不得死,孔明有知音。又如陇坻松,用舍在所寻。大哉霜雪干,岁久为枯林。"这是一首慨叹知音难遇,抒发壮志未酬的苦闷情怀的诗作,在表达上运用了比兴的手法。值得注意的是,诗中用来作比的松树,到处皆有,比比皆是,可诗人却特意选取了"陇坻松"为例,且冠以"大哉",足见对它的看重和赞赏,陇山的松树也不一般啊!杜甫对陇山的情怀由此亦可见一斑。

再如,由秦州赴同谷途中写的纪行诗《青阳峡》,其中有一段是专门写陇坂的,尤为精彩:"昨忆逾陇坂,高秋视吴岳。东笑莲华卑,北知崆峒薄。超然侔壮观,忆谓殷寥廓。"与前两首不同,这一首中写陇山,采用的是回忆对比的手法。诗中的"吴岳",是指吴山,在今陕西千阳、凤翔二县境内,位于陇山之东。当年秋天,杜甫从华州赴秦州时经过此山。莲华,即莲花峰,西岳华山的西峰。因峰顶翠云宫前有巨石状如莲花而得名。莲花峰是华山最秀丽、险峻的山峰。崆峒,指崆峒山,在今甘肃平凉市西。诗人回想当时翻越陇坂,站在山顶上,极目四望,曾嘲笑东边的华山是那样的矮小,觉得北边的崆峒山是那样的单薄,陇山卓然出世,如此壮观,宇宙之大,再也不可比说了。这里用衬托的手法来写陇山的高大雄伟,如同众星拱月,达到了极致。又如《夕烽》:"夕烽来不近,每日报平安。塞上传光小,云边落点残。照秦通警急,过陇自艰难。闻道蓬莱殿,千门立马看。"这首诗是写俗称"平安火"的夕烽的。作为"陇右要冲,关中屏障"的陇山,筑有众多的烽火台。仅在今张家川县境内,仍遗存有较为完整的烽火台 15 座。杜甫翻越陇坂时目闻其状,已经写了"西征问烽火"之句,如今又以"过陇自艰难"再次言及。其他如"陇俗轻鹦鹉,原情类鹡鸰。"(《秦州见敕目薛三璩授司议郎,毕四曜除监察,与二子有故,远喜迁官,兼述索居,凡三十韵》)"陇草萧萧白,洮云片片黄。"(《寄彭州高三十五使君适、虢州岑二十七长史参三十韵》)"相逢成夜宿,陇月向人圆。"(《宿赞公房》)等则记写了陇上的风情物致。代宗大历二年(767 年),离开陇右秦州已十载的杜甫,在《上后园山脚》诗中,又一次写到了陇山:"自我登陇首,十年经碧岑。剑门来巫峡,薄倚浩至今。"乾元二年(759 年)的陇山之行给他的印象太深刻,可以说到了刻骨铭心的程度。陇山,成了他生命历程中难以抹掉的一个记忆符号。

另外,如若把地处秦岭山脉西端的小陇山也列入讨论范围的话,那么,杜甫咏写麦积山的《山寺》,也值得我们欣赏探究。

野寺残僧少,山园细路高。麝香眠石竹,鹦鹉啄金桃。乱水通人过,悬崖置屋牢。上方重阁晚,百里见秋毫。

唐肃宗乾元二年杜甫跨陇坂,登陇山,来到秦州后,遍览了城内城外的风物风貌,寻访了近郊远野的名胜古迹。闻名遐迩的麦积山,自然是他的所到之处。麦积山位于秦州东南九十里的小陇山之中,山下有后秦时建的佛寺一座,南北朝时期称灵严寺、石严寺,隋代称净念寺,唐代称应乾寺,宋代以后称瑞应寺。《方舆胜览·利州西路·天水军》:"瑞应寺,在麦积山。后秦姚兴凿山而修。千崖万象,转崖为阁,乃秦川胜境。又有隋时塔。"杜甫《山寺》一诗所写,当为此山此寺。麦积山号称"秦地林泉之冠",麦积山石窟是我国四大石窟之一,被誉为"东方雕塑馆",而最早描写它的我国古代著名诗人的诗篇,就是杜甫的这首《山寺》。开元二十二年(734年)二月秦州大地震,麦积山部分山体崩塌,杜甫的这首诗记写的虽然是震后情状,但依然能让人感受到它曾经的壮丽之景。同时,这首诗对麦积山及周围的自然人文环境做了生动的描写:"麝香眠石竹,鹦鹉啄金桃。"一幅自然图景,一派和谐气象。表现了作者对自然的认识,抒发了对自然的赞美,表达了对人与自然和谐的追求。

陇山是渭河平原与陇西高原的分界地,也是杜甫诗歌创作的分水岭。冯至先生说:"秦州就用这座山(指陇山——笔者)来迎接杜甫,杜甫也以这座山起始他另一个段落的别开生面的新诗。"①陇山对杜甫诗歌创作的影响是深厚而广远的。

四、杜甫陇山行吟的文化蕴含及开发利用

杜甫的陇山行吟在他的一生生活和诗歌创作中有着不同寻常的意义。同时,他的陇山行吟也给后人留下了宝贵的文化财富,其丰富的内涵也成为了陇山文化的一个重要组成部分。对于陇山文化的开发利用有着潜在价值和重要作用。

---

① 冯至:《杜甫传》,人民文学出版社1980年版,第185页。

（一）杜甫陇山行吟的文化内涵

1. 杜甫的陇山行吟展现了陇山的壮观秀美图景，把陇山的山川风物展现在了世人面前

陇山广袤高峻的地理形势、"陇右要冲，关中屏障"的重要位置、壮观秀美的风光风物、源远流长的历史印迹，在他的诗歌中都得到了展示，给人们提供了陇山地区历史、文化、社会、军事、民族、交通、生态环境等多方面的信息资料，成为了人们了解陇山、走进陇山的又一途径，具有重要的认识价值和证史补史的作用。

2. 杜甫的陇山行吟丰富了关陇古道的文化内涵，扩大了影响，提高了知名度

关陇古道是丝绸之路南大道从长安进入甘肃的重要通道，从先秦直至宋元，一直是关中通往陇上的交通枢纽，对当时的政治军事、经济贸易、民族宗教、文化传输等都发挥过重要作用。在唐代，不少著名的诗人或出使边关，或流寓塞上，他们的足迹和吟唱则为关陇古道增添了厚重的文化含量。杜甫乾元二年的陇山行吟尤为突出，鱼龙川、大震关、陇坂道、烽火台……都留下了他的脚印，留下了他的声音。被后世尊为诗圣、又被列为世界文化名人的大诗人杜甫，759 年到此一游的壮举，成为了陇山文化的一个重要元素，对关陇古道、对陇山的宣传无疑增加了亮色，扩大了影响，提高了其知名度。

3. 杜甫陇山行吟含有丰富的文化旅游资源，具有扩展对外交流和旅游合作的价值

杜甫的陇山之行横跨陕甘两省，正是古丝绸之路南大道所经之处。鱼龙川、大震关、老爷岭、安戎关、峰火台、弓门寨等，许多都是有名的关隘要塞、奇山异水、驿站重镇，文化积淀深厚，生态环境优美，完全可以开辟一条跨省文化旅游线。

杜甫陇山之行，涉及今陕西宝鸡的千阳县、陇县，甘肃天水的张家川县、清水县、麦积区、秦州区。以他的行迹为纽带，可以把这些地区联系起来，形成旅游网络，互惠互利，共同获益，其前景是广阔的。

（二）杜甫陇右行吟文化资源的开发利用

1. 开辟"杜甫陇山行"文化与生态旅游线

（1）路线

千阳县（鱼龙川）——陇县（固关）——张家川县（老爷岭）——马鹿——恭门——清水县（新城）——麦积区（社棠）——麦积山

（2）特色

① 唯一的一条以名人踪迹及其诗歌内容为连线的旅游线。

② 自然风光与人文内涵密切融合。

③ 可与现有的其他旅游线路（景点）兼容、互补。

（3）作用

① 使现有旅游格局得以拓展、补充。

② 带动所经之地的经济发展，促进小城镇的建设。

③ 吸引海内外众多的杜甫崇拜者、杜诗爱好者前来考察观光。

由关注杜甫到关注陇山，到关注陇山周边地区的发展。

这条线路的开设可以给天水旅游增添一条新线、大线、热线。其容量较多、内涵丰富，除了最具特色的"文化游"外，还可以成为"风光游""生态游""农家乐"的载体。同时，还能填补"考察游""远足游"的空白。另外，可成为向市外、省外延伸扩展旅游范围的桥梁和纽带。

2. 在关陇古道设立诗碑、纪念设施

（1）诗碑

① 杜甫诗碑：在张家川县境内的老爷岭上刻立《秦州杂诗》第一首及《青阳峡》诗中"昨忆逾陇坂"一段。

② 唐代旅陇诗人的咏陇名作诗碑。

③ 其他咏写陇山的典型作品。

（2）纪念设施

在张家川县恭门镇辟建小型"杜甫纪念厅"，以介绍杜甫陇山行吟为主要内容。同时，辅以唐代著名诗人的旅陇事迹。

杜甫陇山行吟的文化开发是一个系统工程，要科学论证、精心规划、统筹安排、协调配合、互补互利。

清初著名诗人宋琬《题杜子美秦州流寓诗石刻后》说："夫陇山以

西,天下之僻壤也。山川荒陋,冠盖罕臻,荐绅之士,自非官于其地者,莫不信宿而去,驱其车惟恐不速。自先生客秦以来,而后风俗等物,每每见称于篇什。"①可以说,这是对杜甫陇山之行及其后诗作的意义和作用的客观而精辟的评价。杜甫陇山行吟所蕴含的丰富资源已成为陇山文化的一个重要组成部分,对其加以开发利用,对当前开展的华夏文明传承创新区的建设和丝绸之路经济带的建设都具有潜在的价值和重要的作用。

---

① [清]宋琬:《宋琬全集·重刻安雅堂文集》卷二,齐鲁书社 2003 年版。

六一风神与魏晋风度

许外芳

（华南师范大学南海校区）

　　"六一风神"是个老话题,也是中国文学史上的一个重要问题。

　　关于六一风神的成因,学术界进行了深入的探讨。早在 1980 年,郭预衡先生就指出欧阳修学习韩愈,且在出处进退、立身行事方面超过了韩愈。[①] 韩国的黄一权先生考察了"六一风神"称谓的来源。[②] 当代学者大多同意"六一风神"的提出是受司马迁的"史迁之神"的启发。[③]春秋笔法也是六一风神师法的对象。[④] 此外,还有说欧阳修学《诗经》《周易》,等等。

　　除了《春秋》、司马迁、韩愈对欧阳修的影响很大之外,六一风神还有无其他的学术渊源? 有,那就是著名的"魏晋风度"。

　　早在南宋,陈傅良就把欧阳修与魏晋士人联系起来:"盖宋兴,士大夫之学亡虑三变……欧阳子出,而议论、文章粹然尔雅,轶乎魏晋之上。"(《温州淹朴学田记》)[⑤]可他的话似乎没有得到人们的重视,无人

---

　　① 郭预衡:《论欧阳修》,《北京师范大学学报》,1980 年第 3 期。

　　② [韩国]黄一权:《六一风神——称谓的来源及其阐释》,《中国文学研究》,1998 年第 4 期。

　　③ 祝尚书先生认为:"茅坤所谓风神的评语,被清代桐城派古文家广泛接受,于是'六一风神'成了欧阳修古文特色的定评。"(祝尚书:《北宋古文运动发展史》,巴蜀书社 1995 年版,第 195 页。)刘德清先生认为,明代的茅坤最先用"风神"来描述司马迁的文风,进而用来描述欧阳修的文风的人。"到清代桐城派古文家手上,'六一风神'的称谓广泛使用开了。"(刘德清:《欧阳修论稿》,北京师范大学出版社 1991 年版,第 263 页。)刘宁先生认为:"欧阳修文之所以被茅坤认为深具'风神'之美,是因为欧文深于叙事,且在叙事方式上与《史记》多有近似,'六一风神'的情韵之美要与六一之文独特的叙事之法结合起来观察。"(刘宁:《叙事与"六一风神"——由茅坤"风神"观》,《文学遗产》,2011 年第 2 期。)

　　④ 马茂军:《庐陵学与六一风神》,《东南大学学报》(哲学社会科学版),2004 年第 4 期。

　　⑤ [明]陈傅良:《陈傅良文集》,浙江大学出版社 1999 年版,第 501 页。

继续就此进行探讨。只有陶渊明对欧阳修的影响，较为受人重视。①近年来，唯陈明霞女士注意到欧阳修词的魏晋风度。② 笔者指导的学生李方擎发表《欧阳修的魏晋风度略论》一文③，就欧阳修所表现出来的种种效仿魏晋士人的行事，作了简单探讨，惜限于学力，未能深究其源。

要弄清六一风神与魏晋风度之间的关系，首先要确定六一风神的核心特征。历代公认，评价欧阳修文风，以苏洵《上欧阳内翰第一书》最为确切："执事之文，纡余委备，往复百折，而条达疏畅，无所间断。气尽语极，急言竭论，而容与闲易，无艰难劳苦之态。此三者，皆断然自为一家之文也。"④茅坤《欧阳文忠公文钞引》评欧阳修："序、记、书、论，虽多得之昌黎，而其姿态横生，别为韵折，令人读之，一唱三叹，余音不绝。予所以独爱其文，妄谓世之文人学士得太史公之逸者，独欧阳子一人而已。"⑤乾隆等编《唐宋文醇》卷 26 评六一风神的代表作《醉翁亭记》："前人每叹此记为欧阳绝作。闲尝熟玩其词，要亦无关理道……况修之在滁，乃蒙被垢污而遭谪贬，常人之所不能堪，而君子亦不能无动心者，乃其于文萧然自远如此，是其深造自得之功发于心声而不可强者也。"⑥林纾引《玉篇》："声音和曰韵。"《正韵》："风度也。"《丹铅总录》说欧阳修的散文"如飘风急雨之骤至"。林纾批评说："夫飘风急雨，岂能谓之韵？"他认为"恳挚处发乎本心，绵远处纯以自然"，才是真情韵。⑦洪本健先生认为，"六一风神"的标志是散文诗话，其本质为情感外显，其属归为阴柔之美。⑧ 此论可谓得六一风神之真髓。欧阳修的政论文、史论文，确实"驰骤跌宕，悲慨呜咽"，"如飘风急雨之骤至"，与以《醉

① 杨素萍：《独善其身与兼善天下——陶渊明与欧阳修之比较》，《湖南社会科学》，2010年第6期。

② 陈明霞：《论欧阳修词的魏晋风神》，《齐齐哈尔师范高等专科学校学报》，2008年第5期。

③ 李方擎：《欧阳修的魏晋风度略论》，《文学界》，2010年第1期。

④ ［宋］苏洵：《嘉祐集笺注》（曾枣庄、金成礼笺注），上海古籍出版社1993年版，第328页。

⑤ 洪本健：《欧阳修资料汇编》，中华书局1995年版，第558页。

⑥ 洪本健：《欧阳修资料汇编》，中华书局1995年版，第946页。

⑦ 林纾：《春觉斋论文·情韵》，人民文学出版社1959年版，第84～85页。

⑧ 洪本健：《略论"六一风神"》，《文学遗产》，1996年第1期。

翁亭记》为代表的六一风神相去甚远。**"姿态横生，别为韵折""一唱三叹，余音不绝""萧然自远"才是六一风神的核心特征，其渊源乃是魏晋风度。**

　　接着我们来看魏晋风度的核心特征。魏晋风度有两方面：内在的精神气质与外在的行为方式。汤用彤《魏晋玄学论稿》①和刘大杰《魏晋思想论》②揭示了魏晋风度的思想基础。宗白华说："汉末魏晋六朝是……最富有艺术精神的一个时代。"（《论〈世说新语〉和晋人的美》）③冯友兰认为"风流是一种所谓人格美"，真正风流的人，必有玄心、洞见、妙赏、深情四种特点。（《论风流》）④袁行霈先生认为："玄学指的是一种哲学思想、时代思潮，风流指的是在这种思想和思潮影响下士人精神世界的外现，更多地表现为言谈、举止、趣味、习尚，是体现在日常生活中的人生准则。"⑤叶朗先生说："魏晋名士之人生观，就是得意忘形骸。这种人生观的具体表现，就是所谓的'魏晋风度'：任情放达，风神爽朗，不拘于礼法，不泥于行迹。"⑥罗宗强先生认为，在经历了肉体的堕落与狂欢后，魏晋士人的审美情趣由低俗而走向高雅："审美情趣的雅化主要表现在把怡情山水嵌入纵欲享乐的人生情趣之中，和在审美标准上崇尚秀丽。"⑦这些都是研究魏晋风度内在精神气质方面的。人们更多的是从外在行为来探讨魏晋风度。鲁迅先生《魏晋风度及其他》概括魏晋风度之表现，有：饮酒（竹林七贤），何晏傅粉，吃药（五石散），清谈（扪虱子而谈），陶潜归隐等。⑧ 李泽厚先生《美的历程》介绍魏晋风度时，概括为："畏惧早死，追求长生，服药炼丹，饮酒任气，高谈老庄，双修玄礼，既纵情享乐，又满怀哲意，这就构成似乎是那么潇洒不群、那么超然自得、无为而无不为的所谓魏晋风度；药、酒、姿容，论道谈玄，山水景

　　① 汤用彤：《魏晋玄学论稿》，上海古籍出版社 2001 年版。
　　② 刘大杰：《魏晋思想论》，上海古籍出版社 1998 年版。
　　③ 宗白华：《美学与意境》，人民出版社 1987 年版，第 183 页。
　　④ 冯友兰：《三松堂学术文集》，北京大学出版社 1984 年版，第 609～617 页。
　　⑤ 袁行霈：《陶渊明研究》，北京大学出版社 1997 年版，第 32 页。
　　⑥ 叶朗：《中国美学史大纲》，上海人民出版社 2005 年版，第 204 页。
　　⑦ 罗宗强：《玄学与魏晋士人心态》，浙江人民出版社 1991 年版，第 239 页。
　　⑧ 鲁迅：《魏晋风度及其他》（吴中杰导读），上海古籍出版社 2000 年版，第 185～198 页。

色……成了衬托这种风度的必要的衣袖和光环。"①陈洪先生《诗化人生——魏晋风度的魅力》②、宁稼雨先生《魏晋风度——中古文人生活行为的文化底蕴》③、马良怀先生《崩溃与重建中的困惑：魏晋风度研究》④、戴燕先生《玄意幽远——魏晋玄学风度》⑤，等等，都是从外在行为来概述魏晋风度的。概言之，魏晋风度的哲学基础是魏晋玄学，其精神旨归是追求人格的独立平等，不屈从于权贵；其行为表现则是以醇酒之乐、山林之乐、艺术之乐，代替世俗的富贵之乐，饮酒赋诗、看月赏花、品茗清谈、书画怡性，等等。他们努力超脱现实的羁绊，但没有走向佛道的寂灭之道。

20 世纪 90 年代以来，学术界掀起魏晋风度研究热潮，出版了一系列的著作。⑥ 魏晋风度对后世的影响，也成为研究热点。⑦ 而魏晋风度对宋人的影响，至今尚未引起学术界的重视。**作为宋学转型关键人物之一的欧阳修，受到魏晋风度广泛而深刻的影响。**下面，我们以洪本健先生的《欧阳修诗文集校笺》⑧为主要依据，辅以李逸安先生点校《欧阳修全集》⑨、黄进德先生的《欧阳修评传》⑩、洪本健先生的《阳修资料汇编》⑪、刘德清先生的《欧阳修纪年录》⑫，来考察一下欧阳修诗文集里所提到的魏晋士人，以揭示魏晋风度对六一风神的影响。为了更加

---

① 李泽厚：《美的历程》，天津社会科学院出版社 2001 年版，第 156 页。
② 陈洪：《诗化人生——魏晋风度的魅力》，河北大学出版社 2001 年版。
③ 宁稼雨：《魏晋风度：中古文人生活行为的文化底蕴》，东方出版社 1992 年版。
④ 马良怀：《崩溃与重建中的困惑——魏晋风度研究》，中国社会科学出版社 1993 年版，第 24 页。
⑤ 戴燕：《玄意幽远——魏晋玄学风度》，云南人民出版社 1997 年版。
⑥ 如：傅刚：《魏晋风度》，上海古籍出版社 1997 年版。刘宗坤：《沉沦与觉醒：魏晋风度及其文化表现》，大象出版社 1997 年版。孙立群：《魏晋士人品格与社会生活研究》，南开大学 1999 年中国古代社会史博士论文，冯尔康教授指导。郭平：《魏晋风度与音乐》，安徽文艺出版社 2000 年版。任华南：《魏晋风度论》，大众文艺出版社 2007 年版。
⑦ 如：陶新民：《李白与魏晋风度》，中国广播电视出版社 1996 年版。陈平原：《现代中国的"魏晋风度"与"六朝散文"》，见《中国现代学术之建立——以章太炎、胡适之为中心》，北京大学出版社 1998 年版。高俊林：《现代文人与魏晋风度》，河南人民出版社 2007 年版。
⑧ ［宋］欧阳修撰，洪本健校笺：《欧阳修诗文集校笺》，上海古籍出版社 2009 年版。
⑨ ［宋］欧阳修：《欧阳修全集》（李逸安点校），中华书局 2001 年版。
⑩ 黄进德：《欧阳修评传》，南京大学出版社 1998 年版。
⑪ 洪本健：《欧阳修资料汇编》，中华书局 1995 年版。

⑫ 刘德清：《欧阳修纪年录》，上海古籍出版社 2006 年版。

清楚地说明问题,引用的诗文后均注明创作年份。

欧阳修爱雅集,好饮酒,善作诗,会弹琴,游山水,爱书法,喜集古,俨然魏晋名士。大抵而言,欧阳修用典,论哲理多用先秦典故,论政事多用汉唐史实,而言志抒怀则偏爱魏晋典故。欧阳修的诗文里,引用了很多魏晋士人,有王衍、陆机、陆云、嵇含、王敦、张翰、王徽之、谢玄、沈充、谢道韫等人。① 欧阳修所表现出来的魏晋风度,如清谈、醉酒、隐居,也处处以魏晋士人为榜样。比如,清谈是欧阳修和朋友聚会时必不可少的内容之一。《和较艺书事〈嘉祐二年〉》②云:

> 玉塵清谈消永日,金尊美酒惜余春。

《寄题洛阳致政张少卿静居堂》(嘉祐六年)③云:

> 清谈不倦客,妙思喜挥翰。壮也已吏隐,兴余方挂冠。

张少卿即张师锡。

《休逸台》(熙宁四年)④云:

> 清谈终日对清尊,不似崇高富贵身。已有山川资胜赏,更将风月醉嘉宾。

欧阳修爱饮酒,自号"醉翁"。他所慕仿的魏晋士人有阮籍、嵇康、山简等人。在司马氏滥杀无辜之际,阮籍借醉酒以远害全身。欧阳修一生几次无辜被谤,颇有同感。《杂言答圣俞见寄兼简东京诸友》(景祐元年)⑤云:

---

① 均见《欧阳修诗文集校笺》。王衍见第 1273 页;陆机、陆云见第 1443 页;嵇含见第 1418 页;王敦见第 1440 页;张翰见第 1300 页;王徽之见第 1441 页、第 1512 页;谢玄见第 468 页、第 1426 页;沈充、谢道韫见第 1405 页。

② 洪本健校笺,欧阳修著:《欧阳修诗文集校笺》,上海古籍出版社 2009 年版,第 386 页。

③ 洪本健校笺,欧阳修著:《欧阳修诗文集校笺》,上海古籍出版社 2009 年版,第 243 页。

④ 洪本健校笺,欧阳修著:《欧阳修诗文集校笺》,上海古籍出版社 2009 年版,第 464 页。

⑤ 洪本健校笺,欧阳修著:《欧阳修诗文集校笺》,上海古籍出版社 2009 年版,第 1292 页。

不问竹林主,仍携步兵酒。

阮籍曾任步兵校尉,世称阮步兵。《晋书·列传第十九阮籍传》云:"籍本有济世志,属魏、晋之际,天下多故,名士少有全者,籍由是不与世事,遂酣饮为常。文帝初欲为武帝求婚于籍,籍醉六十日,不得言而止。钟会数以时事问之,欲因其可否而致之罪,皆以酣醉获免。"①

稽康既爱饮酒,又善弹琴,欧阳修也有此二好,故每以稽康为喻。《舟中望京邑》(天圣五年)②云:

挥手稽琴空堕睫,开尊鲁酒不忘忧。

稽琴是一种古琴,相传为稽康所创制。高承《事物纪原·乐舞声歌·稽琴》:"或曰:稽琴,稽康所制,故名稽琴。虽出于传诵,而理或然也。"③
《冬夕小斋联句寄梅圣俞》(康定元年)④云:

酣饮每颓山,谈笑工炙輠。

颓山,醉酒状。《世说新语·容止》云:"稽康身长七尺八寸,风姿特秀,见者叹曰:萧萧肃肃,爽朗清举。或云:肃肃如松下风,高而徐引。山公曰:稽叔夜之为人也,岩岩若孤松之独立;其醉也,傀俄若玉山之将崩。"⑤
《寄子春发运待制》(皇祐二年至至和元年间)⑥云:

---

① [唐]房玄龄等:《晋书》,中华书局1974年版,第1360页。
② [宋]欧阳修撰,洪本健校笺:《欧阳修诗文集校笺》,上海古籍出版社2009年版,第1411页。
③ [宋]欧阳修撰,洪本健校笺:《欧阳修诗文集校笺》,上海古籍出版社2009年版,第1411页。
④ [宋]欧阳修撰,洪本健校笺:《欧阳修诗文集校笺》,上海古籍出版社2009年版,第1382页。
⑤ [南朝宋]刘义庆撰,[南朝宋]刘孝标注:《世说新语汇校集注》(朱铸禹集注),上海古籍出版社2002年版,第523页。
⑥ [宋]欧阳修撰,洪本健校笺:《欧阳修诗文集校笺》,上海古籍出版社2009年版,第1470页。

壮心未忍悲华发,强饮犹能倒玉山。

玉山,用嵇康典。

《新营小斋凿地炉辄成五言三十九韵》(景祐四年)①云:

启期为乐三,叔夜不堪七。

荣启期是春秋时隐士。《列子·天瑞》记载,荣启期对孔子说有三乐:生而为人、生为男人、寿九十。② 嵇康在《与山巨源绝交书》中自述有"不堪者七"。③

《伤春》(年份不详)④云:

卷箔高楼惊燕入,挥弦远目送鸿归。

"挥弦远目送鸿归",用嵇康典故。嵇康《四言赠兄秀才入军诗》之一:"目送归鸿,手挥五弦。俯仰自得,游心太玄。"

《刘秀才宅对弈》(年份不详)⑤云:

尘惊野火遥知猎,目送云罗但听鸿。

欧阳修醉酒的另一魏晋士人榜样是山简(253—312 年),字季伦,山涛第五子。《晋书·列传第十三山简传》记载:

永嘉三年,出为征南将军,都督荆、湘、交、广四州诸军事,

---

① 〔宋〕欧阳修撰,洪本健校笺:《欧阳修诗文集校笺》,上海古籍出版社 2009 年版,第1315 页。

② 杨伯峻:《列子集释》,中华书局 1979 年版,第 22 页。

③ 戴明扬:《嵇康集校注》,人民文学出版社 1962 年版,第 112 页。

④ 〔宋〕欧阳修撰,洪本健校笺:《欧阳修诗文集校笺》,上海古籍出版社 2009 年版,第1399 页。

⑤ 〔宋〕欧阳修撰,洪本健校笺:《欧阳修诗文集校笺》,上海古籍出版社 2009 年版,第1406 页。

假节镇襄阳。于时四方寇乱，天下分崩，王威不振，朝野危惧。简优游卒岁，唯酒是耽。诸习氏，荆土豪族，有佳园池，简每出嬉游，多之池上，置酒辄醉，名之曰高阳池。时有童儿歌曰："山公出何许，往至高阳池。日夕倒载归，酩酊无所知。时时能骑马，倒著白接篱。举鞭问葛疆：'何如并州儿?'"疆家在并州，简爱将也。寻加督宁、益军事。时刘聪入寇，京师危逼。简遣督护王万率师赴难，次于涅阳，为宛城贼王如所破，遂婴城自守。及洛阳陷没，简又为贼严嶷所逼，乃迁于夏口。招纳流亡，江、汉归附。①

可见山简之醉，乃是为镇静军民之心，毋使恐慌作乱。欧阳修多次引用山简醉酒典故。《惠泉亭》(景祐四年)②云：

> 席间谁伴谢公吟，日暮多逢山简醉。

《新营小斋凿地炉辄成五言三十九韵》(景祐四年)③云：

> 面壁或僧禅，倒冠聊酒逸。

《题光化张氏园亭》(宝元二年)④云：

> 陶令来常醉，山公到最频。

陶令，指陶潜。山公，指山简。

---

① [唐]房玄龄等：《晋书》，中华书局1974年版，第1229～1230页。
② [宋]欧阳修撰，洪本健校笺：《欧阳修诗文集校笺》，上海古籍出版社2012年版，第1305页。
③ [宋]欧阳修撰，洪本健校笺：《欧阳修诗文集校笺》，上海古籍出版社2012年版，第1315页
④ [宋]欧阳修撰，洪本健校笺：《欧阳修诗文集校笺》，上海古籍出版社2012年版，第1454页。

《和晏尚书对雪招饮》(庆历元年)①云：

> 瑶林琼树影交加，谁伴山翁醉帽斜？

山翁，指山简。

《初夏刘氏竹林小饮》(皇祐元年)②云：

> 谁邀接篱公，有酒幸相就。

接篱是以白鹭羽为饰的帽子。接篱公指山简。

《七言二首答黎教授》(治平四年)③云：

> 养丹道士颜如玉，爱酒山公醉似泥。

欧阳修崇尚隐居，年轻时官位尚低，已向往隐居；中年后官运亨通，却更加口不离退隐。他歌咏的魏晋士人隐居榜样，有孙登、王羲之、谢安、谢灵运、陶潜等人。

孙登传说成仙，后世尊称为孙真人。《晋书·列传第六十四孙登传》云："孙登，字公和，汲郡共人也。无家属，于郡北山为土窟居之，夏则编草为裳，冬则被发自覆。好读《易》，抚一弦琴，见者皆亲乐之。"④善长啸，阮籍和嵇康都曾求教于他。《晋书·列传第十九阮籍传》云：

> 籍尝于苏门山遇孙登，与商略终古及栖神导气之术，登皆不应，籍因长啸而退。至半岭，闻有声若鸾凤之音，响乎岩谷，

---

① 〔宋〕欧阳修撰，洪本健校笺：《欧阳修诗文集校笺》，上海古籍出版社 2012 年版，第 1457 页

② 〔宋〕欧阳修撰，洪本健校笺：《欧阳修诗文集校笺》，上海古籍出版社 2012 年版，第 1361 页。

③ 〔宋〕欧阳修撰，洪本健校笺：《欧阳修诗文集校笺》，上海古籍出版社 2012 年版，第 451 页。

④ 〔唐〕房玄龄等：《晋书》，中华书局 1974 年版，第 2426 页。

乃登之啸也。①

欧阳修不信仙佛,但对孙登的隐居还是很欣赏的。《又寄许道人》(熙宁元年)②云:

　　郡斋独坐风生竹,疑是孙登长啸声。

许道人,即许昌龄。

《西征道中送陈舅秀才北归》(年份不详)③云:

　　人随黄鹄飞千里,酒满栖乌送一弦。

孙登的长啸、一弦琴,都独具特色。

　　王羲之长期隐居山阴兰亭,不问世事,以书法自娱。欧阳修中年后爱好书法,在练习书法中体验到极大快乐,觉得书法是消磨时光的好办法。如《学书为乐》云:

　　苏子美尝言:"明窗净几,笔砚纸墨皆极精良,亦自是人生一乐。"然能得此乐者甚稀,其不为外物移其好者,又特稀也。余晚知此趣,恨字体不工,不能到古人佳处。若以为乐,则自足有余。④

　　《寄刘昉秀才》(疑为天圣五年)⑤云:

------

①　[唐]房玄龄等:《晋书》,中华书局1974年版,第1362页。
②　[宋]欧阳修撰,洪本健校笺:《欧阳修诗文集校笺》,上海古籍出版社2012年版,第452页
③　[宋]欧阳修撰,洪本健校笺:《欧阳修诗文集校笺》,上海古籍出版社2012年版,第1403页。
④　[宋]欧阳修:《欧阳修全集》,中华书局2001年版,第1977页。
⑤　[宋]欧阳修撰,洪本健校笺:《欧阳修诗文集校笺》,上海古籍出版社2012年版,第1402页。

茂林修竹谁同褉，明月春萝定勒文。

"茂林修竹"，典出王羲之《兰亭序》。欧阳修能鉴别王羲之书法作品的真伪，如《跋茶录》《晋兰亭修褉序》《晋王献之法帖二》《陈浮屠智永书千字文二》《瘗鹤铭》《黄庭经一》《黄庭经四》《遗教经》《杂法帖六首》①，仿佛是王羲之研究专家。

　　欧阳修提得较多的是谢安，不是因为谢安淝水之战的功绩，而是谢安的隐居：出身望族，家族中多人担任要职，年轻的谢安对从政毫无兴趣，歌咏隐居；中年后建立大功，却不贪恋权力，及时隐退。从某种程度上说，晋代的羊祜、谢安，是欧阳修的人生榜样。《逸老亭》（明道二年）②云：

　　　　虽怀安石趣，岂不为苍生！

用谢安故事，表达自己想隐居又不能的矛盾心情。《晋书·列传第四十九谢安传》云：

　　　　征西大将军桓温请为司马，将发新亭，朝士咸送，中丞高崧戏之曰："卿累违朝旨，高卧东山，诸人每相与言：安石不肯出，将如苍生何！苍生今亦将如卿何！"安甚有愧色。……尝与王羲之登冶城，悠然遐想，有高世之志。羲之谓曰："夏禹勤王，手足胼胝；文王旰食，日不暇给。今四郊多垒，宜思自效，而虚谈废务，浮文妨要，恐非当今所宜。"③

　　《书怀感事寄梅圣俞》（景祐元年）④云：

① ［宋］欧阳修：《欧阳修全集》，中华书局 2001 年版，第 1062 页。
② ［宋］欧阳修撰，洪本健校笺：《欧阳修诗文集校笺》，上海古籍出版社 2012 年版，第270 页。
③ ［唐］房玄龄等：《晋书》，中华书局 1974 年版，第 2073～2074 页。
④ ［宋］欧阳修撰，洪本健校笺：《欧阳修诗文集校笺》，上海古籍出版社 2012 年版，第1288 页。

几道事闲远，风流如谢安。

《杂言答圣俞见寄兼简东京诸友》（景祐元年）①云：

窦府富文章，谢墅从亲友。

谢安在金陵城东筑别墅，后人称"谢墅"，借指高门世族的第宅。

《游彭城公白莲庄》（约景祐元年）②云：

谢墅多幽赏，华轩曾共寻。

华轩，指富贵者乘坐的车子。

《刘秀才宅对弈》（年份不详）③云：

乌巷招邀谢墅中，紫囊香佩更临风。

乌巷，即乌衣巷，东晋王、谢等大家族居住于此。

《留题安州朱氏草堂》（康定元年）④云：

赌墅乞甥宾对弈，惊鸿送目手挥琴。

"赌墅乞甥"，指谢安。《晋书·谢安传》记载：

时苻坚强盛，疆场多虞，诸将败退相继。……坚后率众，

---

① ［宋］欧阳修撰，洪本健校笺：《欧阳修诗文集校笺》，上海古籍出版社 2012 年版，第1292 页。

② ［宋］欧阳修撰，洪本健校笺：《欧阳修诗文集校笺》，上海古籍出版社 2012 年版，第1441 页。

③ ［宋］欧阳修撰，洪本健校笺：《欧阳修诗文集校笺》，上海古籍出版社 2012 年版，第1406 页。

④ ［宋］欧阳修撰，洪本健校笺：《欧阳修诗文集校笺》，上海古籍出版社 2012 年版，第1453 页。

号百万，次于淮肥，京师震恐。加安征讨大都督。玄入问计，安夷然无惧色，答曰："已别有旨。"既而寂然。玄不敢复言，乃令张玄重请。安遂命驾出山墅，亲朋毕集，方与玄围棋赌别墅。安常棋劣于玄，是日玄惧，便为敌手而又不胜。安顾谓其甥羊昙曰："以墅乞汝。"安遂游涉，至夜乃还，指授将帅，各当其任。①

《西征道中送陈舅秀才北归》（年份不详）②云：

　　棋墅风流谢舅贤，发光如葆惜穷年。

棋墅，即谢墅。淝水之战时，谢安在此对客围棋，故作镇定。
　　《采桑子十三首》（之十一）云③：

　　明月清风，把酒何人忆谢公。

谢公，即谢安。
　　谢灵运是著名的山水诗人，因未得重用，四处游山访胜，以山水忘忧。欧阳修也爱与朋友一起游山玩水。《与梅圣俞四十六通》其五（明道二年）④云：

　　然作宰江浙，山水秀丽，益为康乐诗助，谁与敌哉！某自奉别以来，未尝作诗，亦无文酒之会，所谓三日不谈道德，则舌本强也。

谢灵运袭封康乐公，称谢康公、谢康乐，好营园林，游山水，族弟谢惠连、

　　①　[唐]房玄龄等：《晋书》，中华书局 1974 年版，第 2074～2075 页。
　　②　[宋]欧阳修撰，洪本健校笺：《欧阳修诗文集校笺》，上海古籍出版社 2012 年版，第1403 页。
　　③　[宋]欧阳修：《欧阳修全集》，中华书局 2001 年版，第 1994 页。
　　④　[宋]欧阳修：《欧阳修全集》，中华书局 2001 年版，第 2446 页。

东海何长瑜、颍川荀雍、泰山羊璿之,以文章赏会,共为山泽之游,时人谓之四友。欧阳修说,自从梅尧臣离开,没有文酒之会,很少作诗,觉得文思枯竭了。

《将至淮安马上早行学谢灵运体六韵》(景祐四年)①云:

> 晴霞煦东浦,惊鸟动烟林。曙河兼斗役,沓嶂隐云深。
> 寒鸡隔树起,曲坞留风吟。征夫倦行役,秋兴感登临。

景祐四年九月,欧阳修自许州还夷陵,将至唐州,时值初秋,仿谢体作此诗。

《惠泉亭》(景祐四年)②云:

> 席间谁伴谢公吟,日暮多逢山简醉。

谢公指谢灵运。

欧阳修最推崇的是陶潜,咏陶潜的诗文特别多,故置之最后。欧阳修把做官比作缰锁,向往无拘无束的隐居生活。《送刘虚白二首》(嘉祐四年至五年间)③云:

> 我嗟缰锁若牵拘,久羡南山去结庐。

《题张应之县斋》(明道元年)④云:

> 小官叹簿领,夫子卧高斋。五斗未能去,一丘真所怀。

---

① [宋]欧阳修撰,洪本健校笺:《欧阳修诗文集校笺》,上海古籍出版社 2012 年版,第1308 页

② [宋]欧阳修撰,洪本健校笺:《欧阳修诗文集校笺》,上海古籍出版社 2012 年版,第1305 页。

③ [宋]欧阳修撰,洪本健校笺:《欧阳修诗文集校笺》,上海古籍出版社 2012 年版,第1494 页。

④ [宋]欧阳修撰,洪本健校笺:《欧阳修诗文集校笺》,上海古籍出版社 2012 年版,第1432 页。

五斗,用陶潜典故。见《宋书·列传第五十三隐逸传·陶潜》①。

但是他无法下定决心像陶潜那样,彻底离开官场去做农民。他把自己比作"官隐""小隐"。《夏侯彦济武陟尉》(景祐元年)②云:

> 官闲同小隐,酒美足衔杯。好去东篱菊,迎霜正欲开。

《答梅圣俞》(约庆历元年)③云:

> 一尔乖出处,未尝持酒杯。官闲隐朝市,岁暮惨风埃。

欧阳修说自己为五斗米而折腰,无须惭愧。《新营小斋凿地炉辄成五言三十九韵》(景祐四年)④云:

> 五斗岂须惭,优游岁将毕。

《送黄通之郧乡》(庆历三年)⑤云:

> 无惭折腰吏,勉食落头鲜。(郧人相尚食腐鱼,故俗传为落头鲜。)

《送襄陵令李君》(嘉祐四年)⑥云:

①　[梁]沈约等:《宋书》,中华书局 1974 年版,第 2286 页。

②　[宋]欧阳修撰,洪本健校笺:《欧阳修诗文集校笺》,上海古籍出版社 2012 年版,第302 页。

③　[宋]欧阳修撰,洪本健校笺:《欧阳修诗文集校笺》,上海古籍出版社 2012 年版,第1330 页。

④　[宋]欧阳修撰,洪本健校笺:《欧阳修诗文集校笺》,上海古籍出版社 2012 年版,第1315 页。

⑤　[宋]欧阳修撰,洪本健校笺:《欧阳修诗文集校笺》,上海古籍出版社 2012 年版,第1458 页。

⑥　[宋]欧阳修撰,洪本健校笺:《欧阳修诗文集校笺》,上海古籍出版社 2012 年版,第405 页。

折腰聊为五斗屈，把酒犹能一笑欢。……

民淳政简居多乐，无苦思归欲挂冠。

陶潜的饮酒、赏菊、作诗、爱琴，都是欧阳修吟咏、效仿的对象。《河南王尉西斋》(明道元年)①云：

欲就陶潜饮，应须载酒行。

《与谢三学士绛唱和八首》之《和八月十五日斋宫对月》(明道元年)②云：

清谈对元亮，琼彩映萧萧。

元亮，即陶潜。

《寄圣俞》(明道二年)③云：

寄问陶彭泽，篮舆谁见邀？

《暇日雨后绿竹堂独居兼简府中诸僚》(明道二年)④云：

南窗若可傲，方事陶潜巾。

---

① 〔宋〕欧阳修撰，洪本健校笺：《欧阳修诗文集校笺》，上海古籍出版社 2012 年版，第 281 页。

② 〔宋〕欧阳修撰，洪本健校笺：《欧阳修诗文集校笺》，上海古籍出版社 2012 年版，第 1427 页。

③ 〔宋〕欧阳修撰，洪本健校笺：《欧阳修诗文集校笺》，上海古籍出版社 2012 年版，第 1439 页。

④ 〔宋〕欧阳修撰，洪本健校笺：《欧阳修诗文集校笺》，上海古籍出版社 2012 年版，第 1276 页。

《戏书拜呈学士三丈》（明道元年至二年间）[①]云：

> 渊明本嗜酒，一钱常不持。人邀辄就饮，酩酊篮舆归。
> 归来步三径，索寞绕东篱。咏句把黄菊，望门逢白衣。
> 欣然复坐酌，独醉卧斜晖。

黄菊、白衣，均用陶潜典。《太平御览》卷三二引《续晋阳秋》云："陶潜九月九日无酒，宅边东篱下菊丛中摘盈把，坐其侧。未几，望见白衣人至，乃王弘送酒也，即便就酌而后归。"

《秋日与诸君马头山登高》（庆历三年至五年间）[②]云：

> 惟有渊明偏好饮，篮舆酩酊一衰翁。

《怀嵩楼新开南轩与郡僚小饮》（庆历七年）[③]云：

> 霜林落后山争出，野菊开时酒正浓。……
> 会须乘醉携嘉客，踏雪来看群玉峰。

《夜坐弹琴有感二首呈圣俞》（嘉祐四年）[④]云：

> 吾爱陶靖节，有琴常自随。无弦人莫听，此乐有谁知。

陶潜蓄一张无弦琴，欧阳修引伯牙、师旷典故，讥讽当世之人反不及鸟和鱼，不能理解琴中所表达出来的高世之情。

---

① ［宋］欧阳修撰，洪本健校笺：《欧阳修诗文集校笺》，上海古籍出版社 2012 年版，第 1270 页。

② ［宋］欧阳修撰，洪本健校笺：《欧阳修诗文集校笺》，上海古籍出版社 2012 年版，第 1459 页。

③ ［宋］欧阳修撰，洪本健校笺：《欧阳修诗文集校笺》，上海古籍出版社 2012 年版，第 338 页。

④ ［宋］欧阳修撰，洪本健校笺：《欧阳修诗文集校笺》，上海古籍出版社 2012 年版，第 228 页。

《清明前一日,韩子华以靖节斜川诗见招,游李园。既归,遂苦风雨,三日不能出,穷坐一室。家人辈倒残壶,得酒数杯。泥深道路无人行,去市又远,索于筐筥,得枯鱼干虾数种,强饮疾醉,昏然便寐。既觉索然,因书所见,奉呈圣俞》(嘉祐四年)①云:

> 少年喜追随,老大厌喧哗。……宠禄不知报,鬓毛今已华。
>
> 有田清颍间,尚可事桑麻。安得一黄犊,幅巾驾柴车。

斜川诗,指陶潜《游斜川诗》。
《偶书》(嘉祐五年)②云:

> 吾见陶靖节,爱酒又爱闲。二者人所欲,不问愚与贤。……
>
> 决计不宜晚,归耕颍尾田。

《霜》(嘉祐四年至五年间)③云:

> 奈寒惟有东篱菊,金蕊繁开晓更清。

《答资政邵谏议见寄二首》(熙宁四年)④云:

> 相如旧苦中消渴,陶令犹能一醉眠。材薄力殚难勉强,岂同高士爱林泉。

---

① [宋]欧阳修撰,洪本健校笺:《欧阳修诗文集校笺》,上海古籍出版社 2012 年版,第220 页。

② [宋]欧阳修撰,洪本健校笺:《欧阳修诗文集校笺》,上海古籍出版社 2012 年版,第1369 页。

③ [宋]欧阳修撰,洪本健校笺:《欧阳修诗文集校笺》,上海古籍出版社 2012 年版,第1493 页。

④ [宋]欧阳修撰,洪本健校笺:《欧阳修诗文集校笺》,上海古籍出版社 2012 年版,第469 页。

《鹤联句》(与范仲淹、滕宗谅)(年份不详)①云：

　　幽闲靖节性,孤高伯夷心。

《送刘半千平阳簿》(年份不详)②云：

　　松径就荒聊应召,桂丛留隐定相招。

桂丛,桂树林,指隐居之地。松径就荒,典出陶潜《归去来辞》："三径就荒,松菊犹存。"

　　欧阳修咏陶潜,以表示自己对功名富贵的淡泊,在北宋诗坛上掀起学陶、咏陶、和陶的风气,至苏轼,陶潜的名声遂上升至顶峰。

　　由上可知,欧阳修钦慕魏晋士人,表现出显著的魏晋风度。下面,我们以文本细读的方式,来看看六一风神的代表作《醉翁亭记》是如何化用魏晋风度的。

　　1. 琅邪山

　　古称摩陀岭,东晋元帝司马睿为琅邪王时,寓居于此而得名。《续资治通鉴长编》卷一五七记载,欧阳修仕途正处于上升期时,因上疏为韩琦辩护,为党论者忌。庆历五年八月二十一日,谏官钱明逸、开封知府杨日严兴"张甥案",欧阳修落龙图阁直学士,罢都转运按察使,以知制诰出知滁州。③ 欧阳修选择写此山,不是因为此山风景秀于他山,他是借古喻今,暗喻此地为暂时蛰居之地,期待将来东山再起。果然后韩琦拜相,欧阳修升枢密副使。

　　2. "西南诸峰,林壑尤美"

　　《世说新语·言语》云：

　　① [宋]欧阳修撰,洪本健校笺:《欧阳修诗文集校笺》,上海古籍出版社 2012 年版,第1386 页。

　　② [宋]欧阳修撰,洪本健校笺:《欧阳修诗文集校笺》,上海古籍出版社 2012 年版,第1393 页。

　　③ 刘德清:《欧阳修纪年录》,上海古籍出版社 2006 年版,第186 页。

顾长康从会稽还，人问山川之美，顾云："千岩竞秀，万壑争流，草木蒙笼其上，若云兴霞蔚。"①

《世说新语·言语》云：

王子敬云："从山阴道上行，山川自相映发，使人应接不暇。若秋冬之际，尤难为怀。"②

林壑之美，令人醉心。《醉翁亭记》接着写山间之朝暮、山间之四时，只是"林壑尤美"的具体化而已。

3."太守与客来饮于此"

《宋书·列传第二十七谢灵运传》云：

灵运……出为永嘉太守。郡有名山水，灵运素所爱好，出守既不得志，遂肆意游遨，遍历诸县，动逾旬朔，民间听讼，不复关怀。所至辄为诗咏，以致其意焉。……寻山陟岭，必造幽峻，岩嶂千重，莫不备尽。登蹑常著木履，上山则去前齿，下山去其后齿。尝自始宁南山伐木开径，直至临海，从者数百人。临海太守王琇惊骇，谓为山贼，徐知是灵运乃安。③

以官员身份带领下属游山玩水，以示雅兴。谢灵运的游乐颇为过度，以至人们谓为山贼。欧阳修为政以宽简为便，在滁日颇多游历，但不影响公务。朱熹《朱子考欧阳文忠公事迹》云：

故公为数郡，不见治迹，不求声誉，以宽简不扰为意。故所至民便，既去民思。如扬州、南京、青州，皆大郡，公至三五

① ［南朝宋］刘义庆撰，［南朝宋］刘孝标注：《世说新语汇校集注》，上海古籍出版社2002年版，第132页。

② ［南朝宋］刘义庆撰，［南朝宋］刘孝标注：《世说新语汇校集注》，上海古籍出版社2002年版，第133页。

③ ［梁］沈约等：《宋书》，中华书局1974年版，第1754～1775页。

日间,事已十减五六,一两月后,官府阒然如僧舍。或问公为政宽简而事不废弛者何也？曰:"以纵为宽,以略为简,则弛废而民受其弊矣。吾之所谓宽者,不为苛急尔;所谓简者,不为繁碎尔。"识者以为知言。①

4."醉翁"

见前引嵇康、山简典故。欧阳修之醉,是以不误政事为前提的。只有与朋友、宾客在一起时,才会酣醉。魏晋士人之醉意,当然不止于酒本身,而是脱略形迹、寄情世外。欧阳修的醉酒,其用心与魏晋士人相同,"山水之间"只是个托词而已。

5."山水之乐"

《世说新语·言语》又云:

王司州至吴兴印渚中看,叹曰:"非唯使人情开涤,亦觉日月清朗。"②

《世说新语·文学》云:

郭景纯诗云:"林无静树,川无停流。"阮孚云:"泓峥萧瑟,实不可言。每读此文,辄觉神超形越。"③

《世说新语·栖逸》云:

许掾(询)好游山水而体便登陟。时人云:"许非徒有胜情,实有济胜之具。"④

---

① ［宋］欧阳修:《欧阳修全集》,中华书局 2001 年版,第 2648 页。
② ［南朝宋］刘义庆撰,［南朝宋］刘孝标注:《世说新语汇校集注》,上海古籍出版社 2002 年版,第 127 页。
③ ［南朝宋］刘义庆撰,［南朝宋］刘孝标注:《世说新语汇校集注》,上海古籍出版社 2002 年版,第 230 页
④ ［南朝宋］刘义庆撰,［南朝宋］刘孝标注:《世说新语汇校集注》,上海古籍出版社 2002 年版,第 564 页。

魏晋士人对山水的热爱,反衬出世俗对权势的热衷。欧阳修寄情山水,出发点与魏晋士人一样。

6."宴酣之乐"

《世说新语·赏誉》云:

> 子敬与子猷书道:"兄伯萧索寡会,遇酒则酣畅忘反,乃自可矜。"①

《世说新语·任诞》云:

> 陈留阮籍、谯国嵇康、河内山涛三人年皆相比,康年少亚之。预此契者,沛国刘伶、陈留阮咸、河内向秀、琅邪王戎。七人常集于竹林之下,肆意酣畅,故世谓"竹林七贤"。②

《世说新语·任诞》云:

> 阮宣子常步行,以百钱挂杖头,至酒店便独酣畅。虽当世贵盛,不肯诣也。③

《世说新语·简傲》云:

> 晋文王功德盛大,坐席严敬,拟于王者,唯阮籍在坐,箕踞啸歌,酣放自若。④

---

① [南朝宋]刘义庆撰,[南朝宋]刘孝标注:《世说新语汇校集注》,上海古籍出版社2002年版,第424页。

② [南朝宋]刘义庆撰,[南朝宋]刘孝标注:《世说新语汇校集注》,上海古籍出版社2002年版,第609页。

③ [南朝宋]刘义庆撰,[南朝宋]刘孝标注:《世说新语汇校集注》,上海古籍出版社2002年版,第617页。

④ [南朝宋]刘义庆撰,[南朝宋]刘孝标注:《世说新语汇校集注》,上海古籍出版社2002年版,第639页。

《晋书·列传第十九毕卓传》云：

> 卓尝谓人曰："得酒满数百斛船，四时甘味置两头，右手持酒杯，左手持蟹螯，拍浮酒船中，便足了一生矣。"①

酣醉，是对世俗烦恼的刻意回避，也是对黑暗现实的无声抗议。借酒醉，保全了人格，避免了祸端。欧阳修的"宴酣之乐"，用意与魏晋士人相同：公务之余，游山玩水，与民同乐，而不奔走于权贵之门，努力钻营以求升迁。

7．"非丝非竹"

《世说新语·方正》云：

> 齐王冏为大司马辅政，嵇绍为侍中，诣冏咨事。冏设宰会，召葛旟、董艾等共论时宜。旟等白冏："嵇侍中善于丝竹，公可令操之。"遂送乐器。绍推却不受，冏曰："今日共为欢，卿何却邪？"绍曰："公协辅皇室，令作事可法。绍虽官卑，职备常伯。操丝比竹，盖乐官之事，不可以先王法服为伶人之业。今逼高命，不敢苟辞，当释冠冕，袭私服，此绍之心也。"等不自得而退。②

《世说新语·言语》云：

> 谢太傅语王右军曰："中年伤于哀乐，与亲友别，辄作数日恶。"王曰："年在桑榆，自然至此，正赖丝竹陶写，恒恐儿辈觉，损欣乐之趣。"③

---

① ［唐］房玄龄等：《晋书》，中华书局1974年版，第1381页。
② ［南朝宋］刘义庆撰，［南朝宋］刘孝标注：《世说新语汇校集注》，上海古籍出版社2002年版，第267页。
③ ［南朝宋］刘义庆撰，［南朝宋］刘孝标注：《世说新语汇校集注》，上海古籍出版社2002年版，第111页。

《晋书·列传第十九嵇康传》云：

> 常修养性服食之事，弹琴咏诗，自足于怀。①

《晋书·列传第十九阮咸传》云：

> 咸妙解音律，善弹琵琶。虽处世不交人事，惟共亲知弦歌酣宴而已。②

《晋书·列传第十九阮瞻传》云：

> 瞻字千里。性清虚寡欲，自得于怀。读书不甚研求，而默识其要，遇理而辩，辞不足而旨有余。善弹琴，人闻其能，多往求听，不问贵贱长幼，皆为弹之。神气冲和，而不知向人所在。内兄潘岳每令鼓琴，终日达夜，无忤色。由是识者叹其恬澹，不可荣辱矣。③

"非丝非竹"，不是否定丝竹之乐，只是说此乐不限于丝竹之乐，更有他乐——与人同乐之乐。事实上，欧阳修善于弹琴，每出，必呼朋唤友，携琴、酒而游，其志趣与魏晋士人是一致的。

8."众宾欢也"

《世说新语·政事》云：

> 王丞相拜扬州，宾客数百人并加沾接，人人有说色。唯有临海一客姓任及数胡人为未洽。公因便还到过任边，云："君出，临海便无复人。"任大喜说。因过胡人前，弹指云："兰，兰。"群胡同笑，四坐并欢。

---

① ［唐］房玄龄等：《晋书》，中华书局 1974 年版，第 1369 页。
② ［唐］房玄龄等：《晋书》，中华书局 1974 年版，第 1363 页。
③ ［唐］房玄龄等：《晋书》，中华书局 1974 年版，第 1363 页。

此宾客,非钻营之客。在人格上,宾客与欧阳太守、王丞相是平等的。他们的关系,是上下级,但更似朋友。如此,方能"与人同乐"。

9."颓然乎其间者,太守醉也"

见前引嵇康"玉山将崩"之"颓山"。"颓然"而醉,既享受酒的香醇,又借以忘忧。

10."游人去而禽鸟乐"

《世说新语·言语》云:

> 简文入华林园,顾谓左右曰:"会心处不必在远,翳然林水,便自有濠、濮间想也,不觉鸟兽禽鱼,自来亲人。"①

游人无害禽鸟之心,禽鸟亦不惧游人,和谐共处。

11."醉能同其乐"

《世说新语·识鉴》云:

> 谢公(安)在东山畜妓,简文曰:"安石必出,既与人同乐,亦不得不与人同忧。"②

孟子说"与民同乐",至魏晋,则更进一步,"与人同忧"。范仲淹加以综合、发挥:"先天下之忧而忧,后天下之乐而乐。"欧阳修是范仲淹的朋友,此文说"人……不知太守之乐其乐也。醉能同其乐",颇与民同乐,当然也与民同忧。

12."醒能述以文者"

《世说新语·文学》云:

> 魏朝封晋文王(司马昭)为公,备礼九锡。文王固让不受。公卿将校,当诣府敦喻。司空郑冲驰遣信就阮籍求文。籍时

---

① [南朝宋]刘义庆撰,[南朝宋]刘孝标注:《世说新语汇校集注》,上海古籍出版社2002年版,第110页。
② [南朝宋]刘义庆撰,[南朝宋]刘孝标注:《世说新语汇校集注》,上海古籍出版社2002年版,第350页。

在袁孝尼家，宿醉扶起，书札为之，无所点定，乃写付使。时人以为神笔。①

欧阳修号称一代文宗，当然不亚于"神笔"。欧阳修说"醒能述以文"，承醉而醒而作文，而不说"后以文记之"，说明与阮籍一样，此醉非烂醉如泥、不省人事之醉，醉乃是表象，醉中已把文章酝酿好了。

限于篇幅，就不再一一列举。**《醉翁亭记》集琴、酒、诗文、山水、雅集于一体，是魏晋风度的集中展示。需要特别指出的是，《醉翁亭记》引魏晋士人典故，并非完全照搬，而是化用，如羚羊挂角，只见其神不见其迹。如不仔细寻味琢磨，难以察觉。这就是欧阳修的高明之处。**因而九百多年来，注家和论者都未予以重视，六一风神的魏晋风度被遮蔽了。欧阳修化用的这些魏晋典故，没有一个是"驰骤跌宕，悲慨呜咽""飘风急雨"式的，而是委婉深长、悠闲自得、超然物外，具有十足的阴柔之美。《唐宋文醇》说此记"要亦无关理道"——即不谈修身治国的大道理，而是"萧然自远"———派飘逸的魏晋风度，确为的论。难怪明人崔铣《洹词》卷四《醉翁亭记跋》感叹：**"欧阳子其慕晋人之风邪?"**②但是，欧阳修不是机械复制魏晋风度，而是**去其荒淫，留其高雅，予以升华。**《与梅圣俞四十六通》其四（明道元年）云：

> 昔之山阳竹林以高标自寓，推今较古，何下彼哉？但恐荒淫不及，而文雅过之也。③

当然，六一风神受魏晋风度的影响，也不仅是《醉翁亭记》一篇而已。欧阳修那些著名的散文，都充满了魏晋风度。如《岘山亭记》④记晋代羊祜、杜预事迹。⑤ 羊祜有先见之明，居功不傲，及时隐退；杜预灭吴，其

---

① [南朝宋]刘义庆撰，[南朝宋]刘孝标注：《世说新语汇校集注》，上海古籍出版社2002年版，第220页。

② 洪本健：《欧阳修资料汇编》，中华书局1995年版，第242页。

③ [宋]欧阳修：《欧阳修全集》，中华书局2001年版，第2445页。

④ [宋]欧阳修撰，洪本健校笺：《欧阳修诗文集校笺》，上海古籍出版社2009年版，第1044页。

⑤ [唐]房玄龄等：《晋书》，中华书局1974年版，羊祜见第1013页，杜预见第1025页。

功至伟,立碑岘山,集解《左传》,墓葬从简,欧阳修赞叹不已。归有光评曰:"确是岘山亭文,当与孟浩然诗并绝千古者也。徐文昭曰:'风流感慨。'"①刘大櫆评曰:"欧公长于感叹,况在古之名贤兴遥集之思,宜其文之风流绝世也。"②唐介轩评曰:"文境绵远,亦如草木云烟之杳霭,出没于空旷有无之间。"③林纾评曰:"文之超尘离俗,如仙子步虚,翻空而愈奇,真神来之笔。"④又如《丰乐亭记》⑤描写泉、亭之美景,游赏之快乐,与《醉翁亭记》如出一辙。归有光评曰:"风流太守之文。"⑥毛庆蕃评曰:"纡迴百折,归于宣上功德,非独立言之体宜然。"⑦唐介轩评曰:"题是丰乐,却从干戈用武立论,辟开新境,然后引出山高水清,休养生息,以点出丰乐正面。此谓纤徐为妍,卓荦为杰。"⑧陈衍评曰:"永叔文以序跋杂记为最长,杂记尤以《丰乐亭》为最完美。……此欧公平生擅长之技,所谓风神也。"⑨又如《真州东园记》⑩写台、池、水、花之美景,州人士女啸歌而管弦的游乐之情,与四方宾客共乐之乐,跃然纸上。刘大櫆评曰:"柳州记山水,从实处写景;欧公记园亭,从虚处生情。柳州山水,以幽冷奇峭胜;欧公园亭,以敷娱都雅胜。此篇铺叙今日为园之美,一一倒追未之之荒芜,更有情韵意态。"⑪唐介轩评曰:"未尝亲历其地,则于按图考言而得其景象,是文章虚者实之之法。其夺目处,在前以监军废营作案,以后处处迴映,便觉文澜宕往,含蕴无穷。"⑫又如《送

---

① 洪本健:《欧阳修资料汇编》,中华书局1995年版,第546页。
② 洪本健:《欧阳修资料汇编》,中华书局1995年版,第917页。
③ 洪本健:《欧阳修资料汇编》,中华书局1995年版,第1219页。
④ 洪本健:《欧阳修资料汇编》,中华书局1995年版,第1309页。
⑤ [宋]欧阳修撰,洪本健校笺:《欧阳修诗文集校笺》,上海古籍出版社2009年版,第1017页。
⑥ 洪本健:《欧阳修资料汇编》,中华书局1995年版,第546页。
⑦ 洪本健:《欧阳修资料汇编》,中华书局1995年版,第1316页。
⑧ 洪本健:《欧阳修资料汇编》,中华书局1995年版,第1218页。
⑨ 洪本健:《欧阳修资料汇编》,中华书局1995年版,第1311页。
⑩ [宋]欧阳修撰,洪本健校笺:《欧阳修诗文集校笺》,上海古籍出版社2009年版,第1029页。
⑪ 洪本健:《欧阳修资料汇编》,中华书局1995年版,第917页。
⑫ 洪本健:《欧阳修资料汇编》,中华书局1995年版,第1218页。

田画秀才宁亲归万州序》①云:"予与之(田画)登高以远望,遂游东山,窥绿萝溪,坐磐石,文初爱之,数日乃去。"林纾评曰:"'览其山川',可慨而赋,不是吊古,正是引其式微之感;不怨朝廷,而朝廷之薄待功臣,已形诸笔墨之外。文之含蓄处,是欧公长技。"②毛庆蕃评曰:"从天下大势说入,而于题字字有情,所谓波澜老成也。"③又如《画舫斋记》④写江河风波之险,而冒险者,"非为商贾则必仕宦"。而后写隐居江湖之乐:"然予闻古之人,有逃世远去江湖之上,终身而不肯反者,其必有所乐也。苟非冒利于险,有罪而不得已,使顺风恬波,傲然枕席之上,一日而千里,则舟之行岂不乐哉!"推崇隐居江湖之乐。唐介轩评曰:"昌黎文灵转变幻,故冠绝古今。惟欧公得其神髓,而出之以纡迴恬静,令观者目不给赏。如此文忽而波澜恣肆,忽而心气安闲,正尔韵致如生。"⑤又如《浮槎山水记》⑥对比山林之乐与富贵之乐:"夫穷天下之物,无不得其欲者,富贵者之乐也,至于荫长松、藉丰草,听山流之潺缓,饮石泉之滴沥,此山林者之乐也。而山林之士,视天下之乐,不一动其心。或者欲于心,顾力不可得而止者,乃能退而获乐于斯。彼富贵之通用致物矣,而其不可兼者,惟山水之乐尔。惟富贵者而不得兼,然后贫贱之士,有以自足而高世。"高下立判。归有光评曰:"兴致悠然,风韵倏然。"⑦又如《送杨置序》⑧劝杨置以琴抒发抑郁之情,调养疾病。唐文治评曰:"《秋声赋》满纸皆秋声,此文满纸皆琴声。……琴说在结末点出,高绝,此亦自然天籁也。欧公文最善唱叹。"⑨如此等等,不一而足。

---

① [宋]欧阳修撰,洪本健校笺:《欧阳修诗文集校笺》,上海古籍出版社 2009 年版,第 1077 页。

② 洪本健:《欧阳修资料汇编》,中华书局 1995 年版,第 1300 页。

③ 洪本健:《欧阳修资料汇编》,中华书局 1995 年版,第 1316 页。

④ [宋]欧阳修撰,洪本健校笺:《欧阳修诗文集校笺》,上海古籍出版社 2009 年版,第 1002 页。

⑤ 洪本健:《欧阳修资料汇编》,中华书局 1995 年版,第 1218 页。

⑥ [宋]欧阳修撰,洪本健校笺:《欧阳修诗文集校笺》,上海古籍出版社 2009 年版,第 1031 页。

⑦ 洪本健:《欧阳修资料汇编》,中华书局 1995 年版,第 546 页。

⑧ [宋]欧阳修撰,洪本健校笺:《欧阳修诗文集校笺》,上海古籍出版社 2009 年版,第 1073 页。

⑨ 洪本健:《欧阳修资料汇编》,中华书局 1995 年版,第 1319 页。

总之,无论六一风神是学习《春秋》、司马迁、韩愈还是其他,**以《醉翁亭记》为代表的六一风神的阴柔之美,来自魏晋风度。人们也用魏晋人物来评论欧阳修**,如茅坤把欧阳修比作谢安:"逍丽逸宕,若携美人宴游东山,而风流文物照耀江左者,欧阳子之文也。"①何焯引《陶渊明集序》来评《醉翁亭记》:"长史云:通篇命意在'醉翁之意'四句。昭明太子《陶渊明集序》云:有疑渊明诗篇篇有酒,吾观其意不在酒,亦寄酒为迹也。……'然而禽鸟知山林之乐'至末,逐层带转,兼取濠上之意。"②欧阳修学习魏晋风度,开宋人"艺术化"人生方式之先河,至苏轼,达到顶峰,成为历代文人效仿的榜样,而欧阳修的魏晋风度,反被人遗忘了。

---

① 洪本健:《欧阳修资料汇编》,中华书局 1995 年版,第 557 页。
② 洪本健:《欧阳修资料汇编》,中华书局 1995 年版,第 801 页。

中原文人的异域体验与盛唐边塞诗

汪聚应

（天水师范学院）

盛唐边塞诗，是中国文学中最为激动人心的壮丽篇章之一，也是诗歌史上一枝独秀的奇葩和"盛唐气象"的表征之一。盛唐边塞诗的高度繁荣，既是因为唐王朝国力强大、边功卓著及时代思潮的激发，同时也是唐前边塞诗的经验积累，更是盛唐士人投笔从戎、赴边求功的壮志激发的结果。前人对盛唐边塞诗的研究已经有十分丰厚的积淀，然现有的研究，却相对忽视从文学地理学及情感体验的角度去探讨盛唐边塞诗的特征，因此，有必要重新对盛唐边塞诗进行探讨。

一、在陇右地域文化与心灵体验中回归
盛唐边塞诗的生命现场

综观学界以往关于盛唐边塞诗的研究，在高质量成果迭出的同时，不可忽视其还存在着一些不足，"我们的文学史相当程度地忽视了地域的问题、家族的问题，忽视了作家人生轨迹的问题。这些地域、家族、作家的人生轨迹和他们的社会交往，对作家的文学生命的形态的形成和变异起到很大作用，这是不应忽视的，而应该受到力求绘出中国色彩的文学地图的人们高度重视"[①]。通过对盛唐边塞诗发生发展的地理空间、区域景观的探讨，可以使边塞诗研究"接上地气"，还原其发生发展的原生态景观。特定的地理文化因素是一定地区民风民俗、方土风气形成的重要因素之一，中华先民在长期的生产生活实践中，逐渐认识到人类生存的不同地域的自然山川水土的差异，影响到该地域农作物的生长品质、器物制造的品质，进而认识到不同地域的人文环境，还会影

---

　　① 杨义：《重绘中国文学地图通释》，当代中国出版社 2007 年版，第 5 页。

响到一定空间内人们的禀赋气质、文化精神、审美想象、思维方式。《管子·水地篇》云：

> 夫齐之水道，躁而复故，其民贪粗而好勇；楚之水淖弱而清，故其民轻果而贼；越之水浊重而泊，故其民愚疾而垢；秦之水泔最而稽，淤滞而杂，故其民贪戾罔而好事；晋之水枯旱而运，淤滞而杂，故其民谄谀葆诈，巧而好利；燕之水萃下而弱，沉滞而杂，故其民愚戆而好贞，轻疾而易死；宋之水，清劲而清，故其民闲易而好静。①

春秋时期管子已将地域观念引导到精神领域，进入人文地理学的范畴。人类的生产、生活方式受诸多地理环境制约，如水乡居民往往以舟为车运输生产生活资料，草原民族则以马为车进行各项劳作，山区居民则擅长肩担身挑。自然地理、环境因素也渗透到不同地区人们的审美体验之中，广西壮族的"刘三姐"擅长对歌，陇右莲花山有"花儿"，也是歌的海洋，但两者的审美内涵却各具特色。中国幅员辽阔，在不同的自然、人文地理因素的影响下形成众多不同的文化区域，在人文地理学的研究资源上得天独厚。世界上无论何种文化区，因其创造者无不生活于特定地域，这些文化无不带有特定的地域特点，人们也就无法忽视特定地域的文化存在，无法用纯自然的眼光去审视这一已经人文化的地区。"地域文化的空间判别，旨在确定某种文化特征或具有某种特殊文化的人在地球表面所占据的空间，即确定文化区。"②中国又是一个诗的国度，盛唐边塞诗产生、繁荣于陇右地区，必然与陇右地域文化具有密不可分的关系，但是学界以往的一些研究不太注意此种空间维度。讲文学地理学就是使盛唐边塞诗的研究实实在在地落到实处，回归其生于斯、长于斯的这块文化沃土，真正进入盛唐边塞诗的生命现场，揭示出陇右文化区有别于其他文化区的文化遗传和生存形态，从而正确解释

---

① 《管子·水地第三十九》，见《诸子集成》（五），中华书局 1954 年版，第 237～238 页。
② 侯勇坚：《区域历史地理的空间发展过程》，陕西人民教育出版社 1995 年版，第 238 页。

盛唐边塞诗发生、发展的内在动力机制。

文学是人学,是人的情感体验的诗化投射。"文学作为实践——精神地把握世界的方式,它不是一般的历史社会人生的记录,而是对历史社会人生带有生命体验的记录。任何以敏慧的悟性来读文学的人都会感受到,文学是一种生命体验,它以诗意的情感,体验着自然生命、文化生命和个体生命。"①在盛唐边塞诗的研究中,困难不在于揭示其繁荣的盛况,而在于正确揭示其繁荣的原因。那么,究竟如何描述和估量盛唐士人所接受的西北边塞的涤荡,或者说西北边塞地理形势、时代思潮是如何作用于盛唐士人的心灵并通过他们对整个盛唐边塞诗创作产生意义的? 值得我们重视的是盛唐士人的情感体验这一基本精神现象。大西北绵延的戈壁、浩瀚的沙漠、荒凉的高山及浑浊的河流形成了自然神话,这种自然神话极易使人衍生出某种苍凉、雄浑、宏大的历史感受;而盛唐开放外向、崇尚建功立业的时代思潮更激发了盛唐士人乐观进取的豪情壮志,两者相互叠加,使盛唐士人如李白、王昌龄、王之涣、王维、高适、岑参、杜甫、李颀、崔颢等格外重视生命现象并对其产生了丰富的体验,激发出慷慨激越的创造活力。

对于文学是一种情感体验,无论中西文论均具有广泛共识。西方文化哲学对文学艺术作家情感体验关系的讨论由来已久,现代阐释学的创立人伽达默尔曾经为我们考察过"体验"的认识史:"每一种体验都是从生命的延续中产生的,而且同时是与其自身生命的整体相联的。"②体验"不是概念性地被规定的,在体验中所表现出的东西就是生命"③。伽达默尔推崇生命的原力与自为,倡导文学创作中对生命体验的深度表达,体验美学成为西方诗学的一种重要理论脉络。中国生命诗学发端于《周易》,"天行健,君子以自强不息"的理念已经将中华民族的生命体验极为精练地概括出来了。《庄子》所谓"逍遥游"则将天人化合的生命精神推向极致,其后中国文论的"发愤著述""神与物游""生命之喻"都将生命体验的深度化表达视为诗文创作的标杆,形成了中国生

---

① 杨义:《重绘中国文学地图》,《文学遗产》,2003年第5期。
② [德]伽达默尔:《真理与方法》,王才勇译,辽宁人民出版社1987年版,第99页。
③ [德]伽达默尔:《真理与方法》,王才勇译,辽宁人民出版社1987年版,第94页。

命诗学观照的传统。正如杨义先生所言："研究中国文学，如果离开充满悟性的生命体验，而想把住文学的魂、把住文学的脉、把住文学的态，那就未免有点缘木求鱼了。"①

二、不同文化区的对比与岑参边塞诗的惊奇美

论及唐代边塞诗繁荣的原因，研究者多引用明人胡震亨《唐音癸签》中的一段话来说明：

> 唐词人自禁林外，节镇幕府为盛。如高适之依哥舒翰，岑参之依高仙芝，杜甫之依严武，比比而是。中叶后尤多，盖唐制，新及第人，例就辟外幕。而布衣流落之士，更多因缘幕府，躐级进身。要视其主之好文何如，然后同调萃，唱和广。②

在唐代边塞诗发生、发展的过程中，西北边塞雄奇壮阔的自然风光、跃马祁连的军旅生活、激烈的战争场面，等等，均能激发盛唐士人建功立业的豪情壮志，使他们产生格外新奇、强烈的人生体验。同时，西北陇右地区作为众多民族、众多文化传播桥梁的特殊意义也开阔了唐代士人的视野，促进了其诗歌创作。在传统中原文学的创作资源消耗殆尽、创造能力日渐枯竭时，是西北边塞激活了盛唐士人的创作灵感，为他们带来了前所未有的新鲜感悟，这自然有力地推动了盛唐边塞诗的创作。

作为作家生命体验的表现方式，文学作品的艺术魅力就在于作家能否不断掘取新奇的、异样的人生感受，能否不断提炼新鲜的、活泼的语言形式。"空间的流动，往往可以使流动主体的眼前展开两个或两个以上的文化区域和文化视野，这种'双世界视景'在对撞、对比、对证中，开发了人们的智慧。两个世界的对比，可以接纳、批判、选择、融合的文化资源就多了，就能开拓出一种新的精神境界和思想深度。"③岑参出

---

① 杨义：《重绘中国文学地图》，《文学遗产》，2003 年第 5 期。
② ［明］胡震亨：《唐音癸签》，上海古籍出版社 1958 年版，第 284 页。
③ 杨义：《文学地理学的渊源和视境》，《文学评论》，2012 年第 4 期。

生在江南地区,是湖北江陵人,早年"出入两京,蹉跎十秋",年复一年科场追逐,岑参依旧是一介布衣。天宝八载(749年),安西四镇节度使高仙芝表岑参为右威卫录事参军,辟他入幕掌书记。岑参第一次出塞,在西北边疆生活了两年,于天宝十载(751年)回到长安。天宝十三载(754年),正值壮年的岑参又赴安西封常清幕任大理评事兼监察御史,在西北边疆生活了六年。岑参本为南方人,两次出塞的经历,使其在不同的地理区域和文化领域里活动,西部绵延的戈壁、浩瀚的沙漠、荒凉的高山及浑浊的河流涤荡着诗人的心胸。在南北迥然不同的文化区域的对比中,西北边塞的自然景观在岑参眼里格外奇特:

北风卷地白草折,胡天八月即飞雪。忽如一夜春风来,千树万树梨花开。

——《白雪歌送武判官归京》①

君不见走马川行雪海边,平沙莽莽黄入天。轮台九月风夜吼,一川碎石大如斗,随风满地石乱走。

——《走马川行奉送封大夫出师西征》②

平明乍逐胡风断,薄暮浑随塞雨回。缭绕斜吞铁关树,氛氲半掩交河戍。迢迢征路火山东,山上孤云随马去。

——《火山云歌送别》③

火山五月行人少,看君马去疾如鸟。都护行营太白西,角声一动胡天啸。

——《武威送刘判官赴碛西行军》④

还家剑锋尽,出塞马蹄穿。逐虏西逾海,平胡北到天。

——《送张都尉东归》⑤

---

① [清]彭定求等:《全唐诗》卷一九九,中华书局1960年版,第2050页。
② [清]彭定求等:《全唐诗》卷一九九,中华书局1960年版,第2052~2053页。
③ [清]彭定求等:《全唐诗》卷一九九,中华书局1960年版,第2052页。
④ [清]彭定求等:《全唐诗》卷二〇一,中华书局1960年版,第2104页。
⑤ [清]彭定求等:《全唐诗》卷二〇〇,中华书局1960年版,第2075页。

岑参诗歌"语奇体峻,意亦造奇。迥拔孤秀,出于常情"①。明人胡震亨《唐音癸签》亦云:"嘉州清新奇逸,大是俊才,质力造诣,皆出高上。"②这些诗歌内涵丰富宽广,抒写塞外送别、雪中送客之情,却充满奇思异想,流淌出生命的激流。岑参的边塞诗色彩瑰丽浪漫,气势浑然磅礴,意境鲜明独特,具有极强的艺术感染力。大漠雄关、沧桑荒凉、无边无际的戈壁沙漠等生态景观,对陇人来说司空见惯,并无特别之处,然在来自南国的诗人岑参眼里,却充满了神奇的异域色彩。正是由于南国与西北边塞存在不同地域文化之间的对比,岑参可以接纳、选择的文化资源就丰富得多了,从而开拓出盛唐边塞诗前所未有的广阔诗境。

岑参在《优钵罗花歌并序》中曾谈到自己来到西北边塞时的独特感受:"参尝读佛经,闻有优钵罗花,目所未见。天宝庚申岁,参忝大理评事,摄监察御史,领伊西北庭度支副使。自公多暇,乃于府庭内,栽树种药,为山凿池。婆娑乎其间,足以寄傲。交河小吏有献此花者,云得之于天山之南。其状异于众草,势茏葱如冠弁。嶷然上耸,生不傍引,攒花中折,骈叶外包,异香腾风,秀色媚景。因赏而叹曰:'尔不生于中土,僻在遐裔,使牡丹价重,芙蓉誉高,惜哉!'"③无独有偶,千载而下,当代学者胡大浚先生亦曾述及自己来到大西北时的心理感受:"四十余年前,当我怀着少年人特有的热情和勇气,从南海之滨来到甘肃的时候,首先给予我强烈震撼的是这片土地的苍老与粗狂:裸筋见骨的山,硗脊莽茫的地,挟冰激石的水。在我幼稚的心灵中,那真是一派原始的苍凉。"④这种迥然不同的区域文化特征的强烈对比,使岑参对西北边塞风光有一种异乎寻常的惊奇感:"弯弯月出挂城头,城头月出照凉州。凉州七里十万家,胡人半解弹琵琶。"(《凉州馆中与诸判官夜集》)⑤"凉秋八月萧关道,北风吹断天山草。昆仑山南月欲斜,胡人向月吹胡笳。"(《胡笳歌送颜真卿使赴河陇》)⑥"十日过沙碛,终朝风不休。马走碎石

① [清]彭定求等:《全唐诗》卷一九八,中华书局 1960 年版,第 2023 页。
② [明]胡震亨:《唐音癸签》,上海古籍出版社 1958 年版,第 86 页。
③ [清]彭定求等:《全唐诗》卷一九九,中华书局 1960 年版,第 2062 页。
④ 胡大浚主编:《陇右文化丛谈》,甘肃教育出版社 1998 年版,第 1 页。
⑤ [清]彭定求等:《全唐诗》卷一九九,中华书局 1960 年版,第 2055 页。
⑥ [清]彭定求等:《全唐诗》卷一九九,中华书局 1960 年版,第 2053 页。

中，四蹄皆血流。"(《初过陇山途中呈宇文判官》)①这一切在其边塞诗创作中得到极为充分的体现。由此分析，我们对岑参边塞诗的惊奇之美有了更为切实而深刻的体察，对其创作心理也有了更进一步的认识。

三、陇右风土感召与盛唐边塞诗的风格创造

不同的地域风貌、风土人情，可以丰富诗人的心理体验和审美感受，在一定程度上影响作家艺术风格的形成。元代辛文房《唐才子传》评论岑参创作时指出：

> 参累佐戎幕，往来鞍马烽尘间十余载，极征行离别之情，城障堡塞，无不经行。……诗格尤高，唐兴罕见此作。②

清人魏禧《曾庭闻文集序》亦云："……文章视人好尚，与风土所渐被，古之能文者，多游历山川名都大邑，以补风土之不足，而变化其天质。司马迁，龙门人，纵游江南沅湘彭蠡之汇，故其文奇姿荡轶，得南界江海烟云之气为多也。"③曾庭闻为明末清初文人，然"天资甚鲁，终日读不尽十行。长，省尊大夫于京师，数过吴门，与吴中名士游，其文斐然一变，而庭闻之名盛于东南。近二十年则出入西北塞外，尝独身骑马行万余里，最好秦中风土，至以宁夏为家，而庭闻名在西北，其文又一变"④。作家所处的地域不同，往往意味着眼界、生活方式的变化，自然会影响其创作。陇右地区大部分为高原山地、沙漠戈壁、沼泽冰川，地势高亢，地形复杂，干旱严寒，气候恶劣。置身西北边塞严峻的地理气候背景下，盛唐诗人敏锐地发掘着此地深厚的历史文化内蕴，形之歌咏，便在边塞诗雄浑苍凉的底色中，投射出极为劲健的生命活力，形成盛唐边塞诗悲壮苍凉、雄浑大气的风格美感。

震撼人心的是"一部《全唐诗》中，边塞诗约 2 000 余首，其中 1 500

---

① [清]彭定求等：《全唐诗》卷一九八，中华书局 1960 年版，第 2024～2025 页。
② 傅璇琮主编：《唐才子传校笺》，中华书局年 1987 版，第 443 页。
③ [清]魏禧撰，胡守仁等点校：《魏叔子文集》，中华书局 2003 年版，第 401 页。
④ [清]魏禧撰，胡守仁等点校：《魏叔子文集》，中华书局 2003 年版，第 401 页。

首与大西北有关。更引人瞩目的是,唐代诗人远赴西北,极大地拓展了其地理视野,唐代边塞诗表现的地理空间感受更加广阔,一些西北边地的地名如安西、北庭、阳关、玉门、敦煌、酒泉、凉州、临洮、金城、秦州、祁连、河湟、皋兰、陇坂等频繁地出现在唐人笔下,成为中国边塞诗歌中最为鲜明、典型的意象,这充分说明:西北边疆开拓了唐代诗人的地理视野,也拓展了他们的诗性智慧。盛唐中土诗人远赴西北边塞,首先映入他们视野的是"茫茫万重山,孤城山谷间"的沟壑纵横的地貌和"无风云出塞,不夜月临关"的异域景观。进入河西走廊,眼前更是出现"大漠孤烟直,长河落日圆"(《使至塞上》)①的辽阔之象和"十日过沙碛,终朝风不休。马走碎石中,四蹄皆血流"(《初过陇山途中呈宇文判官》)②的茫茫戈壁。成长于中原杏花春雨之中的盛唐诗人怎能不为这异常奇特之象所激动?得陇右江山之助,王翰大气并包、诗酒风流:"葡萄美酒夜光杯,欲饮琵琶马上催。醉卧沙场君莫笑,古来征战几人回?"(《凉州词》其一)③高适诗作大开生面,独放异彩:"十月河洲时,一看有归思。风飙生惨烈,雨雪暗天地。"(《效古赠崔二》)④"行子对飞蓬,金鞭指铁骢。功名万里外,心事一杯中。"(《送李侍御赴安西》)⑤李顽纵情高歌,不仅仅有"白日登山望烽火,黄昏饮马傍交河。行人刁斗风沙暗,公主琵琶幽怨多。野营万里无城郭,雨雪纷纷连大漠"(《古从军行》)⑥的西北风光描写,更有"闻道玉门犹被遮,应将性命逐轻车"的万丈豪情!面对使侏儒能变成巨人,使巨人也能变成侏儒的军成通道,素有"诗佛"之称的王维也禁不住高歌,刻画出了"孰知不向边庭苦,纵死犹闻侠骨香"(《少年行》)⑦的豪侠少年、"一身转战三千里,一剑曾当百万师"(《老将行》)⑧的老将等形象,尽情抒发自己"尽系名王颈,归来报天子"的凌云壮志。高山大河,雄浑大漠,茫茫戈壁,王维诗风因西北边塞之行而一

---

① 王维撰,陈铁民校注:《王维集校注》,中华书局 1997 年版,第 133 页。

② [清]彭定求等:《全唐诗》卷一九八,中华书局 1960 年版,第 2024～2025 页。

③ [清]彭定求等:《全唐诗》卷一五六,中华书局 1960 年版,第 1065 页。

④ [清]彭定求等:《全唐诗》卷二一一,中华书局 1960 年版,第 2190 页。

⑤ [清]彭定求等:《全唐诗》卷二一四,中华书局 1960 年版,第 2230 页。

⑥ [清]彭定求等:《全唐诗》卷一三三,中华书局 1960 年版,第 1348 页。

⑦ 王维撰,陈铁民校注:《王维集校注》,中华书局 1997 年版,第 34 页。

⑧ 王维撰,陈铁民校注:《王维集校注》,中华书局 1997 年版,第 148 页。

变,加入了盛唐边塞诗的壮丽乐章。

古人所谓"得江山之助",其实是指特定地域文化特殊的文化内涵在诗人心中激荡起的波澜。自然风土是诗人创作灵感的重要来源:"春风春鸟,秋月秋蝉,夏云暑雨,冬月祁寒,斯四候之感诸诗者也。嘉会寄诗以亲,离群托诗以怨。至于楚臣去境,汉妾辞宫;或骨横朔野,或魂逐飞蓬;或负戈外戍,杀气雄边;塞客衣单,孀闺泪尽;或士有解佩出朝,一去忘返;女有扬蛾入宠,再盼倾国。凡斯种种,感荡心灵,非陈诗何以展其义? 非长歌何以骋其情?"①特定地域的自然、人文景观可以引起诗人的去国怀乡之思,加深对历史文化、社会人生的体验,开拓和深化诗人的创作心态,从而促使其诗风发生转变。高适是盛唐边塞诗派的代表诗人,他早年曾游蓟北,后来在边塞生活的基础上创作的《燕歌行》,堪称盛唐边塞诗的杰作。高适大量的边塞诗创作,还是在天宝十二载(753 年)来到西北边塞之后。天宝十二载,高适入河西节度使哥舒翰的幕府任掌书记,这是其一生重要的转折点。此前,高适半生流浪,"一生徒羡鱼,四十犹聚荧",虽有建功立业之宏大抱负,然仕途坎坷、抱负无法施展。得到著名将领哥舒翰的赏识任用,高适的内心充满了喜悦,他在《金城北楼》中盛赞金城兰州的美景:"北楼西望满晴空,积水连山胜画中。湍上急流声若箭,城头残月势如弓。"②在《入昌松东界山行》中描写古浪峡典型的陇右风光:"鸟道几登顿,马蹄无暂闲。崎岖出长坂,合沓犹前山。石激水流处,天寒松色间。"③诗作呈现出雄浑苍凉之风格。

"边塞粗犷豪放的生活情调、壮丽新奇的异域风光更适宜于诗人的想象,并常常把他们的心灵提高到超越现实痛苦的纷纭扰攘之上。"④盛唐诗人远赴边塞,大大开阔了其视野,陇右境内主要的城镇、古战场及众多历史文化内涵,成为众多诗人歌咏的题材,从"地僻秋将尽,山高客未归。塞云多断续,边日少光辉"⑤的陇东景观到"塞外风沙犹自寒"

---

① [梁]钟嵘撰,周振甫译注:《诗品译注》,中华书局 1998 年版,第 20~21 页。
② [清]彭定求等:《全唐诗》卷二一四,中华书局 1960 年版,第 2233~2234 页。
③ [清]彭定求等:《全唐诗》卷二一四,中华书局 1960 年版,第 2232 页。
④ 葛晓音:《汉唐文学的嬗变》,北京大学出版社 1990 年版。
⑤ [清]仇兆鳌注:《杜诗详注》,中华书局 1999 年版,第 586~587 页。

的塞外风光；从"健儿击鼓吹羌笛，共赛城东越骑神"的民风民俗到"黄沙百战穿金甲，不破楼兰终不还"的铮铮誓言……这一系列西北特有的自然风光、民风民俗、尚武精神对中原文人来说是颇为新奇的，是陌生化的，它们在整个盛唐诗歌中第一次、高密度地出现，带给人们的心理震撼是巨大而深刻的，成为盛唐边塞诗乃至整个中国文学中最为绚丽的篇章。

陇右各民族杂居，富有异域风情的胡风在中原士人看来绚丽多姿。"寺寺院中无竹树，家家壁上有弓刀"的民风民俗令人瞠目结舌，他们被这异域风情所倾倒，大量诗作涌现出来："琵琶长笛曲相和，羌儿胡雏齐唱歌。浑炙犁牛烹野驼，交河美酒金巨罗。三更醉后军中寝，无奈秦山归梦何。"(《酒泉太守席上醉后作》)①"暖屋绣帘红地炉，织成壁衣花氍毹。灯前侍婢泻玉壶，金铛乱点野驼酥。"(《玉门关盖将军歌》)②胡人、胡风、胡乐、胡舞，组成陇右地区色彩斑斓的民族风情画，这些描写胡风的诗作成为唐代边塞诗以至唐诗中最富奇情异彩的一部分。盛唐边塞诗雄浑刚健的风格，无疑得力于陇右浩瀚大漠、雄奇山川、彪悍民风的激发。

在文学艺术的发展过程中，地理因素赋予文学以生命现场和意义源泉。陇右地区"水高、土寒、生物寡"的贫瘠自然环境，孕育了陇人艰苦朴素的文化性格；游牧狩猎的生活方式，则易于养成强悍尚武的刚健气质；多姿多彩的民风民俗，又使得盛唐边塞诗呈现色彩斑斓的文化景观。盛唐边塞诗在其发展、繁荣进程中深受陇右地理因素的影响。从文化地理学视角研究盛唐边塞诗，可以使之接上"地气"，还原那些原本被遮蔽的文化景观，阐明盛唐边塞诗生成的内在机制、文化特质及发展动力，在文化与地理的结合中，为目前的学术研究注入新的推动力。

---

① ［清］彭定求等：《全唐诗》卷一九九，中华书局 1960 年版，第 2055 页。
② ［清］彭定求等：《全唐诗》卷一九九，中华书局 1960 年版，第 2058 页。

《文王官人》的观人方法论
与孔子人才思想的契合

孙董霞[1,2]

（1. 兰州文理学院　2. 山东大学）

春秋末年是周王室的统治秩序和周的礼乐文化完全崩坏的时代。随着权力的下移，文化也随之下移。各种政治集团急需各种人才提升自己的政治力量。士人知识分子逐渐成为掌握文化知识的独立阶层。这一阶层的出现，结束了长期以来贵族统治者垄断文化权力的局面。同时，适应时代要求的新的人才观念和官人制度逐渐形成。《大戴礼记·文王官人》就全面地记录了这一时期的观人、用人方法体系。而孔子的教育思想和教育方式正好与这种新的人才观念有内在的契合关系。

一、春秋战国之际的政治局面和人才格局

春秋末期是周王室的统治秩序完全崩溃的时代，是周的礼乐文化完全被破坏的时代。自从厉王、幽王之后，周室不可避免地走向衰微之路。平王东迁，周王室已经无力号令诸侯，周天子对各诸侯国的权威名存实亡。之后五霸迭兴，在尊王攘夷的旗帜下征讨夷狄，挟制和聚合诸侯，使得社会危机稍有缓和。但这些都无法阻止社会秩序的进一步崩溃。周的社会政治体系开始自上而下地崩溃。首先是"礼乐征伐自天子出"的局面被"礼乐征伐自诸侯出"代替，接着各诸侯国国君的权力被其卿大夫篡夺，出现"礼乐征伐自大夫出"的局面，到后来甚至是陪臣执国命。

孔子生活于春秋末期，生于鲁襄公二十二年（公元前551年），卒于鲁哀公十六年（公元前479年），历襄公、昭公、定公、哀公四世。当时鲁国国政日衰，连礼乐征伐自大夫出的局面都已经难以维持。《左传》记昭公二十五年，昭公与权臣季氏发生矛盾，互相攻伐，昭公不敌季氏，奔

齐,鲁乱。季氏与其家臣阳虎有隙,互相争斗,自此陪臣执国政,"是以鲁自大夫以下皆僭离于正道"(《史记·孔子世家》)。定公八年,季氏的家臣阳货发动叛乱,鲁国政每况愈下。鲁国是当时周的礼乐文化气息最为浓厚的诸侯国,尚且如此,别的诸侯国的情况可想而知。《史记·太史公自序》云:"春秋之中,弑君三十六,亡国五十二,诸侯奔走不得保其社稷者不可胜数。"所以孔子所处的时代是周人建立的社会秩序完全崩溃的时代,是周的礼乐文化完全被破坏的时代。当时最为紧迫的时代问题是"社会秩序的重建"。社会问题的解决需要强有力的文化理念做支撑,因此围绕社会秩序的重建问题,已经通过掌握一定的文化知识而登上历史舞台的士阶层主动承担起了寻求重建秩序、建立理想国度的时代任务。"士志于道"就是志于寻求政治之道。

其实,在孔子之前,春秋各国贵族中的一大批精英人士面对危局,曾一度承担起政治责任,他们通过对周文化特别是礼乐文化的改革来积极维护各自国家的权益,他们寻找礼乐文化藏于仪式之下的深层内涵,通过阐发"仪式"背后的"礼"的人文内涵,确立礼的权威地位。同时,通过执行礼,以礼的标准来品评事件和人物,重新确立社会秩序。这就是在孔子之前曾经辉煌一时的"君子文化"。君子文化的本质是贵族文化,是先秦贵族阶层最后的文化绝唱。但是贵族君子难以力挽狂澜于既倒。贵族君子难以阻止整个贵族阶层的衰败与没落。贵族的没落首先是从文化上表现出来的,贵族阶层世官世禄,子弟不学无术,人才无以为继,有些贵族子弟甚至在重大场合连自己的"位子"都找不着(如,昭公十六年,郑国孔张失位),这令春秋士君子深以为忧。春秋君子早已发现了贵族的衰颓之势,他们中的有识之士看到"学"的重要性,积极提倡学习,就是针对这一局面的。《左传》昭公十八年:

> 秋,葬曹平公。往者见周原伯鲁焉,与之语,不说学。归以语闵子马。闵子马曰:"周其乱乎! 夫必多有是说,而后及其大人。大人患失而惑,又曰:'可以无学,无学不害。'不害而不学,则苟而可,于是乎下陵上替,能无乱乎? 夫学,殖也。不学,将落,原氏其亡乎!"

除了重视学习,贵族君子通过各种重大的场合观察和品评人物,希望利用这种批判机制提升贵族阶层的综合素质,使贵族子弟能够成为适应时代需要的新型人才。但是随着权力的下移,文化也在下移,王官和贵族已经无法独占文化权力。《左传》昭公十七年,郯子来到鲁国,对叔孙昭子谈起少皞氏以鸟名官的典故。27岁的孔子被郯子的博学所折服,拜见郯子而学之,并且发出"天子失官,官学在四夷"的感叹。文化下移几乎与士阶层的兴起是同步的。士人知识分子逐渐成为掌握文化知识的独立阶层。这一阶层的出现,结束了长期以来贵族统治者垄断文化权力的局面。在争霸中逐渐壮大起来的新的政治集团急需要新型的人才提升自己的统治力量。新的人才思想和新的用人制度成为人们关注的主要问题。在官人制度上逐渐打破以世卿世禄为主的小范围的人才选拔,人才选拔的范围扩展到全社会尤其是掌握文化知识的士阶层。人才的衡量标准也更全面,人才的需求类型也更多样。除了"官人以德",也注重"官人以才"。这就需要形成一整套全新的考察和选拔人才的理论和标准。

二、《大戴礼记·文王官人》和《逸周书·官人解》反映春秋后期的人才观和官人思想

《大戴礼记·文王官人》中的许多官人制度和考察人才的思想就是在这样的时代大背景下产生的。《尚书·周书·立政》是现存最早的记载官人制度的文献。《立政》中,周公通过对夏商先王官人制度的总结,得出了"克用三宅三俊"的官人思想。其文古奥,对官人思想的讨论很简略。《大戴礼记·文王官人》假托为文王与太公对官人方法的讨论,其实主要反映的是春秋战国之际新的官人思想和人才观念。《文王官人》中的大部分思想是世卿世禄的官人制度被打破之后,出现的全新的人才观念。其主要表现在:早期的人才选拔对象主要是上层贵族,教育专属于贵族,是王官之学,平民无权接受良好的教育。而《文王官人》反映的人才选拔范围广泛,并无贵族平民之分。而且选拔人才的类型丰富多样,不拘一格。世袭、分封、宗法体制下的贵族教育侧重于按部就班的贵族接班人的培养,教育内容是传统的六艺:礼、乐、射、御、书、数。

其突出的是人才培养过程,至于培养的结果如何,并不影响其世袭的爵禄。而《文王官人》直接以人才综合素质和所具备的能力为任职选官的依据。不具备某种才能,就会被排除在外。贵族教育的目的主要是治国理政和继承祖业,而《文王官人》要求的人才除了能够治国理政之外,还要救亡图存,扶危济困,重振社会秩序,要能经受得住更严峻的考验。这也是春秋战国之际动荡的社会现状对人才的现实召唤。所以从教育的本质来说,传统的贵族教育是"要我学",而《文王官人》的要求必然是"我要学"。其激发出的是人的自主意识和主动精神。人的主体意识的觉醒正是春秋战国之际的时代主旋律。传统贵族教育选拔人才注重德行,《文王官人》选拔人才要求德才兼备。所以《文王官人》反映的正是春秋战国之际的人才观念和官人思想。但是应该指出的是,其中的一部分官人思想来源较早,可能有文王或周公官人思想的遗存。"由于它是在比较长的历史时期不断增补形成的,所以存在着分类不纯、前后抵牾、互相交叉等问题。"①但是其中的大部分观人思想则反映了春秋后期的新观念。《逸周书》中也有一篇《官人解》,内容与《文王官人》基本相同,只是交谈的双方是周公与成王。据考证,《官人解》在《逸周书》中属于"礼书"类,礼书大多作于公元前 400 年前后。② 但是其中反映的官人思想和考察人才的思想应该在春秋晚期就已经流行起来了。从一种思想的产生到形成规范和体系并被录入文献,应该是经过了一段时间的。

《文王官人》通过观诚、考志、视中、观色、观隐、揆德六种方法进行人才考察。《逸周书》用以观人的六种方法分别为观诚、考言、视声、观色、观隐、揆德。《文王官人》在"六征"之外,还论及"九用""七属"等内容,是首段"论用有征"的具体落实。即六征是对人进行的分析考察,"九用""七属"是对各种人才的具体利用,不同的职位可以选择不同类型的人才。相比较而言,《文王官人》更为全面。所以黄怀信认为,《官人解》是节录《文王官人》而来的③。从两者的区别来看,《官人解》缺少

---

① 伏俊琏:《人物志译注》,上海古籍出版社 2008 年版,前言第 12 页。
② 罗家湘:《逸周书研究》,上海古籍出版社 2006 年版,第 49~50 页。
③ 黄怀信:《〈逸周书〉源流考辨》,西北大学出版社 1992 年版,第 118 页。

《文王官人》的"九用""七属"等内容。而这"九用""七属"的内容看起来似乎有点陈旧。尤其是"七属"具体讲对人才的使用,但其中的用人观念仍然是宗法制和世官世禄的思想。这种思想已经与春秋末年的官人思想相去甚远。春秋末年,世官世禄的用人思想已经普遍受到了排斥,而"七属"的用人观念是:诸侯国要利用地位高的人,乡邑要任用能干事的人,官府就任用领导的长官,大学就任用师儒,家族任用宗亲,家庭任用家主,老师就任用贤德。这些官人用人思想具有明显的宗法色彩和世官世禄观念。所以我们推断,这两部分被《官人解》砍掉的内容可能是传统的官人思想,其来源甚早。而《官人解》之所以砍掉这部分内容,正说明其已经不合时宜。由此还可以进一步推断,《官人解》中的官人思想是春秋时代新思想的体现。盛行于春秋时期的阐释学一方面注重于对传统观念的再诠释,另一方面注重提出和阐发新思想。《逸周书》中的许多篇章具有浓厚的阐释学色彩,其反映在文体形式上就是篇名后的"解"字。这个"解"字就意味着新的观念的提出或者阐发。而《大戴礼记》是西汉宣帝时期的戴德编辑整理的。这样《大戴礼记·文王官人》和《逸周书·官人解》之间的关系存在着这样两重可能性:一是先秦时期很早就有《文王官人》的流传,但内容并不与今本《文王官人》同,春秋末年出现了新的官人思想,后来集结成《官人解》被《逸周书》收录,这也是《官人解》篇名不冠以"文王"二字的原因。后来在流传中,人们将原有的《文王官人》与《官人解》融合,最后发展为今本《文王官人》的形态,所以《文王官人》中的一部分与《官人解》重合,另外多出的是旧有的官人思想。二是旧有的《文王官人》在流传中不断吸收新的官人思想,尤其是吸收了春秋后期的观人新思想。到了春秋末年已经形成与今本《文王官人》接近的文本,里面既有旧的官人思想,又有新的官人思想。到了战国初期,有人从《文王官人》中摘录出当时新的官人思想独立成篇,这就是今本《逸周书·官人解》。两种情况都有可能。但基本可以肯定的是,《文王官人》中的主体部分和《逸周书·官人解》反映了春秋末年到战国初期新的人才观和用人思想。也就是说,从春秋末到战国初期的确是形成了一整套的官人方法。由于《文王官人》中的主体内容与《逸周书·官人解》基本相同,内容虽然不太一致,但比较齐全。因此,下面我们对孔子人才思想与当时的观人思想的比较考察姑以《文王官人》为依据。

三、孔子的教育思想和教育方式将新的人才观念付诸实践

将新的人才思想真正落到实处的应该是孔子。或者说,孔子以自己的教育实践来满足时代对人才的新需求,孔子的教育思想和人才培养方式促进了人才新观念的明朗化和系统化。孔子除了建立儒家学派的思想体系之外,他的历史贡献还在于开启了一个文化的新纪元。其主要表现在:以开办私学的方式承接了下移的王官之学并且培养了一大批传统文化的继承人;对王官之学进行整理和改造,使其散发出新的活力;通过"有教无类"的思想彻底结束贵族对文化的垄断,使文化从权力的束缚中解脱出来。从此在社会上形成一个独立于政治权势的士阶层。士阶层以其所掌握的文化道统与掌握政治权力的势统相抗衡,并影响势统。这对文化的传播和发展无疑是意义重大的。"有教无类"观念的提出在先秦时代来说具有划时代意义的新思想。这一思想观念的背后隐藏着深刻的思想史变迁。这一变迁简单地说就是作为先秦思想史的核心观念之"德"的祛魅、分化、重组运动。早期的德作为一种能力和权威影响力的代称,其与神秘的天命、祖先的功绩、族群的特性、血统和权力爵位都有密切关系,虽然其中也包括个人的主观努力,但附加在其上的神秘因素和特权因素太浓厚,个人的主观努力总是被包裹其中。虽然周初的人文精神使天命神学色彩大为减弱,人的主观能动性大大明朗起来,但终究还是没有完全脱离神秘因素的干扰,而附加在德观念中的特权和阶级意识仍然很浓。直到孔子"有教无类"观念的提出,才使"德"不但彻底摆脱了神秘因素的束缚,而且也打破了德为贵族专有的局面。普通人只要肯努力修养,完全可以"成德",拥有与贵族一样安天下的能力。这时候的德逐渐被内化为人的精神品质和境界,作为一种影响力,是为"道德力","德"的主体和对象也逐渐普世化。德经过春秋时代的分化和酝酿,在孔子那里逐渐熔铸成为儒家的核心观念——仁,在儒家那里,思想发展的轨迹表现出了由"德"到"仁"的运动。于是孔子的思想集中于人的"成仁"功夫上,试图通过个人的成仁,实现"立

己立人""立己达人",通过仁的自我模塑和不断的外推,进而达到安天下的目的。孔子说:"苟正其身矣,於从政乎何有? 不能正其身,如正人何?"(《论语·子路》)儒家学派继承的是周文化的基本精神,其根本目的是被看作太上的"立德",立德的具体途径是"求仁"。在儒家这里,"立德"与"求仁""立人"其实是表里关系,是同一的。孔子的伟大之处在于他将成仁和成德的起点安放在"成人"上,从切实的、易于实践操作的自修功夫上做起。这样使得"成德"不再那么遥远、神秘。德成为亲切的普世化的人生价值之追求。每个人都可以根据自己的努力而领略成仁、成德之路上的不同层次的风景。闻道有先后,术业有专攻,不同禀赋的人通过自己的努力,即使不能成德,也可以立功或者立言,再退而求其次,能够通过修身,开辟出自己的人生境界,活出自己的人生价值也是"求仁""求德"过程中的很好回报。

所以孔子对于教育的贡献当放在广阔的思想史背景上来重估其价值。尽管孔子之后,形成了不同的学派,形成了一个个独立的文化群体,但以孔子为创始人的儒家学派无疑是当时社会的主要人才库。后来在社会政治中发挥巨大作用的主要是从儒家学派分化出来的人才。所以孔子对先秦士阶层的形成和各类人才群体的产生起了奠基作用。

四、《文王官人》的人才考察标准与《论语》中孔子育人思想的契合

我们再将《文王官人》中的人才思想与《论语》中的育人思想进行对比就会发现,《文王官人》与《论语》,一个是从统治者的角度制定的挑选人才的标准;一个讲的是民间文化群体的个人修养和人才养成方式。一个讲从哪些方面考察人的品行和才能,一个讲人才的养成过程,但其结果殊途同归。也就是说,《文王官人》中的人才观与孔子的人才培养目标基本吻合(当然,这也与《文王官人》是儒家后学整理写定有关)。

官人建立在对人才的识别和考察的基础之上。考察人才的方法主要是通过其言行举止和在一定情境中的表现,考察其内在品质和才性。通过其所列举的各种人才类型,可以看出《文王官人》衡量人才的标准虽然以重德为主,但也注重人的才性。如《文王官人》的"考志"和"视

中"二征大多数是谈人的才性的。"考志"条中的日益者、日损者、有质者、无质者、鄙心而假气者、有虑者、愚赣者、果敢者、弱志者、质静者、妒诬者、志治者、无为有者基本上是从人的才性方面来谈的。"视中"条中的华诞者、鄙戾者、宽柔者、智、勇等也是从才性方面来作的规定。

《文王官人》考察人才的标准与孔门弟子的多才多艺以及孔子的"因材施教"的教育观念是一致的。这些考察人的条目中大多数与《论语》中反映的孔子的教育思想相吻合。下面试就《论语》和《文王官人》中的有关条目做一比较。

	《文王官人》①	《论语》
观诚	富贵者观其礼施也,贫穷者观其有德守也,嬖宠者观其不骄奢也,隐约者观其不慑惧也。	子贡曰:"贫而无谄,富而无骄,何如?"子曰:"可也。未若贫而乐,富而好礼者也。" 子曰:"贫而无怨难,富而无骄易。" 子曰:"衣敝缊袍,与衣狐貉者立,而不耻者,其由也与?'不忮不求,何用不臧?'" 子曰:"君子固穷,小人穷斯滥矣。'
	其少观其恭敬好学而能弟也。父子之间观其孝慈也,兄弟之间观其和友也,君臣之间观其忠惠也,乡党之间观其信惮也。省其居处,观其义方;省其丧哀,观其贞良;省其出入,观其交友;省其交友,观其任廉。	子曰:"弟子,入则孝,出则悌,谨而信,泛爱众,而亲仁。行有馀力,则以学文。" 子曰:"出则事公卿,入则事父兄,丧事不敢不勉,不为酒困,何有于我哉?" 孔子与乡党,恂恂如也,似不能言者。 子食与有丧者之侧,未尝饱也。 子曰:"君子和而不同,小人同而不和。" 曾子曰:"君子以文会友,以友辅仁。"
	考之以观其信,挈之以观其知,示之难以观其勇。	子曰:"智者不惑,勇者不惧。"
考志("考言")	方与之言,以观其志。志殷如渊,其气宽以柔,其色俭而不谄,其礼先人,其言后人,见其所不足,曰日益者也。如临人以色,高人以气,贤人以言,防其不足,伐其所	子曰:"不知言,无以知人也。" 子曰:"论笃是与,君子者乎?色庄者乎?" 子曰:"君子耻其言而过其行。" 子曰:"其言之不怍,则为之也难。"

---

① [清]王聘珍:《大戴礼记解诂》,中华书局1983年版。

	《文王官人》	《论语》
	能,曰日损者也。其貌直而不侮,其言正而不私,不饰其美,不隐其恶,不防其过,曰有质者也。其貌固呕,其言工巧,饰其见物,务其小徵,以故自说,曰无质者也。 喜怒以物,而色不作;烦乱之,而志不营;深道以利,而心不移;临慑以威,而气不卑,曰平心而固守者也。喜怒以物而变易知,烦乱之而必不裕,示之以利而易移,临慑以威而易慑,曰鄙心而假气者也。 易移以言,存志不能守锢,已诺无断,曰弱志者也。 徵清而能发,度察而能尽,曰治志者也。	子曰:"三军可夺帅也,匹夫不可夺志也。" 子曰:"志士仁人,无求生以害仁,有杀生以成仁。" 曾子曰:"可以托六尺之孤,可以寄百里之命,临大节而不可夺也。君子人与? 君子人也。" 曾子曰:"士不可以不弘毅,任重而道远。仁以为己任,不亦重乎? 死而后已,不亦远乎?" 子曰:"笃信好学,守死善道。危邦不人,乱邦不居。天下有道则见,无道则隐。邦有道,贫且贱焉,耻也。邦无道,富且贵焉,耻也。"
视中 ("视声")	心气华诞者,其声流散;心气顺信者,其声顺节;心气鄙戾者,其声斯丑;心气宽柔者,其声温好。信气中易,义气时舒,智气简备,勇气壮直。	子温而厉,威而不猛,恭而安。 子曰:"狂而不直,侗而不愿,悾悾而信,吾不知之矣。" 子夏曰:"君子有三变:望之俨然,即之也温,听其言也厉。"
观色	诚智必有难尽之色,诚仁必有可尊之色,诚勇必有难慑之色,诚忠必有可亲之色,诚絜必有难污之色,诚静必有可信之色。 质色皓然固以安,伪色缦然乱以烦;虽欲故之中,色不听也,虽变可知;此之谓观色也。	子曰:"智者不惑,仁者不忧,勇者不惧。" 子曰:"若臧武仲之知,公绰之不欲,卞庄子之勇,冉求之艺,文之以礼乐,亦可以为成人矣。" 君子所贵乎道者三,动容貌,斯远暴慢矣;正颜色,斯近信矣;出辞气,斯远鄙倍矣。 子曰:"色厉而内荏,譬诸小人,其犹穿窬之盗也与?" 子夏问孝。子曰:"色难。有事,弟子服其劳;有酒食,先生馔,曾是以为孝乎?" 子曰:"君子坦荡荡,小人长戚戚。"

	《文王官人》	《论语》
观隐	小施而好大得……如此者隐于仁质也。推前恶，忠府知物焉；……如是者隐于知理者也。素动人以言，涉物而不终，……如此者隐于文艺者也。廉言以为气，骄厉以为勇……如此者隐于廉勇者也。自事其亲，好以告人……如此者隐于忠孝者也。阴行以取名，比周以相誉……如此者隐于交友者也。	子曰："知之为知之，不知为不知，是知也。" 子曰："吾之与人也，谁毁谁誉？如有所誉者，其有所试也。" 子曰："君子不重，则不威；学则不固。主忠信，无友不如己者。过则勿惮改。" 子夏曰："小人之过也必文。" 曰："赐也亦有恶乎？""恶徼以为知者，恶不孙以为勇者，恶讦以为直者。" 子曰："乡原，德之贼也。"
揆德	其言甚忠，其行甚平，其志无私，施不在多，静而寡类，庄而安人，曰有仁心者也。	子曰："刚、毅、木、讷近仁。" 子张问仁于孔子。孔子曰："能行五者于天下，为仁矣。""请问之。"曰："恭宽信敏惠，恭则不侮，宽则得众，信则人任焉，敏则有功，惠则足以使人。"
	少言如行，恭俭以让，有知而不伐，有施而不置，曰慎谦良者也。微忽之言久而可复，幽闲之行独而不克，行其亡如其存。曰顺信者也。贵富虽尊，恭俭而能施；众强严威，有礼而不骄，曰有德者也。置方而不毁，廉絜而不戾，立强而无私，曰经正者也。	子贡曰："君子亦有恶乎！"子曰："有恶：恶称人之恶者，恶居下流而上者，恶勇而不礼者，恶果敢而窒者。" 子曰："君子泰而不骄，小人骄而不泰。" 子曰："古者民有三疾，今也或是之亡也。古之狂也肆，今之狂也荡；古之矜也廉，今之矜也忿戾；古之愚也直，今之愚也诈而已矣。"
	合志如同方，共其忧而任其难，行忠信而不相疑，迷隐远而不相舍。曰至友者也。	子贡问友，子曰："忠告而善道之，不可则止，无自辱焉。" 曾子曰："君子以文会友，以友辅仁。" 孔子曰："益者三友，损者三友。友直，友谅，友多闻，益矣。友便辟，友善柔，友便佞，损矣。"

《文王官人》	《论语》
心色辞气,其人人甚俞,进退工,故其与人甚巧,其就甚速,其叛人甚易。曰位志者也。饮食以亲,货贿以交,接利以合,故得望誉征利,而依隐於物,曰贪鄙者也。质不断,辞不至;少其所不足,谋而不已,曰伪诈者也。言行亟变,从容谬易,好恶无常,行身不类。曰无诚志者也。	子张问于孔子曰:"何如斯可以从政矣?"子曰:"尊五美,屏四恶,斯可以从政矣。"子张曰:"何谓五美?"子曰:"君子惠而不费,劳而不怨,欲而不贪,泰而不骄,威而不猛。"子曰:"巧言令色,鲜矣仁。"

　　综上所述,《文王官人》之六征中,观诚是考察人才的一个总纲目,是对人才的总要求。考志、视中、观色三征则分别是从语言、声气、颜色三方面进行由外到内的考察人的方法。考志,虽然最终考察的是人的"志向",但主要是通过语言来进行判断,故又作"考言",即从言语来考察人的志向。"视中"是从人的声气来考察人的内在素质。故又作"视声"。"观色"是从人面对各种情境时显露出的颜色来考察人的内在品质。"观隐"则是对一些人用各种方式进行的伪装进行揭露,提醒观人者要透过现象看本质,切不可被伪善者蒙蔽。"揆德"则是从人的言行举止等各方面对人进行的综合考察,是力图通过各种方式和细致的、长时间的考察之后,对人的各种德行进行的准确判断。这又是一个综合性的纲目性的条目,与观诚互相呼应并相互补充。

　　《文王官人》考察人才的方法与《论语》有许多对应的地方。如孔子主张有教无类,广收门徒,这是破除世官世禄思想的表现;《文王官人》着眼于人才本身的才能,不考虑出身、爵位、血统,不拘一格选拔人才,这也是破除世官世禄思想的表现;孔子序门人以为四科,泛论众材以辨三等,主张因材施教,《文王官人》更重视人才的多样性和丰富性;孔子"仁"学观念的提出,通过确立人的自主性开拓人内在的不同层次的精神境界。《文王官人》考察人才,要求人才要有坚定的内在素质,能经得起严峻的考验,这些素质没有超强的自主精神是无从谈起的,这样的素质必然要求"诚(仁)在其中"。另外,《文王官人》从人的言行举止各方面对人进行综合考察,考察的主要标准是仁、智、勇、忠信、廉直、慈惠、孝友、庄重、守礼、有志、深谋远虑、好学上进等品质，而反对懦弱无断、表里不一、华而不实、巧言令色、伪诈贪鄙，等等。这些标准和精神品质与《论语》中孔子的人才培养目标基本一致。《庄子·列御寇》甚至将一些在《文王官人》中出现的"观人"之法直接冠于孔子名下：

> 孔子曰："凡人心险于山川，难于知天。天犹有春秋冬夏旦暮之期，人者厚貌深情。故有貌愿而益，有长若不肖，有顺懁而达，有坚而缦，有缓而悍。故其就义若渴者，其去义若热。故君子远使之而观其忠，近使之而观其敬，烦使之而观其能，卒然问焉而观其知，急与之期而观其信，委之以财而观其仁，告之以危而观其节，醉之以酒而观其侧，杂之以处而观其色。九征至，不肖人得矣。"

虽然《文王官人》中提出的系统的官人法并不见得就直接出自孔子，但孔子的教育思想与《文王官人》的确有相互影响和对应之处。孔子的教育思想对当时的人才观和官人思想产生了巨大影响，其与当时社会对人才的需求相一致。《逸周书·官人解》和《大戴礼记·文王官人》则是从官方的用人角度对人才提出的总要求，其与孔子的教育思想互相呼应。可以说，孔子的教育思想和教育实践开启了中国人才观念和人才培养的新纪元。

到了战国时期，各学派围绕各自的学术思想纷纷提出自己的官人方法。如《六韬·六守》篇提出选拔人才的六条标准是仁、义、忠、信、勇、谋。并进一步说明运用富之、贵之、付之、使之、危之、事之等六种手段来考察，就能够知道其是否符合这六条标准。选拔人才时使用的这六种方法和手段其实就是一种情境考验法。其说如下：

> 文王问太公曰："君国主民者，其所以失之者何也？"太公曰："不慎所与也。人君有六守、三宝。"文王曰："六守何也？"太公曰："一曰仁，二曰义，三曰忠，四曰信，五曰勇，六曰谋，是谓六守。"文王曰："慎择六守者何？"太公曰："富之，而观其无犯；贵之，而观其无骄；付之，而观其无转；使之，而观其无隐；

危之，而观其无恐；事之，而观其无穷。富之而不犯者，仁也；贵之而不骄者，义也；付之而不转者，忠也；使之而不隐者，信也；危之而不恐者，勇也；事之而不穷者，谋也。人君无以三宝借人，借人则君失其威。"①

这种观人法就是将人放在具有一定挑战性的情境中，以反观其变，进而识鉴其能力和品行。《鹖冠子·道端》也提出通过预设情境来判断人的品行修养的情境检验法：

富者观其所予，足以知仁；贵者观其所举，足以知忠；观其大桦，长不让少，贵不让贱，足以知礼达；观其所不行，足以知义；受官任治，观其去就，足以知智；迫之不惧，足以知勇；口利辞巧，足以知辩；使之不隐，足以知信；贫者观其所不取，足以知廉；贱者观其所不为，足以知贤；测深观天，足以知圣。②

此说与《六韬·六守》的方法相似，皆可以概括为情境检验法。《吕览·论人》则又提出著名的八观六验和察六戚四隐之法。

凡论人，通则观其所礼，贵则观其所进，富则观其所养，听则观其所行，止则观其所好，习则观其所言，穷则观其所不受，贱则观其所不为。喜之以验其守，乐之以验其僻，怒之以验其节，惧之以验其特，哀之以验其人，苦之以验其志。八观六验，此贤主之所以论人也。论人者，又必以六戚四隐。何谓六戚？父、母、兄、弟、妻、子。何为四隐？交友、故旧、邑里、门郭。内则用六戚四隐，外则用八观六验，人之情伪、贪鄙、美恶无所失矣。譬之若逃雨污，无之而非是。此先圣王之所以知人也。③

---

① 《六韬》，文渊阁四库全书本。
② 黄怀信：《鹖冠子汇校集注》，中华书局 2004 年版，第 104～106 页。
③ 《吕氏春秋》高诱注，《诸子集成》本，中华书局 2006 年版，第 30～30 页。

将这些方法与《文王官人》进行比较，就会发现战国时代诸子著作中出现的官人之法与《文王官人》也有许多相似之处。其受孔子和《文王官人》人才观念的影响十分明显。可以说孔子的人才观和教育思想开启了中国人才思想的新纪元。后世的人才观和观人方法都深受其影响。

总之，孔子的教育思想对当时的"官人"思想产生了巨大影响，同时也对魏晋时期刘邵的《人物志》这一系统的官人著作的出现产生了深远影响。刘劭在其《人物志·自序》中极为推崇孔子对知人、官人理论建设的贡献。他说："是故仲尼不试，无所援升，犹序门人以为四科，泛论众材以辨三等。又叹中庸，以殊圣人之德。尚德以劝庶几之论。训六弊以戒偏材之失。思狂狷以逸拘抗之材。疾悾悾而无信，以明为似之难保。又曰察其所安，观其所由，以知居止之行。人物之察也，如此其详。"①从孔子教育思想对"官人"思想的影响来看，刘劭的推崇并非没有道理。

---

① 伏俊琏：《人物志译注》，上海古籍出版社 2008 年版，第 4 页。

试论王符《潜夫论》的文学思想

徐克瑜

（陇东学院）

东汉著名思想家王符,以《潜夫论》著称于世。学术界对这部著作的研究,多集中在对其哲学思想与社会批判价值的探讨。而《潜夫论》所收三十六篇文章,其实还是极其优美的政论性散文。作为杰出的政论散文,除了它的政论性、批判性、说理性与思辨性之外,其文学性与审美价值在研究界显然被长期忽略了。清代文论家刘熙载在《艺概·文概》中说:"王充、王符、仲长统,皆东京之矫矫者。分按之:大抵《论衡》创奇,略近《淮南》;《潜夫》醇厚,略近董广川;《昌言》俊发,略近贾长沙。"①《四库全书总目》中也说:"所说多切汉末弊政,洞悉政体似《昌言》,而明切过之;辨别是非似《论衡》,而醇正过之。"实际上,这些文章除了具有一般政论文"指讦时短,讨谪物情"②的特征外,在美学风格上还表现出宏博典雅、醇厚和婉、简洁明切、情理兼胜、骈散杂糅的特征。袁行霈主编的《中国文学史》(第一卷)中说:"《潜夫论》一书的文字皆朴实无华,准确简练。书中虽不时显露批判的锋芒,但以温雅弘博见长,不为卓绝诡激之论,和王充的《论衡》稍有不同。王充、王符以及后来的仲长统,并称东汉政论散文三大家,而又各有自己的特点。"③

本文拟从两个方面对王符《潜夫论》的文学史地位与文学思想做探讨。

一、中国古代散文史视野中的王符的政论散文

张喻虎先生在《中国政论文学史稿》中将《潜夫论》单列一章,从思

---

① ［清］刘熙载:《艺概·文概》,上海古籍出版社 1978 年版,第 16 页。
② ［南朝宋］范晔:《后汉书》,北京中华书局 1965 年版,第 1360 页。
③ 袁行霈主编:《中国文学史》(第一卷),高等教育出版社 2005 年版,第 222 页。

想内容、文学风格做了一些论述；而众多的文学史则惜墨如金，简略带过。从文体风格来说，《潜夫论》属于政论文学。所谓政论文学，其基本的标志就是政论性和文学性的高度统一。张喻虎先生说："政论文学是政论之父与文学之母相结合而诞育的一种独特品类。在古代，各种学术性议论文章，概属文学之列，政论文亦不例外。在现代，被称为政论文学，则不同于一般的政论文，而是具有不同程度的文学属性，或者是富于文采；同时又不同于主要以形象反映生活的或抒情、写景之类的'纯文学'作品，而是具有论证的实质内容与政论的战斗锋芒，包含有鲜明的政治倾向性及说理、陈述、议论、争辩、批判、评价等因素。简言之，政论文学的基本特征，就是政论与文学的结合，也就是政论的内容与文学的形式之统一体。"[1]笔者以为，研究王符的散文，应把它放到中国古代散文史的大视野中进行整体观照。在中国古代文学意识未确立之前，文学文本常融抒情、记事、说理诸功能于一体，"文章"这个概念并不清晰，文史哲不分、情景事理交融一体成为诸多文本的共同特征。在先秦两汉文学发展过程中，所谓"散文"是一个经历了从文本语言形式"散"之特征渐趋发展成为一个独立文学体式的过程。就是说，从语言修辞意义上的长短不拘、灵活变动，发展成为区别于诗、赋的文章专门文本创作体式。从具体作品看，从诸如《春秋》《国语》等发展成《左传》《史记》《汉书》等鸿篇巨制"史传散文"，从《论语》发展演变到《老子》《庄子》《孟子》《荀子》《墨子》《韩非子》等"诸子散文"。但在它们之外，尚有另一类散文——政论散文的存在。它与史传和诸子散文相行并立，甚至从范围意义上来讲，它与这两者之间存在一定的重合性。以今观古，这类散文不能视为严格意义上的文学散文，但在文学发展演变的早期，它们作为一种类型文学的存在是不争的历史事实；并在文学观念独立之后，它们仍然存在，成为文人士大夫思考现实和表达经世情怀的重要方式和文字载体。在散文发展的漫长进程中，被人们称之为散文的并非仅仅局限于写景抒情、体物达兴的所谓"文学散文"。"散文史上的实际情形是，人们把政论、史论、传记、墓志以及个体论说杂文统统包罗在

---

① 张喻虎：《中国政论文学史稿》，武汉出版社 1992 年版，第 2 页。

内。"①笔者以为,从广义而言,无论抒情性、记叙性还是议论性散文,究其实它们都是在"抒情",就是说,它们都是在表达作者对现实社会的看法和对人生的思考,只是表达感受的对象和方式各有不同;同时,抒情、记叙和议论说理诸因素在散文文本中也并非相互冲突而实际可以并存,相对地只是某种因素更突出而已。毫无疑问,政论散文属于议论性散文。政论散文既有作者对现实问题的独立思考,同时又寄寓着深厚的思想感情。贾谊在《新书·数宁》中说:"臣窃惟时势,可为痛惜者一,可为流涕者二,可为长太息者六。"②考论反思历史带有这种强烈深沉的情思,颇具感染力。尽管这是反思历史的感受,但这种情绪很自然地会被带到文章创作中去。所以,读贾谊的《新书》,我们既能够被文章中的通畅排奡的气势所折服,同时也能够被其充沛情感力量所感动。这便是政论散文的魅力,具有独特的审美风貌。

政论散文在汉代文学发展中更是占有很大比重,陆贾、贾谊、晁错等肇始,王充、王符、仲长统、崔寔等人殿其后,他们的创作及其思想成为战国百家争鸣之后新的"子学"。从汉代散文与后代文学发展和作家偏好上来看,政论散文也是后人推崇模拟的重要对象,明七子派的"文必秦汉"即一例。因此,政论散文理应成为自立一脉,具有一己之体式特征、文本风貌与审美形式的文学样式。从这个意义上来讲,政论文学这一体类仍是需考量和挖掘的文学体式。但遍观当下诸多文学史教材,对于这类作品,在论述上大抵存在两方面不足:一是并没有专门论文进行综合性研究;二是散见的分析文字大多言简意赅,篇幅十分有限。文学史的撰写角度多止于内容介绍和作者思想的阐释,至于对文学性考察则很少。所以,将它们从文学史长河中抽离出来放到中国古代散文历史的语境中做具体考察是必要的,也是可行的。作为汉代文学史中散文代表作的《潜夫论》同样具有可资考察的文学元素,这是将其视为政论"文学"的重要原因。既然王符《潜夫论》是一种具有文学性与审美性的政论性散文,那么,我们就可以从它的文学主张与文本审美风格两个方面来考察其文学思想与主张。

---

① 郭预衡:《中国散文史》(上册),上海古籍出版社1986年版,第1页。

② 阎振益、钟夏:《新书校注》,北京中华书局2007年版,第29页。

二、王符的文学思想

在文学思想上,王符主张文章应载"教训",要"遂道术而崇德义",批评当时学者"好语虚无之事,争著雕丽之文,以求见异于世"(《务本》);认为诗赋应"颂善丑之德,泄哀乐之情",要"温雅以广文,兴喻以尽意"(《务本》),他批评"今赋颂之徒,苟为饶辩屈塞之辞,竞陈诬罔无然之事,以索见怪于世"(《务本》)。而《潜夫论》的创作也基本上实践了这一文学思想与主张。严格地说,王符并不是以文学作品为目标来进行创作的,而《潜夫论》也并不是严格意义上的文学作品。但这并不妨碍这样一个事实,就是《潜夫论》本身具有一定的文学性,而同时作者的文学观念或思想投射在其中。笔者认为,研究古代文学有两条基本的思路或线索:一是文学理论,二是文学的理论。因此,考察作者的文学观念或文学思想的切入点至少也有两个方面:一是作者明确的文学思想与主张,最能直接体现其文学观念(文学理论);一是作品文本自身呈现出来的文学与审美风貌,较为间接地体现出作者的文学思想和审美追求(文学的理论)。也就是说,我们将从王符《潜夫论》的"文学主张"与"文学审美实践"这两者结合的角度对王符的文学思想做具体考察与论述。

王符的文学思想与主张主要集中体现在《潜夫论·务本篇》中:

> 夫教训者,所以遂道术而崇德义也。今学问之士,好语虚无之事,争著雕丽之文,以求见异于世,品人鲜识,从而高之,此伤道德之实,而或蒙夫之大者也。诗赋者,所以颂善丑之德,泄哀乐之情也,故温雅以广文,兴喻以尽意。今赋颂之徒,苟为饶辩屈塞之辞,竞陈诬罔无然之事,以索见怪于世,愚夫慧士,从而奇之,此悖孩童之思,而长不诚之言者也。

通过对上述文字的细读,我们不难发现王符的文学思想与主张有如下几点。

（一）实用的文学观

实用的文学观是从文学的社会功能与现实价值的角度来界定文学的性质及其意义的，强调文学是社会道德伦理教化的一种工具与手段。在古代文学史上，"教化说"与"实用说"一直伴随着文学的发展，成为中国古代文学理论尤其是儒家文学理论的主流。孔子认为"诗可以兴观群怨"；《毛诗序》则认为"正得失，动天地，感鬼神，莫近于诗；先王以是经夫妇、成孝敬、厚人伦、美教化、移风俗，莫善乎诗"①；后来柳宗元的"文以明道"、韩愈的"文以载道"更把这一文学观念推向高峰。这种讲求功利实用的文学观念、创作主张与社会风气在汉代颇为盛行，在汉末社会批判思潮中尤盛，王符也受这种文学观念的影响。王符在《潜夫论》中认为文学是弘扬道德、宣泄人情的，所以，文学的语言风格应当是温柔敦厚与温文尔雅的，在手法上应当广泛取喻以尽其意，即通过生动鲜明的艺术形象与具体的比喻来表情达意，这种提法实质和"立象以尽意"是一脉相承的。王符认为，诗赋是被用来"颂善丑之德，泄哀乐之情"的，而温雅广文风格和兴喻尽意手段则能够更好地实现这一目标。在王符看来，这是诗赋应有的本然风貌和功能。但当时的创作风气却背离了这一标准，"苟为饶辩屈塞之辞，竞陈诬罔无然之事，以索见怪于世"（《务本》），以传奇写怪为旨趣，博人兴致，最终失去了劝谕讽教与道德教化的社会功用。不难看出，这里其实涉及文学是为求奇求怪求异的娱乐服务还是为道德教化服务的问题，显然，王符是站在文学教化的立场上来立论的。

（二）以文传情的文学观

《易·系辞下》中有"圣人之情见乎辞"，《易》认为圣人的喜怒哀乐可以通过言辞表现出来，而王符则认为"人之情皆见乎辞"。王符在《潜夫论·述赦》中说："故诸言不当赦者，非修身慎行，则必忧哀谨慎而嫉毒奸恶者也。诸利数赦者，非不迷政务，则必内怀隐忧有愿为者也。"这段话的本义是说那些主张人赦的人和反对人赦的人，都是出于内心有

---

① 郭绍虞主编：《中国历代文论选》第一册，上海古籍出版社1979年版，第17页。

不同的愿望情感而表达了不同的政治主张,而这些情感都表现在他们的话语上。但如果将这种主张上升到文艺理论的高度,那么就可以理解为这样两层含义:一是不单圣人的"情"可以通过言辞表达出来,就是普通人的喜怒哀乐等自然之情也都可以在文学作品中表现出来;二是文学作品创作不再是圣人的专利,普通民众也可以通过艺术的创作来表达自己喜怒哀乐之感情。显然,王符在这里将"圣人"变成了"一般的人",这个"人"有了更为广泛而普遍的意义,它不仅包括圣人、贤人、君子,而且也包括小人、野人等更加广泛意义上的普通的抒情主体。可见小小的一字之差,在文学的观念上就表现出了极大的进步。将文学从圣人的狭隘圈子中解放出来,变为任何个体都可以借以立言或者安身立命的东西了。王符明确提出:"诗赋者,所以颂善丑之德,泄哀乐之情也,故温雅以广文,举喻以尽意。"(《务本》)作为文学的诗赋不仅应当有助于道德教化,而且也是宣泄人类的喜怒哀乐之情的。文学不仅是感情的载体,而且正是由于作者内心不可抑制的情感喷发,才产生了动人心魂的文学艺术。因此,王符在《潜夫论·叙录》里面说:"夫生于当世,贵能成大功,太上有立德,其下有立言。阘茸而不才,无器能当官,夫尝服斯役,无所效其勋。中心时有感,援笔纪数文,字以缀余情,才令不忽忘"。"字以缀余情"这句话很好地说明了王符"文由情发"的文学主张。王符《潜夫论》的创作正是由于他不能立德,也不能立功,就只能立言了。范晔在《后汉书》中也说:"符独耿介不同于俗,以此不得升进。志意蕴愤,乃隐居著书三十余篇,以讥当时失得,不欲显彰其名,故号曰《潜夫论》。"由此可见,王符《潜夫论》的创作不仅是"发愤抒情"的产物,也是王符"以文传情"文学观念的最好注脚与具体的审美实践。

(三)反对虚构,讲求质实的文学观

王符认为,夸饰和雄辩之文是不足取的,对于文学作品中过分超奇的想象、传奇志怪等内容表示异议与反对,认为这在道德上是一种虚夸与不诚实的表现。因此,他在《务本》篇中说:"教训者,以道义为本,以巧辩为末;语辞者,以信顺为本,以瑰丽为末。"强调在内容和形式上一定要分清主次、轻重与本末,要重本轻末,这种文学主张显然与儒家孔子"辞达而已也"的文学观是一致的。王符反对"语虚无之事",强调内容的真实可信。事实上,这是要求笔端触及现实社会,描写与表现社会风习和现实的社会生活,因而带有强烈现实主义精神特点与创作倾向。在内容上,王符主张文章不能"伤道德之实",反对"品评人伦""从而高之"而"标新立异"的态度。这与他对当时以门第相高而交游、引荐的不正之风之强烈批判的态度是相一致的。在汉代文化学术环境中,这种讲求质实的创作主张与态度并非王符所独有。王充在《论衡》中就对前人和时人好语"虚无"与乐于"增饰"的行为作了集中的批判,王符这种反对学问之士好语虚无之事的态度与王充"嫉虚妄"的批判精神在内在旨趣上相一致。以这种创作主张、态度与标准来评价文学作品,自然是主张质实,反对虚构。王符在《务本》篇中说:"雕丽之文,以求见异于世,品人鲜识,从而高之,此伤道德之实,而或蒙夫之大者也。诗赋者,所以颂善丑之德,泄哀乐之情也,故温雅以广文,兴喻以尽意。今赋颂之徒,苟为饶辩屈蹇之辞,竞陈诬罔无然之事,以索见怪于世,愚夫钟士,从而奇之,此悖孩童之思,而长不诚之言者也。"这段文字集中体现了王符反对虚构,讲究质实的文学观。需要指出的是,王符这种"反对虚构,讲求质实"的文学观并非反对文学的想象与虚构,而是反对那种离开现实的社会生活一味求奇求怪的"诬罔无然之事"与"饶辩屈蹇之辞"的文学创作主张与不良创作风气。

(四) 提倡一种朴茂的文辞与文风

"辞语者,以信顺为本,以诡丽为末"这一观点虽然是就"辞语"而发,并非专论文学。但文学是语言的艺术,从辞语乃文学构成之形式要素来说,王符对辞语的认识也直接体现了他对文学语言的认识即他的文学语言观。所以,王符认为诡辞丽语为辞语之末事,这是王符所极力反对的。而信顺之辞,内容信实,合于大道。因此,在王符看来,由辞语构成的文学,其内容自然以平实、信顺与通达为本,反对华丽不实。在这种文学观念影响下创作的《潜夫论》在内容与形式上呈现出一种平实、通达、朴茂与自然的风格。王符这种对朴茂文辞与文风的审美追求,与儒家传统的"辞达而已"的文学语言观是相通的,不追求绚丽多彩的文辞,力求表达的准确与文风的质朴。只要有补于时代道德与教化,就是在艺术上有不足也无足紧要。对于学问之士争著"雕丽之文"的行为,王符是反对的。"雕丽之文"因外在形式的华美,内容易被遮蔽。根据王符的本末观,在创作方面,显然要表达的内容是本,外在的语言呈现形式属末。仔细阅读《潜夫论》中的文章,笔者发现王符确实将这种创作理念落实到了具体的创作实践中,《潜夫论》文风朴茂、语言简净,即便是带有铺叙特点的文字,也给人以凝练的印象。也就是说,纯正诚实的内容和朴茂语言风格相结合,不仅是王符的一个重要的文学观念,也是《潜夫论》文本语言审美风格的一个重要特点。

三、结　语

综上所述,实用的文学观,以文传情的文学观,反对虚构、讲求质实的文学观,提倡一种朴茂的文辞与文风,构成了王符比较清晰的文学思想,而《潜夫论》一书则很好地实践了这一主张。也就是说,在《潜夫论》中,王符的文学理论主张与创作实践达到了惊人的一致。

本文所引《潜夫论》原文,皆出于[清]王继培笺,彭铎校正:《潜夫论笺校正》,北京中华书局1985年版。

"山水"——古代文士"体道"的媒介

（陇东学院）

综观中国古代文化史，无论是儒家、道家，还是外来的佛家，在古代文士对其接受、阐释的过程中，"山水"往往为其体道的共同"媒介"。历代文士留下的大量描写体道过程的文学作品、文献即可为证。

山水之美在先秦典籍及文学作品中就已出现。至魏晋，对山水之美的观照有了质的飞跃。文士常常把山水之美与其生活、理想相结合，山水成为他们生活与艺术的理想栖居之地。自然，是客观存在，本无所谓美丑。正如马克思和恩格斯所说："自然界起初是作为一种完全异己的、有无限威力的和不可制服的力量与人们对立的，人们对它的关系完全像动物同它的关系一样，人们就像牲畜一样服从它的权力，因而，这是对自然界的一种纯粹动物式的意识。"①人和自然，起先是人以自身的活动引起自然的某些变化来满足人类物质生活的需要。所以，是实用关系，物质世界的一草一木，都有人类"劳动的痕迹"。但是，经过了漫长的历史过程，自然渐渐变成了人类的审美对象。也就是说"且天地之生是山水也，其幽远奇险，天地亦不能一一自剖其妙，自有此人之耳目手足一历之，而山水之妙始泄"②。

美，不是一种物质属性，不是天生地存在于自然物中，因此，并不是任何人都能欣赏自然之美。正如蒋孔阳先生言："只有当人类的劳动向前发展，劳动有了剩余，人类开始从自然的束缚中解放出来，开始在自然的面前展开人的本质力量，展开人的自由的个性，这时，人才离开实用的观点，用审美的观点来看待自然，专门欣赏自然的美。"③这样，只

---

① ［德］马克思、［德］恩格斯：《德意志意识形态》，人民出版社1961年版，第25页。
② ［清］叶燮：《原诗》，王夫之等：《清诗话》，上海古籍出版社1982年版，第607页。
③ 蒋孔阳：《浅论自然美》，伍蠡甫：《山水与美学》，上海文艺出版社1985年版，第14页。

有那些具备了审美条件的主体，又有审美心理预设的文化人，才"具有比较独立的自我意识，能够以自由的态度对待自然，因而他们能够在自然中找到回响"①。而在古代中国，自然之美的最初发现者，主要是"文士"这个特殊阶层。他们借山水自然抒发情志，以山水自然明理体道。在他们眼里，原野的荒草，是迎风起舞的"萋萋芳草"，而不是牛羊的食物；水边的修竹，是孤傲不群的君子的象征，而不是可做器物的材料。

一、儒家以"比德"山水体道

西方主流哲学否定情感，而中国哲学是"情感型"哲学。道家重视自然情感，儒家重视道德情感，更是典型的性情形而上学。在儒家哲学里，无论是安身处世、守家立业，还是自身的道德修养，性情渗透于人生实践的各个层面。离开性情，就无法认知中国的文化和社会。孔子站在河边，看见滚滚而去的河水曰："逝者如斯夫！不舍昼夜。"(《论语·子罕》)他感叹一去不复返的时光，就如这东流之水，日日夜夜不停歇地流去，再也不会返回。孔子亦曰："知者乐水，仁者乐山。"(《论语·雍也》)他认为山可以使草木生长、鸟兽繁衍，给人带来利益而无所求。故，仁者喜欢"比德"于山。同样，水，滋润万物而无所私，似德；它所到之处给万物带来生机，似仁；它高低缓急皆循其理，似义；它奔涌千里，势不可挡，似勇；它浅可浮流，深者难测，似智。可见，山水体现着仁者、智者的美好德性。董仲舒《春秋繁露·山川颂》继承了孔子的观点："山则苁嵸崔崣，摧嵬巍巍，久不崩陁，似夫仁人志士……""水则源泉混混沄沄，昼夜不竭……赴千仞之壑，入而不疑，既似勇者。"②荀子也以自然之物喻理："兰槐之根是为芷，其渐之滫，君子不近，庶人不服。"(《劝学篇》)"山水"意象出现于文学作品，早在《诗经》和《楚辞》中就有，但只是作为生活的衬景和比兴的媒介。而山水"比德"观的出现，标志着人类对自然美的欣赏，已由物质功利性转向精神功利性了。

---

① 蒋孔阳：《浅论自然美》，伍蠡甫：《山水与美学》，上海文艺出版社 1985 年版，第14 页。

② 苏舆撰，钟哲点校：《春秋繁露义证》，中华书局 1992 年版，第 423～425 页。

二、道家以自然山水喻道

道家思想从自然之道出发，贵自然，尚朴真。庄子曰："朴素而天下莫能与之争美。"（《庄子·天道》）朴素之美就是未经人工雕饰的天然之美，而大自然的山水云壑即天地造化的杰作，自然之美的极致。

《老子》以自然物象述理体道的不多，但也说过"上善若水，水善利万物而不争"（八章）。他以水比喻最高的善，以水善于帮助万物而不与万物相争的事例，来说明以柔克刚的道理。

"譬道之在天下，犹川谷之于江海"（三十二章）；"江海所以能为百谷王者，以其善下之，故能为百谷王"（六十六章）。江海之所以能成为一切小河流的王者，是因为它善于处在一切小河流的下游，所以，才能做一切小河流的王。以此事例说明"不争"才可以实现要达到的目的。《庄子》是古代散文中最早以大量自然物象为表现对象，并以大量自然物象喻道的。天地间的一切物，大有蔽数千牛的"栎社树"、不中绳墨的"樗"，小有"野马""尘埃"。无论山川草木，飞鸟虫鱼，都是形象化的论据。这些自然物象，都是庄子喻道的"媒介"。"道"是庄子哲学的最高范畴，是绝对自由的无形实体。《庄子》中多次说到的"体道"则是自我修养，追求物我相融的心态和精神境界。庄子认为人也是自然的一分子，而永恒的自由即"天地与我并生，而万物与我为一"（《庄子·齐物论》）的境界。物与物的界限消弭了，人与物的界限打破了，相融为一，浑然一体，即"天和"，"与天和者，谓之天乐"（《庄子·天道》）。庄子崇尚自然的思想情怀，不仅影响了古代士人的人生态度，也影响了他们艺术创造的审美观念。《庄子》正是以这万千纷呈的自然物象为媒介向我们演绎、阐释着"道"的境界。

三、魏晋玄学以山水灵趣载道

魏晋玄学主要讨论本体论的问题。玄学家关注的是天地万物存在的根据，讨论"本末有无"这个形而上学本体论问题；讨论宇宙"自然"与社会"名教"的关系。玄学也是人的问题，讨论人的主体人格的自由与觉醒的问题。在魏晋玄学中,"自然"是"本","名教"为"末"。"自然"是宇宙本体、世界本源或宇宙万物本来的样子;"名教"是指人际关系之道,是人们为调整人与人之间关系而设的等级名分和教化。

稽康、阮籍提倡:"越名教而任自然。"向秀《难养生论》说:"有生则有性,称情则自然。"这种思想影响了他们以及一代士子的人生态度。魏晋时的士大夫们正因深受玄学思潮的影响,为摆脱名教的束缚而隐逸山林、寄情山水,以此表现他们对社会现实的不满和失望,寄托他们对理想人格的追求。

《世说新语》载:顾长康从会稽回来,向人们叙说所见山水之美说:"千岩竞秀,万壑争流,草木蒙笼其上,若云兴霞蔚。"①王羲之游兰亭,观"茂林修竹""清流激湍",感到"游目骋怀,足以极视听之娱"(《兰亭集序》)。谢灵运也以"性情各有所便,山居是其宜也"(《山居赋》自注)为自足。陶渊明见"木欣欣以向荣,泉涓涓而始流"(《归去来兮辞》)以为乐。稽康亦能"俯仰自得,游心太玄,嘉彼钓叟,得鱼忘筌"(《赠兄秀才入军》)。他们的理想人生境界,是居于现实之中,又不执着于现实世界,达到"得意而忽忘形骸"的境界。

宗炳,"好山水,爱远游,西陟荆、巫,南登衡岳。因而结宇衡山,欲怀尚平之志。有疾还江陵,叹曰:老疾俱至,名山恐难遍睹,唯当澄怀观道,卧以游之。凡所游履,皆图之于室"②。他在《画山水序》中说:"圣人含道应物,贤者澄怀味象,至于山水,质有而趣灵……山水以形媚道,而仁者乐。"③宗炳以为,作为物质的山川,其质存在,其趣则灵,它的形质即可作为体道的载体、媒介。山水成为贤者涤澄情怀、玩味天道真谛的对象,由此可通过体味山水,与道相通。徐复观先生说:"此处之道,乃庄学之道,实即艺术精神。与道相通,实即精神得到艺术性的自由解放,这正是宗炳这类的隐逸之士所要求的。在山川的形质上能看出它是趣灵,看出它有其由有限以通向无限之性格,可以作人所追求的道的

---

① [南朝宋]刘义庆:《世说新语》,《汉魏六朝笔记小说大观》,上海古籍出版社1999年版,第792页。

② [南朝梁]沈约:《宋书·宗炳传》,中华书局1974年版,第2279页。

③ [南朝宋]宗炳:《画山水序》,[清]严可均校辑:《全上古三代秦汉三国六朝文》,中华书局1985年版,第2545~2546页。

供养,亦即可以满足精神上的自由解放的要求,山水才能成为美的对象,才能成为绘画的对象。"①与宗炳同时代的王微的《叙画》指出,画者"望秋云,神飞扬;临春风,思浩荡"。谢灵运在《游名山志序》中说:"夫衣食,人生之所资;山水,性分之所适。今滞所资之累,拥其所适之性耳……岂以名利之场,贤于清旷之域邪!"②只有徜徉于山水之间,才能体道适性,舍却世俗物累,得到精神的解放与自由,寄托自己的情思与希望。

可见,魏晋南北朝时代,山水自然已成为独立的审美对象,大量山水诗、山水画以及山水画论的出现,都标志着人们对自然美的认识和欣赏有了质的飞跃。人们认为自然对象生动丰富,其魅力不仅仅在于"比德",它更是陶冶性情、寄托理想的载体;是涤怀味真、体现玄理的重要"媒介"。

四、佛禅以融于山水悟道

佛教东来,在士大夫阶层,主要是对其义理的理解、吸收。其深奥的哲理、严密的推理,确实曾对士人们有过巨大的吸引力。但其理论分析过于烦琐、呆板,故在士人中,以至于佛教徒中慢慢失去了魅力。而宗教要得到多数人的信仰,则需要简约、易于理解的教理,切实的具有可操作性的仪式、方法,以达到其宗教目的。正因如此,禅宗应运而生。

禅宗的教义认为,人人都有佛性,佛就在心中,只是被欲念遮盖,若拨除心灵的"浮云",保持本心,返求自心,人人都有菩提心。可见,禅宗认为成佛是在瞬间就可"悟"得。禅宗的"顿悟"之说强调瞬间完成人性向佛性的超越,而禅的灵性存在于一机一境,山水云霞、鱼虫草木皆着法身。这样,在文士悟道求真的过程中,也不再需要烦琐、久长的苦修方式,看到云起风生而悟,看到花开花落而悟,听到泉流蛙鸣而悟。"山水自然"成为文士们顿悟佛理的重要媒介。

---

① 徐复观:《观文集》,湖北人民出版社 2002 年版,第 199~200 页。
② [南朝宋]谢灵运:《游名山志序》,[清]严可均校辑:《全上古三代秦汉三国六朝文》,中华书局 1985 年版,第 2616 页。

　　谢灵运不仅好佛,且对佛教有着深刻的研究。他在《与诸道人辩宗论》中曰:"物有佛性,其道有归。"他认为不仅"有情"众生皆有佛性,就连被世人以为"无情"之物的草木、土石、山川等物也有佛性。他把宇宙本体与佛性主体相统一,论证了"一切众生皆有佛性"的佛性论。他的《佛影铭》就借山水风物宣表佛影功德。他的《山居赋》中,山水自然与佛理铭言相融合。他的诗作,山水描写也往往和佛教的出世情感融为一体。他把自己的生命赋予自然,就连山水、草木都带有了人的生命和哀乐,无不洋溢着生命的气息和魅力,无不体现着佛性的灵动和深邃。慧远的《庐山东林杂诗》云:"崇岩吐清气,幽岫栖神迹。希声奏群籁,响出山溜滴。有客独冥游,砭然忘所适。挥手抚云门,灵关安足辟。流心叩玄扃,感至理弗隔。孰是腾九霄,不奋冲天翮。妙同趣自均,一悟超三益。"①游山水流云之间,赏崇岩清气之美,闻山涧泉韵之音,佛理也融同于山水之中。

　　禅宗主张"诸佛妙理,非关文字",但又认为需"假文言以明其旨"。禅宗把表现生活的具有文学性的文字融进了禅的表达语系,使禅的对话更富生动性和趣味性。如《五灯会元》卷十所载永明延寿的偈语:"孤猿叫落中岩月,野客吟残半夜灯。此境此时谁得意? 白云深处坐禅僧。"还有《五灯会元》所载禅师们的对话,不少颇富诗意。如:"尘中人自老,天际月常明。""万里白云朝瑞岳,微微细雨洒帘前。"汉语本身所具有的朦胧、含蓄的表达特点就与禅语的暗示性特征相契合,而文人们则在参禅悟道时,也本能地把具有文学意味的诗句渗透到禅的对话中。同时,山水自然也同时起到了参禅悟道的重要"媒介"作用。

　　再如皎然的诗《白云歌寄陆中丞使君长源》:"遗民对云效高致,禅子逢云增道意。白云遇物无偏颇,自是人心见同异。"还有《题湖上草堂》:"山居不买剡中山,湖上千峰处处闲。芳草白云留我住,世人何事得相关。"诗中借自然意象表现佛理,佛理与诗趣融合无间。

　　王维的山水诗,无论是自然变化的美妙律动,还是纷呈万千的盎然生机,都构造了一个宁静祥和的纯美境界。青山绿草、流云水声都是他生活的伴侣,也是他心中诗意的栖居之地。

---

①　逯钦立:《先秦汉魏晋南北朝诗·晋诗》,中华书局 1983 年版,第 1085 页。

　　"青山横苍林,赤日团平陆。"(《冬日游览》)

　　"素怀在青山,若值白云屯。"(《瓜田寺》)

　　"寂寞柴门人不到,空林独与白云期。"(《早秋山中作》)

　　"夜坐空林寂,松风直似秋。"(《过感化寺昙兴上人山院》)

　　"随山将万转,趣途无百里。声喧乱石中,色静深松里。"
(《青溪》)

　　"端居不出户,满目望云山。落日鸟边下,秋原人外闲。
遥知远林际,不见此檐间。好客多乘月,应门莫上关。"(《登裴
迪秀才小台作》)①

　　秋原、云山,落日、飞鸟,组成一幅幽静、意远的图画。诗人神游于物,恬
静寂然。天道自然的无为与诗人优游的本真契合无间,静寂中蕴含着
生命的跃动,随缘任物,自定自静。尤其是《辋川集》:"木末芙蓉花,山
中发红萼。涧户寂无人,纷纷开且落。"(《辛夷坞》)那空山无人的幽境,
自开自落的芙蓉,孤清静寂,但这正是生命跃动的表征。禅宗认为,法
身遍一切自然之境,只要依据"真心"去感悟外物,与外物相融为一,即
可悟道,得到本真。禅宗是要人们回到无是非、无善恶的初始心态,只
有这种心态才是真实之境。故而,对于有无之界,禅宗认为亦空亦有,
而又非空非有。可见,王维正是借自然之空山不空、花开花落,来表达
他对禅理的体悟。

　　当然,佛教认为一切现象的本质都是虚空的。但在大自然的各种
现象及其生灭变化之中,却正蕴含着佛教的本体之道:"青青翠竹,尽是
法身,郁郁黄花,无非般若。"人们正是从大自然的各种存在中体悟其中
所含之"道"。在史籍和有些诗文中也多见因赏花观景而忽然悟道的例
子。《祖堂集》卷一九载,和尚灵云:"偶睹春时花蕊繁花,忽然发悟。"
《宋高僧传》卷一〇载,信徒裴某:"每至海霞激空,山月凝照,心与境寂,
道随悟深。"吕温《戏赠灵彻上人》曰:"僧家亦有芳春兴,自是禅心无滞
境。君看池水湛然时,何曾不受花枝影。"从这些事例都可见出佛家悟
禅,往往借助某些自然美的感性形象来体认佛理的意蕴。

---

　　① 〔唐〕王维撰,陈铁民校注:《王维集校注》,中华书局 1997 年版。

综上所述,中国古代文化发展史上,无论是儒学、道学、玄学还是外来的佛学,在中国古代文士对其接受的过程之中,"山水"都是作为其共同的体道"媒介"而存在的。主要有以下几方面的原由:

1. 农耕文化对中华农人根深蒂固的影响

中国是世界史上最稳定的"大型农国",农耕文化则是中华传统文化的主体。无论是诸子百家为代表的精英文化,还是民间风俗、信仰,大都以这种周而复始的农业经济为源,这与中华民族所处的地理环境有关。地理环境,提供了一个民族历史和文化的自然背景和发展场景,也是一个民族文化机体的深厚载体和重要架构。中华大地"东渐于海,西被于流沙,朔南暨声教,讫于四海"[1]。北方无垠的草原、沙漠,人迹罕至。西北帕米尔高原,虽然汉代已有丝绸之路可通,但山隔路阻,行旅艰险。西南是地球上最高的山脉——喜马拉雅山,是中国与南亚交往的障碍。东部和东南沿海有二万多公里海岸线,但太平洋风疾浪恶,浩瀚无际。即使漂洋过海,也大多局限于朝鲜半岛、日本列岛和琉球群岛。中国古代历史上虽有突破极限的种种记载,但中国人的主体始终未能走出"大陆—海岸"型国土的限制。因而,在古代中国,海岸线虽长,但因逾越困难,使中国人不能像地中海沿岸居民那样,基于航运之便发展海洋文化。

故此,古代中国人固守在土地上,代代以农业为本,以耕作为业。如《盐铁论·园池》所言:"匹夫之力尽于南亩,匹妇之力尽于麻枲。"[2]这是农耕人最基本、最普遍的生存、生活方式。也如古歌谣《击壤歌》所描写:"日出而作,日入而息,凿井而饮,耕田而食。"亦如汉魏之际成书的《四民月令》所描绘的华夏农耕人的生活,男耕女织,自给自足。因之,田园牧歌式的生活所呈现的稳定、和乐之美也成为后世农人生活的范本。

综观中国古代史,没有哪个时期不以重农思想为根基。农业是国人立身的基业,是统治者治国的根本。所以,重农思想有着基于中国文化发展史的最丰厚、最肥沃的土壤,农耕文化渗透在中华农人生活的各

---

[1] 顾颉刚:《尚书校释译论》,中华书局 2005 年版,第 821 页。
[2] 马非百:《盐铁论简注》,中华书局 1984 年版,第 101 页。

个方面。人们始终过着与外部世界相隔离的、处于封闭状态的自然经济生活。故而,安土乐天的观念在中华农耕人的生活中影响深远。《周易》:"安土敦乎仁,故能爱。"(《易·系辞上》)。《礼记》:"不能安土,不能乐天;不能乐天,不能成其身。"(《礼记·哀公问》)可见,农耕人追求的是一种安宁、稳定的生产生活方式。因之,安居乐业成为中华农业文化最主要的人文特征。

这种农业文化也孕育了人与自然的亲和关系。"天"之自然就是中华农耕人劳作的环境,花草树木则是劳作中的伴侣。他们世代居住之地或依山傍水,或小桥流水,随天顺时,随遇而安。农耕人的这种生活习俗从古到今,代代传承。这样,"天人相亲""天人和一"观念就油然而生。而体现了先秦理性精神的"山水比德"观念,就是在自然中发现人格的力量和美。其后"天人合一"观在文艺美学观上的体现诚如刘勰所言:"春秋代序,阴阳惨舒,物色之动,心亦摇焉。……岁有其物,物有其容,情以物迁,辞以情发。"①说的就是人的情感因物而动,因物而发。不仅文学描写如此,就连绘画、音乐艺术,也多借山水清音以兴其情,视人物情感和自然融为一体为最高艺术境界。

可见,农业经济作为古代中国人最主要的经济方式,历时长久,影响深远。扎根于农业文化土壤中的中华农耕人与自然的亲和感也根深蒂固。土地山川是其心灵深处最为深情、祥和的家园。

2. 存在于中华文人潜意识中的天人合一自然观的作用

中国哲学的基本精神是天人合一,强调的是人与天的相通、相亲、相融。这一思想从先秦典籍中即可见到。老子说:"人法地,地法天,天法道,道法自然。"(《老子第二十五章》)庄子曰:"同类相从,同声相应,固天之理也。"(《庄子·渔夫》)《易传》有:"夫大人者,与天地合其德,与日月合其明,与四时合其序。"(《易传·乾卦·文言》)而天人合一理论的成型是在汉代哲学及宋代哲学中。西方哲学侧重天人相分,是基于其商业文化的作用;而中国哲学强调天人合一,是基于历时久远的农业文化。

首先,对"天地之间"存在域境的认知。也许自从有了人,有了人对

---

① 　郭晋稀注译:《文心雕龙注译·物色》,甘肃人民出版社 1984 年版,第 464 页。

生命本然的关注,就有了人对自身价值的思虑。我们从哪里来? 又要到哪里去? 我们存在的意义和价值是什么? 基于对这些问题的考察,人必须把自己置于一个可信赖的存在境域。西方哲学大多认为,人是宇宙创造的顶点,是宇宙的中心,其他万物都是为了人的需求而存在。如《旧约全书·创世纪》言:"上帝照着他的形象造男造女。上帝赐福给他们,还对他们说,要生养众多,遍满地面,治理大地,也要管理海里的鱼、空中的鸟和地上各样行动的活物。"①过分强调人的力量,必然导致人与自然的对立。人就会向自然索取,进而有了征服自然、改造自然的欲望和行为,西方哲学和文学艺术作品大多体现了这一精神。

与西方天人相分观念不同,中华农耕人对自身存在境域的界定是"天地之间"。"道大,天大,地大,人亦大。域中有四大,而人居其一焉。"(《老子二十五章》)而这里的"域",即指"天地"之间。"天地者,万物之父母。"(《庄子·达生》)"无所逃于天地之间,是之谓大戒。"(《庄子·养生主》)"乾,天也,故称乎父;坤,地也,故称乎母。"(《易传·说卦》)"居天下之广居,立天下之正位,行天下之大道。"(《孟子·滕文公下》)"今天下无大小国,皆天之邑也;人无幼长贵贱,天之臣也。"(《墨子·法仪》)可见,各家皆以为"天地"即人及万物的存在域境,无边无垠,至大无外,是人的生存境域,也是人的超越空间。中国古代哲人对人的存在境域的确立,突破了人类社会的限制,把它放了整个宇宙天地之间,从而建立起各自不同的思想,但因其基点的相同,也就表现出了其哲学的基本精神——"天人合一"的共通。

其次,"天人感应"思想的确立。人与万物既共存于天地之间,人与万物是相对立,还是互融? 这里涉及人与物的类属问题。西方哲学认为,人是自然的主宰;而在中国古代哲人那里,主流思想正相反,肯定"万物一也"。

《易传·序卦》:"有天地,然后万物生焉。盈天地之间者唯万物。"这里的万物,也包括人在内。庄子认为,万物的表象尽管千差万别,但都源于"气"。即所谓"通天下一气耳"(《知北游》)。"人之生,气之聚

---

① 〔美〕莫蒂默·艾德勒、〔美〕查尔斯·范多伦编,西方思想宝库编委会译:《旧约全书·创世纪》,吉林人民出版社 1989 年版,第 6 页。

也；聚则为生，散则为死。"(《知北游》)"气"是构成物质形体的基本材料。既然万物源于"气"，那么，万物的表象虽不同，但"同源"而"同质"。这样，万物之间的界限被打破，而所谓的对立也是人为划分的。在其本质上，万物和气一团，融于一体。即"万物一齐"(《秋水》)，"万物皆一"(《德充符》)。

秦汉以后，人我皆物的观点已非常明晰。《淮南子·精神训》："吾处于天下也，亦为一物矣。"《论衡·雷虚》："人在天地之间，物也。"且说："夫人，物也，虽贵为王侯，性不异于物。"(《论衡·道虚》)既然人与万物齐一，那么，人与天地万物间就不会没有关联。而在远古先民心里，早就有人与天可相互感通的观念。《尚书》里就有多处反映天人感应的思想萌芽。"呜呼！天亦哀于四方民，其眷命用懋，王其疾敬德。"①人可向天申诉自己的悲哀，天由此动情而怜悯人，这是最原始的源于性情的天人感应观念。天，不再是不可企及的玄虚世界，它施感于人，与人相通。

天人感应思想，在先秦是散见于典籍的零星言论，从董仲舒开始形成了理论化、系统化的学说。他认为万物的生成禀受于天，就具有了与天相感通的潜质。"故天地之化，春气生而百物皆出，夏气养而百物皆长，秋气杀而百物皆死，冬气收而百物皆藏。是故惟天地之气而精，出入无形，而物莫不应，实之至也。"②这里，天地之气是天人感应的媒介。物与天之间是可相互感应的。"物莫不应天化。"③董仲舒构建了天的本体系统，并以天道阐释社会的种种合理性，以天人之际的关系来论证天人交通的机制和途径，道明了天人感应的可能性与现实性。其中虽有封建迷信的成分，但对"天人合一"精神的哲学论证过程，起到了重要的推动作用。

再次，"天人合一"学说的形成。中国古代哲学有强调天人之分的论述。荀子在《天论》中说："明于天人之分，则可谓至人矣。""天有其时，地有其财，人有其治。"贾谊在《治安策》中说："夫立君臣、等上下，使

---

① 逯钦立：《先秦汉魏晋南北朝诗·晋诗》，中华书局 1983 年版，第 130 页。
② 苏舆撰，钟哲点校：《春秋繁露义证》，中华书局 1992 年版，第 446 页。
③ 苏舆撰，钟哲点校：《春秋繁露义证》，中华书局 1992 年版，第 332 页。

父子有礼,六亲有纪,此非天之所为,人之所设也。"①他认为君臣关系不是天之所为,而是人之所设。这些有代表性的观点,都强调了"天理"与"人理"的区别,肯定"天"是自然的天,与人类的治乱无关。但中国古代哲学的主流意识认为,天人相通、天人合一。

"天人合一"这一词语是张载于《正蒙》中提出的,他在《易说》中指出了天道与人道的区别;在评论儒佛是非中提出"天人合一"之说:"浮屠明鬼……以人生为妄,可谓知人乎? 天人一物,辄生取舍,可谓知天乎?"②"释氏语实际,乃知道者所谓诚也,天德也;其语到实际,则以人生为幻妄,有为为疣赘,以世界为荫浊,遂厌而不有,遗而弗存。就使得之,乃诚而恶明者也。儒者则因明致诚,因诚致明,故天人合一,致学而可以成圣,得天而未始遗人。"③他还以形象的语言表达天人合一的观点:"乾称父,坤称母,予兹藐焉,乃混然中处。故天地之塞,吾其体;天地之帅,吾其性。民吾同胞;物吾与也。"④天地犹如父母,充塞于天地之间的"气"构成我的身体;万民是吾同胞,万物是吾伴侣。

程颢、程颐兄弟强调天道与人道的同一性。程颢说:"天人本无二,不必言合。"⑤又说:"天地之大德曰生,天地絪缊,万物化醇,生之谓性,万物之生意最可观,此元者善之长也,斯所谓仁也。人与天地一物也,而人特自小之,何耶?"⑥程颐强调天道与人道只是一个道。他说:"道一也,岂人道自是人道,天道自是天道? ……天地人只一道也。才通其一,则余皆通。"⑦

可见,古代先哲们认为,天人有别,人是自然天地的一分子,但人与天地自然是相合、共存的关系,是相亲、相融的关系。这种观念由来久远,根深蒂固,不仅影响着古代中国人的生活与世界,也深深地渗透于他们的潜意识中。天地自然是他们最为亲近的伴依,"天人合一"是他们

---

① [汉]贾谊:《治安策》,[清]严可均校辑:《全上古三代秦汉三国六朝文》,中华书局1985年版,第211页。
② [宋]张载:《张载集·正蒙·乾称》,中华书局1978年版,第64页。
③ [宋]张载:《张载集·正蒙·乾称》,中华书局1978年版,第64页。
④ [宋]张载:《张载集·正蒙·乾称》,中华书局1978年版,第62页。
⑤ [宋]程颢、程颐:《二程集》,中华书局1981年版,第81页。
⑥ [宋]程颢、程颐:《二程集》,中华书局1981年版,第120页。
⑦ [宋]程颢、程颐:《二程集》,中华书局1981年版,第182～183页。

生命价值的最高境界。为此,人对自然的关注就不同于一般"主体"对"客体"的审视,而成了物与物间平等的交流,是生命间相互感应的体现。

"天人合一"观念对古代文士体道方式的影响。"天人合一"思想认为"天道"与"人道"同一,或虽有别而统一,那么,借天之自然来体味人道就成为可能。再者,天地自然之物鲜活、灵动,生机流转,变化无穷。"献岁发春,悦豫之情畅;滔滔孟夏,郁陶之心凝。"①大自然是活泼的,"岁有其物,物有其容",无时不在激发着人的审美感受。正如"相看两不厌,只有敬亭山"(李白《独坐敬亭山》)所言。也如陈桥生先生所说:"人与自然邂逅的欣喜;当这种欣喜不断被刺激、积淀,人与自然的遇合就会带上情感色彩,进入心随物宛转、物与心徘徊的境界;如果审美主体进而认识到静默的山水也是富有生命力的话,物与心之间就开始其亲密的精神交流,这时人对自然的审美已不是主体对客体的静态观照,而是主体与主体间生命的等值的默契与交流。"②

西方哲学重条理的缕析、论证的周详和推理的严密;而中国人的思维特点是重体认、体悟。就是程颐所言的"体用一源,显微无间",即认为本体和现象是统一的,不能分割。那么,玄奥的哲理就会以天地自然的各种鲜活"现象"的面目而呈现。通过对天地自然之道的体认,就可悟得生命存在的哲理。天地自然无形中充当了"体道"悟真的重要媒介。

3. 中国古代文化艺术精神的浸润

中西方文化的差别表现在很多层面,但其中心的不同则在其文化精神的差异。对此,很多哲人都有共识。唐君毅先生说:"西方文化之重心在科学宗教,中国文化之重心在道德艺术。"③吴森先生言:"西方文化有三大支柱:科学,法律,和宗教。我们的文化有两大基石,一为道德,一为艺术。"④产生如此差异之原由,可从以下层面来析理。

首先,从人类的原始思维特征来看,在其童年时代,无论哪个民族,

---

① 郭晋稀注译:《文心雕龙注译·物色》,甘肃人民出版社 1984 年版,第 464 页。

② 陈桥生:《刘宋诗歌研究》,中华书局 2007 年版,第 113 页。

③ 唐君毅:《中西文化精神之比较》,郁龙余:《中西文化异同论》,生活·读书·新知三联书店 1989 年版,第 113 页。

④ 吴森:《中西道德的不同》,郁龙余:《中西文化异同论》,生活·读书·新知三联书店 1989 年版,第 185 页。

他们的思维特征都是相似的。维柯在《新科学》里指出，原始人由于推理力弱、想象力强，是用"诗性文字"说话的诗人。他将原始人的思维和精神方式称为"诗性智慧"，并提出古代各民族都是以"诗性智慧"的方式创造了最初的文化模式。进而推演出，人类的古代文化大都是"诗性智慧"创造出的诗性文化（刘士林语）。而在人类走向文明的进程中，诗性智慧渐渐消解、淡化，理性智慧渐渐萌芽、发展。原由不一而足，但在古代中国，人类原始的诗性智慧得以延续、发展；诗性文化被先民肯定、接受。其最鲜明的表征便是古代中国人对"诗"异样的热诚和崇尚。诗是中国古人心中永不磨灭的情结。

《尚书·虞书》："诗言志。"《左传》："襄公二十七年，文子告叔向云：'诗以言志。'"《庄子·天下》："诗以道志。"《荀子·儒效》："诗言是其志也。"孔子云："诗可以兴，可以观，可以群，可以怨。"（《论语·阳货》）《毛诗序》："是故正得失，动天地，感鬼神，莫近于诗。先王以是经夫妇，成孝敬，厚人伦，美教化，移风俗。"

可见，在古代中国，"诗"不仅作为一种文化精神而存在，更是集政治、宗教、道德、伦理诸功能于一体。与西方理性文化不同，诗性智慧是以诗的方式来达意的，这就必然导致诗性文化中审美功能的凸显。科学方法靠理性分析，而艺术的方法重直觉、顿悟。直觉活动是"直接观照"，是感应顿悟。这就导致古代中国人的认知方式是以直觉为主。对万物的认知过程，也是以生命为观照对象，通过"移情"，使主体眼中的万物都具有了人的特质与情感。中国的道德和宗教，也充满了艺术的成分。与基督教"神是真理"的观念不同，中国的神也是美感的化身，星星可以是隔河而望的牛郎、织女，他们具有人间的普泛情感。同样，孔子并未给后世留下什么道德律令，而是以"行为的典范"来达到其教化目的。所谓"高山仰止，景行行止，虽不能至，心向往之"（司马迁语）。尧、舜、禹、汤、文、武、周公都是道德的典范。他们以艺术的形象而树立，后人们在对其感怀、思慕的过程中就已涤荡了心胸，感召了魂灵。可见，诗性智慧孕育了中国古代文化的艺术精神。

既然中国人的认知方式重视直觉、感悟，思维特点是体认、体悟，本体和现象就不可分割。所谓"体用一源""体用不二"，即从现象来认识真理，在生活中认识真理。那么，在其"体认"过程中，往往需要借助媒介来负载和释理。这个"媒介"的选择可是一切现象。但是,对中华农人来说,身边的自然物象即其最深厚的情感选择。吴森先生说:"艺术精神孕育于农业社会,科学精神却从商业文化发展出来。"①因为,商人对商品之利的计算和科学分析"一体二用",商人也不会对其商品产生情感。但农夫对他朝夕相伴的土地、庄稼和树木都会生情。故而,中华农人所见的万物都充满了生命和灵性。正如吴森先生所说:"艺术家对万物都有情,而科学家对有情的生物也当作一堆无生命的物体看待。艺术家的宇宙,是充满生命的,斜阳、芳草、游鱼、飞鸟、缕缕的轻烟、潺潺的流水,都是他情之所钟的对象。"②亦如刘士林先生言:"诗人的思维最富有审美特质,他们一般都轻视功利和现实,具有泛灵、泛爱和泛美的观念,他们会用生命的目光、唯美的目光和慈悲的心怀对待一草一木,因此,他们能与万物的本质相沟通。"③这样,对山水自然的眷顾就成了中华农人最为深厚的情致。纵观中国古代文化史,时逾千年,中华农人的田园、山水之情代代相传,有增无减。也正因如此,山水自然就成了中国古代文士体道悟真的最佳"媒介"。

4. 古代文士隐逸情趣的渗透

在古代中国社会中,封建专制是其最为重要的政治特征,隐逸现象则是相伴而生的极其独特的文化现象。据古代典籍记载,"三皇""五帝"时代,似乎已有"隐士"存在。隐逸现象是封建专制政治的产物,而历代哲学、宗教、文化等诸多因素又与隐逸现象同声相应,相得益彰。汉末魏晋以降,隐者大量出现,不仅形成了一个独特的社会阶层,而且对古代中国文化发展和艺术流变,都曾产生极为重要、深远的影响。

古代中国社会中,封建君主专制政体对于民众个人的思想、情感、言论等人身权利随意压制、限制。致使跋涉于仕途的知识分子,只能成为依附于统治阶级的工具,难有自己的自由生存空间。这种政治体制所造成的社会各阶层之间、人与人之间的倾轧、排斥和斗争,也使为官

---

① 吴森:《中西道德的不同》,郁龙余:《中西文化异同论》,生活·读书·新知三联书店1989年版,第189页。

② 吴森:《中西道德的不同》,郁龙余:《中西文化异同论》,生活·读书·新知三联书店1989年版,第185页。

③ 刘士林:《中国诗学精神》,海南出版社2006年版,第40页。

的士子们经常处于忧心忡忡的生活境遇之中。加之,封建社会的选官制度极不合理,又使大量读书人没有为官作吏的机会。这样,必然会使众多文士怀才不遇,从而导致他们浓烈的仕途失意感和人生苦恼。于是,他们只有走向田园、林泉,释解心灵的痛苦。这是中国古代社会隐逸现象出现的基本根由。道家思想、儒家思想是古代隐逸思想的重要渊薮,而魏晋玄学对隐逸行为也起到了推波助澜的作用。再加上魏晋以来神仙道教的流行,佛教出世意识的影响,都助长了隐逸思想的泛化。

隐逸在魏晋以前,多为居于岩穴丘壑的避世形式,隐逸者与社会名利、物质欲求相决裂为其表征。这种隐逸形式史称"小隐"。晋代以后,一些士人为了解决心灵自由与物质贫寒的矛盾,开辟了一条新的途径,既能拥有丰厚的物质,又能享受心性的自由,是为"大隐"。白居易从自身出仕外郡少受拘检、又可享受游宴之乐的体会中,又发现了一种介于"大隐"和"小隐"之间的"中隐"。隐逸思想的源头是老、庄,既然隐的终极目的是心性的超越和对精神自由境界的追求,那么,其形式的表现已不再重要,故,"大隐""中隐"为更多的封建文士所企慕。虽然,现实中他们也并非要归隐田园,他们看重的是对生命价值的审美取向;他们看重的是对现实政治、功利实用观念的超越;看重的是对游离于客观实践活动之外的诗化的精神家园的构筑。这样,就有了许多即使忙于求仕、守官也要追求田园隐逸之趣的士大夫。对于他们,天地自然是其心灵栖居的最美好的诗意家园。同时,山水自然成为了他们最心仪的审美对象,故而,也就自然成为他们抒情的主要载体,也成为了他们"体道"的重要媒介。

综上所述,中国古代文士在求真悟道的过程中,山水自然往往作为其体道的共同"媒介"而存在。其中的原由,有农耕文化对中华农人的影响、天人合一自然观的作用、中国古代文化艺术精神的浸润、古代文人隐逸情趣的渗透等。而这几个层面亦是互相渗透而不能割裂的。在中华农人的观念中,人与天地自然相合、共存,天人合一。此一观念是农耕文化的产物。中国文化的艺术精神亦源自农业文化,中华文人的田园隐逸之趣也是农耕文化的产物。可见,扎根于农业文化土壤的中国古代文士与山水自然的亲和感根深蒂固。因此,山水自然成为他们"体道"的共同媒介。

李梦阳文学思想"真情说"

杨海波
（陇东学院）

李梦阳论诗在强调"格调"的同时又十分重视"情"，有所谓"真情说"。李梦阳在这方面的论述很多，如"诗者，吟之章而情之自鸣者也""诗者，感物造端者也"①"遇者因乎情，诗者形乎遇""夫诗，宣志而道和者也"②，等等，诗歌是抒情的观点在李梦阳那里得到了系统深入的论述。总的来讲，李梦阳认为情思的产生和宣泄是诗人的创作动力和诗歌的内涵特征，是诗人自然而然流露出来的，并非刻意追求的结果，显然表达了一种原始主义的诗学观念，是对中国古典诗歌抒情传统的有力继承。他用"情"和"真"来对抗内容枯燥、形式僵化的台阁体、八股文，发出了"今真诗乃在民间"的感叹。李梦阳的"真情说"，总体来说是与诗歌中的"理"和情感的"假"相对抗的，但李梦阳的"真情说"又有复杂的内涵。

情与诗

李梦阳对诗歌的抒情特征的认识相当明确，他认为没有真情，便没有真诗。他在《结肠操谱序》中借别人的话指出，诗歌与平常说话不同："天下有殊理之事，无非情之音，何也？理之言常也，或激之乖，则幻化弗测，《易》曰'游魂为变'是也，乃其为音也，发之情而生之心者也。《记》曰'民有血气心知之性，而无哀乐喜怒之常，应感起物而动，然后心术形焉'是也。"这里所说的"音"就是诗歌，论理之常言可因各种缘故乖

---

① ［明］李梦阳：《秦君饯送诗序》，《空同集》，文渊阁《四库全书》本，第 1262 册，台湾新文丰出版公司。

② ［明］李梦阳：《与徐氏论文书》，《空同集》，文渊阁《四库全书》本，第 1262 册，台湾新文丰出版公司。

于理,持情之诗歌则不能不由乎情,因为它是心情激动不能自已时的产物。因此,他坚持认为:"诗者人之鉴者也。"《林公诗序》说:

> 李子读莆林公诗,喟然而叹曰:嗟乎! 予于是知诗之观人也。石峰陈子曰:"夫邪也不端言乎? 弱不健言乎? 躁不冲言乎? 怨不平言乎? 显不隐言乎? 人乌乎观也?"李子曰:是之谓言也,而非所谓诗也。夫诗者人之鉴者也。夫人动之志,必著之言。言斯永,永斯声,声斯律。律和而应,声永而节,言弗暌志,发之以章,而后诗生焉。故诗者,非徒言者也。是故端言者未必端心,健言者未必健气,平言者未必平调,冲言者未必冲思,隐言者未必隐情。谛情、探调、研思、察气,以是观心,无庚人矣。故曰诗者,人之鉴者也。

言不由衷是可能的,但情动于中发为吟咏的诗并非"徒言"。诗意,并不主要体现在表面上的言,而体现在言之内或曰言之外的情、调、思、气,也就是如前人杨万里所说的味,严羽所说的意兴。读诗主要就在于体会诗中的情、思、调、气。言未必真,而情、思、调、气则不能假。故"谛情、探调、研思、察气,以是观心,无庚人矣"。当然,如果对这段话作简单的、绝对化的理解,认为世界上没有矫情之诗,那是不对的。但这段话反映出李梦阳对情与诗的关系的确有比前人更深的认识,因而对诗歌创作中的真情也比前人强调得更突出。他讲这段话的目的,正在于批判那些矫情之诗,强调"违心而言"就是诗的灭亡。所以后面又说:"后世于诗焉,疑诗者亦人自疑,雕刻玩弄焉毕矣,于是情迷、调失、思伤、气离。违心而言,声异律乖,而诗亡矣。"即没有情便没有诗。

情 与 物

出于对情与诗的关系的深刻认识,李梦阳还分析了情与物的关系。他对诗歌创作中那种"情动乎遇""遇因乎情",即主客观相互影响、达到契合无间的艺术构思有相当深刻的体会。《梅月先生诗序》说:

情者动乎遇者也。幽岩寂滨,旷野深林,百卉既痱,乃有缟焉之英,媚枯、缀疏、横斜、嵌崎、清浅之区,则何遇之不动矣?是故雪益之,色动,色则雪;风阐之,香动,香则风;日助之,颜动,颜则日;云增之,韵动,韵则云;月与之,神动,神则月。故遇者物也,动者情也。情动则会,心会则契,神契则音,所谓随遇而发者也。梅月者,遇乎月者也。遇乎月,则见之目怡,聆之耳悦,嗅之鼻安。口之为吟,手之为诗。诗不言月,月为之色;诗不言梅,梅为之馨。何也?契者会乎心者也,会由乎动,动由乎遇,然未有不情者也,故曰:情者动乎遇也。……天下无不根之萌,君子无不根之情,忧乐潜之中,而后感触应之外,故遇者因乎情,诗者形乎遇。

"身修而弗庸,独立而端行"的高洁情操,同严冬的梅花有着某种内在的精神上的一致性。这样的情操与这样的景物相遇,便会生发强烈的诗情。"情动乎遇""遇因乎情",二者缺一不可,相得益彰。情动也就是心会、神契,联系着人的思想、志趣等整个精神世界;而心会、神契也就是心神与梅月的契合,又联系着月下之梅的意味风韵。这样,此时萌发的诗情就成为诗人的精神志趣同梅月的意味风韵的完美统一,这是诗的产生,亦即诗的本身。这是诗的构思,亦即诗的境界。同时,这段话还表明,李梦阳认为诗人的情感的根本爆发是缘于现实际遇的触发,而且他认为情有两个层级:其一是因遇而动的"情",漾于心头而形之辞色,构成创作激情并直接进入诗歌表现;其二,"君子无不根之情",因遇而动的"情",它的"根"是潜藏、沉淀于诗人内心深处的情感,这种深层的情感,平时并不呈露于外,却决定了诗人对外在事物稳定持续的态度意向,一旦受到引发就会喷涌而出。如果说诗人心理深层的情感规定了审美取向,那么审美客体则进一步造就了诗歌艺术的情态风貌,这就是结语所说"忧乐潜之中,而后感触应之外,故遇者因乎情,诗者形乎遇"的主旨所在。这篇《梅月先生诗序》对诗歌创作中的审美心理活动的论述相当精辟。后来王夫之强调"神理凑合时,自然拾得"的诗歌创作论,就包含着李梦阳在这里阐述的思想。

诗 与 时

　　宏观的"物"，就是"时"。所以李梦阳出于对情与诗的关系的理解和深刻认识，又分析了时与诗的关系。《张生诗序》云：

> 　　夫诗发之情乎？声气其区乎？正变者时乎？夫诗言志，志有通塞，则悲欢以之，二者大小之共由也。至其为声也，则刚柔易而抑扬殊。何也？气使之也。是故秦魏不惯调，齐卫各擅节，其区易也，则刚柔抑扬殊。何也？气使之也。使故秦魏不贯调，齐魏各擅节，其区异也。……夫雁，均也。声唳唳而秋，雍雍而春，非时使之然耶？故声时则易，情时则迁。常则正，迁则变。正则典，变则激。典则和，激则愤。故正之世二南锵于房中，雅颂锵于庙庭。而其变也，风刺忧惧之音作而来仪率舞之奏亡矣。

这是说各种不同的诗出于人的各种不同的感情，而感情的不同，则主要是地区、时代的客观条件决定的。明中叶文学复古思潮的理论家因为意在提倡古代盛世的时代格调，故而对诗风与时代、土壤的关系特别关注，李东阳、李梦阳都是如此，当然这还是一般之论。《鸣春集序》则有进一步的论述。这篇文章提出了这样一个问题："韩子曰'以鸟鸣春'，'以'之言使也。夫窈吾窈、情吾情耳，使之者谁耶？鸣者鸟耶？鸣之者鸟耶？……春使之耶？使之春者耶？非春非鸟以之者谁耶？"他的回答是："夫天地不能逆寒暑以成岁，万物不能逃消息以就情。故圣以时动，物以情徵。窈遇则声，情遇则吟，吟以和宣，宣以乱畅，畅而咏之而诗生焉。故诗者，吟之章而情之自鸣者也，有使之而无使之者也，遇之则发之耳，犹鸟之春也。故曰'以鸟鸣春'。"鸟之鸣既是春天的产物，又是春天的象征，说"春使之"可，说"使之春"亦可。同样人之吟既是时代的产物，又是春天的象征，说时代使然可，说"情之自鸣"亦可。"窈遇则声，情遇则吟"，关键就在于"遇"，"遇之则发"，"有使之而无使之者也"。在这里，李梦阳从诗人与时代，亦即主观与客观的统一出发，突出地论述了文学反映时代的自然性,而正是在这种自然性中,包含着不以人的意志为转移的深刻的必然性。

情与比兴

李梦阳重情更体现在对比兴的提倡。《秦君饯送诗序》云:

> 盖诗者感物造端者也,是以古者登高能赋,则命为大夫。而列国大夫之相遇也,以微言相感,则称诗以谕志。故曰言不直遂,比兴以彰,假物讽谕,诗之上也。……故古之人之欲感人也,举之以似,不直说也;托之以物,无遂辞也,然皆造始于诗,故曰:诗者,感物造端者也。

"感物造端"表现在艺术手法上即为比兴。李梦阳对汉魏古诗和盛唐诗歌最为欣赏的便是它们通过比兴手法所表现出来的风人之义和情韵,而"宋人主理作理语,于是薄风云月露,一切铲去不为,又作诗话教人"的以理入诗未得古诗形容之妙,既乏高古,又无情韵可言,完全违背了"诗者感物造端者也"的情景交融之诗歌艺术传统和诗歌创作之形象思维规律。诗歌是通过形象化的可资吟咏的语言来表达情感的,而比兴则是使诗歌语言产生形象性的最好方法。在李梦阳看来,诗歌如果离开了自然美和对生活的真实反映,摒弃了"比兴错杂"表现手法的运用,专以理语教人,就会使诗变得乏味,无"难言不测之妙",甚至使"人不复知诗"。因此,他批评那种"比兴寡而直率多""出于情寡而工于词多"[1],不能给人以审美感受的诗歌,而提倡"比兴错杂,假物以神变"的诗歌。由此可见,李梦阳对于比兴的提倡也是基于诗歌重"情"基础的。

李梦阳对于比兴的提倡还可以从他对杜甫诗歌的态度看出来。李梦阳推崇盛唐诗歌,把杜甫诗歌当作主要学习对象之一,但是他并不迷信杜甫,他对杜诗赋多而比兴少表示不满。"黄、陈师法杜甫,号大家,今其词艰涩不香色流动,如入神庙坐土木骸,即冠服与人等,谓之人可

---

① [明]李梦阳:《诗集自序》,蔡景康:《明代文论选》,人民文学出版社 1999 年版。

乎?"指出杜甫开启了以诗言理叙事之门,导致后世以理入诗,以议论入诗的泛滥。《诗集自序》言:"李子于是怃然失,已而洒然醒也。于是废唐近体诸篇,而为李、杜歌行。"从这句话可以看出,李梦阳对于杜诗的取法对象是歌行这类比兴多、情感丰富、流畅的诗歌。何景明虽与李梦阳在诗法上争执不下,但对于杜甫诗歌的认识可谓英雄所见略同,他在《明月篇并序》中对杜诗的评价更为尖锐直接:

> 仆始读杜子七言诗歌,爱其陈事切实,布词沉着,鄙心窃效之,以为长篇圣于子美矣。既而读汉、魏以来歌诗,及唐初四子者之所为而反复之,则知汉、魏固承三百篇之后,流风犹可征焉。而四子者虽工富丽,去古远甚,至其音节,往往可歌,乃知子美辞固沉着,而调失流转,虽成一家语,实则诗歌之变体也。夫诗本性情之发者也,其切而易见者,莫如夫妇之间。是以三百篇首乎"雎鸠",六义首乎"风"。而汉、魏作者义关君臣朋友,辞必托诸夫妇,以宣郁而达情焉,其旨远矣。由是观之,子美之诗博涉世故,出于夫妇者常少,致兼"雅""颂",而风人之义或缺,此其调反在四子之下与?

在这段话中何景明甚至连杜甫的七言歌行也否定了,指出杜甫包括七言歌行在内的部分诗歌近于雅、颂之体,以"陈事""博涉世故"为能,一定程度上丧失了比兴的"风人之义",使得"调失流转",无情思可言。何景明的这段论述有力地支持了李梦阳对于比兴的提倡和对于"情"的重视。可见,李梦阳对于比兴和情感关系的认识是,比兴出于情感,情多比兴多,情寡比兴寡。所以,探讨李梦阳的重情反理思想也应着眼于他对比兴的理解。

真情与假理

在诗歌中,与"情"相对立的是"理",基于对诗歌情感寄托和审美感受等艺术特征的理解,李梦阳极力反对中唐以后诗歌创作中的理性化和以议论为诗的倾向,批判理学家倡理而贬情的观点。李梦阳说:"夫诗发之情乎。"①便是有针对性地对诗歌说理的趋势进行批判。

他对于诗歌理性化的贬斥在《缶音序》中有更为全面的阐述：

> 诗至唐，古调亡矣，然自有唐调可歌咏，高者犹足被管弦。宋人主理不主调，于是唐调亦亡。黄、陈师法杜甫，号大家，今其词艰涩不香色流动，如入神庙坐土木骸，即冠服与人等，谓之人可乎？夫诗比兴错杂，假物以神变者也，难言不测之妙。感触突发，流动情思，故其气柔厚，其声悠扬，其言切而不迫。故歌之心畅，而闻之者动也。宋人主理，作理语，于是薄风云月露，一切铲去不为，又作诗话教人，人不复知诗矣。诗何尝无理，若专作理语，何不作文而诗为邪？今人有作性气诗，辄自贤于"穿花蛱蝶""点水蜻蜓"等句，此何异痴人前说梦也。②

可见，李梦阳在批评中唐以后诗歌创作中的理性化倾向时，把矛头直接对准宋诗及理学，对此二者抨击最为激烈。这里他主要通过诗歌与音乐的关系和诗歌重比兴两个方面对宋诗主理不主调，缺乏审美情趣进行了批判。

诗离不了情，情离不了乐，通过"声调"来抒发情感正是诗歌与音乐艺术的共同特征。他在《林公诗序》中也说到：

> 夫诗者，人之鉴者也。夫人动之志，必著之言。言斯永，永斯声，声斯律。律和而应，声永而节，言弗暌志，发之以章，而后诗生焉。

在《题东庄饯诗后》中说：

> 情动则言行，比之音而诗生矣。

---

① ［明］李梦阳：《张生诗序》，《空同集》，文渊阁《四库全书》本，第1262册，台湾新文丰出版公司。

② ［明］李梦阳：《缶音序》，《空同集》，文渊阁《四库全书》本，第1262册，台湾新文丰出版公司。

这些言辞都强调了诗与乐是有着密切联系的,而中介便是情感,也就是说,诗与乐是在情的作用下合二而一的。他视语言的声律美为诗歌的生命力,更把情和调看作密不可分,认为古诗、唐诗有情有调,宋诗主理而不主声调,缺乏情感性,音乐感染力低,故劣于唐诗。李梦阳正是基于这种对诗乐关系的理解,对诗歌与真情的理解,从而对"宋人主理而不主调,于是唐调亦亡"的缺乏审美特征的说理诗歌进行批评的。

如果说重情贬理是李梦阳对诗之抒情性及审美特征的强调的话,则其反对"假"就是对诗歌之真情的强调。他在《结肠操谱序》中说:"天下有殊理之事,无非情之音……乃其为音也,则发之情而生之心者也。"①诗歌应该是内心感情的真实流泻,只有抒写真情的诗,才能达到"诗者人之鉴也"的要求。进而他在《诗集自序》中提出了"真诗乃在民间"的说法,文中由他对民间歌谣的推崇,可见他对"真"的追求,并可知情感的自然、质朴、真挚是李梦阳"真诗"的首要标准。《诗集自序》言:

> 李子曰:曹县盖有王叔武云。其言曰:夫诗者,天地自然之音也。今途咢而巷讴,劳呻而康吟,一唱而群和者,其真也,斯之谓"风"也。孔子曰:"礼失而求之野。"今真诗乃在民间。而文人学子,顾往往为韵言,谓之诗。夫孟子谓《诗》亡然后《春秋》作者,雅也。而风者亦遂弃而不采,不列之乐官。悲夫!李子曰:嗟!异哉!有是乎?予常聆民间音矣,其曲胡,其思淫,其声哀,其调靡靡,是金、元之乐也,奚其真?王子曰:真者,音之发而情之原也。古者国异风,即其俗成声。今之俗既历胡,乃其曲乌得而不胡也?故真者,音之发而情之原也,非雅俗之辩也。且子之聆之也,亦其谱,而声者也。不有卒然而谣,勃然而讹者乎!莫之所从来,而长短急徐无弗谐焉,斯谁使之也?李子闻之,矍然而兴曰:大哉!汉以来不复闻此矣!
> ……

---

① [明]李梦阳:《结肠操谱序》,《空同集》,文渊阁《四库全书》本,第 1262 册,台湾新文丰出版公司。

李子于是怃然失，已而洒然醒也。于是废唐近体诸篇，而为李、杜歌行。王子曰：斯驰骋之技也。李子于是为六朝诗。王子曰：斯绮丽之余也。于是诗为晋、魏。曰：比辞而属义，斯谓有意。于是为赋、骚。曰：异其意而袭其言，斯谓有蹊。于是为琴操、古歌诗。曰：似矣，然糟粕也。于是为四言，入"风"出"雅"，曰：近之矣，然无所用之矣，子其休矣。李子闻之，阖然无以难也。自录其诗，藏箧笥中，今二十年矣，乃有刻而布者，李子闻之惧且惭，曰：予之诗，非真也，王子所谓文人学子韵言耳，出之情寡而工之词多者也。然又弘治、正德间诗耳，故自题曰《弘德集》。每自欲改之以求其真，然今老矣。曾子曰："时有所弗及"，学之谓哉！

文中对"真"的定义是："真者，音之发而情之原也，非雅俗之辨也。"他认为衡量真诗与否，不在于雅俗，而在于有无真情。真情是真诗之源，只有真情才能写出真诗。他在《论学上篇第五》中又对"情真"做了补充："情者，性之发也。然训为实何也？天下未有不实之情也，故虚假为不情。"认为诗人的感情必须出于天性，发自肺腑，不能有丝毫的虚假，只有具有了绝假纯真的感情，才能写出真实动人的诗歌。基于这种认识，他对民歌给予了很高的评价，认为民歌发自自然之情，是最具有真实情感的诗歌，可比之于国风："今途咢而巷讴，劳呻而康吟，一唱而群和者，其真也，斯之谓'风'也。"而文人学子之韵言则脱离社会现实，为作而作，"出于情寡而工之词多"，是与民歌相对的"假诗"。所以，"真诗"与"假诗"的区别在他看来，实则就是感情的"真"与"假"的区别，真诗不是出自文人学子之手的"韵言"（正统诗歌），而是发乎真情、出乎自然的民歌。李梦阳除了在《诗集自序》中发出了"今真诗乃在民间"的感慨外，还在《缶音序》中对民间文学给予了高度评价："予观江海山泽之民，顾往往知诗，不作秀才语。"李梦阳的所谓民间真诗，是包括《锁南枝》这样的民间歌谣在内的。李开先在《词谑》一书中便曾有过李梦阳酷爱民歌的记录："有学诗文于李空同者，自旁郡而之汴省。空同教以：'若似得传唱《锁南枝》，则诗文无以加矣。'"甚至，李梦阳基于对于情之"真"的认可，并不否认金、元之曲："予常聆民间音矣，其曲胡，其思淫，其声哀，其调靡靡,是金、元之乐也,奚其真？⋯⋯今之俗既历胡,乃其曲乌得不胡也?"可见,李梦阳对于"真诗"的提倡确是着眼于情感之真实、自然的。基于对诗歌情感"真"的认同,也便产生了对诗歌情感多样性的认同,因为人的情感是丰富而多样的,而诗歌又是表达真情的,所以诗歌也必然是表达多样性情感的。

李梦阳之把民歌比于国风,而把文人学士诗比于雅颂,与其重比兴的思想也是一脉相承的。在诗歌创作中,比兴是最重要的艺术表现手法。他认为民歌一直保持着"风"的传统,无意于比兴而比兴常有,其所发出的自然之音就是情之所致;文人之诗则缺少比兴,而强求"义""理",其原因是感情淡薄,只在"词工"上下功夫,失去古诗的精神,不能出风入雅,所以只可当作"韵言",李梦阳拿这个标准检讨自己的诗歌创作,深感自己的诗"情寡词工",徒以韵言为诗,缺少比兴,非真诗也。于是,幡然悔悟,才会有"今真诗乃在民间"的感叹。

李梦阳对于诗歌的批评倡"情"而反"理",并重视情之真实自然,对于文的批评亦如此。他在《论学》中说:

> 宋儒兴而古之文废矣。非宋儒废之也,文者自废之也。古之文,文其人,如其人便了,如画焉,似而已矣。是故贤者不讳过,愚者不窃美。而今之文,文其人,无美恶皆欲合道,传志其甚矣。是故考实则无人,抽华则无文,故曰:宋儒兴而古之文废。或问何谓?空同子曰:嗟!宋儒言理,不烂然欤?童稚能谈焉,渠尚知性行有不必合邪?

他肯定"古之文",认为古文文如其人;反对宋以后之文,认为其受到所谓"道""理"的束缚,所写必合于"理"。而实际人的性行并不是绝对与"理"合的,所以写出来的就并非"如其人"的真文,而成了"考实则无人,抽华则无文"的伪文。可见,李梦阳并非只在诗歌领域追求着情感的丰富与真实,在文的领域亦坚决与"理"和"假"作斗争,坚持着自己的审美信念。

元杂剧中范仲淹形象解读

雷天旭

（陇东学院）

北宋名臣范仲淹一生理想远大，以天下为己任，成为后世文人推崇的典范。他性格刚毅，百折不挠，博学多才，不骄不躁，而且能以身作则，身体力行，不仅引导了北宋士风的转变，而且出将入相，建立了赫赫功业。金人元好问就曾称赞道："文正范公在布衣为名士，在州县为能吏，在边境为名将，在朝廷则又孔子之所谓大臣者，求之千百年之间盖不一二见，非但为一代宗臣而已。……以将则视管、乐为不侈，以相则方韩、富为有余，其忠可以支倾朝而寄末命，其量可以际圆盖而蟠方舆。"①靖康年间，朝廷也曾表彰范仲淹："清明而直谅，博大而刚方。……危言警世，高义薄乎天地；直道立朝，劲气贯乎金石。"②曾与其同朝为官的司马光称他："高文奇谋，大忠伟节。充塞宇宙，照耀日月。前不愧于古人，后可师于来者。"③这些赞语无疑都是出于对范仲淹的崇敬，从其性格、品德到功业进行了全方位的肯定和赞扬，从而成为后世知识分子奋斗的目标。而元杂剧中塑造的范仲淹形象，就更是沉沦落魄、仕进无望的元代知识分子永远无法实现的人生理想和社会理想的寄托。

据王季思的《全元戏曲》，现存的涉及范仲淹的元杂剧共有五部，分别是《半夜雷轰荐福碑》《包待制陈州粜米》《十探子大闹延安府》《狄青复夺衣袄车》《阀阅舞射柳蕤丸记》。这些剧作中，范仲淹虽然不是以正末的身份出现，却对剧情的发展起着至关重要的作用。而且，重要的是，元杂剧作家无一例外的都将范仲淹塑造成胸怀天下、勤于政事且深

---

① ［金］元好问：《元好问全集》（下），山西人民出版社 1990 年版，第 69 页。

② ［宋］范仲淹：《追封魏国公诰》，《范仲淹全集》（中），四川大学出版社 2002 年版，第 1084 页。

③ ［宋］司马光：《代韩魏公祭范文正公文》，《范仲淹全集》（下），四川大学出版社 2002 年版，第 1244 页。

受皇帝信任的朝廷重臣。他或赈灾济民、或御敌卫国、或整饬吏治、或为国举贤，细细品味，不难发现其中映射着元代文人远大的社会理想和迫切的个人功名意识。

一、功名仕进的人生理想

元代是中国古代第一个由少数民族建立的统一政权。强悍的蒙古族在征服中原汉族的同时，其落后的草原游牧文化也极大地冲击了千百年来在中原高度发达的儒家传统文化，致使科举长期中断，使得元代文人遭遇了中国古代知识分子从来没有过的失落，他们永远失去了元以前知识分子的优越地位和光明前途。郑思肖《大义略序》里有所谓"八娼、九儒、十丐"之说，文人的落魄可想而知，完全失去了昔日的尊荣，成为被轻视、被奚落甚至被侮辱的群体，社会地位一落千丈，与娼丐之流实际上没有什么差别。然而，就在他们栖身青楼，混迹市井的同时，却无法真正融入到市民文化之中，始终固守着正统的儒家文化观念。"万般皆下品，唯有读书高""书中自有千钟粟，书中自有黄金屋，书中自有颜如玉"依然在他们的潜意识中起着支配地位，依然是他们设计未来人生的基础，金榜题名、洞房花烛依然是他们人生的最高追求。也正是出于对传统文化人格的固守，元杂剧作家在其作品中固执地抒写着这一人生理想。

在几部范仲淹题材的杂剧作品中，作者借范仲淹之口反复强调："龙楼凤阁九重城，新筑沙堤宰相行。我贵我荣君莫羡，十年前是一书生。""博览群书贯九经，凤凰池上敢峥嵘。殿前曾献升平策，独占鳌头第一名。"这里一方面说明了范仲淹也是由一介寒儒跻身仕途，另一方面则着重强调范仲淹的显贵通达和功成名就，其中羡慕之情溢于言表。事实上，范仲淹不仅凭着自己坚强的意志和百折不挠的精神，由一介布衣跻身仕途，实现了其人生理想，而且，其德，足以垂范后世；其功，足以名标青史；其言，足以引导士风，成就古人所谓的"三不朽"美名。这也是古代文人梦寐以求的理想，然而，同样作为文人，元代文人却连仕进的机会都没有，就更别说立德、立功、立言了。也就只能在对现实的感慨中发泄牢骚，在对先哲的缅怀中表达羡慕。从这一方面来说，范仲淹形象的塑造,蕴含了元代文人的功名仕进意识。

不仅如此,范仲淹还能立足于国家社稷、万民苍生,本着为国举贤的宗旨,提携后进。据载,范仲淹在历任各地长官时,都能大力兴办教育事业,培养人才,甚至在丁母忧期间,也应晏殊延聘,去应天书院讲学。至于他一生为国家举荐的贤才,据统计有五十多人。在元杂剧中就提到了他对诸如狄青、李圭、完颜寿马、张镐等大批贤才的举荐擢升。如:

> 今奉圣人之命,着老夫将五百辆衣袄扛车,上西延边赏军去。老夫想来,可用能干之人,随路防护。今巩胜营中有一人,乃汾州西河县人也,姓狄名青,字汉臣。此人十八般武艺皆全,除非此人可去。左右,与我唤狄青来者。
>
> ——《衣袄车》第一折
>
> 圣人知小官访察精审,举荐无差。官拜天章阁待制之职。今有延安府等处官吏酷虐,枉屈良民。奉圣人的命,差监察廉使李圭,驰驿为巡按决狱。此人廉洁清干,则今日便着李圭,直至延安府等处,清理文卷,走一遭去。则为他志节坚刚守四方,廉能公正作贤良。滥官污吏除民害,决断分明献表章。
>
> ——《延安府》第二折

这两个例子特别强调了范仲淹提拔举荐人才的标准,真正做到了唯才是举,不避亲仇。众所周知,在科举取士的时代,考中进士,并不意味着大功告成,真正意义上的功成名就,不仅要凭借自身的能力,更需要一个赏识自己的伯乐,于是,能否得到当权派的赏识、举荐,能否获取彰显自己能力的机会,就显得尤为重要。古往今来,有能力而得不到赏识,失意终生者比比皆是。更何况,元代文人没有太多的机会通过科举考试进入仕途,而能被高官举荐则成为唯一可行的仕进之路。因而范仲淹很大程度上便成为这些失意文人心目中的知己,尤其是元代文人在塑造范仲淹形象时,一边对这位在前朝誉满天下的神交知己倾诉着自己生不逢时的牢骚,一边又隐晦地传达着自己渴望得到荐举,实现仕进功名的人生理想。

二、整饬吏治的社会理想

有元一代,官场风气败坏,胜过任何一个朝代。元代选拔官吏制度比较特殊,往往吏出多途。《元史·彻里帖木儿传》中许有壬说:"科举取士,岂不愈于通事、知印等出身者。今通事等天下凡三千三百二十五名,岁余四百五十六人。玉典赤、太医、控鹤,皆入流品。又路吏及任子其途非一。今岁自四月至九月,白身补官受宣者七十二人,而科举一岁仅三十余人。"[①]《元史·选举志》也曾记载:"至工匠皆入班资,而舆隶亦跻流品。诸王、公主,宠以投下,俾之保任。"[②]可见,在元代"由进士入官者仅百之一",读书人基本上被排挤在官场之外。这样的官吏选拔制度,致使官员素质严重降低,必然造成整个官场的乌烟瘴气。而元代法律缓弛,刑律疏乱则是造成元代吏治腐败的又一原因。一部分蒙古人、色目人依仗法律赋予的特权,为所欲为,扰乱社会秩序,公然践踏人伦道德,直接导致了恶势力的膨胀和权豪势要的横行霸道。这一现象在元杂剧中屡见不鲜:

> 俺是刘衙内的孩儿,叫做刘得中;这个是我妹夫杨金吾。俺两个全仗俺父亲的虎威,拿粗挟细,揣歪捏怪,帮闲钻懒,放刁撒泼,那一个不知我的名儿!见了人家的好玩器好古董,不论金银宝贝,但是值钱的,我和俺父亲的性儿一般,就白拿白要,白抢白夺。若不与我呵,就踢就打,就揪毛,一交别番倒,剁上几脚。拣着好东西揣着就跑,随他在那衙门内兴词告状。
>
> ——《陈州粜米》楔子

> 花花太岁为第一,浪子丧门世无对。阶下小民闻吾怕,势力并行庞衙内。小官姓庞名绩,官拜衙内之职。我是那权豪势要之家,累代簪缨之子。我嫌官小不做,马瘦不骑。我打死

---

① [明]宋濂等:《元史》,中华书局1976年版,第3405页。
② [明]宋濂等:《元史》,中华书局1976年版,第2016页。

人又不偿命,如同那房檐上揭一块瓦相似。我的岳父是葛监
军,见在西延边镇守,小舅子是葛彪。我郎舅两个,倚仗着我
岳父的势力,谁人敢近的?

——《十探子大闹延安府》第一折

与元代这种混乱的官场局面相比,宋代尊崇儒士,重视儒学道德规范对
官场的约束,基本形成儒士支配官场的局势,官员素质相对较高,加之
能严惩贪墨,吏治比较清明,范仲淹在这方面的贡献足以垂范后世。

范仲淹不仅仅是宋代士风转变的标志性人物,而且在整饬吏治方
面有着自己独到的见解。他早在 1027 年丁母忧期间,在整理自己的从
政经验和政治见解的基础上,完成了《上执政书》,提出"固邦本",针对
州郡长官的选拔和监督提出了自己的见解:"委清望官,于朝臣同判中
举诸郡长,于朝臣知县中举诸同判,今后同判之官,非著显效,及有殊
荐,虽或久次,止可加恩。郡国之符,不当轻授。其知县之人人同判者,
宜比此例。如此行之,天下郡政其滥鲜矣。""可于两制以上,密选贤明,
巡行诸道,以兴利除害,黜幽陟明。……耄者、懦者、贪者、虐者、轻而无
法者、堕而无政者,皆可奏降,以激尸素。"①他清醒地认识到地方行政
弊病的根源在于地方长官,因此,建议朝廷通过加恩升官的方式,让昏
迈无能的县令离开亲民的职位,选拔业绩突出者担任地方长官。范公
为官,则以天下家国为重,以惠政爱民为本,坚守此志,终身不改。其为
京官,"每上殿奏事,多陈治乱,以开悟人主,历诋人臣不法"②。知开封
府,"明敏通照,决事如神,京师谣曰:'朝廷无忧有范君,京师无事有希
文。'"③。其为郡守"以严明驭吏,使不得欺,于是民皆受其赐"④。

面对元代混乱的吏治,元代文人空有整饬的理想,但心有余而力不

①　[宋]范仲淹:《上执政书》,《范仲淹全集》(上),四川大学出版社 2002 年版,第 212
页。

②　[宋]张唐英:《范仲淹传》,《范仲淹全集》(中),四川大学出版社 2002 年版,第 826
页。

③　[宋]张唐英:《范仲淹传》,《范仲淹全集》(中),四川大学出版社 2002 年版,第 826
页。

④　[宋]富弼:《范文正公仲淹墓志铭》,《范仲淹全集》(中),四川大学出版社 2002 年版,
第 823 页。

足,于是,范仲淹的为官之道及其整顿吏治、雷厉风行的思想做派足以使他成为元代文人心目中的楷模。如此,元杂剧中屡屡盛赞范仲淹"每临政事,决断不滞,明其黜陟。如有班部监司,不才官吏,一笔勾消,永不叙用"(《十探子大闹延安府》第二折)的用意就显而易见了,无非是借对于范仲淹形象的塑造含蓄地表达自己整饬吏治的愿望。

三、深重的社会忧患意识

作为知识分子的士阶层是中国古代社会发展的主导力量。但是,从唐代末年至五代时期,在后宫、宦官、藩镇等多种政治势力的摧残之下,士风渐渐颓败,他们或者退缩到自我生活的狭小圈子中及时行乐,以美女醇酒消磨时光;或者投靠藩镇,追求自身的荣华富贵。知识分子言行猥琐、品格低下、道德沦丧,前所未有。而这种风气进而影响到了社会各个阶层。欧阳修在《新五代史》中对五代士风就有过深刻的分析:

> 自开平讫于显德,终始五十三年,而天下五代。士之不幸而生其时,欲全其节而不二者,固鲜矣。于此之时,责士以死与必去,则天下为无士矣。然其习俗,遂以苟生不去为当然。至于儒者,以仁义忠信为学,享人之禄,任人之国者,不顾其存亡,皆恬然以苟生为得,非徒不知愧,而反以其得为荣者,可胜数哉![①]

对五代士风之败坏,范仲淹也曾说:"钱氏为国百年,士用补荫,不设贡举,吴越间儒风几息。"[②]这种风气一直延续至北宋初年,范仲淹对此有着深刻的认识,更有深深的忧虑和愤激的指斥。他认为现实社会中这种"听幽不听明,言命不言德。学者忽其本,士者浮于职。节义为空言,

---

① [宋]欧阳修:《新五代史》(上),中华书局1997年版,第274页。
② [宋]范仲淹:《胡公墓志铭》,《范仲淹全集》(上),四川大学出版社2002年版,第285页。

功名思苟得"(《四民诗·士》)的风气,必将导致"天下无所劝,赏罚几乎息",致使人们的行为失去准则,强调恢复"道从仁义广,名由忠孝全"的儒家伦理道德规范。为此,范仲淹一生身体力行,将自己的政治理想和道德准则落实到现实行为之中,并且手书《伯夷颂》,为人们树立道德榜样。最终,引导了宋代士风的转变,而且对后世产生了深刻的影响,也因此成为古代文人士大夫的楷模。韩琦就曾评价范仲淹:"竭忠尽瘁,知无不为。……天下正人之路,始公辟之。"①朱熹也认为:"至范文正方厉廉耻,振作士气。"②

元朝立国之后,程朱理学统治地位虽然得到确认,但由于元朝统治集团来自不同的民族,导致了信仰的多元化,佛教、道教、伊斯兰教、基督教都得到了发展,儒家思想的影响力因而大大削弱了。挑战礼教的人越来越多,礼教的宣扬"终无分寸之效者,徒具虚名而已"。另一方面,元人鼓励商业发展,而商人重利轻义的本质却时时冲击着传统伦理观念,儒家思想文化体系面临瓦解的危机。元代文人虽然也自觉地承担起了维护传统伦理观念的职责,但最终却因为不够坚定执着,未能身体力行,而没能成为当世的表率,也因为缺乏朝廷的支持和社会的响应而收效甚微,对社会现状没有丝毫改变。因而,元代文人社会忧患意识之强烈不亚于范仲淹。

在这几部元杂剧作品中,作者屡借范仲淹及诸大臣之口强调为官之道和做人之本,如:"忠肝义胆扶王业,立国安邦作柱石。"(《柳蕤丸记》第二折)"圣人云:'君子行德以全其名。'你这等小人,行贪以忘其身。常言道:营于利者多患,轻于诺者寡信。"(《十探子》第二折)其目的便是为儒学正道,重整士风。因为元代文人更看重的是范仲淹刚毅执着的意志、进退超迈的心态及其在士林中的影响力。对此,元人张临就有深刻的认识:"俗因五季之后,廉耻道丧,士昧出处,贤、不肖漫漶。先生以刚大毅决之资,拔出众人之中,进退超迈,委靡之世为变。尊王黜霸,明义去利,凛然有洙泗之风。其后真儒辈出,圣学复明,如发洙泗之

---

① [宋]韩琦:《范文正公奏议序》,《范仲淹全集》(中),四川大学出版社 2002 年版,第963 页。

② [宋]朱熹:《朱子语类》,中华书局 1999 年版,第 3086 页。

埋,先生实指其处,其可不谓之有功于圣门乎?"[1]张临这段评价肯定了范仲淹在五代如风衰落之后,凭借个人努力,重整儒学之道的突出贡献。由此不难看出,元代文人借对范仲淹形象的塑造,也寄寓了自身深重的社会忧患意识和重整儒学之道的迫切愿望。

四、对宋亡原因的思考

范仲淹一生的丰功伟绩还表现在他突出的军事才能上,元杂剧中虽然没有直接描写他戍守边疆的军事活动,但几部与军事有关的杂剧作品,却从侧面折射出其部分军事思想以及宋代军队中存在的种种弊端。在《衣袄车》《十探子》《柳蕤丸记》三篇作品中,范仲淹或者选拔任用名将,如完颜寿马、狄青,或者惩办冒领军功的军队败类,如黄轸、葛怀敏,或者罢黜擅离汛地、私度关津的庸将,如葛怀愍等,都是他针对军队的诸多腐败现象而采取的整顿措施。这些措施在当时取得了积极的成效,也扭转了宋夏战争的不利局面。但是由于整个社会制度的原因,这种弊端不可能彻底根治,有随时复发的可能。至南宋,军队的腐败现象就愈演愈烈,一发而不可收拾。对此,虞允文曾有论及:

> 诸大将子弟、亲戚,错处于军中,廪给于公上,而经营其私计,占白直者不下百人,私役使者又不下百人。能振其职者未闻一事,而蠹其事者果不一也……又一将一副,或黜或升,或去或留,贿赂公行,请托成风。既不计功过,不问老壮,不择才否,则兵律之弛纵,军政之不修,亦理之必至也,虽上下相习,以为当然,牢不可破。[2]

军队中这种用人唯亲、贿赂公行,将帅升黜不问才能的腐败现象,实质上是将军队当成一个利益集团,其结果必然是将庸兵弱,战斗力下

---

① [元]张临:《增修范文正公祠记》,《范仲淹全集》(下),四川大学出版社2002年版,第1017页。

② [明]黄淮、杨士奇:《历代名臣奏议》,上海古籍出版社1989年版,第2947页。

降,关键时候不使全力。正如范成大所分析的"于弓马行阵懵然不知,使吾选士技卒俯首于下,听驱役而受鞭笞,寻常不平于心,缓急宁肯共力"①。

事实上,军队的腐败,严重影响了宋朝的国防,使得宋王朝在与辽、金、元等少数民族政权争斗的过程中,一直处于被动挨打的局面。更有甚者,一些专权的奸佞,不遗余力地排斥异己,打压迫害有能力的将帅,史弥远、贾似道都曾残害抗战将领,尤其贾似道曾逼死抗蒙有功的向士璧、曹世雄,解除让忽必烈大军束手无策的王坚的兵权,重用亲信,导致将帅在战场上怯懦避战、临阵逃脱,严重影响了军队的士气。"而相比于作战,宋朝武将更愿意从事贪赃枉法之事,这样既可以全力自保,又可以谋求个人利益。"②在诸如此类的腐败现象叠加作用之下,宋朝最终未能摆脱亡国的命运。可见,元杂剧作家对宋代军队中存在的腐败现象的揭露,对范仲淹治军思想的肯定,暗含了元代文人对宋朝覆亡原因的思考。

总之,范仲淹一生虽也经历了宦海沉浮,但他真正做到了"不以毁誉累其心,不以宠辱更其志"③,始终保持"不以物喜、不以己悲"的平和心态,升也好,贬也罢,都能泰然自处,恪尽职守。正因为如此,他才能建立后人不可以企及的赫赫功勋;也正因为如此,他才赢得了后人无尽的崇敬和缅怀。他作为一种精神存在,时时激励着后世文人,尤其是空有用世之志而不得途径的元代文人。元人在塑造范仲淹形象时有所寄托自在情理之中。

该文原发表于《四川戏剧》2016 年 9 月号。

---

① [明]黄淮、杨士奇:《历代名臣奏议》,上海古籍出版社 1989 年版,第 3164 页。
② 张彦霞:《论宋朝军政腐败之原因及影响》,《信阳师范学院学报》,2011 年第 3 期。
③ [宋]范仲淹:《邠州谢上表》,《范仲淹全集》(上),四川大学出版社 2002 年版,第 416 页。

杨立程杨景修父子对陇东地方文献的传承保护

吴 娱
（陇东学院）

庆阳地处陇东,与关中平原接邻,是周祖旧邦,文脉发达。民国时期,庆阳曾有几位士绅,对传承和发扬当地文化做出了较多的努力和贡献,如张精义、胡庭奎、杨立程等,尤其杨立程及其子杨景修,在对当地文学创作和编纂方面成绩较多。但是,目前对他们整理陇东地方文献的研究并不多,长此以往,这些乡贤的著作和他们整理的文献旧著将湮没无闻,笔者撰此文,以冀乡邦文化得以流传不息。

杨立程,字雪堂,庆阳人,生于1871年。他年轻时多次乡试不第,又不适应幕僚的生活,于是在庆阳的鹅池设教,教书育人一直到民国。《县志》载其致力于当地的教育,培养了很多的人才。[1] 民国十一年(1922年)杨立程受聘修县志,尚未修完就不幸病故,年仅41岁。

杨立程文学功底深厚,能诗善文,生前著有《慵轩诗集》。原稿收诗237首,1962年修县志时其子杨景修携至兰州,选用150首油印。[2] 杨立程的诗,有较多歌咏庆阳历史文化的篇章,表达了他对家乡的一片挚爱之情。如歌咏周祖不窋:

> 遗陵崇世祖,王业肇姬周。窜寄戎原日,艰难稼穑秋。
> 霸图空踞虎,吉壤剩眠牛。为问兴衰事,无情水自流。
>
> 《不窋坟》
>
> 冈原迤逦傍东皋,此日登临兴倍豪。大业艰难怀稼穑,孤

---

① 张精义纂修:《庆阳县志》,甘肃文化出版社2004年版,第568~569页。

② [清]陆纲、[清]陆大成:《庆阳陆氏父子文集》,甘出准019字总992号(2004)025号,第311页,内部资料。

坟窣落杂蓬蒿。

子孙有国徽鸣凤，禴祀无人咏献羔。欲向北豳寻故事，黄花满眼水滔滔。

《九日登不窋坟》

作者伫立在相传为周祖陵寝的土地前思潮起伏。他想起周先祖在此创业的艰难，继而感慨如今这里一片荒芜，后人似已忘却了这段历史。他在另首《怀古》诗中就说："东周帝业卒赧王，流俗缘何说庆阳。只恐误传不窋事，无人为彼证荒唐。"不窋兴业的历史太为久远，文献上又乏记载，导致被后人误解，竟有人认为庆阳是周朝基业颓败的地方。历史上，不窋为后稷（弃）之子，《史记》载帝舜封弃于邰，"邰"即今陕西武功一带，这是周地的起源。等到不窋末年，"夏后氏政衰，去稷不务，不窋以失其官而奔戎狄之间"①。张守节《史记正义》引《括地志》对此注云"不窋故城在庆州弘化县南三里"。可见"戎狄之间"就是庆阳一带。不窋之后的数代人一直在此地教民稼穑、陶穴而居，后来才迁往豳地（陕西旬邑）。尽管明代弘治年间，庆阳城内就建有"周旧邦"木坊，重申不窋在此创业的历史，然而长期之后，历史的真貌又随着民间的流言渐渐湮没，不由让人唏嘘。对此作者心情复杂，慨叹"子孙有国徽鸣凤，禴祀无人咏献羔"。号称"南豳"的岐山，被周后人视作兴业之地，周开国后，历代君主不时要去那里举行盛大的祭祀活动，而兴业伊始的庆阳却再也无人问津了。

作者思考这段历史，既出于深沉的历史沧桑感，也饱含着对家乡的挚爱。就中国古代的咏史诗而言，多数作品都有借古讽今之意，如刘禹锡、杜牧、李商隐、王安石等人的咏史佳篇均是如此。而从杨立程的这几首诗中，却看不到反讽的意味，流露出的更多是一种对历史无人问津的伤感，从中可感觉出他对家乡土地的深厚情感。而在他另两篇歌咏狄仁杰和李梦阳的作品中，这种情感的表现就更为明显：

寂寂古祠傍曲冈，梁公精爽此回翔。力扶宗社屏诸武，手

① ［汉］司马迁：《史记·周本纪》，中华书局1982年版，第112页。

挽乾坤造有唐。

相业千秋崇国老,州尊初政重泥阳。龙川遗爱碑犹在,想见当年惠泽长。

《狄公古庙》

残碑剥落署空同,仰见先贤故老风。绝代文章高七子,清流气概傲三公。

疏陈阉宦擅权候,捶击寿宁官道中。千里致书多弟子,才名远播大江东。

《过李空同碑》

《狄公古庙》一诗的后四句,指唐代的狄仁杰曾到宁州(今庆阳宁县、正宁)担任刺史,因治理有方,当地百姓无不颂扬狄的功德。后来狄仁杰离开宁州回到长安,被朝廷派到豫州担任刺史。前豫州刺史越王李贞与其他李唐宗室成员起兵反对武则天,武则天平定叛乱后清查余党,受株连的人达万人,有六七百人关在监狱里准备处死。狄仁杰给武则天上疏,请求给这些受越王胁迫而叛乱的百姓一个挽回错误的机会。于是,武则天特赦了这批人,由处死改为发配充军。当这些九死一生的流徒路过宁州时,当地父老告诉是狄仁杰救了他们,流徒们非常感激,"相携哭于德政碑下,设斋三日而后行"①。后世在立碑处又建"狄梁公庙"以示不忘。而诗中所言的"力扶宗社屏诸武,手挽乾坤造有唐"两句,又指狄仁杰在武后统治时期,劝说武则天顺应民心,还政于庐陵王李显,断了武则天侄儿武承嗣、武三思成为皇嗣的念头。当武则天犹豫不决时,狄仁杰从母子亲情的角度劝说她:"陛下立子,则千秋万岁后,配食太庙,承继无穷;立侄,则未闻侄为天子而祔姑于庙者也。"②最终武则天感悟,听从了他的意见,立李显为皇嗣,唐祚得以维系。狄仁杰因此被史家称为再造唐室的忠臣义士。李梦阳是出生于庆阳的明代文豪,为明代文坛"前七子"之首。他一生传奇,在朝廷为官时仗义直言,孝宗时弹劾势焰熏天的皇后之弟张鹤龄和张延龄,一度被捕入狱。出狱后

---

① [宋]司马光:《资治通鉴》卷二百四,《资治通鉴》,中华书局1956年版,第6452页。
② [宋]司马光:《资治通鉴》卷二百六,《资治通鉴》,中华书局1956年版,第6526页。

一次在大市街遇到了张鹤龄，便乘醉唾骂，并挥马鞭击之，打落了张的两个牙齿。武宗时又弹劾权宦刘瑾，再一次遭受牢狱之灾。此诗中"疏陈阉宦擅权候，捶击寿宁官道中"指的就是李梦阳的这两件事。

诗中可见，杨立程非常崇敬与庆阳有关的名人狄仁杰和李梦阳，对他们的歌颂则侧重在两方面：一是事业，二是气节。这种对立德立功精神的赞颂，使他的咏史怀古诗现实色彩鲜明，既可树立起当地人的自豪感和自信心，又可对当地百姓起到积极的教益，发挥儒家的"诗教"功能。如果将这两首诗与歌咏不窋的诗进行联系，作者热爱家乡的情感脉络则更能凸显。

此外，杨立程还写有赞美庆阳名胜的组诗《庆阳八景》。八处风景分别是：周祖遗陵、狄公古庙、龙湫夜月、庆台晴雪、彭原晚照、普照昏钟、鹅池春水、南城晚市。其中，龙湫、鹅池因地理情况发生了变化，昔日的美景今天已难以目睹。兴建于北宋初的普照寺，一度是热闹非常的南城晚市，也因城市的变迁今昔迥异。所以，诗中对这些名噪一时的文化印迹的保留，不但为后人留住了历史，也提供了复原名胜的参考。如他《周祖遗陵》一诗说：

> 旧邦遗迹剩荒陵，八百王基自此兴。稼穑艰难勤草创，春秋祭扫少云仍。
> 碣余片石苔痕乱，烟霭高冈暮色凝。忠厚流风今在否，戎原往事渺无凭。

他笔下的周祖陵是"碣余片石苔痕乱"的破败景象，而今天的周祖陵面貌却已焕然一新，成为游览的名胜。但是，今天的风景虽然美好，可游人的观览多数已成为娱目式的赏玩，很少有人再如杨立程一样，怀着厚重的敬意，缅怀一方的历史和英杰人物。在诗中，"忠厚流风今在否，戎原往事渺无凭"的自诉自说，又表露出作者因文献缺乏而难以钩沉历史的感慨，体现出他执着于乡邦历史文化传承的一片深挚之心。

从他笔下《庆台晴雪》《彭原晚照》中的景色，我们今天依然能感受到奇妙：

凭栏一望净无埃,雪满山城霁色开。晓日岚光明组练,西峰寒气入楼台。

深斋士或吟梁坐,昨夜客应访戴来。锡庆阁中闲眺赏,偶思白战赋高才。

(《庆台晴雪》)

野旷天低眼界空,彭原道上夕阳红。炊烟影起平畴外,樵唱声归远树中。

路指关门通驿马,晖余塔顶送征鸿。肃宗即位来灵武,曾向荒城驻玉骢。

(《彭原晚照》)

两首诗中描绘的景色,地域特色鲜明。春寒料峭的季节,雪后初晴时登上高高的楼台眺望,纤尘无染的空旷原野、温和又刺眼的阳光、扑面而来的刺鼻寒气交织在一起,形成一种独特的高原感觉。而在平原上行走,夕阳的流波映照在行人的身上,令人心旷神怡。炊烟的迷蒙、樵唱声的悦耳、征鸿的翩然,别有一种辽阔、悠远、自然之美。虽然地方偏僻,但因安史之乱时唐肃宗率军到此短暂驻扎,因此依旧有值得追味的历史。种种感受,今人若身临其境,也会有类似的体会。

同时,杨立程是一个非常关心现实的诗人。他的身上,具备了传统士大夫的道德特征,关心民生疾苦、关心社会的发展。他的《地震行》《天足歌》两首诗,仁者情怀就很分明。《地震行》记述了民国九年(1920年)主要发生在甘肃靖远、海原等地的一次特大地震对陇东地区的波及。在这次地震中,甘肃伤亡了二十多万人,遭受的损失骇人听闻。陇东只是波及区,可在诗人的笔下,也是"山崩石陷川岳撼,转盼大陆归沉沦",诗中描写的惨象是惊人的:

初来屋宇皆扬播,坐立不定人倒卧。须臾垣颓瓦石飞,栋折梁摧窗户破。长空有声似雷鸣,震动乾坤鸡犬惊。……城垣楼阁皆不见,土室穴居成飞霰。压伤人畜不知数,谁复一一去吊唁。更闻地裂涌飞泉,黑水混混流成川。居民庐舍皆淹没,栖息雪地与冰天。如此奇灾最堪怜,余震需需尚经年。……

地震在方志中的记载仅寥寥几笔,而诗中对整个地震的过程及其给老百姓带来的灾难和痛苦,描写真切、叙述翔实,起到了以诗证史的作用。既能唤起后人对一方历史的追忆,也能为今人提供生活发展的借鉴。他还另有一首顺应时代,提倡妇女解放的《天足歌》:

> 圆颅方趾本天生,不待矫揉造作成。断发文身嗤夷狄,雕题凿齿陋蛮荆。胡为堂堂华夏地,妇女缠足反为荣。……深闺坐食如病瘫,外人腾笑遍寰瀛。万国五洲无此习,怪象独向华人呈。天生斯人皆有用,何使女子陷火坑。束缚自由尊已重,艰难生计患非轻。……今倡天足开大会,有如佛放大光明。一切诸姑姊妹辈,脱离苦海跻康平。……

庆阳地理位置偏僻,民众思想落后,作者以诗呼应辛亥革命,通过宣传新思想改造民众的精神世界,有传统儒者的责任心,又兼有进步的解放的思想,旧道德与新思想相得益彰。与那些墨守成规、违背人性而谈礼仪道德的腐儒们判然有别,显示出他的鸿才卓识。非但在大事面前如此,平常的生活中也能看到他对民生的关注。如他的《首夏晨出董志原》诗云:"细麦芃芃秀满田,经朝润气霭轻烟。平畴万顷碧无际,共道今逢大有年。"诗中洋溢着将逢丰年的欣喜,对百姓生计有依的满足,体现出现实主义诗歌精神的延续。杨的同时代人胡庭奎在《慵轩诗集序》中评价:"其音响结撰,固逊于古,然在庆阳空同后,求清新隽逸如雪友者,亦不多见。"①这种诗风的形成,得益于杨立程思想中的儒者情怀。

杨景修为杨立程第三子,字季熊,生于 1907 年,承继父志,笃好文史。在 1936 年中央红军到达陇东后,积极参加抗日救国宣传教育活动,被选为"庆阳县各界抗日救国会"副主任,为国共合作,共同抗日支前做出了贡献。杨景修曾因在国民党政府任职,新中国成立后一度被停职下放,直至"文化大革命"结束。杨氏父子都热心地方文化,均参与

---

① 庆阳县志编纂组编:《庆阳县志》,1984 年,第 371 页,内部资料。

过庆阳方志的撰修。杨景修 20 世纪 60 年代曾受聘整理《庆阳县志》，1983 年庆阳县编写新县志时，又特聘他为编纂人员，同其父一样，也为地方文史的传承和发展做出了贡献。

除整理编写县志外，杨景修还编著有《庆阳府续志稿》《庆阳金石记》等。《庆阳府续志稿》记叙了清乾隆二十六年（1761 年）至民国二年（1913 年）共一百余年的历史。1962 年省图书馆曾油印五十余套。《庆阳金石记》分金、石两部。按时代依次排列，共收录唐至民国末年碑石铭刻及金属器物 312 件。1963 年省图书馆油印五十余册，1985 年庆阳县志编纂委员会办公室对原本做了删节，油印百余册。据陆纲《庆阳金石记》序言：“其于金属之形式重量、石刻之高低宽度，以及行列题字多寡、年干纪事之远近，无不搜罗详尽，可谓集全县金石之大成！”①可知是作者平生的一部力作。杨景修致力于方志的编修，他说：“府裁固久，若无实录继乾隆之赵（本植）志，则一州四县，一百五十余年文物典章、社会演变，淹没如《庆州志》《北地志》，后之考史者将何所综合以借鉴乎？故于农功暇日，搜罗钞撮，了此夙愿。”②可知其致力于传承文化的一片苦心。

杨景修孜孜于庆阳文献的保留，1962 年与其他两位乡贤贾善卿、陆纲应甘肃省文化局之邀，在兰州整理《庆阳县志》。③ 这部县志本来编成于 20 世纪 20 年代，是第一部《庆阳县志》，之前庆阳仅有府志，以府统县，有关县的文字多略而不详。《县志》成后曾集资交上海中华书局刊印，样本已出而遇淞护抗战，书版遭到日寇焚毁，20 世纪 60 年代初才重新组织整理刊印。经这次重新厘订，资料宏富，剪裁有当，揄扬了一地的文献，编纂新志也可从中取材，于地方志有再造之功。

故而，在陇东的文化史上，杨立程、杨景修父子的作为应引起注意，其成果也应有相关的整理研究。

该文原发表于《甘肃广播电视大学学报》2015 年 12 月号。

---

① ［清］陆纲、［清］陆大成：《庆阳陆氏父子文集》，第 62 页。

② ［清］陆纲、［清］陆大成：《庆阳陆氏父子文集》，甘出准 019 字总 922 号（2004）025号，第 72～73 页，内部资料。

③ 庆阳县志编纂委员会编：《庆阳县志》，甘肃人民出版社 1993 年版，第 552 页。

周先公北豳创业考

王丽娟
（陇东学院）

夏商时期，周先公不窋、鞠陶、公刘迁居犬戎豳地之间，以农立本，繁衍生息。《史记·周本纪》曰："不窋末年，夏后氏政衰，去稷不务，不窋以失其官奔戎狄之间。""不窋卒，子鞠立。鞠卒，子公刘立。公刘虽在戎狄之间，复修后稷之业，务耕种，行地宜，自漆沮渡渭，取材用。行者有资，居者有蓄积，民赖其庆，百姓怀之，多徙而保归焉。周道之兴自此始，故诗人歌乐思其德。"①《史记·匈奴列传》记载："夏道衰，而公刘失其稷官，变于西戎，邑于豳。"清乾隆间邑贡生韩观琦《重修公刘庙碑记》中曰："粤自不窋失职，来居于此。公刘其孙也，复修先业，务耕种，辨土宜。……力勤稼穑，而黍稷馨香，服畴食德者几千余年，则其德其功之深入人心者，宜何如也。"据史料可知，不窋、公刘在先周世系中的地位相当重要，为周人的壮大做出了巨大贡献。做过夏农官的不窋，自窜于戎狄之间，不仅保存了周人的有生力量，而且为农业滞后甚至是农业生产极为原始的豳地带去了中原夏族早已成熟的农耕文明；不窋之孙公刘居豳，先周民从此拥有了自己的武装力量，成为一个强大的农业军事国家。经过三代周人的努力创业，最终使北豳（狭义今庆阳，广义今整个陇东地区）成为了中华农耕文化的发祥地之一。而《诗经·周颂·载芟》《诗经·豳风·七月》《诗经·大雅·公刘》三首诗全面描述了不窋三代在北豳艰苦创业，积蓄力量，奠定基础，不断壮大的过程。

一、初窜犬戎垦荒立足

最早记载不窋自窜戎狄的说法见于《国语·周语》，其曰："昔我先

---

　　① ［汉］司马迁：《史记》，中华书局1982年版，第112页。

王世后稷,以服事虞夏,及夏之衰也,弃稷不务,我先王不窋用失其官,而自窜于戎狄之间。"《史记·周本记》亦据此而云:"不窋末年,夏后氏政衰,去稷不务,不窋以失其官而奔戎狄之间。"①据史而言,周人先祖不窋曾生活在犬戎之地(今天的庆阳地区),这决定了在先周发展史上,庆阳占有相当重要的一席之地——带领族人,改变、利用还处于原始状态的豳地自然条件,伐木除草,开荒垦田,发展农业生产。

古北豳,当时为戎狄占居,"不窋失官,去夏而迁于豳,豳接西戎,北接狄也"(《国语·周语》,韦昭注),《史记正义》引《括地志》云:"不窋故城在弘化县(弘化县即今甘肃庆城县)南三里,即不窋在戎狄之间所居之城也。"②明代嘉靖《庆州阳府志》,正德五年《序》曰:"庆阳禹贡雍州之地,周之先不窋所居,亦曰北豳。"其成化十七年《序》曰:"庆阳古北豳之地。"③清人赵本植《庆阳府志》曰:"不窋,后稷之后,值夏德衰乱,窜居北豳,即今庆阳也。"《元和郡县志·宁州》称宁州为:"古西戎地也,当夏之衰,公刘居焉。……按今州理城,即公刘邑地也。"宁州州治即今庆阳的宁县县城。李学勤先生主编《中国古代文明与国家形成研究》:"值得注意者,自这一代逆泾河,在循支流马莲河而上一百多公里,为甘肃庆阳地区,传说周先公不窋'奔戎狄之间'即在此。"张剑《〈豳风〉与北豳》一文认为,《豳风》中"豳"的地域不仅包括今旬邑县、彬县、长武县一带(即公刘以后周族创业发展的南豳),也包括与南豳紧密相连接的地处子午岭西麓北端的"北豳",即今甘肃陇东之庆阳、宁县、正宁、合水一带的广大地区。④齐社祥《公刘旧邑考》说:"豳地当在子午岭西麓南段及东南,即今甘肃省之庆阳、合水、宁县、正宁(古北豳)及陕西省之彬县、旬邑、永寿、长武(古南豳)一带广大范围。"⑤文献资料和今人的考证证明,不窋当时迁往之地正是戎狄杂居、牧草丰茂、荒原深广的古北豳,今天的庆阳地区。这里为周人提供了重要的发展机遇,其"距夏王

---

① [汉]司马迁:《史记》卷四《周本纪》,中华书局1982年版,第112页。
② [汉]司马迁:《史记》,中华书局1982年版,第113页。
③ 傅学礼:《嘉靖庆阳府志》,日本上野图书馆藏本。
④ 张剑:《〈豳风〉与北豳》,《陇东学院学报》(社会科学版),2005年第3期。
⑤ 齐社祥:《公刘旧邑考》,《甘肃社会科学》,2003年第3期。

朝统治中心较远又宜于发展农牧业生产"①,使以农牧业为特征的周人有了足够可以利用的自然资源,令其充分发挥优势;但也同样是周人发展中一次重大的挑战,这里地处"子午岭西麓北端,山川塬地貌兼具,森林深广,牧草丰茂,林果满山,兽鸟成群"②,几乎属于没有开发过的原始荒地,危险重重且开垦极难,而《周颂·载芟》则以恢弘磅礴的场面、字字实录的笔调、欢欣鼓舞的情绪再现了周人窜戎、艰苦创业的第一步——伐木开荒、除草耕种、秋收百谷、敬祭先祖。

> 载芟载柞,其耕泽泽。千耦其耘,徂隰徂畛。侯主侯伯,侯亚侯旅。侯彊侯以,有嗿其馌。思媚其妇,有依其士。有略其耜,俶载南亩。播厥百谷,实函斯活。驿驿其达,有厌其杰。厌厌其苗,绵绵其麃。载获济济,有实其积,万亿及秭。为酒为醴,烝畀祖妣,以洽百礼。有飶其香,邦家之光。有椒其馨,胡考之宁。匪且有且,匪今斯今,振古如兹。(《载芟》)

《载芟》前十四句主要叙述了男女老少、举家齐上,除草伐木、垦田开荒的宏大场面。笔者以为这是全诗的重点所在。"载芟载柞,其耕泽泽"两句直接铺叙不窋一族初到草长木深、宜牧宜农的庆阳,便不辞劳苦,割除杂草、砍伐树木、翻耕拓荒的创业场面。"载芟载柞"《郑笺》释:"载,始也。"《正义》曰:"此本其开地之初,故载为始。"《传》曰:"除草曰芟。除木曰柞。"《正义》曰:"隐六年《左传》云:'如农夫之务去草焉,芟夷蕴崇之。'是除草曰芟也。"《秋官·柞氏》作:"掌攻草木及林麓,是除木曰柞。"《释文》云:"柞,侧伯反,除木也。"《释文》:"泽泽音释释。"《释训》云:"释释,耕也。"舍人曰:"释释犹藿藿,解散之意。郭云:"言士解也。"③由典籍中的释义可见,两句中出现的实词意义相近,都含开荒之意,显然写诗之人并非简单重复,而旨在渲染强调,又将其置于首句,足见周人历史中此举非常重要。最为艰难的一步走出后,紧接着便是在

---

① 路笛:《庆阳历史文化揽胜》,新华出版社 2003 年版,第 101 页。

② 张剑:《豳风·七月与北豳先周农耕文化》,《陇东学院学报》(社会科学版),2003 年第 2 期。

③ [清]阮元校刻:《十三经注疏》,中华书局 1980 年版,第 293 页。

新开发的田地中辛勤地耕耘。"千耦其耘,徂隰(《正义》曰:原隰者,地形高下之别名。隰指田形而言,则是未尝垦发,故知谓新发田也。)徂畛。侯主侯伯,侯亚侯旅。侯强侯以,有嗿其馌。思媚其妇,有依其士。有略其耜,俶载南亩。播厥百谷,实函斯活。"反映出当时土地开发的庞大规模、全民劳动的热烈场面。成千对的农人两两相扶,耕田除草,从低洼新田到高坡垅田,一家之长、家族子孙、手足兄弟、妇孺老人,田间畛上从南到北,到处都是人们欢欣劳作的身影。场面宏大热烈,表现出周人在新的环境中的昂扬斗志。"驿驿其达,有厌其杰。厌厌其苗,绵绵其麃。载获济济,有实其积,万亿及秭。"凭借着先祖后稷弃流传下来的松土、选种、除草等种植谷物的方法,以及先周民精心的管理,庄稼长势苗壮饱满,秋收时节谷物成堆。"为酒为醴。烝畀祖妣,以洽百礼。有飶其香,邦家之光。有椒其馨,胡考之宁。匪且有且,匪今斯今,振古如兹。"先周民承继后稷遗训以丰收的百谷祭祀先祖,祈求他们新的家园兴旺发达。尤其"匪且有且,匪今斯今"极为贴切地描述出周人在陌生的新环境下初次创业竟大获丰收时内心的意外、激动与喜悦之情。

从诗文本来看,《载芟》首叙垦田播种,中接夏收秋获,末道丰年庆祀。尤其用史诗般恢弘的笔调浓墨重彩地再现了不窋北上自窜于戎,以期发挥农业特长,谋求新发展而砍树掘木、除草翻土的热烈场面,至于周人初据豳地,首战告捷,告天祭祖等诸项事宜,则顺理成章,直叙而下,其间流露着毫无掩饰的自信与喜悦之情。可以说《载芟》诗篇唱响了先周民在庆阳陇东成功创业发展的第一曲。

二、艰苦创业发展农牧

《史记·货殖列传》云:"关中自汧、雍以东至河、华,膏壤沃野千里。自虞、夏之贡,以为上田。而公刘适邠,大王、王季在岐,文王作丰,武王治镐,故其民犹有先王之遗风,好稼墙,殖五谷,地重(《索隐》言:重于耕稼也)。重为邪(《正义》言:关中地重厚,民亦重难不为邪恶)。"[1]《汉书·地理志》载:"昔后稷封斄,公刘处豳,大王迁岐,文王作丰,武王治

---

① [汉]司马迁:《史记》卷一百二十九《货殖列传》,中华书局1982年版,第3261页。

镐,其民有先王遗风,好稼墙,务本业。"①周人从后稷开始,就以农立足,而不窋三代迁入的豳地为当时的少数民族戎狄所占据。戎狄亦称羌戎,是商周至春秋时期活动在西北地区的少数民族。《礼记·王制》曰:"西方曰戎,被发衣皮,有不粒食者矣。北方曰狄,衣羽毛穴居,有不粒食者矣。"②这是甘肃最古老的民族。他们长期散居关中周围地区,有着比较固定的活动地域,基本上活动于陇山东西和渭水、泾水、洛水之间,"被发衣皮","聚柴薪而焚之"(《礼记·王制》)。"所居无常,随依水草,地少五谷,以产牧为业。"(《后汉书·西羌传》)③属典型的游牧民族,在先周民来之前,古豳地主导经济应为狩猎、畜牧、采集,农业生产滞后,处于原始阶段。

《西羌传》记载:夏帝相"乃征畎夷"。《竹书纪年》有云,夏桀三年"畎夷入于岐以叛"。李仲立先生怀疑此指公刘迁豳一事,从时间上来说是合适的,而畎字从田,似乎与耕种又有着某种联系,这恰恰说明,先周民入戎狄之间后大兴农耕生产,发展农业经济,不仅壮大了自身实力,而且惠及庆阳地区的土著戎狄,他们也逐渐接受并掌握了先进的农业耕作方法而与周人融合;同样,周人在推行农业经济的过程中,也不断吸收和接纳戎狄游牧文化中的可取之处,使其农事生产不可避免地土著化、戎狄化。二者共同融合发展,最终形成了古北豳极具地域特色的半农半牧的生产方式。

《豳风·七月》则全景式地展现了不窋、鞠陶、公刘三代海纳百川,相地之宜,把农耕种植与林果产业、畜牧养殖相结合,使这片未曾开垦的处女地逐渐成为以农耕为主的农牧区的过程。

> 七月流火,九月授衣。一之日觱发,二之日栗烈。无衣无褐,何以卒岁?三之日于耜,四之日举趾。同我妇子,馌彼南亩。田畯至喜。七月流火,九月授衣。春日载阳,有鸣仓庚。女执懿筐,遵彼微行,爰求柔桑。春日迟迟,采蘩祁祁。女心

---

① [汉]班固:《汉书》,中华书局 1962 年版,第 1642 页。
② [清]朱彬:《礼记训纂》,中华书局 1996 年版。
③ [南朝宋]范晔:《后汉书》,岳麓书社 1998 年版,第 1793 页。

伤悲,殆及公子同归。七月流火,八月萑苇。蚕月条桑,取彼斧斨。以伐远扬,猗彼女桑。七月鸣鵙,八月载绩。载玄载黄,我朱孔阳,为公子裳。四月秀葽,五月鸣蜩。八月其获,十月陨箨。一之日于貉,取彼狐狸,为公子裘。二之日其同,载缵武功。言私其豵,献豜于公。五月斯螽动股,六月莎鸡振羽。七月在野,八月在宇,九月在户,十月蟋蟀入我床下。穹窒熏鼠,塞向墐户。嗟我妇子,曰为改岁,入此室处。六月食郁及薁,七月亨葵及菽。八月剥枣,十月获稻。为此春酒,以介眉寿。七月食瓜,八月断壶,九月叔苴,采荼薪樗,食我农夫。九月筑场圃,十月纳禾稼。黍稷重穋,禾麻菽麦。嗟我农夫,我稼既同,上入执宫功。昼尔于茅,宵尔索绹,亟其乘屋,其始播百谷。二之日凿冰冲冲,三之日纳于凌阴。四之日其蚤,献羔祭韭。九月肃霜,十月涤场。朋酒斯飨,曰杀羔羊,跻彼公堂。称彼兕觥:万寿无疆!

《七月》以四季作息为经,以桑田稼穑为纬,气势磅礴地铺叙了周人正月开始修理农具,春季下田翻土种地,秋季收割、打碾的过程。("三之日于耜,四之日举趾,同我妇子,馌彼南亩""九月筑场圃,十月纳禾稼。黍稷重穋,禾麻菽麦""九月叔苴,十月获稻。九月肃霜,十月涤场")方玉润在《诗经原始》中说:"《豳风·七月》一篇所言皆农桑稼墙之事。非躬亲陇亩,久于其道者,不能言之亲切有味也如是。"从正月修理农具到十月清理打谷场,农耕劳作仍然是农人们最主要的生产任务。尤其诗中所描写的农忙时节妇女田间送饭这一细节("同我妇子,馌彼南亩"),逐渐演变为陇东地区极具特色的民间百姓"送麦饭"的习俗,流传至今,影响深远。①

   除此之外,诗中更描写了丰富多样的农副牧业生产。其一林果种植,"蚕月条桑,取彼斧斨,以伐远扬,猗彼女桑","六月食郁及薁('郁'为李的一种、'薁'为野葡萄),八月剥枣",由诗中"描写林果栽植情况,可以看出林果已是当时农耕生产和生活的重要补充,林果业的发展已

---

①　王丽娟:《〈豳风·七月〉蕴藏陇东民俗发微》,《黑河学院学报》,2013年第5期。

经受到相当的重视"①。其二采集收藏,"女执懿筐,遵彼微行,爰求柔桑。春日迟迟,采蘩祁祁""八月萑苇""八月剥枣""九月叔苴,采荼薪樗"。野外人们也忙得不亦乐乎,采摘桑叶,收割萑草、芦苇,扑打红枣,采集野菜,当时豳地周人虽然农耕生产已有了长足发展和进步,但他们也接受了戎狄"茹草饮水,采树木之实"②的生活方式,并且将采集劳动发展为与农耕生产并存的在物质生产中占重要地位的一种生产方式。其三副业加工,如纺织副业及纺织品,"无衣无褐"中的"褐"是古豳地以羊毛或麻捻线织成的一种厚而粗但耐寒的布制成的褐衣(详见拙文《〈豳风·七月〉蕴藏陇东民俗发微》,《黑河学院学报》,2013 年第 5 期),"八月载绩,九月授衣……为公子裳"中的"衣"与"裳"则是养蚕抽丝纺织而成的丝织布料制成的衣物。再如染色加工,"载玄载黄,我朱孔阳"两句反映出当时的染色加工技术已相当成熟,还有皮革加工,"取彼狐狸,为公子裘";酿造加工,"为此春酒,以介眉寿";用具器物加工,"七月食瓜,八月断壶"。尤其值得一提的是"昼尔于茅,宵尔索绹"的草编加工,割回茅草捻成绳索。这里的茅草特指生长在北豳地区韧性极强、草叶修长的一种植物,当地人称其"豳草"。③ 其四狩猎畜牧,"一之日于貉,取彼狐狸,为公子裘。二之日其同,载缵武功,言私其豵,献豜于公""献羔祭韭,曰杀羔羊",一方面周人学习戎狄狩猎,农闲上山,以狩补农;另一方面大力发展家畜养殖,主要是蓄养家猪和牧羊,"豳"从甲骨字形看恰如一把火架烧着两头猪,有可能豳地豕类极多,诗中亦云:"言私其豵,献豜于公。"豵指小野猪,豜指大野猪,不排除周人猎回野猪,用以蓄养的可能。戎狄又称羌,东汉许慎的《说文解字·羊部》解释:"羌,西戎牧羊人也。"《风俗通》说:"羌,本西戎卑贱者也,主牧羊。"有当地土著戎狄的牧羊基础,周人更是重视养羊业的发展,并且使其成为周人生活不可或缺的组成部分,吃、穿甚至神圣的祭祀都与羊关系密切,可见当时畜羊业极为繁盛,非常受周人重视。

---

① 张剑:《〈豳风·七月〉与北豳先周农耕文化》,《陇东学院学报》(社会科学版),2003 年第 2 期。

② [汉]高诱:《淮南子注》,上海书店 1986 年版,第 331 页。

③ 张剑:《〈豳风·七月〉与北豳先周农耕文化》,《陇东学院学报》(社会科学版),2003 年第 2 期。

综上所述,《七月》中对农事生产的叙述,已经远远超过了《载芟》中所描写的较为单纯的农耕种植,它所展现的是一种融合了传统农耕稼穑、成熟畜牧养殖、狩猎采集、林果栽植的综合、复杂的农业方式,形式多样,内容丰富,这正是不窋祖孙三代"窜身戎狄而不恤其志"①,坚持务农耕种,同时地宜而行、取材而用,融合吸收游牧文化的重大贡献——"形成了以农耕为主而林、猎补农的综合性农牧经济,体现出鲜明成熟的北豳农耕文化特色"②。毫不夸张地说,《七月》是周祖在北豳发展的第二曲。

三、寓兵于农军屯北豳

《大雅·公刘》描写的是周人在公刘带领下的一次大规模迁徙(大致由不窋、鞠陶最先占据的庆城迁往西峰董志原至宁县一带)。此次迁徙,使周族"行者有资,居者有畜积",更加壮大,农耕生产不仅全民参与,甚至军队亦成为开荒垦田的重要组成部分,"其军三单,度其隰原,彻田为粮"(《大雅·公刘》)。这在周族的发展史上又是一次大的创举,从此,周人由原来的父系农业氏族进入了雏形期农业军事国家时代。

> 笃公刘,匪居匪康。乃埸乃疆,乃积乃仓;乃裹餱粮,于橐于囊。思辑用光,弓矢斯张;干戈戚扬,爰方启行。笃公刘,于胥斯原。既庶既繁,既顺乃宣,而无永叹。陟则在巘,复降在原。何以舟之?维玉及瑶,鞞琫容刀。笃公刘,逝彼百泉。瞻彼溥原,乃陟南冈。乃觏于京,京师之野。于时处处,于时庐旅,于时言言,于时语语。笃公刘,于京斯依。跄跄济济,俾筵俾几。既登乃依,乃造其曹。执豕于牢,酌之用匏。食之饮之,君之宗之。笃公刘,既溥既长。既景乃冈,相其阴阳,观其流泉。其军三单,度其隰原。彻田为粮,度其夕阳。豳居允荒。笃公刘,于豳斯馆。涉渭为乱,取厉取锻,止基乃理。爰

---

① [明]傅学礼、[清]杨藻凤:《庆阳府志》,甘肃人民出版社 2001 年版,第 741 页。
② 王丽娟:《先周北豳战争与农耕文化》,《陇东学院学报》,2013 年第 6 期。

众爰有，夹其皇涧。溯其过涧。止旅乃密，芮鞫之即。

关于公刘的此次迁徙，《毛传》曰："公刘居于邰，而遭夏人乱，迫逐公刘，公刘乃辟中国之难，遂平西戎而迁其民，邑于豳焉。"于俊德先生认为："周族到庆城县时……庆城县周边的地理环境大量为山区，仅有少量川台地，是适宜半农半采猎经济发展的。但庆城县的环境却不能使他们充分施展农业本领，向外发展成为必然选择。"而"黄土高原残存最大的董志原，处于十一处原面的中心地带。……地势平坦，视野开阔，无论站在哪条原上都无视野阻挡之困。……非常适合农耕经济发展，对周族产生很强的吸引力"。公刘时代，周人在庆城形成了半农半牧特色的农业经济，恢复了元气，但庆城已不适合周人进一步地壮大发展，加之内受犬戎不断骚扰，外有夏朝伺机而动，西峰董志原又占尽地理环境优势，于是，公刘带领周人举族迁徙。

公刘率领族人"弓矢斯张；干戈戚扬"，武装迁徙，无异于一次流动的武装宣传，经过不窋、鞠陶两代人的努力，周人已经拥有了自己独立的武装力量，既保证了迁徙的顺利起行，也对周围的不安定因素（戎狄、夏朝势力）起到威慑作用，显示着周人由氏族部落向一个新生、强大国家的蜕变。"原始社会是没有军队的（在原始社会倘有战争，则全体氏族成员参加，无专门的军队），军队是阶级社会统治人民、防御敌人的工具。从这里可见：公刘之世已有国家，公刘本人是一位国王。"①"公刘"的称呼和诗中对其"维玉及瑶，鞞琫容刀"佩刀戎装的威武形象的细节描写同样昭示了周人社会性质的重大转变。公者，国君也。"在周族早期世系中，公刘第一个称'公'，后来有公非、公叔祖类、公亶父。……或者说'公'是爵名（伪古文《尚书·武成》孔传），或者说'公'是号（《公刘》正义引王肃说）。从后来季历称王季或称公季来看，'公'和'王'应该同样是称号。公刘之称'公'，该是当时周族人对国君的尊称。公刘不仅是周族所建立的国家的第一个国君，而且是第一个有计划地营建国都的人。"②刘者，兵器也。《孔传》："刘，钺属。"孔颖达疏引郑玄曰："刘，

---

① 孙作云：《诗经与周代社会研究》，中华书局 1979 年版，第 15～28 页。
② 杨宽：《西周史》，上海人民出版社 1999 年版，第 33～34 页。

盖今鑱斧。"《广雅·释器》:"刘,刀也。"《正字通·刀部》也解释说:"刘,钺属。"可见,"公刘"之名中的"刘"字应隐含着周人对第一个建立军队、发展武装之人的崇敬之情。周人能够在犬戎虎视眈眈、夏人围追堵截中顺利迁徙居豳,是与其强大的军事武备分不开的。

迁豳之后,公刘对周族发展的重大开拓是以军屯田,发展农业。"其军三单,度其隰原。彻田为粮。"最终"豳居允荒""于豳斯馆",建立国家。姚际恒《诗经通论》曰:"单,尽也,谓三军尽出于是也。古'寓兵于农'之义如此。"胡承珙《毛诗后笺》曰:"单者,一也,独也。三单者,即《周礼》'凡起徒役,无过家一人'之谓。盖止用正卒为军,不及其羡,故曰'单'。三军,故曰'三单'。……且此语虽为制军之数,古者寓兵于农,制军所以为受田,故上承相阴阳,观流泉,而下与'度其隰原,彻田为粮'相次,可知并非在道御寇之谓。"又曰:"'彻'之训'治',其义甚广,什一税法自在其中。此《笺》云'什一而税谓之彻'者,乃因诗而推言之,以彻法亦治田之事耳。"姚际恒、马瑞辰都提到"古者寓兵于农"的看法,马瑞辰还说"古者寓兵于农,制军所以为受田",这说明公刘迁豳以后,作为维护国家机器的军队,在发展豳地农业、促进豳地经济中发挥了重大作用。周人不仅在经济上已经成熟,同样在军事上也已取得主动权,最终获得政治上的独立,由氏族、部落向国家雏形转化。《公刘》一诗展现了周祖在北豳发展的最后一曲。

《载芟》《七月》《公刘》以诗史式的韵律谱写了周氏族在不窋、鞠陶、公刘三代率领下立足泾河流域,发展农业,形成北豳农耕文化的三部曲。由避乱窜庆开荒垦田艰难创业,到融合游牧文化形成富有豳地特色的综合农牧产业,再到建立独立强大的农业军事国家,"最终使北豳(狭义今庆阳,广义今整个陇东地区)成为了中华农耕文化的发祥地之一。宋代范仲淹知庆州时仍能强烈感受到它的滚滚余波'烹葵剥枣古丰年,莫管时殊俗自同。太守劝农农勉听,从今再愿调豳风'"①。

该文原刊于《现代语文》(学术综合版)2014 年 10 月号,原题目为"从《载芟》《七月》《公刘》看周祖在北豳的创业",有改动。

---

① 王丽娟:《先周北豳战争与农耕文化》,《陇东学院学报》,2013 年第 6 期。

作家及作品研究

"前丝绸之路"上的文化与文学交流
——以《穆天子传》为核心

学术界把西汉时代张骞出使西域后打通的由长安经河西走廊和西域，最终到达遥远的中亚和欧洲的贸易和文化传播之路称为"丝绸之路"。其实，据《穆天子传》《山海经》《竹书纪年》等文献记载和晚近以来考古学者的发掘和研究，在西汉以前，最早可以追溯到夏代初年，这条通道即已存在，有的学者将其称为"前丝绸之路"。本文拟从上述文献入手，对"前丝绸之路"文化及文学交流情况做一简要的梳理。

一、"前丝绸之路"与周人"西游"的现实可能性

著名考古学家张光直曾经指出："西北的地理位置在亚洲史前史上非常重要，这里不但是东西古文化之间的走廊，沟通中原与中亚的文化通道；同时也是南北古文化之间的走廊，沟通着草原与西南。西北地区在东西文化交通史上的地位是学者熟悉的，但它在南北文化交通史上地位则常为人们所忽略。中原文化自东而西传入西北，时代愈远，地域愈西，则变化愈大。换言之，这个程序不但是中原文化的输入，而且是中原文化的'西北化'。"①其中发生在公元前4000年前后的第一波中原文化向西传播，造就了以马家窑彩陶文化的鼎盛与西传为标志的"彩陶之路"。韩建业指出："彩陶之路"是以彩陶为代表的早期中国文化以陕甘地区为根基自东向西拓展传播之路，也包括顺此通道西方文化的反向渗透。"彩陶之路"从公元前四千纪一直延续至前一千纪，其中又

---

① 张光直：《考古所见的汉代以前的西北》，台湾中研院：《历史语言研究所集刊》第42本第一分，第92页。

以大约公元前 3500 年、公元前 3000 年、公元前 2200 年和公元前 1300 年四波彩陶文化的西渐最为明显。具体路线虽有许多,但大致可概括为以青藏高原为界的北道和南道。"彩陶之路"是早期中西文化交流的首要通道,是"丝绸之路"的前身,对中西方文明的形成和发展都产生过重要影响。① 而在此期间,发生在公元前 3000 年后半期的中原农耕文化与游牧文化融合的浪潮,则造就了以齐家文化的西传与欧亚草原青铜文化西进为标志的"玉石之路"。② 专家们认为,在这个过程中,"早期丝绸之路"逐渐形成。"彩陶之路"和"玉石之路"文化交流的主要内容是"彩陶艺术"与"玉石文化",以及与此相关的宗教观念、审美观念。

上述趋势在殷商和西周时代不仅继续存在,而且有了很大的发展。殷商民族起于东方,但甲骨卜辞中多见"羌方",《诗经·商颂·殷武》亦言"昔有成汤,自彼氐羌,莫敢不来享,莫敢不来王,曰商是常"。说明殷商文化已经为"方国"之一的西北羌人所接纳。周人本来起于西北,与戎族及羌人等西北地区部族世为联盟。《尚书·牧誓》中协助周人克商的盟军中,就有羌人的身影。《汲冢周书》卷七《王会》篇记载周成王时朝见诸侯及四方蛮夷的场面,说到西方禺氏献騊駼,大夏献兹白牛,犬戎献文马,渠搜献犬,匈奴献狡犬,康民献桴苡。这说明周初已和西域各族有密切的往来。随着物质上的交流,周人创造的"礼乐文明"也逐步向西传播,并发生影响,这似乎已是不争的事实。另外,最为典型的具体印证就是《穆天子传》等文献中所记载的"前丝绸之路"上的礼乐文化西渐与东西方文学交流现象的出现。

《穆天子传》原称《周王游行记》,是西晋初年在汲冢出土的古书之一种,即所谓"汲冢书"。据《晋书·武帝纪》载,咸宁五年冬十月戊寅,"汲郡人不准掘魏襄王冢,得竹简小篆古书十余万言,藏于秘府"③。太康年间,当时知名学者荀勖、束皙等人对此进行了校理。《晋书·束皙传》曰:"初,太康二年,汲郡人不准盗发魏襄王墓,或言安厘王冢,得竹书数十车,其《纪年》十三篇……《穆天子传》五篇,言周穆王游行四海,

---

① 韩建业:《"彩陶之路"与早期中西文化交流》,《考古与文物》,2013 年第 1 期。

② 李水城:《齐家文化:"前丝绸之路"的重要奠基者》,《2015 年齐家文化与华夏文明国际研讨会论文集》,第 130～135 页。

③ [唐]房玄龄等:《晋书》,中华书局 1974 年版,第 70 页。

见帝台西王母。"①《穆天子传》既然是晋武帝时汲郡人不准盗掘魏襄王（公元前318—公元前295年在位）墓，从中发现的一批竹简小篆古书中的一种，可知其至迟在公元前295年已经传世。战国时代的魏国是当时中国的学术中心，此地学者及王室都重视史籍著述。这从汲冢所出的简册有《纪年》这类的史著及《师春》《穆天子传》这样的记录口碑之作即可看出。著名史家杨宽据此认为《穆天子传》一书是魏国史官根据河宗氏长期流传的祖先柏夭引导周穆王西游的口头传说写成的，书中所载的柏夭的史事传说虽然带有战国时代的色彩，但人物、事迹大体是真实的。例如其中记述毛班，不见于传世典籍，而见于西周铜器《班簋铭》②；还有《穆天子传》讲到"大王亶父之始作西土，封其元子吴（虞）太伯于东吴（虞）"也符合"周自公季以前未有号为某公者"之史实。这些都可见《穆天子传》所记大事的真实性。③ 周穆王西征之事又见于《国语·周语》，据此，似乎《穆天子传》所载穆王巡游至西王母之国的事应当有真实的史实为依据，因此才成为战国时代人所共知之事。

《穆天子传》记周穆王此次西游，从成周启程④，渡黄河北上，经太行山西行，经漳水和鈃山（今河北井陉东南），又经隃之关隥（即今雁门山）而行，到达河宗氏（今内蒙古河套一带），从此由河宗氏首领作引导，长途西行，直到昆仑山（即今甘肃的祁连山），古时传说昆仑山是黄河的发源地，再西行到西王母之邦及其北方一带，行程有一万三千多里。⑤《穆天子传》叙述周穆王西行，所经之邦国部落必有牛羊乳酪等物进献，穆天子出于礼仪之需也必有回报赏赐。书中还描写了西经各部的祭祀礼仪、风俗习惯，以及穆天子演奏广乐、歌诗赠答等展示周人礼乐文化

---

① ［唐］房玄龄等:《晋书》,中华书局1974年版,第1432～1433页。

② 《班簋铭》云:"王命毛伯更(赓)虢城公服……毛令毛公以邦冢君……伐东国"铭中的"毛伯""毛公"均指毛班,也就是《穆天子传》卷五中提到的"毛班"。

③ 杨宽:《战国史》,上海人民出版社1998年版,第671页。

④ 有的学者据此否认《穆天子传》所述"穆王西行"的可能性,这在逻辑上是说不通的。是否从镐京出发,与穆王是否西行之间不存在必然的联系。更何况西周时很多军政大事均在成周举行,故《史记·匈奴列传》言:"武王伐纣而营洛邑,复居于邦郊,放逐戎夷泾洛之北,以时入贡,命曰荒服。"则周人之营洛邑,本来就是因为成周在天下之中,有利于防范戎狄及均齐朝贡的距离。

⑤ 杨宽:《战国史》,上海人民出版社1998年版,第669页。

的场面。它不仅反映了西周时代中原文化与西北游牧文化的接触与交流,而且也是最早有关文学交流的记载。其最为典型,在后世影响最大的,要数《穆天子传》卷三记载的穆天子与西王母的歌诗酬唱:

　　吉日甲子,天子宾于西王母。乃执白圭玄璧以见西王母。好献锦组百纯,组三百纯。西王母再拜受之。

　　乙丑,天子觞西王母于瑶池之上。西王母为天子谣,曰:"白云在天,山陵自出。道里悠远,山川间之。将子无死,尚能复来?"天子答之,曰:"予归东土,和治诸夏。万民平均,吾顾见汝。比及三年,将复而野。"

　　西王母又为天子吟曰:"徂彼西土,爰居其野。虎豹为群,於鹊与处。嘉命不迁,我惟帝女。彼何世民,又将去子。吹笙鼓簧,中心翔翔。世民之子,唯天之望。"

　　天子遂驱升于弇山,乃纪丌迹于弇山之石,而树之槐,眉曰西王母之山。①

《周礼·春官》:"大宗伯以宾礼亲邦国。""大行人掌大宾之礼以亲诸侯。"由上面的记述可知,穆天子与西王母相会于其国,特用"宾"礼,"执白圭玄璧以见",又"献锦组百纯"于西王母,礼仪之隆重,与经过沿途其他邦国时的"赏赐"等居高临下的方式截然不同,说明"西王母之邦"在周穆王心目中的地位之重要。所载宾主双方吟唱之《穆天子谣》《西王母吟》等用韵及语词有后世痕迹,但这也是其他口传歌谣流传中的常态,其所反映的穆天子与西王母会面时的宾礼及宴会赋诗等,都与西周礼制相合;西王母与穆天子通过歌诗赋诗互表款诚,表明了西王母之国对中原礼乐文化的认可与接受。此种描述当亦有所据。与《穆天子传》同时出于汲冢的《竹书纪年》亦载周穆王十七年,"王西征昆仑丘,见西王母。其年,西王母来朝,宾于昭宫",并记载了"北唐之君来见,以一骝

――――――

　　① 引文据王贻樑:《穆天子传汇校集释》,华东师范大学出版社 1994 年版,第 161 页。其中所收歌谣校以《古今风谣》《风雅逸篇》卷二、《古诗纪》卷三、《先秦汉魏晋南北朝诗·先秦诗》卷三收录。

马,是生绿耳"①的事;主人公周穆王名姬满,昭王之子,为西周王朝的第五代天子,他于公元前976年—前922年在位。② 西周王朝的政治、经济、文化到他统治时期已经达到鼎盛,因此放眼天下,探寻并开拓遥远而陌生的"异域",就具备了现实的和心理的可能性。

二、有关穆王西游文献的辨析

周穆王在位54年,周人的礼乐制度大备于他统治时期,综合国力也在他统治时期达于鼎盛。有关这位一代雄主的事迹,尤其是他巡行天下的事迹不仅在他在世时引起了臣子们的议论,甚至到了春秋时代仍是士君子热议的话题。据《左传·昭公十二年》载,春秋时代急于与晋争霸的楚灵王欲扩张疆土、臣服邻国,子革等大臣欲谏阻其心,又不能直说,只好采取迂回的办法。于是君臣间曾对周穆王的"肆其心而西游"有一番讨论:"(楚灵)王出,复语。左史倚相趋过。王曰:'是良史也,子善视之。是能读《三坟》《五典》《八索》《九丘》。'(子革)对曰:'臣尝问焉:昔穆王欲肆其心,周行天下,将皆必有车辙马迹焉。祭公谋父作《祈招》之诗,以止王心,王是以获没于祗宫。臣问其诗而不知也,若问远焉,其焉能知之?'王曰:'子能乎?'对曰:'能。其诗曰……'(楚灵)王揖而入,馈不食,寝不寐,数日,不能自克。"使楚灵王受到触动,以至寝食不安的,即祭公谋父劝谏周穆王的《祈招诗》。诗曰:

> 祈招之愔愔,式昭德音。思我王度,式如玉,式如金。形民之力,而无醉饱之心。

诗题为"祈招",究竟何意? 杜预注曰:"谋父周卿士,祈父周司马,世掌甲兵之职,招其名。祭公方谏游行,故指司马官而言。"③愔愔,安和貌。"式如玉,式如金",杜预注:"金玉取其坚重。"形,当通"型",程量之义。

① 王国维:《今本竹书纪年疏证》,辽宁教育出版社1997年版,第89页。
② 《夏商周断代工程1996—2000年阶段成果报告》,世界图书出版公司2000年版。
③ [清]阮元校刻:《十三经注疏》,中华书局影印本,第2064页。

形民之力,谓量民之力所能胜任者使之。醉饱之心,谓贪婪过度之心。此篇为祭公谋父谏阻穆王西征所作无疑,然而诗题为何作"祈招"则历来有异说。

笔者认为,对《祈招》诗题的解说,杜预、孔颖达以来,历代学者均未得其真意。阮元《十三经注疏校勘记》于此曰:"《正义》曰:贾逵云:祈,求也;昭,明也。马融以'圻'为'王圻千里'。据此则贾逵本作'祈昭',马融本作'圻昭'也。"后之学者以为当作"祈招"为是。《孔子家语·正论篇》引诗正作"祈招",明人杨慎《风雅逸篇》卷四、冯惟讷《古诗纪》卷九、清人沈德潜《古诗源》卷一及今人逯钦立《先秦汉魏晋南北朝诗·先秦诗》卷六收录并同。杨伯峻《春秋左传注》曰:"'祈招'何义,马融、王肃以及俞樾《茶香室经说》皆有说,纠葛纷纭。"①笔者以为,祈招之"招",当依贾逵本作"昭"。"祈昭"者,意即祈求昭王也。

祭公谋父是周穆王朝的卿士,是一位穆王所倚重的重臣,因为其父与周昭王南征荆楚,同没于汉水。这对周人来说是非常沉痛的教训,说到底根源还是高估了自己的实力而贸然南征。因此,当周穆王欲"肆其心"而西征之时,祭公谋父不得不祈求昭王的在天之灵阻止此事,以免悲剧重演。《竹书纪年》载:"穆王十一年,王命卿士祭公谋父。""十七年,王西征昆仑丘,见西王母。""二十一年,祭文公薨。"②穆王二十一年是公元前955年。《逸周书》中有一篇《祭公》,记录的是祭公临终前与穆王的对话。祭公对穆王说:"昭王之所勖,宅天命。"朱右曾注:"昭王,穆王之父。魂在先王左右,言必死也。勉王安保天命。"③《史记·周本纪》载"穆王将征犬戎,祭公谋父谏",裴骃《集解》引韦昭曰:"祭,畿内之国。周公之后,为王卿士。谋父,字也。"大约穆王西巡,最初也带有征伐的意思。杨伯峻引雷学淇《竹书纪年义证》云:"祭公谋父者,周公之孙。其父武公与昭王同没于汉。谋父,其名也。"④杨先生虽然说对"祈招"一语"不必求其确解",但他提供的佐证却为我们求"祈招"之确切提供了一个有益的启示。

---

① 杨伯峻:《春秋左传注》,中华书局1981年版,第1341页。
② 王国维:《今本竹书纪年疏证》,辽宁教育出版社1997年版,第89页。
③ 黄怀信等:《逸周书汇校集注》(修订本),上海古籍出版社2005年版,第926页。
④ 杨伯峻:《春秋左传注》,中华书局1981年版,第1341页。

虽然祭公谋父以周昭王南征荆楚失败的事实来谏阻穆王西行,但雄心勃勃的周穆王并没有因此而取消他的宏伟的计划。著名史学家吕思勉尝言:

> 周朝的穆王,似乎是一个雄主:他作《冏命》,作《甫刑》,在内政上颇有功绩,又能用兵于犬戎。虽然《国语》上载了祭公谋父一大篇谏辞,下文又说"自是荒服者不至",似乎他这一次的用兵,无善果而有恶果;然而古人这种迂腐的文字,和事势未必适合。周朝历代,都以犬戎为大患,穆王能用兵征伐,总算难得。又穆王游行的事情,《史记·周本纪》不载,详见于《列子》的《周穆王篇》和《穆天子传》。这两部书,固然未必可信,然而《史记·秦本纪》《赵世家》,都载穆王西游的事;又《左传》昭十二年,子革对楚灵王也说"昔穆王欲肆其心,周行天下"。这件事,却不是凭空捏造的;他时能够西游,就可见得道路平静,犬戎并不猖獗。①

吕先生所言甚为有理。童书业亦曾指出:"《齐语》载管仲曰:'昔吾先王昭王穆王,世法文武远绩以成名',则昭穆二王为周室'雄主',二王盖皆有南征及远巡之事。"②遥远的"西方"吸引着这位意欲"周行天下"的雄主,不听劝谏,恰恰体现了他个人的自信,也体现了鼎盛时期的西周王朝统治集团试图了解周边世界的心态。

三、考古学与传世文献的内在一致性

据《穆天子传》所载,穆王西行的目的地是西王母之国。西王母既是西方邦国的名称,也是其部落首领的名称。大约在其西行之前,穆王对西王母之国的情况已经有所耳闻。所以这位豪情满怀的雄主,一定要亲历这遥远的神秘之国,把最好的礼乐文化传播到异域。弄清"西王

---

① 吕思勉:《白话本国史》,上海世纪出版集团 2012 年重印本,第 54 页。
② 童书业:《春秋左传研究》,上海人民出版社 1980 年版,第 35 页。

母之邦"的所在,对于深刻体察三千年前这位旅行家的内心感受至关重要。而我们可以依据的,只有穿越时空流传至今日的文献典籍,以及近半个世纪以来在西域发现的考古遗迹。

据《山海经·西山经》载:"又西北三百五十里,曰玉山,是西王母所居也。西王母其状如人,豹尾虎齿而善啸,蓬发戴胜,是司天之厉及五残。"《海内北经》曰:"蛇巫之山,上有人操杯而东向立。一曰龟山。西王母梯几而戴胜杖,其南有三青鸟,为西王母取食。在昆仑虚北。"《大荒西经》曰:"西海之南,流沙之滨,赤水之后,黑水之前,有大山,名曰昆仑之丘。……有人,戴胜,虎齿,有豹尾,穴处,名曰西王母。"郭璞注:"《河图玉版》亦曰'西王母居昆仑之山',《西山经》曰'西王母居玉山',《穆天子传》曰'乃纪名迹于弇山之石,曰西王母之山'也。然则西王母虽以昆仑之宫,亦自有离宫别窟,游息之处,不专住一山也,故记事者各举所见而言之。"①关于西王母方国的具体方位,学者们的认识差别很大。如丁谦认为"西王母之邦"在亚述帝国②,顾实则认为"西王母之邦"位于伊朗德黑兰西北部高加索山脉的厄尔布鲁斯峰③,日本学者小川琢治认为"西王母"殆亦"西宛"之缓音,显与汉代之大宛,想与西苑为同一民族④,郭沫若《中国史稿》则认为在中亚地区⑤,顾颉刚认为《穆天子传》中穆王西征只是到了河西走廊,因此"西王母之邦"也在河西走廊⑥。以往学者们对"西王母之邦"位置的确定要么太远,要么太近,都不太符合《穆传》《山海经》等典籍所载的实际情况,也和近年来西北边疆地区考古发掘所得无法印证。王守春从文献所载地名的地理空间的相对位置及自然环境、物产、风俗人文等多方面入手,考定认为"春山""瑶池""西王母之邦"等位于今新疆境内,论证了"春山"为吐鲁番盆地北面的天山,"瑶池"为新疆准葛尔盆地西端的赛里木湖,论证认为"西

① 诸子百家丛书本《山海经》,上海古籍出版社 1989 年影印,第 112 页。
② 丁谦:《穆天子传考证》,国家图书馆出版社 2008 年版。
③ 顾实:《穆天子传讲疏》,中国书店 1990 年影印本。
④ [日]小川琢治:《穆天子传考》,收江侠庵译:《先秦经籍考》(下),商务印书馆 1931 年版。
⑤ 郭沫若:《中国史稿》第 1 册,人民出版社 1976 年版。
⑥ 史为乐:《〈穆天子传〉作者》,收谭其骧主编:《中国历代地理学家评传》,山东教育出版社 1990 年版。

王母之邦"大致可能相当于今伊犁河谷地。① 这个看法相对其他诸说均较合理。马雍和王炳华二位学者认为：

> 最近有学者提出一种新的意见，认为先秦文献中的昆仑山可能指阿尔泰山而言。这种意见看来近乎真实。我们结合考古资料来考察《穆天子传》和《山海经》关于昆仑山及其相连的诸山的记载，感到只有把这些山定为阿尔泰山的若干山峰才能相符。《穆天子传》提到昆仑山上有"黄帝之宫"和某种高大的墓葬，山中还有沼泽、泉水，有虎、豹、熊、狼、野马、野牛、山羊、野猪和能够攫食羊、鹿的大雕。其他先秦文献也大多把昆仑描写为一座有神奇的宫殿的仙山。从现代考古发现的资料来看，只有阿尔泰山才有许多古代部落留下的文化遗迹，例如，本文上面所提到的那种大型石冢表明当时这里的居民的文明已有很高的水平。显然，那些关于昆仑山的神话乃是对阿尔泰山区古代文明的夸大。至于今天的昆仑山和祁连山迄今并未发现任何古代文明遗迹足以构成神话的素材；何况，它们的地理位置与自然环境也与古代文献的记载不能相符。《穆天子传》所描写的旅途是从阿尔泰山中段的东麓越过山口，经该山西麓再沿黑水西进。黑水应当指额尔齐斯河上游。在这里有一处宜于畜牧的平原，居住着以鹢韩氏为名的部落……旅程由此再往西，经过一个山口，来到了西王母之国；这里有着被神话化的瑶池，可能指斋桑泊而言。②

他们从中亚地区的考古资料与文献的对应中考定认为，《穆天子传》中的"西王母之邦"，应在新疆境内阿尔泰山区额尔齐斯河上游一带，这里的古代居民可能是羌人或者斯基泰人。晚近以来，余太山也认为："《穆天子传》所传西母居地的位置无从确指，仅知其帝爰有'硕鸟解羽'之旷

---

① 王守春：《〈穆天子传〉与古代新疆历史地理相关问题研究》，《西域研究》，1998 年第 2 期；《〈穆天子传〉地域范围试析》，《中国历史地理论丛》，2000 年第 1 期。

② 马雍、王炳华：《阿尔泰与欧亚草原丝绸之路》，张志尧主编：《草原丝绸之路与中亚文明》，新疆美术摄影出版社 1994 年版，第 1～8 页。

原。这自然使我们联想到希罗多德在叙述草原之路时提及的空中充满羽毛的地方。既然希罗多德所述空中充满羽毛的地方无疑位于自西向东往赴阿尔泰山的交通线上,则穆天子会晤西王母而经由的昆仑山也应该是阿尔泰山。"他还指出《穆天子传》卷三:"传文叙说穆天子在斋桑泊附近和西王母会晤后循阿尔泰山南麓东归。"①可见穆天子时代周人的礼乐文化与西亚草原文明即已发生接触,也可以从外文典籍中得到印证。

然而,对于《穆天子传》所述周穆王西游事迹的真实性,也有不少学者提出质疑,如童书业认为:"周穆王见'西王母'一节,以《山海经》等书校之,可决为晋人所造无疑。"②刘宗迪说:"《穆天子传》一书真假参半,即使其中记载的周穆王巡狩西域的故事确属史实,其中的西王母故事却完全是道听途说的神话传说。"因而,"《穆天子传》《竹书纪年》《史记·赵本纪》和《列子·周穆王》中记载的穆王西巡会见西王母的故事就不足以作为证明西王母是西方之人或神的根据了"③。从上文的论述所列举的诸多证据言之,上古"早期丝绸之路"的存在以及中原文化的西渐是不容置疑的事实。既然如此,那些否认《穆天子传》所述东西方文化与文学交流事实的观点自然失掉了根据。

四、《穆天子传》所见前丝绸之路文学传播

除以上所述外,《穆天子传》中还有多处记载天子巡行中行乐赋诗、作诗抒怀的场面,笔者认为,这也是早期丝绸之路上中原文学传播的重要史料,对此也应当特别予以关注。

首先,书中记载了穆天子西行途中于所到之邦国奏广乐、演燕礼的情况,兹依《穆天子传》卷数胪列并解说如下:

卷一载穆天子至犬戎之邦奏乐行礼:

---

① 余太山:《〈穆天子传〉所见东西交通线路》,收氏著:《早期丝绸之路文献研究》,商务印书馆 2013 年版,第 5～32 页。

② 童书业:《中国古代地理考证论文集》,中华书局 1962 年,第 42 页。

③ 刘宗迪:《失落的天书》,商务印书馆 2006 年版,第 525 页、第 527 页。

1. 庚辰，至于□，觞天子于盘石之上。天子乃奏广乐。

2. 乙酉，天子北升于□。天子北征于犬戎。犬戎□胡觞天子于当水之阳。天子乃乐，□赐七萃之士。①

郭璞注云："觞者所以进酒，因云觞耳。《史记》云：'赵简子疾，不知人，七日而寤，曰：我之帝所，甚乐，与百神游于钧天广乐，九奏万舞，不类三代之乐，其声动心。'广乐义见此。"觞，即饮酒礼。本行之于宫室庙堂，然因外出，因地便宜，有所变易。饮酒礼须奏乐，依郭注，"广乐"用万舞，万舞是传自商代的武舞，周人承之。② 因随行有"七萃之士"，亦便宜行事之举。陈逢衡曰："《玉篇》：'广，大也。'盖奏虞夏商周四代之乐，故谓之广乐。"③则以为广乐是轮奏四代之乐。又卷二：

1. 壬申，天子西征。甲戌，至于赤乌，赤乌之人□其献酒千斛于天子，食马九百，羊、牛三千，穄、麦百载。……天子于是取嘉禾以归，树于中国。曰天子五日休于□山之下，乃奏广乐。赤乌之人丌献好女于天子。女听、女列以为嬖人。

2. 庚戌，天子西征，至于玄池。天子三日休于玄池之上，乃奏广乐，三日而终，是曰乐池。天子乃树之竹，是曰竹林。

以上两处记载周穆王在赤乌和玄池两地奏广乐，第二条所记之"玄池"，顾实、丁谦等均以为在锡尔河流域，王贻樑根据书中所记各地之里程推算，以为即今新疆境内之罗布泊。如其说是，则周人礼乐文化此时已经

---

① 此处原有"战"字，清人洪颐煊据《文选》虞子阳《咏霍将军北伐诗》注、王元长《三月三日曲水诗序》注引皆无"战"字校改，今从之。见《穆天子传》郭璞注、洪颐煊校，张耘点校，岳麓书社 1992 年版，第 205 页。

② 万舞见于甲骨文、《诗经·商颂》等文献，为商、周以来著名之歌舞。杨伯峻《春秋左传注》云："万，舞名，包括文舞与武舞。文舞执籥与翟，故亦名籥舞、羽舞，《诗·邶风·简兮》所谓'公庭万舞，左手执籥，右手秉翟'者是也，武舞执干与戚，故亦名干舞，庄二十八年《传》'为馆于其宫侧而振《万》焉，夫人闻之，泣曰：先君以是舞也，习戎备也'者是也。万舞亦用于宗庙之祭祀，《诗·商颂·那》'万舞有奕'，用之于祀成汤也；《鲁颂·閟宫》'笾豆大房，万舞洋洋'，用之以祀周公也；此则用之于祭祀仲子，盖考宫之后而后拟用之。"

③ 陈逢衡《穆天子传补证》，收《穆天子传研究文献集刊》第一册，国家图书馆出版社2014 年版，第 318 页。

向西有纵深传播。又《穆传》卷三载：

> 1. 己酉，天子饮于溽水之上，乃发宪令，诏六师之人□其羽。爰有□薮水泽，爰有陵衍平陆。硕鸟解羽。六师之人毕至于旷原。曰天子三月舍于旷原。□天子大飨正公诸侯王勤七萃之士于羽琌之上，乃奏广乐。

此条所载，是行大飨礼，礼仪上亦奏广乐。演礼之"旷原"，常见"硕鸟解羽"，据学者们考订，其地当在新疆境内阿尔泰山区额尔齐斯河上游一带。① 又《穆传》卷四载：

> 仲冬壬辰，至累山之上，乃奏广乐，三日而终。吉日丁酉，天子入于南郑。

此处"累山"即陕西境内之"三累山"，此处奏广乐已在华夏境内。又《穆传》卷五载：

> 1. 庚寅，天子西游，乃宿于祭。壬辰，祭公饮天子酒，乃歌《□天》之诗。天子命歌《南山有台》，乃绍宴乐。丁酉，天子作台，以为西居。壬寅，天子东至于雀梁。甲辰，浮于荥水，乃奏广乐。
>
> 2. 季冬甲戌，天子东游，饮于留祈，射于丽虎，读书于黎丘。□献酒于天子，乃奏广乐。天子遗其灵鼓，乃化为黄蛇。

第一条记载穆天子至祭公封邑，祭公设宴招待天子，席间君臣赋诗言志。郭璞注谓祭公所赋当为《周颂·昊天有成命》一诗，其用意是劝谏穆王；天子所歌则为《小雅·南山有台》，义取"乐只君子，邦家之基"，以答祭公之言。后于甲辰在荥水之上奏广乐。第二条所记奏广乐之黎

---

① 余太山：《〈穆天子传〉所见东西交通路线》，收氏著：《早期丝绸之路文献研究》，商务印书馆 2013 年版，第 5～32 页。

丘,据丁谦等人考证,其地在河南境内。

又《穆传》卷六亦载穆天子漻水之滨祭漻水,西饮草中而奏广乐的情形:

> 1. 癸酉,天子南祭白鹿于漻□,乃西饮于草中。大奏广
> 乐,是曰乐人。
> 2. 庚辰,舍于茅尺,于是禋祀除丧,始乐,素服而归,是曰
> 素氏。天子遂西南。

此卷本与穆天子西行无关,属汲冢"杂书十九篇中之一篇也"。不过此次穆天子在尽兴田猎之后,亦"大奏广乐",檀萃曰:"大泽之中,故能奏广乐。所谓千人唱,万人和也。谓欢乐万人之丘也。"①借此可知前文所述"奏广乐"的情形。

所到之处,穆天子通过大飨礼仪与西方邦国之主互通款曲,虽有"六师"而不用武力,体现了以礼相问相交的外交思想。这与《国语·周语》武力征伐的记载截然不同。

其次是赋诗言志,除上列卷三穆天子与西王母的赋诗互答外,尚有两次:

《穆天子传》卷五载,穆天子"东游于黄泽,宿于曲洛⋯⋯使宫乐谣曰:'黄之池,其马歕沙,皇人威仪。皇之泽,其马歕玉,皇人受谷。'"。此首《黄泽谣》《古今风谣》《风雅逸篇》卷二、《古诗纪》卷三、《先秦汉魏晋南北朝诗·先秦诗》卷三收录。

《穆天子传》卷五又载:"丙辰,天子南游于黄室之丘,以观夏后启之所居,乃入于启室。⋯⋯日中大寒,北风雨雪,有冻人。穆天子作诗三章以哀民。曰⋯⋯"此即《黄竹诗》:

> 我徂黄竹,□员閟寒,帝收九行。嗟我公侯,百辟冢卿,皇
> 我万民,旦夕弗忘。

---

① [清]檀萃:《穆天子传注疏》,收《穆天子传研究文献集刊》第三册,国家图书馆出版社2014年版,第221页。

我徂黄竹，□员閟寒，帝收九行。嗟我公侯，百辟冢卿，皇我万民，旦夕勿穷。

有皎者鸹，翩翩其飞。嗟我公侯，□勿则迁。居乐甚寡，不如迁上，礼乐其民。

穆天子所至之"黄室之丘"，前人以为在河南嵩山，当代学者常征据方位及文献所载里程考证其地，以为"位于黄泽以南之'黄室'，当在夏邑附近，故《纪年》谓启都夏邑，而《穆天子传》谓启居'黄室之丘'也。正缘启都此而地近曲沃。"①以为在今山西境内。其说大体可信。周穆王至夏启故地，见百姓困于风雪而思保民，因赋《黄竹诗》而抒怀。此诗为工整的四言体，全诗三章，章七句，形式上与《诗经》之诗无异；诗用比兴，抒发忧民之思，有感而发。其风格典雅，不同于"风"体，与《小雅》接近。

结　语

综上所述，从文献记载、考古发现等多方面来看，西周以前，就已经形成了连通中原地区与西域的"彩陶之路""玉石之路"。这条通道从中原到甘青地区，穿过古羌人居住地区，经蒙古高原，再沿阿尔泰山南北麓至中亚各国。商周时代，这条通道依然存在，殷墟王族大墓中的玉器原料大多来自西域，《周语》《周书·王会》等记载的西方诸国朝贡周天子的情形，即明证。《穆天子传》一书虽成书在春秋战国之际，但其托名周穆王，以及所反映的周穆王西行至"西王母之邦"的内容及史实则不容置疑。周穆王西行所至，不仅与沿途各邦国进行了物质文化的交换，而且也有周人神话传说、礼乐文化、文学的向西传播，体现了周人与周边民族以礼相交的外交思想。由此可见先秦时期由中原地区经西域至欧亚草原的这条通道，不仅是一条商品的通道，同时也是文化的交流通道；它不仅在连通中西文化方面具备了空间的广度，而且也在文化交融方面有着相当的深度。这条通道为后来西汉以后的"丝绸之路"奠定了重要的基础，也为汉唐及之后中华文化走出去提供了重要经验：第一是

---

① 　王贻梁：《穆天子传汇校集释》，华东师范大学出版社 1994 年版，第 292 页。

物质文化与精神文化相结合；第二是商品贸易为主导，以文化为先导（"以礼相交""以礼为先"）。

张骞第一次出使西域的目的虽然是联合大月氏攻击匈奴，但最终却促成了中原与西域各国的物质与文化交流。西汉以后的丝绸之路贸易与文化通道的形成，"前丝绸之路"贸易与文化交流——尤其是后者——功不可没。

论《西游记》中的神龙形象及其文化意蕴

孙京荣

（西北师范大学）

　　《西游记》①讲述了一个佛教徒团队克服种种困难拜祖取经的故事,但其中又裹挟着大量儒家与道家的思想精华,体现出鲜明的"三教合一"文化特征,同时也刻画出众多个性突出、形象丰满的神魔仙怪形象。神龙是中国古代传统文化中极具象征色彩与文化意义的瑞兽,在《西游记》中不但形象生动、性格鲜明,而且还被赋予了丰富复杂的文化内涵与深刻广阔的社会意义。对此,有人认为小说中的"龙王形象大都是良善而友好的",其内涵"集中反映了明清时期龙信仰与龙王崇拜的兴盛","在一定程度上又助长了中国的龙王信仰与龙崇拜"②。也有人认为龙王形象是"着墨最多的配角",其因"既受普遍流行的民间信仰的影响,也是作者迎合大众审美趣味的有意之举"③。笔者以为,《西游记》中塑造的神龙形象,类型丰富,个性突出,内涵深刻,成因复杂,是一次大范围对神龙文化信息的初步整合,也是在三教合一背景下对传统文化的提升与发扬,在世俗百姓的精神文化生活中影响深远、意义重大。祈请方家指正。

一

　　在中国古代传统文化中,苍龙与白虎、朱雀、玄武并称,称四象、四神、四灵或四星,是一个典型的由蛇、鳄、鱼、鲵、猪、鹿、熊、牛、马等多种

---

　　① ［明］吴承恩:《西游记》,人民文学出版社 1981 年版。文中所引文字,不另出注者,皆同此。

　　② 魏明、韩晓:《论〈西游记〉中的龙王形象及其文化内涵》,《海军工程大学学报》(综合版),2009 年第 4 期。

　　③ 葛星:《〈西游记〉中"龙"形象的传统文化审视》,《齐鲁学刊》,2009 年第 5 期。

动物形象和雷电、云、虹、龙卷风等天象综合融汇而成的复合型神灵，长身、大口，多数有角、有足、有麟、有尾，具有喜水、好飞、通天、善变、显灵、征瑞和示威等品性，是中华民族的广义图腾、精神象征、文化标志和情感纽带。它产生于原始宗教图腾和崇拜信仰，"是一种宗教信仰的表记"①。佛教传入，佛典中有关神龙的内容逐渐渗入本土文化之中。随着道教势力的不断壮大与影响，神龙形象带上了道教色彩。刘向《新序》中讲述的"叶公好龙"的故事，恰好说明当时已有狂热的龙崇拜者。唐宋以来，随着道教势力的强大，龙王被迅速纳入其神系之中，成为玉皇大帝部下，并且具备家族、家庭和各种社会关系。随着世俗民众尊王崇龙意识的增强，又涌现出四海龙王、五方龙王、诸天龙王等类型，职能也由单纯的司理雨水扩增至安葬起坟、住宅吉凶、官职疾病、生育寿考等，本土化、世俗化的倾向愈加明显。元杂剧中出现了众多神龙形象，其分布不但"地域比较广"，而且"剧目比较集中"，在报恩与报复类型外，还出现了美丽多情的小龙女。② 尤为值得注意的是，吴昌龄在《西游记》杂剧中塑造出了南海龙王这一报恩者的形象。南海龙王为报陈光蕊放生金色鲤鱼之恩德，不但在其赴任途中出手救助，而且护持十八年，终于使其夫妻父子团圆相聚。而观音也救助因"行雨差迟，法当斩"的南海沙劫驼老龙第三子，"着他化为白马一匹，随唐僧西天驮经，归于东土，然后复归南海为龙"③。此外，《永乐大典》也记载了《梦斩泾河龙》的故事。文学家对神龙形象的高水平塑造，在情节要素与艺术审美上提供了可靠的保障。

关于《西游记》中神龙形象的来历，学界大多倾向于多元综合说。但也有学者坚持本土说，如张锦池先生就认为："'龙王'的称谓虽然有可能来自印度佛教，如《法华经提婆品》中便有龙王之女成佛的故事，但中国的'龙王'却是充分道教化了的，'四海龙王'等莫不属于道教文化系统的神灵。"④的确，神龙文化是随着封建专制统治的强化与垄断，至

---

① 张忠培序，刘志雄、杨静荣著：《龙与中国文化》，人民出版社 1992 年版，第 2~3 页。

② 唐昱：《元杂剧宗教人物形象研究》，武汉出版社 2011 年版。

③ ［元］吴昌龄：《西游记》第七出，见王季思主编：《全元戏曲》第三卷，人民文学出版社 1999 年版，第 432 页。

④ 张锦池：《漫话西游》，人民文学出版社 2000 年版，第 71 页。

明中叶后至清时期才达到了登峰造极的程度,龙王庙宇分布广泛,龙王信仰影响普及。而在《西游记》成书时,神龙崇拜则处于集聚汇积的形成时期。《西游记》中对神龙形象的成功塑造与广泛传播,是一次高水平的文学层面造神活动,加速了神龙文化的整合与综合过程,并与艺术造型一起使之巩固发展为一种成熟的宗教信仰,成为中华民族传统文化中极具活跃因子的重要组成部分。

二

《西游记》中的神龙形象,类型丰富,生动传神,是情节中不可或缺的关键因素。就类型而言,我们可根据其性情与对取经的态度将它们分为温和友善型、凶暴作恶型和立功赎罪型三种,以四海龙王、泾河龙王和白龙马为典型。[①] 总而言之,东海龙王及其兄弟为孙悟空提供了一生中称心如意、得心应手的金箍棒以及披挂,使其得以自立为齐天大圣,闯蟠桃盛会,大闹天宫各界。后孙悟空加入取经团队,四海龙王则给予全面支持与帮助。泾河龙王与袁守诚斗法,违犯天条,遭魏征梦斩,受到惩处。在蛇盘山鹰愁涧修行的犯罪孽龙,被观音菩萨变为白马,驮唐僧直至西天,又驮经至东土,终成就正果。这三种神龙,在小说整体结构中分别处于前、中、后阶段,与取经途中出现的其他神龙一起,在情节的延伸与主题的深化方面共同发挥着重要的作用。

四海龙王中的长兄东海龙王敖广在第三回首先出场亮相,带有浓厚的家族群体特征,同时充满了世俗生活味。当敖广接到巡海夜叉通报后,"忙起身,与龙子龙孙、虾兵蟹将出宫"相迎,称呼这位口称"花果山天生圣人孙悟空"的"紧邻"为"上仙",并"上坐献茶",表现温文尔雅,礼貌恭敬。当孙悟空言明已修"得一个无生无灭之体"并希望能够有一件"兵器"时,龙王心中虽不乐意却"不好推辞",就提供了大捍刀、九股叉和方天戟。但这三种在龙王看来已经足够厉害的兵器,孙悟空却连

---

① 多数学者笼统地将龙王分为海洋、江河、湖潭以及井池等类,且论述简略。陈妍则将龙王形象分为儒士、仕宦、畏道和妖龙四类,见其《〈西游记〉中龙王形象及其成因分析》一文,载《鸡西大学学报》,2013年第2期。

喊"轻",使龙王"心中恐惧""一发害怕",不知所措。当龙婆、龙女说出近日"瑞气腾腾"的"海藏中那一块天河定底的神珍铁"时,精于世故的龙王先是执意敷衍,后才被逼无奈,领孙悟空找到了重超万斤的如意金箍棒,又从兄弟那里赠予孙悟空藕丝步云履、锁子黄金甲和凤翅紫金冠。可以说,正是海龙王家族武装了孙悟空,为其提供了精良的装备和披挂。同时,龙王庞大的家族世系也得到了全面展现,敖广不但有兄弟南海龙王敖钦、北海龙王敖顺和西海龙王敖闰,还有龙婆、龙女,以及龙子龙孙、虾兵蟹将,拥有巡海夜叉、鳜都司、鲌太尉、鳝力士、鲤提督、鲤总兵等下属官员。在孙悟空既强势又无理的索求面前,龙王一味应付,表面上确实显得胆怯懦弱和保守敷衍,与孙悟空形成了鲜明的对比。但是我们不应过分地褒奖孙悟空而贬抑海龙王,虽然后者表现确实难令人满意,缺乏王者风范。但是,孙悟空表现得无理蛮横、强词夺理,颇有几分强抢意味。此时的孙悟空完全是一个无知的无畏者,是一个以强力横行,目无秩序的霸道神猴,当他这种行为极端化时,就会受到规约的惩罚。况且,龙王海中的"神珍铁"是"大禹治水之时,定江海浅深的一个定子",并非闲置物品。东海龙王作为镇守海洋一方诸侯,竟然毫无原则地将海中宝藏"天河定海神珍"拱手相让于强行索要的孙悟空。在满足了孙悟空的所有要求之后,才"商议进表上奏"。可见,以龙王为首的海洋神族群体在尽职尽责、守护海疆与委曲求全、明哲保身的二难抉择下选择了后者,抛弃了责任与义务,折射出其神性的卑微与地位的低下,同时也反映出世情伦理与海洋边缘化的信息。至第十四回,"一生受不得人气""按不住心头火发"的孙悟空私自脱离团队,到东海龙王水晶宫闲游,龙王又对他讲"圮桥进履"的典故,并成功劝说其重回队伍。第二十八回中,孙悟空遭到唐僧驱逐后回到花果山水帘洞,"人情又大,手段又高,便去四海龙王,借些甘霖仙水,把山洗青了,前栽榆柳,后种松楠,桃李枣梅,无所不备。逍遥自在,乐业安居",可见海龙王在孙悟空"人情"与"手段"的压力下一直与其保持融洽友好。后来,取经团队西行中艰难险阻频增,四海龙王也一直是坚定的拥护者和全力相助者。无论是孙悟空在与红孩儿的战斗中强借私雨,在凤仙郡为救民生施雨解旱,还是在与哪吒、车迟国三怪、狮驼山三魔以及玄英洞犀牛三怪的斗战斗法中,只要孙悟空向四海龙王发出求救的指令,他们都会克服困难,全力以赴施展神威,帮助取经团队取得最终的胜利。可以说,在取经事业成功的道路上,孙悟空最得力的助手就是比猪八戒和观音菩萨配合还默契的四海龙王家族。

相对于四海龙王,处于内陆都城之地的泾河龙王家族则显得强势而威猛,霸气中带有几分匪气,是神龙中凶暴作恶类型的代表。作为"八河都总管,司雨大龙神",泾河水府老龙王拥有龙子、龙孙和虾臣、蟹士以及鲥军师、鳜少卿、鲤太宰等随从,俨然一方诸侯。第九回中,当得知袁守诚以每日一尾金色鲤鱼作为交换卜卦下网的消息后,为使水族不被打尽,怒不可遏的龙王变作白衣秀士,至长安城与袁守诚赌斗,最终违犯天条,被玉帝旨令魏征处斩。龙王虽向唐太宗求救,但最终却被梦中处斩,打入地府。此处的泾河龙王,全然是维护首都长安水族安全、尽职尽责的地方官形象。在天庭玉帝敕令面前,"整衣端肃",焚香接旨,亦符合君臣礼仪。其"撞入袁守诚卦铺,不容分说,就把他招牌、笔、砚等一齐摔碎"的行为虽显过分,亦符合情理。而对于袁守诚在其"轮起门板便打、骂"时"犹公然不惧分毫,仰面朝天冷笑",泾河龙王却"心惊胆战,毛骨悚然,急丢了门板,整衣伏礼","跪下"。小说并未交代这个神通广大、敢泄天机的袁守诚何以如此,相反却细致入微地描写了龙王在争斗中节节败退、难以挽回的惨状,活画出官吏在违背天帝旨令后受到的严惩。当被斩后的龙王在地府纠缠言而无信的唐太宗时,又是观音菩萨从旁为皇帝解围,泾河龙王始终处于劣势被动之中。可以看出,正是袁守诚的卖卦、玉帝的专横、唐太宗的失信、魏征的狡黠和崔钰的私情种种因素,宽宥和放纵了人间皇帝,而老诚的龙王则成为了替罪羊。第四十三回中,小鼍龙作为泾河龙王家族的后裔,又一次与取经团队作对行恶。"龙生九种,九种各别。"鼍龙就是泾河龙王与西海龙王之妹生的第九子。泾河龙王被魏征处斩后,西海龙王敖顺赡养其孀妹,直至其因疾病故。泾河龙王所生九子中的前八子都是好的,且都有职司:长子小黄龙,居淮渎;次子小骊龙,居济渎;三子青背龙,居江渎;四子赤髯龙,守河渎;五子徒劳龙,与佛祖司钟;六子稳兽龙,写神宫镇脊;七子敬仲龙,与玉帝守天擎华表;八子蜃龙,居太岳。唯独第九子鼍龙"年幼无甚执事",本在衡阳峪黑水河修真养性,却于取经途中捉了猪八戒和唐僧,打败了沙和尚。孙悟空到西洋大海龙王处说理,龙王命太子摩昂率兵降伏了鼍龙，救出了唐僧师徒。此处的鼍龙，完全是一个年幼无知、疏于管教而轻狂凶暴的龙二代形象。在第六十二、六十三回中，乱石山碧波潭万圣龙王之婿九头虫变作驸马与其丈人来到祭赛国，"显大法力，下了一阵血雨"，污了金光寺塔，"偷了塔中的舍利子佛宝"，其妻"万圣公主又去大罗天上，灵霄殿前，偷了王母娘娘的九叶灵芝草，养在那潭底下，金光霞彩，昼夜光明"，又与牛魔王交往，"专干不良之事"，被孙悟空、猪八戒和众神打败，杀死龙王及其子孙，驸马也被二郎犬咬下九头负痛逃往北海，俘虏龙婆，锁于塔心柱上，并扫塔置宝，改名伏龙寺。这是一场对泾河龙王家族消灭比较彻底、杀伤力也最大的战役。而泾河龙王家族的恶性基因，则是一个值得深思的现象，耐人寻味。

小白龙是神龙与凡马的合体，既展现出古代龙图腾文化崇拜的遗留，又带有浓郁的马文化的传统气息。龙载人升天这一特点，早在距今6460 余年前的河南濮阳西水坡遗址 M45 号大墓的蚌塑中就已经体现得相当突出。虽然"白龙马的血统也是中国道教的，而不是从印度佛教舶来的，其远祖是那'负图出于河'的似马而实龙的灵怪"①，但是佛教的传入，使其龙马一体的角色功能更加突出。小说中的白龙马出现在第十五回。孙悟空保护唐僧一路西行，到蛇盘山鹰愁涧时，遇到涧中"钻出一条龙"，在"抢"唐僧而未成功的情况下，"把他的白马连鞍辔一口吞下肚去，依然伏水潜踪"。孙悟空向在涧中"潜灵养性"的龙索要马匹，双方发生激战，后来才向土地、山神打听到了"向年间，观音菩萨因为寻访取经人去，救了一条玉龙，送他在此，教他等候那取经人"的信息。金头揭谛向菩萨汇报，观音才说出了真实情况："这厮本是西海敖闰之子。他为纵火烧了殿上明珠，他父告他忤逆，天庭上犯了死罪，是我亲见玉帝，讨他下来，教他与唐僧做个脚力。"菩萨亲自向玉帝说情，搭救了被吊空中打三百而即将处斩的玉龙，并到蛇盘山让"敖闰龙王玉龙三太子"变为人身，摘取其项下明珠，"将杨柳枝蘸出甘露，往他身上拂了一拂，吹口仙气"，将其变成了一匹龙马。在观音菩萨安排下，落伽山山神土地又奉命差送鞍辔，完成了对白龙马的整体武装。白龙马的形象是一个奉观音之命专门等待取经队伍以图悔过自新、重登神位的

---

① 张锦池：《漫话西游》，人民文学出版社 2000 年版，第 72 页。

真诚赎罪者,是菩萨在天界相继安排犯错误的猪悟能、沙悟净充当取经人之后的第三个加入者,其排名次序先于被压在五行山的孙悟空。在它身上,既有神龙高超的威力与法术,又有凡间良马宝骏的驯顺温和与超常耐力,"龙马精神"就是对其内涵的高度概括。观音菩萨将神龙与凡"马"重新组合配套,突出其"马"之平凡,而淡化其"龙"之神威,固然有域外佛典与传统经籍相互中和之意,却更符合西天取经的实际,也更迎合中原地区农耕文化的典型特征和人们的心理思维定势。神性十足的神龙变成了现实具体的白马,在外形与内核、肉体与精神、表与里、理想与现实诸方面都实现了高度的统一。白龙马在取经征程上意志坚定,立场鲜明,从不后退,顾全大局,在强大的取经护卫团队阵容中,既是取经事业的坚定信念维护者,又是奉献精神和参与意识的忠实履行者。在取经路上,白龙马一般都是沉默寡言、任劳任怨,但到关键时刻还是有勇有谋、敢于斗争。第三十回,当正"在槽上吃草吃料"的白龙马听到天上奎木狼星变化的黄袍怪掳走了唐僧并将其变为虎精时,"只捱到二更时分,万籁无声","忍不住,顿绝缰绳,抖松鞍辔,急纵身,忙显化,依然化作龙,驾起乌云,直上九霄空里观看",后果断变成"身体轻盈,仪容娇媚"的宫娥与妖怪奋勇厮杀,不慎受伤。"潜于水底,半个时辰听不见声息,方才咬着牙,忍着腿疼跳将起去,踏着乌云,径转馆驿。还变作依旧马匹,伏于槽下。可怜浑身是水,腿有伤痕。"在见到偷闲睡醒后赶回馆驿的猪八戒后,才忽然"口吐人言",又"探探身,一口咬住皂衣",向"战兢兢"的师兄诉说了师父遭难的情形。当八戒表示"你挣得动,便挣下海去罢。把行李等老猪挑去高老庄上,回炉做女婿去呀"时,"小龙闻说,一口咬住他直裰子,那里肯放。止不住眼中滴泪"劝说。当八戒再次推托时,"小龙沉吟半晌,又滴泪"央求猪八戒到花果山请孙悟空,最终取得了胜利,救回了师父。在此,小白龙救师父和取经的决心比孙悟空和猪八戒都要坚定,难怪他对孙悟空敬而远之,而对猪八戒则颇有失望以至卑视之意。白龙马的感情既真挚又真实,充满了凡俗人性的朴实温暖与忠诚侠义,而这恰好削弱了它神奇的战斗力,使其在降妖伏魔过程中几乎发挥不了作用。白龙马在取经团队中的地位,更多只是一匹普通的代步座骑而已,这不但是整个团队包括唐僧在内的共识,即使那些虎视眈眈的妖魔们也是如此。第六十九回,当孙悟空为给朱紫国王疗病合药需马尿时,"那马跳将起来,口吐人言,厉声高叫道:'师兄,你岂不知? 我本是西海飞龙,因为犯了天条,观音菩萨救了我,将我锯了角,退了鳞,变作马,驮师父往西天取经,将功折罪。我若过水撒尿,水中游鱼,食了成龙;过山撒尿,山中草头得味,变作灵芝,仙僮采去长寿;我怎肯在此尘俗之处轻抛却也?'"当悟空说明了原委后,白龙马才勉强同意。"你看他往前扑了一扑,往后蹲了一蹲,咬得那满口牙龀支支地响喨,仅努出几点儿,将身立起。"最后虽只"少半盏",也足见其竭尽全力。可见白龙马为了取经大事的成功,什么事情也是愿意做的。第七十七回,当孙悟空去偷偷地牵白龙马时,"那马原是龙马,若是生人,飞踢两脚,便嘶几声。行者曾养过马,授弼马温之官,又是自家一伙,所以不跳不叫。悄悄地牵来,束紧了肚带,扣备停当,请师父上马"。此处的神龙之所以格外温从,并非孙悟空驯马有术,而完全是其从取经要务出发不计得失的表现。第一百回,当取经团队胜利完成使命复归灵山接受如来授职时,如来这样评价道:"汝本是西洋大海广晋龙王之子。因汝违逆父命,犯了不孝之罪,幸得皈身皈法,皈我沙门,每日家亏你驮负圣僧来西,又亏你驮负圣经去东,亦有功者,加升汝职正果,为八部天龙马。"谢恩后,"仍命揭谛引了马下灵山后崖,化龙池边,将马推入池中。须臾间,那马打个展身,即退了毛皮,换了头角,浑身上长起金鳞,腮颔下生出银须,一身瑞气,四爪祥云,飞出化龙池,盘绕在山门里擎天华表柱上"。归真果位,成"南无八部天龙广力菩萨"。白龙马由孽龙到凡马再到神龙的灵魂救赎历程,与整个取经团队的使命一样,都是"务必迁善改过,以底于至善而后已"①的"赎罪与修炼双轨并行的过程"②。

此外,《西游记》中塑造的其他神龙形象,虽属铺垫型配角,亦有不俗表现。如第八回后附录中的洪江龙王就是一个知恩图报的义龙,它因感激陈光蕊夫妻在万花店刘小二家买下其变化的金色鲤鱼并放生之恩,不但救活被刘洪杀害的陈光蕊,而且保佑其一家最终团圆。第三十八回中,猪八戒为救乌鸡国国王,在御花园琉璃井中遇到了井龙王,因

① [清]张书绅:《西游记总论》,转引自朱一玄、刘毓忱编:《西游记资料汇编》,南开大学出版社 2002 年版,第 322 页。
② 冯文楼:《四大奇书的文本文化学阐释》,中国社会科学出版社 2003 年版,第 220 页。

为龙王在天间早就与猪八戒相识，因此毕恭毕敬、和善晓理。第六十六回中，为战胜黄眉妖怪，救出三藏、八戒和沙僧，孙悟空到武当山请祖师相助，祖师亦派"五位龙神"和龟、蛇二将助阵。尽管"这五条龙，翻云使雨"，也难敌妖魔。第七十一回，观音菩萨降伏了其坐骑金毛犼，孙悟空请金圣娘娘回国时，"寻些软草，扎了一条草龙"，并使神通驮娘娘回城，依然是以驮负为龙的主要功能的。这些神龙形象，虽然着笔不多，但都对取经表示赞同并尽量提供各种支持，显示出神龙对佛教劝善戒恶、慈悲宽容的皈顺与服从，也折射出其在人们心目中的正义与正统的合法地位。

三

　　从《西游记》中对各类龙形象的塑造可以看出，当时人们心目中的龙还远远没有达到后世那种张牙舞爪、威风凛凛、穷凶极恶的程度，整体给人的印象是一种温顺善良、和气朴厚的感觉。从神仙谱系来看，其权力地位亦不显赫，更无特权。性情温和，性格甚至有些软弱、无能、顺从、驯化，在泾河龙王身上则表现出贪婪、自私的特点。在龙王犯了错误必遭惩罚甚至诛杀的情况下，只有观音菩萨能够向天帝求情宽免，而改正错误的唯一途径就是皈依佛教，或者在佛教徒的带领下艰苦修行以求修成正果再登仙位。通过《西游记》的整合，有关龙王的形象与内涵得到了集中的反映，故事传说也得到了空前的系统化与艺术化，可谓是一次对中国龙文化的全面总结和艺术体现。

　　神龙是一个分布范围极广的神仙家族，社会关系极为复杂且呈网络式状态。小说对四海龙王之间互相呼应，龙王与孙悟空、牛魔王、天界神灵、人间皇帝以及观音菩萨的关系进行了细致出色的描绘。就老龙王而言除泾河龙王外，多数都是遵纪守法的顺臣良民形象；但是到了小龙王辈，则出现了许多为非作歹、品行不端的"龙二代"。四海龙王一直与齐天大圣孙悟空关系密切，从其早年单身时索取武器开始直到加入团队西天取经，他与四海龙王的联系始终没有中断，甚至有一种老朋友的味道。虽然小说对泾河龙王颇有微词，但通过其作为表现出了其与皇帝的不寻常关系，揭示出皇权的威力与霸道。而曾经犯了错误被菩萨搭救的白龙马，自从成为了取经团队的一员，就勤勤恳恳、兢兢业业,自始至终,最终修得正果、重回神位。在小说中,龙虽然只有听从菩萨的指令,朝拜佛祖,才能免于惩罚、悔过自新;然而,其与道的关系却更加紧密。这些龙虽然为一方守水大神,多以家族形式世袭分封,听命于天庭玉皇大帝。其职司主要是守护有水之地、司雨以及驮负。但在孙悟空面前,都只有俯首称臣的份儿。孙悟空逼迫四海龙王交出神器、索要披挂,对一路紧随取经的小白龙则熟视无睹。几乎都失去了龙的威风与神力,或屈服于天条,或受制于菩萨,折射出龙文化在西天取经故事中既不可或缺又处于边缘的尴尬地位。

《西游记》在塑造神龙形象时,具有鲜明突出的艺术特征。首先,将神龙的物性、神性与人性有机结合起来,既展示出其神的一面,更表现出了丰富的个性与情感,使神龙缥缈虚幻的影像开始在世俗人们的心目中发生沉淀与定型,并进一步与人们的想象吻合,为宗教的世俗化铺开了道路。因此,《西游记》作者在描绘神龙形象时,并不是一味实写,而是采用虚实相兼的手法,使人们在脑海中产生联想。画面通常都是"见首不见尾",偶露一鳞半爪,以迎合人们的心理期待与审美愿望。有时为重实效也全景展示,如第四十五回龙王在天空向车迟国的臣民现身致意。其次,轻松明快的文笔与幽默诙谐的基调,使神龙形象更加生动逼真、灵活轻盈,强化其屈曲盘旋、身姿优美,更具艺术感染力。

《西游记》中神龙形象塑造刻画的成功,为明清时期龙信仰崇拜的兴盛和龙神文化的建立奠定了坚实的基础。小说中生动传神的故事情节与形象描绘,落实了神佛仙话的想象虚构,赢得了基层民众的信仰认可和热情传播,使狂热的民间宗教行为与日益精化的佛道教义相互交流、相互渗透,最终形成成员组建合理、谱系结构稳定、职司地域固化的民族传统宗教体系。如果说,《西游记》之前的神龙形象还只是独立存在于道佛系统而各自为阵的话,那么其后则是一个系统日益庞杂、层次密集、地域辽阔、包容巨富的由龙王及其家族职属精密编织而成的超级神仙网络群体,以其为蓝本加以创造的遍布华夏大地、栩栩如生的龙王庙宇与塑像就是例证。因此,正是得益于《西游记》对神龙形象的成功塑造,才使神龙信仰与神龙文化全方位地得到飞速发展。而随着神龙信仰崇拜的日益专制垄断,明清时期神龙成为皇权身份的象征也就是顺理成章的事了。

商周时期的简册、书牍及其
内容、功能与文学史意义

王 浩

（西北师范大学）

20 世纪以来，虽然许多著名学者如章太炎、刘师培、叶德辉、范文澜、郭沫若、余嘉锡、陈梦家、唐兰、李学勤、钱存训、陈炜湛等都认为，我国在商代时就已经将简册用于书写，但由于考古发掘的实物中尚未发现战国以前的简册，所以学界对商周时期是否存在简册并用来书写仍存在分歧。一些著作对这一问题要么避而不谈，要么认为战国以前或春秋后期以前没有简册，或认为商代所说的"册"并不是竹木简，而是龟版。如何看待这一问题，关系到对中国早期文明发展水平的估量，更直接关系到对中国书史及商周散文发展水平的认识和描述。因而对这一问题仍有辨析、澄清的必要。

地下材料的发现常常带有偶然性。如果仅因为目前考古发掘中没有出土的实物，就断定那个时代一定不存在这种东西，是比较危险的。虽然我们现在还不能确切地断定简册、书牍的使用起源于何时，但从文献学、文字学、商代职官设置、书写材料的来源、书写工具的具备，以及商代骨牍、玉版与印玺的考古发现等多个方面综合来看，在商代，简册、书牍确实已成为最主要的书写载体。在此基础上，通过梳理传世文献和出土文献，归纳商周简牍所载录的主要内容，并进一步区分简牍与甲骨、青铜器、玉石、陶器等媒介在记载内容与功能上的不同，确认商周时期使用简牍的合理性、必然性及其重大的政治、文化意义。

一、简册、书牍是商代最主要文字载体的多维证明

自商代起，简册、书牍已经是最主要的文字载体。首先我们可从文献记载方面找到依据。《尚书·多士》载周公告诫殷遗民说："惟尔知，

惟殷先人有册有典,殷革夏命。"明确指出商代有记载汤革夏命的典册流传至周初。这也表明,早在夏末商初,简册就已经作为官方的档案文书在使用。又《墨子·贵义》载:"周公旦朝读《书》百篇。"说"朝读《书》百篇"是夸张之辞,但从《尚书》周代诸诰来看,周公对夏、商史实非常熟悉,并时常称引,说明他确实是握有从商代传下来的大量典册文献的。

其次,有文字学方面的证据。甲骨文中有"典""册"二字。典字作"ᛤ""ᛤ""ᛤ",册字作"ᛤ""ᛤ""ᛤ""ᛤ""ᛤ",都是象形字。从字形观之,有两个特征:一是都用一长一短的简编次,二是都有两道绳编。以情理推之,则必定是先有简册这种实物,然后才产生象形的文字。《说文》释"册"曰:"符命也,诸侯进受于王也。象其札一长一短,中有二编之形。"释"典"曰:"五帝之书也,从册,在丌上,尊阁之也。庄都说:典,大册也。"竹木单简谓之"札"。《说文》的解释和甲骨文"典""册"二字是相符的。故李孝定先生说:

> 殷周之际,舍甲骨金石之外,亦必有以简策纪事者矣。弟以竹木易腐,不传于今,然刻金甲文之册字必取象于当时之编简,盖可断言也。[1]

与之相关的是,甲骨文中亦有"篇"字和"书"字[2]。《说文》:"篇,书也。"朱骏声《说文通训定声》:"篇,书也,从竹扁声,谓书于简册可编者也。"则作为计算文籍数目的"篇",是因用竹简为载体而得名。《说文叙》亦云:"著于竹帛谓之书。"则"书"与"非书"的区别,也是以书写材料的性质划分的。所谓的"书",即简牍与帛书(纸未发明前),不包括甲骨、青

---

① 李孝定:《甲骨文字集释》,《中央研究院历史语言研究所》,1970 年版,第 666 页。

② 郭若愚:《试论殷代简册的使用及其他——(一)释"册"(二)释"扁"(三)释"聿"》,《上海师范大学学报》,1984 年第 4 期。

铜器、玉石、陶器等材料上的铭刻。① 这一点，我们还可从商周文献中"书"字的使用加以印证。《尚书·金縢》载：

> 乃卜三龟，一习吉。启籥见书，乃并是吉。

说明当时已有占书。又说：

> 王与大夫尽弁以启金縢之书，乃得周公所自以为功代武
> 王之说。
> 王执书以泣。

"金縢之书"、成王所执之"书"均是指周公的"册祝"之辞，为简册无疑。又《逸周书·世俘》云：

> 武王降自车，乃俾史佚繇书于天号。

《尝麦》云：

> 作策许诺，乃北向繇书于两楹之间。

"繇书"即"籀书"，亦即读书②。"繇书于天号"即向天诵读书文。又《召诰》载：

---

① 钱存训先生将中国古代的文字划分为"文字记录"与"书"（或者表述为"铭文"与"书籍"）两类："文字记录"包括甲骨文、金文、陶文、玉石刻辞等；"书"仅有简牍、帛书和纸书。参《书于竹帛——中国古代的文字记录》，上海书店 2006 年版，第 63 页、第 138 页。李学勤先生也认为，无论甲骨文还是金文，都不能叫作"书"。参《古文字初阶》，中华书局 2003 年版，第 61 页。李零先生也按书写材料和书写工具将中国古代的文字划分为铭刻和书籍。铭刻指用刀凿或硬笔（竹笔或木笔）在石、陶、金、甲等材料上的刻写文字；书籍指用毛笔蘸墨或朱砂在竹、木、帛、纸等材料上的文字。参《简帛古书与学术源流》，中华书局 2008 年第 2 版，第 58～68 页。

② 王国维：《观堂集林》，河北教育出版社 2003 年版，第 123 页。

越七日甲子,周公乃朝用书,命庶殷侯甸男邦伯。

这个"书"——周公诰庶殷的诰辞,就是《多士》篇①。又《顾命》云:

太史秉书,由宾阶隮,御王册命。

太史所秉之"书"即策书、命书。又清华大学藏战国竹简《保训》记文王遗言说:

昔前人传宝,必受之以詷。今〈朕〉疾允病,恐弗堪终。汝以书受之。②

"书"与"詷(诵)"对举,指以简册书写记录。

但有学者认为"典""册"二字所象的一长一短之物并非竹木简,而是龟版。其中以董作宾先生的《殷代龟卜之推测》一文影响最大,为许多学者所称引:

卜辞中"册"字……诸形,其中物皆为一长一短之形,而所谓"二编"者,不过一韦束之而已。据上节"册六"之文,知此册字最初所象之形,非简,非札,实为龟版。其证有二:

第一,自积极方面证之。吾人既知商人贞卜所用之龟,其大小、长短,曾无两甲以上之相同者,又知其必有装订成册之事,则此龟版之一长一短,参差不齐,又有孔以贯韦编,甚似"册"字之形状。而"册",当然为其象形字也。

第二,自消极方面证之。《仪礼·聘礼疏》引《郑氏论语序》云:"《易》《诗》《书》《春秋》《礼》《乐》册,皆二尺四寸;《孝经》谦,半之;《论语》八寸策者,三分居一,又谦焉。"是古代简策虽有长短之异,而其于一种书,一册书中,策之长短必同。

---

① 顾颉刚、刘起釪:《尚书校释译论》,中华书局 2005 年版,第 1526～1529 页。
② 李学勤主编:《清华大学藏战国竹简(壹)》,中西书局 2010 年版,第 143 页。

如"六经"之册,皆二尺四寸,《孝经》十二寸,《论语》八寸,是也。简牍与札,在一册之中,其形制大小长短必同。而册字之所象,乃一长一短,则非简札,可断言也。

进而推论说:"册,象编成龟版之册,而典又为两手奉此龟册而藏之之形。盖其上所从之屮,仍为此长短不齐之龟版也。""每册之龟版为六枚,可以断言。又典字所从之册,最多者有六版,作 形,是亦一证。"①

其实,董氏之说不能成立。其积极方面的证据是"龟版之一长一短,参差不齐,又有孔以贯韦编,甚似册字之形状"。"而他所谓有'孔'者乃残甲,孔又在断处,仅'余其半',不足为据。而殷墟出土完备之龟甲数以百计,既未闻有'以贯韦编'之孔,亦未见有丝毫编组之痕。"②其消极方面的证据是同一册书中简札长短必然相同。据《说文》,册本为"符命"。高亨先生认为:"此册字最初之义,书册之册则其后起之义也。"③据文献记载,汉代策书仍为"一长一短,两编"形态。《史记·三王世家》:

> 盖闻孝武帝之时,同日而俱拜三子为王:封一子于齐,一子于广陵,一子于燕。各因子才力智能,及土地之刚柔,人民之轻重,为作策以申戒之。……至其次序分绝,文字之上下,简之参差长短,皆有意,人莫之能知。④

蔡邕《独断》说:

> 策书。策者,简也。《礼》曰:不满百文,不书于策。其制,长二尺,短者半之,其次一长一短,两编,下附篆书,起年月日,

① 董作宾:《商代龟卜之推测》,前中央研究院历史语言研究所专刊之一《安阳发掘报告》,1929年第1期,第127~128页,第129页。

② 陈炜湛:《战国以前竹简蠡测》,《中山大学学报》,1980年第4期。

③ 高亨:《文字形义学》,山东人民出版社1963年版,第140页。

④ [汉]司马迁:《史记》,中华书局1982年版,第2114~2115页。

称皇帝曰，以命诸侯王、三公。①

则汉代策书的用简形态与《说文》所记汉代以前册命一致。时至北齐，仍用此制。《隋书·礼仪志四》记载后齐：

> 诸王、三公、仪同、尚书令、五等开国、太妃、妃、公主恭拜册，轴一枚，长二尺，以白练衣之。用竹简十二枚，六枚与轴等，六枚长尺二寸。文出集书，书皆篆字。哀册、赠册亦同。②

所以有学者认为，"结合'册'字的基本字义——封赏诸侯的王命，去看殷墟'册'字的图形，便知这'一长一短，两编'，其实是商天子专门用于书写册命的简册，并不是商代一般的或普通的简册"③。则普通的同一编的简册长度应当是基本一致的。但王国维先生曾指出：

> 初疑此制惟策命之书为然，未必施之书籍。然古书之以策名者，有《战国策》。刘向《上〈战国策〉书序》："中书本号，或曰'国策'，或曰'国事'，或曰'短长'，或曰'事语'，或曰'长书'，或曰'修书'。"窃疑周秦游士甚重此书，以策书之，故名为策。以其札一长一短，故谓之'短长'。比尺籍短书，其简独长，故谓之"长书""修书"。……以"策"为策谋之"策"，盖已非此书命名之本义。由是观之，则虽书传之策，亦有一长一短，如策命之书者。至他书尽如此否，则非今日所能臆断矣。④

从信阳长台关、望山 2 号墓出土的遗策来看，也确实并不是每支简都是截然划一、完全相同的。但无论如何，一长一短编次的简册是存在的。

其实，董氏认为"册"即龟版编缀而成的根源在于误读"册人"为"册

---

① ［汉］蔡邕：《独断》，《汉魏丛书》，吉林大学出版社 1992 年版，第 180 页。

② ［唐］魏征等：《隋书》，中华书局 1982 年版，第 175 页。

③ 刘光裕：《商周简册考释——兼谈商周简册的社会意义》，《济南大学学学报》，2010 年第 5 期。

④ 胡平生、马月华：《简牍检署考校注》，上海古籍出版社 2004 年版，第 36~37 页。

六"。而此处的"册",据尾右甲刻辞之例,本是人名。[1] 这就从根本上推翻了董氏立论的根据。其实后来董氏对己说也进行了修正。[2] 所以,典、册为龟册之说是不能成立的。甲骨文"典""册"二字所象的一长一短之物为竹木简无疑。

再次,我们也可以从商代职官的设置上得到证明。商代甲骨刻辞、青铜器铭文以及玉器刻辞中,时常出现"作册"一职。如作册般、作册吾等。周承其制,"作册"一职也常见于周代文献和彝铭,如作册逸、作册度、作册毕等。"作册"之职,负责制作和宣读诰命、起草文书,兼及祝祷之事。从其命名与职掌看,商代已经在使用简册来发布政令、祝祷献祭。李学勤先生曾指出:

> 商周两代的史官的职务在于书写掌管典册,所以其官名也称作"作册"。"作册"这个词在武丁卜辞里就有了。我们看甲骨文的"册"字,像以竹木简编组成册之形,相参差的竖笔是一支支的简,联贯各简的横笔是编册用的绳。这确切证明,商代已有简册,这才是当时的书籍。[3]

则简册是商代载录档案文书和书籍的最主要载体。

复次,简册、书牍的普遍使用,要以大量竹材的方便取用为前提。而在商代,其材料来源非常便利。《诗·卫风·淇奥》即云:"瞻彼淇奥,绿竹猗猗。""瞻彼淇奥,绿竹青青。""瞻彼淇奥,绿竹如箦。"据考古研究,殷代后半期,我国北方、黄河流域的气候比今天温暖湿润,大体和今天长江流域或以南地区相当。当时安阳地区雨量丰沛,甲骨文中就有"延雨"、"联雨"的记载;饲养水牛也十分普遍;又屡见获象、猎兕的记

---

① 唐兰:《关于尾右甲卜辞——董作宾氏典册即龟版说之商榷》,《国立北京大学国学季刊》,1935 年第 3 期。但对"册人"的解释,学界看法不同。胡厚宣、陈梦家先生认为是外地向商王朝的贡龟记录。

② 在《安阳侯家庄出土之甲骨文字》一文中,董氏改释"册六"为"册人",并认为"上一字当是史官之名"。收入前中央研究院历史语言研究所专刊之十三《田野考古报告》第一册。在《殷墟文字甲编·自序》中也说:"十年前我曾误解了'册六',以为甲骨就是殷代的简册,这毛病是过于'尊题'。"

③ 李学勤:《古文字初阶》,中华书局 2003 年版,第 61~62 页。

载。这些都是热带森林中的动物,证明殷代黄河流域的气候远比今天温暖,适宜竹木的生长。① 今河南博爱一带仍以产竹而著名。这就为殷人以竹木为书写材料提供了物质条件。

同时,用于书写的毛笔和墨的产生时代也很早。据考古发掘,仰韶时代陶器上的花纹就是用毛笔绘制的,陶器上的符号也是用毛笔或尖笔所画,说明用毛笔书写的传统在远古时代就已经开始了。在郑州西北小双桥商代遗址中,也发现过朱笔和墨笔写在陶大口尊上的文字。② 在殷墟甲骨上,发现了用毛笔书写的朱、墨两色的文字;还有一些写在玉器、石器上的文字;商周时代的青铜器铭文,也是先用毛笔写出来,再制成范的③。甲骨文里也有"聿"字,象执笔之形,是"笔"字的初文。

商代有简册,亦有书牍。木牍多是断木为板,刮削而成,或称"方",或称"版"。《仪礼·聘礼》:"百名以上书于策,不及百名书于方。"郑玄注:"名,书文也,今谓之字;策,简也;方,版也。"蔡邕《独断》也说:"《礼》曰:不满百文,不书于策。"这可能是大体而言,即百字以下的书于版牍,百字以上的书于简策。④《中庸》曰:"文武之政,布于方策。"说明周代的官方布政文书是书写在牍版和简策上的。

商代有书牍,可以小臣墙骨牍的形制为旁证。今存小臣墙骨呈长方形,是从牛肩胛骨扇骨一侧切割下来的骨板,残长 6.9 厘米,宽 3.9厘米。正面是一篇纪事文字,现存五行五十七字;反面为干支表。经李学勤先生研究,骨牍原为长条形,长 17 厘米左右,为商代一尺;文字可能原有二百字左右。李先生最后指出:

---

① 胡厚宣:《气候变迁与殷代气候之检讨》,《甲骨学商史论丛二集(下册)》,成都齐鲁大学国学研究所专刊之一,1945 年。

② 河南省文物考古研究所等:《1995 年郑州小双桥遗址的发掘》,《华夏考古》,1996 年第 3 期。

③ 洛阳市文物工作队:《1975—1979 年洛阳北窑西周铸铜遗址的发掘》,《考古》,1983年第 5 期。

④ 如青川木牍《为田律》一方,字数有 151 字;尹湾木牍字如粟米,两面书写,密密麻麻,字数可达 1600 多字。高大伦认为,《聘礼》的"名"不是字而是物品的种类,字数可能不止 100字。历史上,汉光武帝提倡节约,"于五行之牍,书十行之字",字数也比较多。参李零:《简帛古书与学术源流》,中华书局 2008 年版,第 138 页。

这件骨牍，我过去称之为"牛骨简"，不够准确。察其形制尺寸，肯定是模仿那时已经存在的木牍而制作的。我们由商代的"册"字的构成，知道已有竹木简册，从这件骨牍，又可了解木牍也是早有。①

同时，出于殷墟的甲子表庚寅辛残玉版也有助于此问题的说明。该玉版现藏天津市艺术博物馆，版上存有"庚寅辛"二个半字。陈邦怀先生研究后指出：

> 我曾将六十甲子分写成六组，每组二行，每行十字，由此可知此玉版的辛字下缺卯，庚寅辛卯在第三版的第二行。这两个半字恰好刻在玉版之左，字左有玉版边沿可为佐证。②
>
> 用商代骨尺测之，"寅"字长一寸半弱，"辛"字长一寸强。如此大字，一方玉版必难容纳六十甲子之一百廿字；揆之以理，六十甲子当分别列于六版，每版二行，每行十字。此版"辛"字下缺"卯"字，"庚寅、辛卯"属第三版之第二行。以此残片度之，玉版原大约长二十六厘米上下、宽六厘米左右。③

则此玉版原以六块为一组。

商代印章的发现也能够说明这一问题。印文通常除用于缣帛和纸上以外，更常用于封存竹木简牍的公文或私函的封泥上。商代已有私人印章和阳文印章的使用。安阳曾出土有 3 枚青铜印。其中一个 2.5 厘米见方，呈"亚"字形，中有鸟状印文，印文是武丁时代的一员大将的名字。④ 据《左传·襄公二十九年》载："季武子取卞，使公冶问，玺书追而与之曰：'闻守卞者将叛，臣帅徒以讨之，既得之矣，敢告。'公冶致使而退，及舍而后闻取卞。"杨伯峻先生注：

---

① 李学勤：《三代文明研究》，商务印书馆 2011 年版，第 52～53 页。
② 陈邦怀：《商玉版甲子表跋》，《文物》，1978 年第 2 期。
③ 陈邦怀：《记商玉版甲子表》，《天津社会科学》，1983 年第 3 期。
④ 钱存训：《书于竹帛——中国古代的文字记录》，上海书店出版社 2006 年版，第 39～41 页。

玺,印章。蔡邕《独断》云:"古者尊卑共用之。"据《韩非子·外储说左下》,西门豹为邺令,魏文侯收其玺,是大夫之官印亦曰玺,即尊卑共用玺名。秦始皇以天子之印曰玺,然据《汉书·百官表》师古注引《汉旧仪》,诸侯王之印亦称玺。古时无印泥,封识用印,先以泥封口,然后按印,近世有所发现,谓之封泥。清人吴式芬、陈介祺合辑《封泥考略》,可参看。据于省吾《双剑誃古器物图录》,载殷商铜玺摹本三,一为"商𪊨钤(古玺字)",一为"商隼钤",一为"商奇文钤"。然此三印,出自古董商,疑不可信。清徐坚《西京职官印谱自序》谓印:"始于周,沿于秦,而法备于汉。"《周礼·秋官·职金》云:"揭而玺之。"亦用玺之证也。①

可以肯定,周代已在使用玺书,春秋、战国时代已很普遍。商代是否有玺书,尚有疑问。然 1998 年秋安阳市西郊水利局院内出土了商代晚期的一件铜玺。铜玺为方形板状,厚 0.3 厘米,玺面长 1.6 厘米,宽 1.5 厘米,有半环形钮,钮高 0.5 厘米,玺面不是文字,是半个饕餮纹。李学勤先生认为此铜玺玺面很小,图案不适于在青铜器上施用,显然没有印模的功能。这商代铜玺应该和后世的肖形玺印相同,是用于封泥或类似的物品的。② 如这一看法成立,则商代不仅使用简牍,而且可能已经在简牍往来时使用封泥和印玺。

综上所述,我们有理由认为:简册、书牍已经是商代的最主要的书写材料。

二、商周简册、书牍载录的主要内容

从出土文献和传世文献的记载来看,商周简牍载录的内容主要有以下十类:

---

① 杨伯峻:《春秋左传注》,中华书局 1999 年版,第 1155 页。
② 李学勤:《文物中的古文明》,商务印书馆 2008 年版,第 275～276 页。

（一）诰命类文书

"诰"这种文体，在商代就已产生。董作宾《王若曰古义》一文中引述了一版甲骨，上刻有："王若曰：羌女……"说明《尚书·商书》里的"王若曰""微子若曰"并不是周人所拟作。① 虽然现存《商书》各篇用词行文的习惯往往与甲骨卜辞不合，但各篇反映的思想以至某些制度却与卜辞相合，这表明："它们（《汤誓》也许要除外）大概确有商代的底本为依据。"②很可能是周人克商后依据商王朝档案里的典册进行了较大的修改。

西周册命仪式中的命辞也是先书于简册，当庭宣读后交予受命者，归而刻铸于彝器。③《周礼·内史》云：

> 王制禄，则赞为之，以方出之，赏赐亦如之。内史掌书王命，遂贰之。

是说制禄或赏赐的王命用牍版书写，且一式两份，其中一份为副本，留存档案，藏于盟府。又《诗经·小雅·出车》云：

> 岂不怀归？畏此简书。

郑玄笺："简书，戒命也。邻国有急，以简书相告，则奔命救之。"孔颖达疏："诸侯有事，则书之于简，遣使执简以告命。"此为宣王朝诗，"简书"一词十分清楚地表明了周代文书使用简册的事实。

（二）重要的历史事件

《尚书·多士》说："惟殷先人有册有典，殷革夏命。"说明夏末商初时，重要的历史事件被著诸典册。《礼记·王制》载："太史典礼，执简

---

① 李学勤、裘锡圭：《新学问大都由于新发现——考古发现与先秦、秦汉典籍文化》，《文学遗产》，2000 年第 3 期。
② 裘锡圭：《中国出土古文献十讲》，复旦大学出版社 2008 年版，第 141 页。
③ 陈梦家：《尚书通论》，中华书局 2005 年版，第 146 页。

记。"郑玄注："简记，策书也。"孔颖达疏："太史之官，典掌礼事；国之得失，是其所掌；执此简，记策书。"即说典礼之时太史手执策书记事。至西周厉、宣之时有专门的执简记事的史官①，由此形成了"史载笔"(《礼记·曲礼上》)、"君举必书"(《左传·庄公二十三年》)的"书法"传统。

(三) 刑法

周公分封康叔至卫时，曾要求康叔要注重对殷代刑法文献的搜求整理，以资借鉴。《康诰》云：

> 外事，汝陈时臬司，师兹殷罚有伦。
> 汝陈时臬司，罚蔽殷彝，用其义刑义杀。

即整理、学习、吸收殷刑中合理的内容。《韩非子·内储说上·七术》说："殷之法，弃灰于公道者，断其手。"表明殷代刑法的系统与完备。《荀子·正名》也说："后王之成名，刑名从商。"则周公命康叔师法殷罚，不但因其国俗，亦以殷刑允当之故。正因此，卫康叔后来在成王朝担任司寇一职。《逸周书·尝麦》记载了穆王时期正刑书的史事②，其文云：

> 太史筴形书九篇，以升，授太正，乃左还自两柱之间。

"形"同"刑"。刑书九篇，即《九刑》。《左传·文公十八年》说："先君周公制《周礼》曰：则以观德，德以处事，事以度功，功以食民。作《誓命》曰毁则为贼，掩贼为藏。窃贿为盗，盗器为奸。主藏之名，赖奸之用。为大凶德，有常无赦，在九刑不忘。"杜预注："《誓命》以下皆《九刑》之书。"《昭公六年》叔向诒子产书曰"周有乱政而作《九刑》"，则周之《九刑》在春秋时代仍在流传。《尚书·吕刑》一篇亦记载了穆王正刑法之事。

---

① 葛志毅：《谭史斋论稿续编》，黑龙江人民出版社 2004 年版，第 89～101 页。
② 李学勤：《古文献论丛》，中国人民大学出版社 2010 年版，第 68～74 页。

（四）占卜辞

《周礼·占人》云：

> 凡卜筮既事，则系币以比其命，岁终则计其占之中否。

郑注引杜子春说："'系币'者，以帛书其占，系之于龟也。"郑注云："既卜筮，史必书其命龟之事及兆于策，系其礼神之币而合藏焉。"则周代的卜辞是另写在简册或帛上的。在陕西凤雏和其他地点的西周卜辞里有种"缩简"情况，即在甲骨有关兆旁刻上只起标识作用的缩简的卜辞，比如像"新邑""成周"一类。在殷墟卜辞中也存在这种情形。如一组宾组卜辞，在兆旁刻上缩简的卜辞，完整的则记于宽广的骨扇部位，彼此对照。李学勤先生认为，可能这些缩简的卜辞，都有完整的文本书写在简帛上，只是简帛易朽，未能存留下来而已。①

（五）祝祷辞

甲骨文中有"叀册用"，郭沫若先生说："'叀册用'与'叀祝用'为对贞，祝与册之别，盖祝以辞告，册以策告。《书·洛诰》'作册逸祝册'，乃兼用二者。"②甲骨文亦有"册祝"一词；《周礼·大祝》掌六祝之辞以事鬼神示，其六曰"筴祝"。饶宗颐先生认为甲骨文中的册祝同于《周礼》所说的筴祝，册即典册。册祝不仅仅应用于远罪疾，还用于弭灾兵等仪式之中。③《尚书·金縢》记周公为身患重病的武王祈祷："周公立焉，植璧秉圭，乃告大王、王季、文王。史乃册祝。""册祝"之事在"卜三龟"之前，亦可证"册"非"龟册"。

卜辞中又有"工典"的记载，李孝定先生说："贡典犹言献册、告册也，谓祭时贡献典册于神也。"④在殷周祭礼中，确有用文章典册祭祀祖

① 李学勤：《周公庙卜甲四片试释》，《西北大学学报》，2005 年第 2 期。

② 郭沫若：《殷契粹编》，科学出版社 1965 年，第 343～344 页。

③ 饶宗颐：《册祝考、册伐与地理——论工典及有关问题（殷礼提纲之一）》，《华学第四辑》，紫禁城出版社 2000 年版。

④ 李孝定：《甲骨文字集释》，中央研究院历史语言研究所 1970 年版，第 1582 页。

先神灵的仪式内容。① 典册所书内容,晁福林先生认为:"工典"即贡册,指贡献典册于神灵之前。殷人祭祀时可能将牺牲祭品和祈祷之辞书于典册而贡献。《诗经·楚茨》的"工祝致告"和"工典"意思相同。② 李学勤先生指出,殷商举行祷告时有祷词。这种文词要写在竹木质的简册上,故祷告用的册,每每加上"示"旁,写作"禂"。③ 则商周时祝祷辞也可书于简册。

(六)诗歌

《国语·鲁语下》载闵马父之语曰:"昔正考父校商之名颂十二篇于周太师,以《那》为首。"所谓的"商之名颂",即商代的"文字颂","亦即被书于简册而保存下来的商代祭祀颂歌的歌辞"④。以"篇"为单位计《商颂》,也表明《商颂》十二篇是以书于简册的形式存在的。正考父生活的时代在宣王与平王之间。他向周太师对十二篇《商颂》进行校正,说明周王室存有比较原始、完整的《商颂》文本,则这些文本篇章来源很早。《金滕》亦记载有周公遗成王《鸱鸮》诗。

(七)书籍

《尚书·金滕》载周公自以为质祝祷后:"乃卜三龟,一习吉。启籥见书,乃并是吉。"说明当时已有占书。上引《逸周书·尝麦》云"刑书九篇",《墨子·贵义》载周公"朝读《书》百篇",则为书籍无疑。据学者研究,《尚书》中的许多篇章,都是西周中期整理成型的⑤;西周末年的厉

---

① 靳青万:《论殷周的文祭——兼再释"文献"》,《文史哲》,2001年第2期。
② 参晁福林:《夏商西周的社会变迁》,北京师范大学出版社1996年版,第409~410页。而过常宝根据《国语·鲁语上》展禽论祀典的一段话认为,"所谓'典',就是载录先祖功德的册,它在祭祖时被呈上,这就是'工典'。《古文尚书·五子之歌》云:'明明我祖,万邦之君。有典有则,贻厥子孙。'《古文尚书·汤诰》云:'各守尔典,以承天休。'这里的'典'指的都是这样的文献,它们包含着祖先的功德,能够庇佑子孙。"过常宝:《先秦散文研究——早期文体及话语方式的生成》,人民出版社2009年版,第102页。这个看法是有道理的,《尧典》正是此类文献。
③ 李学勤:《中国古代文明研究》,华东师范大学出版社2005年版,第83~84页。
④ 马银琴:《两周诗史》,社会科学文献出版社2006年版,第297页。
⑤ 李山:《〈尚书〉"商周书"的编纂年代》,《西北师大学报》,2011年第6期。

宣之世也对《尚书》进行过编纂。①

(八) 契约

《周礼·质人》说:"质人掌成市之货贿:人民、牛马、兵器、珍异。凡卖买者质剂焉。大市以质,小市以剂。掌稽市之书契,同其度量,壹其淳制,巡而考之。"郑玄注:"质剂者,为之券藏之也,大市人民、牛马之属用长券;小市兵器、珍异之物用短券。""书契,取予市物之券也。其券之象,书两札,刻其侧。"这种在市场上做买卖广泛使用的券契,既是交易的凭证,又是发生纠纷后打官司的依据。《周礼·小宰》也说:"以官府之八成经邦治……六曰听取予,以书契;七曰听卖买。以质剂……"郑玄引郑众云:"书券,符书也。"林沄先生指出:"先秦的'书契'既然并不是指甲骨文,而是指既写字又刻齿的用途不一的契券,这种有字契券的主要用途是处理经济事务和行政管理事务,所以我国文字的产生原因,显然不应仅从宗教用途考虑。"②

(九) 遣策

《仪礼·既夕礼》:"书赗于方,若九,若七,若五;书遣于策。"赗是为丧事赠送的礼物。这是说九行、七行、五行的赗文,书于牍版;更多文字的赗文,书于简策。赗文记录赙赠的人名与物品。

(十) 户籍、名籍、地图

《周礼·司民》:"自生齿以上,皆书于版。"《司士》:"掌群臣之版。"《大胥》:"掌学士之版。"《宫伯》:"掌王宫之士庶子,凡在版者,掌其政令,行其秩叙。"《司会》:"凡在书契版图者。"《司书》:"邦中之版,土地之图。"《内宰》:"掌书版图之法。"则周代户籍、名籍、地图也载于版牍。

可以看出,商周时期,简牍广泛地应用于政治、经济、军事、文化和

---

① 参葛志毅:《试据〈尚书〉体例论其编纂成书问题》《史官制度的渊源与尚书春秋的编纂》《记事之史与春秋、尚书等史籍的编纂》《史官的规谏记言之职与尚书、国语的编纂》,收入《谭史斋论稿续编》,黑龙江人民出版社 2004 年版。程水金:《中国早期文化意识的嬗变——先秦散文发展线索探寻》,武汉大学出版社 2003 年版,第 276～306 页。

② 林沄:《说"书契"》,《吉林师范大学学报》,2003 年第 1 期。

日常生活的各个领域，举凡诰令文书、历史记载、占卜祝祷、刑法契约、户籍地图、诗歌、书籍、遣策等均可载录。

三、商周简册、书牍的功能与文学史意义

商周时期，用于文字记录的书写材料还有甲骨、玉石、青铜器、缣帛、陶器等。从书写材料的质地来看，甲骨、玉石、青铜器是"硬材料"；简牍和缣帛是"软材料"。两类书写材料在用途与功能方面是有所区分的。钱存训先生说：

> 古时用作思想交流的载体，显然有两大类，易损的材料价格比较便宜，大量用作公文、史册、文章、信件及其他各种日常用途；坚硬耐久的材料，则用作有纪念性或可流传后世的铭文。我们也可以说，前者用于空间上的横向交流，是人与人之间往来的媒介；后者是时间上的直向交流，是人与鬼神及后代子孙间联系的工具。①

李零先生也认为，文字的作用主要有两方面，一是记录性，二是纪念性。纪念性的文字多铭刻在金石之类的"硬材料"上，记录性的文字多书写在简帛之类的"软材料"上。② 也就是说甲骨、玉石、青铜器是倚重时间的传播媒介，虽不便于流通但坚硬耐久，能够长时间地保存、流传后世，适用于时间上的直向交流，主要是用于纪念意义或人与鬼神交流的媒介。简牍与缣帛是依赖空间的传播媒介，质地较轻、方便携带、便于流通，但不易长久保存，适用于空间上的横向交流，主要是行政和日常生活的记录以及快速的信息传播。

商周时代，这几种媒介是"共生"形态的，而不是甲骨、青铜器、简牍等媒介之间有依次替代。这是维持稳定统治和推动文明进程的必然需

---

① 钱存训：《书于竹帛——中国古代的文字记录》，上海书店 2006 年版，第 137 页。
② 李零：《简帛古书与学术源流》，生活·读书·新知三联书店 2005 年版，第 45～46页。

求。加拿大学者哈罗德·伊尼斯曾指出：

> 辽阔领土的治理，在很大程度上依赖有效的传播。
>
> 时间观念和空间观念，反映了媒介对文明的重要意义。倚重时间的媒介，其性质耐久，羊皮纸、黏土和石头即为其例。这些笨重的材料适合建筑和雕塑。倚重空间的媒介，耐久性比较逊色，质地却比较轻。……我们考虑大规模的政治组织，比如帝国，必须立足在空间和时间两个方面。我们要克服媒介的偏向，既不过分倚重时间，也不过分倚重空间。这些媒介在这样一种情况下盛极一时：文明反映的不仅仅是一种媒介的影响。

他还强调："一个成功的帝国必须充分认识到空间问题，空间问题既是军事问题，也是政治问题；它还要认识到时间问题，时间问题既是朝代问题和人生寿限问题，也是宗教问题。"①

商王朝是一个方国联盟，周围分布着许多方国。为了加强控制，商代的陆上交通道路比较发达，至晚期已形成了以殷墟王邑为中心向四方辐射的国家道路交通大网络；其与外地的消息往来传报，也已逐渐建立起了驿传制度。② 加之大量的日常公务活动和公文往来，国家机构之间的交流，简牍必然成为最佳的书写传递工具。简牍便于携带、流通且能够保证信息的准确、及时，所以很适宜于政令的上传下达及驿传。换言之，如果商周时代只存在甲骨、玉石、青铜器等倚靠时间的媒介，是不可能长久地维持国家机器的运转和人们的日常交流的；只有简牍这类倚靠空间的媒介的使用和参与，才能平衡媒介间的偏向，才能维持长久、有效的统治。

从书写材料和书写内容之间的关系看，甲骨、玉石、青铜器、缣帛、陶器是记有特定内容的特定材料。甲骨主要用于占卜，所以大部分是卜辞；玉石上的内容主要是纪名、贡纳、赏赐、记事铭功；青铜器自商晚

---

① ［加拿大］哈罗德·伊尼斯著，何道宽译：《帝国与传播》，中国人民大学出版社2003年版，第5、19页。

② 宋镇豪：《夏商社会生活史》，中国社会科学出版社1994年版，第283～293页。

期始,铸刻的内容开始扩展,在西周演变为记录文字的主要载体,主要内容有赏赐、册命、训诫、重大战役和历史事件以及田地纠纷等,但也主要是纪念意义的内容;缣帛尚不是通行的书写材料,主要用于占卜或特殊用途;陶器易碎,从目前发现的材料来看,上面多是单个的刻划符号或文字,成文的记录很少。唯独简牍摆脱了内容的制约,记录的内容涉及政治、文化、宗教、经济、军事、社会生活的方方面面,是书写内容无所不包的普遍的、日常的材料,是商周时期最主要的书写载体。

所以,简牍、甲骨刻辞、玉石刻辞、金文、帛书、陶文等是同一个层面上的范畴,是以书写媒介为标准的划分。占卜辞、祝祷辞、典、谟、训、诰、誓、命等是同一个层面上的范畴,是依据文本内容、形式和功能进行的文体划分。两者不属于同一个层面的范畴。殷商甲骨刻辞主要表现的是占卜辞的形态特征,而占卜辞只是当时众多文体中的一类。

商代已进入青铜器时代,具有很高的文化发展水平。徐正英通过对甲骨刻辞的考察,认为商朝人具有重视文化建设的浓厚尚文意识;通过考辨刻辞中的"占""谱""册""祝""诰"等古代文体的雏形,说明商朝人已初具朦胧的文体意识;通过对刻辞字、句、篇的例释,确认了商朝人已具备较明晰的写作意识。① 从甲骨文的字汇来看,至少有1 500个字汇,且语法比较严密,与后世语法相近,因而足够可以产生像《盘庚》那样的长篇诰命。虽然甲骨刻辞在措辞上颇费斟酌选择之功,我们从中可以体认到商人注意修辞技巧、句式变化、琢句炼字的追求②,但它只是在一定程度和范围内反映了商代散文的发展水平,并不能完全代表商代散文的发展水平,更不能看成是中国散文发展的最初形态。

该文原刊于《聊城大学学报》(社科版)2013年第4期。

---

① 徐正英:《甲骨刻辞中的文艺思想因素》,《甘肃社会科学》,2003年第2期。
② 饶宗颐:《如何进一步精读甲骨刻辞和认识"卜辞文学"》,《中国语文研究》,1992年。

由张竹坡批注解读《金瓶梅》性描写的实质

宋运娜

（兰州城市学院）

探讨《金瓶梅》这部作品无法回避的一个重要问题就是性描写问题,笔者选择了对《金瓶梅》做过专门研究、评点的张竹坡作为个案,研究他是怎样看待小说中的"淫话",也就是性描写的。张竹坡《批评第一奇书金瓶梅读法》:"《金瓶梅》说淫话,止是金莲与王六儿处多,其次则瓶儿,他如月娘、玉楼止一见,而春梅则惟于点染处描写之。何也? 写月娘惟扫雪前一夜,所以丑月娘丑西门;写玉楼惟于含酸一夜,所以表玉楼之屈,而亦以丑西门也:是皆非写其淫荡之本意也。至于春梅,欲留之为炎凉翻案,故不得不留其身份而止用影写也。至于百般无耻,十分不堪,有桂姐、月儿不能出之于口者,皆自金莲、六儿口中出之,其难堪为何如? 此作者深罪西门,见得如此狗彘乃偏喜之,真不是人也。故王六儿、潘金莲有一日一齐动手,西门庆死矣。此作者之深意也。"(五十一)张竹坡这段评语特别点出一部《金瓶梅词话》中的"淫话"(性描写)主要集中在潘金莲、王六儿两人身上,所以本文特以潘金莲为切入点,由张竹坡批注解读《金瓶梅》的性描写问题,对性描写的实质做进一步的探微。

潘金莲贪欲成性。万恶淫为首。中国女性形象中以"淫"为特点的历来为人所唾弃,在笑笑生的笔下,潘金莲是第一"淫妇"。潘金莲是南门外潘裁缝的女儿,排行六。因她自幼生得有些颜色,缠得一双好小脚儿,因此小名金莲。父亲死了,做娘的因度日不过,从九岁卖在王招宣府里,习学弹唱。后来王招宣死了,潘妈妈争将出来,三十两银子转卖与张大户家,被张大户收用,吃主家婆打不住,张大户倒赔妆奁,嫁给武大。后因为与西门庆勾搭,害死武大,做了西门庆的妾。潘金莲的淫荡发展到了十分可怕的地步,她贪的不是财,而是欲。贪欲成性是潘金莲的特点。作品以大量的篇幅描写了潘金莲的淫荡。

一、潘金莲私仆受辱

第十二回"潘金莲私仆受辱"中,潘金莲对西门庆有欲无情,所以她在暂时得不到西门庆的宠爱的时候,就会从别的男人处寻求性欲的满足,她与西门庆的仆人琴童私通。张竹坡批曰:"写金莲受辱处,是作者特地示人,处宠荣之后,不可矜骄也。见得如西门之于金莲,可谓宠爱已极,可必其无《白头吟》者矣。乃一挫雪娥,便遭毒手,虽犹如金莲,犹使从前一场恩爱尽付流水,宠荣之不可常恃如此!""写琴童一事,既为受辱作由,又将武大的心事提到西门心中以照,真见得人情,惟知损人益己,不知将人比我,故为恶不止,而又为敬济后文作一引也。"通过潘金莲与琴童私通,写其虽得西门庆宠爱之极,但是当性欲得不到满足时,她照样会从别的男人处获得满足。

二、潘金莲醉闹葡萄架

第二十七回"潘金莲醉闹葡萄架"是《金瓶梅》中性描写非常突出的一个段落。张竹坡批曰:"而葡萄架则极妖淫污辱之怨。甚矣!金莲之见恶于作者也。"因为李瓶儿怀孕,潘金莲醋意大发,于是西门庆在花园的葡萄架下用性虐待的方式对潘金莲进行了惩罚。这种疯狂的性虐待,使潘金莲"目瞑气息,微有声嘶,舌尖冰冷,四肢收軃,昏厥了过去"。潘金莲:"我晓的你恼我为李瓶儿,故意使这促恰来奈何我!今日经着你手段,再不敢惹你了!"西门庆笑道:"小淫妇,你知道,就好说话儿了。"作者通过这段对话揭示了醉闹葡萄架中性描写的实质。潘金莲十分明了西门庆的用意,而西门庆的笑,也使我们了解其惩治的意图。事毕,(潘金莲)因向西门庆作娇泣声,说道:"我的达达,你今日怎的这般大恶?险不丧了奴之性命。今后再不可这般所为,不是要处。我如今头目森森然,莫知所之矣!"张竹坡批曰:"内必用西门庆恼金莲一段,已伏后妒宠之根,几番怒骂之由,见瓶儿之独宠也。"另批曰:"内写西门心知金莲妒宠争妍,而不能化莲,乃以色欲奈何之,如放李子不即人之情,自是引之入地狱，已亦随之败亡出丑，真小人之家法也。"由此可以看出这段性描写的真正根源，西门庆通过性虐待惩治了妒宠的潘金莲，使之见识了其手段，也充分暴露了西门庆这个性虐狂的嘴脸。

三、潘金莲兰汤午戏

二十九回"潘金莲兰汤午戏"中，张竹坡批曰："上文即于前回红鞋之余波，引下金莲之作恶不厌，中劈空插神仙一段，下即接兰汤午战，见金莲毫无儆省悔过之心；而西门适听神仙贪花之说，即白日宣淫，见作恶者，虽神仙亦不得化之改也。"张竹坡的评语为我们点出"兰汤午戏"这段性描写的实质，刚听过神仙劝诫的西门庆，没有任何悔改之意，公然白日宣淫；而刚经历红鞋余波的潘金莲，照样淫心不已，毫无悔过之心。

四、打猫儿金莲品玉

五十一回"打猫儿金莲品玉"，张竹坡批曰："此回总写金莲之妒之淫之邪，乃夹一李桂姐、王三官之事，又夹一王姑子、薛姑子之事，便使一片淫邪世界，十分满足。又见金莲之行，实伯仲桂姐，而二尼之淫，又深罪月娘也。""此回章法，全是相映。如品玉之先，金莲起身，为月娘所讥；后文斗叶之先，金莲起身，又为月娘所讥是也。品玉时，以春梅代脱衣始，以春梅代穿衣结；斗叶子，以瓶儿同出仪门始，以同瓶儿回房结，又是两两相映。""品玉伏西门之死。""此文又能于百忙中金莲品玉内写一打猫，为官哥死案。文字精细之针线如此。"对这段性描写，张竹坡指出"品玉伏西门之死"，揭示西门庆之死的结局，因淫荡的潘金莲的性行为而死。而"此文又能于百忙中金莲品玉内写一打猫，为官哥死案"的评语又使我们理解官哥死案其实已在金莲的心中酝酿了。

五、潘金莲抠打如意儿

第七十二回"潘金莲抠打如意儿"，写西门庆从东京回来，潘金莲百般献媚,淫荡无比,为了得到西门庆的宠爱,可以说什么屈体的事她都做得出来。西门庆要下床溺尿,潘金莲说道:"我的亲亲,你有多少尿,溺在奴口里,替你咽了罢!省得冷呵呵的,热身子你又下去冻着,倒值了多的。"这西门庆听了,越发欢喜无已,叫道:"乖乖儿,谁似你这般疼我!"于是真个溺在妇人口内,妇人用口接着,慢慢一口都咽了。西门庆问道:"好吃不好吃?"金莲道:"略有些咸味,你有香茶与我些压压。"对此作者有一番感慨:"看官听说:大抵妾妇之道,蛊惑其夫,无所不至。虽屈身忍辱,殆不为耻。若夫正室之妻,光明正大,岂肯为此!"作者认为吃尿的行为根源就是潘金莲妾妇的地位,为蛊惑其夫,甘愿屈身忍辱,而且不以为耻。张竹坡批曰:"上回写如许诌媚之奸臣,此回接写金莲吃溺,真是骂尽世人。"潘金莲令人作呕的表现,为我们揭示了晚明社会女性的生存状态,使我们理解妾妇在那样的社会中卑微的地位,她们为了讨取男人的欢心,不惜屈身忍辱,不以为耻的状态,引发读者深深的悲悯情怀。

六、潘金莲香腮偎玉

七十四回"潘金莲香腮偎玉",张竹坡批曰:"此回品玉,乃写下回撒泼之由,然实起于一皮袄。夫皮袄,乃瓶儿之衣也。金莲淘气,终由瓶儿之衣。然则瓶儿虽死,作者犹写已死之瓶儿,为金莲之作对也。""上已写品玉,此又写偎玉,却是两样。品玉者,惊喜梵僧之药,先品而后试之;偎玉者,春色狼藉之至,更受不得,乃偎之,先试带而后品也。将与梵僧药,作遥对章法,不如此不得至也。""上回品玉文中,写金莲、瓶儿是一气写出,用几个"或"字,将诸品法写完;此回却用两段写,中夹要皮袄一段,先用按着粉颈,后用一面说着四字,两个又字,一个一回字,临了用口口接着都咽了。便一样蛙口、底琴弦、搅龟棱、脸偎唇之法,却犯手写来,不见一毫重复,又是一篇绝世妙文。作者心孔,吾不知其几百千窍,方能如此也。"张竹坡将"偎玉"与"品玉"做了比较,交代此段性描写起于要李瓶儿之皮袄,为了达到目的,潘金莲也是极尽献媚之致,让人看了产生强烈的悲悯之心。

七、西门庆贪欲丧命

据第七十九回"西门庆贪欲丧命"中描写，最后直接造成西门庆因淫而亡的恰是潘金莲。作品写西门庆从他的姘妇，韩道国妻子王六儿处纵欲归来，又被潘金莲乘醉灌下了三粒胡僧药，与欲火烧身、淫心荡漾的潘金莲行房之后，作品中有如下描写："……那管中之精，猛然一股邀将出来，犹水银之泻筒中相似……初时还是精液，往后尽是血水出来，再无个收救。西门庆已昏迷过去，四肢不收。妇人也慌了，急取红枣与他吃下去。精尽继之以血，血尽出其冷气而已，良久方止。"这段性描写，作者有评论："看官听说：一己精神有限，天下色欲无穷。又曰：嗜欲深者，其天机浅。西门庆只知贪淫乐色，更不知油枯灯尽，髓竭人亡。原来这女色坑陷得人有成时必有败，古人有几句格言道得好：花面金刚，玉体魔王，绮罗妆做豺狼。法场斗帐，狱牢牙床。柳眉刀，星眼剑，绛唇枪。口美舌香，蛇蝎心肠，共他者无不遭殃！纤尘入水，片雪投汤。秦楚强，吴越壮，为他亡。早知色是伤人剑，杀尽世人人不防！二八佳人体似酥，腰间仗剑斩愚夫。虽然不见人头落，暗里教君骨髓枯。"张竹坡评曰："此回总结财色二字利害。故'二八佳人'一诗，放于西门泄精之时，而积财积善之言，放于西门一死之时。"这段性描写表现出为了满足自己的淫欲，潘金莲给西门庆服用了过量的胡僧药，最后终于造成西门庆精竭而亡。所以，这时西门庆实际上成为了潘金莲的泄欲工具。

八、潘金莲售色赴东床

第八十回"潘金莲售色赴东床"中写，西门庆死后，潘金莲不惜与西门庆的女婿陈敬济私通。张竹坡批曰："夫色不可售，而西门之色，亦有所售之也。"在西门庆死后，她与陈敬济苟合，后来因为堕胎打下一个白胖的小子，两人的罪行暴露了。潘金莲最终被吴月娘赶出了家门。

九、金莲解渴王潮儿

第八十六回"金莲解渴王潮儿",写潘金莲被赶出家门,在王婆处待卖时,与王婆的儿子王潮儿私通。张竹坡批曰:"金莲一生之淫行,千古罕见。以敬济为西门之婿,而不知羞,皆可与合;以王潮为王婆之儿,亦可与合。则天下之畜类凡有阳物者,亦无不可与合也。"张竹坡用"解渴"点明了潘金莲的淫荡已经发展到不择对象的地步,完全沦为性的奴隶,贪欲成性成为她的本质。潘金莲最后被武松买去,落个身首异处的悲惨结局,结束了她贪欲的一生。

性描写问题是一部《金瓶梅》的核心问题。通过张竹坡批注解读《金瓶梅》性描写问题,可以理解作品中主要人物形象的实质,通过贪欲成性的潘金莲,我们看到晚明社会女性的生存状态,进而理解作者自然主义的描写背后所隐藏的对明代社会现实的深刻揭露和批判,领会《金瓶梅》的精神实质,正解千古名作——《金瓶梅》。

该文原刊于《甘肃高师学报》2015年第六期。

李梦阳：秦人而为"秦声"

霍志军

（天水师范学院）

　　秦雍山川，向称极盛，此处"有华岳、终南、西倾、崆峒、鸟鼠之山；有江、河、汉、渭、泾、沣、浐、灞之水；是故有羲、黄、文、武、周、吕之盛。有召伯、子乡、子起、令公、子厚……是故有《周易》《书》《诗》《礼》之经；有两《汉书》《晋书》《南北史》之史；有《素问》《论衡》《潜夫论》《白虎通》《左传解》《通典》《西铭》《正蒙》之传；有汉、晋、唐及陈、隋、宋、元之诗。……《传》云：天倾西北，故山川皆起于秦陇"①。宋代以降，随着经济中心南移，江南文学最为繁盛。然有明一代，西北地区商业经济、书院教育均有长足发展，秦陇文学经过长期积淀终于焕发出新的生机，特别是李梦阳，《明史·文苑传》称："梦阳才思雄骘，卓然以复古自命。……又与景明、祯卿、贡、海、九思、王廷相号七才子，皆卑视一世，而梦阳尤甚。吴人黄省曾、越人周祚，千里致书，愿为弟子。"②而且其诗文很快就东传到朝鲜，对朝鲜文坛产生了深远影响，促进了朝鲜李朝中期的文学革新。③ 李梦阳作为秦人，无论其人格特质，还是政治、文学活动均与陇右文化有着密切联系。因此，从陇右地域文化视角审视李梦阳的诗文创作是很有必要的。

一、刚直执拗、敢于担当的人格节操

　　宋代大儒张载"为天地立心，为生民立命，为往圣继绝学，为万世开

---

　　① 　[明]胡缵宗：《雍音序》，见《陇右著作录》，《中国西北文献丛书》第76卷，影印民国三十七年(1948年)本，第475页。

　　② 　[清]张廷玉等撰：《明史·文苑传》，中华书局1974年版，第7348页。

　　③ 　曹春茹：《李梦阳诗文东传朝鲜半岛及对古代朝鲜文学的影响考论》，《甘肃社会科学》，2009年第4期。

太平"，关学自张载创立以后，成为宋代著名的经学流派。"张载的思想，在关陇地区影响很大，从学者甚众，一时门生云集，颇有声势，以他为中心，形成了理学史上最大的四个学派之一——关学学派。"①"关学"自横渠先生首倡，成为儒学史上承前启后的一个重要学派，誉播华夏，影响深远，一直到清末。明代王恕"历中外四十余年，刚正清严，始终如一"②，晚年致力于理学研究，成为明代"三原学派"的创始人。李梦阳对这位关中大儒格外推崇。明代名臣杨一清在陕西按察使副使任上创办书院，奖引后进，提拔了很多关陇士人，李梦阳、康海、王九思、吕柟、韩邦奇、张治道等均受其提拔。李梦阳一生与康海、王九思、吕柟、韩邦奇过从甚密，其人格思想受关学影响颇为深厚。

（一）执拗个性、刚正不阿

陇右地域广阔，淳朴厚重的黄土高原、刚硬峭厉的茫茫戈壁、洁白晶莹的雪山冰川共同构成了陇右大地雄浑壮丽、苍茫辽阔的画卷。独特的地理、人文环境孕育了秦陇先民刚健坚毅、质朴醇厚的性格特征。李梦阳既深受关学思想影响，一生忠心效力朱明王朝，而又具有近乎执拗的个性，表现出正气凛然、刚正不阿的人格特质。遍查史籍，陇人多以刚直敢言、不畏权贵载于史册，如东汉王符、赵壹、晋代傅玄、傅咸，直到近代安维峻等，但其刚直比之李梦阳都显得逊色。弘治十八年(1505年)，李梦阳写了著名的《上孝宗皇帝书稿》，在疏文中，他"陈二病、三害、六渐，凡五千余言，极论得失"。末尾更是直接将矛头指向炙手可热的国丈张鹤龄："寿宁侯张鹤龄招纳无赖，罔利贼民，势如翼虎。"张鹤龄摘疏中"陛下厚张氏"语，"诬梦阳讪母后为张氏，罪当斩。时皇后有宠，后母金夫人泣诉帝，帝不得已系梦阳锦衣狱。寻宥出，夺俸。金夫人诉不已，帝弗听，召鹤龄闲处，切责之，鹤龄免冠叩头乃已。……他日，梦阳途遇寿宁侯，詈之，击以马箠，堕二齿，寿宁侯不敢校也"③。因弹劾国丈而入狱，出狱后碰见国丈又敲掉其两颗门牙，如此刚正、执拗之个

---

① 侯外庐、邱汉生、张岂之主编：《宋明理学史》上册，人民出版社 1984 年版，第 91～92页。

② ［清］张廷玉等撰：《明史·王恕传》，中华书局 1974 年版，第 4837 页。

③ ［清］张廷玉等撰：《明史·文苑传》，中华书局 1974 年版，第 7346～7347 页。

性,历朝历代鲜有其匹。刘瑾伏诛后,李梦阳被重新起用,出任江西按察司提学副使。在江西任上,他又因弹劾巡按御史江万实的不法行为,受到江万实和同僚的忌恨、指控而被投入监狱。好友何景明上书为之辨诬,最后才得获释。李梦阳一生反对权贵,先后五次入狱,然其刚直心性并未因此稍减,依旧以骨鲠敢言而著称,李梦阳尝云:"丈夫在世,必不以富贵死生毁誉动心,而后天下事可济也。于是义所当往,违群不恤,豪势苟加,去就以之。"其执拗个性、刚正不阿可见一斑。

(二)崇尚气节、敢于担当

"关中之地,土厚水深,其人厚重质直,而其士风亦多尚气节而励廉耻,顾有志为圣贤之学者,大率以是为根本。"①秦陇文人讲究躬行,崇尚气节、敢作敢为、敢于担当,这在李梦阳身上表现尤为突出。李梦阳在《上孝宗皇帝书》中抨击明代世风:"今人不喜人言,见人张拱深揖,口呐呐不吐词,则目为老成。又不喜人直,遇事圆巧委曲,则以为善处。是以转相则效,翕然风靡,为士者口无公是非,后进承讹蹈弊,不复知有言行之实矣,如此尚得谓不病乎?且大臣者,庶官之表而民之望也。今大臣则先不喜人言,又恶人直。夫谏官,得以风闻言事者也,今大臣被弹劾则率廷辨以求胜,语人曰:'我非要做官,但要曲直明白耳。'及直矣。又恬然做官,此何理也?"②可谓鲜明地体现出李梦阳尚气节、重廉耻的关学修养、关学品格。

不仅如此,李梦阳在具体政治实践中也以敢于担当著称。明武宗正德初年,李梦阳进户部郎中。正值宦官刘瑾等八虎用事,瑾"日导上鹰兔狗马,舞唱角抵,渐废万机",史载:"尚书韩文与其僚语及而泣。梦阳进曰:'公大臣,何泣也?'文曰:'奈何?'曰:'比言官劾群阉,阁臣持其章甚力,公诚率诸大臣伏阙争,阁臣必应之,去若辈易耳。'文曰:'善'属梦阳属草。会语泄,文等皆逐去。瑾深憾之,矫旨谪山西布政司经历,勒致仕。既而瑾复摭他事下梦阳狱,将杀之,康海为说瑾,乃免。"③如

---

① 〔清〕贺瑞麟:《关学续编》,中华书局 1987 年版,第 125 页。

② 〔明〕李梦阳:《空同集》,《中国西北文献丛书》第 159 卷,兰州古籍书店 1990 年版,第 331 页。

③ 〔清〕张廷玉等撰:《明史·文苑传》,中华书局 1974 年版,第 7347 页。

此大义凛然、嫉恶如仇的行为至今读来,仍令人赞叹不已。可以说,陇右文化培育了李梦阳刚健正直、刚正不阿的品格和精神。同时,李梦阳又将陇人的刚健正直、忠勇爱国、崇尚气节、敢于担当的个性表现得淋漓尽致,张扬得浩浩荡荡,树立起陇人刚劲性格的丰碑,被世人广为传颂和认同。

二、文学思想:以社会参与为核心的关学品质

"关学"倡导刚毅厚朴、崇尚气节、身体力行的实践品格,黄宗羲《明儒学案》云:"关学世有渊源,皆以躬行礼教为本,而泾野先生(吕柟)实集其大成。"①又云:"关学大概宗薛氏,三原又其别派也。其门下多以气节著,风土之厚,而又加之学问者。"②受"关学"之深刻影响,李梦阳的文学思想也表现出以社会参与为核心的关学品质,具体表现为如下几点。

一是极力弘扬儒家的文学教化功能。诗歌的教化功能一直是儒家诗教颇为重视的一个方面,《毛诗序》云:"上以风化下,下以风刺上,主文而谲谏,言之者无罪,闻之者足以戒,故曰风。"③从《毛诗序》以来,中国古代文人都传承了这一思想,形成古典诗学中异常醒目的特色。在《秦君饯送诗序》中,李梦阳强调:"盖诗者,感物造端者也,是以古者登高能赋,则命为大夫。而列国大夫之相遇也,以微言相感,则称诗以谕志,故曰:言不直,遂比兴以彰,假物风谕,诗之上也。"④无论是古人"登高能赋",还是"微言相感",都体现了文学"假物风谕"的教化功能。明代学者中一些人空谈心性,致使学风大衰,在此氛围中,明代"关学"以经世致用为旨归,强调实践、匡时要务,反对空谈性理。李梦阳提倡儒家的诗教,从明教化、厚人伦的儒家理想出发,强调弘扬文学教化功能,正是其关学品格的体现。

二是以复古求新变,达到提升士人精神的目的。明代弘治、正德时

---

① [清]黄宗羲:《明儒学案》,中华书局 1985 年版,第 11 页。
② [清]黄宗羲:《明儒学案》,中华书局 1985 年版,第 158 页。
③ 郭绍虞主编:《中国历代文论选》,上海古籍出版社 2001 年版,第 63 页。
④ [明]李梦阳:《空同集》卷五十二,《西北文献丛书》第 159 卷,兰州古籍书店 1990 年版,第 473 页。

期,吏治日坏、士风浮薄,整个社会已处于表面稳定实则危机四伏、动荡不安的危险状态,程朱理学的束缚、八股取士的桎梏,日益引起有志之士的不满。面对严峻局面,一部分士人以天下为己任,具有强烈的忧患意识,欲变革图强,以期王朝中兴。李梦阳既受关学经世致用思想之涤荡和关学实践品格的影响,自然重视士人的承担精神,对当时士风深恶痛绝。李梦阳深切感受到欲振兴朝纲必须提升士人精神,欲提升士人精神必须通过学习古人作品来使士人"端心""健气":"诗者,非徒言者也。是故端言者未必端心,健言者未必健气,平言者未必平调,冲言者未必冲思,隐言者未必隐情。谛情探调,研思察气,以是观心,无廋人矣!故曰,诗者人之鉴者也。"(《林公诗序》)①所谓文学复古,就是要借助古人作品来振作士人精神状态,振兴朝廷纪纲,复古并不是目的,只是求新变的手段。"山人商宋梁时,扰学宋人诗,会李子客梁,谓之曰'宋无诗'。山人于是遂弃宋而学唐,已问唐所无,曰'唐无赋哉'。问汉,曰'无骚哉'。山人于是又究心赋骚于唐、汉之上。山人尝以其诗视李子,李子曰:'夫诗有七难:格古、调逸、气舒、句浑、音圆、思冲、情以发之,七者备而后诗昌也。然非色弗神,宋人遗兹矣,故曰无诗。'"(《潜虬山人记》)②李梦阳认为宋无诗、唐无赋,主张学诗于唐,学赋于汉,典型地表现了其复古的文学主张。《明史·文苑传序》云:"弘、正之间……李梦阳、何景明倡言复古,文自西京,诗自中唐而下,一切吐弃,操觚谈艺之士翕然宗之,明之诗文于斯一变。"③可见其在明代文学史上的深远影响。

三是尚情贵真。宋元以来,民间文学以其鲜活的生活内容和新鲜的艺术形式,逐渐引起文人的重视。李梦阳文学思想中又具有尚情贵真的一面,这使李梦阳的文学思想"散发出浓烈的庶民气息"④。李梦阳尚情贵真的文学思想集中体现在其《诗集自序》中:

① [明]李梦阳:《空同集》卷五十一,《西北文献丛书》第159卷,兰州古籍书店1990年版,第449页。
② [明]李梦阳:《空同集》卷四十八,《西北文献丛书》第159卷,兰州古籍书店1990年版,第427页。
③ [清]张廷玉等撰:《明史·文苑传一》,中华书局1974年版,第7307页。
④ 袁行霈主编:《中国文学史》第四卷,高等教育出版社2005年版,第68页。

李子曰:"曹县盖有王叔武云,其言曰:'夫诗者,天地自然之音也。今途咢而巷讴,劳呻而康吟,一唱而群和者,其真也,斯之谓风也。孔子曰:礼失而求诸野。今真诗乃在民间。而文人学子,顾往往为韵言谓之诗,夫孟子谓《诗》亡然后《春秋》作者,雅也。而风者亦遂弃而不采,不列之乐官。悲夫!'"李子曰:"嗟!异哉!有是乎?予尝聆民间音矣,其曲胡,其思淫,其声哀,其调靡靡,是金元之乐也,奚其真?"王子曰:"真者,音之发而情之原也。古者国异风,即其俗成声。今之俗既历胡,乃其曲乌得而胡也?故真者,音之发而情之原也,非雅俗之辨也。且子之聆也,亦其谱。而声者也,不有卒然而谣,勃然而讴者乎?莫之所从来,而长短疾徐无弗谐焉,斯谁使之也?"李子闻之,矍然而兴曰:"大哉!汉以来不复闻此矣!"①

关学"敦本好修"、注重实践的精神,使李梦阳能面向底层,发现民间最具活力的文学形式,而不拘泥于书本。另一方面,陇右地区作为汉胡文化的交流融合地带,民间艺术形式异常繁荣,明代陇右地区宝卷、民间曲子戏盛行,深得众多民族的喜爱,李梦阳生活于其中,自然深受地方俗文学形式熏陶,这也是促成李梦阳尚情贵真思想的重要动因。

三、文学创作:秦风秦韵、工部精神

有明一代,文学的地域特征在创作中愈加凸显。对于明代以来关陇地区作家创作的秦风秦韵,张兵先生有准确的论述:"秦风本指《诗经》十五国风中的十篇秦地民歌,其内容以描写从军战斗生活为主,诗风刚劲质朴,慷慨激昂,在《诗经》中较为独特。因为当时秦国地近边陲,常受西戎骚扰,大敌当前,使秦人养成'好义急公''修习战备''尚武勇''尚气概'之风尚。当然,秦陇地域诗风正式形成并产生广泛影响,要到明代中期以后。明代文学复古派巨子李梦阳、康海、王九思均为秦陇人士,他们提倡'文必秦汉,诗必盛唐',正是对地域文化的高度重视

---

① 郭绍虞主编:《中国历代文论选》第三册,上海古籍出版社 2001 年版,第 55 页。

和自觉继承。李梦阳是当时诗坛领袖,'才力富健,实足以笼罩一时'。陈子龙《皇明诗选》云:'献吉志意高迈,才气沉雄,有笼罩群俊之怀。其诗自汉魏以至开元,各体见长,然峥嵘清壮,不掩本色,其源盖出于秦风。'后来学者论秦陇诗人之创作,多以'秦风''秦声'标的。如《四库全书总目提要》谓胡缵宗诗'激昂悲壮,颇近秦声',评孙枝蔚'诗本秦声,多激壮之词'。"①康海也以淳厚闳伟、刚毅强奋概括关陇诗人的风格:"弃朴趋末则淳厚蚀,务细博奇则闳伟散,脂韦浮沉则刚毅亡,即谗履伪则强奋熄,关中之士所以声名于天下者。此数者,苟既蚀散、亡熄,则又何得以称关中云云哉?"②

(一) 淳厚闳伟、刚毅强奋的风格

明人胡松《浚谷文集序》曰:"余曩读《书》至《秦誓》,读《诗》至《驷驖》《小戎》《终南》《黄鸟》之什,爱其言质直武毅,明信悃愊而文采蔚斓,焕乎成章,则以谓先王礼乐教化之余泽,又经仲尼化工润泽,理固宜然。比年起废,忝藩守,在关右,由雍历豳,从泾溯渭,西陟崆峒、吴岳诸山,观于朝那、汧、汭诸水,见其盘薄雄秀,厥崇际天,曼衍逶迤,其流驶激,则知山川原本远有自来,秦人而为秦声,犹楚人之为楚语,要无惑其然也。"③胡松此番话深刻指出了秦地山川地理对秦人创作的深度影响。李梦阳作为秦人,其刚正不阿、崇尚气节、敢于担当之人格风范与执拗之性格泻之于文,铸就了其古文淳厚闳伟、刚毅强奋的风格。"盖直言之臣,秉性朴实而不识忌讳。睹事积愤,诚激于中。义形于词,故其言削切而无回互,药石而鲜包藏。……夫易失者势,难得者时,今睹可畏之势而遇得言之时,使仍缄默退缩以为自全苟禄之计,是怀不忠而欺陛下耳。"(《上孝宗皇帝书稿》)④真可谓"识体如贾长沙,颐直如汲长孺",乃有明一代之弘文卓著,至今读来仍觉酣畅淋漓。

---

① 张兵:《秦风遗响工部精神——清初关中诗人李念慈及其诗歌创作》,《西北师范大学学报》(社会科学版),2013 年第 6 期。

② 〔明〕康海:《陕西壬午乡举同年会录序》,见《对山集》,文渊阁四库全书本。

③ 杜志强整理:《赵时春文集校笺》,天津古籍出版社 2012 年版,第 1 页。(以下版本号略)

④ 〔明〕李梦阳:《空同集》,《西北文献丛书》第 159 卷,兰州古籍书店 1990 年版,第 332 页。

李梦阳诗学汉魏、盛唐，内心深处急切地渴望建功立业，实现自己济世安民的宏伟抱负，故其诗尚武勇，重气节，充满刚健进取的力量。如《塞上》："天设居庸百二关，祁连更隔万重山。不知谁放呼延入，昨日杨河大战还。"其《秋望》亦以大气并包称雄有明一代的诗坛：

> 黄河水绕汉边墙，河上秋风雁几行。客子过壕追野马，将军韬箭射天狼。
>
> 黄尘古渡迷飞挽，白月横空冷战场。闻道朔方多勇略，只今谁是郭汾阳？①

《诗经·秦风》的主要特征之一是尚武刚健，多写从军战斗之事，慷慨激壮，语言质朴。李梦阳很好地继承了这个传统，黄河、长城、秋风、飞雁等，构成北方边陲特有景象，形成了鲜明的地域特色，气象开阔而带悲凉之感。尾联借郭子仪之典，表达诗人深深的隐忧与热切期待，既淳厚闳伟又刚毅强奋，情感复杂而耐人寻味。

李梦阳一生逆龙鳞、捋虎须、犯言直谏、指斥国戚、弹劾阉竖，曾五次下狱，数次罢官，多次有性命之忧，然其始终刚正不阿、敢于承担，政治热情并未因此稍减。此种刚毅坚强的个性，加之关学"以天下生民为念"的经学大义，使他始终有一种责任感和使命感，强烈渴望在政治上建功立业，实现自己的人生价值，这也促成了李梦阳诗淳厚闳伟、刚毅强奋的风格的形成。其《感述·秋怀》主要记述庆阳一带深厚的历史文化内涵，并寄寓自己的感慨：

> 庆阳已是先王地，城对东山不窟坟。白豹寨头惟皎月，野狐川北尽黄云。
>
> 天清障塞收禾黍，日落溪山散马群。回首可怜鼙鼓急，几时重起郭将军。②

---

① ［明］李梦阳：《空同集》卷三十一，《西北文献丛书》第 159 卷，兰州古籍书店 1990 年版，第 268 页。

② 傅学礼：《庆阳府志》，甘肃人民出社 2001 年版，第 470 页。

首联非常准确地写出了庆阳悠久的历史文化内涵。《史记·周本记》记载:"后稷卒,子不窋立。不窋末年,夏后氏政衰,去稷不务,不窋以失其官而奔戎狄之间。"①陇右庆阳一带是我国远古农业的发祥地之一,相传周先祖在这里发展起原始农业,后稷教民稼穑、种植五谷。李梦阳对之充满景仰之情、缅怀之情。皎月、野狐、黄云、禾黍、马群等意象,描绘出宜农宜牧的陇右田园景象。明王朝一直有西北边患危机,"回首可怜鼙鼓急,几时重起郭将军"写西北边塞战争,期待有像郭子仪那样能够力挽狂澜的中流砥柱之才涌现,平定边疆,保四海平安,全诗腾涌着一种刚毅强奋的力量,折射的正是李梦阳自己的经世安邦之志。

陇原大地自然环境恶劣、生存条件严酷,这种自然环境条件塑造了陇人天弱我强、地薄我厚、人一我十的刚健气度和进取精神。陇右文化是一种开拓者的文明,一种于荆棘丛生的土地上斩荆披棘的开拓精神。秉持此种刚健气度和进取精神,以李梦阳为代表的陇右文士为中国文学注入了新的、刚健的气度。

(二)工部精神:李梦阳诗歌的历史见证品格

何谓"工部精神"? 就是儒者"任重道远以仁为己任"的雄伟抱负,济世为民的赤心热忱和忧国忧民的忧患意识。② 何谓"秦声"? 胡缵宗认为秦声的一大特点是:"风格韵致要不出于少陵,自为秦中一诗品焉。"③李梦阳主张"文必秦汉,诗必盛唐",一个重要方面就是推崇杜甫诗歌的"诗史"精神和历史见证品格。李梦阳诗歌上承"诗圣"杜甫直面人间疮痍、揭露现实弊政、书写民生疾苦、身怀济世之情,忧国忧民的诗歌传统,深刻地反映了明王朝种种社会不公,具有浓厚的忧患意识和强烈的批判精神。如其《豆垄行》云:"昨当大风吹雪过,湖船无数冰打破。冰壤礧硙山岳立,行人骇观泪交堕。景泰年间一丈雪,父老见之无此祸。鄱阳十日路断截,庐山百姓啼寒饿。旌竿冻折鼙鼓哑,浙军楚军袖手坐。将军部兵蔽江下,飞报沿江催豆豌。邑官号呼手足皲,马骡鸡犬

---

① [汉]司马迁:《史记·周本记》,中华书局1962年版,第112页。
② 孙映逵主编:《全唐诗流派品汇》,北岳文艺出版社1998年版,第756页。
③ [明]胡缵宗:《雍音序》,见《陇右著作录》,《中国西北文献丛书》第76卷,影印民国三十七年(1948年)本,第475页。

遗眠卧。"①

其忧国忧民之仁者情怀，体现得尤为深刻，令人想起老杜"穷年忧黎元，叹息肠内热"之诗句。李梦阳《叫天歌》诗云："弯弓兮带刀，彼谁者子逍遥。牵我妻放火，我言官府怒我。彼逍遥者谁子，出门杀人骑马城市。汝何人？谁教汝骑马？持刀来，持刀来。彼杀我父兄，我近遇之，必杀此伧。彼答言：'奉皇榜招安。'嗟嗟！奈何奈何！彼不有官：饿，官赈之；出，有马骑。我有租有徭有役，苦楚胡不彼尔。"②深刻揭露了明代社会的吏治腐败、官吏的胡作非为，人民所承受的沉重灾难，字字血泪，不忍卒读。"饿，官赈之；出，有马骑。我有租有徭有役，苦楚胡不彼尔"，强烈的对比手法更是明代社会不公、下层民众无所适从的真实写照。全诗沉痛感伤，令人想起杜甫的"三吏""三别"，真正发挥了杜甫诗歌的"诗史"精神和历史见证品格，读之让人涕下！

（三）陇右历史人物及陇上风情的描写

李梦阳以秦人而为"秦风"，他的诗中描写了秦陇地区特有的山川地势和民俗民风。《汉书·地理志》云："天水、陇西，山多林木，民以板为室屋。及安定、北地、上郡、西河，皆迫近戎狄，修习战备，高上气力，以射猎为先。……及《车辚》《驷驖》《小戎》之篇，皆言车马田狩之事。"③陇右文化哺育了李梦阳，作为陇人，李梦阳对陇右山川格外热爱，有关秦人、秦地、秦俗、秦事的诗文层出不穷。灵武、庆阳、环县、平凉、武威等陇右雄关要塞，华岳、关山、陇坂、塞外、大漠、孤烟、朱圉山、鸟鼠山、积石山等具有鲜明陇右特征的意象多出现在诗人笔下。秦地著名人物或在秦地建立卓越功勋的历史人物如扶苏、蒙恬、霍去病、傅介子、狄仁杰、范仲淹等成为李梦阳诗中歌咏的对象。从而使李梦阳之诗呈现出浓郁的"秦风"特征。李梦阳对陇右历史人物的感怀中，既表现了其忧国忧民、以天下为己任的情怀，又丰富了陇右地域文化的内

---

① ［明］李梦阳：《空同集》卷十八，《西北文献丛书》第 159 卷，兰州古籍书店 1990 年版，第 130～131 页。

② ［明］李梦阳：《空同集》卷七，《西北文献丛书》第 159 卷，兰州古籍书店 1990 年版，第 53 页。

③ ［汉］班固：《汉书·地理志》，中华书局 1962 年版，第 1644 页。

涵。如李梦阳《傅介子坟》诗云：

> 刺杀楼兰归便侯，四夷稽颡万方愁。义阳陵墓今人指，异域功名汉史收。
>
> 使节飞尘空道路，古碑生藓尚交虬。华夷异种同天地，错尽将军报国谋。①

韩琦、范仲淹是宋代著名政治家，均有驻防庆阳、延安一带，抗击西夏、保卫边防的经历，陇上民众立祠纪念。李梦阳《韩范祠》诗云：

> 范公人物当三代，韩相元勋定两朝。延庆曾连唐节度，生平不数汉嫖姚。
>
> 一封攻守安边策，千岁威名破胆谣。郡府城南双庙貌，异时追梦此情遥。②

前者不独礼赞汉代傅介子立功西域，还反映出李梦阳思想中华夷一家的观念；后者表达对范仲淹和韩琦二公御敌戍边的赞扬与仰慕，两首诗论议正直，秉心有常，发愤悃愊，信有忧国之心。李梦阳描写陇上风情的诗篇，有着独特的艺术魅力，其《环县道中》云："昔人习鞍马，而我惮孤征。水抱琵琶寨，山衔木钵城。裹疮新罢战，插羽又征兵。不到穷边处，哪知远戍情。"③寥寥数笔便形象地描绘出了陇右地域辽阔、雄浑苍茫的自然景观，令人回味无穷。

　　作为明代文坛"前七子"的领袖，李梦阳在明代诗坛占有重要地位，他在立身行事中所体现出来的刚直个性、独特的文学品质、诗文风格和"工部精神"都与明代中原、江南士人不同。正因如此，我们在考察李梦阳文学活动的实际状况时，不仅要关注有明一代的社会文化背景，还要探索陇右地域文化对李梦阳人格思想的深度制约和影响。

---

① 傅学礼：《庆阳府志》，甘肃人民出版社 2001 年版，第 469 页。
② 傅学礼：《庆阳府志》，甘肃人民出版社 2001 年版，第 469 页。
③ ［明］李梦阳：《空同集》卷二十七，《西北文献丛书》第 159 卷，兰州古籍书店 1990 年版，第 214 页。

郭从道生平事迹与文学交游考

温虎林

（陇南师范高等专科学校）

郭从道，字省亭，一字汝能，今甘肃徽县伏镇（古称栗亭）人，明正德丙子（1516 年）科举人。历任直隶大名府通判，嘉靖十年（1532 年）至十四年（1536 年）任山西应州知州，升潞安府同知，值内艰回，服除补顺德府同知，升户部员外郎，嘉靖二十七年（1549 年）任贵州按察（司）兵备佥事，以老致仕。① 郭从道出生于显贵家庭，祖上郭执中因北宋元祐党人斗争而避居徽县，至郭从道已历八世。《徽郡志》载："宋：郭执中。从道曰：按《通志》执中华亭人，第进士，累官枢密承旨。应诏言事切，至忤蔡京。籍为元祐党人，斥居同谷三十余年，因家焉。同谷即今属里泥阳也，执中公居同谷，殁则遂葬于此。其子孙以兵燹徙居州东四十里之骆坝村。后世至世精公，世精公生帖木儿公，帖木儿公复徙居栗亭。栗亭去同谷二十里，帖木儿公生守福公，即从道之高祖。帖木儿公以下居栗亭，世精公以上葬骆坝。至今骆坝有郭家坪，即执中公子孙墓。嗣是郭氏之传，绵绵奕奕。益衍于无穷矣。"②后世以祖上进入党人碑而自豪，郭氏一门以忠孝传家，与郭执中的影响是分不开的。郭从道以孝闻于乡里，同情弱小，接济困难者。清代《徽县志》载："早失怙，事母至孝。母疾，日待寝侧，衣不解带，分享拜祷，请以身代。"③"平生痛母氏苦节，凡里中嫠妇孤儿，无不馈济；有为粮役所迫者，必助给之。"④郭从道被《徽县志·人物》列入乡贤⑤，张伯魁评曰："一生性成忠孝，事协圣贤。"⑥郭

---

① 郭从道：《徽郡志》，成文出版社有限公司 1970 年版，第 125 页。
② 郭从道：《徽郡志》，成文出版社有限公司 1970 年版，第 167～168 页。
③ 张伯魁：《徽县志》，成文出版社有限公司 1977 年版，第 351 页。
④ 张伯魁：《徽县志》，成文出版社有限公司 1977 年版，第 352 页。
⑤ 张伯魁：《徽县志》，成文出版社有限公司 1977 年版，第 352 页。
⑥ 张伯魁：《徽县志》，成文出版社有限公司 1977 年版，第 352 页。

从道一生秉持中华民族忠孝文化传统,在家为孝子,为官当忠臣,致仕建寺院、纂郡志,其生平事迹在明朝官员中具有典范意义,在当今社会依然有很强的现实意义。

一、应州知州留政声

郭从道于嘉靖十年(1532 年)至嘉靖十四年(1536 年)任应州知州。《应州志》记载:"郭从道,字汝能,陕西徽州举人,先任大名管河通判,治河底宁,嘉靖十年升知本州,升潞安府同知,见名宦。"①《应州志》对郭从道任应州知州前后的仕宦情况记载明确,郭从道初仕任大名管河通判,因功擢升,于嘉靖十年知应州,后升任潞安府同知。考其字"汝能"未见于其他典籍,或为早期另一表字。郭从道任顺德同知时的字为省亭,见于《西关志·鹊山鼎建九龙桥记》:"二守省亭郭公,别驾南山白公,亦协心替画。"②其后文献中均以省亭为其表字。郭从道任应州知州四年,"州事大治,远近俱称贤守"。《应州题名碑》曰:"应州自国初以来,为牧者若干人,始于陈君迄于郭君,岁月有久暂,政事有臧否,宦况既殊,显绩顿异,存于里□乡评之□,后之人必将有指议而称道之者,余于此复何赘哉?"③显然,郭从道是属于被后人称道者,正如《应州志·名宦录·郭从道》所称颂的:"冰清玉洁之操,流水行云之政,荒芜多所开垦,逃移闻风归来。"④郭从道四年的应州知州期间不论是个人品德操守,还是勤政为官,开垦荒芜,移风易俗,都在应州留下了美好名声,是被应州人所尊崇的。为官一任事迹能留在名宦录之列,算是对为政者最好的褒奖,这也是郭从道为官一路升迁的原因。

二、顺德同知建长城

郭从道嘉靖十四年(1536 年)至嘉靖二十七年(1549 年)历任潞安

① [明]田蕙纂、王有容校刊:《应州志》,应县志办公室 1983 年版,第 106 页。
② [明]王士翘:《西关志》,北京古籍出版社 1990 年版,第 586 页。
③ 雷云贵:《三晋石刻总目·朔州卷》,山西古籍出版社 2000 年版,第 103 页。
④ [明]田蕙纂、王有容校刊:《应州志》,应县志办公室 1983 年版,第 114 页。

同知,中途母丧丁忧,服满转任顺德同知,又升户部员外郎。其中任顺德同知期间,督建长城事迹尤为突出,文献多有记载,最近发现的残碑证实《西关志》等有关郭从道的记载真实准确,是信史。

中央电视台《长城内外》节目组以及邢台地方学者于 2015 年新发现记载修建马岭关长城的《邢州西山关隘建修碑记》残碑,该碑建造于 1542 年,详尽记述了邢台区域内古长城的建造历史,记事者为顺德府知府王朝贤(嘉靖二十年至嘉靖二十三年任顺德知府)。碑文记载了明代嘉靖年间顺德府(现邢台市)修建长城和关口的起因缘由、负责建设的官员、建造的过程及马岭关的重要地位,碑文所记马岭关长城主要设计与建造者为顺德同知郭从道。残碑如下图:

其残存文字与《西关志》所载《邢州西山关隘建修碑记》一致,碑文详尽记述了郭从道在修建长城过程中作出的贡献。从碑文中看出,顺德同知郭从道受知府委托专门负责修建长城,对马岭关长城的修建"尤殚心力",在修建长城期间自己居住在山野,并且就地取材,节省费用,"公帑之费,仅十之一二"。赏罚分明,"戾役者罚,劳力者犒"。郭从道还是马岭关长城的设计者,"其规模控制崇卑疏密之宜,悉郭君图授指示"。设计建造长城充分考虑军事防御功能,"每隘筑城,每城建楼,中设重门,以严启闭。旁列营房,以便直宿。树墩堡以备瞭望,缭垣墉以防越度"[①]。同知郭从道从设计图纸、经费使用、工匠管理等方面为马岭关长城的修建作出了巨大贡献,故《邢州西山关隘建修碑记》的撰写

---

① [明]王士翘:《西关志》,北京古籍出版社 1990 年版,第 588 页。

者顺德知府王朝贤不吝笔墨，着重记述了同知郭从道修建长城的功绩，该碑文被当朝御史王士翘主编的《西关志》全文收入。

郭从道督造长城的事迹还见于其他文献记载，据《西关志·鹤度岭边城记》："……躬督理播民和者，二守关中郭公也。"二守是同知郭从道官职的另一种表述，顺德府设同知一人，仅次于知府，为正五品，故称二守。又"……其初也，厥民以蹊径崛崎，若水、若土、若瓦木皆悬负数里，实苦焉，不乐趋，若莫终事。郭公因涕泣遍谕云：当道盖为众藩垣谋，故峻此要害耳。岂于汝畜毒乃多，庶渐自领解始画一，丕作尽力以诰治，夏五月告厥成功。"①由此可知，郭从道做群众思想工作既能动之以情，又能晓之以理。修建边关是为了抵御众藩，不是和大家有仇怨，申之以国家大义，没有个人私利，作为五品同知"涕泣遍谕"实属难能可贵。又《西关志·大岭口设险记》："二守郭侯督其役，聚财鸠工次第而举，缭垣墉，建箭楼，设门键，树墩台。"②无疑，郭从道设计、督造长城的目的主要以防御为主，各项措施都是为了更好地御敌。

关于郭从道建造长城，《徽县志》有这样的记载："时古北口常有边警，捐俸修关，民得安堵，人以郭公名关，刻石记功，有'宇宙不雕经国绩，姓名永勒郭公关'之句。行取户部员外，转贵州按察司、兵备金事，进阶参议。以老致仕。归家值秋睡，方食辍，着家人问其故，曰：'转潞安修应城，一工未坚，今如此雨，恐圮矣！'怅然久之。"③由于郭从道修建长城作出的重大贡献，人们才以他的名字起关名，他多年后以老致仕，仍挂念着自己督建的关隘坚固与否，其情令人感佩。

明朝顺德府地理位置十分重要，修建长城又是明朝防御外敌的重要举措，鉴于郭从道在修建长城过程中的突出表现，朝廷又擢升郭从道为户部员外郎，转贵州按察司兵备金事，由正五品升至正四品，官终于贵州按察司兵备金事，终老致仕。观其平生仕宦，一路升迁，官运亨通，究其原因，郭从道不论是任应州知州还是顺德同知，都是政绩卓著，廉洁奉公，在老百姓心目中留下好口碑，或入名宦之列，或被勒石纪念，郭

---

① ［明］王士翘：《西关志》，北京古籍出版社 1990 年版，第 589 页。
② ［明］王士翘：《西关志》，北京古籍出版社 1990 年版，第 591 页。
③ 张伯魁：《徽县志》，台湾成文出版社有限公司 1977 年版，第 352 页。

从道虽未进入明史,但从政事迹见于各种地志,足见其为人的高尚境界与为官的卓著政绩。

三、归里重修北禅寺

北禅寺,又名永昌寺或北禅院,位于甘肃徽县伏家镇(古栗亭)东北隅的紫荆山麓。郭从道纂《徽郡志》记载:"永昌寺,一名北禅寺,北三十里,至元四年建,元文宗封僧人张氏为真慧国师,掌国师印,国朝洪武初,天下僧册皆贮于此,实胜区也,岁久倾圮,僧册遗失,予昔读书其中,曾许重构之,近竟为新建,视昔改观,时嘉靖三十三年孟秋朔日也,从道志。"[①]郭从道新建北禅寺,是在终老致仕之后,也算是对家乡的回报,还了自己当年北禅寺读书时的心愿。郭从道顺德任同知期间的诗歌虽然不多,但内容涉及皇寺、洪罗寺、玄庆观等寺观,说明郭从道亦重视寺院的教化功能,新建北禅寺大概也是出于同样的初衷吧!

明初,往来僧人络绎不绝,香火十分旺盛。郭从道新建北禅寺,正是看重北禅寺的悠久历史文化的影响力,从而为教化家乡民众做出自己应有的贡献。

正德年间李昆曾巡察至徽郡,为北禅寺赋诗一首,郭从道和诗一首。李昆,高密人,字承裕,号东岗,弘治庚戌(1490 年)进士。历礼部主事,正德初,进员外郎转郎中,迁陕西按察司金事督理学政、湖广右布政使、陕西左布政使。正德十年,以副都御史巡抚甘肃,左迁浙江副使。后入为兵部右侍郎,改左侍郎。

游北禅寺

李　昆

迢远迷曲径,杏霭认崖扃。钟梵潮音远,松杉晓露零。林堂风不绝,石室雾常冥。壁古丹青重,山尊云物灵。阶空呈虎迹,潭静起龙腥。禅海输僧籍,珠龛贮古经。中峰飞薄霭,西鹿走惊霆。返驾冲花坞,行旌傍鹤汀。远村连树黑,暮云朵烟

---

　①　郭从道:《徽郡志》,成文出版社有限公司 1970 年版,第 39～40 页。

轻。城廓归来晚,飘飘百念惺。①

游北禅山寺次东岗先生韵

郭从道

日暮投萧寺,扪萝扣竹扃。半山斜日转,满院木兰零。古殿风声静,幽窗夜色冥。乌鸣杂梵语,虎啸动山灵。石溯寒流玉,鹤烟气避腥。丛林千载胜,法界几人经。宝塔残遗像,金光荡疾霆。片云出远岫,双鹭落前汀。明月悬空碧,昙花逼眼青。平生林壑趣,对此觉惺惺。②

据文献记载,郭从道除建北禅寺外,还捐资修建了位于徽县城西凤山南麓的凤堂,宋开宝(968—975 年)中,于此建兴善禅院。绍兴初,吴玠于故址重修。明嘉靖间,郭从道捐资修缮,并改名凤堂,为文人聚会题诗咏对的场所。郭从道致仕后新建北禅寺、重修凤堂,主要还是出于封建士大夫的自我担当精神,为弘扬地方文教而尽心尽力。

四、致仕编撰《徽郡志》

明嘉靖年间,方志书的编撰蔚然成风。正是在此风气的影响之下,郭从道致仕后为家乡编撰了首部《徽郡志》,分为舆地志、建置志、祀典志、田赋志、秩官志、选举志、人物志、艺文志八卷,是志有嘉靖四十二年刻本,今北京图书馆、湖北图书馆有收藏,上海图书馆、甘肃图书馆有抄本。流行本则是中国方志丛书系列,台湾成文出版社 1970 年版。给本志写序的监察御史陇西刘应熊赞其:"分局列类,义例截如,循事考实,区书燦然。是故舆地经野也,建置体国也,祀典和神也,田赋治人也,秩官则建官位事之典昭矣,选举则宾与贤能之制章矣,人物则宗德而重道,艺文则崇雅而黜俗。"③足见郭从道《徽郡志》内容简略而体例完备,

---

① 郭从道:《徽郡志》,成文出版社有限公司 1970 年版,第 224 页。
② 郭从道:《徽郡志》,成文出版社有限公司 1970 年版,第 225 页。
③ 郭从道:《徽郡志》,成文出版社有限公司 1970 年版,第 1 页。

充分显示出重人而崇文的价值取向,人文道德是郭从道一生的精神追求,故郭从道撰《徽郡志》也是显其志。张令瑄《三陇方志见知录》评价曰:"此志经多人采搜,多录《陕西通志》及《巩郡记》,而州人郭从道为之厘订,体裁悉遵时例,文字涓洁可读。其志赋役,亟书人民疾苦;记祠祀,而尽斥淫祀;述风俗,而慨其趋变,传官师而能论其贤否,盖方正君子之言也。惟记述简而浮论多,诗文竟占全书之半,此其大失,固为明代文人积习也。"①此论对郭从道《徽郡志》正面褒奖有加,不失公允;至于"浮论"部分,更是今人窥视郭从道立论堂奥,直至内心深处的绝佳材料。如《徽郡志·秩官志》载:"刘济,字洪仁,河南陕县人,举人,成化二十二年任。家居孝亲,亲没庐墓,居官岂弟,政务平易,节省里甲,一毫不妄取,首建学校,作兴士类,至于爱养元元,实古之循良也。故曰:求忠臣于孝子之门,殆济之谓与。历升辽东苑马寺少卿,入名宦祠。"②这里徽州知府刘济的事迹,正是郭从道为人为官的理想目标,纵观郭从道的一生,亦是在家为孝子,在知州、同知位上政绩卓著,也入名宦祠与乡贤祠。可以肯定,郭从道在对刘济的褒扬中有他为官的价值取向,郭从道是在颂扬刘济这样的地方官员,正如他在《徽郡志·人物志》中所指的:"夫所谓人物者,践形尽性,出则华国庇民,处则模世范俗,足为人之所望,方谓之人物。"③依郭从道品评人物的标准,刘济是典范的忠臣孝子,值得颂扬。总体来看,《徽郡志》的内容受《史记》等传统史书以记人为主的叙述体例的影响,也形成了记人为主的方志特色。

五、文学交游考

郭从道以举人身份为官至正四品,与其文学交游者均为进士出身、官位显赫的在任官员,这也从另一方面显示出郭从道道德文章的魅力。令人不解的是,致仕后的郭从道诗作存留仅有两首,除《游北禅山寺次东岗先生韵》外,还有一首《过杜甫祠次少宇先生韵》,且两首诗均为

---

① 张令瑄:《三陇方志见知录》,周丕显等:《甘肃方志述略》,吉林图书馆学会 1988 年版,第 42 页。

② 郭从道:《徽郡志》,成文出版社有限公司 1970 年版,第 89~90 页。

③ 郭从道:《徽郡志》,成文出版社有限公司 1970 年版,第 139 页。

和诗。

郭从道任顺德同知时与知府孙锦有诗歌唱和,如他写过一首和孙锦《皇寺诗》的诗:

> 再入招提境,林深鸟鹊喧。
>
> 风铃鸣碧殿,古塔似颓垣。
>
> 点石能谈道,吞针已化言。
>
> 如何蒙此虑,自揣愧沙门。[1]

陈讲,名子学,字中川,四川省遂宁县罗家场人。明正德十一年(1516年)解元,正德十五年(1520年)进士,翰林院庶吉士,授监察御史。嘉靖三年(1524年),以御史巡视陕西马政。升山西提学使,历河南布政使、督察院右副都御史、山西巡抚。编撰《遂宁县志》《茶马志》等。嘉靖十八年(1539年),都御史陈讲督筑长城,经阳方堡到温岭、大水口、小水口、神池、荞麦川、八角堡长八百八十里,与郭从道都有过督筑长城的经历。徽县是明朝汉中至天水茶马互市的主要通道,其中徽县火钻镇设有巡茶御史行台,所以茶御史陈讲与郭从道有交往机会,临别给郭从道留五言诗一首。该诗紧扣离别主题,叙写二人在栗亭的欢宴以及依依惜别之情,用卞氏与苏章比郭从道不被人知与卓越才能,对郭从道喻以"伏龙",对其名望褒以"鸿名",充分肯定郭从道的雄心壮志。

> 东旭弄新晴,驱车出城徐。怜予淹道路,惜汝困风尘。
>
> 卞氏无知己,苏章有故人。褰衣三舍远,握手十年真。
>
> 对酒栗亭下,高歌兰溆滨。乾坤催岁暮,日月欻西轮。
>
> 绝岫扳穷岭,横川渡远津。临岐还惜别,按剑欲伤神。
>
> 柳媚长安日,花娇上苑春。伏龙看雨花,屈蠖奋时伸。
>
> 湖海升衢晚,风云变态新。鸿名惊霹雳,壮志峻嶙峋。
>
> 邈矣超遐步,何惭天地身。[2]

---

① [明]王士翘:《西关志》,北京古籍出版社 1990 年版,第 571 页。

② 郭从道:《徽郡志》,台湾成文出版社有限公司 1970 年版,第 228 页。

冯惟讷(1513—1572 年),字汝言,号少洲,山东临朐人,冯惟敏之弟。冯惟讷出生于一个官宦书香世家,他的父亲冯裕,自幼酷爱读书,苦读经籍,正德三年(1508 年)中进士,历任县令、知州、户部员外郎、知府、按察司副使等职。冯惟讷嘉靖十七年进士,三十九年任分巡陇右道佥事,四十三年改河南布政司参议,撰《古诗纪》一百五十六卷。冯惟讷分巡陇右必然拜会当地名人,此时郭从道致仕归里,而郭从道曾任贵州佥事,与自己官职相同,拜会在情理之中,为郭从道留诗一首。

> 河池近接凤凰台,使节常随候雁来。
>
> 尘世几逢桑叶熟,山城再见菊花开。
>
> 淹留绝塞悲冯衍,笑傲清时美郭隗。
>
> 便欲与君成远别,春风去剪北山莱。①

陈棐,字汝忠,号文冈,河南鄢陵人,嘉靖十四年进士,任礼科给事中。直谏敢言,不避权贵。因忤上,于嘉靖二十六年谪大名府长垣县丞,升本县知县。曾任刑部郎中、山西道监察御史,官至巡抚甘肃都御史。撰《文冈集》二十卷,《四库总目》行于世。陈棐虽是甘肃都御史,但他与郭从道都在大名府任过官职,共同的仕宦起点也可引起共鸣。

> 万里孤槎客,仙舟此际君。
>
> 山光堪互合,春色报平分。
>
> 胜览乾坤际,论交气概雄。
>
> 诗谈虎谷雪,人坐凤峰云。②

上述三人为郭从道赋诗,无不是颂扬郭从道的高尚品格,丝毫没有官场中人的虚情假意,看来郭从道的确是赢得了同僚们的尊敬。

　　徽县杜少陵祠在栗亭,杜甫乾元二年(759 年)从同谷入蜀途经栗亭,而栗亭又是郭从道的家乡,郭从道主编的《徽郡志》记载:"杜少陵祠

---

① 郭从道:《徽郡志》,成文出版社有限公司 1970 年版,第 240 页。
② 郭从道:《徽郡志》,成文出版社有限公司 1970 年版,第 231 页。

在栗亭西,正德(1506—1521 年)中御史潘公(潘士藻)仿建。"郭从道《徽郡志》语云:"…今栗亭有祠,有钓台,其集有栗亭诗,不谓之寓可乎,噫,草堂郁郁,遗像岩岩,望者兴思,谒者增慕,不可不谓之寓也。"①当时来栗亭拜谒杜甫的名宦贤达必然要拜会郭从道这位地方乡贤,文人雅士间不免要有诗歌唱和。宋贤,字及甫,号定宇,明朝东吴人,今上海市奉贤县人。明嘉靖二十三年(1544 年)进士。曾任浙江新昌知县,后又任广西道监察御史,并曾出按四川、甘肃等地。宋贤瞻仰徽县少陵祠后赋诗一首,郭从道次其韵和诗一首:

瞻少陵祠

宋　贤

九日成州道,千年杜甫祠。

松留云覆屋,菊带雨垂篱。

秋老归鸿急,山回去马迟。

无能荐蘋藻,吟眺有余思。②

过杜甫祠次少宇先生韵

郭从道

老杜芳名远,高原见古祠。

爱时悲去国,采菊向东篱。

白水江声转,青泥雁影迟。

草堂一以望,千载抱幽思。③

六、结　语

纵观郭从道的生平事迹,他是一位出身于显赫的大家族之中的忠

---

① 郭从道:《徽郡志》,台湾成文出版社有限公司 1970 年版,第 167 页。
② 郭从道:《徽郡志》,台湾成文出版社有限公司 1970 年版,第 232 页。
③ 郭从道:《徽郡志》,台湾成文出版社有限公司 1970 年版,第 232 页。

臣孝子,为官勤政廉洁,政绩卓著,步步升迁。郭从道参与了明朝极为重要的修建长城工程,并且是亲自勘察、设计、督建,郭公关碑石永在。致仕重修北禅寺教化乡民,编修首部《徽郡志》弘扬地方文化,堪称仕宦者的楷模,在当朝赢得人们的尊敬,被地志编入名宦与乡贤之列。郭从道于公当忠臣,于私以身垂范,提振了郭氏一门的后继发展,堪称泽被后世,郭从道子孙尤以其孙郭庄最为出色,"隆庆二年(1568年)进士,以庶吉士授御史。万历辛未,巡案四川,丁丑年(1577年),掌河南道,督学吴中"①。在郭从道身上,我们看到了一位封建士大夫修身、齐家、治国、平天下的理想人格模式与实践,"立德、立功、立言"的三不朽精神在郭从道身上得以完美体现,其生平事迹和人格魅力在今天依然有现实意义。

附:郭从道任顺德同知期间诗歌四首:

洪罗寺

空山围野寺,老衲伴孤松。

铁塔传千古,云峰护万重。

丛林随鸟寂,斜径自人通。

有客来登览,幽怀谁与同。

玄庆观

两山排闼倚云偎,翠壁琳宫次第开。

福地种灵联远岫,道人说法坐高台。

青牛紫气何年返,黄鹤清风有日来。

须悟五千真妙诀,莫教一念堕尘埃。

虎 塞

碧山万仞建楼台,只恐胡儿饮马来。

婉我当关专重寄,关门常锁为谁开。

---

① 张伯魁:《徽县志》,台湾成文出版社有限公司1977年版,第355~356页。

游九女峰

麻姑仙子驭云游,夜夜吹箫月满楼。
一曲凤凰人不见,数峰青落碧云头。

该文原刊于《重庆三峡学院学报》2016年第四期。

《山海经》"图""书"著作
过程与伯益之著申论

安奇贤

（陇南师范高等专科学校）

一、"图"与"书"相互阐发是先秦时期
重要图书的典型特征

人类文化的历史是一个渐进的发展过程，其中文化的积累、积淀到最后形成传统更是一个十分艰难的过程。而在这个过程中，采用一种怎样的方式来记录、延续和发扬这种文化，是我们探究任何一种文化都要把握的关键点，关系到我们是否能正确地理解这种文化。在人类早期，即旧石器时代，"若按记事所采用的基本原则进行分类，所有原始记事方法可分为三大类，应称为物件记事、符号记事和图画记事"[①]。在这方面，人类各个民族的发展有着惊人的相似之处。例如，我国东北地区的少数民族鄂伦春族，是一个没有自己文字的民族。据说他们的巫师萨满跳神时，时常使用一种叫作"档士"的方形的木棍，棍子的一端系有各种颜色的彩布条。巫师所请的神都被记录在档士中，有几位神就在档士上刻上相应的缺数。[②] 这种木刻所传达出的就是一种无文字时代的文化表达方式——符号记事。

与鄂伦春族的这种木刻的记录方式相似，地处中原的夏商周文化系统中，就有许多重要的生活和生产活动是以符号的形式来表征的。它们多被刻画或描绘在陶器、玉石、墙壁、龟甲、兽骨、鹿角、木椎上，意义丰富，不仅是研究远古社会的活化石，而且对于探讨华夏文明和汉字

---

① 汪宁生：《从原始记事到文字发明》，《考古学报》，1981 年第 1 期。
② 秋浦：《鄂伦春社会的发展》，上海人民出版社 1978 年版，第 174 页。

的形成也具有很重要的意义。① 与符号产生和运用的时间大体相当，还有一种比较简明而又直观的记录方式就是图画，大禹时所铸九鼎上的图画、1949 年在长沙东郊陈家山战国楚墓中发现的人物帛画《人物龙凤图》、1973 年在长沙子弹库战国楚墓中发现的《人物御龙图》帛画，都是图画的代表。

再后来，随着社会的进一步发展，符号日渐被熟练运用，以刻画工具和颜料的制造运用、绘画技巧的日趋成熟、审美的认识和需要为基础，文字应时产生。只是此时的文字还与符号和图画特别相近，也就是我们常说的甲骨文。《说文文部》就专门对"文"字做出了如下解释："文，错画也，象交文。"其中"交文"之文当为图纹之意。很明显可以看出早期的文字是和图画紧密相连的。就这样，在人类早期的记述方式中，图画、符号和文字三者并存，共同承当了早期先民生活记录的载体。代表民族祭祀和图腾的符号作为一种标志长期流传，而图画与文字又多相结合，更直观明了地表达了当时人的精神和文化诉求。我们常说的"左图左史"就是这个道理。长沙子弹库发现的《月祭篇》就是最为典型的代表，其本身就是由十二怪兽月神像和十二段文字说明组成的一部完整的图书。其他像《女史箴图》和《洛神赋图》都是和文字著作紧密结合的。清郝懿行在《〈山海经〉笺疏叙》中就说："古之为书，有图有说，《周官》地图，各有掌故，是其证已。"②

《山海经》亦如是。刘跃进先生说："周秦汉唐时期的所谓'图书'，就包括'图像'与'文字'两部分；如果只有文字而没有图像，则单称为'书'。"其中有关山川神怪崇拜为内容的文献，大多是"图"与"书"相结合，如《山海经》。《山海经》本来配有《山海图》，《山海经》是对《山海图》的文字说明。③ 也就是说，《山海经》的成书是和符号的表征、图画的镌刻，以及文字的表述这三方面密切结合的，其最初的面貌就是三者的结合体。

---

① 牛清波：《中国早期刻画符号整理与研究》，安徽大学优秀博士论文，2013 年。

② 丁锡根编著：《中国历代小说序跋集》，人民文学出版社 1996 年版，第 21 页、第 7 页、第 22 页、第 7～8 页。

③ 刘跃进：《"左图右史"的传统及图像在古代社会生活中的运用》，《苏州大学学报》，2015 年 2 月。

二、历来《山海经》与"山海图"论说的梳理

《山海经》之"图""书"论是一个聚讼千年的话题,一直被古今学者所重视,各家不吝笔墨,多有论述。其既有"图"又有"书",已经是一个不争的事实。历来对于《山海经》"图""书"的各种论说,可以分为三个阶段。

第一个阶段是魏晋至宋,学者们主要是确认《山海图》的存在,指出其和《山海经》存在着密切的关系,两者可以互相印证。

魏晋之际是《山海经》和《山海图》被屡屡放到一起谈论的时代。先有魏晋时期有名的大诗人陶渊明在诗歌中提及,《读山海经》十三首的第一首云:

> 泛览周王传,流观《山海图》。俯仰终宇宙,不乐复何如。

这也成为历来学者证实《山海经图》存在的一条重要证据。从文献资料记载的角度而言,郭璞算是最早提到《山海图》的学者,他主要以《山海图》中的"畏兽画"为基础对《山海经》做了一些注解,诸如对《山经》[①]的解释:

> 《西山经》:"有兽焉,其状如禺而长臂,善投,其名曰嚣。"郭注:"亦在畏兽画中,似称猴投掷也。"
>
> 《北山经》:"有兽焉,名曰孟槐,可以御凶。"郭注:"辟凶邪气也,亦在畏兽画中。"郭璞《图赞》曰:"孟槐似貆,其豪则赤,列象畏兽,凶邪是辟。"

饶宗颐曾说:"《山海经》之为书,多胪列神物。""古实有《畏兽画》之书,《山海经》所谓怪兽者,多在其中。"[②]此"神物"怪兽就是畏兽,"可以辟

---

① 本文所引《山海经》原文均出自袁珂:《山海经校译》,上海古籍出版社 1985 年版。
② 饶宗颐:《澄心论萃》,上海文艺出版社 1996 年版,第 264～266 页。

邪除魅，袚去不祥"，是具有神性的一些动物。从郭注来看，《山海经》涉及的一些重要的"畏兽"是可以用《山海图》加以说明的。

隋唐至宋，亦有人试图说明《山海经》有图有书，图可证书，乃为珍图。

> 萧何得秦图书，故知天下要害。后又得《山海经》，相传夏禹（益）所记。（《隋书·经籍志》）

> 古之秘画珍图固多，散逸人间，不得见之，今粗举领袖，则有……山海经图……大荒经图。①

> 《山海经·大荒北经》：'有神衔蛇，其状，虎首人身，四蹄长肘，名曰强良。''亦在畏兽书中。'此书今亡矣。②

由此可见，古人不但指出了《山海经》的作者，而且将《山海图》当作极为珍贵的留存资料，所谓"畏兽书"极有可能就是专门的畏兽之画，完全可以和《山海经》相互印证。虽然这些资料中没有特别详细的论证，但是有两点可以肯定：一是作为国家图书的《隋书》对《山海经》作者的认定算是比较官方的，其结论应该是经过时代精英专门的审核和认定而立于文本的；二是《山海图》应该有多个不同的存在系列，诸如《大荒经图》和《畏兽书》等，这些图画都是可以和《山海经》相互印证，并被当作珍贵的资料的，可惜的是，随着时代的发展，《山海图》慢慢地都散佚了，只有《山海经》流传了下来。

第二个阶段主要是指明清以后各家的评说，在前一个阶段的基础上，进一步提出图书的前后关系，认为图在前，而书在后，书为图的文字说明本。不过，各家的立足点又不尽相同。明代学者杨慎详细地考证了九鼎图的生成过程，认为九鼎图成之后，才有《山海经》"图"与"书"之说：

---

① ［唐］张彦远：《历代名画记》，京华出版社 2000 年版，第 40 页。
② ［宋］姚宽：《西溪丛语》下卷，中华书局 1993 年版，第 91 页。

> 九鼎既成,以观万国……则九鼎之图……谓之曰山海图,其文则谓之《山海经》。至秦而九鼎亡,独图与经存。……已今则经存而图亡。①

胡应麟以为书成于周末,所记亦依九鼎图,标明书中所以多"畏兽",目的是使人"备知神奸之说":

> (《山海经》)载叔均方耕,讙兜方捕鱼,长臂人两手各操一鱼,竖亥右手把算,羿执弓矢,凿齿执盾,此类皆与纪事之词大异。……意古先有斯图,撰者因而纪之,故其文义应尔。②

在胡应麟看来,《山海图》与《山海经》是存在差异的,并举出了一系列相关的事实证据,指出先有图后有经,图与经相互对应。能以具体的事例证明《山海图》与《山海经》存在一些不合之处,这在《山海经》"图"与"书"的研究上是进了一大步,但以为图先文后,到底难以符合图书的创作规律。清代毕沅、阮元之说类同胡应麟,认为先有九鼎图,鼎被秦人销毁之后,时人又以"书"记述了原图之象。

> 禹铸鼎象物,使民知神奸,案其文有国名,有山川,有神灵奇怪之所际,是禹所图也。鼎亡于秦,故其先时人尤能说其图而著于册。③
> 《左传》称:"禹铸鼎象物,使民知神奸。"禹鼎不可见,今《山海经》或其遗象欤?④

可以理解,在先秦时期,鼎之于书具有不可比拟的重要作用,因为它已

---

① 丁锡根编著:《中国历代小说序跋集》,人民文学出版社1996年版,第21页、第7页、第22页、第7～8页。
② [明]胡应麟:《四部正讹》,中华书局1958年版,第413页。
③ 见[清]毕沅:《〈山海经〉新校正·古今本篇目考》,光绪十六年学库山房仿毕氏图注原本校刊。
④ 丁锡根编著:《中国历代小说序跋集》,人民文学出版社1996年版,第21页、第7页、第22页、第7～8页。

经是被神格化的象征之物,是绝地通天的公认的祭祀之物,它在漫长的先秦时期发挥着后代难以想象的作用。相比较而言,《山海经》不过是对它的文字解释。只是,从文学文化的角度而言,鼎更依赖于它存在的时代,而书则可以不受时代的隔阂,接受者只要依当代思潮稍稍改变便可为时所用,所以当完全神化的时代结束,鼎失去了它存在的意义,必然要消亡。而在这个过程中,书却流传了下来,并随着历史的波折打上了不同时代的烙痕。毕沅和阮元不过是强调了鼎的重要性。他们依然忽略了图书的第一个准备阶段,实为遗憾。

第三个阶段是指现当代以来,学者们在肯定图先经后的基础上,依图解经,对经文的作者、性质、成书等问题做了许多有益的探索。代表学者有江绍原、饶宗颐、扶永发、袁珂、江林昌、马昌仪等。扶永发从地理考证的角度认为,《山海经》应该由多人参与完成,第一个作者是《山海图》的作者。唐兰也认为《山海经》的作者不是一人,初时有战国人记录,后秦汉人做了补充。如:

> 书虽然记录得很远,有战国时人记的,有秦汉人记的,但我们应当注意到它的本身并不完全是文字而是图画,因为有图画流传下来,所以战国时人可以把它记成文字,秦汉时人又有补一些说明。[1]

《山海经》非一时一地完成,这种看法在学界较有普遍性,只是各人在时间段的推论上有先后之别。在现当代学术史上,真正把《山海经》的研究推向顶峰的人是袁珂,袁珂也理所当然成为《山海经》研究方面成就最为卓著的人。他认为《山海经》的图是巫图,解说之人为巫师,后有文人对巫师的解说又进行了归纳整理而成经文。

> 《山海经》尤其是以图画为主的《海经》部分所记的各种神怪异人,大约就是古代巫师招魂之时所述的内容。其初或者只是一些图画,图画的解说词一部分根据祖师传授,一部分为

---

① 贺次君:《山海经图与职贡图的讨论》,《禹贡》,1934 年 6 月。

> 巫师作法时临时编凑。歌词自然难免半杂土语方言,而且烦琐,记录为难。但是这些都是古代文化宝贵遗产,有识之士不难知道。(屈原、宋玉等人即其例证)于是有那好事的文人根据巫师歌词的大意将这些图画做了简单的解说……确实是说图之词。①

从神话时代通天地的神性身份的确定来说,巫师当然是最符合《山海经》作者条件的人员。但从《山海经》本身的地理实证性及荟萃性看,巫师似乎又不足以承担这样一个大任务。《山海经》的作者,待进一步的考证。

在《山海图》与《山海经》关系的研究方面,一些国外的学者也积极做出贡献,比如日本学者小川琢治推测山海图"当是据周职方氏所掌天下之图而编纂"②,切入点与郝懿行相似,但大大忽视了文本所昭示的神话时代的特殊性,既忽略了历来的文献材料,也不符合《山海经》的文本特征。至于马来西亚籍华裔学者丁振宗所言:"《山海经》是由好几个作者,在不同的时期参考一幅山海图而写的,这幅图其实就是黄帝时代的青藏高原地图。"③不得不说,这种考证的角度十分新颖,考证的思维比较独到,但无论是从文本结构所体现的政治意图,还是同时期文献材料的如实记载来看,这种考证多少有些脱离时代背景,不能被纳入科学研究的主流渠道。

还有个别研究反驳依图解经的说法,比如张倩倩的《图与书:上古时代山川神怪类文献分析——兼与江林昌先生商榷》一文,就不认为《山海经》之文产生于其图,因为如果说《山海图》主要以大禹铸鼎图来钩沉的话,大禹还只是一个有待进一步证明是否实有其人的传说人物,而大禹铸鼎就更有待做进一步的研究了。④ 大禹存在的时代的确距离

---

① 袁珂:《袁珂神话论集》,四川大学出版社 1996 年版,第 15 页。
② 江侠庵编译:《先秦经籍考下》,上海商务印书馆 1931 年,第 82 页。
③ 丁振宗:《古中国的 X 档案——以现代科技知识解〈山海经〉之谜》,台湾昭明出版社 1999 年版,序第 3 页。
④ 张倩倩:《图与书:上古时代山川神怪类文献分析——兼与江林昌先生商榷》,《学术界》,2014 年第 1 期。

我们十分遥远，但是根据史前文史哲不分的历史规律，根据众多的文献资料对大禹个人事迹的种种写明，我们还是可以毫无疑问地肯定，大禹是存在的，他是人类历史早期一个难得的贤明部落首领，因为囿于当时人对自然神秘性的认知，囿于对大禹本身神化的绝对的崇拜，他被打上了一些神秘的光环，但不能因此就抓住其外在的修饰点而彻底否定其作为一个民族英雄的存在。张光直先生在《商周神话之分类》中即言：

> 从1923年顾颉刚的《与钱玄同先生论古史书》与1924年法国汉学家马伯乐的《书经中的神话传说》以后，我们都知道所谓黄帝、颛顼、唐尧、虞舜、夏禹都是"神话"中的人物，在东周及东周以后转化为历史上的人物的。"古史是神话"这一命题在今天是不成为问题的了。①

正如王国维先生所说："上古之事，传说与史实混而不分。史实之中固不免有所缘饰，与传说无异，而传说中亦往往有史实为之素地，二者不易区别，此世界各国之所同也。"②夏禹是传说，也是历史，通过浩渺的历史传说，我们可以看到一部《山海经》，在今天的宏伟大著面前，其篇幅、结构等方面的确很是薄弱，但在漫长的先秦时期，它的产生、发展、流传又是何等的不易。

三、伯益著作《山海经》的可能性分析

通过以上的分析，我们可以得出以下结论，那就是《山海经》存在画图和书经之说，就图画和书经的先后顺序来说，应当是图画在前，书经在后，这一点是毫无疑问的。但是，这里还有两个问题。第一，《山海经》是否完全依据的就是所谓的古图，即禹鼎图。第二，作经之人是否仅仅只是依图撰文。第三，《山海经》的作者到底是谁。带着对这三个

---

① 张光直：《商周神话之分类》，《中国青铜时代》，生活·读书·新知三联书店1983年版，第251页。

② 王国维：《古史新证——王国维最后的讲义》，清华大学出版社1994年版，第1页。

问题的思考,本文将从以下几个方面进行一些阐述。

其一,《山海经》的初创作者就是伯益,无论是他的履历、职位还是他所在的族属对文字的掌握技术都可以保证他完成这一著作。

根据《史记·秦本纪》等资料记载,伯益生活在距今约四千多年的虞夏时期,乃是女华之子、秦族先祖,在诸多文献中,又称"柏益""伯夷""伯翳""柏翳""大费"等,在舜禹时代功勋卓著,备受舜帝和大禹的信任和厚爱,是和尧、舜、禹、皋陶、后稷一样重要的历史人物。

在伯益的相关履历中,有一条资料十分重要,《史记·秦本纪》云:

> 大业取少典之子,曰女华。女华生大费,与禹平水土,已成。帝锡玄圭。禹受曰:'非予能成,亦大费为辅。'帝舜曰:'咨尔费,赞禹功,其赐尔皂游,尔后嗣将大出。'乃妻之姚姓之玉女。大费拜受。佐舜调驯鸟兽,鸟兽多驯服,是为柏翳(即伯益)舜赐姓嬴氏。[1]

这里有两点值得注意,一是舜帝对伯益的嘉奖是在一次很重要的朝廷会议上,不但公开赞扬他的功绩,而且还"妻之姚姓之玉女"。舜帝为姚姓,所谓"妻之姚姓之玉女",即典型的赐婚,也就是说,通过这种赐婚,伯益获得了皇室的信任和厚爱,后裔血统和地位瞬间高贵化。这也是古代社会对功绩突出者的一种最高规格的褒奖,由此可见,舜帝对伯益的重视和认可程度之高。至于"尔后嗣将大出"的希冀和预见更是对伯益所在氏族部落的一种莫大的鼓励。综观嬴秦族的发展,伯益后人确实人才辈出,其六世孙费昌曾去夏归商,为汤御,败桀于鸣条;十五世孙造父幸于周穆王;十七世孙非子为周平王牧马,号嬴秦;二十二世孙秦襄王护驾有功,赐之以岐以西之地;二十七世孙秦穆公称霸诸侯;四十一世孙秦孝公采用商鞅变法,名垂天下;四十六世孙嬴政灭六国,终在东方各族中率先崛起,建立起中国历史上第一个封建大帝国。秦族大显,一路上扬,舜之褒扬,其意自重!

二是无论是伯益其人还是伯益其族之所以受到如此重要的褒奖,

---

① [汉]司马迁:《史记》,上海书店 1988 年版,第 138 页。

依据就是伯益曾帮助大禹"平水土"。伯益的历史功绩是多方面的,这已为众多的学者所考证,诸如雍继春认为伯益曾平治水土,平三苗之乱,占岁、凿井、造箭,倡德明法,勤政爱民,不论对于部落民族的发展,还是对人类历史的发展都做出了不可磨灭的贡献。[1] 而陈新、蒲向明等更是指出伯益著作了《山海经》,也是其历史功绩之一。伯益为《山海经》的作者,蒲向明曾专门著文《伯益始秦与其著〈山海经〉之说申论》,该文考订源流,以历史发展的时代顺序,通过对魏晋以来学者在各方面的相关论述的梳理,认为《山海经》的作者就是伯益,这是众多学者研究的结晶,非个人能否认和更改。[2] 本文亦从其意,但更想以其为出发点探讨伯益著作《山海经》的种种可能性。以此而论,伯益功绩众多,但是能直接与创作《山海经》相关的功绩则可能就是平治水土。

伯益平治水土之事,是先秦时期有名的大禹治水的一部分。而在大禹治水之前,大禹的父亲鲧已为治水献出了自己的生命,但是洪水依然漫天,滔滔逼人。大禹治水可谓是临危受命,他在伯益等人的帮助下,沐风栉雨,辛苦万状,义薄云天,功存古今。

《山海经·海内经》:

> 洪水滔天,鲧窃帝之息壤以堙洪水,不待帝命。帝令祝融杀鲧于羽郊。鲧复生禹,帝乃命禹卒布土以定九州岛。禹娶涂山氏女,不以私害公,自辛至甲四日,复往治水。禹治洪水,通轘辕山,化为熊。谓涂山氏曰:"欲饷,闻鼓声乃来。"禹跳石,误中鼓,涂山氏往,见禹方坐熊,惭而去。至嵩高山下,化为石,方生启。禹曰:"归我子!"石破北方而启生。

《史记·夏本纪》云:

> 禹乃遂与益、后稷奉帝(舜)命……劳身焦思,居外十三年,过家门不敢入。

---

[1] 雍继春:《秦人先祖伯益事迹考略》,《西安财经学院学报》,2014 年第 3 期。

[2] 蒲向明:《伯益始秦与其著〈山海经〉之说申论》,《广西社会科学》,2015 年第 10 期。

《尚书·虞书·益稷》：

> 予创若时，娶于涂山，辛壬癸甲，启呱呱而泣。予弗子，惟荒度土功。

《吕氏春秋·求人》：

> （禹治水）至劳也。得陶（皋陶）、化益（伯益）……五人佐禹，故功绩铭乎金石，著于盘盂。

大禹治水成功，明确表明："非予能成，亦大费为辅。"而伯益之所以能成功佐禹治水，其所使用的方法完全不同于鲧，鲧是以图掩填，而伯益则是"掘地而注之海"（《孟子·滕文公下》）。也就是说疏通河道，让四溢的河水流向大海。故《庄子·天下篇》云："昔者，禹之湮洪水、决江河而通四夷九州也。"《史记·夏本纪》亦云："九州彼同，四奥既居，九山开旅，九川涤原，九泽既陂，四海会同。"伯益等人又在治水基础上，"命诸侯百姓，兴人徒以傅土，行山表木，定高山大川"，"予众庶稻，可种卑湿"，最终，水治民安，政通人和，功成四野，"唯禹之功为大，披九山，通九泽，决九河，定九州，各以其职来贡，不失厥宜"。于是，"众民乃定，万国为治"。（《史记·五帝本纪》）

如果遵奉舜帝之命，佐禹治水是政治任务，在完成这次艰巨的任务过程中，伯益足迹遍及九州四海，历见种种，凡山川之广博流变，草木禽兽之奇异多样，地理风俗之繁简多异，均给伯益留下了深刻的印象，而且他既要"决江河而通四夷九州"，对各地情况应该是了若指掌，烂熟于心，才能形成整体上的改造并将其付诸实践。且《郑语》及《地理志序》皆谓："伯益能仪百物以佐舜。"《论衡·谈天》亦言："禹主治水，益主记物。"种种资料表明，伯益不仅亲身经历，而且是一个"有心"之人，他所记正是《山海经》的雏形。《隋书·经籍志》说："萧何得秦图书，故知天下要害。后又得《山海经》，相传夏禹（益）所记。"刘知几《史通·杂述》则云："夏禹敷土，（益）实著《山海经》。"这两则材料都坐实了伯益就是《山海经》的初创作者。当时《山海经》的雏形很有可能就是符号和图画以及简单文字的组合。也是在此意义上,赵晔《吴越春秋·无余外传》云:"禹遂巡行四渎,与益、夔共谋,行到名山大泽,召其神而问之,山川脉理、金玉所有、鸟兽昆虫之类,及八方之民俗、殊国异域、土地里数,使益疏而记之,故名之曰《山海经》。"①

再来看看伯益在当时担任的职位。《五帝本纪》云:

> 天下归舜。而禹、皋陶、契、后稷、伯夷、夔、龙、任、益、彭祖,自尧时而皆举用,未有分职。

《尚书·尧典》云:

> 尧崩,三年之丧后,舜在尧的太庙召开的大会上,又推荐伯益作"虞"官,掌管山泽,调驯鸟兽。

将两则材料联系起来,可以很明显地看到:舜帝之初,国家的体制结构和职位划分已经相对确定,如皋陶主要掌管刑法,后稷在尧舜时主要担任农师之职。当然限于历史条件,职位之内各人所承担的具体职责还没有确定,然而伯益与禹、皋陶等重要的英雄人物一样受到重用,这是可以肯定的;到"尧崩,三年之丧后"的太庙大会上,伯益就被正式任命为虞官,其主要职责就是"掌管山泽,调驯鸟兽"。

尧、舜、禹等人都是上古传说中的圣帝。根据上博简《容成氏》的记载,在帝位的承袭上所体现的原则不是以血缘关系来统属,即"不以其子为后",而是奉行"以天下让于贤者"的人才透明机制:

> 尧乃为之教曰:"自内(纳?)焉,余穴窥焉,以求贤者而让焉。"尧以天下让于贤者,天下之贤者莫之能受也。万邦之君皆以其邦让于贤□□□□贤者,而贤者莫之能受也。于是乎天下之人,以尧为善兴贤,而卒立之。

---

① 〔汉〕赵晔、〔汉〕应劭、〔汉〕崔鸿:《野史精品》(第1辑),岳麓书社1996年版,第45页。

> 尧有子九人，不以其子为后，见舜之贤也，而欲以为后。
>
> 舜乃老，视不明，听不聪。舜有子七人，不以其子为后，见禹之贤也，而欲以为后。禹乃五让以天下之贤者，不得已，然后敢受之。
>
> 禹有子五人，不以其子为后，见皋陶之贤也，而欲以为后。皋陶乃五让以天下之贤者，遂称疾不出而死。禹于是乎让益，启于是乎攻益自取。①

由此来看，在这样一些贤者的治理下，他们选拔人才的时候，尤其是在重要官员的任命上，表现得非常谨慎，从某种程度上说应该是完全做到了理想主义的选贤任能。换而言之，能被纳入国家权力阶层的人物都在某一方面有其专属的特长。伯益为虞官，主要管理山林川泽等自然资源，在履职过程中，他必将更为专业和系统地去掌管山林川泽和调驯鸟兽，所以如果说大禹欲为铸鼎，能对鼎上的"图"指手画脚，确定方位、布局的人只能是伯益。所谓大禹铸鼎，"禹"不过是政治事件的时代归属者和行为号命者，并非是行为的实际操作者。鼎之所成，背后的总设计师应该是伯益，伯益是《山海图》的作者，《山海经》是依图而成，他同时也是《山海经》的作者。

另外，论其族源，伯益隶属东夷族，而东夷族是我国较早创造并使用文字的古老民族之一，这足以让伯益有比其他人更优越的条件去完成《山海经》的草创。

甲骨文又称甲骨卜辞、殷墟文字、兽骨文或契文，是一种官方使用的简俗字体，也是目前发现的现存的中国王朝时期最成熟的文字，时间确定是商代文明的表现。那么，伯益时代是否具备和甲骨文类似的文字书写系统呢？伯益是东夷族的首领，无独有偶，若论甲骨文的形成渊源，则又恰好和东夷族密切相关。

---

① 李零整理，容成氏、马承源主编：《上博博物馆藏战国楚竹书（二）》，上海古籍出版社2003年版。释文及简序参考陈剑：《上博简（容成氏）的编连与拼合问题》，《上博馆藏战国楚竹书研究续编》，上海书店出版社2004年版，第328～332页。

甲骨文最早当从卜骨开始。而卜骨最早又是起源于东夷的。东夷人早在大汶口文化时期就开始使用龟甲,把龟甲作为随葬品来使用。①

东夷文化在当时具有其他民族不可企及的高度,龙山文化中的"黑陶文化"就是最好的证明。卜骨既是甲骨文的渊源,按理而论,掌握卜骨技术的东夷族也有可能成就自己的族属文字。东夷族的确拥有自己的文字,东夷文字起始于北辛文化的刻画符号,经大汶口文化和龙山文化而形成。莒县陵阳河墓葬出土的大口尊(陶尊)遗址属于大汶口文化晚期,这些陶尊的颈部多刻有一些图像或图像文字。王树明先生对此有详细的辨认,可参看王树明先生的相关论文,诸如《陵阳河墓地刍议》②《陵阳河与大朱村出土的陶尊"文字"》,有意思的是,大汶口陶尊上的文字和甲骨文之间竟然存在关联。龙山文化时期发掘的丁公陶文是东夷文字发展的又一个重要阶段。丁公陶文是山东大学考古研究所的工作者在 1991 年至 1992 年发掘邹平丁公遗址时发现的,它是一件刻有 11 个字的陶片。对此,学者纷纷展开讨论,严文明认为"丁公陶文已是一种比较成熟的早期文字","刻写文字的陶片是一个大平底盆的底部残片,轮制,泥质灰陶,磨光,火候较高,一望便知是属于龙山文化的"。王恩田指出:"丁公陶文使用连笔,字的写法,结构与甲骨文、金文有很大差距,似应属于东夷文化系统的文字。"张学海认为:"在陶器上进行娴熟的刻写,必定经历了一个较长过程,也反映出文字使用的频繁和人们记录传送信息的急需。""所有这些都反映了丁公龙山陶文的进步性,证明龙山时代已有文字体系。"丁公陶文的年代,属龙山文化晚期偏早阶段距今 4 200 年—4 100 年之间。③ 值得一提的是,11 个丁公陶文还有表意功能。也就说,在公元前 21 世纪,已经出现方便生活记录的文字,虽然那个时代文字不可能如今天随意流畅地表达话语,但这毕竟是人类文化历史的一大进步。从对伯益事迹的考证可以看出,他生活在上古

---

① 逄振镐:《从图像文字到甲骨文——史前东夷文字史略》,《中原文物》,2002 年第 2 期。

② 王树明:《陵阳河墓地刍议》,《史前研究》,1987 年第 3 期。

③ 《专家笔谈丁公遗址出土陶文》,《考古》,1993 年第 4 期。

尧、舜、禹时期,以此推算,距今约有 4 100 至 4 200 年左右的时间。所以,作为东夷族首领的伯益应该掌握且能熟悉运用本族的文字,从而完成《山海经》的草创,成为历代文人学者指认的《山海经》的作者。清代毕沅以为《山海经》乃禹书,实是不妥。

四、《山海经》形成过程推论

《山海经》属于典型的依图撰文,但是它并不是单纯地写图文。从它所处时代的特殊性而言,当是先有零散的各地草图,再成禹鼎,最后以文字述录成经。值得注意的是,可以推定,伯益自始至终都参与了这个由草图到禹鼎到文字的所有构思和结撰过程,所以就禹鼎和《山海经》比较来说,伯益才能尽言禹鼎所能言,而又能言禹鼎所不能言。

《山海经》的创作经历了三个阶段。第一个阶段是资料汇集。第二个阶段是形成以禹鼎图为表现的汇编资料。第三个阶段是相对简易明了的文字整理。其中,第一个阶段是任何人为形式的实体设想必须经历的阶段,也就是实证搜集阶段。后代学者在《山海经》作者的认可上,实际上是把第一个阶段和第三个阶段混同在一起的。若要究诘《山海经》的成书过程,必须把这两个阶段明确地区分开来,才能理清《山海经》创作的真实面貌。

《山海经》很大程度上说是一部地理山水之作,需要花费大量的时间和精力深入到田野中,去进行实际的广博而细致的调查工作,还需要具备一定的文化知识来加以搜集、推论和辨别。推想舜禹时代的生产生活水平,只有在国家强大力量的支撑下,具有相当高的文化水平的部族首领才能完成这一历史大任。正如前面所论述的,伯益的身份、职位、族属等都很符合这方方面面的要求。所以,"《山海经》一书虽非伯益亲手所写,但由于伯益佐禹治水和主管山林时精心留意并积累各学科知识,经与禹创意和口述,才得以使《山海经》整理成书并流传下来"。"《山海经》一书百科资料的捃摭汇集,若非走遍祖国名山大川,且经十数年之精心采撷,博闻强记,难能使《山海经》包罗宏富,故此任非伯益莫属。"①总之,扎实而全面的资料采集为《山海经》的成型奠定了基础的工作,也成为后来学者考证《山海经》的作者时所依据的重要资料,自汉魏以降,学者所论,比比皆是,此不赘言。

今所见《山海经》当是按图叙文,然而此图非彼图也,即《山海经》虽说先有实际的草图考证资料,但是它没有直接过渡为文本记载。也就是说,在实证调查结果和《山海经》的完全产生中间还有一个重要的阶段,那就是"山海图"的整理阶段,即《山海经》形成的第二个阶段。

根据马昌仪的分析,"山海图"至少有三种:第一种是古图即禹鼎图和汉所传图。第二种是南朝画家张僧繇和宋代校理家舒雅绘画的《山海图》。第三种是今所见图,即明清时期流传的《山海图》。② 如若单独考证《山海经》的成书问题,恐怕能依据的就只能是《山海经》古图了,若论及《山海经》草书的成书时间,其范围又缩小在禹鼎图上,这是由《山海经》的成书时间所决定的。也即余嘉锡先生所言"山海经本因九鼎图而作"③。

遗憾的是,今天已经无法一睹《山海图》古图或者禹鼎图的真实面貌了。明代注家杨慎在《山海经后序》中就说:"九鼎之图……谓之曰"山海图",其文则谓之"山海经"。至秦而九鼎亡,独图与经存……今则经存而图亡。"好在文化的发展轨迹在同一时代总具有一些共同的属性。禹鼎图已经消亡自是无法恢复,但是通过战国时代的岩画、陶画及漆画等可以看出禹鼎图大致的存在面貌。马昌仪在《从战国图画中寻找失落了的〈山海经〉古图》中通过大量的图画和文献资料分析认为:"战国图画的若干特点,正是已经失传了的《山海经》古图所具有的。"④据此,他还推断出了《山海经》古图的内容:

> 图画大多以山峦林木海河作为活动场所与生态背景,鸟兽神祇出没于其间。图画的主角是鸟兽虫蛇,人常常以超自然的、与鸟兽合体的面目出现,充当山神、水神、辟邪之神、猎

---

① 陈新:《伯益考略》,《禹城与大禹文化文集》,2004 年。

② 马昌仪:《〈山海图〉:寻找山海经的另一半》,《文学遗产》,2000 年第 6 期。

③ 余嘉锡:《四库提要辩证》(卷一八),科学出版社 1958 年版,第 1115 页。

④ 马昌仪:《从战国图画中寻找失落了的〈山海经〉古图》,《艺术探索》,2003 年第 4 期。

人、巫师的角色。图画讲述的是神话时代人与自然、人与动植物之间所发生的形形色色的故事。

由此看来,禹鼎图主要由两部分构成,除了畏兽所处的生态背景外,主体是一些畏兽画,禹鼎图所要突显的当是畏兽的神性地位,诸如《左传·宣公元年》所言:

> 昔夏之方有德也,远方图物,贡金九牧,铸鼎象物,百物而为之备,使民知神奸。故民入川泽山林,不逢不若。魑魅罔两,莫能逢之,用能协于上下,以承天休。①

畏兽画的作用是"使民知神奸","以承天休"。畏兽既是一种神性的显物,在镂刻之初便带有浓厚的神性,必然在形体上不同于普通之兽。也就是说,畏兽不是某一种单纯的兽,而是一种杂混的结合体,是人与兽或兽与兽神化的杂合,画面的形象性和直观性不言而喻,《山海经》是对其图文字画的展现。当然,禹鼎图作为图画,自有它存在的必然的图谱表现形式或者叙述方式,不同于文本的章节段落,它以图的形式表现,自成一套严密的体系。这一方面证明了它有收集、整理资料的第一个阶段,证明《山海经》的创作的确存在第一个草创阶段。另一方面,禹鼎图作为承担国家诰命的大型宗祭器物,应该集结了当时其他图画的一切优秀特征,正如过常宝所言:

> "铸鼎象物"就是将各地各类物怪汇集整理,使其成为形象的、系统的知识图谱,此类描绘物怪的图画文献还有春秋时期楚左史倚相的《训典》《八索》,以及战国时期绘在庙堂的壁画等。②

本着铸造的目的,禹鼎图是要起到警戒大众的作用,必然需要专门的人

---

① 杨伯峻:《春秋左传注(修订本)》,中华书局 1990 年版,第 669 页。
② 过常宝:《论上古动物图画及其相关文献》,《文艺研究》,2007 年第 6 期。

员依图去晓谕天机，能承担这一职务的最有可能就是巫师了。在颛顼实行绝地通天的改革后，巫师已经作为专门的职业，以本身的宗教信仰为可能的政治服务。在这种情况下，巫师作为宗教领袖与作为政治领袖的皇帝有着相同的人生目标。政治领袖一定程度上是精晓巫术的奥妙，懂得如何利用巫术为政治服务，为国家所用，为人民带来可观的利益的人。由此观之，禹鼎图从巫术与巫师的作用探讨，在当时主要服务于农业和畜牧业。所以，在《山海经》形成的第二个阶段，即禹鼎图阶段，重在强调"兽"的功用，以巫性的传播为主。畏兽之外，山水草木飞禽也大抵罗列其上，有如今天的景观地图。明杨慎《〈山海经〉后序》这样记载：

> 神禹既锡玄圭以成水功，遂受舜禅以家天下，于是乎收九牧之金以铸鼎。鼎之象则取远方之图，山之奇，水之奇，草之奇，木之奇，禽之奇，兽之奇。说其形，著其生，别其性，分其类。其神奇殊汇，骇世惊听者，或见，或闻，或恒有，或时有，或不必有，皆一一书焉。盖其经而可守者，具在《禹贡》；奇而不法者，则备在九鼎。九鼎既成，以观万国……则九鼎之图……谓之曰山海图，其文则谓之《山海经》。至秦而九鼎亡，独图与经存。……已今则经存而图亡。①

禹鼎图标出了《山海经》中主要事物的方位，包括山川的变向，其中各个方位点之间的架构应该也像今天的地图一样缩成一定的比例镌刻于上。所以杨慎也说："此《山海经》之所由始也。"

《山海经》是一本知识性很强的书籍，是一本系统性很强的地理著作，它依图而成，但是它并不是对所谓的《山海图》的说明。原因在于图的内容含量是有限的，比如山水的态势声色、畏兽的预示凶吉，等等，一些较为抽象的现象是难以用图来周全的。虽然在第二个阶段有巫师的说明，但经口而传，势必在经过时间的洗涤后出现"一千个巫师一千本

---

① 丁锡根编著：《中国历代小说序跋集》，人民文学出版社 1996 年版，第 21 页、第 7 页、第 22 页、第 7~8 页。

《山海经》"的现象，《山海经》很难成为一本固定的著作。在禹鼎图消亡以后，《山海经》倒有幸泽被后世，不是因为它在众多的巫师所作的《山海经》中脱颖而出，而是因为在创作过程中它本身有些东西不能更改；或者说经过第一手资料的搜集整理后，有些东西沉淀了下来，不需要再去改动，后世只须依是以传罢了。这就是《山海经》形成的第三个阶段，也是《山海经》的写定阶段。

问题在于在《山海经》的文字创作阶段，谁来参与写定，谁是《山海经》文字创作的主要谋划者。这个问题若能够被很好地解决，《山海经》的很多问题就能够迎刃而解。如果在第一个阶段主要是资料的搜集、整理，第二个阶段由以上的分析可以看出，是一个鉴别、选择并且强化系统的阶段。在这两个阶段中，巫师有可能有参与，但是实际发挥作用不大，最多也是很多场合的一个"列席者"，没有中枢作用，没有主导地位。与之相较，伯益绝对是第一个阶段的首要亲历者和采集者。可以设想，因为他有前期的翔实的资料准备，在禹称帝之后，在铸鼎象物的过程中，伯益肯定是最主要的参谋领袖，所起的作用绝对是决定性的。不过在禹鼎图形成之后，在对外界的宣扬中，由巫师站出来宣示罢了。而要以文字创作《山海经》，巫师尽管具有"最灵敏、最狡猾的头脑"，是"最早的神职人物和知识分子"，①但是正如弗雷泽在《金枝》中所说，"巫术是借助想象征服自然的伪技艺"，巫师自在展现一种特殊的技艺，而就《山海经》的创作来看，其中神化、神性的展示只是其中的一个方面，且它更多体现的是人类早期的一种天命观念，体现的是人类对神秘世界的探索，有关技艺的东西实在少之又少。可以肯定，巫师不是《山海经》最初文字的创作者，虽然，在《山海经》写定之后，极有可能被巫师当作公认的宣读文稿和手册。巫师既然不是《山海经》的文字初创者，那么在《山海经》的文字形成阶段，能承担这一大任的就只有自始就参与《山海经》资料收集的人，也就是说，唯有伯益能担此大任了。

《山海经》能够源远流长，虽然历经千百年的变化，但是其中主体部分基本没有变动，只在个别的一些词语的运用上稍微有所改动，且通过蛛丝马迹的发掘，可以看到《山海经》与《山海图》能够互相印证，足以见

---

① 弥维：《巫术、巫师和中国早期的巫文化》，《宁夏社会科学》，2009 年第 3 期。

出《山海经》在草创时期的成功所在。

就《山海经》和《山海图》的形成时间比较来说，《山海图》应该在前，《山海经》时间稍微靠后一些。在经过禹鼎图的铸造之后，伯益对《山海经》一书的体系和架构应该已经非常明确，因而作为东夷民族的领袖，在已经相对熟悉运用简单文字的情况下，他把自己的所闻所见详细描述了出来。由于当时的文字运用相对有限，甚至有可能在草创之初，著作中夹杂了一些符号性的文字，甚或直接是一些图画，后世的巫师和文士为了使这本书更完整，而用他们所熟悉的文字替换了原先的符号或者图画。这使得后世学者在确定《山海经》的写作时间时争讼不休，如顾颉刚先生在《古史辨》中认为它作于战国之初或春秋之末，唐兰认为有战国时人记的，有秦汉人记的，任乃强认为应该与《淮南子》同时。清代毕沅就说：

> 《山海经》作于禹、益，述于周秦，其学行于汉，明于晋，而知之者魏郦道元也。[1]

也有一些学者持比较稳健的态度，以发展的眼光确定了《山海经》的成书。如徐显之在《山海经探源》中认为：

> 《山海经》草创于禹益，成书于夏代，完善于春秋战国之际，以后历汉魏晋，又续有增益。[2]

综上而论，《山海经》确如袁珂《山海经全译》所言："先有图画，后有文字。"亦如胡应麟《少室山房笔丛》所言："意古先有斯图，撰者因而纪之，故其文义应尔。"《山海经》的产生的确是在《山海图》的创作之后，累代而写定，若完整地看待《山海经》的创作过程，第一个阶段的资料准备工作不应该被忽视。

---

① ［清］毕沅：《山海经新校正》，《经训堂丛书》第一函，光绪十三年（1887 年），上海古籍书店 1963 年影印本。

② 徐显之：《山海经探原》，武汉出版社 1991 年版，第 238 页。

五、伯益的创作重心是《五藏山经》

从历经山川搜集资料到"山海图"的铸就再到《山海经》草创文本的形成,伯益贡献突出,功盖后世。就十八卷《山海经》的著作结构来说,《山经》五卷占其总篇幅的一半,其他各经的篇幅之和相加才构成《山海经》的另一半,篇幅明显偏小,且很多经卷还存在后人增添、修改的痕迹,不仅混合了其他时代的语言和称谓,而且卷经内容也存在许多错乱离散的地方。由此可见,在伯益之时,《山经》即《五藏山经》相对其他各经基本已经写定,考证比较详致,记述比较完整,体例比较成熟;其他各经很可能只有寥寥数语,枝干体系先天不足。综上所论,将对《五藏山经》之为《山海经》的主干原因暂作分析。

《五藏山经》共记有二十六条山系,包括四百五十九座山,涉及东、西、南、北、中等五个方位,此即所谓的"五藏"。就文本篇幅而言,《山海经》共计三万余字,而《五藏山经》合计为二万余字,约占《山海经》总数的三分之二;而《山经》中的十二节《中山经》总计又近万字,占全书的三分之一。以此推论,《山经》是《山海经》的主体,而《中山经》则是主体中的主体。相比较而言,《海经》卷数繁多,有十三卷,但记述就简略多了,只有九千多字,不到全书篇幅的三分之一。《山海经》在全书架构上做如此安排,深意颇值得考究。

《山海经》从创作的客观背景而言,属于一本官方书籍,是夏禹王朝在地域版图规划修整过程中的文化产物。"《山经》所记述的范围,主体就在四海之内,与夏王朝的疆域十分吻合。"①譬如《中山经》的记载:

《中次二经》:

> 又西三百里,曰阳山……阳水出焉,而北流注于伊水。
> 又西百二十里,曰蔺山。蔺水出焉,而北流注于伊水。

《中次四经》:

---

① 王宁:《五藏山经记述的地域及作者新探》,《管子学刊》,2000 年第 7 期。

曰鹿蹄之山……甘水出焉，而北流注于洛。

又西一百二十里，曰厘山……滫滫之水出焉，而南流注于
伊水。

由此可以看出，在"中山"的各水系中，伊水和洛水是比较重要的汇流，大凡水系向南而来，一般都入伊水，而若向北则基本上都入洛水了。经郝懿行等人考证，上文所提及的"阳山""菌水""甘水"及"滫滫之水"等大抵在河南西部和陕西东部，正是夏人当时的活动区域，也是三代祭祀的夏郊。杨向奎云："夏在中世以前之政治中心实在今山东、河北、河南三省间，而以山东为重点。"又云："中夏以前启以后夏之政治中心在今山东，其势力及于河北、河南。"（同上）①无独有偶，《中山经》所记载的晋南与豫西的山水，经考古也已发现，晋南地区恰好存在以夏县东下冯遗址为代表的二里头文化东下冯类型，而在豫西地区河、洛、伊流域也存在二里头夏文化，也就是说，地下考古发掘与《山海经》所记相符合，《中山经》所述地域刚好是历史上夏朝的王畿区域。由之可以得出一个结论，《山海经》中所谓的"中山"便是夏王朝政治版图的中心区域，难怪王宁认为，《山经》是夏朝遗民东夷族的作品。这虽然在某种程度上是想象之词，但是他看到了《山经》所描写的山域水系属于夏朝版图，《山经》之与东夷的关系，这倒是非常了不起的。国家图书服务于所属的政权，《山海经》是一本带有明显政治宗教意味的精神信仰之书，是一本带有主权宣示意味的领土规划书。夏王朝极有可能是想通过此书来展示它在其他各部落民族中的绝对中心统治地位，就如九鼎图主要用来昭示主要民族的部落图腾一样，因而必在篇幅、重心及中心等方面倒向夏族，是以如此。

其次，就创作的意图而言，整个先秦时期都崇尚天命观，每一个部落民族囿于对天命自然的思考，大都有一到两个图腾以证明本部落出身源于天命，而这些图腾就是所谓的始祖神。随着人类社会的进步，在优胜劣汰的自然法则面前，总有一些部落脱颖而出，成为众部落中的佼佼者，并渐次领导其他部落。为了巩固它的这种领导地位以维系它长

---

① 杨向奎：《评傅孟真〈夷夏东西说〉》，《夏史论丛》，齐鲁书社 1985 年版。

久的统治,这些部落总会无一例外地证明它出身的卓尔不群,利用的正是特定社会、特定人群的蒙昧心理,也可谓是精明的部落领袖操持的心理战术。统治基于人,众人信奉神,统治者就不仅仅要找出一个高贵的始祖神借着它不同流俗的生命轨迹来抓住每一个机会表白,而且必定大动干戈把这种表白更广泛、更持久、更深厚地植入民众的心里。《山海经》就是一种完成这种始祖神吹捧的文化读物,不过当时的文化更多是由一些巫师巫史来完成。在众多的始祖神话中占据中心地位的就是夏族先祖"鲧禹化熊"的故事。这不仅表现在它被众多的先秦历史文献记载,而且在于被《山海经》几次提及。把其中的记载连到一起,恰好是鲧禹故事的始末,其重点的段落被记载的位置恰好是《山海经》中的《中山经》。如《中次三经》所说,由青要山而"南望墠渚,禹父之所化"。"墠渚"即所谓的伊洛之水,《左传·昭公七年》言:"昔尧殛鲧于羽山,其神化为黄熊,以入于羽渊,实为夏郊,三代祀之。"羽渊与墠渚为同一地。这里的黄熊,唐陆德明《经典释文》解作:"熊,一作能……三足鳖也。"黄熊就是典型的祖先神,就是夏部族的部落图腾,它在《山海经》各种人神物结合的部落图腾中具有绝对的中心地位。以此来看待《山海经》,它就是一部巫文化色彩浓厚的书籍,书中的各祖先神围绕鲧禹按照方位整齐罗列。夏族始祖神的地位坚固而不可动摇。

再次,从作者的主体性考虑,无论是他身为人臣所担负的政治使命,还是他作为个人有限的考察经历,他所在的部族利益,都促使伯益作为可能的《山海经》草创者把较多的注意力放在《山海经》中的《五藏山经》的创作上。所谓上有所命,下有所受,不管是最初佐禹治水,还是后来出任"掌管山泽,调驯鸟兽"的虞官之职,伯益都可谓是尽心竭力,鞠躬尽瘁于所属的政治集团,在《山海经》这样一本回忆性质的纪游实录中,他必从政治大局出发,一丝不苟地在各个方面有意强调或者突出禹启时夏族所有的历史政治地位。《山海经》不是一本力在宣扬政治思想的论证之著,因而不会像诸子之作那样着意虚构某些故事传说,从本质而言,它更像是一本实实在在的地理信史。一方面,《山海经》志在搜集罗列各地山川风物,伯益在外辛苦奔波多年,但限于当时的地理环境、交通条件及人的生理限制,他实际的足迹大抵在后来夏王朝的范围内,虽然在当时,伯益算是难得的见识广博之人,但对《山海经》整部著作而言,因为掌握的资料有限,又不能肆意结撰,就只有采用紧抓大梁而精剪小椽的建筑方法,但仍然按照各部族原有的地望,以后来的夏朝的活动范围为中心编次其他各部落,力图凑成一个完整的部落联盟。所以,以这种辐射的框架结构,围绕《中经》排列实是上佳选择。

另外,需要特别强调的是,出于对原属的东夷族的利益的考虑以及民族本身特性的展示,伯益在《山海经》中特别加重对《中山经》的如实描写,体现出一种绝对的忠诚。禹鼎铸成之时,夏禹的部落联盟已经完全建立,各部落联盟开始有了新的增长点,如何尽可能地获得并维护本部落民族的利益,在一个相对比较安定的时代,当然是想尽一切办法得到最高统治者的青睐。《山海经》相当于一部领土主权的宣告书,在这部书中,主权体现越完整,主权地位越坚悍,统治者的政治欲望才能得到越大满足。没有脱离民族的个人,也没有不培植个人的民族,个人是民族发展的先行者。如任重所言:"其实,东夷人并非一味反叛,他们对最高统治者的态度是十分明确的,即拥护德政,反对暴政。"①《后汉书·东夷传》更给出明确的历史发展轨迹:"夏后氏太康失德,夷人始畔(叛)。自少康以后,世服王化,遂宾于王门,献其舞乐……梁为暴虐,诸夷内侵……武乙衰敝,东夷浸盛,遂分迁淮岱,渐居中土。"在夏禹前后,德政清明,伯益竭力辅佐,一片赤诚,始有今日《山海经》之面目,时时处处以《五藏山经》为重。

话又说回来,对于其他的经卷就只能从略处理,往往可能流于粗糙的题干描述。在后世的流传过程中,人们认识到了《山海经》各方面的价值,而对其颇为重视,一些人为了让它更加完整,而累代不断对其进行补充增改,由此导致今天难以认定《山海经》的作者。许多的学者采取各种尽可能的方法对其加以认定,但从来没有一个肯定的结论,不但成书的时间难以厘定,而且连认定的作者也是五花八门,前已论及。如张步天先生的考证采用极为琐碎的分析方法,以地理调查记录的认定为依托,认为不同经条出自不同时代。其他重要的学者还有游国恩、顾颉刚、喻权中和徐显之,还包括唐兰、王以中、贺次君、孙致中、萧兵等,大凡研究《山海经》的作者都对此有各自的认定。譬如张国安认为:"整

---

① 任重:《东夷文化的历史沿革》,《山东大学学报》,2001年第1期。

体内容对应着商王族之外方国的大致结构及其高层的神灵信仰,无疑应属于殷商时代。"①唐世贵以为:"伯益的《山经》仍然是口头文学,因为是口头文学,所以随意性极强,后世一代一代地又补充了新的内容,为《山海经》成书时地及作者留下了一些难解之谜。"因此他认为《山海经》有一个时代累积的成书过程,"《山海经》一书由口头流传了漫长的时间,大禹时代又经过伯益的口头整理和加工,在巴蜀得到了进一步的传播。当巴蜀图语产生后,《大荒经》大约由巴人在鄂西巫山下完成(即蒙文通先生推论的西周之前,亦即鱼凫王朝时期),便刻下了故事梗概。而《海内经》部分大约在望帝杜宇氏(即蒙文通先生推断的西周中叶)之前,完成于岷江流域的都广之野(成都平原)。这样,便开始了文本与口头同时传布,又相互影响的时期,直到战国初中期……"②。伯益口头创作之说未必可信,但其他经卷确实如其所言,呈现出一个累代增饰而终至写定的过程。鉴于此,本人还是比较同意江林昌先生的看法:"估计在先秦时期,《五藏山经》与《海外经》《海内经》《大荒经》等部分都是单本流行的。"③

---

① 张国安:《〈大荒经〉内容商代说》,《文史哲》,2013 年第 3 期。
② 唐世贵、唐晓梅:《〈山海经〉华文本作者质疑(上)》,《攀枝花学院学报》,2008 年第 2 期。
③ 江林昌:《图与书:先秦两汉时期有关山川神怪类文献的分析——以〈山海经〉〈楚辞〉〈淮南子〉为例》,《文学遗产》,2008 年第 11 期。

"秦文学"申论
——以秦早期文学为主体

蒲向明

（陇南师范高等专科学校）

一、引言：兼及秦文学研究现状观照

刘勰《文心雕龙·诠赋》云"秦世不文，颇有杂赋"，而《文心雕龙·明诗》又云"秦皇灭典，亦造仙诗"，此论虽然对秦文学整体持否定态度，但还是肯定了秦文学遗存有杂赋和仙诗的事实，这一点在汉代文献里可以得到印证，据《汉书·艺文志》著录，秦代就有《杂赋》九篇。遗憾的是，在汉魏甚或南北朝时期尚在的秦杂赋、仙诗（仙真人诗），在后来亦皆亡佚，难窥踪影。今所见的秦文学遗存有秦始皇巡游各地的刻石文字，意在歌功颂德，形式上模仿雅颂，为四言韵文，多以三句为韵，文学价值不高，因其为今存最古碑文，对后世碑志文影响深远；还有李斯政论文及《吕氏春秋》，虽有较高文学价值，但寥若晨星，难以和后世文学相提并论。

从古文献发掘与秦文学有关的资料，所得也十分有限，屈指可数。大端有《史记》之《秦本纪》《秦始皇本纪》《六国年表》《吕不韦列传》《李斯列传》《白起王翦列传》《蒙恬列传》《封禅书》等，《尚书》有《秦誓》，《诗经》有《秦风》，《战国策》中的《秦策》等。这与汉后诸代文学无论在作品规模，还是作品样式、思想意义、文学特点等方面都形成了很大区别。因此，"秦世不文"，几乎成了 21 世纪以前人们认识当中的秦文学的标识，如从林传甲《中国文学史》（1904，北京）、黄人《中国文学史》（1904，杭州）到郭英德等人编著的《中国古典文学研究史》、柳存仁等编的《中国大文学史》都在先秦文学之后，直接接续汉代文学，并无秦文学的一席之地。相应地，还有一些论文至今从根本上否认秦文学的存在，如何玉兰的《秦王朝"文坛荒芜"原因考辨》（《乐山师范学院学报》，2002 年第 5 期)，崔文恒、崔晓耘的《秦地文学和秦代无文学论》(《阴山学刊》，2004 年第 5 期)等。

比前稍好一些的情形是承认秦文学的存在，使秦文学以一种从属的地位附于汉代文学之前，称之为秦汉文学或是秦与汉初文学，如刘大杰《中国文学发展史》、游国恩等编著的《中国文学史》、中国科学院文学研究所中国文学史编写组编写的《中国文学史》、章培恒和骆玉明主编的《中国文学史》、北京师范大学中文系古典文学教研室编写的《简明中国文学史》、郑振铎《插图本中国文学史》、骆玉明《简明中国文学史》等；而且，这些著述往往沿袭鲁迅《汉文学史纲要》的论叙模式①，少有新见。对秦文学设专章论述始于刘大杰《中国文学发展史》(1939)，该著简要论述了秦统一前后的文学发展概况，惜并未深入探讨，使读者难窥其中机杼。

论文方面，目前多是对秦文学做大体的梳理，具体内容一般不会超越《吕氏春秋》、李斯刻石文等一些惯常提到的东西，如刘世芮、卢静《秦文学简论》(《甘肃教育学院学报》社会科学版，2001 年第 4 期)，刘棣民的《秦代文学的历史意义与价值》(《湖北民族学院学报》哲学社会科学版，2005 年第 3 期)，张宁的《秦文学探述》(《秦文化论丛(九)》，西北大学出版社 2002 年版)，还有就是从具体的文本或作者(一般是李斯)来阐述秦文学的文学性，如周凤五的《从云梦简牍谈秦国文学》(中国古典文学会主办中国古典文学第一届国际会议论文[台北]，1985 年 8 月收入《古典文学》第 7 辑)、饶宗颐的《从地下材料谈秦文学》(《饶宗颐二十世纪学术文集》，台湾新文丰出版公司 2003 年版)、陈开梅的《论秦代颂体》(《佛山科学技术学院学报》社会科学版，2006 年第 5 期)、付志红的《李斯刻石文的文学观照》(《北方论丛》，2006 年第 3 期)和《李斯作品的文学观照》(《延边大学学报》社会科学版，2006 年第 1 期)、张宁的

---

① 鲁迅《汉文学史纲要》第五节中的论述模式，即开头叙述《吕氏春秋》，中间叙泰山刻石，后叙李斯，顺势提及《仙真人诗》、杂赋等已亡佚的秦代文学作品，构成秦代文学的整体风貌，进而得出"故由现存者而言，秦之文章，李斯一人而已"的观点。(鲁迅《汉文学史纲要》，《鲁迅全集》第九卷第 382 页，人民文学出版社 1981 年版)作为 20 世纪文学史研究开创者的鲁迅，这样看待秦文学本无可厚非，但后世近百年来文学史界陈陈相因，沿袭旧说，无视新证，在具体的论述过程中大都局限于简单介绍，很少有较为深入的分析。

《秦民谣探述》(秦文化论丛[第十辑],2003年)、曹文心《秦代文学探述》(《中国文学研究》,1995年第4期)等。

造成这种现状的原因固然是多方面的,在内容方面,论者大多不约而同将《谏逐客书》算作秦代文学的典型代表,形成思维和视野定势;而在文学史角度,虽然主要方面是秦文学自身的乏善可陈,但多沿袭鲁迅模式,也在一定程度上因忽视秦文学之存在,造成了文学通史在秦代的断层,显然不符合历史发展规律和文学发展规律。事实上,学界对历史上的考古发现关于秦文学的部分重视不够也是一个重要原因。早在唐初,人们发现了《石鼓文》,其文字书法、诗歌及内容就引起过书法界、文学及史学界的普遍关注,韩愈就据此写过著名的《石鼓颂》,此后的北宋年间,就发现了秦公钟及其铭文以及《诅楚文》,为一些学者所瞩目。

从20世纪后半期以来,秦文学研究的新局面,随着建立在考古新发现基础上的秦史、秦文化研究高潮的出现得以开创。先是发现于20世纪前半叶的《不其簋》《秦公簋》等铭文的文学性受到重视;继后有对《石鼓文》《诅楚文》等文学性研究的再深入;随后,湖北云梦睡虎地秦简(1975)、四川青川郝家坪木版(1980)、甘肃天水放马滩秦简(1986)、湖北云梦龙岗秦简(1989)、湖北江陵王家台秦简(1993)、湖南龙山里耶秦简(2002)等一大批秦时简牍相继出土,这些重见天日的文物不仅数量可观,而且绝大部分简文清晰可辨,其中更有不少篇章具有文学质素,是秦国文学的新资料,向人们展示了秦文学的新面貌和特征,推动秦文学研究不断向纵深发展。目前,循此研究方向较为突出的成果有倪晋波《出土文献与"秦世不文"论的终结》(《河北师范大学学报》哲学社会科学版,2011年第1期)、付兴慧《秦文学研究》(山东大学2008年硕士论文,见中国知网数据库)、倪晋波《秦国文学研究》(复旦大学2007年博士学位论文,见中国知网数据库)、刘跃进《"秦世不文"的历史背景及秦代文学的发展》(《文学与文化》,2010年第2期)等。

从现有的这些资料来看,全面系统地整合"秦文学"的研究成果还没有出现,笔者关注秦文学研究久矣,但一直在观察了解之中,未敢轻易下笔。借着秦文化、秦文学研究形势风起云涌,笔者拟在前人研究的基础上,对秦文学做一全面系统的整合研究,本文即这一预期研究成果的整体性"素描",希望得到同行教正。

二、"秦文学"概念的界定及其分期

"秦文学",顾名思义即"秦"之"文学"。这里关涉两个概念:"秦"和"文学"。

众所周知,"秦"含义之广,可及族群名、人的类别名、地名、国名、朝代名、姓氏名、星官名等。秦族之论,蒙文通、黄文弼、翦伯赞、林剑鸣、韩伟、何清谷诸先生多有宏论,此处不赘;秦人之称,说法不一,战国诸侯及后世称秦国人为秦人;秦代统一后,北方与西方邻国称中国人为秦人;秦地之名,称谓繁复,延及远古,《说文》:"伯益之后所封国,地宜禾。"(朱骏声曰:"地宜禾,在今甘肃秦州清水县。")《诗·秦风·车邻注》:"秦,陇西谷名,在雍州鸟鼠山之东北。"《疏》:"今秦亭,秦谷也。"《韵会》:"春秋秦国,汉置天水郡,后魏改秦州。"《释名》:"秦,津也,其地沃衍有津润也。"汉时西域诸国沿称中国为秦,至今称陕西为秦,"秦"字的意项真是不胜枚举。至于"秦"指国名、朝代名、姓氏名、星官名,人人皆知,且少歧义,故而不必一一罗列。在诸多"秦"含义中,我们认为只有秦族、战国秦人、诸侯秦国、秦王朝和文学有直接关系。祝中熹先生对于"秦"的一段动态描述:"'秦'字初义是一种可酿造优质酒的禾类作物,非子封地可能盛产这种禾,故禾名也便成了地名。此后,'秦'之名便始终伴随着非子一族的发展历程,由邑名而族名,而国名,而朝代名,其禾之本义逐渐消失,只在许慎《说文》中微留其迹。"①可谓切中肯綮。伯益始嬴、非子始秦、秦仲始强、襄公始国、穆公称霸、嬴政始皇,既是"秦"发展的重要里程碑,也可以看成是与文学直接关联的重要连接点。

春秋战国时代的"文学"与今之"文学"有很大不同,对彼时"文学"的源流和内涵变化,方铭在《战国文学史》②中有较详细的说明,此不赘。所谓"文学",看似简单,但细究起来却是一个相当棘手的概念。20世纪30年代出版的《开明文学辞典》"文学"条目云:"文学二字,一见其意义似甚明了,然仔细一想,则其内容极为复杂,词义甚是暗昧。"由于

---

① 祝中熹:《地域名"秦"说略》,《秦文化论丛》第七辑,三秦出版社1999年版。
② 方铭:《战国文学史》,武汉出版社1996年版,第6~21页。

"文学"一词在中国历史上有过种种用途,积累下层层意思,或指文献典册,或表文章、学术,或说官职,或言学人十分难辨,到 20 世纪初时,它的含义多歧已经使人感到茫然失从。适逢其时社会变革,欧美各时代各流派的文艺思潮一夜之间涌入中国,又带来了在西方也历经演变的有关"文学"(Literature)的概念。鲁迅在《门外文谈·不识字的作家》(1934)中说,古代人"用那么艰难的文字写出来的古语摘要,我们先前也叫'文',现在新派一点的叫'文学',这不是从'文学子游子夏'(《论语·先进》)上割下来的,是从日本输入,他们的对于英文 Literature 的译名"。对于近代转型时期,最初接受体现西方观念的"文学"一词的那一代来说,身处新旧语言混杂、新旧观念冲突的环境,其实能常常体会或意识超前、语言滞后,或语言新出意义却未普及定型,言语的表达与思维不能完全贯通对应的这份尴尬,就连做文学概论的专家,似乎也不敢贸然取舍给它一个明确爽快的定义,"总是如数家珍一般的罗列出各家的意见"(张长弓《中国文学史新论·导论》),并不加以裁断。

"文学"的含义之无法界定,还在于它不仅仅是一个语词、一个概念,同时还是一个学科。王国维曾经说,西方人讲文学,是"专以知言",而中国"古人所谓学,兼知行言也"(《论新学语之输入》)。随着时间的推移,人们的文学观念也在渐次变化,许多人意识到,无论在中国还是西方,文学原来有广义和狭义两种,就像谢无量在庞科士(Pan Coast)的《英国文学史》中看到的那样,广义的文学"兼包字义,同文书之属",狭义的文学"惟宗主情感,以娱志为归者,乃足以当之"。根据这个道理,谢无量还指出,其实中国自古以来的文学中,也有包括天地万物之象,和专讲声律形式之美的广、狭义两种,自南朝齐刘勰《文心雕龙》至清阮元《诗书古训》等,很多人曾经涉及这类问题。① 对"文学"做广义和狭义的归纳说明,比起一条条引用古今中外的众家解释,显然也是一种极其明白简洁的技术方法,因而在 20 世纪 30 年代形成共识并延续

① 谢无量:《中国大文学史》,《谢无量文集》(第 9 卷),中国人民大学出版社 2011 年版,第 1～4 页。

至今,刘麟生的《中国文学史》①谈到"文学是什么东西"的时候话分两头,说其广义指"一切文字上的著述",狭义指"有美感的重情绪纯文字"。

明确了上述两个概念的含义,对"秦文学"的概念我们就可以界定如下:秦文学就是关于秦族、秦国、秦代的文学,它是在秦一切文字著述的基础上,有思想意义、感情变化和艺术美感的文字。秦文学行为的主体是秦人,但不限于秦族;秦文学成果包括传世文献和出土资料两部分。秦文学是历史的,也是文化的,还是审美的,更是情感的。秦文学本身虽然有某种内在发展规律,但它在尚未"进化"至自觉时代之时,某些外部因素,比如政治意识形态对其进程有直接的影响,特别是秦早期文学。本文提出"秦文学"的概念并将其作为一个整体进行全面考察,是主要创新之处。其理论意义在于试图构建一个具有范式性质的文学标本,沿此剖析作为人类精神世界之外化的文学与物质世界的关系;其实际意义在于填补先秦时期文学发展史研究的空白,推动先秦文学研究进入更广阔的断面和更深刻的层次,丰富人们对早期中国文学的认识。

秦文学可以分为秦早期、秦中期和秦晚期文学。这个分期源于学界对秦文化的分期。徐卫民先生认为:"秦在建都雍城以前的时期为秦早期……雍城到咸阳阶段为秦文化的中期阶段,咸阳以后则为秦文化的晚期。"②这一分法,除了对秦早期(别称"早期秦""早秦")的划分与别的专家有不同外,其他则具有代表性,少有异议。③ 黄留珠先生则认为:"所谓早秦文化,一般是指'襄公始国'前的秦文化,或以秦人都邑为准,指文公迁都汧渭之会前(即公元前762年前)的秦文化。"④学者见仁见智、各据视野本无可厚非,但从"襄公始国"到"德公都雍"历五君数

① 刘麟生《中国文学史》完成于1931年,1932年6月上海世界书局印行初版,次年2月再版,1934年11月三版,社会影响甚大。近有台北中新书局有限公司1977年7月重印本,延续至今,该著未收秦文学,殊为憾事。

② 徐卫民:《早期秦文化研究综述》,徐卫民、雍际春:《早期秦文化研究》,三秦出版社2006年版,第163页。

③ 此观点徐卫民先生在2009年秦俑博物馆开馆三十周年国际学术研讨会暨秦俑学第七届年会会议论文《三十年来早秦文化研究综述》中再次重申,表述文字略有差异,核心意义未变。

④ 黄留珠:《进入21世纪以来的早秦文化研究》,《社会科学评论》,2007年第1期。

十年,却是需要辨明的问题。长期以来,学界有"襄公徙汧"和"文公徙汧"之说,本文无意展开论述,从李零、祝中熹、黄留珠、徐日辉等之说①,以文公迁都汧渭之会前作为秦早期文学的断限,其余从徐卫民说。这样,秦早期文学分期在襄公及其以前时期,包括伯益始嬴、非子始秦、秦仲始强、襄公始国这四个重要关节点;秦中期文学则包括"文公徙汧"至嬴政始皇一段,大约相当于秦在春秋、战国时期的文学或曰"秦国文学";秦晚期文学则和"秦代文学"相当,秦代文学的进程深受政治制度和社会环境变化的影响,未形成自己鲜明的特点。②

通过我们宏观的考量,上述秦文学的三期发展呈现出一种明显的不平衡状态:"襄公始国"以前的秦早期,文学处于发轫期,以诗歌和散文为主,抑或兼有神话。到秦文学中期的前段(春秋时期,秦景、哀公之前的约300年的时间内,文学作品比较多且以四言诗歌为主,而秦文学中期的后段,战国早中期(秦厉公到秦武王时期)比较沉寂,几乎没有什么文学作品,到了战国末期(秦昭襄王、孝文王、庄襄王、秦王政)则有所改观,除了有较多来自下层民众的作品《墓主记》等,还出现了像《吕氏春秋》这样的巨制,在文学样式上以散文为主。秦晚期文学即秦代文学影响于后世者,还不仅仅是李斯的石刻文字,也包括《善文》等文章总集中收录的秦代作品③,但整体特色不鲜明,规模也不令人瞩目。秦文学此三期,后文即分论之。

三、秦早期文学(襄公始国以前的秦文学)

秦早期文学的时限(主体在西周以前)前已做分析,但未辨明其所关涉的地域。秦早期文学的地域指秦迁都关中以前,活动于甘肃东部一带的历史区域,具体地域范围包括陇南东北部和陇东诸县,行政区划

---

① 分别见于李零:《〈史记〉中所见秦早期都邑葬地》,《文史》第20辑,中华书局1983年版;祝中熹:《地域名"秦"说略》,《秦文化论丛》第七辑,三秦出版社1999年版;黄留珠:《进入21世纪以来的早秦文化研究》,《社会科学评论》,2007年第1期;徐日辉:《秦早期发展史》,中国科学文化出版社2003年版。

② 沈海波:《略论秦代文学发展的进程与特点》,《河南社会科学》,2010年第3期。

③ 刘跃进:《"秦世不文"的历史背景及秦代文学的发展》,《文学与文化》,2010年第2期。

包括今礼县、西和、甘谷、秦安、天水、清水、张家川等市、县,在地理区域上跨越了长江和黄河两大流域,包括了二者上游的主要或重要支流——西汉水上游、渭河上游及其重要支流牛头河流域,这一地区古称西垂,在《禹贡》中为雍州之域。从时空观念做一简要概括:秦早期文学就是指分布于陇东南,从商代晚期到春秋早期,秦族或秦族统治下受秦族文化影响的族群所创造的文学遗产。

秦早期文学(早期秦文学)的提法今不见于学术界。个中原因可能很多,但理其要端可以有三:

第一,早秦文化研究的不发达,无法给秦早期文学研究提供广阔的背景和坚实的基础。黄留珠先生在《进入 21 世纪以来的早秦文化研究》一文中高屋建瓴地指出:"尽管有关秦考古的新资料不断面世,推动秦文化研究高潮迭起,甚至出现像里耶秦简那样的材料足以改写秦史,可是秦文化研究仍然面临相当多的难题。这之中,特别是关于早秦文化的研究,实际上已经成为制约整个秦文化研究深入发展的瓶颈。"①可谓一语中的。20 世纪后期以来,学界逐步把目光集中到秦人在甘肃东南部活动的秦早期,主要是因为先有秦早期重器出土于此地,继有在该地域关于西周时期秦文化遗存的考古发现,后有在礼县大堡子山秦公墓的发现以及近年清水、张川有关秦文化的考古发现等。事实表明,礼县一带是历史上早期秦人活动的中心区域,早期秦文化资源丰富,但我们的研究还是相当滞后,研究活动除 2002 年召开的"礼县秦文化研究座谈会"、2005 年天水"早期秦文化学术讨论会"、2006 年"早期秦文化考古成果汇报会"等外,至今五六年时间似乎没有动静,学界现有的秦早期文化研究成果屈指可数,遑论秦早期文学了。还有,研究力量的薄弱难以形成秦早期文学研究有一定规模和质量可观的成果。

第二,早秦文化延续的时间相当漫长,在目前研究状况和条件下,要甄别和搜集秦早期文学遗存十分不易。早秦文化延续的时间,专家各有判断。祝中熹先生说:"嬴秦从初迁陇右,到后来移都关中,跨时在千年以上,中间经历了夏、商、西周三个王朝。"②张天恩根据甘谷毛家

---

① 黄留珠:《进入 21 世纪以来的早秦文化研究》,《社会科学评论》,2007 年第 1 期。
② 祝中熹:《早期秦史》,敦煌文艺出版社 2004 年版,第 72 页。

坪等地的发掘资料、天水采集的部分陶器、礼县博物馆收藏的先周晚期的铜鼎和铜簋等，把嬴秦民族生活在西汉水上游的时间，推早到商代末期①；何清谷先生认为秦人远祖伯益的封地在山东范县②……无论专家做何判断，但有一点：秦早期文化延续的时间很长，其与寺洼文化、商文化、周文化、北方草原文化关系密切，而与卡约文化、辛店文化、宝山文化关系不明，目前还未见双方文化交流的证据。③ 因为距今过于久远，搜求相关的秦早期文学史料确实有很多困难。周凤五在讨论云梦秦简的论文中也指出，"秦国的文学向来不受重视，主要原因是资料的贫乏"④。绵延至今的传世文献和新出土的铭文简牍，无疑是研究"秦文学"的基础和契机。遗憾的是，对于这些资料，学界多从文字、文化、制度、历史等方面着眼，却很少剖析其文学特质；二重比勘秦之传世文献与出土资料，将其作为一种独特的文学存在进行整体观照，论著更是阙如。

第三，文学史上"恶秦"之风，造成了对秦文学研究的歧视和漠视思维定势，对秦文学整体研究不够，秦早期文学研究概莫能外。"襄公始国"后文公东迁，正是拉开春秋战国之历史帷幕的时期，此后的五百多年，秦成长为"虎狼之国"，在此基础上建立的秦王朝，背负着"焚书坑儒"和"血泪长城"的恶名。汉代学者相信秦的繁法严刑、使民酷烈是其速亡的主因。至此以降，"暴秦"便成为一个历史概念，每每被人提及，并随着时间的推移含义积淀愈厚。明人杨慎专文《秦之恶》可谓千百年来对秦恶评之集大成，其中的经典表述称：

> 秦之恶，天下之所同恶也，故曰"强秦"，言其不听也。曰暴秦，甚矣！曰嫚秦，言其无礼义也。曰孤秦，言天下所不与也。曰犷秦，以犬况之也，抑又甚矣！曰无义秦，曰无道秦，恶

① 张天恩：《甘肃礼县秦文化调查的一些认识》，《考古与文物》，2004 年第 6 期。
② 何清谷：《嬴秦族西迁考》，《考古与文物》，1991 年第 5 期。
③ 王志友：《早期秦文化研究》，西北大学 2007 年博士论文。
④ 周凤五：《从云梦简牍谈秦国文学》，《古典文学》第 7 集，台北学生书局 1985 年初版，第 150 页。

之至矣、尽矣！①

可见，"暴秦不足言"成为汉以后延及明清千余年学界的一种主流意识，深沉而固执地表示了对秦之政治、经济诸方面的不屑。当然，并不是没有人表现疑义。早在汉武帝时期，司马迁就指出：

> 学者牵于所闻，见秦在帝位日浅，不察其终始，因举而笑之，不敢道，此与以耳食无异。(《史记·六国年表》)

这种蔑视更因"焚书坑儒"的历史记录而演变成具有普遍性的愤怒，清末民初孙德谦说："自汉而降，仅据焚书一事而不考其实，殊非持平之论。……后世一言及秦，必痛诋之。"②"痛诋"的结果，就是以印象式的情绪化概括来取代公允的评判。"秦文学"的"秦世不文"说，原为刘勰考察"秦文学"实际状况后得出的结论，但后来竟成为关于"秦文学"的历史定论。对秦早期文学的关注就这样淹没在了"秦世不文"的历史记忆中，更是无人问津。

就目前我们所知的情况，"文公徙雍"之前的秦早期文学，首先是应该有神话故事的，这可以从《秦本纪》窥见蛛丝马迹。《秦本纪》关于"女修织，玄鸟陨卵，女修吞之，生子大业""女华生大费，与禹平水土""大费拜受，佐舜调驯鸟兽，鸟兽多驯服，是为柏翳""大廉玄孙曰孟戏、中衍，鸟身人言。帝太戊闻而卜之使御，吉，遂致使御而妻之""蜚廉生恶来。恶来有力，蜚廉善走，父子俱以材力事殷纣""非子居犬丘，好马及畜，善养息之。犬丘人言之周孝王，孝王召使主马于汧渭之间，马大蕃息""秦襄公将兵救周，战甚力，有功。周避犬戎难，东徙雒邑，襄公以兵送周平王"等描写，明显带有神话和幻想的成分，惜今日看不见秦早期真正的神话传说作品了。但是，《秦本纪》的这些记载，使我们感到至少自西周中期开始，秦人就开始吸收周文化了。赵化成指出："以天水一带为中

---

① ［明］杨慎：《秦之恶》，《升庵全集》卷48，王云五主编《万有文库》本，1937年初版，第527页。

② 孙德谦：《秦记图籍考》，《学衡》，第三十期(1924年)，第13页。

心的秦文化遗存处在东西两面周文化的包围之中。"①从甘谷毛家坪墓葬出土的器具看,当时秦族对周文化的吸收主要表现在物质文明的层面,到西周后期,周文化对秦文化的影响更加明显,而且深入到精神层面。故此,秦早期文学的源头应该是伴随着神话传说且以混沌状态裹挟在周文化之中,难以辨清。

就至今可查的资料看,秦庄公时期应该是早秦文学的萌芽期,特征是从民间歌谣和模仿周人起步,主要表现为诗歌和散文两个方面。

(一)诗歌——《诗经·秦风》四首:《无衣》《车邻》《蒹葭》《终南》

1.《无衣》

> 岂曰无衣? 与子同袍。王于兴师,修我戈矛。与子同仇!
> 岂曰无衣? 与子同泽。王于兴师,修我矛戟。与子偕作!
> 岂曰无衣? 与子同裳。王于兴师,修我甲兵。与子偕行!

该诗语言质朴无华,但情绪发自内心,有震撼人心的力度,这是它流传千古的一个重要原因。全诗采用了复沓章法,每一章句数、字数相等,思想感情却不断递进,激昂发展。重章叠句自然形成的起伏跌宕的乐曲节奏,极像一首战士进行曲,正所谓"长言之不足,故嗟叹之。嗟叹之不足,故不知手之舞之足之蹈之也"。(《礼记·乐记》)《无衣》表现了一种誓死抵御外侮、英勇卫国的精神。

《诗序》说:"《无衣》,刺用兵也。秦人刺其君好攻战,亟用兵而不与民同欲焉。"《毛诗正义》根据《左传》列举了秦康公的好战实例,认为"王"指秦康公。《诗序》虽未指明《无衣》作于何时,但"恶秦"色彩一目了然,而且从该诗具体内容看属于慷慨从军之诗,并无刺好战之意。《毛诗正义》列秦康公好战,仅仅是一种推测,并无令人信服的佐证。

据《左传》定公四年(公元前506年)记载,吴国占领楚国国都,申包

---

① 赵化成:《甘肃东部秦和羌戎文化的考古学探索》,俞伟超主编:《考古类型学的理论和实践》,文物出版社1987年版,第168页。

胥到秦国求援,"立依于庭墙而哭,日夜不绝声,勺饮不入口七日。秦哀公为之赋《无衣》。九顿首而坐。秦师乃出"。后论者据此认为《无衣》作者是秦哀公,且不是刺秦君好战之诗,《诗序》之说不可信。朱熹对此采取了谨慎的态度,《诗集传》说"王于兴师,以天子之命而兴师也",回避了哪个秦君以哪个周王之命而兴师的问题。明代何楷《诗经世本古义》以《秦本纪》考之,就接近了秦早期的历史事实,认为"周宣王以兵七千命秦庄公伐戎,周从征之士赋此"。这里解决了两个问题:第一,诗作产生于庄公伐戎时期。第二,明显沿袭周人诗歌传统和风格。清人王先谦《诗三家义集疏》笃守考据,笼而统之地解释说:"秦自襄公以来,受平王之命以伐戎,所兴之师,皆为王往也,故曰王于兴师。"又回到了朱熹《诗集传》的老路。

　　近代研究《诗经》者,或认为《无衣》是秦哀公所作(陈子展《国风选译》),或认为是秦穆公打着"王命"的旗号伐戎(余冠英《诗经选》),或认为"王"指秦君(高亨《诗经今注》、袁梅《诗经译注》),等等,将《无衣》的创作时代,圈定在秦庄公至秦哀公之间的约三百年间。当代研究者虽未对此予以定论,但基本考定该诗作时在庄公与襄公之际①,这就在我们划定的秦早期文学范围之内。周宣王七年(公元前821年),秦仲死于伐戎的战斗。"周宣王乃召庄公昆弟五人,与兵七千人,使伐西戎。"秦人同仇敌汽,踊跃参战,因有该诗。②

　　2.《车邻》

　　　　有车邻邻,有马白颠。未见君子,寺人之令。

　　　　阪有漆,隰有栗。既见君子,并坐鼓瑟。今者不乐,逝者
　　其耋。

　　　　阪有桑,隰有杨。既见君子,并坐鼓簧。今者不乐,逝者
　　其亡。

全诗三章皆为自述,表现了友人欢聚作乐的贵族筵宴情景,作品所表现

---

　　① 翟相君认为该诗作于襄公时,见翟相君:《〈秦风·无衣〉管窥》,《人文杂志》,1984年第5期;而倪晋波认为是在庄公时期,肯定明代何楷的观点,见倪晋波:《秦国文学研究》,复旦大学2007年博士论文。

　　② 倪晋波:《秦国文学研究》,复旦大学2007年博士论文。

的及时行乐的思想，与东汉《古诗十九首》中说的"人生非金石，岂能长寿考""人生忽如寄，寿无金石固""为乐当及时，何能待来兹"的话很相似，它们之间有一定的相承关系。

此诗的作时和主题汉代人谓"美秦仲也。秦仲始大，有车马礼乐侍御之好焉"（《毛诗序》）；或谓"襄公伐戎，初命秦伯，国人荣之。赋《车邻》"（明丰坊《诗传》）；或谓"秦穆公燕饮宾客及群臣，依西山之土音，作歌以侑之"（清吴懋清《毛诗复古录》）。今人分歧更大，或谓是"反映秦君腐朽的生活和思想的诗"（程俊英《诗经译注》）；或谓"这是贵族妇人所作的诗，咏唱他们夫妻的享乐生活"（高亨《诗经今注》）；或谓"没落贵族士大夫劝人及时行乐"（袁愈荌、唐莫尧《诗经全译》）；或谓是"妇人喜见其征夫回还时欢乐之词"（蓝菊荪《诗经国风今译》）。

虽然看法很多，但该诗作时确定在秦仲至襄公之间，少见后儒疑义。就主题而言学者多认为该诗反映的是"君臣相得"，与男女之情关系不大。对秦而言，"秦仲（周宣王时）始强"是我们前面提出的命题，史书和后世论家多有阐述，此略。秦仲因其伐戎有功而被封为大夫，但尚未封国，按礼制难以受赐车舆。由于秦人迫近戎狄，崇尚气力，民风强悍，在秦仲时秦的军事实力已很强大，秦仲虽名为大夫，但实际的威望已并肩诸侯。《国语·郑语》云："夫国大而有德者近兴，秦仲、齐侯、姜、嬴之隽也，且大，其将兴乎？"把秦仲和齐侯相提并论，可见秦早期的秦仲时代影响之大。故周天子还是赐给他车马礼乐，这让一直近戎狄之俗的秦人倍感欣喜，君臣"燕礼"，故有《车邻》以纪念之。作为《秦风》的第一首诗，《毛序》之说是很有道理的。

近有论者认为《车邻》似残篇，有脱句现象，经与《诗经》常用句式、章法类型对比，《车邻》的原始章句应该是这样：

有车邻邻，有马白颠。未见君子，□□□□。□□□□，寺人之令。

阪有漆，隰有栗。既见君子，并坐鼓瑟。今者不乐，逝者其耋。

阪有桑，隰有杨。既见君子，并坐鼓簧。今者不乐，逝者其亡。①

这种探讨,颇为有理,可备一说。

3.《蒹葭》

      蒹葭苍苍,白露为霜。所谓伊人,在水一方。溯洄从之,
道阻且长。溯游从之,宛在水中央。

      蒹葭萋萋,白露未晞。所谓伊人,在水之湄。溯洄从之,
道阻且跻。溯游从之,宛在水中坻。

      蒹葭采采,白露未已。所谓伊人,在水之涘。溯洄从之,
道阻且右。溯游从之,宛在水中沚。

此作为《诗经》中最优秀的篇章之一,历来为注家和鉴赏者所瞩目,研究
成果繁多,新见迭出。它的主要特点,集中体现在事实虚化、意象空灵、
整体象征这紧密相关的三个方面,而最有价值意义、最令人共鸣的东
西,不是抒情主人公的追求和失落,而是他所创造的“在水一方——可
望难即”这一具有普遍意义的艺术意境。作品特有的文学潜质,“以其
独特完美的艺术手段,展示了华夏民族生生不息的生命追寻意识,对后
世产生了巨大的影响,充分显示了其‘追寻’模式(原型)的价值和意
义”②。《蒹葭》余韵绵延两千余年,当代作家琼瑶据此创造出轰动一时
的小说《在水一方》,并多次被改编成电影和电视剧,影响巨大。

    关于这首诗的内容,历来意见分歧。归纳起来,主要有下列三种说
法:一是“刺襄公”说。《毛诗序》云:“蒹葭,刺襄公也。未能用周礼,将
无以固其国焉。”如果顺从周礼,那就宛在“水中央”“水中坻”“水中沚”,
意思是治国有希望(苏东天《诗经辨义》)。二是“招贤”说。清初疑古派
姚际恒的《诗经通论》和清中叶方玉润的《诗经原始》说“伊人”即“贤
才”,“贤人隐居水滨,而人慕而思见之”,或谓:“征求逸隐不以其道,隐

---

① 翟相君:《〈秦风·车邻〉似残篇》,《杭州师范学院学报》(社会科学版),1987 年第 1
期。

② 吴伟明:《〈诗经·蒹葭〉中“追寻”模式的文化内涵探析》,《内蒙古农业人学学报》(社
会利学版),2011 年第 4 期。

者避而不见。"三是"爱情"说。今人蓝菊荪、杨任之、樊树云、高亨、吕恢文等均持"恋歌"说,云追求中的心上人可望而不可即,陷入烦恼,河水阻隔,是含蓄的隐喻,等等。

由于此诗之本事无从查实,诗中"伊人"所指亦难征信,故而以上三说均难以最终定论。深思之,《蒹葭》主题的多解,恰恰从另外一个方面证实了其主题内容的复杂性、广泛性和可延展性,也正好显示了"追寻伊人"的多重象征内涵。事实上,当代有许多学者已经关注到了这首诗的多义性和象征性。钱锺书称"在水一方"为企慕之象征,"盖非徒儿女之私也"①。《蒹葭》有可能根本就超越了诗人单纯对于恋人的思念,而转化成为对于所要求的人生意境的追求,如果主人公由于现实的阻隔真正实现了一种跃升,那便成为一种理想。事实上也正是如此,"追寻伊人"已经超越了某一种单一的指称,成为人们追寻真、善、美的一种象征,具有了永恒的象征意义,造就一种"追寻"文化模式。有论者指出此作是中国悲秋文体的源头:"《蒹葭》一诗,既是中华民族生命意识最早的流露,也把这种精神体验提到一个很高的高度。中国文学史上阵容庞大的悲秋文体,可以说都是从这里开始的。"②无疑增加了人们对秦早期文学中诗歌的文体学、文学史方面的认识。该作的叠词分别形容蒹葭在不同的时间环境里所呈现出来的不同状貌,修辞成就极高……王国维在《人间词话》中特别赞赏《蒹葭》,说它"最得风人深致",应是一言以蔽之的美誉。

关于《蒹葭》的作时,有人据《史记·六国年表》秦灵公八年(公元前417年)"城堑河濒、初以君主妻河"的记载和"妻河"风俗的形成,结合《诗序》之说,认为该作大致产生在秦襄公时代即公元前8世纪时,早于灵公3个多世纪,时代尚远在西周末叶③,我们认为是较为准确的,历来论家认定其作时在襄公时,并无多少疑义,故而,我们收入秦早期文学应该是没有多大问题的。《蒹葭》原创作地问题,古来研究多有忽视,

---

① 钱钟书:《管锥编》(第一册),中华书局 2007 年版,第 208 页。

② 刘士林:《人是一根有情感的芦苇——〈诗经·蒹葭〉与中华民族审美情感的历史源流》,《上海师范大学学报》(哲学社会科学版),2006 年第 1 期。

③ 龚维英:《〈诗·秦风·蒹葭〉内涵新探》,《福建论坛》(人文社会科学版),1986 年第 3 期。

今人从诗的内部发掘，找内证来探索，如涂光雍以吴小如《诗三百篇肌札》(载《文史》第9辑，1980年6月)和韩明安《"遡洄、遡游"新解》(载《齐鲁学刊》，1983年第3期)两文为比照，结合当时新发表的闻一多未刊稿《诗经新义·蒹葭》和余冠英《诗经选》注文，描绘该诗地理环境如下①：

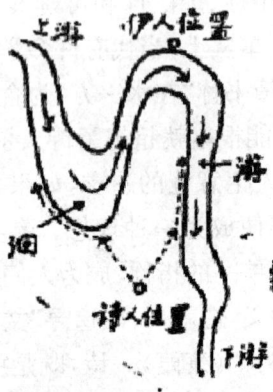

河水走向为北南，河流弯曲程度恰似西汉水流域祁山至石桥段。

随着礼县大堡子山早秦考古的发现，近年学界有人认为《蒹葭》原创地在陇南西汉水流域，如四川学者唐禹根据他对茂县羌族情歌的田野调查并对比《蒹葭》和国家民委主编《羌族简史》(四川民族出版社1983年版)，得出结论说，陇南地区是秦人的发祥地，又是古代羌族人的世居地和氐羌民族文化的摇篮，故可以推断《诗经》中的民歌《蒹葭》就是当时羌戎，后称羌氐民族的民歌。② 早秦时期秦人与氐羌戎族杂居，早秦文化和氐羌文化在西汉水流域发生交融在所难免，这个探讨颇有启发意义。

4.《终南》

　　终南何有？有条有梅。君子至止，锦衣狐裘。颜如渥丹，其君也哉。

---

① 涂光雍：《〈蒹葭〉"溯洄、溯游"解考辨》，《华中师院学报》(哲社版)，1985年第3期。
② 唐禹：《〈诗·蒹葭〉是陇南古代羌族民歌》，《大舞台》，2011年12期。

终南何有？有纪有堂。君子至止，黻衣绣裳。佩玉将将，寿考不忘。

这首诗的作时，《诗序》说："《终南》，戒襄公也。"参以《史记·秦本纪》"（周）平王封襄公为诸侯，赐之岐以西之地"之说，诗大约就作于"襄公始国"初期。此诗两章都对"君子"的到来表示出敬仰和赞叹的态势：君子面容红润丰泽，大有福相；诸侯的礼服，内里狐白裘，外罩织锦衣，还有带青白相间斧形纹饰的上装和五色斑斓的下裳，无不显得精美华贵，熠熠生辉。诗中对秦公的衣着有着一种新鲜感，不像是司空见惯，秦公也像是在炫耀华服似的，都在证明这确是秦襄公被始封为诸侯而穿上显服的情景。

关于这首诗作者的身份，前人有两种说法：其一，秦大夫所作。《诗序》以为"（襄公）能取周地，始为诸侯，受显服，大夫美之故作是诗，以戒劝之"。其二，周遗民所作。方玉润《诗经原始》云："此必周之耆旧，初见秦君抚有西土，皆膺天子命以治其民，而无如何，于是作此。"从当时情景和文化传播的角度看，《诗序》所称为是，即一秦大夫所作。此诗究竟是"美"还是"戒"？前人亦意见不一。朱熹《诗集传》主"此秦人美其君之词"，姚际恒亦肯定"有美无戒"，《诗序》却认为"戒襄公也"，方玉润则予以折中，认为此诗"美中寓戒，非专颂祷"。我们认为方玉润之评虽则平庸，但秦大夫在那样特殊的时机和场合颂扬之余含寓劝戒意，令其不忘天子之德，真正反映的是对国君的爱戴和放眼长远的政治胸怀，为以后秦人的雄起壮大、吞并诸侯打下了伏笔。

（二）散文——《不其簋铭》和《秦公簋铭》

1.《不其簋铭》

惟九月初吉戊申，伯氏曰："不其，驭（朔）方猃狁广伐西俞，王命我羞追于西，余来归献擒。余命汝御追于罍，汝以我车宕伐猃狁于高陶，汝多扼首执讯。戎大同从追汝，汝及戎大敦薄，汝休，弗以我车函（陷）于艰，汝多擒，折首执讯。"伯氏曰："不其，汝小子，汝肇诲（敏）于戎工，锡（赐）汝弓一矢束，臣五家，田十田,用从乃事。"不其拜稽首,休,用作朕皇祖公伯、孟姬尊簋,用丏多福,眉寿元疆,永纯灵终,子子孙孙,用永宝永享。①

不其簋的考古研究和史学研究成果颇多,学界多有相知,此处不必赘述。

从文字内容看,该簋铭文记载了三次战斗:一次是伯氏伐猃狁于西,一次是不其伐猃狁于高陶,第三次是不其遇西戎追击并与之交战。通过这场战争,周、秦联军取得了决定性的胜利,从根本上改变了嬴秦受制于戎的不利局面,也进一步提高了嬴秦在西周王朝的地位。簋铭文开篇在简洁交代了时间以后,以伯氏的语气表述,在回顾三次重要战事后,表明对不其军功的奖赏,而不其慷慨应命,施礼拜谢。作品字里行间充满了豪迈之情和秦人继承祖业、奋发图强的崇高信念,也充满了告慰先祖和向天地与祖神祈福禳灾的崇高愿望。

从文体学角度看,这是一篇祝祷文——中国古老文体之一种。《文心雕龙·祝盟》说:"祝史陈言,资乎文辞。"由此来看《不其簋铭》真正体现了祝祷文的基本功能特征。从人类学的角度来看,祝祷活动根源于人对客观世界的认识和控制能力的局限和对超自然力的信仰,其发源应当甚早。而凡有所祝祷,一般都须借助语言表达(包括默念),故祝祷文实际是伴随着祝祷活动的产生而产生的,自然远在有文献记载之前即已有之。《不其簋铭》终于让我们看到真正应用的,而非预设的最早的秦人祝祷文在体例、语言和谋篇布局上的真实记录,弥足珍贵。

古人对于祖先神怀有普遍的信仰,相信他们有赐福除灾的超人力量,至于结果是否能够如祷者之愿,则似乎纯然取决于神明之赐惠与否,从这篇铭文看,不其在意念上应该是坚信先祖神灵保佑的。《不其簋铭》文采可观,颇具雅意,句式整齐,运用了对句、排句、排段等修辞手法,格调庄重,感情强烈而真切,显然是一篇文学价值颇高的好文章。

关于该文的作时和人物,郭沫若认为,簋铭文言及两个人物:一为

---

① 该铭文依李学勤先写定的铭文,见《补论不其簋的器主和年代》,见徐卫民、雍际春:《早期秦文化研究》,三秦出版社 2006 年版,第 8 页。该文也见于《文物中的古文明》,商务印书馆 2008 年版。参以祝中熹:《早期秦史》,敦煌文艺出版社 2004 年版,第 203～204 页。铭文拓片见李学勤:《新出青铜器研究》,文物出版社 1990 年版,第 273 页。

器主不其，一为命不其伐猃狁、搏西戎的伯氏，伯氏即《虢季子白盘铭》中的虢季子白①，当然时间就是在周宣王时期。陈梦家举三证断定不其簋为秦人之器，并认为伯氏即秦庄公，不其是庄公的幼弟②，开论证《不其簋铭》人物为早期秦人之先河。李学勤在 20 世纪 80 年代初则通过对铭文中地名的考察，又进一步指出，不其簋的器主不其就是秦庄公其，铭中所记即周宣王召庄公昆弟使伐西戎一事，不其簋的年代当为周宣王八年（公元前 820 年）左右，是最早的一件秦国青铜器。③ 在近年，李学勤又进一步明确了自己的观点，认为《不其簋铭》中的伯氏并不是虢季子白，但肯定郭沫若说伯氏的身份是周朝大臣无疑，且不其簋是"秦庄公器"，记事在周宣王四年（公元前 824 年）。④ 另有陈泽说"秦器不其簋，是秦庄公于前 825 年 9 月所作，早于虢季子白盘 9 年"（《秦公簋铭文考释与器主及作器时代的推定》），熊人宽说"不其簋应略晚于虢季子白盘，作于周宣王十三年（公元前 815 年）"（《〈不其簋〉的问题——与李学勤等先生商榷》）等，可谓一家之言。我们认为李学勤先生于不其簋研究用功最力，他先后撰写了《不其簋与秦早期历史》等三四篇专文探讨该簋铭问题，最后结论可看成定论。

根据考古研究和前贤考证，《不其簋铭》所记述的战事发生在西汉水流域，应该是没有什么问题的，庄公昆弟努力拼杀，击败西戎，才使其获得大夫之位。《史记·秦本纪》载："周宣王即位，乃以秦仲为大夫，诛西戎。西戎杀秦仲。秦仲立二十三年，死于戎。有子五人，其长者曰庄公。周宣王乃召庄公昆弟五人，与兵七千人，使伐西戎，破之。于是复予秦仲后，及其先大骆地犬丘并有之，为西垂大夫。"这样的现实，没法使《不其簋铭》表情达意更加注意反复渲染，更加讲究词采，但它随事祷祝的朴素言语，体现了实用文体祝祷文还未成熟时的文学本真，而且孕育着对后世文人创作的影响，渐露出它文学方面的外部张力。

---

① 郭沫若：《两周金文辞大系图录考释》，《郭沫若全集》（考古编）第八卷，科学出版社 2004 年版，第 229 页。

② 陈梦家：《西周铜器断代》（上册），中华书局 2004 年版，第 319 页。

③ 李学勤：《秦国文物的新认识》，《文物》，1980 年第 9 期。

④ 李学勤：《补论不其簋的器主和年代》，徐卫民、雍际春：《早期秦文化研究》，三秦出版社 2006 年版，第 8 页。

2.《秦公簋铭》

秦公曰："不显朕皇祖，受天命，鼏宅禹迹，十又二公，在帝之坏。严恭黉天命，保业厥秦，虩事蛮夏。余虽小子，穆穆帅秉明德，剌剌桓桓，万民是敕。咸畜胤士，盉盉文武，镇静不廷，虔敬朕祀。作□宗彝，以邵皇祖，其严御各，以受屯鲁。多釐眉寿无疆，畯在天，高弘有庆，竈有四方。宜。"（盖刻铭）西一斗七升大半升，盖。（器刻铭）西元器一斗七升八奉簋。

该铭文目前还没有权威的写定本，本文以陈泽先生考释①为底本，参以王国维、郭沫若、冯国瑞诸先贤释文②和李学勤、陈昭容等先生的讨论③，作为《秦公簋铭》文本，来探究其文学问题。铭文蕴藏着极其重要的秦早期历史文化信息密码，行文使用了韵句，内容已非记事书史，言辞之间充满了对先祖功业的赞颂，虔诚地向天帝和祖神祈福，也表达了秦公本人继承祖业、奋发图治的崇高信念。文中使用了不少周代金文中常见的套话，反映了此时嬴秦在文学领域受到周人文本行文模式的影响。秦人是殷周文化的继承者，也是光大发扬者，秦公在此铭文中一方面极力表达自己对上天神灵的崇敬，对祖先功绩的颂扬，另一方面抒发了祈望庇荫子孙后代，天长地久、兴旺发达的良好愿望。铭文均由印模打就，此种青铜器制作方法，仅见这一例，故商承祚先生在民国二十年（1931年）作《秦公簋跋》说："它器铭文刻于一版，然后施范，此则逐字单刻，个别印之范上，故字行欹斜不整，印迹显露，为活字版之鼻祖。"④所

---

① 陈泽：《秦公簋铭文考释与器主及作器时代的推定》，《古代文明研究通讯》（北京大学），第十四期，2002年9月。

② 冯国瑞：《天水出土秦器汇考》，陇南丛书编印社（石印版），民国33年（1944年）。亦见礼县秦西垂文化研究会、礼县博物馆编：《秦西垂文化论集》，文物出版社2005年版，第458～469页。

③ 李学勤：《秦公簋年代的再推定》，《中国历史博物馆馆刊》13～14辑，文物出版社1989年版；陈昭容：《秦公簋的时代问题——兼论石鼓文的相对年代》，《历史语言研究所集刊》，（台湾）总第64期，1993年第4期，第1077～1120页。

④ 商承祚：《秦公簋跋》，见《天水出土秦器汇考》，亦见《秦西垂文化论集》，文物出版社2005年，第457页。

以《秦公簋铭》还具有文字文化学的重要意义。

关于《秦公簋铭》的作时与人物，自北宋杨南仲以降，有近三十位学者提出了"文公说""德公说""宣公说""穆公说""景公说"等。近年，陈泽先生在汇考前贤诸说的基础上，首次提出了"秦公簋是秦襄公在西垂开国祭祖时所作的祭器"这一与众不同的观点（见《秦公簋铭文考释与器主及作器时代的推定》一文），稍见对此的质疑和商榷。因此，我们尊崇此说，将这篇铭文纳入秦早期文学的研究范畴，予以观照。

综上所述，本文所列举秦早期文学从文学样式到具体作品，并不尽然，结合考古发掘所得文学作品和传世文献，还有留在此期之外者，如胡受谦就指出："《诗·秦风》十篇之《驷驖》《小戎》《蒹葭》《终南》，先儒论定皆为襄公而作。秦声慷慨，诗人美之，良不诬也。"（冯国瑞《天水出土秦器汇考》，1944 年）还有，《石鼓》十诗按唐宋学术视野，可否归于早秦文学范畴？凡此等等，不一而足，都是值得我们深入研究的。

四、秦中期文学（文公以后春秋战国的秦文学）

此段时期的秦文学，倪晋波《秦国文学研究》①有专论，也不是本文论述重点，但因此期秦文学作品整体规模、思想内容、艺术表现均远超秦早期，且为保持本文架构相对匀称，故而还是有必要提纲挈领加以论述。

（一）文公以后春秋时期的秦文学

1.《秦誓》

公曰："嗟，我士，听，无哗。予誓告汝群言之首。古人有言曰：'民讫自若是多盘。'责人斯无难，惟受责俾如流，是惟艰哉。我心之忧，日月逾迈，若弗云来。惟古之谋人，则曰未就予忌；惟今之谋人，姑将以为亲。虽则云然，尚犹询之黄发，则罔所愆。番番良士，旅力既愆，我尚有之。仡仡勇夫，射御不

---

① 倪晋波：《秦国文学研究》，复旦大学 2007 年博士论文。

违，我尚不欲。惟截截善谝言，俾君子易辞，我皇多有之，昧昧我思之。如有一介臣，断断猗，无他技，其心休休焉，其如有容。人之有技，若己有之；人之彦圣，其心好之。不啻若自其口出，是能容之。以保我子孙黎民，亦职有利哉。人之有技，冒嫉以恶之；人之彦圣而违之，俾不达，是不能容。以不能保我子孙黎民，亦曰殆哉。邦之杌隉，曰由一人。邦之崇怀，亦尚一人之庆。"

《秦誓》是《尚书》的最后一篇，它出于史官记录，文辞扼要生动，语意恳切，含有自我儆戒之诚意。关于它的创作年代，历来有两种说法。第一种说法来自《史记·秦本纪》云：

(穆公)三十六年，穆公复益厚孟明等，使将兵伐晋，渡河焚船，大败晋人，取王官及鄗，以报殽之役。晋人皆城守不敢出。于是穆公乃自茅津渡河，封殽中尸，为发丧，哭之三日。乃誓于军曰："嗟士卒！听无哗，余誓告汝。古之人谋黄发番番，则无所过。"以申思不用蹇叔、百里奚之谋，故作此誓，令后世以记余过。

司马迁认为《秦誓》的作年在王官之役(公元前624年)后。第二种说法源于《书序》："秦穆公伐郑，晋襄公帅师败诸殽。还归，作《秦誓》。"① 这是将《秦誓》系于穆公三十三年(公元前627年)殽之战秦国败后。据《左传》僖公三十三年记载的秦晋殽之战，联系文中语意看，以《书序》所说为合于实际。

从《秦誓》全篇看，它不大像是一时的感兴之言。誓辞一开始便引古训表达自己深沉的悔意："古人有言曰：'民讫自若是多盘。'责人斯无难，惟受责俾如流，是惟艰哉！我心之忧，日月逾迈，若弗云来。"接着开始反思用人之过：疏远有"古之谋人"气质的人和年老的"番番良士"，亲

---

① [汉]孔安国传，[唐]孔颖达等正义：《尚书正义》，上海古籍出版社1997年版，第256页。本文所引《秦誓》原文及传疏亦出该处，不再另注。

近"截截善偏言"的"今之谋人"。正是这种不当的用人态度导致了失败,由此作者总结出了关于用人的经验教训:要重用德才兼备的"人之彦圣",而远离"冒疾以恶"的小人。作者最后感叹:"邦之机隆,曰由一人;邦之荣怀,亦尚一人之庆。"可见,誓辞以悔恨为基本情感基调,以用人为中心内容,层层深入,条分缕析,逻辑性非常强,意图也很明确,完全不似一般的即兴演说。

2.《秦记》

《秦记》现已失传,关于它的流传下限,马非百、金德建等人都认为该书在魏晋时代犹存[①],后人辑佚所得可以让我们窥见其貌,如金德建在《〈秦记〉考征》一文中引述了孙德谦辑自《史记·六国年表》的《秦记》内容,共 45 条(此引 6 条):

> 厉共公五年楚人来赂。六年义渠来赂。缘诸乞援。七年彗星见。十年庶长将兵拔魏城。彗星见。十四年晋人、楚人来赂。十六年补庞戏城。二十年公将师与绵诸战。二十六年左庶长城南郑。二十八年越人来迎女。二十九年晋大夫智宽率其邑人来奔。
>
> 躁公八年六月雨雪。日月蚀。
>
> 怀公元年生灵公。
>
> 灵公元年生献公。三年作上下畤。八年城堑河濒。初以君主妻河。十年补庞城。
>
> 简公二年与晋战,败郑下。五年日蚀。十四年伐魏至阳狐。
>
> 惠公三年日蚀。五年伐缘诸。九年伐韩宜阳,取六邑。十年与晋战武城。县陕。[②]

我们通过对比研究发现,《秦记》作为秦国的官方历史文献,其初创在秦

---

① 马非百:《秦集史》,中华书局 1982 年版,第 530 页;金德建:《司马迁所见书考》,上海人民出版社 1963 年版,第 423 页。

② 金德建:《司马迁所见书考》,上海人民出版社 1963 年版,第 415~416 页。

文公 13 年(公元前 753 年),在创作年代上要早于《春秋》;《秦记》叙事上溯秦襄立国,下及六国时事,其述史起始比《春秋》早了近五十年,起讫范围也远超后者;第三,《秦记》记事述史的特点是只纪年,而不载日月,文字简略;司马迁曾读过《秦记》,并根据它撰写了《六国年表》和有关秦的历史。《秦记》具有丰富的思想内容、鲜明的文体特征及文学意义。《秦记》记录的内容侧重在三个方面:天象、筑城置县、对外战事,而以后者为最。在记述方法上,确如司马迁所说,"不载日月","文略不具"。这一行文特征也适用于云梦睡虎地秦简《编年记》。《秦记》的文体与《春秋》相似而又有不同。第一,它们都以时间为序做提纲式的记录,但《秦记》仅纪年而后者具体到月、日。第二,它们都言简意赅,但《春秋》遣词更为严格,用语也较丰富。

从文学的角度看,《秦记》表现了秦人明确的叙事时间意识、初步的叙事能力和文字表达技巧。值得注意的是,《秦记》作为秦国的"春秋",其时间跨度长达数百年,但从《六国年表》看,其记事方式保持了高度的稳定性,并没有随着时间的迁延而改变,因此我们还可以据此观察秦国早期的文学状况。

3.《诗经·秦风》之一部

《诗经·秦风》一部分我们归在秦早期文学范围(见前述),还有一部是属于春秋时期的作品。礼、乐是周文化的核心。秦穆公后,秦人在秦武公至秦景公时代对周礼乐文化的汲取直接导致了铭文等有文学质素的作品,传世秦文学同样表现出新局面:与周代礼、乐紧密关联的诗歌也因之在秦国获得了空间。如《秦风·渭阳》:

> 我送舅氏,曰至渭阳。何以赠之? 路车乘黄。
> 我送舅氏,悠悠我思。何以赠之? 琼瑰玉佩。

这首诗是秦康公还是太子时,送重耳回国时所作。佩玉是贵族身份的象征,而赠玉则是常见于外交礼聘等场合的一种礼节,有示好的意味。《晋语四》之《秦伯享重耳以国君之礼》章有载云:

> 明日宴,秦伯赋《采菽》,子余使公子降拜,秦伯降辞……

秦伯赋《鸠飞》，公子赋《河水》，秦伯赋《六月》，子余使公子降
拜，秦伯降辞。

由此看来，当时出现的《秦风》作品，远要比现在所见的 10 首要多很多。
秦伯所赋《河水》，是一首逸诗，不见于今本《诗经》，但在近年新发现的
上博楚简中有该诗，足见穆公所熟读的《诗》篇很多，而其在秦国传唱亦
甚广。从秦国上层社会对礼乐的娴熟程度和穆公父子对朝会乐章及其
他诗章的从容酬答来看，秦人在春秋中叶已经很有诗乐教养了。

《秦风·小戎》诗前半部分对战车、战马和弓箭等做了细致的描绘，
反映了军容之盛。有意味的是，这些是从妇女的角度写的。该诗通过
描绘日暮黄昏的山村场景与思妇焦虑失望的心情，表现了一种典型的
闺怨情绪，颇类《卫风·伯兮》。《驷驖》虽然描写的是田猎活动，但古代
的田猎活动实际上具有很强烈的军事性质，是借以训练军队的主要手
段之一。诗云："驷驖孔阜，六辔在手。……公曰左之，舍拔则获。……
輶车鸾镳，载猃歇骄。"尚武气息扑面而来。朱熹说："秦人之俗，大抵尚
气概，先勇力，忘生轻死，故其见于诗如此。"①真是切中肯綮。《黄鸟》
是《秦风》中风格最为阴沉、哀伤的一首诗，内容是秦人反对秦穆公用
"三良"殉葬。它是对秦文化的固有部分进行反思的文学产物。

4.《石鼓文》

秦景公前后的《石鼓文》，风格、内容颇类《诗经》。其中，《吾车》诗
"吾车既工，吾马既同"与《诗经·车攻》中的"我车既工，我马既同"在句
式和意思上完全相同。可见，《石鼓文》与《诗经》关系非常密切。事实
上，《石鼓文》与《秦风》等篇章相类，也是礼乐文化熏染之下的产物。石
鼓十诗所颂扬的畋猎宴乐之事，与《诗·小雅》非常相似，可视作秦之
"雅"。

石鼓十诗的具体内容和艺术分析，限于篇幅，另文探讨，此处不赘。

5.《怀后磬铭》

怀后磬是春秋时秦国的一件石磬，刻有很长的铭文，在宋代发现，
先后著录于吕大临《考古图》、薛尚功《历代钟鼎彝器款识法帖》，原器早

---

① ［宋］朱熹：《诗经集传》卷三，影印明善堂重梓本，巴蜀书社 1989 年版，第 44 页。

已佚失。周王后赐祭胙给秦公夫人，秦公夫人感念其恩泽而作该器。近年这件石磬受到学术界的重视，但磬的铭文一直存在未能通解之处。通过对石磬的进一步研究，李学勤认为石磬的器主应是春秋时期一代秦公的夫人，这件石磬有可能出自这位夫人的墓中。①（论述从略）

春秋秦文学属于西周礼乐文化的最后回响，伴随着周文化超越单纯的器物层面而在精神层面渗入秦人的骨髓，以及秦人民族精神的张扬，以《秦风》十诗、秦景公大墓残磬铭文、石鼓十诗为标志，秦文学在春秋中期达到了一个高峰，可谓大成。但随着秦国在春秋后期的衰落和战国时代的来临，这种传统也渐渐失落了，春秋秦文学也随之落幕。

（二）战国时期的秦文学

1.《商君书》

《商君书》为商鞅著述之集大成者。据《史记·商君列传》记载，商鞅姓公孙氏，卫国宗室之后，"少好刑名之学"。曾事魏相公叔痤。痤临终前曾向魏惠王举荐商鞅，惠王不用，鞅遂西入秦。孝公三年（公元前359年），商鞅与甘龙、杜挚等秦国保守派大臣展开激辩，说服孝公试行变法。他变法的基本主张主要保存在《商君书》中。该书是商鞅死后由其后学录其遗著，兼采其他法家之文汇编而成。《韩非子·五蠹》云："今境内之民皆言治，藏商、管之法者家有之。"可见，《商君书》在战国末期就已广泛流传。《汉书·艺文志》录有"《商君》二十九篇"，而今本《商君书》只有二十六篇，其中两篇有目无文，已非原貌，但大体仍能反映商鞅的思想体系。② 商鞅之法的核心内容是"内立法度，务耕织，修守战之备"，即法治主义和农战主义。

因此，《商君书》的思想与西周礼主刑从的治国策略有很大不同。如《商君书·赏刑》云：

> 所谓壹刑者，刑无等级，自卿相、将军以至大夫、庶人，有
> 不从王令，犯国禁，乱上制者，罪死不赦。有功于前，有败于

---

① 李学勤：《秦怀后磬研究》，《文物》，2001 年第 1 期。
② 陈启天：《商鞅评传》，商务印书馆 1947 年版，第 121～122 页。

后，不为损刑；有善于前，有过于后，不为亏法。忠臣孝子有过，必以其数断。守法守职之吏有不行王法者，罪死不赦，刑及三族。周官之人知而讦之上者，自免于罪，无贵贱尸袭其官长之官爵田禄。

通过严酷的律令和无情的惩戒，商鞅割断了秦的礼乐文化传统而树立起惟法为尊的社会意识。《商君列传》记载"商君相秦十年，宗室贵戚多怨望者"。商鞅把《诗》《书》《礼》《乐》等比作嗜血之"虱"，认为他们只会使人懈怠，远离农田或战场，必须禁绝。对文学来说，这些无疑都是直接的灾难。战国前期，秦文学除《诅楚文》外，少见其他文学作品。

2.《诅楚文》

有秦嗣王，敢用吉玉瑄璧，使其宗祝邵鼇布忠，告于丕显大神巫咸，以底楚王熊相之多罪。昔我先君穆公及楚成王，实戮力同心，两邦若壹，绊以婚姻，袗以齐盟。曰：叶万子孙，毋相为不利。亲即丕显大神巫咸而质焉。今楚王熊相康回无道，淫佚耽乱，宣侈竞从，变输盟制。内之则暴虐不辜，刑戮孕妇，幽刺亲戚，拘围其叔父，置诸冥室椟棺之中；外之则冒改久心，不畏皇天上帝，及丕显大神巫咸之光烈威神，而兼倍十八世之诅盟。率诸侯之兵，以临加我，欲灭伐我社稷，伐灭我百姓，求蔑法皇天上帝及丕显大神巫咸之恤。祠之以圭玉牺牲，遂取我边城新隍，及邨长亲，我不敢曰可。今又悉兴其众，张矜亿怒，饰甲底兵，奋士盛师，以逼我边竞。将欲复其凶迹，唯是秦邦之嬴众敝赋，鞞□栈與礼使，介老将之，以自救也。繄亦应受皇天上帝及丕显大神巫咸之几灵德，赐克剂楚师，且复略我边城。敢数楚王熊相之倍盟犯诅，箸诸石章，以盟大神之威神。[1]

---

[1] ［明］梅鼎柞：《皇霸文纪》卷11，《影印文渊阁四库全书本》第1396册，台北商务印书馆1983年版，第144页。

《诅楚文》属于战前的诅祝文。这类文在写法上比较程式化：首先历数对方的种种不是，声明自己是被迫出兵，再求神赐福。《诅楚文》是秦人战前祈神求胜的动员令。《诅楚文》相传为秦石刻文字。战国秦楚争霸激烈，秦王祈求天神保佑秦国获胜，诅咒楚国败亡，因称。《诅楚文》刻在石块上，北宋时发现三块，根据所祈神名分别命名为"巫咸""大沈厥湫""亚驼"。《诅楚文》有较高的文学价值、史料价值和书法价值。

该文的作时和背景，由于史书未载《诅楚文》刊刻于何时代，因而造成自宋代以来学者的争论。欧阳修《集古录》根据《巫咸文》提到的楚王熊相，又根据《史记》记载战国后期秦、楚两国相争的情况，提出《诅楚文》不是作于秦惠文王时，便是作于秦昭王时，所诅咒的楚王不是楚怀王熊槐，便是楚顷襄王熊横。按《诅楚文》最早叙述的是楚成王与秦穆公时代的事，又有"十八世"的记载，再考楚成王至顷襄王正是十八世，故欧阳修更倾向于《诅楚文》作于秦昭王时代，所诅之楚王为顷襄王。后来，他作《真迹跋尾》，又倾向于《诅楚文》作于秦惠文王时代。今世郭沫若作《诅楚文考释》，则主张《诅楚文》作于秦惠文王更元十三年、楚怀王十七年（公元前 312 年）。其主要理由是，这年楚怀王因受张仪欺骗，发兵攻秦，战于丹阳，兵败后"乃悉国兵复袭秦，战于蓝田"。正是在这种严重的形势下，秦王才向神祈求保佑，而诅咒楚王。至于楚怀王名熊槐，而《诅楚文》作熊相，郭沫若认为是一名一字的矛盾；所谓"嗣王"也应理解为"承继先人"之意。当代学者王美盛著作《诅楚文考略》（山东齐鲁书社 2011 年版），以文字断代结合史实考订，认为诅楚文作于公元前 208 年 8 月，为秦国赵高书，可备一说。

3.《吕氏春秋》

《吕氏春秋》是在天下一统即将到来的政治局面和先秦诸子学说逐渐融合的文化背景下诞生的。关于《吕氏春秋》的专论颇多，本文无意罗列并加以论述，仅言其成著述来由和成分。司马迁早已说明《吕氏春秋》是吕不韦门下宾客的共同作品，而班固也指出该书是兼儒墨而合名法的"杂家"著述。清人汪中对吕书各家思想略有发掘，有令人深思之处：

最后《吕氏春秋》出，则诸子之说兼有之，故《劝学》《尊师》

《诬徒》《善学》四篇，皆教学之方，与《学记》表里；《大乐》《侈乐》《适音》《古乐》《音律》《音初》《制乐》皆论乐……凡此诸篇，则六艺之遗文也；《十二纪》发明明堂礼，则明堂阴阳之学也；《贵生》《情欲》《尽数》《审分》《君守》五篇，尚清净养生之术，则道家流也；《荡兵》《振乱》《禁塞》《怀宠》《论威》《简选》《决胜》《爱士》八篇，皆论兵，则兵权谋、形势二家也；《上农》《任地》《辨土》三篇，皆农桑树艺之事，则农家者流也……而《当染》篇全取《墨子》，《应言》篇司马喜事，则深重墨氏之学……然则足书之成，不出于一人之手，故不名一家之学……《艺文志》列之杂家，良有以也。①

可知，吕不韦集门下宾客，人人著其所闻，合晚周诸子要义而成巨制，不仅是时势驱策之必然，更是文化融合的结果。

4.《墓主记》

八年八月乙巳，邽丞赤敢谒御史：大梁人里樊野曰丹〔于〕邽守：七年，丹矢伤人垣雍里，中面，自刺矣。弃之于市，三日，葬之垣雍南门外。三年，丹复生。丹所以复生者，吾犀舍人，犀吉，论其舍人尚命者，以丹未当死，因告司命史孙强。因令白狗穴屈出丹，立墓上三日，因与司命史公孙强北出赵氏，之北地柏丘之上。盈四年，乃闻犬吠鸡鸣而入食，其状类益，少麋、墨，四支不用。丹言曰：死者不欲多衣，市人以白茅为富，其鬼受，于它而富。丹言，祠墓者毋敢骇。骇，鬼去敬走。已收腏而馨之，如此□□□□食□。丹言，祠者必谨骚除，毋以□洒祠所。毋以羹沃腏上，鬼弗食殹。

20 世纪 80 年代在天水放马滩出土的秦简文字，何双全先生将其命名为《墓主记》，李学勤、雍际春对文本有深入研究。李学勤先生撰文指

① ［清］汪中：《吕氏春秋（代毕尚书作）序》，《新编汪中集》，广陵书社 2005 年版，第 422 页。

出:"所记故事颇与《搜神记》等书的一些内容相似,而时代早了500年,有较重要的研究价值。""与后世众多志怪小说一样,这个故事可能出于虚构,也可能实有其人,逃亡至秦,捏造出这个故事,借以从事与巫鬼迷信有关的营生。"①伏俊琏等先生也认为这是中国最早的志怪小说。②葛兆光先生进一步指出:"比如甘肃放马滩一号墓秦简《墓主记》,据李学勤先生分析,就是一篇基本成型的志怪小说,'故事主人公本不应死,被司命遣回人间,复活后讲述了死时在另一个世界的种种见闻',这对中国小说史的研究无疑是有启发意义的,它并不仅仅是份普通的文献。"③《墓主记》是迄今发现的第一篇中国志怪小说,尽管它还处于萌芽状态。因为放简《墓主记》不是任何典籍的附庸,它以书面形式独自成篇,具有小说的基本要素和形式特征。它的发现,把中国古代志怪小说产生时间推前到了战国晚期。《墓主记》在中国古代志怪小说发展史研究中的价值,不仅在于确定了志怪小说产生的时间,还在于为志怪小说产生的社会环境、创作需要、作者身份的研究提供了宝贵资料。《墓主记》以及萌芽时期的志怪小说创作,具有很强的实用和功利性,创作的目的,就是让人们对作者产生神秘感和敬畏感。

就文学视野审视,《墓主记》不但在故事性质上与后世的志怪小说中的复活故事相同,而且在具体情节上,它们也多有类者。在这个意义上,它可谓魏晋志怪小说的雏形。但就叙述方法而言,它与魏晋志怪小说还有较大距离:《墓主记》的叙述方法单一,完全是按照时间的顺序进行描述,没有魏晋志怪小说中常用的对话和细节描写,对丹这个形象的刻画也很粗糙,等等。作为文学源头的作品,出现这种情况是在所难免的。《墓主记》"将故事情节说得活灵活现,有鼻子有眼,但终归神话,是一种文学作品。但就此几百字的作品,却将中国志怪小说产生的时代

---

① 李学勤:《放马滩简中的志怪故事》,《文物》,1990年第4期。
② 《墓主记》文字考释何双全先生和李学勤先生分别做过细致工作(见何双全《天水放马滩秦简甲种〈日书〉考述》,甘肃文物考古研究所编:《秦汉简牍论文集》,甘肃人民出版社1989年版,第23页;何双全:《天水放马滩秦简综述》,《文物》,1989年第2期;李学勤先生文(见后注),在他们的基础上雍际春先生做了比勘和考释,本文写定文本依雍说(见雍际春:《天水放马滩木板地图研究》,甘肃人民出版社2002年版,第29页),伏俊琏:《战国早期的志怪小说》,载《光明日报》,2005年8月26日。
③ 葛兆光:《关于文学史的两个话题》,《人民政协报》,1997年3月24日。

提早了 500 年,不能不说是重大发现。所以放马滩竹简志怪故事是目前我国神话作品中时代最早、篇幅最长、字数最多的作品了。它不仅对研究秦文化有重大价值,而且对研究我国先秦古典文学史具有重大意义"①。

《墓主记》不仅丰富了人们对秦文化及文学的认识,而且对研究志怪小说的演变具有重要的价值。这无疑使人们重新评价秦国文学在先秦文学史甚至整个中国古代文学史上的地位和作用多了一个参考。

5. 其他秦简文学作品

(1)睡简《成相篇》的文学价值和意义

《汉书·艺文志》杂赋类有语云:"《成相杂辞》十一篇。"不幸其书早佚。睡简《成相篇》的出土发现,填补了这一空白。根据目前的资料可知,"成相"是战国后期流行于楚地的一种比较成熟的韵文文体,其句式一般为"三、三、七、四、七"式,内容多关君臣治乱之道。秦简《成相篇》句有长短,声有所属,声韵纾缓,音调宛转,严整与错综兼具;在行文上既开又合,显示了较高的文字驾驭水平和表达能力;每章虽用杂言,合起来却文句整饬,有整体的形式美。

(2)《黑夫尺牍》和《惊尺牍》的文学价值

云梦简牍《黑夫尺牍》和《惊尺牍》这两封家书由秦国普通士兵发自战火纷飞的前线,文字平淡质朴,却具有令人动容的力量,其原因在"真情"及其蕴含的"悲情"。周凤五《从云梦简牍谈秦国文学》着重分析了四号墓中《黑夫尺牍》和《惊尺牍》内容及形式上的特点,具体而微。(详见台湾中国古典文学研究会主编《古典文学》第七集,学生书局 1985 年版)

两封家书与《秦风·小戎》有些相似,但在情感内蕴上,家书则比《小戎》丰富和深刻得多。《小戎》是一首写后方的女子怀念前线的征人的诗歌,"在其板屋,乱我心曲"等句体现了她对爱人的深情思念,有几分闺怨色彩,但总体情感因素比较单一。而这两封家书则是由出生入死的战士写给在家乡的亲人的,面对不可预料的明天,他们的每一封家书都有可能变成诀别信。他们越是絮叨不停、遍问亲朋,越显得此生再

---

① 何双全:《简牍》,敦煌文艺出版社 2004 年版,第 420 页。

也不能相见。如果说《小戎》的情感底色是一抹淡淡的哀怨的话,《黑夫尺牍》和《惊尺牍》的情感内蕴就是一腔深深的悲凉。两封家书来自秦国底层,是秦国民间文学的代表作。尺牍书疏,千里面目,情之所及,发而为文,不仅在秦文学发展史上具有特别的意义,在整个中国古代文学史上似也应有一席之地。

(3) 睡简《日书·诘篇》的文学价值

《日书》是古时人们为了趋利避害、祈福免灾而用以推择时日、卜断吉凶的一种日常生活手册。据说在商代就有了《日书》,近年的出土文献中也时常可见,但数量最多、内容最完整的还属秦简《日书》。就总体思想内容而言,秦简《日书》可能蕴含了上层社会的某些世界观①,但在根本上它反映的还是战国后期秦国中下阶层的价值判断和文化面貌,这就为我们观察其时的民间文学状况提供了可能性。睡简《日书》甲种之《诘篇》是一篇讲驱鬼避怪之术的文字。②

睡简出于楚国故地,但《诘篇》中的鬼怪形象却与屈原《九歌》中的鬼神风貌有着显著的不同:前者充满人间情怀和喜剧意味,而后者则极具浪漫情怀和忧郁色彩,反映了雅俗文学的分野。《诘篇》作为实际生活的指导手册,记录的是中下层民众对现实生活中某些神秘现象的理解和应对之道,它对鬼神的描述在很大程度上是来自生活本身的体验,因而具有很鲜明的民间意味。《诘篇》在章法结构上也比较松散,行文也比较质朴、简单,却透着一种轻松、活泼之气。

(4) 睡简《日书》之《梦篇》《马禖篇》的文学价值

睡简《日书》甲种《梦篇》,是一篇向梦神祈求祛除恶梦的祷辞。简文先述事由,再写祈祷之仪,最后叙祷辞,意义完整,语句简洁,声韵铿锵,颇为生动传神。

睡简《日书》的另一篇祝辞是《马禖篇》,是一篇祭祀马神祈求马匹繁衍昌盛的祝辞。《说文》:"禖,祭也。"故"马禖"即"马祭"。秦人善于养马,其先祖非子就是因为替周孝王把马养得很好而获封附庸的,故秦

---

① 蒲慕洲:《睡虎地秦简〈日书〉的世界》,《台湾学者中国史研究论丛·生活与文化》,中国大百科全书出版社 2005 年版,第 127～128 页。

② [汉]孔安国传,[唐]孔颖达等正义:《尚书正义》,上海古籍出版社 1997 年版,第 76 页。

简中出现《马祺篇》当非偶然。《马禖篇》的文句表明：创作者具有较高的文学修养和写作水平，这与睡简的其他质朴之文形成对比。饶宗颐指出，马禖祝辞"为有韵之文，为出土古代祝辞极重要之资料"①，在遣词造句上，该篇也颇具匠心。如其中"令其鼻能嗅香，令耳聪目明，令头为身衡，脊为身刚，脚为身口，尾善驱□，腹为百草囊，四足善行"一句，综合运用了比拟、排比等修辞手法，气韵流转，生动传神，显示作者很高的文学水准和明显的创作意识，是秦简中不可多得的佳作。

此外，出土秦简中还有数量可观的神话传说，如王家台秦简《归藏》的出土和"昔者恒我（嫦娥）窃毋死之□□……斋（奔）月而支（枚）占"②的记载，不但证明传本《归藏》之不伪，更将"嫦娥奔月"故事的流播时间，由文献记载的广泛流传于西汉武帝时代提前至战国时期，由此更可见秦简之文学文献价值不可低估。

秦代中期的文学，除了上述书信、祝辞、神话等形式外，民间歌谣也是一个重要的组成部分，这是一个很重要的研究点，限于篇幅，将另文论述。

五、秦晚期文学（秦代文学）

这一期的秦文学，就是始皇嬴政创建的秦王朝由兴到亡的十四年的文学。现在能够看到的这一时期的文献，主要有《吕氏春秋》（前有所述）、秦始皇巡行时李斯所作的七篇刻石文，以及秦始皇君臣的奏章、诏书等。清严可均从《史记》《汉书》《韩非子》《说苑》及一些拓本中辑录十七人的作品编辑的《全秦文》一卷中，就包含有这些主要的秦代文献。在诗歌创作方面，有逯钦立先生辑的《先秦汉魏晋南北朝诗》中所收录的《琴歌》《秦始皇时民歌》（即长城谣）、《甘泉歌》《童谣》《秦世谣》等。学界论述甚多，无须再论，此略。

在出土的秦简牍中，可以确定产生于这一历史时期的主要有湖北

---

① 饶宗颐、曾宪通：《云梦秦简日书研究》，香港中文大学出版社 1982 年初版，第 42、450 页。

② 王明钦：《王家台秦墓竹简概述》，艾兰、邢文：《新出简帛国际学术研讨会论文集》，文物出版社 2004 年版，第 32 页。

云梦睡虎地秦简、青川秦木牍、龙岗秦简、里耶秦简、江陵王家台秦简。这些简牍的性质十分广泛,主要以秦地方政府的档案文书为主,包括政令、各级政府之间的往来文书、司法文书等,这为我们研究秦代公文的写作提供了丰富的文献资料,也不乏有《语书》《为吏之道》等富有文学色彩的文献的存在,为我们认识秦代文学的整体风貌提供了诸多依据。

整体来看,秦晚期(秦代)文学可归五部:(1)《吕氏春秋》,写成于秦王朝建立以前,它为大一统的封建国家做了理论准备,也是对战国时期各家思想文化一次有意识的大总结;(2)秦始皇巡行途中李斯奉命所作的刻石文,它们是现存秦文献中最具有文学性的,也是秦代大一统时期文学最杰出的代表;(3)秦政府的行政公文,包括现存文献中出自秦始皇君臣之手的奏章、诏书,以及出土秦简中的地方公文,这些都是具有很高的实用价值的公文,也在一定程度上丰富了秦文学;(4)出土秦简中的法律文书,这些文书实质上也是公文的一种,但由于数量庞大,加之具有很强的系统性和专业性,研究其文学价值可单列为一类;(5)其他现存秦文献,也就是除上述四类作品之外的其他现存文献。本文后续延伸的研究空间,主要在后两类上,限于篇幅,只好另文探讨了。

需要注意的是,秦晚期文学研究在本文中的从简,一则是因为古今学术界研究成果比之于秦文学早、中期阶段要丰富得多,人们因此所知也广,无须展开占据很大篇幅。二则是后续还有很多工作要做,如秦文学研究可独立成书,必然占有相应分量。所以,本部分和前面各部分同等分量、同等重要,只是行文有详略取舍罢了。

六、结束语

"秦文学"走进我们的视野,首先是它的源头就在西汉水流域、渭水——牛头河流域,就在陇南(天水在清末民国也被归为陇南范畴)的大地上,我们在陇南高校担任教职,有义务和责任研究当地的社会文化,为这片热土繁荣文化事业尽绵薄之力。其次是两千多年前那个遥远的民族及其多舛的命运,令人唏嘘和感叹。第三是我们试图建立一个整体的、现在学界还没有的"秦文学"观念,并为之申辩,以期缓慢但是坚定不移地改变文学史著中,"秦文学"的地位——即使不是一片空白,也是最薄弱的一个部分——这大约是历史惯性遮蔽了理性思维的缘故。"秦文学"不断的新发现,让我们拂去岁月的尘埃,那些或镂刻、或墨书的新篇章向我们展示了秦文学更多的侧面。所以,从文学角度对现有秦文献进行梳理和阐述,不仅是理解秦人历史、文化的路径之一,也是丰富古典文学世界的实践之一。

"秦文学"在西周之前处在草创期;在春秋时代,出现一个渐趋辉煌的成型发展期;但战国初期却出现了反常的沉闷,战国末因为情势之变又出现了亮点;而在秦文学的末期,因为种种原因——主要是政治和文化原因,随着秦王朝的轰然倒塌,秦文学也在暗淡之中谢幕。近千年的"秦文学"发展史向我们昭示:文学既是历史的,也是文化的,还是审美的,更是情感的。这就是我们为"秦文学"申辩论证所获得的启示。

"本于行而遗其文"与"言而蕴道"

——从策问看权德舆的文论主张

陈江英

（陇南师范高等专科学校）

权德舆有明确的诗文理论。提倡"尚气、尚理、有简、有通"的文风，为文讲究"言而蕴道"，要做到言之有物、平易畅达，赞成"采诗辨志、升歌发德、系于风俗"，又讲"体物导志""抒愤懑"。首先，文章的根本作用就是助王道、经教化。其次，诗文固然与政治关联，但它对政治的兴废却不起决定作用。从这个观点出发，他主张为文要抒写情志，"言为心声"，诗文应该"缘情而发"，即诗文是个人情感的反映。权德舆对诗歌、文章作用的认识深刻，有一定社会现实意义，并在三掌贡举期间，将这种文论主张体现在选拔试策中。

一、文以述志

贞元二十一年礼部策问五道第五问：

> 问：言，身之文也。又曰"灼于中，必文于外"。司马相如、扬雄，籍甚汉庭，其文盛矣。或奏琴心而涤器，或赞符命以投阁，其于溺情败节，又奚事于文章耶！至若孔融、祢衡，夸傲于代，祸不旋踵，何可胜言。两汉亦有质材敦厚之科，廉清孝顺之举，皆本于行而遗其文。复何如哉？为辨其说。

强调文章抒写情志是这道策问的主旨。

"或奏琴心而涤器，或赞符命以投阁。""或奏琴心而涤器"见《史记·司马相如列传》："令既至，卓氏客以百数。至日中，谒司马长卿……是时卓王孙有女文君新寡，好音，故相如缪与令相重，而以琴心挑之。相如之临邛，从车骑，雍容闲雅甚都；及饮卓氏，弄琴，文君窃从户窥之，心悦而好之，恐不得当也。既罢，相如乃使人重赐文君侍者通殷勤。文君夜亡奔相如，相如乃与驰归成都。家居徒四壁。卓王孙大怒曰：'女至不材，我不忍杀，不分一钱也。'……相如与俱之临邛，尽卖其车骑，买一酒舍酤酒，而令文君当垆。相如身自著犊鼻裈，与保庸杂作，涤器于市中。"①司马相如，字长卿，西汉大辞赋家，代表作品《子虚赋》，曾与文君于市中洗涤酒器卖酒度日，《汉书》卷五十七下亦有传。"或赞符命以投阁"，指西汉学者扬雄因刘向献符命受牵连跳楼一事。符命，上天预示帝王受命的附照。投阁，即跳楼。《汉书·扬雄传》载："王莽时，刘歆、甄丰皆为上公，莽既以符命自立，即位之后欲绝其原以神前事，而丰子寻、歆子棻复献之。莽诛丰父子，投棻四裔，辞所连及，便收不请。时雄校书天禄阁上，治狱使者来，欲收雄，雄恐不能自免，乃从阁上自投下，几死。莽闻之曰：'雄素不与事，何故在此？'请问其故，乃刘棻尝从雄学作奇字，雄不知情。有诏勿问。然京师为之语曰：'惟寂寞，自投阁；爰清静，作符命。'"②扬雄，字子云，西汉后期著名学者，精通《易经》《老子》，善辞赋。王莽篡位后，扬雄不参与朝政，在天禄阁校书、著书，后因他人进献符命受到牵连，遭逮捕，跳楼自杀未遂。

"孔融、祢衡，夸傲于代，祸不旋踵。"孔融，东汉文学家，建安七子之首。《汉书》卷七十有传："孔融字文举，鲁国人，孔子二十世孙也。融幼有异才。……融负其高气，志在靖难，而财疏意广，迄无成功。"③孔融恃才自傲，与曹操政治见解不同，最终被曹操所杀，时年56岁。祢衡，东汉末年名士、文学家，与孔融等人亲善。《汉书》卷八十有传："祢衡字正平，平原般人也。少有才辨，而尚气刚傲，好矫时慢物。……融既爱衡才，数称述于曹操。操欲见之，而衡素相轻疾，自称狂病，不肯往，而数有恣言。操怀忿，而以其才名，不欲杀之。"④因出言不逊触怒曹操，被遣送荆州刘表处，后又因出言不逊，被送江夏太守黄祖处，终被黄祖

---

① ［汉］司马迁撰：《史记·司马相如列传》，中华书局1982年版，第3000页。
② ［汉］班固撰，［唐］颜师古注：《汉书·扬雄传》，中华书局1962年版，第3584页。
③ ［汉］班固撰，［唐］颜师古注：《汉书·郑孔荀列传》，中华书局1962年版，第2261～2279页。
④ ［汉］班固撰，［唐］颜师古注：《汉书·文苑列传》，中华书局1962年版，第2652～2658页。

所杀,终年 26 岁。

这道策问的大意是,言辞是自身文采的表现。人们常说"有真知灼见的人必然会写出好文章来"。司马相如和扬雄在西汉朝廷享有盛誉,他们的文章可谓是文采焕然。可是,两人中有的向女子奏琴表达爱慕之心并同她一起卖酒洗涤酒器;有人却在校书阁由于受到他人给王莽写符命的牵连而想坠楼自杀。他们沉醉于男女私情以及败坏伦理纲常的行为,又怎么会写进文章里啊!至于三国时的孔融、祢衡,恃才自傲,灾祸接踵而至,说也说不完。西汉、东汉都有质朴敦厚和廉清孝顺的荐举科目,全都是依据品行来选拔人才而忽略文采。这又该如何解释呢?请你们予以辨析。①

在这道策问中,权德舆非常清楚地表明了自己的文论观点,他认为"言为心声",好的诗文,应该是作者心灵激荡的反映,是作者抒发心志的产物,好的文章应该"灼于中而文于外",同时,作者本人还应该有较高的品德修养,否则,很可能会出现扬雄之流文盛而德败的情形。他强调为文作诗,必须以修身立德为基础,否则,诗文再好也会像扬雄等一样贻笑天下。所以,权德舆一贯坚持"诗言志"的传统,诗文是述志之作,是一个人品行、修养及精神生活的写照。他在《送从兄南仲登科后归汝州旧居序》中写道:"古者采诗以辨志,升歌以发德,系于时风,播于乐章。有不类者君子羞之。"权德舆认为这就是君子为文作诗的原则。因此,策问中对于"孔融、祢衡,夸傲于代",造成"祸不旋踵"的局面,权德舆是极不赞成的。李华在《崔沔集序》中说:"文章本乎作者,而哀乐系乎时。本乎作者,六经之志也;有德之文信,无德之文诈。"②李华不仅强调宗经,还强调文章与作者品德的关系,权德舆的文学思想确与李华一脉相承。罗宗强先生说:"李华比萧颖士更进一步的地方,是除了宗经之外,还强调了文章和作者品德的关系。"③权德舆在宗经之外也强调文章与作者品德的关系。

权德舆一生出入儒、释、道三家,故其论述文章的社会作用时并不

---

① 杨寄林等编:《中华状元卷·大唐状元卷》,山西教育出版社 2001 年版,第 407 页。
② [唐]李华:《崔沔集序》,见《全唐文》卷 315,中华书局 1983 年版,第 3196 页。
③ 罗宗强:《隋唐五代文学思想史》,中华书局 1999 年版,第 192 页。

局限于儒家的"本于王化,系于风俗"的社会功用。他认为,文章应"缘情咏言,感物造端,发为人本,必本王泽"(《右谏议大夫韦君集序》),"感物造端,能赋可以图事,称诗可以谕志"(《司徒张公文集序》)。也就是说,文章是书写作者情志、抒发作者感想的述志之作,即权德舆所说的"体物导志"和"舒愤懑"。他的文论观点在《唐故相尚书比部郎中博陵崔君文集序》中亦有反映,他批评那些"词或侈靡,理或底伏"的空洞的文风,强调文的作用是"经纪万事,章明群类"。主张为文要"简实粹清""朗拔章明"。他提出诗歌创作要继承汉乐府的"感于哀乐,缘事而发"的传统,强调诗歌创作要"发乎情,止乎礼",歌诗要有真情实感,要缘事而发,不做空洞的无病呻吟。如他的《舟行夜泊》:"萧萧落叶送残秋,寂寞寒波急暝流。今夜不知何处泊,断猿晴月引孤舟。"这首诗真实生动地反映了权德舆早年处于矛盾、彷徨中的心境,感情真挚,气势雄宏、壮阔,大有盛唐诗风。严羽《沧浪诗话·诗评》评之以"有绝似盛唐音,有似韦苏州、刘长卿处"。①

二、言而蕴道、尚气、尚理、有简、有通

权德舆为文讲究"言而蕴道"。他在《中岳宗元先生吴宗师集序》中云:"道之于物,无不由也,无不贯也,而况本于览,发为至言。言而蕴道,犹三辰之丽天,百卉之丽地……遣言则华,涉理则泥。"②他认为文章要言而蕴道,文章好坏的标准是"至";道是第一位的,如果言不蕴道,纵然发为文词,亦将流于浮华,纵然论理,不免会拘于生涩。权德舆反对绮靡的骈俪之风,提倡宗经明道,但他并不盲目崇古,而要在精神上师法古人。针对大历、贞元时期绮靡的文风,权德舆进一步提出了"尚气、尚理、有简、有通"的为文四原则(《醉说》)。即行文要讲究"气、理、通、达"。他在"宗经明道"学术思潮中提出的这些文论观点,清晰地反映在他的策问中。如贞元十九年(803年)道举策问二道《通元经》第

① [南宋]严羽著,郭绍虞校释:《沧浪诗话》,人民文学出版社1998年版,第159～160页。

② [唐]权德舆著,霍旭东点校:《权德舆文集》卷23,甘肃人民出版社1999年版,第323页。

二道：

> 问：文子虚元，师其言于老氏，计然富利，得其术者朱公。疑传记之或差，何本末之相远？……当有其说。至于积德积怨，实昧其图，上义下仁，愿聆其旨。大辨若讷，大道甚夷，岂在颠之倒之，使学者泥而不通也？

"文子虚元，师其言于老氏，计然富利，得其术者朱公。"文子，字计然，是老子的弟子，著有《文子》一书。《汉书·艺文志》记载："文子九篇。注：老子弟子，与孔子并时，而称周平王问，似依托者也。"①《文子》主要解说老子之言，阐发老子思想，继承和发扬道家"道"的学说。朱公，春秋时楚国人范蠡，曾师从文子学艺。《史记·货殖列传》记载："昔者越王勾践困于会稽之上，乃用范蠡、计然。……范蠡既雪会稽之耻，乃喟然而叹曰：'计然之策七，越用其五而得意。即以施于国，吾欲用之家。'乃乘扁舟，浮游江湖，变名易姓，适齐为鸱夷子皮，之陶为朱公。朱公以为陶天下之中，诸侯四通，货物所交易也。乃治产积居，与时逐而不责于人。故善治生者，能择人而任时。十九年之中三致千金，再分散于贫交疏昆弟。此所谓富好行其德者也。后年衰老而听子孙，子孙修业而息之，遂至巨万。故言富者皆称陶朱公。"裴骃《集解》："徐广曰：'计然者，范蠡之师也，名研，故谚曰"研、桑心算"。'"骃案："范子曰：'计然者，葵丘濮上人，姓辛氏，字文子，其先晋国亡公子也。尝南游于越，范蠡师事之。'"②《吴越春秋》谓之"计倪"。《汉书古今人表》计然列在第四，则"倪"之与"研"是一人，声相近而相乱。文子善于牟利，很富有，后在范蠡引见下献七策于越王，越用五策就大破吴国。范蠡帮越王勾践灭吴后，离开越国去齐国经商，后定居陶地，改名朱公，因善于经商，"遂至巨万"，后人们把陶朱公当作富翁的代名词。

从老子的虚玄无为、淡泊名利到文子的功成名就、大富大贵，这两者从本到末相差太远。最善辩的人表面上不善言谈，至理名言都是用

---

① ［汉］班固撰，［唐］颜师古注：《汉书·艺文志》，中华书局1962年版，第1729页。
② ［汉］司马迁撰：《史记·货殖列传》，中华书局1982年版，第3256～3257页。

最平易通俗的话语来表述,即大道理都是很平实的,怎么能够用邪曲、让人迷惑的方式阐述,使学习的人拘泥于艰涩的文义而不能通达经义?这道策问以阐述道家的大智、大辨、大道为基础,引申出学习、写作上要达到简易通达,否则就会造成学子"泥而不通"的局面,这一点是与权德舆的文学主张相通的。权德舆主张为文要气理通达,对史传记载的这种"颠之倒之,使学者泥而不通"的为文方法提出了批评。

"大辨若讷,大道甚夷。""大辨若讷"见《老子》四十五章:"大直若屈,大巧若拙,大辨若讷。"①真正有口才的人好像嘴巴很笨拙。"大道甚夷"见《老子》五十三章:"大道甚夷,而人好径。"②是说大道很平坦,而人却喜欢走捷径。

权德舆赞赏"文达而理举"的文章,提倡"尚气、尚理、有简、有通"的行文原则。"气"即指"文气""文势""浩然之气",即文章要讲究气势;"理"即文章的条理和脉络,即为文要条理清楚,逻辑严密,说理透彻;"简"即语言要简明平易;"通"即行文通畅顺达,文章要文从字顺,要通达洒脱。权德舆在《扬君集序》中也明确提出"尚气者或不能精密,言理者或不能彪炳"③。即"气""理"要适中,要中节、和谐,权德舆提倡为文"气理并存,简明通达"的为文治学态度和"文约旨明,文从字顺"的创作原则。他的文论观点在他的各种文体中均有反映,对后世学者产生了很大的影响。

他提出的"歌诗要缘情而发""诗言志""尚气、尚理、有简、有通"等文论主张,无疑为日后的古文运动提供了一定的理论依据。从某种意义上来说,权德舆有开古文运动先河之功。对于权德舆在文体文风改革中的作用,罗宗强先生在《隋唐五代文学思想史》中有公正的评价:"元结、李华、肖颖士和接着而来的独孤及、梁肃、陆贽、权德舆、柳冕等人,在创作实践中差不多已经为韩、柳的文体文风改革准备了相当充分的基础。"④权德舆是继李华、独孤及、梁肃后古文的开创者和推动者。

---

① 陈鼓应:《老子今注今译》,商务印书馆 2003 年版,第 243 页。
② 陈鼓应:《老子今注今译》,商务印书馆 2003 年版,第 268 页。
③ [唐]权德舆著,霍旭东点校:《权德舆文集》卷 23,甘肃人民出版社 1999 年版,第 320 页。
④ 罗宗强:《隋唐五代文学思想史》,中华书局 1999 年版,第 185 页。

葛晓音先生在《论唐代的古文革新与儒道演变的关系》一文中对权德舆在古文运动中的作用给予了高度的评价。她敏锐地指出,"在李华、独孤及、梁肃等人到韩柳之间,权德舆是个承前启后的重要人物"①。权德舆提出的这些文学革新理论,直接影响到韩、柳日后提出的"文从字顺、气盛言宜",因此,许多学者把权德舆定位为古文运动的先驱和大家也是很准确的。

权德舆前后创作策问五十道,内容庞博而丰富,涉及中唐社会的政治、经济、文化、礼仪、风俗、农、工、商、军备等方方面面,涵盖了中唐社会的各个层面,反映了中唐整体社会存在的现实问题,可以说是中唐社会的一个缩影。

---

① 葛晓音:《论唐代的古文革新与儒道演变的关系》,见《汉唐文学的嬗变》,北京大学出版社 1995 年版,第 163 页。

朱熹《四书章句集注》成书概论

刘梅兰

（复旦大学　河西学院）

朱熹作为南宋理学的集大成者，非常重视"四书"的研究，倾注一生心血探究《大学》《中庸》《论语》《孟子》。"四书"学是朱熹经学体系中最重要的组成部分，在朱熹的经学体系中，"四书"重于"六经"，"四书"学地位高于"六经"学。

朱熹一生对四书用力最勤，下功夫最多。他整理编辑了北宋和南宋初期儒学对四书的解释，先后著述《论语要义》《孟子要略》《中庸辑略》《论孟精义》，在四十多岁时写成四书集注初稿。为了发明圣人之道，在二程思想的基础上，朱熹将《论语》《孟子》集注和《大学》《中庸》章句结集合刻，统称《四书章句集注》，简称《四书集注》，首创"四书"之名。其《四书或问》则对其中的义理和材料取舍做了进一步的说明和发挥。

朱熹《四书章句集注》，将训诂和义理相结合，以"四书"发明道统，阐发义理。在批判继承的基础上，朱熹对儒学精神进行了再反思，对儒家人文关怀和道德修养进行再认识，将"四书"学发展到了新的高度。《四书章句集注》是朱熹的代表著作之一，也是"四书"确立儒家经典地位后，诸多注解中最具权威，影响最大的一种。《四书章句集注》的问世，使得"四书"取代"五经"成为儒学典籍中的核心经典，改变了中国经学发展的方向，对中国社会文化思想产生了重大影响。

一、《四书章句集注》成书时代背景

历史上，每一个思想理论的产生，都离不开时代的社会文化根源和思想根源。朱熹《四书章句集注》的成书，以及朱熹"四书"学的形成，与宋代历史文化的发展，宋代理学思潮的兴起、发展，以及宋代的社会历史环境都有着十分密切的关系。

以"陈桥兵变"起家的赵宋王朝,建立于唐末农民大起义和五代十国的大动乱之后。赵宋王朝建立之初,宋太祖赵匡胤吸取和总结了唐末以来藩镇拥兵自重的历史经验教训,为了实现长治久安的稳固统治,防止再次发生兵乱分裂的情况,采取一系列措施,强化中央集权,集中兵权、政权、财权、司法权。宋太祖以"杯酒释兵权"的方式,削去了武将的兵权,由文官指挥军队。调兵和统兵的权力相分离,如果遇到战事,需要出征时兵将分离,临时委派统兵将领,以防止武将割据和兵变发生。在禁军制度上,由皇帝亲自统帅禁军,"将不得专其兵","兵无常帅,帅无常师",有效控制了禁军,使得禁军将领也很难拥兵自重。

宋王朝"重文轻武"的基本国策,加强了中央集权,有效杜绝了藩镇割据的状况,保证了国家的统一。宋王朝"优待文士"①,文臣地位较高。宋代的文化政策相对开明,文化环境相对宽松,知识受到社会的尊重。宋太祖明令"不欲以言罪人",允许不同意见存在,有助于文化思想的交流,促进了宋文化的繁荣。

唐末、五代以来,儒家的伦理道德在社会动乱中毁于一旦,伦常扫地,削弱了维系社会稳定的思想准则,严重动摇了社会统治的思想基础。为了社会稳定,赵宋王朝建立之初,宋代的思想家继承了唐代韩愈提倡道统、重整儒学的做法,孙复、石介、欧阳修、王安石等人,主张复兴儒学,统一道德,重整伦常,强调人道、人理之义理规范。不同于汉唐经学重章句训诂的治经之法,宋代学者研治儒家经典,不再局限于文字声韵、名物制度等表面文字的考证,而是深入到了经典内部,探讨儒家经典内在的义理,将其体现的儒家伦理纲常发扬光大,为社会治理和稳定服务。这些做法得到了统治者的大力支持,开始提倡和表彰儒学及其伦理纲常,展开了尊孔读经的活动。

宋王朝的"重文轻武"的基本政策,既带来了国家统一、社会稳定、生产力大大提升、文教发达的局面,但同时也导致了严重的后果。首先严重削弱了军队的战斗力,军队人数众多而不能有效抵御外侮,使宋王朝始终处在北方少数民族的严重威胁之下。北宋时期,北方有辽国的强大压迫,西北有西夏政权的侵扰,宋王朝与他们的对抗胜少败多,只

---

① ［宋］陆游:《老学庵笔记》卷六,中华书局 1979 年版,第 371 页。

能以沉重的"岁币"换取一时的和平。宋王朝对外政策的耻辱，严重伤害了士大夫阶层的民族自尊心。金国的崛起，则给宋王朝带来了更大的灾难。公元1115年，金统一北方，对宋王朝发动战争。1116年，攻占宋王朝东京汴梁，北宋王朝灭亡。南宋时期，政局更加动荡，国家支离破碎，金国步步紧逼。赵宋王朝防内重于防外的国策，也使得他们对边境少数民族政权的攻击，长期采取妥协投降的方式，带来了深重的社会灾难，加重了人民的负担。其次，官僚机构膨胀臃肿，经费入不敷出，百姓负担过重等流弊，导致了有宋一代冗兵、冗官、冗费，以及积贫、积弱的恶果。

在严重的内忧外患、内外矛盾交织的特殊社会背景下，如何拯救国家和人民于危难，成为士大夫们所面临的最具有挑战性的问题。他们深切感受到只有变法改革才有出路，他们"以天下为己任"，反对墨守成规，主张变革。变革时政形成了一定的潮流，"方庆历、嘉祐世之名士常患法之不变也"①，司马光主张"因循旧贯，更成大弊""欲振举纪纲，一新治道，必当革去久弊"②，王安石变法则是全面性的社会改革。改革变法的推行，给文教事业的发展提供了良好的环境。宋代以学校教育和书院教育为主的文教事业得到了很好的发展，成为朱熹经学产生和发展的重要背景。朱熹先后修复和扩建了白鹿洞书院和岳麓书院，创办寒泉精舍和武夷精舍，著书立说，教学授徒。朱熹授徒，把理学教育和经学教育有机结合，以理学和儒家经学为主，以"四书"学为授课、学习基础。

宋代社会的士林中，普遍具有"疑古惑经"精神。宋代社会传统的儒学体系受到冲击，儒家经典的神圣性、先贤解经的权威性，都发生着深刻的动摇。宋学的主要流派理学，逐渐在社会生活中占据了主导地位，并成为中国此后几百年的社会主流统治思想。

---

① ［宋］陈亮：《龙川先生文集》卷一一，明嘉靖刻本。
② ［宋］司马光：《温国文正司马公文集》卷三八、卷三七，《四部丛刊》本。

二、《四书章句集注》思想渊源论

朱熹作为宋代经学的集大成者，其经学思想的产生，既有深刻的社会文化渊源，也有深刻的思想认识渊源。朱熹《四书章句集注》的成书，也与他批判继承先辈的思想，以及时代理学思潮的兴起、发展都有密切关系。

唐宋之际疑经惑经思潮的兴起，成为朱熹经学思想的渊源之一。唐中叶以来，有学者开始对唐代经学专守先儒章句旧说现状，提出了大胆质疑，出现了疑经、舍传求经的新风气，其影响所及，直接与朱熹阐释注解"四书"相关。宋代以来，疑经惑经思潮又有了新的发展。

朱熹作为"四书"学的集大成者，重视"四书"高于"六经"，其"四书"学的思想渊源在于唐宋时期的"四书"之学。"四书"除《孟子》之外，其余三书都是儒家经典。从唐代中叶开始，《孟子》才得到重视，《大学》《中庸》二书也开始受到重视。韩愈提倡儒学道统，推崇《大学》《孟子》《中庸》三书，阐释其修身治国平天下的思想，以对抗佛教只讲个人修心，不讲社会治理的宗教思想。韩愈弟子李翱也推崇《大学》《孟子》《中庸》三书，皮日休则重视孟子及其著作，上书朝廷请求定《孟子》为学科书。宋初孙复、石介、欧阳修提倡道统，推崇孟子，孟子的地位进一步提高。北宋王安石改革科举制度，把《孟子》与《论语》并列，规定《孟子》为科举考试的科目，确立了《孟子》的经典地位。

《孟子》一书由子入经，地位提高，再加上《大学》《中庸》从《礼记》中独立出来，使得唐宋时期"四书"学得以确立。宋代程颢、程颐推崇"四书"，重视"四书"，以"四书"义理之学取代"六经"训诂之学。他们把"四书"当作儒家学说的基础，认为"四书"的重要性在"六经"之上。他们认为"四书"体现了圣人之意，学者当以研习"四书"为主、为先，才能发明圣人之意。他们以"四书"为对象，阐发"四书"义理，倡导"四书"义理之学。二程逐步确立了"四书"以及"四书"义理之学的主导地位，对朱熹的"四书"学的成形产生了重要的影响和作用。朱熹在唐宋"四书"学的基础上，尤其是二程"四书"学的基础上，在中国经学史上首创"四书"之名，首次把"四书"结集刊刻，并倾注毕生心血注解"四书"，著《四书章句集注》,集"四书"学之大成。

讲求儒家经义,探究儒家经义之理的义理之学,也是朱熹"四书"学的重要思想渊源。北宋张载提出"义理之学,亦需深沉方有造,非浅易轻浮可得也。盖惟深则能通天下之志,只于说得便似圣人,若此则是释氏之所谓祖师之类也。"①北宋中期,儒学的复兴运动引发了理学思潮的兴起。在吸收了佛老之学之后,传统经学发生了革新,形成了新儒学——理学。理学融汇了儒、释、道三家的学说,进一步发展了儒家学说的道德伦理。理学家主张内王外圣的政治理想,以及"格物致知""发明本心"等内省的功夫。他们结合自然科学的发展,解经不再拘泥于章句训诂,而是突出经文的义理大旨,着重于义理、性理、天理、唯理、穷理、心即理,等等,使儒学思辨化、哲理化。理学家在注经、解经的过程中,改变了汉唐儒士治经的单纯学术性质,注重思辨哲理,倾注自己的思想与观点,将伦理道德规范定型化。

宋代涌现出了一大批理学大家,北宋时期周敦颐、张载、程颢、程颐奠定了理学的基本理论体系。南宋初期,社会危机、民族危机、社会动荡等现实社会问题,激发了士大夫的社会使命意识和历史忧患意识,促使他们思考和探索家国长治久安问题,以及个人安身立命问题,他们开始更多地关心人文信仰问题,关注点转到主体道德塑造的内在功夫上。他们发明义理,"明道求理",以儒家传统寻找万事万物的本体之根,澄明一切事物存在的根本,澄清一切事物的本质规律,彰显仁义礼智信的儒学道德理性、道德意识在政治和伦理生活领域的作用。理学的兴起,是时代需要,也是时代必然。

在宋代理学家看来,宋代社会之所以出现政局动荡不安,对外战事不断,社会危机起伏,异端思想四起等现实问题,是因为去圣久远,致使道德沦失、人格丧失。所以,宋代明道求理的理学思潮,主要体现为对"五经""四书""易传"等传统经典义理的内省上。宋代理学家认为,求理明道,既是君主实现政治统治的需要,也是个体的人安身立命的需要。

宋代理学家认为,在义理阐发上,"五经"侧重治世,是外王之道;

---

① 〔宋〕张载:《张载集》,中华书局 1978 年版,第 273 页。

"四书"则更注重个体的身心完善和调整,是内圣之修。在他们看来,外在求理并不能探求到事物的本质与规律,只有内在的功夫,才能了解事物运动变化的根本之所在,准确、全面把握事物的本质与规律。在求理明道的内在功夫转向下,理学家认为,"五经"已很难构建起一种和佛老抗衡的心性修养哲学。《论语》《大学》《孟子》《中庸》的心性理论资源却非常丰富和系统,更适合理学家理论体系的构建,因此二程在北宋开创了注重四书的学术活动,把义理之说发展为理学,使理学占据了经学发展的主导地位。朱熹则将"四书"学发展到新的高度,其《四书章句集注》,虽然有重训诂的成分,但其主要目标是阐发义理。朱熹阐发的义理内涵,不再局限于经义名理,而是包含了新儒学的天理、天道、人道、心性等重要内容。朱熹的"四书"学,通过后来朱子学派的努力和发扬光大,成为宋元明清儒学思想新的经典体系。

三、《四书章句集注》成书过程

朱熹"四书"学的形成,经历了很长的过程。朱熹早年孜孜不倦地研读儒家经典,"窃好章句训诂之习"①,还开始整理和编辑北宋和南宋初期的儒学关于"四书"的注疏。这不仅使他对经典的文本章句有了深刻体会,而且对其哲学义理有了彻底参悟,为他今后集理学思想之大成打下了坚实的基础。

北宋理学家程颢、程颐的理学思想,为朱熹的经学研究提供了重要的理论指导,是朱熹"四书"学思想的重要来源。二程从时代发展的需要出发,将北宋的义理之学发展为理学,以思辨的哲理方式来论证儒家的伦理道德。他们提出"由经穷理"②的思想,以穷理作为治经的目的,以儒家之经为载道之文,所谓"经所以载道"③,从理论上解决了儒家经典与道统之间的关系,把经学理学化。但是,二程的"四书"学思想并没有系统的专门著述,他们关于"四书"的思想散见于《遗书》《外书》等语

---

① [宋]朱熹:《晦庵先生朱文公文集》卷四十,《答何叔京》,第 1802 页。
② [宋]程颢、[宋]程颐:《河南程氏遗书》卷十五,《二程集》,第 158 页。
③ [宋]程颢、[宋]程颐:《河南程氏遗书》卷六,《二程集》,第 95 页。

录里,有待朱熹进一步系统化。

在二程的影响下,朱熹对"四书"更为重视。在批判继承的基础上,倾注毕生心血解说"四书"。关于"四书"的著述,朱熹著述颇丰,主要有《论语集解》《论语要义》《论语训蒙口义》《孟子集解》《论孟精义》《中庸集解》《大学集解》《大学章句》《中庸章句》《大学或问》《中庸或问》《孟子集注》《论语或问》《孟子或问》《四书或问》,等等。《四书章句集注》初稿完成于朱熹四十多岁时。在不断地修改、完善的过程中,朱熹逐步确立了自己的"四书"学思想体系,在晚年将"四书"结集刊刻,是为《四书章句集注》,简称《四书集注》。

朱熹对"四书"文本的义理的探究,始于他对《论语》《孟子》的思考。关于"四书"的训诂注释之作,最早是作于南宋高宗绍兴三十年(1160年)的《孟子集解》初稿,对诸家解说《孟子》做了编纂。但是朱熹对《孟子集解》初稿并不满意,认为义理不明之处较多,"句句是病,不堪拈出"①。为此,朱熹与何叔京、张栻、林用中、吕祖谦、蔡元定等人书信往来不断,反复商讨辩论,在集思广益,兼取众长的基础上,经过两次修订,才在孝宗乾道七年(1171 年),最终改定《孟子集解》。

同时,朱熹还展开了对《论语》的注解工作。南宋孝宗隆兴元年(1163 年),朱熹将《论语集解》删改补订,独取二程之说编成《论语要义》。关于此书修订,朱熹序言曰:

> 河南二程先生独得孟子以来不传之学于遗经……熹年十三四时受其说于先君,未通大义而先君弃遗孤。中间历访师友,以为未足,于是乎遍求古今诸儒之说,合而编之,诵习既久,益以迷眩。晚亲有道,窃有所闻,然后知其穿凿支离者固无足取,至于其余,或引据精密,或解析通明,非无一辞一句之可观,顾其于圣人之微意,则非程氏之铸矣。隆兴改元,屏居无事,与同志一二人从事于此,慨然发愤,尽删余说及其门人

---

① [宋]朱熹著,朱杰人等编:《朱子全书》第 23 册,上海古籍出版社 2002 年版,第 3306 页。

朋友数家之说,补辑订正,以为一书。①

从中可以看到,朱熹注解"四书"思想的发展变化。由于《论语要义》,"训诂略而义理详"②,不利于儿童诵读。于是,朱熹另作《论语训蒙口义》,将训诂、义理并重,方便儿童诵读学习。

孝宗乾道八年(1172年),朱熹将《孟子集解》和《论语要义》二书合并刊刻,称为《论孟精义》,后又称《语孟集义》《语孟要义》。《论孟精义》是朱熹对前人之说,尤其是对二程之言的整理和编纂,并非他自己的立意之作,是他早年《论语》学、《孟子》学的集结。

孝宗淳熙四年(1177年),朱熹在《论孟精义》的基础上,经过反复思索斟酌,将自己的思想见解融入注解,"约其精粹、妙得本旨者为《集注》,又疏其所以去取之意为《或问》"③,完成了《语孟集注》和《或问》的定稿编撰工作。对此,朱熹自己也很满意,说:"某《语孟集注》添一字不得,减一字不得。"④"某于《论》《孟》,四十余年理会,中间逐字称等,不教偏些子。"⑤

朱熹《论》《孟》之学,体现了他对二程思想认识的不断深化,是他对儒学真精神的一种追求。《论孟精义》揭示了《论语》《孟子》修养问题的功效,表述了朱熹对道统的见解,反映了他以"四书"发明道统的思想。朱熹认为,《论语》注重通过为己之学,达到道德修养境界,《孟子》注重道德修养功夫,境界与功夫的关系是下学上达。由功夫到效验,由下学而上达的道德实践架构,正是朱熹对程学的重新体认,达到彻悟的儒家传统功夫。

唐代韩愈及其弟子李翱推崇《中庸》,宋代二程也对《中庸》大加表彰。随着《中庸》"未发已发"问题的探究,朱熹逐渐体悟到《中庸》乃"所以提挈纲维,开示蕴奥,未有若是之明且尽者也"⑥。朱熹认为《中庸》

---

① [宋]朱熹:《晦庵先生朱文公文集》卷七十五,《论语要义目录序》,第3613~3614页。
② [宋]朱熹:《晦庵先生朱文公文集》卷七十五,《论语训蒙口义序》,第3614页。
③ [清]王懋竑:《朱熹年谱·朱子年谱》卷二,淳熙四年丁酉条,第76页。
④ [宋]朱熹著,朱杰人等编:《朱子语类》卷十九,第437页。
⑤ [宋]朱熹著,朱杰人等编:《朱子语类》卷十九,第437页。
⑥ [宋]朱熹:《中庸章句序》,《朱子全书》,上海古籍出版社、安徽教育出版社2002年版,第30页。

乃为承续儒家道统的唯一线索，蕴含着儒家之真精神。

关于《中庸》学，朱熹的最早著述为《中庸集说》，但朱熹对此书不甚满意，认为"《中庸集说》如戒归纳，愚意窃谓更为精择，未易一概去取"①，随着朱熹自己的中和思想发展，通过与友人多次探讨论辩，以己意去取诸家之意，于孝宗乾道六年（1170年）修订完成，定名为《中庸集解》。在《中庸集解》的基础上，朱熹在孝宗乾道八年（1172年）撰写了《中庸章句》初稿。随后，朱熹进行了多次反复修订，把《中庸》分为三十三章，"其首章子思推本先圣所传之意以立言，盖一篇之体要，而其下十章，则引先圣之所尝言者，以明之也。至十二章，又子思之言，而其下八章，复以先圣之言明之也。三十一章以下至于卒章，则又皆子思之言，反复推说，互相发明，以尽所传之意者也"②。朱熹还同时著述了《中庸或问》和《中庸辑略》，辅佐《中庸章句》理解《中庸》之义。孝宗淳熙十六年（1189年），朱熹正式序定《中庸章句序》，明确论述了圣人之道相传授受，首次将"道统"连用，把"道统"的概念和实际内涵相结合。

宋孝宗乾道二年（1166年），朱熹在早年所作《大学集解》，作了更定。孝宗乾道七年（1171年），在《大学集解》的基础上，写成《大学章句》初稿，然后进行了反复修订。朱熹对《大学》文本的勘定与诠释是与《中庸》同时进行的。朱熹对《大学》古本改定了1546字，整体上"文理接续。血脉贯通，深浅始终，至为精密"③。朱熹对《大学》的突出贡献，是把《大学》分为经、传两部分，经"盖孔子之言而曾子述之"，传"则曾子之意而门人记之也"④这样，才能"序次有伦，义理通贯，似得其真"⑤。朱熹对《大学》文本的编排，"闲尝窃取程子之意以补之"⑥，补写了格物致知论，表明朱熹对格物致知的重视。

---

① ［宋］朱熹：《答何叔京》，《晦庵先生朱文公文集》卷四十，第1805页。
② ［宋］朱熹：《书中庸后》，《晦庵先生朱文公文集》卷八十一，第3830页。
③ ［宋］朱熹：《大学章句》，《朱子全书》，上海古籍出版社、安徽教育出版社2002年版，第5页。
④ ［宋］朱熹：《大学章句》，《朱子全书》，上海古籍出版社、安徽教育出版社2002年版，第4页。
⑤ ［宋］朱熹：《记大学后》，《晦庵先生朱文公文集》卷八十一，第3830页。
⑥ ［宋］朱熹：《大学章句》，《朱子全书》，上海古籍出版社、安徽教育出版社2002年版，第20页。

朱熹《四书章句集注》的成书，经历了一个逐步发展完善的过程，由对《四书》的集解、集说，逐步过渡到章句、集注，到《四书章句集注》的撰成和完善。朱熹经过与张栻的"中和之辩"，形成了"中和"新说。然后经过寒泉之会、鹅湖之会、三衢之会的学术辩论，朱熹对自己以往"四书"著述加以修订，撰成《四书章句集注》。

宋孝宗淳熙二年（1175 年），朱熹自鹅湖之会归来，开始修改《大学章句》《中庸章句》《论孟精义》。年底，朱熹完成《大学章句》和《中庸章句》的修改，取《论孟精义》精华作《论孟集注》。孝宗淳熙三年（1176年），写成《孟子集注》。孝宗淳熙四年（1177 年），朱熹序定《大学章句》和《中庸章句》，以及《大学或问》和《中庸或问》，完成《论语孟子集注或问》。孝宗淳熙九年（1182 年），朱熹在浙江提举任上，首次把四书合为一集刊刻于婺州，完成了四书整体意义上的合集工作。

朱熹注解"四书"，既不像汉唐诸儒训诂之"不敢轻有变焉"，也不是"不能精思明辨以求真是"①，更不是宋儒之"全不略说文义，便以己意立论"②的阐释。朱熹既注重探究"四书"文本经文之本义，又注重文本义理之阐发，既有理学义理的梳理，又有经学文本的编排，巧妙地集训诂与义理于一体，将理学思想恰当地"嫁接"到《论语》《大学》《中庸》《孟子》的义理中，完成了在经典注本基础上新的义理阐发。

朱熹对"四书"的贡献是巨大的，"朱熹之于《四书》，为其一生精力之所萃；其剖析疑似，辨别毫厘，远在《易本义》《诗集传》等书之上。名物度数之间，虽时有疏忽之处，不免后人讥议，然当微言大义之际，托经学而言哲学，实自有其宋学之主观立场"③。《四书章句集注》，将《论语》《孟子》《大学》《中庸》合而刊之，产生了经学史上的"四书"，掀起了"四书学"风潮；《四书章句集注》，重新编排《大学》《中庸》，形成了义理解经的系统模式；《四书章句集注》，构建了一整套完整的理学思想体系，极大地推动了儒家典籍精髓思想的传播。

---

① ［宋］朱熹著，朱杰人等编：《朱子全书》第 21 册，上海古籍出版社 2002 年版，第 3360页。

② ［宋］朱熹著，朱杰人等编：《朱子全书》第 21 册，上海古籍出版社 2002 年版，第 1352页。

③ 周予同著，朱维铮编：《周予同经学史论著选集》，上海人民出版社 1996 年版。

王符《潜夫论》的文本审美风格

徐克瑜

（陇东学院）

东汉著名思想家王符以《潜夫论》著称于世。学术界对这部著作的研究也多集中在对其哲学思想与社会批判价值的探讨上。而《潜夫论》所收三十六篇文章，其实还是极其优美的政论性散文。作为杰出的政论散文，在它的政论性、批判性、说理性与思辨性之外，其文学性与审美价值在研究界显然被忽略了，特别是对它的文本语言修辞与审美风格的研究被忽略了。《四库全书总目提要》将后汉三贤的著作进行了比较，认为"符洞悉政体似《昌言》，而明切过之；辨别是非似《论衡》，而醇正过之"。实际上，这些文章除了具有一般政论散文"指讦时短，讨谪物情"①的特征外，在文本语言修辞与审美风格上表现出独特的艺术风貌，细读王符《潜夫论》，可发现它在文体与语体上表现出宏博典雅、醇厚和婉、简洁朴实、哲理思辨、骈俪化等审美特征。袁行霈主编的《中国文学史》（第一卷）中说："《潜夫论》一书的文字皆朴实无华，准确简练。书中虽不时显露批判的锋芒，但以温雅弘博见长，不为卓绝诡激之论，和王充的《论衡》稍有不同。王充、王符以及后来的仲长统，并称东汉政论散文三大家，而又各有自己的特点。"②下面就王符《潜夫论》的文本语言修辞与审美风格做论述。

一、宏博典雅之美

宏博典雅是对文学作品语言修辞与审美风格的一种要求。宏博就是宏阔博大，典雅就是文辞规范雅致，内容合乎经典之义。刘勰《文心

---

① ［南朝宋］范晔：《后汉书》，北京中华书局 1965 年版，第 1360 页。

② 袁行霈主编：《中国文学史》（第一卷），高等教育出版社 2005 年版，第 222 页。

雕龙》中说:"典雅者,熔式经诰,方轨儒门者也。""模经为式者,自入典雅之懿。"①所谓宏博典雅就是熔铸前人经典以为法式,依傍儒家经义来立论说理。模仿经典进行写作,自然就有了宏阔广博与雅致之美。换句话说,宗经引典是文章与文辞典雅的有效途径。在刘勰看来,宗经引典有以下的好处,也就是所谓的"六义":"一则情深而不诡,二则风清而不杂,三则事信而不诞,四则义直而不回,五则体约而不芜,六则文丽而不淫。"②王符的《潜夫论》就是这样一部熔铸儒家经典的政论性散文。尽管王符的《潜夫论》是批判性质的作品,但是问题的核心都是关乎国计民生的大事情,作者都是从经国、治世与政务的高度出发,为汉王朝的政治前途考虑,因而文章与文辞也是格外的庄重、严肃;文章中的雅语、古语、经典事例与国家的大事以及作者为社会开药方的写作意图契合,也就是说,和庄重的奏议的语气有些相像,所以显得凝练醇厚,典雅温润,表现出一种宏博典雅的美学风格。《潜夫论》中大量引用儒家经典语句来论事说理。据研究王符的著名学者刘文英先生统计,《潜夫论》"全书直接举出五经、《论语》书名,或完整引用其语录者,共137次。其中引《诗经》44次,引《尚书》22次,引《周易》经传29次,引《礼记》3次,引《春秋》经传20次,引《论语》19次"③。两汉是经学思想笼罩一切的时代,经在当时具有至高无上的权威。王符大量引用五经之言,无可辩驳地增强文章的理论高度与学术思想水准,既使其政治立论宏博而深刻,而且使作品具有了包容天地古今的政治历史文化视域。因而显得具有宏博典雅之美。这与王符儒者身份与学者思想文化视野有关。

二、醇厚和婉之美

在审美风貌上,王符《潜夫论》体现出与王充、仲长统、崔寔等人别样的风格与个性特点,具有醇厚和婉之美。清人刘熙载在《艺概》中也

---

① 周振甫:《文心雕龙注释》,北京人民出版社1982年版,第201页、第18页。
② 周振甫:《文心雕龙注释》,北京人民出版社1982年版,第201页、第18页。
③ 刘文英:《王符评传》,南京大学出版社1993年版,第15页。

说:"王充、王符、仲长统三家文,皆东京之矫矫者。分按之:大抵《论衡》奇创,略近《淮南子》;《潜夫论》醇厚,略近董广川;《昌言》俊发,略近贾长沙。范氏巩三子好申一隅之说,然无害为各自成家。"①这里所说的"醇正"与"醇厚",就是指王符散文这种"醇厚和婉"的文本语言修辞特点与审美风格,这一特点使得他在汉末三子著作中颇具个性特色。相比较而言,王充的政论性散文因其善于独立思考,富于怀疑与批判精神,通百家之学而未受其拘囿,以"疾虚妄"自成一家。也就是说,王充的《论衡》充满战斗性,较之于《潜夫论》含蓄朴茂的风格,要激切直露得多。而仲长统的《昌言》可视为典型的"发愤之作",其所发之愤在于腐败政治时俗,所谓"昌言",意谓正当之言、善言者也。较之于王充、王符,仲长统所身处的社会政治环境更加恶劣,又因仲长统为人"性俶傥,敢直言,不矜小节,默语无常,时人或谓之狂生"。所以,《昌言》之文"梗概而多气,语言尖锐泼辣,论事割切而有明快之风",故刘熙载评其文曰"俊发"。而王符散文则以"醇正、醇厚与和婉"风格取胜。由此可见王符文章的"温柔敦厚"的儒者风范与气度。

"汉末三子"创作的散文文本虽有共同之处,但其创作的审美风格与艺术个性则各具特色。不同文本语言修辞与审美风貌之形成既是不同历史时期下相异的社会政治环境与文化学术思潮影响的结果,更重要的是作者思想个性与气质禀赋的不同。正如刘勰所说:"各师其心,其异如面。"在他们身上鲜明地体现出了"文如其人"的特点。较之于王充的《论衡》与仲长统的《昌言》,王符的《潜夫论》体现出的是一种明切醇厚的审美风貌。其主要原因有:一是由于王符思想构成的多元化,正史将《潜夫论》思想归为儒家,这是不确的。王符"杂家"的思想特征,使其文章的见识不拘一隅而显得融会通达,因而对问题弊病能够剖析深切、深悉洞明。杂家之杂,并非杂凑,而是融会贯通。二是由于王符具有儒者身上的温柔敦厚的气质与风貌,这与杂家思想个性并不冲突,只是将儒者修身功夫潜移默化地运用到了文本撰写中,因而《潜夫论》显得醇正、醇厚与和婉,给人以沉稳、平和与含蓄之感。正如有论者所说,《潜夫论》文本具有"雍容有余而透彻精辟"的审美特点,可谓中的之言。

---

① [清]刘熙载:《艺概·文概》,上海古籍出版社1978年版,第16页。

三、简洁朴实之美

所谓"简洁"就是指文章在立意上的高瞻远瞩、举重如轻、言简意赅，表达上的简单明了、干净利落与不拖泥带水。所谓"朴实"是指秉笔直书，平实质朴，不虚伪、不做作。作为政论性散文，只有用简洁明了、质朴凝练的语言把意思明白晓畅地表达出来，才有助于问题的最终解决。没有"信"，满篇的空话大话假话是解决不了任何的政治问题的。《潜夫论》是针对东汉后期政治弊端与社会问题开出的药方，作者在表达自己对时局的立场、观点、态度或者是解决问题的对策方法时，肯定要表意真实准确，所以在内容上是做到了简洁与朴实之美。《潜夫论》语言简洁平实，没有繁词缛藻和字雕句琢。如《浮侈篇》中说：

> 今民奢衣服，侈饮食，事口舌，而习调欺，以相诈绐，比肩是也。或以谋奸合任为业，或以游教博弈为事；或丁夫世不传犁锁，怀丸挟弹，携手遨游。或取好土作丸卖之，于弹外不可以御寇，内不足以禁鼠，晋灵好之以增其恶，未尝闻志义之士喜操以游者也。惟无心之人、群竖小子，接而持之，妄弹鸟雀，百发不得一，而反中面目，此最无用而有害也。或坐作竹簧，削锐其头，有伤害之象，傅以错蜜，有甘舌之类，皆非吉祥善应。或作泥车、瓦狗、马骑、倡排，诸戏弄小儿之具以巧诈。

谈论浮华奢侈的社会现象，无法避开具体的描述。从表达效果来说，在这种情形下采用繁辞缛句更能达到呈现浮侈现象的效果，从而能更直接表明自己的批判态度。但在这一篇中，王符却并没有采取这种叙述策略，反而以平淡的口吻、朴实的辞句将当时浮侈风习毕露无遗地展现出来，这是间接的叙事，也是淡雅的素描，但表现对象却是作者所极力反对和不以为然的浮华奢靡。文笔自然，不事雕琢，人们能真切感受当时社会上从事"最无用而有害"的"繁盛"。而这样的风格，较之繁缛笔法，文章反而显得更真实，又不会给人留下虚构想象成分。

四、哲理思辨之美

王符不仅是汉末一位著名的思想家,还是一位杰出的哲学家,他的政论散文《潜夫论》不仅具有现实的理性批判精神,同时,也具有极高的哲学思辨性。《潜夫论》中的文章本身就是思想性与哲学性的统一。作为思想家,王符的散文处处闪烁着思想与哲理的火花,表现出一个卓越思想家对现实深沉的哲学思考,上观宇宙之大,下察品类之盛。充满了思辨性与哲理性。有论者指出:"王符《潜夫论》中的文字充满了哲学美,就是通过思维、分析、综合、抽象等方法,揭示宇宙、社会、人类自身的隐蔽结构和内在本质的那种潜在的激情、严峻的逻辑、深邃的智慧、天赋的伟力及其为人安身立命的功用。"①在他的文章中,最引人瞩目的是他对"元气论"和"人道曰为"思想的哲学思辨的论述,前者体现出了严密的逻辑性与思辨性,后者则高度弘扬了人类伟大的主体精神。《潜夫论·本训》开篇就提出了他的元气论:

> 上古之世,太素之时,元气窈冥,未有形兆,万精合并,混而为一,莫制莫御。若斯久之,翻然自化,清浊分别,变成阴阳。阴阳有体,实生两仪,天地壹郁,万物化淳,和气生人,以统理之。
>
> 是故天本诸阳,地本诸阴,人本中和。三才异务,相待而成,各循其道,和气乃臻,机衡乃平。
>
> 天道曰施,地道曰化,人道曰为。为者,盖所谓感通阴阳而致珍异也。人行之动天地,譬犹车上御驰马,蓬中擢舟船矣。虽为所覆载,然亦在我何所之可。孔子曰:"时乘六龙以御天。""言行君子所以动天地也,可不慎乎?"从此观之,天赖其兆,人序其勋,书故曰:"天功人其代之。"如盖理其政以和天气,以臻其功。
>
> 是故道德之用,莫大于气。道者,气之根也。气者,道之

---

① 王步贵:《王符美学》,《中国文化月刊》,1994 年第 174 期。

使也。必有其根，其气乃生；必有其使，变化乃成。是故道之为物也，至神以妙；其为功也，至强以大。天之以动，地之以静，日之以光，月之以明，四时五行，鬼神人民，亿兆丑类，变异吉凶，何非气然？

及其乖戾，天之尊也气裂之，地之大也气动之，山之重也气徙之，水之流也气绝之，日月神也气蚀之，星辰虚也气陨之，旦有昼晦，宵有大风，飞车拔树，偾电为冰，温泉成汤，麟龙鸾凤，蝥螗蟝蝗，莫不气之所为也。

以此观之，气运感动，亦诚大矣。变化之为，何物不能？所变也神，气之所动也。当此之时，正气所加，非唯于人，百谷草木，禽兽鱼鳖，皆口养其气。声入于耳，以感于心，男女听，以施精神。资和以兆眹，民之胎，含嘉以成体。及其生也，和以养性，美在其中，而畅于四肢，实于血脉，是以心性志意，耳目精欲，无不贞廉絜怀履行者。此五帝三王所以能画法像而民不违，正己德而世自化也。

这段话言简意赅地总结和发展了两汉以来的"元气论"的积极成果，把元气论提高到一个新的水平。首先，王符在时间上确立了"元气"为万物本原的理论，就是所谓的"气本体论"。所谓"元气窈冥，未有形兆，万精合并，混而为一，莫御莫制"，意思是说元气一片混沌，只是唯一的存在，是宇宙唯一的本原，是物质性的；而且其演变过程是自生自化的。王符用这种元气理论具体来解释宇宙和世界本原。按照他的观点，自然界的各种现象和特点都根源于气，都依赖于气。他说："天之以动，地之以静，日之以光，月之以明，四时五行，鬼神人民，亿兆丑类，变异吉凶，何非气然。"其次，他又认为元气可分为"清浊与阴阳二气"，而"道"就是阴阳二气交媾变化的结果。第三，他也谈到了"道"。他的道只不过是气的变化规律而已。他说："道之使也，必有其根，其气乃生；必有其使，变化乃成。""道者之根，气所变也，神气之所动也。"在这里，"道之使也"是元气自化规律的功能表现，由于自化，其结果必然是"其气乃生"，遵循这个"使"的规律，气发生各种运行变化。"道者之根"是来源于一种神气的运行变化。王符在这里的高明之处不是把"道"看作元气之本,而是元气是道之本,是道的依靠。如果说前面论述的是《潜夫论》的"天道哲学观"的话,我们来看王符的"人道观"。王符在他的"元气论天道观"的基础上提出了"人道曰为"的人道观,他的人道观主要受荀子的影响,但是和当时"天人合一"的哲学观念大不相同。他说:"天道曰施,地道曰化,人道曰为。为者,盖所谓感通阴阳而致珍异也。人行之动天地,譬犹车上御驰马。篷中擢舟船矣,虽为所覆载,然亦在我何所之耳。……从此观之,天呈其兆,人序其勋,《书》故曰:'天功,人其代之'。"不难看出,王符在文章中无论是论述"天道"或"人道",都充满了强大的理性思辨性,具有一种哲学抽象与理性思辨之美。

五、骈俪化之美

王符的政论散文《潜夫论》气贯脉连,推理严密,常常破题以后,以对句分而论之,层层推进。其文字多以四字句或六字句对举的形式写成。姜书阁先生在《骈文史论》中评价说:"结构宏伟而严谨,语言文字颇为精审,通篇骈俪,偶对有极工者,遇着力处,还不时用韵,大似赋颂之体。"①王符的散文说不上是骈体文,但是它骈俪对偶的形式特点是十分鲜明的。如《潜夫论·交际》篇云:

> 故富贵易得宜,贫贱难得适。好服谓之奢僭,恶衣谓之困厄,徐行谓之饥馁,疾行谓之逃责,不侯谓之倨隘,数来谓之求食,空造谓之无意,奉赞以为欲贷,恭谦以为不肖,抗扬以为不德。此处子之羁薄,贫贱之苦酷也。

整段话以五字句和六字句为主,节奏匀称,组组对偶,极具骈俪对偶之美与铺排之美。又如:

> 所谓平者,内怀鸤鸠之恩,外执砥矢之心;论士必定于志行,毁誉必参于效验,不随俗而雷同,不逐声而寄论;苟善所

---

① 姜书阁:《骈文史论》,北京人民文学出版社 1986 年版,第 251 页。

在，不讥贫贱，苟恶所错，不忌富贵；不谄上而慢下，不厌故而
敬新。凡品则不然，内偏颇于妻子，外僭惑于知友；得则誉之，
怨则谤之；平议无准的，讥誉无效验；苟阿贵以比党，苟剽声以
群吠；事富贵如奴仆，视贫贱如佣客；百至秉权之门，而不一至
无势之家。（《交际》）

姜书阁先生评道："乃有意为骈偶整齐之句，虽不假修饰，不事雕
琢，但理以正反对照而明，事以繁类并举而显，故多用同式句法二重叠反复，
以加强其表达力量，而求语言感人的效果。"①《潜夫论》中的句子夹杂
三字句、五字句、六字句、七字句，每句喜欢用顶针格，已经颇具骈体文
的特征。顶针和层递也是政论文章常用的修辞方法，它的运用使文章
行文节奏连贯、气势充沛。所谓顶针就是用上文结尾的词语做下文的
开头，是语句递接紧凑而生动畅达的修辞表达方式。顶针在形式上前
项后接，首尾蝉联，环环相扣，能清楚地交代上下句子之间的关系，可以
完整地叙述事实，说明事理，抒发感情。使文段句句相连，顺流而下，如
行云流水，气韵饱满，如珠落雨盘，轻重相间，语气连贯，节奏感强。如
《考绩》中说："凡南面之大务，莫急于知贤，知贤之近途，莫急于考功。"
开篇就用三个五字句前递后接，气韵饱满，一气呵成，有力地引出了文
章的中心论题。再如《本政》："凡人君之治，莫大于和阴阳。阴阳者，以
天为本，天心顺则阴阳和，天心逆阴阳乖，天以民为心，民安乐则天心
顺，民愁苦则天心逆。民以君为统，君政善则民和治，君政恶则民怨
乱。"前呼后应，分提并承，环环相扣，节奏明快。

由此观之，《潜夫论》在语言修辞上大量运用对偶、排比、顶针与骈
俪化的词句，使文章具有骈丽繁富之美，整齐美观，节律和谐匀称，读来
朗朗上口。这与那个时代的文化审美思潮与文人的审美追求有关。朱
光潜先生说："文字的构造和习惯往往能影响思想……中国诗文的骈偶
起初是自然现象和文字特性所酿成的，到后来加上文人求排偶的心理
习惯，于是变本加厉了。"②汉代是一个崇尚辞赋创作与追求文章骈俪

① 姜书阁：《骈文史论》，北京人民文学出版社 1986 年版，第 251 页。
② 朱光潜：《诗论》，北京三联出版社 1984 年版，第 207～208 页。

美的时代,王符作为一代文章大家,曾游学于洛阳,与当时的许多辞赋大家相友善,这些大家在文章创作上的骈俪化审美追求与艺术爱好无疑对王符《潜夫论》语言修辞的骈俪化审美追求有影响。

六、结　语

综上所述,从文本语言修辞与审美风格的角度考察王符《潜夫论》,发现王符《潜夫论》中的政论散文具有宏博典雅、醇厚和婉、简洁朴实、哲理思辨、骈俪化等修辞特点与审美风格。这种风格的形成,既是其自身遭遇及个性使然,又是其接受儒家诗教"温柔敦厚"文学观念影响的结果,同时也是东汉中后期士人文化心态与审美追求的一种折射。让我们用袁行霈先生在《中国文学史》(第一卷)中对王符的评价来结束本文的写作:"王符不仅思想深邃,还继承了汉代文学的优良传统,有着高深精湛的文学修养。因为他终生生活在民间,对人民怀有深厚的感情,对社会生活有着深刻的观察和体验,见闻广博,观察敏锐,有丰富的生活创作源泉。他的文章非常优美,不但观点鲜明,逻辑严密,笔力浑厚,语言质朴,而且善于运用确切生动的比喻、排比、对偶等修辞手法,有时也采用韵文,使忧国忧民之情跃然纸上。"①

注释:

1. 本文所引《潜夫论》原文,皆据[清]王继培笺,彭铎校正:《潜夫论笺校正》,北京中华书局 1985 年版。

2. 本篇文章的写作参考了 2 篇论文:一篇是浙江大学刘成敏博士的《王符〈潜夫论〉研究》;一篇是宁夏大学路怀国硕士的《文学视野中的〈潜夫论〉研究》。在此谨向两位先生深表敬意、谢意与致歉。

---

① 　袁行霈主编:《中国文学史》(第一卷),高等教育出版社 2005 年版,第 222 页。

范仲淹词中的儒学修养

杜 莹
（陇东学院）

范仲淹是中国历史上有着崇高声望的政治家、文学家、思想家和军事家，北宋名臣，是允文允武的儒将。在古代杰出的历史人物中，范仲淹无论从品格还是功业上都受到后人的高度称赞。王安石称范仲淹为"一世之师"，并言仲淹之德"万首趋附"。① 苏轼也对范仲淹崇拜之至，言他未见范公"以为平生之恨"，且说文正公之作"天下信其诚而师尊之"。② 北宋时，范诗就被编成集，黄庭坚曾为范仲淹的诗集作过跋。他在范文正公诗集的跋中说："范文正公，当时诸公间第一品也，故余第每于人家见尺牍寸纸，未尝不爱赏弥日，想见其人。"③金人元好问在《范文正公真赞》中更是对其推崇备至，说他"其材，其量，其忠，一身而备数器。在朝廷则孔子所谓大臣者，求之千百年间，盖不一二见"④。《四库全书总目提要》谓："仲淹人品事业，卓绝一时，本不借文章以传，而贯通经术，明达政体。凡所论者，一一皆有本之言，固非虚饰词藻者所能，亦非高谈心性者所及。"⑤范仲淹之所以能得到如此高的评价，根本原因不仅在于他卓著的政治业绩，还在于他那以儒家思想为表征的光辉峻洁的人文性格。

---

① ［宋］王安石：《祭范颍州仲淹文》，《唐宋八大家散文总集》卷5，河北人民文学出版社1995年版，第517页。

② ［宋］苏轼：《范文正公集序》，《范文正公集》，上海涵芬楼明翻元刊本影印版，正页前。

③ ［宋］黄庭坚：《跋范文正公诗》，《山谷集》卷三〇，文渊阁《四库全书》卷一一一三，台湾新文丰出版公司影印版。

④ ［金］元好问：《范文正公真赞》，《元好问全集》下，山西古籍出版社2004年版，第254页。

⑤ ［清］永瑢、［清］纪昀主编：《四库全书总目提要》，中华书局1965年影印版。

一、范仲淹的儒学追求

范仲淹(989—1052年)生在徐州,两岁丧父,母贫无所依,改嫁长山(今山东邹平县)朱氏。他21岁时寄居在长白山醴泉寺(今山东邹平县南)刻苦读书。23岁时感愤自立,佩琴剑径趋南都(今河南商丘):"入学舍,扫一室,昼夜讲诵,其起居饮食,人所不堪,而公自刻益苦。"(《范文正公集·年谱》)"冬夜惫甚,以水沃面,食不给,至以糜粥继之。"(《宋史·范仲淹传》)。这些文字说明范仲淹大有孔门弟子颜回"安贫乐道"的精神。如此苦学五年乃"大通六经之旨,为文章论说,必本于仁义孝弟忠信"。宋真宗祥符八年(1015年),范仲淹登进士第。同时,范仲淹又以实际行动践行了"君子不器"的儒家格言,树立了崇高的理想抱负。欧阳修在《范公神道碑铭并序》中说:"公少有大节,于富贵贫贱,毁誉欢戚,不一动其心,而慨然有志于天下。"(《居士集》卷二十)朱熹也曾说:"且如一个范文正公,自做秀才时便以天下为己任,无一事不理会过。一旦仁宗大用之,便做出许多事业。"(《朱子语类》卷一二九)

景祐元年(1034年)六月,范仲淹徙知苏州,回到故乡。苏州有范仲淹先人故居,范仲淹重为修缮,名其西斋为"岁寒堂",名堂前两颗松树为"君子树",名松旁小阁为"松风阁",作《岁寒堂三题》诗。其二《君子树》云:

> 二松何年植?清风未尝息。天矫向庭户,双龙思霹雳。岂无桃李姿?贱彼非正色。岂无兰菊芳?贵此有清德。万木怨摇落,独如春山碧。乃知天地威,亦向岁寒惜。有声若江河,有心若金璧。雅为君子材,对之每前席。或当应自然,化为补天石。[1]

范仲淹托物寓意,以松树写自身的品格和志向。松树与"清风"为伴,身姿"天矫"挺拔;松树不屑"桃李"妖冶的姿色,趋同"兰菊"清纯的品德;

---

[1] [宋]范仲淹:《范仲淹全集》,凤凰出版社2004年版,第762页。

在万木摇落凋零的岁寒时节,松树青翠如故,独自面对"天地"的严威酷寒;松树声涛如江河,气势磅礴;松树内心如金璧,坚贞完美。通过这些勾勒,松树之清高脱俗、纯正浑厚、桀骜不驯、坚强刚武等品德跃然纸上,松树是当之无愧的"君子材"。松树的这一切吸引着范仲淹,使他"对之每前席",时时欲亲近松树。在诗歌的小序中,范仲淹更说:"持松之清,远耻辱矣;执松之劲,无柔邪矣;禀松之色,义不变矣;扬松之声,名彰闻矣;有松之心,德可长矣。""化为补天石"是松树的最终用途,更是范仲淹对自己的期望。所有的性格磨砺和道德完善,其终极目标是"补天"。

宋仁宗天圣三年(1025年),范仲淹在《奏上时务书》中提出"救文弊""复武举""重三馆之选,赏直谏之臣,及革赏延之弊"等改革主张。其中"救文弊"的思想,是继唐代韩(愈)、柳(宗元)之后,宋代古文运动的开端,比尹洙、欧阳修、石介等投入古文运动"至少要早十年"。他在书中批评当时士人学风和吏治的败坏,"修辞者不求大才,明经者不问大旨。师道既废,文风益浇,诏令虽繁,何以戒劝? 士无廉让,职此之由。其源未澄,欲波之清,臣未之信也。倘国家不思改作,因循其弊,官乱于上,风坏于下,恐非国家之福也"。(《范文正公集》卷七《奏上时务书》)范仲淹将士人的学风,即士人能否继承儒家的"师道",认明儒经之大旨,掌握治世之大才,看作国家的治乱之源,而此源头的澄清,又在于国家取士制度的改革和吏治的清明。这一精神一直贯彻到后来的庆历新政中。职此之故,庆历新政不仅关乎宋代的"革新政令",而且更关乎宋代的"创通经义"。

范仲淹一生最辉煌的事业莫过于发动了庆历新政,庆历新政的实质是,以整饬吏治为首要,以砥砺士风、改革科举、兴办学校、认明经旨、培养人才为本源,兼及军事、经济等领域。范仲淹的改革思想是"以民为本"。这在他作的《四民诗》(《范文正公集》卷一)中有鲜明的体现。如关于农:"制度非唐虞,赋敛由呼吸。伤哉田桑人,常悲大弦急。一夫耕几垄,游堕如云集。一蚕吐几丝,罗绮如山入。"关于工:"可堪佛老徒,不取慈俭书。竭我百家产,崇尔一室居。"关于商:"桑柘不成林,荆棘有余春。吾商则何罪? 君子耻为邻。"他对当时农、工、商阶层所受的压迫、所处的窘境给予了深深的理解和同情,此即他在《岳阳楼记》中所说的"忧其民"。他所希望的是进行改革:"琴瑟愿更张,使我歌良辰。"而关于士,他批评自秦汉以来儒家之"道"日益荒疏。善恶失去准衡,士之升迁黜陟不是以仁义忠孝、贤能功绩为标准。虽然"君子不斥怨,归诸命与天"。但是"术者乘其隙,异端千万惑",由此造成了士风与吏治的败坏。"学者忽其本,仕者浮于职。节义为空言,功名思苟得。天下无所劝。赏罚几乎息。"这种境况给儒学带来的危害是:"神灶方激扬,孔子甘寂默。六经无光辉,反如日月蚀。"这里的"神灶"(春秋时期郑国言"阴阳灾异"者)是喻指佛老。他在此所说的佛老"激扬",孔学"寂默","六经无光辉"也正是稍后王安石与张方平的那段问答所反映的情况:"一日(荆公)问张文定公曰:'孔子去世百年生孟子,亚圣后绝无人,何也?'……文定曰:'儒门淡薄,收拾不住,皆归释氏焉。'公欣然叹服。"(宗杲《宗门武库》)在佛老激扬、儒门淡薄的情况下,范仲淹发出了复兴儒学的呼声:"大道岂复兴,此弊何时抑。"尽管是"昔多松柏心,今皆桃李色",但是"愿言造物者,回此天地力"。范仲淹的庆历新政,就是要"回此天地力"复兴儒学,使"琴瑟更张",百姓歌咏"良辰"。

虽然庆历新政夭折了,但它对士人学风的影响一直持续。如朱熹所说:"范文正杰出之才。""至范文正时便大厉名节,振作士气,故振作士大夫之功为多。"(《朱子语类》卷一二九)程颐早年写的《上仁宗皇帝书》和王安石早年写的《上仁宗皇帝言事书》,都可以说是受到了庆历新政之余风的影响。

二、范仲淹以儒学为本的诗文创作

宋代的文学批评话语体系中非常重视对文学本源性问题的探讨,特别是关于文学创作的理性精神问题,宋人有着异于前人的理论自觉。北宋社会政治、经济发展与文学批评的发达之间有着多方面的联系。其中,文官政治促使新兴知识分子登上政坛与文坛,他们引领政治、学术以及文学批评出现非常活跃的气氛和景象,宋人爱说理,且以议论为主要争论手段。这是任用文官,且对科举进行重大改革的统治策略的必然结果。宋代统治者鼓励文人执政,并提高谏官地位,鼓励言事,从宋初的王禹偁到北宋中期的范仲淹、欧阳修、王安石、苏轼父子等,都曾上书言事，慷慨陈词，可见，当时的言论氛围较为宽松自由，宋人也因此形成了好议论的风气。此种风气影响到文学创作领域，更加促进了文学评论的繁荣。不少文学家都对前代以及当代作家及其创作，各种文体、艺术风格进行了热烈的批评与讨论，表现出旗帜鲜明的主体意识，造成宋代艺术批评领域成果的空前繁荣。从理性层面分析文学活动，很多诗人在文论或诗话中涉及许多本质性的文学问题。

北宋之前，虽然诗歌出现了以唐诗为代表的巅峰时期，但对文学创作理论性、规律性的探索却鲜见。这种沉闷局面到北宋时期终于被打破，对文学规律的探索与研究成为很多作家或者批评家的自觉行为。《宋史·范仲淹传》云："仲淹泛通六经，长于《易》。学者多从质问，为执经讲解，亡所倦。……每感激论天下事，奋不顾身。一时士大夫矫厉尚风节，自仲淹倡之。"[1]范仲淹是"宋学精神"的开创者，他与道学在思想上也有着密切的联系。

范仲淹的"泛通六经"，就是领会六经之大旨、大义，而不是矻矻于经书的章句训诂，"使人不专辞藻，必明理道"。他改变了"修辞者不求大才，明经者不问大旨"的学风，将认明"经旨""理道"置于"辞藻""墨义"之上，从而开辟了经学历史的"变古时代"。

《七经小传》的作者是刘敞，他于庆历六年中进士，其书一反汉唐章句注疏之学，多以己意论断经义，后来朱熹曾评论"《七经小传》甚好"（参见《四库全书提要·七经小传》）。刘敞的学风正是庆历新政对学人发生影响的反映。其《公是集》中，卷五《贺范龙图兼知延安》、卷二四《闻范饶州移疾》、卷二六《闻韩范移军泾原兼督关中四路》，皆称颂范仲淹。皮锡瑞在《经学历史》中将庆历以后称为"经学变古时代"，他引王应麟说："经学自汉至宋初未尝大变，至庆历始一大变也。"又引陆游说："唐及国初，学者不敢议孔安国、郑康成，况圣人乎？自庆历后，诸儒发明经旨，非前人之所及。"这一重大转变始自庆历新政。"诸儒发明经旨"即钱穆先生所说宋学之"创通经义""其事至晦庵而遂"，朱熹成为宋代经学和理学的集大成者。

范仲淹的文学创作，尤其是诗歌、散文和词赋的创作取得了很高的

---

① ［元］脱脱等：《宋史》卷三一四，中华书局1977年版，第3765页。

成就。他的诗作有意反拨西昆体的巧靡,克服了宋初白体余风浅陋之弊,摒弃了宋初晚唐体诗工细纤小的特点,抵制了"东洲逸党"狂傲使气的诗风,表现出纯朴淡远、真切朴质、淳厚和静的特色。作为当时"名臣诗人"的代表人物,范仲淹具有很高的政治声望和人格魅力,他的诗歌引导了当时宋诗向平淡简约、切于实际的方向发展。多能"主乎规谏,主乎劝诫",为欧阳修、梅尧臣等人的诗歌革新开启了前路。

据《全宋诗》所收范诗数量计,范仲淹诗作现存 302 首,227 题。内容概括起来主要表现了四个方面的情志:一是表现忠君正邦、济世安民的人生追求,这类诗作以《睢阳学舍书怀》《西溪见牡丹》《谪守巅州作》《岁寒堂三题》《和谢希深学士见寄》《答梅圣俞灵乌赋》等为代表;二是体现心忧天下、民胞物与的宽阔胸襟,这类诗以《四民诗》《江上渔者》《观猎》《清风谣》等为代表;三是吟咏旷达无欺、泰然自适的君子情怀,这类诗以《潇洒桐庐郡十绝》《道士程用之为余传神因题》《以韵酬李光化见寄》《过余杭白塔寺》《水月》《游庐山作》《江城对月》《郡斋即事》为代表;四是反映失意痛苦,矛盾复杂心态的诗篇,主要有《寄赠林逋处士》《越上闻子规》《题翠峰院》《以韵酬李光化简夫屯田》《赠余杭唐异处士》《与人约访林处士阻雨因寄》《寄西湖林处士》《寄林处士》等。范仲淹的散文创作以议论文为主,其中最著名的是政论文,代表有《上执政书》《奏上时务书》、"四论"(《帝王好尚论》《选贤任能论》《近名论》《推委臣下论》)、《遗表》。这类论作,务实坦诚,充满锐气,表现出超人的胆识和高妙的论辩艺术。范仲淹写景抒怀的散文虽然为数不多,但成果卓著。除了千古传诵的《岳阳楼记》外,还有《清白堂记》《桐庐郡严先生祠堂记》《天竺山日观大师塔记》等,短小精悍,言简义丰,晓畅自然。范仲淹的赋作现存 34 篇,在内容上主要分为两类:一类表现政治教化观点,占其赋作大多数,代表作有《君以民为体赋》《任官唯贤才赋》《从谏如流赋》《正在顺民赋》等;另一类探讨人格修养,代表作有《蒙以养正赋》《淡交若水赋》等。

三、范仲淹词中的儒学修养

北宋时期,词还是文人消遣的一种业余创作,正如欧阳修所说"聊佐清欢"，是不能登大雅之堂的。北宋商品经济发展到了一个高峰，相应的市民文化也逐渐繁荣起来，此时，词的发展历史还不算太长，从内容到形式都还待创新拓展。入宋以来，文风依然沿袭着五代以来的浮靡。浮华文风显然是不能适应统治者整治世风的要求的，故仁宗下诏申诫："近岁进士所试诗赋多浮华，而学古者或不可以自进，宜令有司兼以策论取文。"①自唐代韩愈倡导古文革新以来，宋世士大夫文人阶层追求文以载道的诗文创作理念，士大夫主体意识高扬，以及文必与道俱的文学观念深入人心。士大夫阶层一方面要享受"小词"这一文体的艺术魅力，一方面又要显示自己的社会优越意识，所以他们创作词的时候就流露出趋"雅"的意识。士大夫文人有意以诗为词，使得词在语言和审美情趣上逐渐与市井文化拉开距离，功能上更多地是文人雅士之间的情性抒发和应酬交往，词的雅化的具体表现就是向诗靠拢。

入宋之初，潘阆《酒泉子》序里就声称他写的词："或若水榭高歌，松轩静唱，盘泊之意，飘渺之情，亦尽见于词矣。其间作用，理且一焉。"表示出以词抒情的态度。士大夫文人创作词有意无意间追求属于自己阶层的审美情趣，有意避开市井气、鄙俗语，以保证阶级的优越感和精神上的超脱，直接推动词的雅化。扬雅抑俗的词学思想与词在创作实践中的雅化，两者之间是互相推动和促进的。还有词对音乐的依附性减弱，士大夫文人创作词很多时候不是为了娱乐，而是为了抒情言志，故会在创作时用到诗歌的技法来写词，促成词在各方面靠拢诗歌，使得词在他们手中趋于雅化。士大夫主体意识体现为对清雅生活的追求，对精神愉悦的追求超越了对感官快乐的追求。摒弃脂粉气息，用词抒发对人生的深沉感叹。尽管宋代文人物质生活非常优越，但他们丝毫没有放松对精神文化的追求，不溺于物欲，以此保持思想的独立和优越。

北宋初期的词，仍然沿袭晚唐五代的绮靡之风。词从晚唐发展至南唐后主时期，有了明显的变化，王国维说："词至李后主而眼界始大，感慨随深，遂变伶工之词而为士大夫之词。"②在北宋，词在接受对象上分为了两个市场，士大夫文人词是走在趋雅的路上，而市井百姓依然喜

---

① ［宋］李焘：《续资治通鉴长编》卷130，上海古籍出版社1986年影印本，第1012页。
② 王国维：《人间词话》，人民文学出版社1986年影印本，第1012页。

好俗词。方智范先生说:"词的雅化理论源于儒家诗教传统。"①宋代士大夫阶层在追求不俗的过程中,最看重的是人格的修养和提升。对道德涵养的重视,使得他们写词的时候,自觉参与到哲学思考中,把对道德价值的体认和追求渗透其中。词是他们人格修养的外化而已,词的雅正与人的品行修养联系到了一起。韩愈认为一个人的道德修养决定了作品高下,词的雅正可以教化人心。

范仲淹的几首小词就具备了典型的士大夫词特点。《渔家傲》:

> 塞下秋来风景异,衡阳雁去无留意。四面边声连角起,千嶂里,长烟落日孤城闭。
>
> 浊酒一杯家万里,燕然未勒归无计。羌管悠悠霜满地,人不寐,将军白发征夫泪。②

这首词作于范仲淹戍守西北边疆时,反映了边塞生活的艰苦,表达了作者反对入侵、巩固边防的决心和意愿,同时还表现出外患未除、功业未建、久戍边地、士兵思乡等复杂矛盾的心情,体现出一种浩大悲壮苍凉的气概。这首词的内容和风格还影响到宋代豪放词和爱国词的创作。缪钺认为其"创造了相应的沉雄激壮的风格,在宋词发展史上是一个大突破,也当得起'一袭绮罗香泽之态,摆脱绸缪宛转之度'的评语"。

另一首千古流传的《苏幕遮》,极具婉约的情志和高雅格调:

> 碧云天,黄叶地。秋色连波,波上寒烟翠。山映斜阳天接水。芳草无情,更在斜阳外。
>
> 黯乡魂,追旅思。夜夜除非,好梦留人睡。明月楼高休独倚。酒入愁肠,化作相思泪。③

词以广袤无垠的天地作为秋思乡愁的背景,雄浑开阔的境界中烘托出

---

① 方智范:《关于古代词论的两点思考》,《文艺理论研究》,1998 年,总第 79 期。
② [宋]范仲淹:《范仲淹全集》,凤凰出版社 2004 年版,第 791 页。
③ [宋]范仲淹:《范仲淹全集》,凤凰出版社 2004 年版,第 942 页。

的感情也格外深沉浑厚。上阕开篇对于秋色的渲染,已经融入了"悲秋"的情绪。秋色渗透在天地之间,浩浩森森的秋水,带着无休无尽的秋意悠悠远去;秋江之上,笼罩着一层翠色的"寒烟",这特定的江上秋景勾起了人无限情思。视野所见,尽是一片连着一片的芳草,无情地阻断了词人远望之视线。下阕交代愁思的来源,词人只能寄希望于夜夜好梦来化解这铺天盖地的愁情了。"明月楼高休独倚"把无尽的思念定格在一个人身上,并深信她此时也正在高楼上远眺怀远。江淹《别赋》中有"黯然销魂者,唯别而已矣"之句。思乡之情与相思之意,让人不堪其忧!"何以解忧,唯有杜康",然而"酒入愁肠,化作相思泪"。范仲淹大多时候以政治家、军事家的面目示人,这首《苏幕遮》柔和婉约至极,也难怪许昂霄《词综偶评》说:"铁石心肠人亦作此销魂语。"该词语言柔丽,情意缠绵,不仅是写秋景的佳作,也是去国思乡、情深宛转的乡音。词论家多有称颂,王实甫在《西厢记》中得以经典化用。《历代诗余》引《词苑》云:"公之正气塞天地,而情语人妙至此。"邹祗谟《远志斋词衷》云:"前段多入丽语,后段纯写柔情,遂成绝唱。"

范仲淹还有一首《御街行》,也是抒情的上乘之作:

> 纷纷坠叶飘香砌。夜寂静,寒声碎。真珠帘卷玉楼空,天淡银河垂地。年年今夜,月华如练,长是人千里。
>
> 愁肠已断无由醉,酒未到,先成泪。残灯明灭枕头欹,谙尽孤眠滋味。都来此事,眉间心上,无计相回避。①

这是一首秋日怀旧的词,全词上半阕首三句写外在的景物,自"年年今夜……长是人千里"由景生情,往后则是以情景交融的方式来写。下半阕,写更深一层的愁思,词人用情之深,才华之高,由此可见。全词一字一句,真情流露,不加雕琢,自然明净,情思涵蕴的深致,反复吟咏,缠绵低回。

范仲淹还有两首《剔银灯》:

---

① [宋]范仲淹:《范仲淹全集》,凤凰出版社 2004 年版,第 851 页。

昨夜因看蜀志，笑曹操孙权刘备。用尽机关，徒劳心力，只得三分天地。屈指细寻思，争如共、刘伶一醉？

人世都无百岁。少痴騃、老成尫悴。只有中间，些子少年，忍把浮名牵系？一品与千金，问白发、如何回避？①

全篇纯用口语写成，笔调很诙谐，似乎是赤裸裸宣扬消极无为的历史观、及时行乐的人生观和一派颓废情绪。实际上它是词人因政治改革徒劳无功而极度苦闷之心境的记录。胸中块垒难去，故须用酒浇之。

《定风波》：

罗绮满城春欲暮。百花洲上寻芳去。浦映芦花花映浦。无尽处。恍然身入桃源路。

莫怪山翁聊逸豫。功名得丧归时数。莺解新声蝶解舞。天赋与。争教我悲无欢绪。②

宋庆历六年（1046 年），58 岁的范仲淹退出政治中心舞台，移知邓州，居闲修养。在邓州期间，范仲淹修缮亭台楼阁，作为游览消遣之地。邓州城南的"百花洲"是其流连忘返的场所，堪比桃源仙境。经历了庆历新政失败打击的范仲淹此时也是心力衰颓，借访探名胜聊以自慰，尤其是下阕表露出对现实政治无法忘怀的苦闷。

韩非子说："圣人见微以知萌，见端以知末。"③诸葛亮也说："君子视微见著，见始知终。"④范仲淹的词作不丰，《全宋词》仅存五首，存目词三首，其中边塞词两首。《渔家傲》《苏幕遮》等词作，在宋词豪放、婉约词史上都具有一定地位。词作不仅表现了他以天下为己任的伟大志向，还诉说了他的百转柔情，展示了这位北宋名臣的非凡儒学修养。

---

① ［宋］范仲淹：《范仲淹全集》，凤凰出版社 2004 年版，第 495 页。
② ［宋］范仲淹：《范仲淹全集》，凤凰出版社 2004 年版，第 501 页。
③ ［战国］韩非子著，［清］王先慎撰：《钟哲点校·韩非子集解》，中华书局 2010 年版，第291 页。
④ ［三国］诸葛亮著，刘炯注：《便宜十六策·思虑》，中国人民大学出版社 2007 年版，第200 页。

《苏幕遮》和《渔家傲》这两首边塞词不论在当时或以后，都一直被人们所称道和关注。这两首边塞词的出现具有重要意义：打破了词限于写男女私情的界限，以创作的实绩开拓了词的境域。综观北宋初期的词坛，在题材上和手法上，都明显地留着花间派的印迹，范仲淹的两首边塞词的出现，确实使人耳目一新。边塞词在宋初如凤毛麟角，宋词的承平气象使得君臣上下整日忙于尽情地享乐，而词正是给他们助兴的好东西。那些峨冠博带的官吏自不待说，就是一些有身价讲体面的士大夫们，也极力用词这种形式来表现其被压抑的人性。遵照"诗庄词媚"的准则，他们在诗文里表现着正人君子的一面，而在词里却尽力表现其心灵里不肯向人剖露的另一面。范仲淹边塞词的出现，可以说是对"词为艳科""诗庄词媚"，词限于男女私情等传统观念的一个有力的冲击，这使同时和后继的词人开阔了视野。

另外范仲淹的边塞词温婉中寓豪宕之气，挣脱了宋初词坛的温馨缠绵的词风的束缚，显示出宋词的新的词风。一部《花间集》吟来唱去，无非是"锦筵公子，绣幌佳人，递叶叶之花笺，文抽丽锦，举纤纤之玉指，拍按香檀"。范仲淹的边塞词，就能以独特的风格、真挚的感情给人以新鲜的美的享受。艺术的生命在于真实。这些边塞词之所以引起人们的激赏，其中一个原因就是吐露了真实的思想感情。范仲淹诚然是一位名震遐迩的守边名将。他为抵御西夏的骚扰做出了突出的贡献。当时民歌中把他描绘成"西贼闻之惊破胆"的英雄。然而，他毕竟又是一个普通的人，他具有一般人的喜怒哀乐。边塞词的可贵之处正在于，除了抒发他的"燕然未勒"的遗憾之外，也写了他的浓重的思乡之情，使人看到了一个赤胆忠心守卫边防的名将生活的另一个侧面。把这些吐露真实情感的作品与那些老调重弹、矫饰造作的作品稍加比较，它们审美价值的高低就不言而喻了。

论李益边塞诗的音乐美

张 岗

（陇东学院）

李益(748—829 年)，字君虞，凉州姑臧(今甘肃武威)人，中唐著名诗人。李益的诗名盛于大历、贞元年间，历来诗人学者对他多有褒誉，时人韦应物就称颂他："二十挥篇翰，三十穷典坟。辟书五府至，名为四海闻。"(《送李侍御益赴幽州幕》)其后，年辈稍晚的诗人王建说："大雅废已久，人伦失其常。天若不生君，谁复为文纲。"(《寄李益少监兼送张实游幽州》)给李益诗以总结性的高度评价。李益的诗歌题材广泛，有边塞诗、宫怨诗、闺怨诗、怀古诗，等等，而最被后人推许的是其边塞诗。明人胡震亨说："李君虞益生长西凉，负才尚气，流落戎旃，坎壈世故，所作从军诗悲壮怨转，乐人谱入声歌，至今诵之，令人凄断。"①清人沈德潜说："君虞边塞诗最佳。"②"君虞最长边塞诗。"③李益的边塞诗现存50 首，其中七绝 22 首。由于唐代歌诗传唱盛行，李益本人又精通音乐，因此，李益在其边塞诗歌创作中，尽力展示音乐才华和艺术构思，使诗歌呈现出音乐美。

诗歌与音乐是姊妹艺术，诗歌自诞生之日起，就与音乐紧密地结合在一起。在我国，诗歌与音乐更是有着密切结合的传统，只是各阶段辞与乐的性质及其配合方式不同而已。如《墨子·公孟篇》里"弦诗三百，歌诗三百"的说法就表明《诗经》里的每一首诗是可以合乐歌唱的；汉魏乐府，一般是先有歌辞，后配以音乐；到了唐代，诗歌与音乐更有着水乳交融的关系，可谓"诗中有乐，乐中有诗"④。具体来说，一方面，在唐代，随着胡乐陆续传入内地，胡乐与汉乐的不断交融，燕乐这一新的音

---

① ［明］胡震亨：《唐音癸签》，古典文学出版社 1957 年版，第 53 页。
② ［清］沈德潜：《唐诗别裁集》，上海古籍出版社 1979 年版，第 138 页。
③ ［清］沈德潜：《唐诗别裁集》，上海古籍出版社 1979 年版，第 271 页。
④ 刘开扬：《唐诗的风采》，上海书店出版社 2000 年版，第 1～2 页。

乐形式逐渐形成。诗人为配乐而赋诗，乐工为诗歌而谱曲，盛唐著名诗人王维、李白、王昌龄等都是歌诗的著名作者，著名的边塞诗人王之涣、高适、岑参、李益的诗歌也都被民间艺人广泛传唱。这种歌诗传唱的文化艺术活动在唐代形成了普遍的风气，有力地促进了诗歌与音乐的相互影响与融合。如在永明体基础上发展起来的近体诗，之所以能成为唐诗的最基本形式，就是因为它适应了歌诗传唱的要求。另一方面，诗歌语言本身是声形并重的，汉语言文字的音乐品性，使中国古典诗歌显现出强烈的节奏感。如唐诗在声律、韵辙、对偶、节奏等方面很有考究，读起来朗朗上口，富有节奏感和音乐美。以押韵为例，古人说："有韵则生，无韵则死；有韵则雅，无韵则俗；有韵则响，无韵则沉；有韵则远，无韵则局。"①押韵形成规律性的重复，由此形成整体音响上的和谐美。唐代诗人按照"宫羽相变，低昂互节，若前有浮声，则后须切响"②等方法来创作作品，使得诗句听起来和谐上口，悦耳动听，押韵是构成诗歌内在音乐美的重要特征。李益的两首《塞下曲》："伏波唯愿裹尸还，定远何须生入关。莫遣只轮归海窟，仍留一箭定天山。""蕃州部落能结束，朝暮驰猎黄河曲。燕歌未断塞鸿飞，牧马群嘶边草绿。"虽然表现的都是将士的爱国主义情怀，但诗人借助押韵的表现形式，使得其节奏变化和谐，韵律回环反复。诗人借助这种声响之趣、音乐之美，对反映战士们意气风发、骁勇善战的精神面貌，折射诗人自己热烈的情感，起到了推波助澜的作用。还有《从军北征》："天山雪后海风寒，横笛遍吹《行路难》。碛里征人三十万，一时回首月中看。"《观回军三韵》："行行上陇头，陇月暗悠悠。万里将军没，回旌陇戍秋。谁令呜咽水，重入故营流。"《统汉峰下》："统汉峰西降户营，黄河战骨拥长城。只今已勒燕然石，北地无人空月明。"在诗歌中，如果声音有规律地高低起伏、长短变化，也会产生动听的效果，从而构成抑扬顿挫之美。李益的七绝，后人对其评价颇高，如胡应麟认为："七言绝，开元之下，便当以李益为第一。如《夜上西城》、《从军》、《北征》、《受降》、《春夜闻笛》诸篇，皆可与太白、

---

① 丁福保：《历代诗话续编·诗镜总论》，中华书局 1983 年版，第 1423 页。
② ［梁］沈约：《宋书·谢灵运》，中华书局 1974 年版，第 1779 页。

龙标竞爽,非中唐所得有也。"①沈德潜也说:"七言绝句,中唐以李庶子(益)、刘宾客(禹锡)为最,音节神韵,可追逐龙标(王昌龄)、供奉(李白)。"②就是因为绝句本身具有短小精悍、流畅明快、语浅意深的特点,而李益又在声律上讲究,使得诗句跌宕起伏、抑扬流转,具有很强的音乐效果和音乐美感。如《夜上受降城闻笛》:"回乐峰前沙似雪,受降城外月如霜。不知何处吹芦管,一夜征人尽望乡。"前两句写塞外月夜凄清的景象,给全诗定下了凄冷的基调,而在这个时候偏偏传来哀怨缠绵的芦笛声,撩拨着征人伤感的心弦。这里,第三句总前两句环境气氛而转出题义,又引发末句揭示征人闻笛后的感受,使全篇从幽静的景色转到凄楚的音响,又从凄楚的音响跌落到低回的情思,时缓时急、时弱时强、时转时推、时抑时扬,全诗转换自然顺畅,音律悠扬谐美,极富音乐美感和艺术感染力。由于李益的边塞诗音乐感强、节奏明快、顿挫起伏、和谐优美,非常符合入乐能歌的韵律特点,因此李益的边塞诗在当时就多入乐府,"每一篇成,乐工争以略求取之,被声歌,供奉天子"③。

李益还善于在其边塞诗中描写大量少数民族乐器(曲),以曲调悲凉的边地音乐为触媒,表现作者特殊的生活感受。唐代民族交流广泛,羌、突厥、吐蕃、匈奴、回鹘等都成为与唐朝交往的主要少数民族,因此,琵琶、琴、箜篌、筚篥、胡笳、箫、笛等富有民族情调和地域色彩的乐器成为不少唐代诗人入诗的对象。如李白的《听蜀僧浚弹琴》、李颀的《听安万善吹筚篥歌》、白居易的《琵琶行》、韩愈的《听颖师弹琴》等篇都是有关描写音乐的名篇佳作。李益的边塞诗里,也有很多此类的诗句,如"几处吹笳明月夜,何人倚剑白云天"(《盐州过胡儿饮马泉》)、"破瑟悲秋已减弦,湘灵沉怨不知年"(《古瑟怨》)、"天山雪后海风寒,横笛偏吹行路难"(《从军北征》)、"边霜昨夜堕关榆,吹角当城汉月孤"(《听晓角》)、"笳箫汉思繁,旌旗边色故"(《五城道中》)、"平生报国愤,日夜角弓鸣"(《送辽阳使还军》)、"蕃音虏曲一难分,似说边情向塞云"(《登夏州城观送行人赋得六州胡儿歌》)、"行人夜上西城宿,听唱梁城双管逐"

---

① [明]胡应麟:《诗薮·内编》,上海古籍出版社 1979 年版,第 120 页。
② [清]沈德潜:《唐诗别裁集》,上海古籍出版社 1979 年版,第 665 页。
③ [宋]欧阳修、[宋]宋祁:《新唐书·李益传》,中华书局 1975 年版,第 5784 页。

《夜上西城听梁州曲二首》)、"不知何处吹芦管,一夜征人尽望乡"(《夜上受降城闻笛》)、"汉家箫鼓空流水,魏国山河半夕阳"(《同崔邠登鹳雀楼》),等等。从这些诗句里可以看出,李益对笳、箫、管、笛、角等乐器情有独钟。唐代是胡乐传入中原的鼎盛时期。笛在唐代,"有雅笛、羌笛。唐所尚,殆羌笛也。其乐与觱篥、箫、笳列横吹部者同"①。笛善于表现凄凉、哀婉之音,胡人吹奏的笛曲音色悠扬、清冷、寂寞,带给人无限悲伤与哀怨之感。胡笳,《蔡琰别传》称:"笳者,胡人卷芦叶之以作乐也,故谓曰胡笳。"②其音悲凉,又名悲笳、哀笳。觱篥,据《通典》:"觱篥本名悲篥,出于胡中,其声悲。或云儒者相传,胡人吹角以惊马,一名笳管,以芦为首,竹为管。"③《太平御览》称:"乐部曰:觱篥者,笳管也,卷芦为头,截竹为管,出于胡地。制法角音,九孔漏声,五音咸备。"④均指出了觱篥是一种与胡笳相似的乐器,它以竹为管,以芦茎为簧,音色悲壮。这些富有浓郁民族情调和地域色彩的少数民族乐器(曲),其音色或粗犷,或柔美,或高亢,或低沉,但吹奏出来时,总给人一种辽远、凄切、如泣如诉之感,李益是位精通音乐的诗人,他总是能够十分恰当地在其边塞诗里借用或描写这些乐器,体现其凄凉的、悲壮的音乐之美,从而表达自己在边塞的生活感受。

李益是一位音乐造诣很高的诗人,对声音有着不同于常人的敏感,加上长期生活在边关的原因,在其边塞诗中,他善于将那些富有边塞特征的各种声音组合在一起,创造出一种幽怨凄凉的氛围,表达征人的边愁相思之情。如《听晓角》:"边霜昨夜堕关榆,吹角当城汉月孤。无限塞鸿飞不度,秋风卷入《小单于》。"这首诗给人印象深刻的是诗歌所呈现出来的凄美的意境以及在此意境中的征人的悲怨愁思。然而,这一切都是通过音响传达出来的,低回的角声、哀鸣的雁声、萧瑟的风声、悲亢的曲声……诗人在寂静的背景下,突出声响;用景物做渲染,描写音乐;以乐曲衬环境,展示情感。整首诗如同一部交响乐——悲亢凄凉、低回哀怨。又如《从军夜次六胡北饮马磨剑石为祝觞辞》:

① [明]胡震亨:《唐音癸签》,古典文学出版社 1957 年版,第 127 页。
② [宋]李昉:《太平御览》,中华书局 1985 年版,第 2621 页。
③ [唐]杜佑:《通典》卷 144,中华书局 1984 年版,第 754 页。
④ [宋]李昉:《太平御览》,中华书局 1985 年版,第 2631 页。

我行空碛，见沙之磷磷，与草之幂幂，半没胡儿磨剑石。
当时洗剑血成川，至今草与沙皆赤。我因扣石问以言，
水流呜咽幽草根，君宁独不怪阴磷？吹火荧荧又为碧，
有鸟自称蜀帝魂。南人伐竹湘山下，交根接叶满泪痕。
请君先问湘江水，然我此恨乃可论。秦亡汉绝三十国，
关山战死知何极。风飘雨洒水自流，此中有冤消不得。
为之弹剑作哀吟，风沙四起云沈沈。满营战马嘶欲尽，
毕昴不见胡天阴。东征曾吊长平苦，往往晴明独风雨。
年移代去感精魂，空山月暗闻鼙鼓。秦坑赵卒四十万，
未若格斗伤戎虏。圣君破胡为六州，六州又尽为胡丘。
韩公三城断胡路，汉甲百万屯边秋。乃分司空授朔土，
拥以玉节临诸侯，汉为一雪万世仇。我今抽刀勒剑石，
告尔万世为唐休。又闻招魂有美酒，为我浇酒祝东流。
殇为魂兮，可以归还故乡些；沙场地无人兮，尔独不可以久留。

这是一首极其哀婉悲壮的长篇悼辞，作者运用了浪漫主义的手法，驰骋想象，用招魂的形式表达了对为国阵亡的边塞将士的伤痛之情，整首诗弥漫着苍凉悲怆的情调，读之"令人凄断"[1]。然而，这种苍凉悲怆的情调是借助一定的音响效果来表达的，水流呜咽声、风飘雨洒声、风沙四起声、战马嘶鸣声、弹剑哀吟声、鼙鼓动地声、招魂祝酒声、抽刀勒石声……多种声音组合在一起，或急促，或舒缓，或忧郁，或凄凉，旋律悲亢、节奏感强，极富音乐悲壮之美。类似的诗还有《夜上西城听梁州曲二首》："行人夜上西城宿，听唱梁州双管逐。此时秋月满关山，何处关山无此曲。鸿雁新从北地来，闻声一半却飞回。金河戍客肠应断，更在秋风百尺台。"《春夜闻笛》："寒山吹笛唤春归，迁客相看泪满衣。洞庭一夜无穷雁，不待天明尽北飞。"

李益还以音乐感受深入揭示人物细腻的情感变化，在音响效果的美感中生动地反映人物独特的心理活动过程。如他的《夜上西城听梁州曲二首》："行人夜上西城宿，听唱梁州双管逐。此时秋月满关山，何

---

① ［明］胡震亨：《唐音癸签》，古典文学出版社 1957 年版，第 53 页。

处关山无此曲。""鸿雁新从北地来,闻声一半却飞回。金河戍客肠应断,更在秋风百尺台。"这两首诗分别以行人的"听唱"和鸿雁的"闻声"等听觉活动为线索,将清冷的秋月、肃杀的秋风、惊回的鸿雁、孤寂的行人以及肠断的戍客等事物绘制在一幅画面中,然后又通过凄切、哀怨的《梁州曲》所散发的乐声,将浓郁深重的思想情绪表达了出来。这里,光与声同步,人与雁共鸣,都在婉曲中展示了双管曲调的音乐情绪以及行人听唱、鸿雁闻声的共同感受。德国 19 世纪著名美学家费歇尔在他的《美的主观印象》中认为:"真正的审美感官都是视觉和听觉。""听觉之听取节奏清晰的声音是那样精神性的,以至它超越了审美性,而只是审美的媒介;音乐便处在这两极的中间。"李益的这两首诗,正是行人的"听唱"和鸿雁的"闻声"等听觉活动发挥了极其重要的审美作用,使凄清的音乐声引起了边塞将士们精神世界的积极活动,从而产生了美感享受的特殊功能。又以前面提到的《夜上受降城闻笛》为例,这首诗在用音乐感受刻画人物,表现征人瞬间情感的变化上更为传神:诗人并没有描写芦管的具体音乐形象,也没有正面刻画音乐的曲调特点,而是描绘了芦管的音响给征人动作、情绪带来的瞬间变化,表现出音乐独特的美感所带来的巨大的感染力。当久戍不归的征人在只有寒沙、冷月相伴的边塞,突然听到一阵阵哀怨凄切的音乐响起,征人们的浓郁思乡之情再也无法控制,视觉、听觉和情感活动达到了完美的统一,收到了含蕴不尽、动人肺腑的艺术效果。

李益生活在社会大转变的中唐时代,国力日衰,藩镇割据,内战频繁,边防空虚,边患不断,时代的风雨在诗人的心灵上留下道道阴影。而李益的个人命运又极为多舛,"从事十八载,五在兵间,故其为文,咸多军旅之思"①。可以说,李益一生的大部分时光都是在荒漠边塞中度过。荒漠恶劣的地理环境、干燥寒冷的气候、残酷无情的战争、久戍不归的乡思、不得升迁的苦恼,时代的悲凉和个人生活坎坷不遇的凄苦困扰着诗人。当然,李益生活的时代也是唐诗发展道路上的诗风演变的时期,就边塞诗而言,盛唐边塞诗意境阔大、明朗昂扬,而"中唐诗近收

① 范之麟:《李益诗注》,上海古籍出版社 1984 年版,第 145 页。

敛,境敛而实,语敛而精"①。在这样的时代氛围之中,以李益为代表的中唐诗人更注重内心的自我观照,重视细腻地体验心灵深处的情感流动,并形象地把它们描绘、表现出来。而在这一过程中,李益这位精通音律、钟爱音乐的诗人,其高超的音乐才华和艺术构思更成为他抒发情感、表现现实的重要媒介,通过音乐感受与外在形象的有机结合,深入地揭示了作者内心细腻的情感流变、独特的心理活动和生活感受,使其边塞诗富于凄凉、悲壮的音乐之美,具有含蕴不尽、动人肺腑的艺术特质。

该文原刊于《陇东学院学报》2011年第一期。

---

① 丁福保:《历代诗话续编·诗镜总论》,中华书局1983年版,第1417页。